Michael Pfrommer

Der Flug des Greifen

Michael Pfrommer

Der Flug des Greifen

VERLAG PHILIPP VON ZABERN · MAINZ AM RHEIN

290 Seiten

Umschlagabbildung: Girodet de Roucy-Trioson, Anne-Louis 1767–1824. – „L'Apotheose des Heros français morts pour la patrie pendant la guerre de la Liberté." (Ossian empfängt in Walhall die für das Vaterland gefallenen Generäle der Republik), 1801.
Musée Nat. du Château
Foto: © akg-images / Laurent Lecat

Bibliografische Information der Deutschen Nationalbibliothek

Die Deutsche Nationalbibliothek verzeichnet diese Publikation in der Deutschen Nationalbibliografie; detaillierte bibliografische Daten sind im Internet über <*http://dnb.d-nb.de*> abrufbar.

Weitere Publikationen aus unserem Programm finden Sie unter:
www.zabern.de

ISBN: 978-3-8053-3728-1
Gestaltung: Ragnar Schön, Verlag Philipp von Zabern, Mainz
Gestaltung des Titelbildes: Max Bartholl, b3K text und gestalt GbR, Frankfurt am Main und Hamburg

Printed in Germany by Philipp von Zabern
Printed on fade resistant and archival quality paper (PH 7 neutral) · tcf

Vorwort

„Sie reden immer über Männer!" So begrüßte mich vor Jahren eine junge Dame nach einer Vorlesung und fügte auch gleich hinzu, dass wir in einer emanzipierten Zeit lebten und ich mich als Wissenschaftler gefälligst mit der Emanzipation in der Antike auseinander setzen solle.

Ich hatte damals einige Mühe, ihr begreiflich zu machen, dass die Antike so etwas wie Frauenemanzipation nie gekannt hat und der Gedanke, Frauen könnten die gleichen Rechte wie Männer beanspruchen, als Aufstand gegen die göttliche Weltordnung begriffen worden wäre. Immerhin stimmte ich zu, eine Vorlesung über Amazonen zu halten, das einzige Volk in der Antike, das angeblich nach mutterrechtlichen Vorgaben lebte. Ich habe diese Zusage nie eingehalten. Aber seither beschäftigen mich die Steppenvölker, denn in den Steppengebieten östlich des Kaspischen Meeres lokalisierten die antike Legende und die antike Geschichtsschreibung jenes bemerkenswerte Volk, das sich einst entschlossen hatte, der von den Göttern vorgegebenen Herrschaft der Männer zu trotzen. Für die antike Welt eine wahre Horrorvorstellung und keineswegs etwas Faszinierendes.

Und so erzählt dieses Buch nicht nur ein Kapitel aus der seit Jahrtausenden tobenden Auseinandersetzung zwischen Orient und Okzident und aus den Tagen Alexanders des Großen, sondern auch eine dramatische Episode aus dem Kampf der Geschlechter, der über Epochen hinweg eine höchst einseitige Angelegenheit war und stets nur die Männer als Sieger sah – mit Ausnahme der Amazonen und ihrer Königinnen.

Der Verfasser möchte nicht versäumen, all jenen zu danken, die den Druck dieses Romans ermöglichten, allen voran meiner Verlegerin Annette Nünnerich-Asmus, meinen Lektoren Antonia Meiners und Wolfgang Schmidt sowie dem Verlag Philipp von Zabern. Nicht versäumen möchte ich auch einen herzlichen Dank an alle jene Freunde, die mich dabei unterstützten, dies gilt vor allem für Nadine Quenouille, Ulrike Denis, Rosemarie Beck und Bernd P. Kammermeier.

Der Gestank des Krieges

Krieg riecht mörderisch, und es ist der einzige Geruch, der nur uns Menschen eigen ist. Und dieser Gestank trug einen Namen: Alexander von Makedonien.

Über Jahre hinweg waren die Gerüchte über den jungen Eroberer eingesickert in das Bewusstsein der Völker nördlich des Hindukusch, eine Warnung vor einer unaufhaltsamen Katastrophe, wie Schaumspritzer einer riesigen Brandung, die der Wasserwand als Vorboten unaufhaltsamer Vernichtung vorauseilen.

Den ersten Berichten hatte man noch misstraut, hatte gelacht, als Gerüchte persischer Niederlagen die Runde machten. Der Perserkönig Dareios aus dem Geschlecht der Achämeniden, das seit Menschengedenken nahezu die Welt beherrschte, konnte einfach nicht verlieren. Als König der Könige herrschte er von den Grenzen Indiens bis hinab ins ferne Ägypten und von den Steppen östlich des Kaspischen Meeres nach Westen bis nach Griechenland. Und nun sollte Dareios gleich mehrere Schlachten gegen diesen Alexander verloren haben, gegen einen Griechen oder Makedonen von kaum fünfundzwanzig Jahren? Wo lag überhaupt dieses Makedonien und welche Lieder besangen den Ruhm Alexanders? Von Griechenland hatte man immerhin gehört, von jenem Volk am westlichen Rand des persischen Imperiums. Auch wusste man, dass sich viele Griechenstädte seit nunmehr sieben Generationen gegen das Achämenidenreich stemmten. Aber Makedonien? Das war nördlich des Hindukusch nichts als ein Name im Nirgendwo. Konnte ein Nichts einen Dareios bezwingen, den der Reichsgott Ahura Mazda zum Herrscher über den Erdkreis berufen hatte? Nein, solche Geschichten hatten einfach keinen Platz in der Welt der persischen Völker.

Doch manchmal übersteigen Tragödien jegliche Vorstellungskraft.

Denn mit Alexander stürmte ein Ungeheuer in Menschengestalt an der Spitze einer schier unüberwindlichen Kavallerie, einer Völkerwanderung gleich, vom Norden Griechenlands über Vorderasien. Ein Dämon auf nachtschwarzem Hengst, ein Schlächter mit seiner Lanze, ein Mann mit lodernden Augen, angetrieben von schier unstillbarem Hass auf den Orient und seine Völker. Ein Massenmörder, der seine Heimat verlassen hatte, um den schon zweihundert Jahre währenden Krieg zwischen Griechenland und den Achämeniden in einem Meer von Blut zu ertränken.

Er eroberte das ferne Kleinasien und Ägypten, bis ihn schließlich der große Dareios auf den syrischen Ebenen zur Entscheidungsschlacht stellte. Es war der Tag von Gaugamela, auserkoren, die Herrschaft des Orients auf Jahrhunderte zu sichern.

Die Heerscharen Asiens umzingelten die makedonischen Barbaren, erdrückten sie förmlich mit ihrem gewaltigen Aufgebot. Sie eroberten das makedonische Lager und ordneten sich bereits zum finalen Angriff, als sie versehentlich ihre Reihen öffneten und der makedonischen Reiterei eine letzte Chance boten. Die beste Kavallerie einer Menschheitsepoche trat an, mit Alexander an der Spitze, und sie ritten ein in die Geschichte.

Sie überwanden den Pfeilhagel der „Unsterblichen", der legendären Persergarde, als seien sie selbst unverwundbar. Die bis dahin Unbezwingbaren fielen zu Hunderten vor Dareios, der hilflos auf seinem Streitwagen ausharrte. Als dann der Makedonenkönig aus dem Dunst der Schlacht den goldenen Wagen attackierte, wandte sich der Achämenide zur Flucht – und hinter ihm zerfiel seine Armee, verbluteten seine Männer, starb sein Imperium. Der geflügelte Sonnengott Ahura Mazda hatte sich abgewandt von seinem Volk und seiner Welt.

Nun sang man auch in Asien ein Lied von Alexander, es war das Totenlied der Achämeniden.

Der flüchtige König wurde von den eigenen Freunden ermordet, und die siegreichen Invasoren erreichten schon bald die Ebenen nördlich des Hindukusch. Über das fruchtbare Land breitete sich der erstickende Rauch brennender Städte und der schale Geruch des Blutes. Alexander warf seinen Schatten über das „Land der tausend Städte" und aus einem bangen Albtraum wurde schauerlichste Gewissheit, in der sich die Menschen duckten wie Rehe vor den Fängen des Adlers.

Und dann betrat Alexander Sogdien, die Landschaft zwischen den Flüssen Oxos und Jaxartes, die beide dem Aralsee entgegenströmten. Man schrieb den August 329 v. Chr.

Die Vision

Die Nacht war stickig. Didyme strich sich das Haar aus der Stirn und spähte bang in die finstere Gasse Branchidais. Sie spürte, wie sich der Rauch über den kärglichen Dächern ihrer Heimatstadt verdichtete – der Atem des Krieges, eine Aura von Tod und Vernichtung.

Schweiß sickerte ihr in den Nacken und Didyme fröstelte. Auch wenn Branchidai gerade ein Abkommen mit Alexander geschlossen hatte, so nistete doch die Angst allgegenwärtig in den bröckelnden Mauern der kleinen Siedlung. Didyme hatte Mühe, frei zu atmen, und auch als sie die Türe schloss, drang der widerliche Qualm durch jede Ritze.

Endlich schien Branchidai in tiefem Schlaf versunken, nun konnte sie es wagen, sich aus der Stadt zu stehlen, um ihren Freund zu treffen. Aber war es überhaupt ein Freund? In jedem Fall der faszinierendste Mann, dem Didyme bisher begegnet war. Skythes, dieser düster aussehende Krieger, gehörte zu den Massageten, einem mächtigen Nomadenvolk, das weit nördlich des Grenzflusses Jaxartes seine Herden weidete. Didyme wusste nicht genau, wie Skythes zu ihr stand, doch ganz tief in ihrer Mädchenseele hegte sie die felsenfeste Überzeugung, dass Skythes tatsächlich ein Freund war.

Ehe sie das Haus ihrer Eltern verließ, musste sie sicher sein, dass sie niemand beobachtete. Sie konnte sich gut vorstellen, was ihr Vater von einem massagetischen Freund halten würde. Für ihre Eltern waren die Nomaden seit jeher nur verhasste Skythen, Feinde jedweder Zivilisation.

Didyme schlich auf Zehenspitzen durch den Raum mit dem großen Webstuhl und dem prachtvollen Teppich darauf. An den Wänden hatte sie mit Kohle Tiere, Ornamente und skurrile Physiognomien auf dem sorgfältig geglätteten Putz festgehalten. Es war wie ein Skizzenbuch, dem sie sonst ihre ganze Aufmerksamkeit widmete. Jetzt aber hatte sie keinen Blick dafür.

Durch eine rückwärtige Tür erreichte sie einen kleinen Hof und vernahm schon bald das Schnarchen im Andron, im Zimmer ihres Vaters, dem größten Raum des Hauses. Zum Glück hatten offenbar auch ihre Mutter und ihre kleinen Nichten die verdiente Ruhe gefunden, zumindest vernahm Didyme kein verräterisches Wispern, als sie vorsichtig am Durchgang zur Gynaikonitis lauschte. Auch im Frauengemach schien alles in tiefem Schlaf versunken. Endlich!

Eilends huschte sie zurück und löste mit fliegender Hand den fertiggestellten Teppich vom Webstuhl. Die etwa zwei auf zwei Meter große Arbeit war ihr ganzer Stolz, und heute Nacht wollte sie sie dem Freund präsentieren. Eigentlich tat sie damit etwas Verbotenes, hatte sie doch dem Auftraggeber, einem Perser namens Atrobates, hoch und heilig versprechen müssen, nicht über den Teppich zu reden. Doch ihr Drang, Skythes mit dem außergewöhnlichen Stück zu beeindrucken, überdeckte alle Gewissensbisse.

Dieser Auftrag des Persers war der geheimnisvollste, den sie in ihren sechzehn Lebensjahren je erhalten hatte. Wieso Atrobates ihr eingeschärft hatte, den Teppich geheimzuhalten, ja, ihn beim Verlassen des Hauses abzudecken, um ihn vor unbefugten Blicken zu schützen, das war ihr ebenso unklar wie die Frage, weshalb dieser reiche Perser mit seinen kostbaren seidenen Gewändern ausgerechnet auf sie als Teppichweberin verfallen war. Nur, weil sie schon früher für die lokalen Statthalter des achämenidischen Reiches gearbeitet hatte? Atrobates hatte auf ihre vorsichtige Frage so anhaltend geschwiegen, dass Didyme es nicht gewagt hatte, nochmals nachzuhaken. Es mutete schon höchst seltsam an, dass ein Perser jetzt, mitten im Existenzkampf seines Volkes, nichts Besseres zu tun hatte, als in dem abgelegenen Branchidai einen Teppich in Auftrag zu geben.

Es schien nun alles bereit für ihren nächtlichen Ausflug, sie musste nur noch das Geweih verstecken, das Atrobates ihr bei Erteilung seines Auftrages ebenfalls unter dem Siegel der Verschwiegenheit übergeben hatte.

Eigentlich war es kein vollständiges Geweih, sondern nur das schaufelartige Ende einer Geweihstange. Das Fragment maß kaum zwei Handlängen, über und über geschmückt mit kunstvoll geschnitzten Tierfiguren, von denen Didyme einen Hirsch als Vorlage für einen Tierfries ihres Teppichs benutzt hatte. Die Schnitzer hatten ihr Werk bereits vor langer Zeit vollendet, und viele ihrer Tiergestalten waren kaum mehr zu erkennen, abgerieben und verschliffen von zahllosen Händen, die das Geweih von Generation zu Generation weitergereicht hatten – ein Relikt aus alter Zeit.

Da Didyme den ganzen Abend an ihrem Teppich gearbeitet hatte, lag das Geweih noch neben dem Webstuhl, unter einem Korb versteckt. Sie schlug es sorgfältig in ein Tuch ein, darauf bedacht, auf keinen Fall mit den Schnitzereien in Kontakt zu kommen. Eine Berührung hatte sich schon einige Male als höchst verhängnisvoll herausgestellt, deshalb griff sie ihr Päckchen mit spitzen Fingern und zog die Decken ihres Lagers zur Seite, um alles unter dem Bett zu verstecken.

Ein unverhofftes Geräusch hinter ihrem Rücken ließ sie herumfahren, und in der Aufregung verrutschte ihr das Tuch über dem Geweih. Als sie reflexartig zufasste, berührte sie nun doch eine der Gravierungen mit bloßen Händen, so kurz wie ein Lidschlag und dennoch bereits zu lang: Kaum schlossen sich ihre Finger, da verschwamm ihr die Umgebung auch schon vor den Augen.

Sie hatte das bereits mehrmals erlebt und wollte auf keinen Fall schreien, doch als sich ihr Blick wieder klärte, da hallte dennoch ein unmenschlicher, blökender Schrei über eine weite, menschenleere Hochebene, die der Mond in magisch fahles Licht tauchte.

Didyme duckte sich instinktiv, als gelte es, einem Angriff zu entgehen. Schnee stob ihr um den Kopf, und als sie herumwirbelte, da bemerkte sie die Fährte eines großen Tieres, die sich hinter ihr in der Dunkelheit verlor. Von dem Tier selbst war zum Glück nichts zu erkennen, und Didyme atmete unwillkürlich auf.

Die Spur kam direkt von einem der niedrigen Hügel, deren schneebedeckte Hänge im Mondlicht schimmerten. In den Kuppen der Tumuli glaubte sie tiefe Trichter zu erkennen. Kein Zweifel, das waren Kurgane,

Grabhügel der Nomadenvölker! Die Ebene schien ihr seltsam vertraut – aber woher?

Es gab nur eine Erklärung, sie kannte die Kurgane aus einem anderen Traum, dessen Bilder sie allerdings weitgehend vergessen hatte. So war es bei jedem dieser Tagträume gewesen, die sie schon erlebt hatte. Falls ihre vagen Erinnerungen sie nicht trogen, brachte sie das Geweih immer wieder an ein und denselben Ort. Didymes keuchender Atem beschleunigte sich, immerhin war es ihr zum ersten Mal gelungen, sich inmitten einer Vision an einen anderen Tagtraum – oder besser Albtraum – zu erinnern.

Wenn es ihr jetzt noch gelang, ihre Angst zu bekämpfen, dann würde ihr vielleicht auch einfallen, was sie in den anderen Visionen erlebt hatte. Vielleicht ...

Als sie an sich hinunterblickte, da fiel ihr Blick auf zwei schlanke Hufe und ein zotteliges Fell, das von Schnee und Eis verkrustet war. Ein Tier, sie lag auf einem Tier! Allein diese Erkenntnis sorgte schon dafür, dass sie sich mit einem weiten Satz zur Seite warf.

Weiter kam sie nicht, vernahm sie doch ein fauchendes Geräusch und zwar direkt hinter sich. Erschreckt drehte sie sich um.

Wieder flog ihr Schnee in die Augen, und dann fauchte es erneut, und zwar unmittelbar vor ihren Füßen. Didymes Blick zuckte nach unten, und im nächsten Augenblick stach ihr etwas in die Beine. Blitzschnell sprang sie zurück und riss die Arme abwehrend nach vorne, das heißt, sie wollte eine Hand nach vorne reißen, doch flog nur ein behuftes Bein in Didymes Blickfeld, dann landete sie auch schon mit einem Aufblöken im Schnee, wobei sich ein zweiter Huf schmerzlich in ihren Bauch bohrte.

Im nächsten Augenblick sprang ihr auch schon ein pelziger Ball mit kreischendem Vogelschrei mitten ins Gesicht. Ein Raubvogel? Wieder wollte sie instinktiv zupacken, doch wieder bewegte sich nur dieses behufte Bein, das immer noch ausgestreckt vor ihr im Schnee zuckte. Mit hämmerndem Herzen blieb sie reglos liegen.

Dann peitschten ihr auch schon Vogelfedern in die Augen, und als sie endlich mit röhrendem Schrei auf die Füße kam und den Kopf nach unten riss, da begriff sie die ganze schreckliche Wahrheit. Sie besaß gar keine Hände mehr, sobald sie ihre Arme benutzen wollte, bewegten sich nur die Vorderläufe einer Hirschkuh – sie war ein Tier!

Und was ihr da aufs Neue gegen die Beine sprang, das war auch kein Vogel, zumindest kein richtiger. Erst jetzt erkannte Didyme ein katzengroßes Monster mit wild schlagenden Vogelflügeln und dem Kopf eines Adlers. Ihr Angreifer war ein Greif, ein Fabelwesen aus den Mythen ihrer griechischen Heimat! In diesem Moment erreichte sie ein ekelhafter Gestank von Aas und Verwesung.

Mit mächtigem Huftritt schleuderte sie den kleinen Greif von sich. Das winzige Monster flog mit schmerzlichem Piepsen in den Schnee. Es war ausgerechnet dieser Klagelaut, der Didyme wenigstens einen Teil ihrer Selbstbeherrschung wiedergab. Das mochte zwar ein Greif sein, so unglaublich es auch anmutete, aber es war ein Babygreif, dem sie körperlich weit überlegen sein musste.

Als sie reflexartig den Kopf nach hinten warf, erkannte sie ihre Hinterhand, oder besser den Rücken einer Hirschkuh, der jetzt ihr eigener war. Merkwürdigerweise machte dies ihr keine Angst mehr, denn sie spürte sogleich, dass dies alles nur ein Traum sein musste, denn Greifen, das wusste sie, existierten nur als Ausgeburt menschlicher Phantasie.

Nun begriff sie auch, weshalb sie vorhin das Gleichgewicht verloren hatte, als sie den kleinen Angreifer packen wollte. Da sie keine Hände mehr besaß, hatte sie ein Bein nach vorne gerissen und war deshalb zusammengebrochen. Dabei war ihr zweites Vorderbein unter ihren Körper geraten und sie hatte sich ihren Huf in den Bauch gebohrt. Ein wahrhaft schmerzlicher Albtraum.

Plötzlich wurde Didyme bewusst, dass die Gefahr noch nicht vorbei war. Wo sich ein Jungtier aufhielt, da konnten die Eltern nicht weit sein. Die Eltern! Die Erkenntnis traf sie wie ein Peitschenhieb. Und als ihr Blick panisch in die Runde flog, da erkannte sie auch schon einen Schatten, der ihr mit gierigem Gebrüll wie ein tödliches Geschoss durch die Nacht entgegenflog. Didyme schrie auf, als sie voller Entsetzen davonstürmte, doch strauchelte sie bereits nach wenigen Schritten und stürzte mit wild schlagenden Beinen in den Schnee, den linken Vorderlauf nach vorne geworfen und das rechte Hinterbein weit zurückgestreckt.

Lykurgos

Didyme schlug neben dem Webstuhl zu Boden. Sie lag wie paralysiert und wartete auf die Attacke des Schattenmonsters. Noch immer hatte sie diesen abscheulichen Gestank in der Nase, diesen grässlichen Geruch nach Aas und Blut. Erst allmählich begriff sie, dass die Vision vorüber war, doch dauerte es geraume Zeit, bis auch die Lähmung aus ihren Gliedern wich. Nur diesen Gestank, dieses Fluidum des Todes, roch sie noch immer. Das war nicht nur die Rauchwolke brennender Städte, und sie begriff, dass dies zu ihren Visionen gehörte, zu diesem schattenhaften Angreifer, der sich vor wenigen Augenblicken noch brüllend auf sie gestürzt hatte. Hatte sie tatsächlich einen Greifen beobachtet?

Wieder fühlte sie das Hämmern ihres Herzens. Auch jetzt war sie imstande, sich an Details einer Vision zu erinnern. Bis zu diesem Tag hatte sie eigentlich nur gewusst, dass ihr die Berührung des Geweihs den Blick in eine fremde Welt eröffnete, aus der sie stets voller Panik erwachte. Als die ersten Visionen auftraten, hatte sie sie als Tagträume abgetan und nicht gewagt, sich jemandem anzuvertrauen. Es fehlte Didyme auch der Mut, ihrem Vater davon zu erzählen, obwohl er doch Priester war und Orakel sein täglich Brot. Aber seit er entdeckt hatte, dass ihre längst verstorbene Großmutter eine Skythin gewesen war, schien er die Tochter kaum noch zu kennen. Alle Versuche, sich ihm zu nähern, prallten ab am Panzer seiner Verachtung. Es war ein offenes Geheimnis, dass er im Grunde nicht mehr mit ihrer Mutter, sondern mit einer anderen Frau zusammenlebte – eigentlich ein ungeheuerlicher Vorgang, der jedoch bei dem hochverehrten Apollonpriester stillschweigend geduldet wurde. Schließlich waren alle Bewohner von Branchidai fest davon überzeugt, dass das Wohl der ganzen Gemeinschaft von seinen Fähigkeiten abhing.

Zwar sah man Didyme ihre Herkunft nicht an, sie besaß weder ein breites Gesicht noch Schlitzaugen, und ihr Haar war blond und nicht schwarz, doch an der Aversion ihres Vaters vermochte das nichts zu ändern. Ihn ins Vertrauen zu ziehen, schien ihr unmöglich.

Vorsichtig richtete sie sich auf und registrierte erst jetzt die Verwüstungen in der Werkstatt. Sogar den schweren Webstuhl hatte man aus der Verankerung gerissen und gegen die Wand gestoßen, und zwar derart heftig, dass ein unterarmdicker Balken gesplittert war. Unruhig schaute sie sich um, doch war niemand zu bemerken.

Gebannt lauschte sie in das Haus hinein, aber keiner schien den Lärm registriert zu haben, den die Zerstörung verursacht haben musste. Alles blieb still.

Als sie sich drehte, scharrte neben ihr etwas über den Boden, und als sie hastig zugriff, spürte sie die Schaufel des Elchgeweihs durch ihr Gewand. Mit heftiger Bewegung schleuderte sie es zur Seite und kam gerade taumelnd auf die Füße, als sich etwas von hinten an ihr Bein klammerte. Die Erinnerung an den tödlichen Schatten sprang wie von selbst vor ihr geistiges Auge, und ehe sie ihre eigene Reaktion noch kontrollieren konnte, schleuderte sie auch schon einen kleinen Körper gegen die Wand, wo er mit spitzem Protestschrei zu Boden glitt.

Lykurgos!

Didymes schloss erleichtert die Augen. Wie so oft hatte sich ihr kleiner Neffe herangeschlichen, ein Spiel, das er mit Inbrunst zelebrierte und auf das sie meist ganz bereitwillig einging, doch jetzt hatte sie Mühe, ihre Selbstbeherrschung zu wahren.

„Lykurgos!“, fuhr sie den Jungen an, als sie ihn in ihre Arme riss. „Beim Apoll, was treibst du hier? Du solltest doch längst schlafen!“

Der Kleine krallte sich in ihr blondes Haar. „Aber ...“, wimmerte er, „aber ich fürchte mich doch vor Alexander. Er ..., er lässt mich nicht schlafen. Ich ...“

Er begann leise zu schluchzen und Didyme drückte ihn tröstend an sich. Doch so liebevoll sie auch sein Gesichtchen an ihrer Schulter barg, Lykurgos spürte ihre Unsicherheit. „Dieser König tut dir nichts“, versuchte sie ihn zu beruhigen, vermochte jedoch das Beben in ihrer Stimme nicht zu unterdrücken. „Er ist ein Grieche, so wie wir.“ Was sollte sie einem Fünfjährigen schon sagen?

Ihr Neffe schmiegte sich mit zitternden Händchen an sie. „Kann ich in deinem Bett schlafen?“

Dieses „in deinem Bett schlafen“ wurde langsam zur Gewohnheit, nicht gerade zu einer angenehmen. Doch in dieser Lage bot es vielleicht die einzige Möglichkeit, den kleinen Quälgeist ruhigzustellen. Also trug sie ihn hinüber. In der Dunkelheit bemerkte Lykurgos Gott sei Dank nicht, wie sie das Elchgeweih holte und in einer Grube unter ihrem Kopfkissen versteckte. Er kuschelte sich bereits aufatmend unter ihre Decken, deutete aber dennoch mit seinem winzigen Zeigefinger in eine Ecke des Ateliers.

Dabei flüsterte er geheimnisvoll von irgendwelchen Fäden, die er in der Ecke entdeckt haben wollte, doch hatte sie jetzt einfach keinen Sinn für solcherlei Phantasien, zumal in der Werkstatt ohnehin jede Menge Flusen herumlagen. In dieser Ecke gab es absolut nichts zu entdecken, auch wenn dort einst der Lieblingsplatz ihrer Großmutter gewesen war. Von dort hatte sie ihrer kleinen Enkeltochter beim Spielen zugesehen, und hier in diesem Raum fühlte sich Didyme ihr seit jeher besonders nahe. Jetzt aber war sie mit ihren Gedanken weit entfernt.

„Falls der Skythe wiederkommt“, wisperte Lykurgos, „was soll ich ihm sagen?“

Didyme riss die Augen auf. „Welcher ..., welcher Skythe?“

Der Winzling kicherte triumphierend. Unter Didymes Decken schien seine Furcht wie durch Zauberhand verflogen. Jetzt zog er gar einen Wandbehang beiseite, den Didyme über eine Holzkohlenskizze gehängt hatte. Es war das Porträt eines schlitzäugigen Nomadenkriegers mit Schnurrbart und über der Stirn hochgebundenem Haar – Skythes, wie Didyme ihn in ihrer Erinnerung stets vor Augen hatte.

„Das ist kein Skythe!“, korrigierte sie mit belegter Stimme, peinlich berührt von der Entdeckung des Kleinen „Ich meine ... die Skythen nennen sich selbst Massageten. Ich habe nur versucht ...“

Didyme fuhr ihrem Neffen durchs Lockenhaar und hoffte, dass der Kleine ihre Verunsicherung nicht bemerkte. „Nun schlaf, sonst holt dich Alexander.“

Lykurgos duckte sich umgehend unter die Decken, und selbst Didyme fröstelte ein wenig, so sehr sie sich auch zusammennahm. Selbst wenn gesagt wurde, dass von Alexander im Augenblick keine Gefahr drohte, so war doch das Grauen seines Feldzuges in aller Munde.

Sie deckte Lykurgos besser zu und tilgte dann mit hastiger Hand die Skizze an der Wand.

Jetzt atmete sie erst einmal tief durch. Also hatte der Kleine tatsächlich Skythes bemerkt. Skythes – eigentlich hieß ihr Freund ganz anders, doch hatte sie seinen richtigen Namen kaum aussprechen können. Sie war eher an Persisch und das vertraute Griechisch gewöhnt, wenn sie von ihrer Großmutter her auch die massagetische Sprache kannte. Natürlich hatte ihr geheimnisvoller Freund die Stirn gerunzelt, als sie ihn zum ersten Mal mit Skythes anredete, doch als sie ihm erklärte, dass Skythes in den Legenden von Branchidai der erste aller Skythen gewesen sei, sozusagen der Urkönig der Massageten, da tolerierte er diesen Spitznamen – nicht ohne Eitelkeit, die er allerdings nach Kräften zu verbergen suchte.

Lykurgos murmelte unter ihrer Decke. Wenn sie jetzt mit ihrem Teppich nach draußen schlich, dann würde er ihr unweigerlich folgen und am nächsten Tag wahrscheinlich ganz arglos der Familie davon erzählen. Nicht auszudenken, was ihr Vater anstellen würde, wenn das Treffen seiner Tochter mit einem Skythen ruchbar wurde. Nein, Didyme wollte sich gar nicht erst ausmalen, was er dann unternehmen würde.

Dennoch, die Faszination, die dieser Mann aus der ihr fremden Welt auf sie ausübte, war größer als ihre Angst. Didyme musste nur die Augen schließen, dann sah sie ihn auch schon heranreiten: ein junger Krieger, der sich wie ein Geist aus dem Nebel eines frühen Tages schälte. Obwohl es schon einige Wochen her war, schien es ihr, als sähe sie noch das hochstiebende Gras, als fühlte sie das Beben des Steppenbodens unter dem Hufschlag.

Als Skythes unmittelbar vor ihr sein Pferd pariert hatte und Didyme den Schaum aus den Nüstern seines alten Hengstes auf ihrer Haut spürte, da schien ihr der Reiter wie ein Held alter Legenden. Grimmig hatte er sie gemustert, wie sie es wohl wagen könne, sich ihm in der Steppe entgegenzustellen, war die Ebene doch sein ureigenstes Reich. Dort draußen war Didyme eine doppelt Fremde, fremd nicht nur, weil man ihre Ahnen einst aus dem fernen Ionien hierher nach Zentralasien verschleppt hatte, fremd vor allem, weil sie sich aus den Mauern ihrer Heimatstadt in die Ebene vorgewagt hatte.

Die nomadischen Reiterhorden bildeten seit Menschengedenken eine tödliche Gefahr, nicht nur für das kleine Branchidai, sondern auch für alle baktrischen und sogdischen Provinzen des mächtigen Perserreiches, das seit endlosen Generation seine Siedlungen gegen Angriffe der Nomaden verteidigen musste. Skythen – das waren die Teufel aus der Steppe, Dämonen zu Pferd, die ihren unglücklichen Opfern die Haut abzogen, um sie als aufgeblasene Puppen hoch zu Ross als Trophäen und menschliche Zerrbilder vorzuführen.

Massageten – vor Alexanders Ankunft kannte Didyme nichts in ihrer Welt, das sie mehr gefürchtet hätte. Bis zur Begegnung mit diesem Reiter hatte sie Skythen nur scheu aus der Ferne beobachtet, etwa, wenn sie in der nächsten Metropole den Markt besuchte, was nicht mehr als zwei- oder dreimal im Jahr vorkam.

Und nun konfrontierte sie das Schicksal mit einem leibhaftigen Skythen – an dem unglücklichsten aller Orte, an dem man als Stadtbewohner auf einen Nomaden treffen konnte: schutzlos auf freier Ebene.

„Wer du auch sein magst", hatte Skythes sie angeknurrt, „wichtig kannst du nicht sein, führst du doch keine Waffe!" Als sei bereits ihre Wehrlosigkeit eine Beleidigung für einen Kämpen, der ihr ganz selbstverständlich mit Bogen, Lanze, Streitaxt und Kurzschwert gegenübertrat.

Doch gleich darauf erkundigte er sich verblüffenderweise, ob er wohl etwas Getreide erwerben könne, nicht etwa für sich selbst, sondern für sein Ross, das sie immer noch mit rollenden Augen anstarrte und wild mit dem Kopfe schlug, als bereite es dem Tier ziemliche Schwierigkeiten, sich mit ihrer Anwesenheit abzufinden.

Der alte Hengst war nach Skythenart so grotesk herausgeputzt, dass Didyme im ersten Augenblick geglaubt hatte, ihr galoppiere ein Fabelwesen entgegen. Die Pferdeohren steckten in winzigen Flügeln, die sich wie Sicheln nach oben bogen, und auf der Stirn des Hengstes krümmte sich das schlanke Gehörn einer Gazelle. Noch nie war Didyme ein so grotesker Pferdeschmuck unter die Augen gekommen.

Sie war konsterniert, doch schließlich holte sie Skythes zurück in die Gegenwart. „Also? Was wird nun mit meinem Getreide?"

Getreide für ein Pferd! Allein dieses Ansinnen hatte ihr klargemacht, dass sie einem Wesen aus einer fremden Welt gegenüberstand. In ihrem vertrauten Branchidai mit seinen bröckelnden Lehmziegelmauern, an denen jeder Winter unbarmherzige Spuren hinterlassen hatte, da war man schon froh, wenn man selbst Getreide besaß, um über die eisigen Tage hinwegzukommen, in denen der Sturm den Schnee über die Ebenen peitschte und das ganze Land erstarrte.

Es war geradezu ein absurdes Anliegen, weshalb Didyme sogar den Mut zu einer forschen Antwort fasste. Wenn er schon Getreide kaufen wolle, was habe er denn dafür zu bieten? Dabei fixierte sie angelegentlich das goldene Zaumzeug seines Hengstes und den Goldschmuck des

Reiters. Seine Miene verfinsterte sich. Massageten trügen ihr Gold als Zeichen ihres Ranges, fuhr er sie an, und seine Würde verkaufe man nicht einmal, um sein Pferd zu füttern.

Unwillkürlich war sie einen Schritt zurückgewichen. Stirnrunzelnd blickte ihr Gegenüber auf sie hinunter. Dann bot er ihr ganz unverhofft einen Flaschenkürbis voller Stutenmilch als Tauschgegenstand an. Stutenmilch! Einfach ekelhaft!

Sie wusste sehr wohl, dass diese Skythenvölker, die jenseits des Grenzflusses ihre Herden weideten, kaum Rinder züchteten, dafür jedoch in schier unendlicher Zahl Pferde ganz unterschiedlicher Art und Rasse. Und so aßen sie auch kein Rindfleisch, sondern verwerteten alles, was Pferde zu bieten hatten. Auf ihren Rossen kämpften sie im Krieg, machten Kleidung aus ihren Häuten, aßen ihr Fleisch und labten sich an der Milch ihrer Stuten, die sie auf barbarische Weise molken. Den armen Tieren blies man mit Hilfe von Röhrenknochen Luft ins Gedärm, weil sie dann angeblich noch schneller Milch spendeten. Wahrscheinlich eine ziemliche Tierquälerei!

„Lass uns etwas anderes tauschen", hörte sie ihre eigene Antwort und war beinahe erschrocken ob ihrer Courage. „Wie wäre es mit deiner Satteldecke?"

Sie erinnerte sich gut, wie Skythes herumgefahren war, um seine Satteldecke so verblüfft in Augenschein zu nehmen, als sähe er sie zum ersten Male. Die Decke bestand aus dickem Filz und Leder, über und über besetzt mit bunten Tierfiguren, die voller Grimm aufeinander einzustürmen schienen. Greifen stürzten sich auf Pferde und fliegende Hirsche ...

Diese Erinnerung genügte, um Didymes Herzschlag zu beschleunigen. Skythische Tierkampfgruppen! Natürlich, was sie in ihrem Traum erlebt hatte, das entsprach im Grunde den Szenarien, mit denen Skythes seine Satteldecke geschmückt hatte. Irrte sie sich vielleicht? War sie nur ein Opfer ihrer Phantasie geworden und hatte das Geweih vielleicht gar nichts mit ihren Visionen zu tun?

Nun fielen Didyme auch wieder die Erzählungen ihrer Großmutter ein. Von ihr wusste sie, dass die skythischen Horden ihre Zelte, ihre Kleidung und ihre Pferde nicht etwa mit den Bildern von Menschen oder Göttern schmückten, sondern mit Monstern und exotischen Tieren, deren barbarische Wildheit mit der Grausamkeit ihrer Besitzer wetteiferte. Doch was diese Tiere bedeuteten, das hatte sie längst vergessen. Nur dunkel erinnerte sie sich, dass in den Geschichten der Großmutter von Religion und Göttern in Tiergestalt die Rede war. Skythes jedenfalls hatte auf ihr Ansinnen, seine Satteldecke einzutauschen, überrascht reagiert. „Meinen Sattel willst du? Und worauf reite ich dann?"

„Bei meinem Volk", hatte sie ein wenig vorlaut erklärt, „reitet man auf dem blanken Pferderücken oder allenfalls auf einer Decke, aber euch Massageten ist das wohl viel zu unbequem!"

Seine ohnehin schon schmalen Augen hatten sich zu schwarzen Schlitzen verengt, als er hervorstieß, sie würde ihm jetzt sicherlich gleich vorhalten, er könne gar nicht richtig reiten. Dennoch – trotz dieser unwirschen Antwort hatte sie einen lachenden Unterton wahrgenommen, der sie auch in der Erinnerung noch unwiderstehlich anzog.

Diese Unterhaltung war ganz anders verlaufen, als Didyme befürchtet und sicherlich auch anders, als Skythes es erwartet hatte. Und so absurd es auch noch im Nachhinein schien, sie wurden tatsächlich handelseinig, auch wenn sie ihm deutlich machte, dass man in Branchidai eigentlich kaum Getreide entbehren und sie ihm nur wenig geben könne. Das sei weiter kein Problem, natürlich fresse sein Pferd Steppengras. Aber wenn er es belohnen wolle, um ihm zu zeigen, wie viel ihm seine Freundschaft bedeute, dann füttere er dem alten Hengst gern eine Handvoll Getreide.

Dieses Geständnis des Massageten öffnete Didymes Mädchenherz viel schneller als ein Stück blanken Edelmetalls.

Als Didyme am nächsten Tag mit einem Säckchen Getreide zurückkehrte, da hatte er tatsächlich die Reitdecke parat, ja, er hatte sie sogar im Jaxartes gewaschen oder es zumindest versucht, eben in der Art, wie ein Mann so etwas anstellte. Offenbar waren die Männer der Skythen nicht viel reinlicher als Didymes Landsleute in Branchidai.

Auch bei ihrer erneuten Begegnung fletschte der Skythenhengst die Zähne, als nähme er es ihr übel, dass sie ihn seiner Ausrüstung berauben wollte. Von Skythes hörte sie, dass die Sättel bei seinem Volk ebenso sehr den Pferden wie den Reitern gehörten. Kein Wunder, dass das Tier kaum den Kopf wandte und nur herablassend ein Ohr in ihre Richtung drehte, als genüge dies vollauf, um eine derart alberne Person zu kontrollieren.

Didyme, die eine Menge von Tieren verstand, war klar, dass hier nur Bestechung weiterhalf. Also öffnete sie ihren Beutel, um dem Ross vor dem Vollzug des Tauschvertrages eine Spende zukommen zu lassen. Der Hengst roch an ihrer Hand, misstrauisch zunächst, doch dann in rasch steigender Anerkennung, als er die Qualität ihrer Gabe erkannte. Bald kaute er mit voller Backe und schien ihr anerkennend zuzunicken, als habe sie sich so etwas wie Respekt erworben.

Tatsächlich wandte er ihr mittlerweile beide Ohren zu, und als sie ihm dann noch die Mähne kraulte, da nickte der alte Hengst höchst beifällig, als sei er gerade dabei, über eine engere Freundschaft nachzudenken.

Offenbar sah sein Besitzer das nicht viel anders. Ein wenig verlegen erklärte ihr Skythes, er weide seine Herde nördlich des Grenzflusses, doch könne er ihr gern weitere Decken zeigen, falls sie an skythischen Tierbildern interessiert sein sollte – ein Versprechen, das für sie inzwischen von weit größerer Bedeutung schien. Damals jedoch hatte sie sich nicht besonders für skythische Tiere interessiert, auch der Auftrag zu dem geheimnisvollen Teppich war ja noch gar nicht erteilt.

Dennoch hatte sie mit klopfendem Herzen eingewilligt, und sie erinnerte sich noch immer mit freudigem Schauder an das düstere Lächeln, das sich über das Gesicht des Massageten breitete. In jähem Impuls bot sie an, ihm dafür einige ihrer Webarbeiten vorzulegen, denn wenn Didyme auf etwas von ganzem Herzen stolz war, dann war es ihre Meisterschaft am Webstuhl. Entstanden doch unter ihren Händen sogar Textilien für den Satrapenhof, die Residenz der persischen Statthalter.

Wenige Tage später, nach der zweiten Begegnung mit Skythes, hatte ihr ein seltsamer Perser dann nicht nur den Auftrag für den Teppich erteilt, sondern ihr auch den Vorschlag unterbreitet, sich in der fernen Residenz einer Werkstatt anzuschließen. Ein verführerischer Gedanke, auch wenn sie nicht einmal im Traume wagte, ihrem Vater von dem Angebot zu erzählen. Sie hätte sich sicher nur Schelte oder gar Schläge eingehandelt.

Bald darauf erschien Skythes mit einem ganzen Stapel bunter Textilien, und so reihte sich schließlich Begegnung an Begegnung. Kürzlich hatte er sich dann so sehr verspätet, dass die Dunkelheit hereingebrochen war, ehe Didyme nach Branchidai zurückkehren konnte. Die Nacht war mondlos, und Didyme erkannte kaum die Hand vor ihren Augen. Trotzdem hatte sie darauf bestanden, alleine nach Branchidai zurückzukehren, wollte sie doch auf keinen Fall mit Skythes gesehen werden. Doch gleich nach ihrer Trennung stürzte sie schwer, so dass sie sich schon insgeheim mit einer Nacht im Freien abgefunden hatte. Das Schnauben eines Pferdes aber ließ sie aufhorchen, zielsicher hatte der alte Hengst sie trotz der Dunkelheit aufgespürt. Hoffnungsvoll stupste er sie an der Schulter, ganz klar in der zuversichtlichen Erwartung, dass sie schon irgendwo in ihrer Kleidung noch eine Handvoll Körner versteckt haben würde.

Skythes hatte sie ohne Umschweife vor sich auf sein Pferd gehoben, und der Hengst führte beide bis vor Branchidais Stadttor, als vermochte er, im Dunkeln wie eine Katze zu sehen. Kein Wunder, dass Skythes seinen vierbeinigen Freund mit größtem Respekt behandelte.

Als sie sich in Deckung einer Hecke trennten, da hielt er ihre Hand weit länger als nötig, auch wenn er mehrfach betonte, er wolle im Grunde nur sicherstellen, dass sie die rechte Richtung einhielt.

Schließlich hatte sie sich frei gemacht und war aufgewühlt und mit glühenden Schläfen dem Tore entgegengeeilt. Zwei, drei Schritte, dann war ihr Begleiter auch schon mit der Nacht verschmolzen. Plötzlich aber drehte sie sich um und fragte nach kurzem Zögern in die Dunkelheit hinein, ob er vielleicht auch an einem persischen Teppich interessiert sei.

Als Didyme ihm nun kurz den Teppich beschrieb, da reichte zu ihrer Überraschung diese Schilderung, um Skythes regelrecht zu elektrisieren. Instinktiv zögerte sie jedoch, ihm auch von dem seltsamen Geweih zu erzählen.

Selbstverständlich wolle er den Teppich sehen, und Didyme verbrachte die nächsten Nächte damit, sich immer wieder einzureden, dass es ihm bei dem bevorstehenden Treffen natürlich weit weniger um den Teppich als um ihre Gegenwart ging. Skythes hatte sie geradezu enthusiastisch umarmt, wie sie es weiland nur von ihrer Großmutter gewohnt gewesen war und wie sie es bei ihren Eltern stets so schmerzlich vermisste.

Der Teppich

Didyme zog ihre persische Hose zurecht, diese Kleidung eignete sich für eine nächtliche Expedition weit besser als die Tracht der Griechen, die keine Hosen und keine genähten Jacken mit langen Ärmeln kannten. Dann beugte sie sich vorsichtig über Lykurgos. Der Kleine war tatsächlich eingeschlummert. So leise als möglich griff sie ihren Teppich und huschte hinaus in die Gasse.

Mitternacht war lange vorbei, als Didyme mit ihrer Teppichrolle durch die Straßen schlich. Überall roch sie den vertrauten Schmutz der Stadt, auch wenn mittlerweile der ekelhafte Qualm immer erstickender in die kleine Siedlung drückte.

Ihre Gedanken schweiften zurück zu Lykurgos. Jetzt, da ihr kleiner Neffe von dem Skythen wusste, würde sie ihren Freund vor den Eltern wohl nicht mehr allzu lange verheimlichen können. Sie hielten nicht viel von den schlitzäugigen Nomaden mit den flachen Gesichtern – bestimmt würde es Ärger geben.

Didyme musste sich eingestehen, dass auch sie mit dem Aussehen ihres Freundes ihre Schwierigkeiten hatte. Skythes wirkte so ganz anders als ein Perser oder Grieche aus Branchidai. Zwar gab es in Zentralasien neben Branchidai keine einzige griechische Stadt, doch die griechischen Landsleute waren für Didyme stets das Maß aller Dinge gewesen. Und nun hatte sie sich ausgerechnet mit einem Skythen angefreundet.

Während ihres ganzen Weges begegnete Didyme keinem Menschen, die Stadt schien wie ausgestorben. Aus den Häusern drang kein Licht, die Türen waren verrammelt. Man spürte förmlich die allgegenwärtige Angst, der sich niemand zu entziehen vermochte. Didymes Gedanken aber kreisten um Skythes. Wo er sie wohl dieses Mal berühren würde? An der Hand, oder ...?

Sie erreichte eine Bresche in der Mauer und ließ die Befestigungen hinter sich. Der Rauch war hier so dicht, dass er sogar den Mond verdunkelte.

Kein Zweifel, hinter dem Horizont brannten gleich mehrere Siedlungen, und Didyme fragte sich verzweifelt, was wohl schlimmer sei – dieser Dämon Alexander mit seiner Armee oder die wilden Skythen, die ihr Land seit Jahrhunderten in Atem hielten.

Alexander und seine zerstörerische Armee waren über Didymes Heimatprovinz Sogdien hergefallen wie der Thiasos des Dionysos, dessen Satyrn und Mänaden jeden zerfetzten, der sich ihnen in den Weg stellte. Eine wilde Jagd von Monstern, die nichts zurückließen als Tod und Zerstörung. Ein Wunder, dass ausgerechnet das winzige Branchidai diesem menschenmordenden Unwetter entgehen sollte. Nicht etwa die maroden Stadtmauern hatten ihre Heimatstadt beschützt, das wusste Didyme. Vielmehr die Tatsache, dass ihre Vorfahren keine Orientalen waren und vor sechs Generationen aus dem fernen Ionien von dem persischen Großkönig Xerxes hierher verbannt worden waren. Alexander, seine Truppen und Didymes Familie, alle waren sie Hellenen, und alle sprachen sie Griechisch. Wer hätte je gedacht, dass ausgerechnet die beinahe schon mythische Herkunft von Branchidai die Stadt jetzt vor dem Verderben retten würde?

Dennoch ging ihr dieser eine Satz Skythes‘ nicht aus dem Sinn: „Dieser Krieg ist unvermeidlich, und nur das Orakel der Toten weiß, wie er enden wird.“

Sie erinnerte sich noch genau, wie bei diesen Worten ihr Puls schneller schlug. Didyme hatte zuvor noch nie von einem Totenorakel gehört, doch Skythes hatte bei ihrer Frage nur grimmig aufgelacht. „Das willst du gar nicht wissen, denn wer auch immer vor das Orakel tritt, er ist des Todes.“ Offenbar war er nicht gewillt, noch Weiteres preiszugeben.

Unwillkürlich umklammerte sie ihren kleinen, aus Holz geschnitzten Talisman, den Skythes ihr jüngst geschenkt hatte. Der fingerlange Anhänger in Form eines Greifenkopfes gab ihr ein längst verloren geglaubtes Gefühl von Sicherheit.

Zum Glück blitzte zwischen den Rauchwolken gelegentlich der Nordstern auf, der sie bisher noch jedes Mal zu Skythes geleitet hatte. So ging sie vorsichtig weiter und erkannte schon bald ein einsam flackerndes Licht. Als sie näher kam, spürte sie wieder diese sinnliche Faszination, die sie jedes Mal erlebte, wenn sie die Muttersprache ihrer Großmutter hörte und dann auch selber so reden konnte. In Branchidai war Didyme die einzige, die Skythisch beherrschte. Eine Fähigkeit, die sie einst aus dem

Kreis der Kinder Branchidais heraushob. Dabei hatte sich Didyme niemals als Skythin gefühlt, auch wenn ihr das Schimpfwort „Massagetin“ noch heute anhing.

Das Licht kam näher, doch Didyme zögerte unwillkürlich. Eigentlich hätte der alte Hengst sie doch längst ankündigen müssen. Instinktiv verlangsamte sie ihren Schritt, als plötzlich unmittelbar vor ihr im Mondlicht eine Gestalt auftauchte. Ihr persischer Auftraggeber! Didyme blieb wie angewurzelt stehen. Wie kam dieser Atrobates hier an diesen einsamen Ort?

Zum Nachdenken blieb keine Zeit, sein erlesenes Parfüm stieg ihr bereits in die Nase. Einen solch betörenden Duft kannte sie von zuhause nicht, und auch wenn sie es eigentlich nicht zugeben wollte, spürte sie seine anziehende Wirkung. Dieses Parfüm war das einzig Bemerkenswerte an diesem überheblichen Widerling.

Da hörte sie auch schon, wie er ungehalten nach ihr rief: „Didyme? Was treibst du hier draußen? Und das auch noch mit meinem Teppich! Es ist doch mein Teppich, oder?“ So wie seine Stimme bebte, war er mindestens so nervös wie Didyme selbst.

Seine Unsicherheit gab ihr wenigstens die Kraft zu einer stotternden Gegenfrage. „Weshalb ..., weshalb bist du nicht nach Branchidai gekommen, wenn du mich sprechen willst?“

Er schien sie finster zu taxieren. „Ich fürchtete“, dehnte er, „deine Stadt würde mich schwerlich als Freund begrüßen, nicht seit ihr zu Alexander übergelaufen seid!“

Trotz ihrer Verunsicherung gelang es ihr, Entrüstung in ihre Stimme zu legen. „Wir sind nicht übergelaufen! Wir haben nur Alexanders Gesandtschaft begrüßt. Er hat schon so viele Städte verbrannt, da mussten wir doch verhandeln!“

„Treuloses Pack! Das war euch nicht erlaubt! Ihr seid persische Untertanen, Eigentum des Königs der Könige, Untergebene meines Volkes. Über Generationen hinweg haben wir euch vor den Nomaden beschützt, und jetzt lasst ihr uns so schmählich im Stich!“

Beschützt? Didyme dachte unwillkürlich an die Geschichten ihrer Ahnen, die davon berichteten, wie man sie einst gewaltsam aus ihrer Heimat entführt hatte, um sie hier am Ende der Welt anzusiedeln. „Euren Schutz haben wir nicht vergessen“, murmelte sie vorsichtig. „Aber jetzt ist er tot, euer König der Könige, und er war der letzte der Achämeniden. Außerdem wurde er von Persern ermordet, von seinen eigenen Leuten, nachdem euch Alexander in drei blutigen Schlachten niedergeworfen hatte.“

Sie konnte nicht umhin, bei dem Gedanken an persische Niederlagen klammheimlich so etwas wie Befriedigung zu empfinden. Dass dieser

Alexander, der ja selbst ein Grieche war, das übermächtige Perserreich binnen weniger Jahre nahezu aufgerieben hatte, das schmeichelte ihr irgendwie. Natürlich war das grotesk, immerhin hatte sie gerade noch ihren kleinen Neffen mit der schlichten Erwähnung Alexanders unter die Bettdecke geschickt. Und dennoch begriff sie die Siege des Königs als eine Art Bestätigung ihres eigenen Hellenentums. Bisher hatte sie darüber kaum je nachgedacht, aber jetzt, angesichts all der Anklagen, die ihr Atrobates ins Gesicht schleuderte, da war sie plötzlich klar und unmissverständlich: die Identifikation mit der mythischen Heimat, auch wenn sie außer Branchidai nie eine andere Griechenstadt betreten hatte.

Atrobates schnaubte grimmig. „Die Achämeniden mögen als Familie am Ende sein, aber Persien lebt auf ewig. Wir wählen einen neuen König, und zusammen mit ihm werden wir aus dem Schutt unserer Städte auferstehen, denn unser Ruhm ist unsterblich und auch unsere Macht wird es wieder sein. Du und deine jämmerlichen Landsleute, Ihr wolltet nur eure Hälse retten. Ihr seid Verräter an der Sache des Orients."

In seiner Erregung griff er nach ihr und Didyme stolperte in letzter Sekunde zurück. „Wir sind keine Verräter! Aber wir sind Griechen wie Alexander, vielleicht könnten wir sogar zwischen ihm und deinem Volk vermitteln ..."

Sein bitteres Auflachen riss ihr förmlich das Wort vom Mund. „Vermitteln? Hast du vergessen, was jetzt dort draußen in der Dunkelheit brennt? Es sind nicht nur unsere Städte, dort verglüht auch deine Heimat! Du schwafelst von diesem Griechenland, aber du bleibst eine Orientalin! Oder hast du vergessen, dass euer Alexander gerade dabei ist, alle sogdischen Männer zusammenzutreiben, um sie zu exekutieren?"

Seine Worte fuhren ihr durch Mark und Bein. „Er ..., er lässt sie umbringen?"

„Wie er sie findet", zischte er zurück. „Und deshalb haben wir jetzt die Massageten gerufen, in ihnen finden wir treuere Verbündete als in Branchidai. Die Nomaden sind vielleicht des Orients letzte Chance, um Alexander doch noch zu vernichten, ihn, den der große Ahura Mazda verfluchen möge. Der Widerstand ist nun in vollem Gange und das Reich der Perser ist längst zum Gegenangriff angetreten. Der große Spitamenes hat sich jüngst mit der Unterstützung der Massageten an die Spitze der baktrischen Revolte gesetzt und bereits die ersten makedonischen Kontingente vernichtet. Wenn es gilt, Alexander zu töten, was kümmern uns dann einige verräterische Städte?"

Didyme konnte kaum fassen, was sie da hörte. Die Perser hatten sich mit den Massageten verbündet? „Aber das ist doch Wahnsinn! Sie bringen uns um, die Massageten töten uns schon seit Jahrhunderten – Perser und Griechen, Sogdier und Baktrer, alles was ihnen vor die Bogen kommt! Und jetzt wollt ihr sie rufen? Selbst wenn Spitamenes mit ihrer Hilfe Alexander besiegen sollte, so werden sich ihre Horden doch nach einem Sieg sofort auf eure Städte stürzen!"

Noch während sie sprach, begriff sie, und ihr wurde dabei siedend heiß, was Skythes hier südlich des Jaxartes trieb. Es ging ihm nicht um eine Teppichweberin. Ihr guter Freund Skythes war ein Kundschafter, und es waren ausgerechnet die Perser, die diese Skythen auf das Land der tausend Städte losgelassen hatten. Doch ehe sie den Gedanken vollenden konnte, sprang ihr Atrobates schon entgegen und packte ihre Arme. Sie konnte nicht verhindern, dass der Teppich zu Boden glitt.

Atrobates schüttelte sie, außer sich, doch war ihm offensichtlich eher daran gelegen, sie zu beruhigen. Kein Wunder, so nahe an den Stadtmauern wollte er wahrscheinlich kein Aufsehen erregen, und so klang er jetzt schon bedeutend gemäßigter. „Diesmal werden die Massageten unsere Verbündeten sein. Wir haben ihnen Gold versprochen, wir ..."

Didyme lachte schrill. „Und das Gold rauben sie dann von uns, von euren Untertanen! Die Perser besitzen ja nichts mehr, euer Staatsschatz ist längst in Alexanders Händen!"

Das Thema mochte er offensichtlich nicht, und so bückte er sich abrupt, um den Teppich aufzuheben. „Was wolltest du hier draußen mit dem Teppich? Wem wolltest du ihn zeigen?"

Ahnte er tatsächlich nichts von Skythes? Doch was trieb ihn dann hierher?

Zum Glück wartete er auch gar nicht erst auf ihre Antwort. Er hielt das Lämpchen über den Teppich. „Fäden des Schicksals – Farben des Lebens", murmelte er fasziniert, ohne dass Didyme die geringste Ahnung hatte, was er damit meinen mochte. Sie hatte jetzt ganz andere Sorgen.

Wo war Skythes? Ihre Unrast stieg mit jeder Sekunde. War ihm etwas zugestoßen? Auch wenn sie ihn mittlerweile für einen Spion hielt, die Vorstellung, Atrobates könnte ihn ermordet haben, schmerzte sie mehr als sie wahrhaben wollte. Selbst wenn sie sich verriet, sie brauchte jetzt Gewissheit. „Ich ... ich wollte hier einen Freund treffen, aber wie kommst du hierher mitten in der Nacht?"

Atrobates knurrte nur. „Was ist mit diesen Hirschen hier?" Heftig wies er auf den Teppich.

„Ich weiß", stotterte sie und verwünschte ihre eigene Unsicherheit. „Sie sind leider nicht ganz gelungen. Hirsche mit diesem Geweih müssten eigentlich Bärte tragen." Und noch während sie es hervorstieß, erschrak sie selbst vor dem Gesagten. Woher wusste sie das eigentlich? Schließlich hatte sie noch nie ein solches Tier erblickt. Woher ...? Und dann fiel es ihr wie Schuppen von den Augen: Diese bärtigen Hirsche mit dem Schaufelgeweih, sie hatte solche Tiere beobachtet, in ihren Visionen!

Didyme stand wie versteinert.

Atrobates blickte auf und schien nachdenklich die Augen zusammenzukneifen. „Bärte? Woher willst du das wissen? Kennst du solche Tiere?“ Seine Frage klang ausgesprochen misstrauisch, und Didyme begriff von einer Sekunde zur anderen, dass er nicht die geringste Ahnung hatte, wie die Hirsche aussehen mussten, die zu seinem Geweih gehörten. Wahrscheinlich hatte das Geweih bei ihm noch niemals eine Vision ausgelöst. Ebenso wenig wie bei ihrer Mutter oder ihren kleinen Nichten. Didyme hatte das ausgiebig getestet. Doch wenn Atrobates gar nicht wusste, welche Kräfte in den Schnitzereien schlummerten, weshalb hatte er dann den Teppich in Auftrag gegeben, ausgerechnet jetzt, mitten im Krieg?

„Woher kennst du solche Tiere?“, wiederholte er drohend.

Didyme hustete, als sie von einer stinkenden Wolke eingehüllt wurden. „Ich ..., ich beobachtete ein solches Tier, in einem Traum. Ich weiß selbst nicht ...“

Atrobates lachte nervös, jedoch mit einem seltsamen Unterton in der Stimme, ehe er sich wieder über den Teppich beugte. „Eigentlich sollte der Fries mit den Persern nicht nur Pferdeführer und ihre Tiere, sondern auch Reiter darstellen.“

„Reiter?“ Didyme fühlte sich groteskerweise schuldig, obwohl er dieses Ansinnen zum ersten Mal vorbrachte. „Aber dazu hätte ich den Fries viel höher anlegen müssen. Schließlich würden die Köpfe von Reitern viel weiter emporragen als die der Pferdeführer.“

„Aber ich wollte eigentlich Reiter!“, wiederholte er unwirsch, doch schien er ungeachtet seines Tadels seltsamerweise ganz außerordentlich zufrieden, so zufrieden, dass er ein Lob nicht unterdrücken konnte. „Dennoch, der Teppich ist dir wahrhaft trefflich gelungen.“ Er räusperte sich. „Im Grunde ist dein Teppich beinahe so schön wie du.“

Das kam so unerwartet, dass Didyme die Antwort in der Kehle stecken blieb. Doch da trat er ihr bereits mit verbindlicher Geste entgegen und reichte ihr zwei Armbänder aus purem Gold. Didyme war so konsterniert, dass sie sie widerstandslos entgegennahm. Was sollte das? Das Verschenken von Schmuck war bei Persern stets ein untrügliches Zeichen für eine enge Verbindung, für einen Pakt zwischen dem König und seinen Untertanen oder zwischen Mann und Frau ...

Atrobates schien ihre Gedanken zu erraten. „Ich habe bereits vor Wochen mit deinem Vater gesprochen, und er hat zugestimmt.“

Zugestimmt? Didyme riss die Augen auf und war keines Wortes fähig.

„Natürlich hat er zugestimmt“, erklärte der Perser selbstgefällig. „Er hat eingewilligt, dass ich dich zu meiner Frau erhebe. Es wird dir gut gehen in meinem Harem, zumal du doch so großartige Stoffe webst."

Harem? Didyme duckte sich wie ein Tier in der Falle. Der Schock saß tief. Die Vorstellung, dass dieser so durch und durch unsympathische Mensch sie berühren könnte, dass sie ihm ausgeliefert sein würde ... „Stoffe zu weben, das gilt euch Persern doch nur als Sklavenarbeit!" Sie stieß es protestierend hervor, und der Orientale schien im Mondlicht höhnisch zu lächeln. Plötzlich hatte sie nur noch einen Gedanken, schnellstens das Weite zu suchen. Sie riss den Teppich an sich und flüchtete in die Nacht hinein, sogar vergessend, dass sie seinen Goldschmuck unter der Jacke trug.

So stürmte sie durch die Dunkelheit und fürchtete schon, sich verirrt zu haben, als es vor ihr ganz unerwartet heller wurde. Fackellicht! Hatte sie sich verschätzt? Waren das bereits die Wachen am Tor von Branchidai?

Im nächsten Augenblick erreichten sie auch tatsächlich griechische Laute, obwohl sie die Stimmen nicht wirklich verstehen konnte – Männerstimmen auf jeden Fall. Didyme hastete ihnen erleichtert entgegen. Gleich hatte sie Atrobates endgültig abgeschüttelt, gleich war sie gerettet ...

Die Stimmen wurden deutlicher, und plötzlich schälte sich ein griechisch gewappneter Mann mit einer Fackel unmittelbar vor ihr aus dem Qualm. Didyme ließ sich instinktiv zu Boden sinken. Beim gütigen Apoll, das war keiner ihrer eigenen Leute, seine Waffen sahen ganz anders aus. Bei allen Göttern, das war ein Makedone, der Kerl gehörte zur Armee Alexanders! Doch was trieb ihn mitten in der Nacht vor Branchidais Tore?

Er hatte sie bemerkt und stürzte auf sie zu, griff sie und riss sie vom Boden hoch. Der Kerl lachte roh, als er ein Mädchen erkannte, und Didyme verlor den Teppich bei einem hilflosen Versuch, den Makedonen abzuwehren.

Der Kämpfer umklammerte sie mühelos mit einem Arm, dabei senkte er unvorsichtigerweise die Fackel, um nachzuprüfen, was ihr da gerade entglitten war. Didyme schrie auf, doch da griffen die Flammen auch schon nach dem kostbaren Gewebe, just in dem Moment, in dem Atrobates aus der Dunkelheit taumelte.

Der Perser stürzte mit einem Wutschrei heran, doch flammte der Teppich bereits so lichterloh, dass sie sich alle drei zur Seite warfen. Im nächsten Moment schoss eine geradezu magische Stichflamme hoch empor in die qualmverhangene Nacht und hüllte den Makedonen so blitzschnell ein, dass seine Kleidung augenblicklich Feuer fing.

Auch Didyme wurde von dem heißen Feuerodem wie von einer gewaltigen Faust zur Seite gefegt und fand sich auf dem Boden wieder, als der unwirkliche Feuersturm schon wieder erlosch.

Geblendet taumelte sie hoch und hastete davon, den sanften Hang eines Hügels hinauf. Doch schon nach wenigen Schritten erreichte sie das Klirren von Waffen. Auf der schemenhaft zu erkennenden Hügelkuppe erschienen einige Fackelträger und zahlreiche Bewaffnete. Didyme konnte gerade noch hinter einem Busch untertauchen, da erkannte sie auch schon einen jungen Mann mit blondem Haar in schimmernder Rüstung im Kreise seiner Leibwachen. War das etwa ...?

Der Mann thronte wie ein orientalischer Potentat in einer kostbaren Sänfte, trotz der Dunkelheit von einem Sonnenschirm überragt. Der Schirm war eine achämenidische Insignie, das wusste sie wohl, aber der junge Mann war fraglos ein Grieche.

Didyme atmete schwer. Ein blonder Fürst in griechischer Wehr und mit weißem Helmbusch, das musste Alexander sein! Und dann waren sie plötzlich wieder in ihrem Kopf, all diese Gräuelgeschichten von Hinrichtungen und Exekutionen. Auf allen vieren kroch sie den Abhang hinunter, fort, nur fort!

Branchidai

Außer Sichtweite raffte sich Didyme endlich auf. Sie musste unbedingt zurück, zurück nach Branchidai, ihre Leute warnen ... Denn dass die Makedonen und dieser Alexander hier mitten in der Nacht nicht ohne Grund vor Branchidais Mauern Stellung bezogen hatten, war ihr inzwischen schmerzhaft klar geworden. Das alles versetzte sie geradezu in Panik.

Sie hatte die Stadt schon beinahe erreicht, als ihr plötzlich heftiges Gebrüll entgegenschallte, dem schnell andere Stimmen antworteten, und alle sprachen sie Griechisch!

Mit einem Mal flammten überall Fackeln auf, die nun Branchidais bescheidenen Mauerring auf schauerliche Weise illuminierten. Kein Zweifel, das war ein Angriff! Aber warum bestürmte man Branchidai? Waren doch die Verhandlungen sogar mit Alexander persönlich geführt worden! Didymes Vater hatte zur Delegation gehört und berichtet, dass der König sie freundlich aufgenommen hatte und überraschenderweise über das jahrhundertelange Exil der Branchiden im Bilde gewesen war. Alexander ließ sich die Geschichte von der Generationen zurückliegenden Zwangsumsiedlung didymeischer Priesterschaft sogar von einigen Milesiern bestätigen, die in seiner Armee Dienst taten und deren reiche Stadt einst ganz in der Nähe des alten Branchidai gelegen hatte. Weshalb, bei allen Göttern Griechenlands, erschien der König jetzt hier vor Branchidais Mauern, um ausgerechnet die einzige griechische Stadt Zentralasiens zu belagern?

Das seit Generationen bröckelige Gemäuer war zwar während der letzten Wochen halbwegs instand gesetzt worden, oder besser, man hatte versucht es zu reparieren, doch nur mit sehr bescheidenem Erfolg. Ihre Vaterstadt vermochte einem Ansturm dieser Armee unmöglich standzuhalten, daran gab es nicht den geringsten Zweifel. Schon erklommen die ersten Angreifer die Mauerkrone, die nur von ganz wenigen Wachen gedeckt wurde. Schließlich hatte kein Mensch mit einem Überfall gerechnet. Nur hier und da flog den Angreifern ein Pfeil oder eine Lanze entgegen, Geschosse, von denen nur wenige ihr Ziel erreichten.

Didyme konnte von Glück sagen, dass man sie bis jetzt nicht entdeckt hatte. Mittlerweile stürmten links neben ihr ganze Abteilungen von Bogenschützen vor die Mauern und überschütteten die Stadt mit einem wahren Hagel an Brandpfeilen, während andere Kontingente zu ihrer Rechten das Stadttor berannten. Augenblicke später stürmten die Angreifer auch schon über die Trümmer des Tores.

Didyme kauerte wie ein Häuflein Elend auf dem Boden. Das konnten doch keine Griechen sein, keine Landsleute. Inmitten dieses Dramas fiel ihr siedend heiß ein, wie jemand erzählt hatte, dass Alexander und der Kern seines Heeres sich als Makedonen betrachteten, was immer das auch sein mochte. Vielleicht war er ja gar kein richtiger Grieche? In jedem Fall war sein Vorgehen schrecklich und verbrecherisch.

Didyme schmiegte sich an den Boden. Unterdessen hatten die Angreifer in Scharen die Mauern überwunden, und der Rest stürmte nach rechts hinüber, um den leichteren Weg durch das zersplitterte Tor zu nehmen. Zurück blieben nur zahlreiche Fackeln und einige Tote, die den wenigen Geschossen der Verteidiger zum Opfer gefallen waren.

Ihre Familie, ihre Eltern und Lykurgos, sie musste zu ihnen, irgendwie helfen, ihnen ... aber wie sollte sie in die Stadt, wie ...? Beinahe wahnsinnig vor Entsetzen taumelte sie den Mauern entgegen und stürzte schon nach wenigen Schritten über einen toten Angreifer, dem ein Pfeil den Hals durchbohrt hatte. Wahrscheinlich war es dieser Anblick, der Didyme wieder halbwegs zu sich brachte. Die Waffen des Toten, natürlich! Ohne groß nachzudenken setzte sie sich den Helm auf, zerrte dem Gefallenen den mit Baumwolle gepolsterten Brustpanzer herunter und schlüpfte hinein. Dann griff sie sich das der Hand entglittene Schwert und stolperte dem Stadttor entgegen.

Niemand trat ihr entgegen, als sie über die Trümmer kletterte, und niemand hielt sie auf, als sie durch die Gassen stürmte. Doch wohin sie auch kam, überall empfing sie Rauch und Feuer, schallte ihr wahrhaft panisches Gebrüll entgegen. Ihre Landsleute waren von den Makedonen im Schlaf überrascht worden. Während die Brandpfeile über ihren Köpfen die Dächer entzündeten, stürzten die Angreifer bereits durch die Türen, und es gab niemanden, der dem Morden Einhalt geboten hätte. Hier ging es nicht um die Eroberung einer Stadt, das erkannte Didyme nun voller Entsetzen, hier ging es um die Vernichtung ihrer Bewohner, gleichgültig welchen Alters. Nur wenige wurden zu Boden gerissen, um gefesselt weggeschleppt zu werden – allesamt jüngere Frauen oder Mädchen. Männer, Kinder und ältere Menschen wurden auf der Stelle hingeschlachtet.

Unmittelbar vor ihr sprang eine Frau mit zwei kleinen Kindern aus einem brennenden Haus. Didyme kannte sie gut, der Anblick ihres Helms und ihrer Waffen aber trieb die Unglücklichen panisch in die Flucht. Didyme schrie verzweifelt hinter ihnen her, doch verschwanden sie bereits Sekunden später in einem dunklen Hinterhof.

Als Didyme ihnen folgte, blieb das Chaos der Vernichtung für einige Augenblicke hinter ihr zurück. Hier in der Finsternis wähnte sie sich einen Moment in Sicherheit. Hier kannte sie sich bestens aus. Die Flüchtigen erreichte sie zwar nicht mehr, aber über diese dunklen Winkel kam sie halbwegs unbehelligt zu ihrem Vaterhaus. Unter Umständen konnte ihre Familie über die Hinterhöfe ins Freie flüchten, sich vielleicht in dem Irrgarten aus Mauern und Mäuerchen verbergen? Es war nur eine verzweifelte Hoffnung, aber zugleich auch die einzige, die ihr noch geblieben war.

Keuchend vor Angst und Erschöpfung klomm sie über die Mauern, sprang in winzige Höfe, in die normalerweise kaum ein Lichtstrahl fiel, in denen jetzt jedoch der Widerschein tödlichen Feuers glomm. Das Grauen schien die Stadt auf dämonische Weise zu verändern, als seien sogar die Gemäuer lebendige Wesen, die sich nun vor Entsetzen krümmten.

So war es auch nur ihrem Instinkt zu verdanken, dass sie schließlich doch noch zum elterlichen Haus vordrang.

Auch hier loderten auf den Dächern erste Brände. Im Hof war kein Mensch zu erkennen, sie vernahm nichts außer dem Knistern der Flammen. Von einer hohen Mauer sprang sie hinunter und schlug höchst unsanft auf, da sie von ihrer ungewohnten Verkleidung behindert wurde. Sie verlor das Schwert, ohne es zu bemerken. Ehe sie noch die Zimmer ihrer Eltern erreichte, hörte sie plötzlich grölende Stimmen aus ihrem Atelier. Die Makedonen, sie waren schon da!

Didyme huschte über den Hof, schmiegte sich an die Mauer und lugte hinein in ihre Werkstatt. Die Schufte waren zu dritt und zertrümmerten so ziemlich alles, was sich überhaupt zerstören ließ. Sie prügelten sogar auf ihre Wandskizzen ein, als gelte es auch die letzten Reste ihrer Vergangenheit auszulöschen. Sie fetzten ihr bescheidenes Lager auseinander und rissen nun zu Didymes Entsetzen den kleinen Lykurgos unter den

Decken hervor, unter denen er sich offenbar bis zu dieser Sekunde vergraben hatte.

Unter rohen Schmährufen schwenkten sie das hilflose Kind im Licht einer Fackel. „Ein Knabe!“, grölte einer, und die anderen fielen höhnisch ein.

„Zu jung für einen Sklaven und zu klein für den Sklavenmarkt!“, antwortete ein zweiter. Er hatte seinen Satz noch kaum vollendet, da griff einer seiner Kumpane in das kindliche Lockenhaar und trennte mit einem einzigen Schwertschlag den Kopf vom Rumpf. Dann schleuderten sie den geschändeten Körper achtlos zur Seite. Er schlug unmittelbar vor der Tür zu Boden. Augenblicke später sickerte Didyme bereits das Blut entgegen. Der Anblick war so entsetzlich, sie wäre bewusstlos zu Boden gesunken, hätte sie nicht die blanke Angst auf den Beinen gehalten.

Zu ihrem Glück hatten die Makedonen noch immer keinen Blick für den Hof und den Rest des Hauses, ja sie durchwühlten jetzt sogar aufs Neue die Trümmer des Webstuhls ...

Ja, das war es! Sie waren nicht nur gekommen, um zu zerstören, sie suchten etwas. Einer begann sogar, den Boden aufzuhacken, ohne indes das Geweih zu bemerken. Gruben sie hier tatsächlich nach Schätzen, hier im ärmlichen Branchidai? War das der Grund für den bestialischen Angriff?

Das Quälendste für sie war diese Lähmung, die sie daran hinderte, sich den Mördern entgegenzuwerfen, Lykurgos und seinen Tod auf der Stelle zu rächen! Etwas zu unternehmen, anstatt sich so jämmerlich zu verstecken! Sie verabscheute sich dafür, dass sie, den kleinen Leichnam vor Augen, dennoch im Grunde die Hoffnung hegte, dass die Mörder nicht auf den Gedanken verfallen würden, sich nach der Werkstatt auch den Hof vorzunehmen.

Absurd, natürlich würden sie das! Dennoch blieb sie. Sie war einfach nicht imstande sich zu bewegen.

Wie lange sie sich an die Lehmziegelmauern schmiegte, sie wusste es nicht, sie lauschte nur dem barbarischen Orchester ungezügelter Vernichtung, dem Grölen der Angreifer und dem Prasseln der Flammen, denen die überall in Branchidai zusammenstürzenden Mauern ihren grausigen Takt schlugen. Sie begriff nicht einmal, dass sie längst ihre Augen geschlossen hatte, um das Unabänderliche nicht länger sehen zu müssen.

Ein gellender Schrei ließ sie aufschrecken. Didyme riss die Augen auf, gerade noch rechtzeitig, um zu sehen, wie Skythes mit gewaltigem Sprung aus der qualmerfüllten Gasse in die Werkstatt drang. In seiner skythischen Tracht, mit der spitzen Mütze und der reich bestickten Jacke schien er ein Wesen aus einer fremden Welt.

„Didyme?“, brüllte er mit schauerlicher Stimme. „Bist du hier?“

Skythes! Er war gekommen, um sie zu retten, nur für sie hatte er sich in die brennende Stadt gewagt!

Die Makedonen, die gerade noch wie Hunde den Raum durchwühlt hatten, stürzten sich ihm nach einem Moment der Überraschung entgegen, und er rang mit ihnen wie mit einem Rudel räudiger Gassenköter. Selbst ihre Waffen schien er kaum zu bemerken. Schon nach Sekunden zuckte seine hammerartige Streitaxt in die Brust des ersten Angreifers, dessen metallenen Brustpanzer er durchschlug wie einen Fetzen alten Stoffes. Der Mann fiel mit gellendem Schrei, was den Grimm der anderen nur noch steigerte. Während sie auf Skythes eindrangen und er sie mit seinem kleinen Skythenschild von sich abhielt, forderten sie bereits brüllend Hilfe an, als wüssten sie nur allzu gut, dass sie diesem grimmigen Kämpen nicht allzu lang widerstehen würden. Tatsächlich fand Skythes sogar jetzt noch Zeit, zwischen wütenden Schlägen, zwischen Angriff und Verteidigung, laut nach Didyme zu rufen. Doch die lehnte noch immer an der Mauer, unfähig auch nur ein einziges Glied zu regen.

Schon taumelte der zweite Grieche mit blutendem Arm, da erhielten die Mörder unversehens Hilfe aus der Gasse. Es musste sich gleich um mehrere Soldaten handeln, anderenfalls hätte Didyme ihre Schritte inmitten des Lärms schwerlich wahrgenommen. Und wie viele Hunde selbst den mächtigsten Hirsch zu Fall bringen, so zwang die Horde nun Skythes ins Freie und schließlich in die Flucht. Wenn Didyme auch nur einen Funken Mutes besessen hätte, dann wäre sie ihm wenigstens gefolgt, aber der Gedanke, den Mördern unter die Augen zu treten, über den kleinen Lykurgos hinwegzusteigen, das alles schien ihr ein Ding der Unmöglichkeit.

Kaum hatten die Kämpfer die Werkstatt geräumt, verstummten die gellenden Rufe. Didyme war wieder allein mit dem Prasseln und Knistern der Flammen und dem Krachen zusammenstürzender Dächer. Zum ersten Mal registrierte sie jetzt die sengende Hitze der Brände und den erstickenden Qualm. Sie krümmte sich würgend und fand sich unversehens auf dem Boden wieder. Tränen strömten ihr über die Wangen, als sie weinend über den Hof und zum Andron ihres Vaters kroch. Doch fand sie sein Zimmer menschenleer. War ihm tatsächlich die Flucht gelungen? Sie spürte Erleichterung, und endlich gelang es ihr, sich aufzuraffen und auf die Füße zu kommen. Als sie hinaustaumelte, da drückte der Nachtwind den verbrannten Odem der Stadt so dicht in den Hof, dass sie kaum die Hand vor den Augen erkannte.

Unmittelbar hinter dem Eingang zur Gynaikonitis stolperte sie über Menschenleiber, stürzte hinein in ihr Blut. Sehen konnte sie kaum etwas, aber dennoch wusste sie nur allzu genau, was hier vorgefallen war. Schluchzend tastete sie um sich. Ihre Mutter war tot und auch ihre beiden Nichten. Offenbar hatten sie versucht, sich zu verteidigen, und ihre

Mutter war ohnehin viel zu alt für den Sklavenmarkt. Doch wo war ihr Vater?

Schlotternd vor Angst durchsuchte sie den kleinen Raum, der den Frauen der Familie seit Jahren als Schlaf- und Arbeitszimmer diente. Und dann fand sie auch ihren Vater, von zwei Lanzen an die Wand genagelt. Sie stieß mit der Stirn gegen einen der Speere.

Das alles überstieg ihre Kräfte. Wie von Sinnen schlug sie mit dem immer noch behelmten Kopf gegen die Wand, immer wieder, immer wieder mit dem Helm gegen die Wand .... Aufwachen wollte sie, endlich, endlich aufwachen aus diesem Albtraum. Das alles musste ein Traum sein, niemals konnte die Wirklichkeit so grässlich sein.

Sie hörte nicht einmal die Schritte hinter sich. Selbst als man sie packte, sie hinaus in den Hof schleifte, schien ihr alles wie im Nebel, auch der Versuch, sich irgendwie zu verteidigen, was ihren Peinigern jedoch nur höhnisches Gelächter abnötigte. Ein Spott, der sie wenigstens ein Stück in die Wirklichkeit zurückbrachte.

Einer der Soldaten zerfetzte ihre ohnehin schon beträchtlich mitgenommene Jacke und schwenkte triumphierend die goldenen Armreifen, die ihr Atrobates erst vor wenigen Stunden überreicht hatte. Oder waren es Tage?

Eine Männerstimme schrie etwas in einem griechischen Dialekt, den Didyme nicht verstand, doch dafür drangen die Worte eines anderen Soldaten weit besser an ihr Ohr, als er die Schmuckstücke schwenkte. „Seht Ihr das? Sie verrät die Sache Griechenlands für persisches Gold! Tötet sie, schlagt ihr den Kopf ab!"

Sie erkannte vage, wie einer seine Klinge hob, war aber zu benommen, um dem Schlag irgendwie auszuweichen. Sie hatte nicht einmal mehr Tränen, ja, sie fühlte beinahe so etwas wie Erleichterung, dass nun bald alles vorbei sein würde, alles erledigt, alles still ...

„Nehmt ihr den Helm ab!", höhnte jemand, „dann klirrt es weniger."

Man riss ihr tatsächlich den Helm vom Kopf. Dabei huschte der Schein einer Fackel über Didymes Gesicht, und die Glut der Flamme sengte ihre Haut.

„Halt ein!", rief grinsend ein anderer. „Köpfen können wir sie später. Erst soll sie Griechenlands Sache dienen. Auf den Sklavenmarkt mit der Verräterin!"

Grölend stimmte die Runde zu.

Didyme wusste nicht einmal, ob der Henker sein Schwert sinken ließ. Erst als man sie auf die Straße schleppte, begriff sie so richtig, dass man sie begnadigt hatte, um sie noch weiter zu quälen.

Plötzlich hatte sie die Idee, dass Skythes hier irgendwo sein musste, doch so verzweifelt sie auch umherspähte, sie vermochte ihn nirgends zu entdecken. Das erste Gesicht, das sie in all diesem Grauen wirklich wahrnahm, war das Antlitz eines Offiziers. Er stand draußen auf der Straße und musterte sie durchdringend und wortlos.

Erst jetzt wurde ihr wirklich klar, dass ihre Welt vernichtet war und dass ihr massagetischer Freund wahrscheinlich der einzige war, auf den sie jetzt noch zählen konnte, falls er überhaupt noch lebte.

Man zerrte Didyme durch die Gassen, vorbei an Leichen und brennenden Häusern. Doch sie bewegte nur noch ein einziger Gedanke: Alexander finden und töten, töten – auch wenn sie nicht die geringste Ahnung hatte, wie sie das bewerkstelligen sollte.

Die Amazone

Während der nächsten Tage schleppte man sie nach Norden, zu Fuß und ohne jede Nahrung. Nur Wasser goss man ihr in ihren Mund und schlug ihr roh über den Rücken, wenn sie hustend nach Atem rang.

Sie war nicht allein, mit ihr waren einige junge Frauen aus Branchidai, sechzehn, so weit vermochte sie am zweiten Tag schon wieder zu zählen. Sechzehn Menschen, das war alles, was von ihrer Welt geblieben war. Die meisten kannte sie gut, doch jetzt hatte sie sich in eine hilflose Starre geflüchtet, die sie dazu brachte, das grausige Geschehen von außen, wie mit den Augen Dritter zu betrachten. Ihren Leidensgenossinnen erging es wohl nicht besser. Didyme erinnerte sich nach einigen Tagen, dass schon in der ersten Nacht zwei oder drei gestorben waren, nein, erlöst wurden. Sie erlagen ihren Verletzungen. Eine von ihnen hatte eine Stichwunde empfangen, als sie ihren Mann verteidigte. Als „Anerkennung" sollte sie von ihren griechischen Peinigern als Hure veräußert werden.

Als die junge Frau endgültig ihre Augen schloss, da verspürte Didyme nichts als Neid. Wenn sie nur sterben könnte! Doch selbst wenn eine Waffe zur Hand gewesen wäre, sie hätte wohl schwerlich den Mut aufgebracht, Hand an sich zu legen. Ein Gefühl von Hilflosigkeit und Erbärmlichkeit ergriff von ihr Besitz, verstärkte ihr Elend noch.

Als ein neuer Morgen graute, ertappte sie sich zum ersten Mal bei dem Gedanken, dass sie ihr elendes Schicksal irgendwie verdiente. Schließlich war sie nicht bereit gewesen, um ihr Leben zu kämpfen oder gar ihre Familie zu verteidigen.

Die folgenden Tage waren erfüllt von Beschimpfungen, mit denen man sie wie Vieh über die Ebene trieb. Tief in ihr Bewusstsein grub sich der Hohn ihrer neuen Besitzer, und zum ersten Mal verband sie das Wort Griechenland mit Barbarentum. Schließlich waren es Hellenen, die ihr wieder und wieder zuzischten, dass sie die Rache der Milesier endlich erreicht hätte. Doch Didyme hatte nicht die geringste Vorstellung, welcher Grieche oder Milesier sich ausgerechnet an ihr rächen sollte.

Nach einigen qualvollen Tagen führte man sie einem Marktplatz entgegen, mitten durch ein unübersehbares Heerlager und durch endlose Massen schwer bewaffneter Männer, die in ekelhafter Gier hinter ihnen herstarrten. Kein Zweifel, das war sie, die Armee Alexanders, die in den letzten Jahren das Perserreich bis nach Ägypten unterworfen hatte. Ihre Eltern hatten ihr beigebracht, dass das Perserreich seit jeher der Todfeind der Hellenen gewesen sei, und so empfand sie einst sogar so etwas wie Bewunderung für die Siege Alexanders. Die Trümmer von Branchidai aber änderten alles, jetzt gab es für sie keinen Zweifel mehr, dass die Götter den Sieg der falschen Seite zugeteilt hatten.

Auf dem langen Gang durch diese stinkenden Massen vermochte Didyme schon bald nicht mehr in all dem Geschrei und Gegeifer unterschiedlichster Völkerschaften irgendwelche Eindrücke festzuhalten. Und sie wollte auch nichts mehr sehen, zog sich zurück in sich selbst. Vor ihren gepeinigten Augen verschmolz alles um sie herum zu einem mörderischen Orkan, zu einem tobenden Meer, das sie mit tödlicher Sicherheit verschlingen würde. Die glitzernden Rüstungen, die schmutzigen Lumpen irgendwelcher Hilfstruppen und die prachtvoll gekleideten Offiziere von Eliteeinheiten, das Hämmern zahlloser Schmiede, das Geraune aus Tausenden von Kehlen, das Gebrüll unzähliger Tiere, die wie sie zur Schlachtbank geführt wurden, all das perlte von ihr ab. Von dem langen Marsch durch diese lagernde Völkerwanderung blieb ihr eigentlich nur das verzweifelte Blöken einiger Opferschafe – die einzigen Wesen inmitten dieser vibrierenden Masse, denen sie sich irgendwie verbunden fühlte. Schließlich war auch sie nichts anderes, nur dass man sie nicht gleich schlachten würde.

Als sich die Männermassen lichteten, da erreichten sie die offensichtlich hastig aus Lehmziegeln aufgeschichteten Mauern einer Stadt, von der Didyme noch nie gehört hatte. Ganz in der Nähe erhoben sich auch einige Altäre, von denen dünne Rauchfäden in den Himmel stiegen und vor denen noch immer die Blutlachen der Opfertiere in der Sonne schimmerten. Neben den Altären staken Thyrsosstäbe tief im Boden, mannshohe Stäbe mit einem Pinienzapfen an der Spitze. Die Zepter des Griechengottes Dionysos, ein jugendlicher Gott, für den sie selbst oft genug Opfer verrichtet hatte. Was hatte sie verbrochen, dass die Götter ihrer Ahnen sie so schmählich im Stich ließen?

Didyme kicherte hysterisch. Auf welcher Seite stand nun dieser Gott, dem auch diese Makedonen opferten? Bemitleidete er das vernichtete Branchidai oder feierte er gerade den Sieg Alexanders? Was half ihr hier die Religion? Das erste Mal verachtete Didyme ihren Glauben an die Götter.

Inzwischen waren sie an einem etwa drei Ellen hohen Podest angekommen, auf dem sich Didyme und ihre Leidensgenossinnen präsentieren sollten. „Der Markt von Alexandria Eschate, dem entferntesten Alexandria", verkündete einer ihrer Peiniger. „Sie sollten sich glücklich schätzen, denn hier liegt der Schlüssel zu ihrer Zukunft."

Alexandria Eschate, offenbar lautete so der Name dieser neuen Stadt, die der ihr verhasste Alexander wohl erst vor wenigen Tagen gegründet hatte.

Zum ersten Mal fand sie die Kraft, einigen Gesprächsfetzen der Sklavenhändler zu lauschen. Dieses Alexandria Eschate war offenbar als Grenzstadt geplant, um den Jaxartes gegen die Skythenvölker des Nordens zu sichern. Wahrscheinlich zog Alexander einige Veteranen und Söldner seiner Armee, Verwundete sowie Einwohner umliegender Dörfer in der Stadt zu einer neuen Bevölkerung zusammen.

Diese Stadt sollte Männer wie Skythes daran hindern, über die dicht besiedelten Ebenen herzufallen. Didyme konnte sich eines zornigen Aufschluchzens nicht erwehren. Wie sollte diese Siedlung die Massageten bezwingen, Völkerschaften, die noch niemals besiegt wurden, nicht einmal von den Achämeniden? Didyme wusste nur zu gut, dass die Massageten mit dem großen Kyros sogar den berühmtesten aller Perserkönige besiegt und getötet hatten. Und so begann sie sich unwillkürlich zu fragen, ob die Skythen wohl imstande waren, ihren Sieg bei der Alexanderarmee zu wiederholen?

Nie hätte sie gedacht, dass sie Griechen jemals den Tod wünschen könnte, doch jetzt, vor diesem Podest, auf dem sie gleich all diesen Männermassen zum Kauf feilgeboten werden sollte, da erschien ihr die Vernichtung dieser Armee noch als ein viel zu gnädiges Schicksal.

Das warnende Knallen einer Peitsche beendete schlagartig all ihre Rachegelüste und stürzte sie zurück in eine Realität von Erniedrigung und Schmerz. Zusammen mit den anderen Frauen musste sie sich in einigen Kübeln Wasser säubern und dann auf das Podest klettern, um sich oben der Menge zu präsentieren.

Das Podest entzog sie wenigstens dem Zugriff der Männer, zumindest für eine Weile. Als Didyme in die Gesichter ihrer Gefährtinnen blickte, in all die trockenen Augen, die keine Tränen mehr hatten, da begriff sie, dass sie mit ihren Gefühlen nicht alleine war. Wahrlich ein schwacher Trost.

Nicht all ihre Begleiterinnen hatten aufgegeben, schrie doch eine der Frauen hinab in die geifernd näher drängende Menge: „Haltet ein! Ich bin doch Griechin, so wie eure Mütter Griechinnen sind. Meine Ahnen stammen aus Didyma, aus dem alten Branchidai ..."

Ein Hohngelächter riss ihr die Worte von den Lippen, und einer der Händler rammte ihr verächtlich die Lanze in den Bauch, so dass sie sich qualvoll zusammenkrümmte. „Gerade weil Ihr aus Branchidai stammt, gerade deshalb haben wir euch vernichtet, Ihr Verräter an der griechischen Sache!“ Da war sie wieder, diese seltsame Anklage, die Didyme einfach nicht verstehen konnte.

Jetzt streckten auch andere Frauen den Männern ihre Hände entgegen. „Aber wir gehören doch zu eurem Volk, wir sind Hellenen!“

Auch sie ernteten nur Gelächter, und schließlich erklomm einer der Untenstehenden das Podest, setzte Didyme wieder jenen Helm auf, mit dem sie sich nach Branchidai geschlichen hatte und drückte ihr auch noch eine Lanze in die willenlosen Finger. „Wenn Ihr schon Hellenen seid, dann tragt gefälligst griechische Waffen!“

Der geifernde Spott verstärkte sich nochmals, vor allem, als der Kerl ihr in den Rücken fasste, und sie zwang, sich gerade hinzustellen und mit der Lanze zu posieren.

Zu allem Überfluss trabten jetzt noch Reiter aus dem nahen Stadttor herbei, Reiter in blinkenden Rüstungen und roten Mänteln und in ihrer Mitte auf schwarzem Pferd ein Mann mit silberglänzendem Helm und weißem Helmbusch. Kein Zweifel, das war der Makedonenkönig selbst, jener Mann in der Sänfte, auf den sie in der Nacht der Vernichtung so zufällig gestoßen war.

Es war Alexanders Anblick, der ihren Hass aufs Neue lodern ließ. Zum ersten Mal fühlte sie sich wach, zum ersten Mal seit Tagen. Ja, sie hörte gar das Knirschen ihrer Zähne, als sie den König beobachtete. Machte er tatsächlich einen angegriffenen Eindruck? Oder lag es nur daran, dass er so zusammengesunken auf seinem Rappen saß, inmitten all dieser imposanten Begleiter? Jetzt deutete er auf das Podest, um dann herrisch zu den Händlern hinüberzuwinken, doch blieb seine Stimme gänzlich unverständlich. Schließlich wiederholte mit lautem Ruf einer seiner Begleiter die Anordnung: „So spricht der große König Alexander: Tummelt euch, wir haben hier nicht ewig Zeit!“

Einige der Frauen begriffen erst jetzt, wen sie vor sich hatten und nutzten die Gegenwart des Königs, um ihn anzuflehen. „Gnade, habt Erbarmen! Verschont uns!“

Auch Didyme stimmte unwillkürlich ein in den Hilferuf und hasste sich dafür – umso mehr, als der König keinen Blick für ihr Elend hatte. Das war so erniedrigend, so niederschmetternd, dass sie schließlich halb weinend, halb schluchzend zu ihm hinüberschrie. „Das kostet dein Leben, dein Leben ...!“

Die Händler, die geradewegs zwischen Alexander und Didyme standen, brachen erneut in Gelächter aus. „Hört unsere Amazone! Sie will eine Hellenin sein und spricht nicht mal richtig Griechisch. Und töten will sie uns auch noch!“

„Aber erst, nachdem sie viel Geld gebracht hat!", fiel ein anderer ein.

Didyme weinte, drohte und schrie, ohne zu wissen, was sie überhaupt hinausbrüllte, bis ihr jemand in den Magen schlug und ihr einen Knebel in den Mund zwängte, als sie sich würgend zusammenkrümmte. Ihr entglitt der Speer, doch brachten sie einige Ohrfeigen bald wieder zur Räson, bis sie sich an diese widerliche Lanze klammerte wie eine Ertrinkende an ein Trümmerstück.

Augenblicke später drängten sich bereits die ersten Käufer um die Gruppe der Verzweifelten. Zu allem Unglück zog Didyme aufgrund ihrer Jugend und ihrer Aufmachung das meiste Interesse auf sich. Unter den potenziellen Käufern waren sowohl Orientalen als auch Griechen und Makedonen, von denen einige reich gekleidet waren. Zu Didymes Bestürzung darunter auch jener Offizier, den sie in der Schreckensnacht von Branchidai auf der Straße beobachtet hatte.

„Passt du in mein Bordell, Kleine?", schrie ein Perser von der Seite in holprigem Griechisch. „Zeig dich, zeig dich, meine Kunden mögen das!"

Doch der Offizier schob ihn zur Seite. „Sag mir, was du wert bist!", spottete er und drängte sich näher. „Ich ..."

Er kam nicht weiter, ritt doch in dieser Sekunde ein Trupp persisch gekleideter Kavalleristen in den Markt und vor das Podest. Alle waren sie schwer bewaffnet, trugen Bogen, Lanzen und Schilde. Die Reiter teilten die Schar der Kunden schier mühelos. Sogar der Makedone wich unwillkürlich zurück. Ein hünenhafter Reiter, der seine zwei Lanzen wie Spielzeuge in der Hand hielt, beugte sich vom Pferd zu der schwankenden Didyme. Er war jung, bartlos und wirkte wahrhaft majestätisch. Nach orientalischer Sitte trug er prachtvollen Goldschmuck am Hals und an den Handgelenken.

Doch Perser waren das nicht, die spitzen Mützen und einige andere Details ihrer Tracht verriet nur allzu deutlich ihre massagetische Herkunft. Gehörten sie am Ende zu Skythes? Allein der Gedanke genügte, um Didyme wieder etwas aufzurichten, ja, sie fand sogar die Kraft, sie genauer ins Auge zu fassen.

In der Tat waren sie alle halb wie Perser, halb wie Skythen gekleidet, sie trugen Hosen und den Kandys, den charakteristischen Persermantel, den man sich um die Schultern hängte, ohne mit den Armen in die langen Ärmel zu schlüpfen.

Doch erst als Didyme dem hünenhaften Reiter ins Gesicht blickte, erkannte sie, dass es sich um eine überaus hoch gewachsene Frau handelte, die höchstens fünfundzwanzig Jahre zählen mochte und für die die Beschreibung Heroine beinahe noch eine Untertreibung schien. Als sie Didyme berührte, da zögerte sie, bis aus ihrer Begleitung ein spöttischer Frauenruf aufklang. „Nur Mut, Thalestris, nur Mut!"

Die Ermunterung stammte von einem eher mongolisch wirkenden Reiter mit breitem Gesicht und geschlitzten Augen, der Didyme unwillkürlich an Skythes erinnerte. Doch nein, Großer Apoll, das war ja ebenfalls eine Frau, so wie all die anderen Reiter, obwohl sie sämtlich Waffen trugen! Selbst in ihrer Verfassung überlief es Didyme siedend heiß, als sie begriff, wen sie vor sich hatte. Das waren überhaupt keine normalen Massageten, das waren Amazonen, wie ihr Vater diese kriegerischen Frauen genannt hätte.

So faszinierend die Ankömmlinge auch waren, für Didyme war diese Erkenntnis ein Schock. Amazonen und Skythes, das passte auf keinen Fall zusammen. Von diesen Kriegerinnen konnte sie keine Rettung erwarten.

Die im nahen Choresmien in den Ebenen bis zum Kaspischen Meer lebenden Skythenvölker waren aufgrund ihrer Königinnen und ihrer kämpferischen Frauen durchaus berüchtigt. Unzählige Legenden rankten sich um diese Amazonen, und selbst in ihrer verzweifelten Lage wähnte sich Didyme für einen kurzen Moment in eine Sagenwelt versetzt.

Doch dann zog ihr Thalestris ohne Umschweife den Knebel aus dem Mund. Didyme stieg ein seltsamer Geruch nach Rinde in die Nase, ein Duft, wie sie ihn noch nie zuvor bei einem Menschen wahrgenommen hatte. Sie zuckte unter der Hand der Kriegerin, und die Amazone lachte verächtlich. „Was zierst du dich? Dein Vater hätte dich doch ohnehin an einen Mann verkauft, ist es nicht so? Auf dem Sklavenmarkt müsstest du dich also ganz zuhause fühlen."

Der Spott einer Frau war mehr, als Didyme ertragen konnte, und ohne darüber auch nur eine Sekunde nachzudenken, spuckte sie ihr ins Gesicht. Dennoch fühlte sie sich wie hypnotisiert, als sähe sie eine Legende vor sich. Breit war diesese Gesicht und von wilder Schönheit, mit hohen Wangenknochen und durchdringenden Augen, die das Antlitz wie leuchtende Sterne beherrschten.

Die Amazone wischte sich den Speichel von der Wange, ganz langsam und mit unverhohlener Drohung, doch dann lachte sie nur verächtlich. „Du spuckst wie eine Sklavin!" Und mit diesen Worten nahm ihr Thalestris erst den Helm vom Kopf und zog ihr dann mit Daumen und Zeigefinger die Lippen auseinander, um Didymes Zähne wie beim Kauf eines Pferdes zu begutachten.

Irgendwo klatschte jemand Beifall, der sich verstärkte, als die Reiterin nun spöttisch Didymes Haut und Fingernägel überprüfte. „Ziemlich zerkratzt für eine Wertanlage!"

Dann stülpte sie Didyme mit lautem Lachen wieder den Helm über den Kopf und klopfte ihr anerkennend auf die Schulter. „Für eine Sklavin siehst du ziemlich gut aus, Mädchen."

Didyme brach aufs Neue in Tränen aus. Thalestris wollte offensichtlich noch etwas hinzusetzen, doch drängten sich nun einige Orientalen heran, die die Amazonen voller Misstrauen musterten. „Was sucht eine Königin der Massageten hier südlich des Flusses?"

„Diebische Nomaden!", pöbelte ein zweiter.

„Massagetenkönigin?" heulte ein dritter, „Nomadengesindel sage ich, Nomadengesindel!"

Mittlerweile näherten sich auch zahlreiche Makedonen, fraglos angelockt von der Eskalation des Szenarios. Die Amazone zog ihren Hengst zurück und winkte ihrer Begleitung. Offenbar lag ihr nichts an einer Konfrontation. Augenblicke später drängte sie bereits an der Spitze ihrer Gefährtinnen das Pferd durch die Menge, ohne Didyme noch einen einzigen Blick zu gönnen. Didyme blickte ihr durch Tränenschleier hinterher, doch da war die Bieterschlacht bereits wieder in vollem Gange.

Orientalen wie Makedonen überboten sich in wilder Folge, und ausgerechnet der Offizier aus Branchidai gab eines der höchsten Gebote ab, ein Mensch, bei dessen Anblick Didyme unwillkürlich schauderte.

„Zwanzig Drachmen", brüllte er. „Dreißig ...!"

„Fünfzig Drachmen", setzte der Makedone dagegen. „Sechzig Drachmen ... siebzig ... hundert ..."

Die Männer begleiteten die Auktion mit lautem Gejohle, als handele es sich um einen sportlichen Wettstreit. Mädchen auf Mädchen, Frau auf Frau wurde von Didymes Seite gerissen und verschwand mit ihrem neuen Eigentümer in der brodelnden Menge, in der sie nun auch Skythes zu erkennen glaubte. Oder war das nur ein Trugbild ihrer Verzweiflung, ein letztes Aufflackern vager Hoffnung?

Sie schrie zu ihm hinüber, doch noch während sie schluchzte, wandelte sich Skythes in ein perfektes Abbild von Atrobates, der ihr zynisch mit einem Beutel voll Gold entgegen winkte. Ein Albtraum, das alles war nur ein Albtraum.

„... 300 Drachmen!"

Didyme schrak hoch, und auch die Zuschauer verdrehten die Köpfe, um festzustellen von wem das letzte Gebot ergangen war.

Angesichts der für eine Sklavin extrem hohen Summe schienen sich einige der Bieter zurückzuziehen, als plötzlich ein Schrei durch das Raunen der Menge schnitt. „Tausend Drachmen für die Helmträgerin!"

Das kam von dem Offizier, und auch wenn Didyme letztlich keinen Grund angeben konnte, so ahnte sie doch instinktiv, dass sie diesem Mann auf keinen Fall in die Hände fallen durfte. In ihrer Panik, warf sie sich vor einem wildfremden Bieter auf die Knie. „Ich ..., ich spreche Griechisch und andere Sprachen. Viele Sprachen ... Ich kann übersetzen. Ich bin wertvoll, ich kann euch nützlich sein! So hört mir doch zu!"

„Eine gefallene Kriegerin!", höhnte ein Unbekannter. „Was für eine kühne Amazone!"

Didyme wusste nicht einmal, wer da rief oder wen sie in ihrer Verzweiflung anflehte. Eigentlich hörte sie nur noch ein Rauschen, bis sie jemand heftig schüttelte.

„Fünftausend Drachmen!", grölte eine griechische Stimme und wieder hatte sie nicht die geringste Ahnung, um wen es sich handelte.

Dann wurde sie auch schon vom Podest gehoben und landete zu ihrem Entsetzen direkt in den Armen des Offiziers, der sie mit breitem Grinsen und tückischem Blick in Empfang nahm.

Ihr neuer Besitzer schnallte seinem schreckensstarren Opfer ohne viel Federlesen ein ledernes Halsband um, das er gleich darauf am stumpfen Ende einer Lanze befestigte. Dann zwang er seine Neuerwerbung wie eine Trophäe durch die Menge und sparte nicht mit anfeuernden Schlägen einer Reitpeitsche, sobald sein neues Eigentum zu langsam vorwärts stolperte.

Auf den Knien

Als der Offizier sie schließlich in sein aufwändiges Zelt lancierte, fühlte Didyme auf merkwürdige Weise sogar Erleichterung. Wenigstens war sie dem allgegenwärtigen Hohn der Soldateska entronnen.

Die Sonne schimmerte nur gedämpft durch die Zeltwände, die oben mit Tierhäuten abgedichtet waren. Das Mobiliar war eher karg, dafür aber fielen ihr reiche Waffen ins Auge.

„Mach dich nützlich", herrschte ihr Peiniger sie an und warf seinen purpurnen Mantel zur Seite. „Polier meine Waffen, mit dem Schild fängst du an."

Brutal stieß er sie mit der Stange gegen den großen Rundschild. Hilflos fand sie sich auf dem Boden wieder, und als sie sich voller Verzweiflung auf den Rücken wälzte, stand der Schinder bereits breitbeinig über ihr. Sie war höchst unglücklich auf die Hüfte gestürzt, doch eigentlich schmerzte ihr ganzer Körper, was sie in ihrem desolaten Zustand ebensowenig bemerkte wie die einzelne Träne, die in ihren Mundwinkel sickerte.

„Wie ..., wie kannst du dir als Grieche eine Hellenin als Sklavin halten?", stammelte sie verzweifelt.

Der Kerl grinste breit. „Was jammerst du? Ich bin Makedone und erst in zweiter Linie Hellene. Siehst du nicht meinen roten Mantel? Das Recht, ihn zu tragen, hat mir Alexander verliehen. Zudem, alle Griechen dienen uns Makedonen. Also beklage dich nicht, ob du nun Griechin bist oder nicht, sondern folge deiner Bestimmung und diene uns Makedonen."

Didyme starrte zu ihm auf und hatte Mühe, das Gesagte wirklich zu verstehen. „Die Griechen dienen euch? Dann ist Alexander tatsächlich kein Grieche?"

Er lachte überlaut. „Wir Makedonen sprechen zwar Griechisch, aber wir haben unseren eigenen Dialekt. So wie unser Makedonisch das bessere Griechisch ist, so sind auch wir die besseren Hellenen, denn wir haben sie besiegt, und nun fechten sie als Söldner in unseren Reihen. Also mach dich nützlich, putz endlich!"

Als sie immer noch zögerte, fing sie sich eine so gewaltige Ohrfeige, dass sie mit der Schläfe gegen den metallenen Rundschild schlug. Er dröhnte wie eine Glocke und ihrem gepeinigten Kopf erging es nicht besser.

Auch wenn sie sich dafür verachtete, sie hatte einfach nicht mehr die Kraft, Widerstand zu leisten.

Völlig demoralisiert begann sie, mit einem Fetzen ihres Gewandes den Schild zu polieren, obwohl sie nicht die geringste Ahnung hatte, was es bei dem ohnehin schimmernden Stück überhaupt zu putzen gab.

Hinter ihr knurrte es zufrieden, und dann hörte sie das Plätschern von Wasser, als sich ihr neuer Herr eine Erfrischung genehmigte. Sein Schweiß und die Ausdünstungen seines Körpers waren widerlich, sie konnte sich nicht entsinnen, dies bei einem Menschen jemals so intensiv bermerkt zu haben. Nun prustete es hinter ihr derart wohlig, dass sie eine Frage wagte, auch wenn sie instinktiv alle Muskeln anspannte, um sich gegen einen weiteren Schlag zu wappnen.

„Warum habt ihr Branchidai zerstört, meine Eltern getötet ...?"

„Das haben wir nicht, das waren unsere milesischen Söldner."

„Die Milesier, wiederholte sie vorsichtig. „Aber du warst doch selbst in Branchidai!" In ihrer Pein klang es eher wie ein Hilferuf als eine Anklage.

Das Plätschern verstummte. „Na und? Ich bin Makedone und euer seltsames Branchidai geht mich eigentlich nichts an. Aber wenn du mich fragst, deine verräterische Stadt hat es nicht anders verdient, eben weil Ihr Branchiden gewesen seid."

„Dann wusstest du von Anfang an, dass wir Griechen sind?"

Er lachte verächtlich. „Falls man Verrätern glauben will."

„Verräter? Aber woran? Meine Vorfahren stammten aus Didyma, aus dem großen Heiligtum Apolls ...!"

„Putz weiter! Kennst du deine eigene Geschichte nicht? Obwohl du Hellenin sein willst? Ihr Branchiden seid noch heute verhasst bei allen Milesiern, und sie waren es, die Alexander überredeten, euch anzugreifen."

Didymes Verzweiflung stieg, als sie versuchte, diese so grausig absurden Anklagen zu verstehen. Wenn das stimmte, dann ging es hier um eine generationenalte Fehde. Sie wusste von ihrem Vater, dass das Verhältnis zwischen Didyma, wo sich der berühmte Tempel mit seinem Orakelheiligtum befand, und der mächtigen Handelsstadt Milet schon in den Tagen der Väter von großen Spannungen geprägt war. Doch dass dies heute – sechs Generationen später – dazu führen würde, dass jemand über eine kleine Stadt von Auswanderern herfiel, das überstieg ihr Fassungsvermögen. Tränen rannen über den Schild.

„Verdammte Hure, was machst du da?", tobte es hinter ihr. „Du sollst nicht heulen, sondern putzen!"

Zugleich packte er wieder den Lanzenschaft, der immer noch an ihrem Halsband befestigt war, und drückte sie roh gegen den Schild.

Das Lederband strangulierte sie beinahe, und sie rang verzweifelt nach Luft, was ihren Peiniger jedoch nur noch mehr anheizte. „Jetzt nimm dir mein Schwert! Ja, das da. Zieh es aus der Scheide und leck es ab! Nun mach schon!"

Er stieß ihr tatsächlich ein in der Scheide klirrendes Schwert entgegen, und sie hatte es in ihrer Hilflosigkeit schon halb aus der Scheide gezogen, als er ihr ganz unerwartet von hinten die Beine auseinander riss, und sie zugleich an der Stange mit dem Kopf nach unten zwang. Keine Frage, was er im Sinn hatte. Sie spürte, wie sie sich übergab.

Plötzlich dachte sie an Skythes, ein hilfloser Versuch, um sich irgendwie abzulenken, irgendwie nicht zu bemerken, was man ...

„Leck mein Schwert ab", zischte der Makedone. „Leck es ab, lächerliche Sklavin!"

Schon spürte sie seine widerlichen Hände an den Hüften, als sich der Zelteingang öffnete und ein Sonnenstrahl in ihre Augen blitzte. Dann rief eine junge Stimme in diesem seltsamen makedonischen Dialekt ins Innere. „Der König lässt dir ausrichten, Alketas, dass überall am Flussufer Skythen gesichtet wurden. Er erwartet alle Kommandeure umgehend zur Besprechung."

Im nächsten Augenblick war die Ordonanz schon wieder verschwunden, ohne die hilflose Didyme in irgendeiner Weise zu beachten. Vielleicht war der Page ganz froh, der peinlichen Szene so schnell entronnen zu sein.

Didymes neuer Herr fluchte. Bei einem verstohlenen Seitenblick registrierte sie indes erleichtert, dass er wenigstens seinen Chiton bereits wieder übergeworfen hatte.

Er war so abgelenkt, dass Didyme unwillkürlich daran dachte, jetzt die Schwertklinge gegen ihren Peiniger zu richten. Aber selbst wenn sie ihn tötete, würde sie imstande sein, das Lager im Schutz eines Mantels zu verlassen? Dennoch, in diesem Augenblick vergaß sie jede Angst und allen Schmerz, war erfüllt von ihrem Hass. Da vernahm sie wieder Alketas' Stimme.

„Kümmere dich um deine Arbeit! Muss man euch Griechinnen denn alle erst zureiten, ehe Ihr funktioniert, elende Verräterin!"

„Ich bin keine Verräterin!", schluchzte sie und verachtete sich selbst am meisten für ihren Jammerton.

„Keine Verräterin?", höhnte er. „Aber als man dich festnahm, da hattest du persisches Gold unter deiner orientalischen Verkleidung. Also sag mir nicht, du wärest keine Verräterin. Die persischen Hunde haben dich gekauft, während deine Stadt mit uns verhandelte."

„Aber ...", stammelte sie in sinnlosem Versuch, sich zu verteidigen. „Aber das Gold war keine Bestechung! Ich habe doch nur in persischem Auftrag einen Teppich geknüpft. Der Schmuck war nur ..., nur eine Bezahlung!"

„Eine Bezahlung?", dehnte ihr Peiniger und schien nachzudenken, so als hätte ihn die Erklärung überrascht. Die Reaktion ließ Didyme aufhorchen. So zermürbt sie auch war, tief in ihrem Unterbewusstsein zeichnete sich ein seltsamer Verdacht ab. Dieser Hund war in der Brandnacht vor dem Haus ihrer Eltern erschienen. Wenn er sie nicht belogen hatte, wenn der Überfall tatsächlich von milesischen Söldnern ausging, was hatte er dann vor ihrem Elternhaus zu suchen und weshalb reagierte er so seltsam auf die Erwähnung des Teppichs? Und sollte es Zufall gewesen sein, dass er sich auf dem Markt für sie interessiert hatte? Dann erinnerte sie sich plötzlich, dass er bereits versucht hatte, sie in jener grausigen Mordnacht ihren milesischen Peinigern abzunehmen. Weshalb das alles?

Ungeachtet ihrer Angst kreisten ihre fieberhaften Gedanken wieder und wieder um die gleiche Frage. Entweder hatte der Kerl eine Verabredung mit ihrem Vater gehabt, oder das Schwein war von vornherein an ihr interessiert gewesen. Ja, sie hatte sogar den Verdacht, dass er von Atrobates und dem Teppich gewusst haben könnte. Doch nein, das ergab einfach keinen Sinn, schließlich hatte sie den Mann zuvor noch niemals getroffen. Ihre Gedanken waren wie eine Katze, die sich ständig in den Schwanz beißt und um sich selber dreht. Weshalb war der Mann in Branchidai erschienen, weshalb?

„So viel Gold für einen Teppich?", grollte es hinter ihr.

Sein Misstrauen schien ungebrochen, und dann fühlte sie seinen Griff im Nacken. „Und was ist mit diesem Teppich?"

Seine Hand war wie ein Schraubstock, und so presste er alles aus ihr heraus, Atrobates, den Teppich und die Geschichte der Armreifen. Nur das Geweih, das verschwieg sie ihm. Und das aus gutem Grund, auch wenn sie sich beileibe nicht sicher war, ob ihr vager Plan am Ende funktionieren würde.

Sie hatte kaum geendet, als er sie schon am Halsband herumzerrte. „Dieser Teppich, wie sah er aus?"

„Ich ..., ich kann ihn zeichnen." Suchend sah sie sich um. „Gibt es hier Holzkohle?" Sie deutete auf einen Eimer aus durchbrochener Bronze, aus dem sich ein feiner Rauchfaden zum Zelteingang schlängelte.

Der Schinder nickte zustimmend und Augenblicke später skizzierte sie auf einem Stück Leder das Teppichmuster. Der Makedone umkreiste sie lauernd, um sich möglichst keinen Strich entgehen zu lassen.

Ungeachtet ihrer Erschöpfung ließ selbst diese rohe Skizze Didymes Kunstfertigkeit deutlich erkennen.

„Du zeichnest nicht schlecht!", murmelte er nicht ohne Anerkennung. „Und wo ist dieser Teppich jetzt?"

Didymes Gedanken flogen. Falls es ihr gelang, den Kerl nach Branchidai zu locken, dort kannte sie jede Gasse, jeden Winkel ...

Ohne noch länger zu überlegen, antwortete sie – selbst überrascht ob ihrer Entschlossenheit. „Der Teppich liegt in Branchidai, in einem Versteck."

Die Vorstellung, diesen geheimnisvollen Teppich in die Hand zu bekommen, schien ihn regelrecht zu elektrisieren. Ja, er ließ sogar die quälende Stange los und Didyme atmete erleichtert auf.

„Du führst mich hin!", befahl er. „Sobald ich von Alexander zurückkehre."

Didyme vermied wohlweislich jeden Blickkontakt, um sich nicht zu verraten, denn ihr Herz begann förmlich zu rasen. Falls er sie tatsächlich nach Branchidai brachte, und falls das Geweih immer noch unter ihrem Bett im Boden ruhte, dann mochten die Gravierungen ihre Rettung bedeuten. Unwillkürlich dachte sie an den zerstörten Webstuhl. Würde es ihr gelingen, die Kräfte des Geweihs aufs Neue zu entfesseln und würden sie ausreichen, um dieses Schwein zu überwältigen oder ihm zumindest zu entrinnen?

„Halt dich bereit!", rief er ihr noch zu.

Im nächsten Moment war sie auch schon allein und krümmte sich stöhnend auf dem Boden. Ihr Kopf, ihr Körper – ein einziger Schmerz.

Heimkehr

Es gibt Tage, die sind so dunkel und drückend wie die finsterste Nacht, und es gibt Nächte, die sind so strahlend voller Freude und Hoffnung, als bräche die Sonne durch jagende Wolken. Didymes Rückkehr nach Branchidai gehörte zu den dunkelsten Tagen ihres Lebens.

Tatsächlich war Alketas mit Didyme sofort nach der Lagebesprechung im Feldherrenzelt Alexanders in Begleitung von zwei einfachen Makedonen zu Pferd aufgebrochen, als gelte es keine Sekunde zu verlieren. Und auch wenn man Didyme schon beim ersten Nachtlager reichlich grob aufgefordert hatte, ihre Kochkünste zu beweisen, so war das doch nichts gegen die beklemmenden Stunden auf dem Sklavenmarkt oder im Zelt des Alketas.

Ja, sie hatte sich tatsächlich etwas erholt, denn zwei Tage im Sattel waren kein Problem für ein Mädchen, das in den Steppen Sogdiens groß geworden war.

Je mehr sie sich ihrer Vaterstadt näherten, desto unwahrscheinlicher erschien es ihr, dass das Geweih unter ihrem zerfetzten Lager den Plünderern entgangen sein sollte. Ja, sie begann sich sogar zu fragen, ob die Milesier nicht gezielt ihr väterliches Haus durchwühlt hatten. Ging es ihnen am Ende ebenfalls um den verwünschten Teppich? Doch was, beim großen Apoll, der sein Branchidai so schmählich verlassen hatte, was war so wichtig an einem Perserteppich?

Wie der Makedone Alketas oder gar die Milesier in dieses verwirrende Bild passten, darauf hatte sie auch am Abend des zweiten Tages keine Antwort, als sie ihr Ziel erreichten und sogleich in die Ruinenstadt aufbrachen.

Alketas war allerdings so vorsichtig, Didyme aufs Neue eine Schlinge um den Hals zu ziehen, um einer Flucht vorzubeugen.

Dann drängte er vorwärts und hetzte sie durch die Gassen. Die Tatsache, dass er nicht bis zum Morgen warten wollte, war am Ende für Didyme ein geradezu gnädiger Entschluss, entzog die schon fortgeschrittene Dämmerung ihren Blicken doch einen Großteil des Grauens in diesen immer noch rauchenden Trümmern. Aber auch in der Dunkelheit roch sie den schalen Geruch des Blutes, den Gestank verwesender Körper.

Unerträglich war ihr der Gedanke, dass es auch die toten Körper ihrer Familie waren, die da so würdelos zerfielen, deren trauriges Ende ihr mit jedem Schritt peinigender ins Bewusstsein kam und den Weg durch die Stadt zu einer einzigen Qual werden ließ.

Didyme war so gefangen in ihren schauerlichen Phantasien, dass sie erst unmittelbar vor dem Hause ihrer Eltern bemerkte, was ihr schon längst hätte auffallen müssen: Wie nie zuvor nahm sie die Gerüche um sie herum mit erstaunlicher Genauigkeit wahr. Inmitten all dieses stinkenden Verfalls roch sie dennoch ihre makedonischen Begleiter. Wie konnte das sein? Dass sie eine vorzügliche Zeichnerin war und eine begnadete Teppichweberin, das wusste einst jeder in Branchidai, aber ihr Geruchssinn war eigentlich nie besonders aufgefallen. Vielmehr hatte er sie beim Kochen so manches Mal im Stich gelassen. Irgendetwas hatte sich in ihr verändert, irgendetwas, was sie sehr ängstigte. Oder war dies alles nur der Panik zu danken, die die Trümmerstadt in ihr auslöste?

Wieder spürte sie die Angst vor dem Wiedersehen mit dem Haus ihrer Familie, wo sie so Schreckliches erlebt hatte. Zugleich aber konnte sie es kaum erwarten dorthin zu kommen, wo sie auf die Rettung durch die Macht des Geweihs hoffte. Wohin sie sich allerdings wenden sollte, falls ihr mit Hilfe der rätselhaften Schnitzereien tatsächlich die Flucht gelingen sollte, das wusste sie nicht. Sie hatte keine Vorstellung, ob die Dörfer und Städte überhaupt noch existierten, in denen sie einst ihre Stoffe verkauft hatte, wusste nicht, ob ihre Bekannten und Freunde noch lebten. Didymes Gedanken drehten sich im Augenblick nur um das Geweih und die Hoffnung zu fliehen.

Ohne ihre Fackeln wären sie wahrscheinlich auf Schritt und Tritt gestürzt, hatte die Hitze doch nicht nur die Dächer, sondern auch Teile der aus Lehmziegeln gefügten Mauern zum Einsturz gebracht und die Trümmer weit über die Straßen verstreut. Welche Schrecken der von ihrem Vater immer so beschworene Hades für die Seelen der Toten bereithalten mochte – sie konnten nicht das Grauen übersteigen, dass hier auf jedem Meter auf sie einstürmte.

Ungeachtet des drängenden Alketas kamen sie nur langsam voran, doch als sie sich endlich Didymes Elternhaus näherten und sich ihr Herz immer mehr zusammenkrampfte, da stieg ihr plötzlich inmitten all dieses Elends ein neuer Geruch in die Nase, ein schwacher nur, dennoch unverkennbar – Skythes war in der Nähe, Skythes! Sie wusste selbst nicht, weshalb sie sich da so sicher war. Doch wenn es irgendetwas gab, was ihr wieder Mut machen konnte, dann war es der Gedanke an den einzigen Menschen, der sich in jener grauenvollen Nacht für sie eingesetzt hatte.

So unauffällig wie nur möglich spähte sie um sich, doch so sehr sie ihre Augen auch anstrengte, sie vermochte nichts zu entdecken. Vielleicht war Skythes weit entfernt, vielleicht war deshalb sein Geruch so schwach?

Didyme fühlte sich jetzt geradezu hellwach, ihre Apathie schien wie weggefegt, und sogar die Angst vor den Trümmern ihres Hauses wich fiebernder Erwartung.

Noch wenige Schritte, dann standen sie alle in der Ruine ihres Ateliers, das sie allerdings kaum wiedererkannte, war das Mobiliar doch gänzlich verkohlt und das Dach heruntergebrochen. Sie durfte gar nicht daran denken, was sich wenige Schritte entfernt in dem verwüsteten Hof ereignet hatte ... Nicht daran denken, nur nicht daran denken!

Alketas stieß sie erbarmungslos vorwärts. Augenblicke später stolperte Didyme angsterfüllt auch schon hinein in den Hof. Doch bereits auf den ersten Schritten wurde sie gewahr, dass sich ihre schlimmsten Befürchtungen nicht erfüllt hatten – keine Leichen waren zu sehen, weder die ihrer Mutter noch ihrer Nichten oder ihres Vaters.

Erst jetzt, in dieser Sekunde, begriff sie, dass auch der Leichnam des kleinen Lykurgos verschwunden war. Irgendjemand hatte die Körper geborgen, nein, nicht irgend jemand – Skythes, da war sie sich absolut sicher, und nun wusste sie auch, weshalb ihr massagetischer Freund in diese Trümmerwüste zurückgekehrt war. Ihre griechischen Landsleute hatten Didymes Welt vernichtet und ein barbarischer Skythe war zurückgekehrt, um sie zu bestatten. In diesen Sekunden schien ihr das Quälendste, dass sie nicht einmal wusste, wo sie die Gräber suchen sollte. Unwillkürlich dachte sie an die Worte eines Dichters: „Wenn die Erde die zerfetzten Körper aufnimmt und sie doch nicht fassen kann in ihrer namenlosen Zahl ..."

Tränen traten ihr in die Augen, obwohl sie doch so sicher gewesen war, für den Rest ihres Lebens keine mehr vergießen zu können.

Zeit zum Trauern blieb ihr allerdings keine, denn Alketas ließ sich sogleich das angebliche Versteck des Teppichs zeigen, das sie ihm bereits vorher unter ihrem Bett beschrieben hatte, und zwar in einer Tiefe von wenigstens zwei Ellen. Tatsächlich zerrten die Männer im Atelier bereits die Dachsparren zur Seite, als einer der Makedonen mit lautem Ruf in eine Ecke deutete.

„Was ist dort?", rief Alketas und riss auch schon seine Fackeln herum. Im nächsten Augenblick stand er vor einem Loch, das ein herabgebrochener Deckenbalken geschlagen hatte und aus dem jetzt dunkel-bunte Gegenstände quollen, als hätte der rohe Balken sie aus einem Gefängnis befreit.

Es war jene Ecke, in der vor vielen Jahren Didymes Großmutter geschlafen hatte. Didyme war nie auf den Gedanken gekommen, hier den Boden aufzuschlagen, doch der Balken hatte ihr diese Arbeit abgenommen und freigelegt, was seit Jahren unter dem Estrich geschlummert hatte. Was die Makedonen nun ins Fackellicht zerrten, das überraschte auch Didyme.

Zum Vorschein kam skythisches Sattelzeug, ähnlich dem, das Skythes immer benutzte. Didymes hektische Blicke zuckten über die bunten Bilder kämpfender Tiere, über stürzende Steinböcke und grimmige Greifen, und so fragte sie sich voller Angst, ob nicht diese magischen Gestalten am Ende die Quelle ihrer Visionen gewesen sein könnten? Aber was war dann mit dem Geweih? War es am Ende völlig wirkungslos? Dann musste auch ihr Plan unweigerlich scheitern.

„Das ist massagetisch", zischte Alketas, „leugne es nicht!" Schon schwenkte er eine groteske Maske gewaltiger Abmessungen vor Didymes Augen.

Kein Zweifel, er hatte Recht, das war eine skythische Pferdemaske von ganz ähnlicher Machart, wie die für Skythes Hengst. Nur die Ikonographie war eine ganz andere. Was Didyme hier entgegenstarrte, glich dem Haupt eines Hirsches mit hohem Geweih, dessen Kopf im aufgerissenen Schnabel eines Greifen stak. Die zahlreichen Enden des Geweihs schmückten kunstvoll winzige Vogelköpfe, und die Pferdeohren würden bei aufgesetzter Maske von den Flügeln des Greifen verdeckt werden.

Doch Didyme blieb keine Zeit, um über all das nachzusinnen. Sie kannte nur einen einzigen Gedanken: Das Geweih – lag es immer noch unter ihrem Bett und würde es tatsächlich seine Macht entfalten? Oder hatte sie sich auf grausige Weise verkalkuliert?

Die beiden Makedonen zerrten missmutig an dem uralten Sattelzeug, dem die Feuchtigkeit des Bodens schwer zugesetzt hatte, doch Alketas starrte Didyme aus zusammengekniffenen Augen an.

„Was, beim Hades, treibt deine Familie mit skythischem Plunder, wenn ihr doch angeblich Hellenen seid?"

Er packte sie so roh, dass sich ihre angstvolle Antwort förmlich überschlug. Das musste von ihrer Großmutter stammen, es gab keine andere Erklärung, doch er glaubte ihr nicht. „Wo ist der Teppich?", unterbrach er sie.

Didymes Kehle krampfte sich zusammen, als sie auf ihr zerfetztes Lager deutete, das im Grunde nur noch aus Aschenresten bestand.

Angefeuert von rauen Verwünschungen, rissen die beiden Makedonen ihre Dolche heraus, um den lehmigen Estrich aufzureißen. Alketas ging das noch nicht schnell genug, und so bückte er sich alsbald selbst, das blanke Schwert in der schwieligen Faust.

Und als er schwitzend und fluchend die Klinge in die Erde bohrte, da registrierte Didyme plötzlich einen weiteren Geruch – das Parfüm des Atrobates. Der feine Duft war kaum mehr als eine Ahnung, vielleicht mochte der Perser ja schon am gestrigen Tag hier gewesen sein. Kein Zweifel, er hatte die Ruine durchsucht. Doch weshalb, bei allen Göttern, war sie imstande, so etwas überhaupt wahrzunehmen?

„Wie tief noch?", raunzte Alketas. „Du kleine Hure, wenn du uns ...!"

Er kam nicht mehr dazu, seine Drohung zu beenden, zog doch einer seiner Kumpane mit triumphierendem Pfiff das in eine Tierhaut eingeschlagene Geweih aus dem sandigen Grund.

Im Fackellicht wanderte es von Hand zu Hand und schließlich bis zu Didyme, die Alketas an seiner Schlinge näher zog. „Was zeigst du uns für Zeug? Willst du mich verspotten? Wo ist der Teppich?"

In wütender Anklage fuchtelte er mit dem Geweih. „Du hattest es unter deinem Bett, also, was ist so wichtig an dem verdammten Ding?"

Er zwang ihr das Geweih regelrecht auf, und kaum schloss sie die Finger über den uralten Gravierungen, spürte sie bereits den Ruck, der ihr durch die Glieder fuhr.

Mit wildem Sprung fuhr sie hoch, den entrüsteten Schrei des Makedonen noch gellend im Ohr. „Was, beim Hades ...?“

Streifen aus Bast

Noch hallte der Schrei des Makedonen in Didymes Kopf, da änderte sich schlagartig ihre Umgebung. Für einige Sekunden stachen ihr noch die Ausdünstungen ihrer Peiniger in der Nase, ehe sie von einer Flut fremder Düfte verdrängt wurden.

Schon als sie emporfuhr, stand sie wieder im Schnee auf der vom Mondlicht überfluteten Hochebene und hatte die Hügel unmittelbar vor sich.

Gerade klärte sich ihr Blick, da löste sich aus einer Gruppe kleiner Nadelbäume ein riesiger Schatten. Nein, er schien beinahe zu fliegen, so schnell stürmte er ihr entgegen.

Didyme wirbelte blitzschnell herum und hetzte mit trommelnden Hufen den Hügeln entgegen, und diesmal verschwendete sie keinen Gedanken daran, wieder ein Tier zu sein. Das animalische Fauchen ihres Verfolgers hinter sich wissend, jagte sie panisch über die Ebene, die Hügel aber schienen kaum näher zu kommen. Jetzt hatte sie eine Gruppe windgedrückter Birken vor sich. Im nächsten Moment setzte sie mit gewaltigem Satz über die verkrüppelten Bäume und stürzte tief in eine Schlucht, die sich unmittelbar hinter den Birken öffnete.

Sie hörte noch den blökenden Angstschrei eines Hirsches, dann schlug sie schwer zu Boden.

Didyme schlitterte unsanft eine steile Böschung hinab und versuchte vergeblich, sich festzuklammern. Seltsamerweise empfand sie kaum einen Schmerz. Das einzige, was sie wirklich registrierte, war die Tatsache, dass nirgendwo Schnee lag, nicht eine einzige Flocke.

So rutschte sie tiefer und tiefer und hörte wie im Unterbewusstsein weit über sich die wütenden Rufe der Makedonen. Sie hatte keine Ahnung, was mit ihr vorging, und dann verlor sie auch schon den letzten Halt und fand sich nach einem letzten Sturz in einer Pferdekoppel wieder.

Noch immer benommen, fühlte sie auch schon kräftige Fäuste in ihrer zerfetzten Kleidung. Und als sie voller Panik um sich schlug, wurde sie mit jähem Griff auf die Füße gerissen, als sei sie letztlich nichts als eine Puppe.

Jemand schüttelte sie wild, und als sich ihr Blick halbwegs klärte, da sah sie sich umringt von schattenhaften Gestalten, die das Licht einer einsamen Fackel nur höchst unvollkommen aus der Dunkelheit schälte. Die Makedonen, sie war wieder in der Hand des Alketas, wieder ...!

Auch wenn noch so viele Hände ihre Glieder umklammerten, sie hatte nur einen Gedanken – Flucht! Doch dann war es der helle Schrei einer Frau, der sie aus dem schlimmsten Schock erlöste.

Als das Flackerlicht nun endlich einem ihrer grimmigsten Bedränger ins Gesicht blitzte, da erkannte sie zu ihrer Überraschung die hünenhafte Gestalt der Amazonenkönigin Thalestris.

Wenigstens keine Makedonen!

Ihre Erleichterung war so groß, dass sie ihren Widerstand schlagartig aufgab, zumal ihre Angst bei weitem nicht mehr so groß war wie auf dem Sklavenmarkt. Alles an dieser heroischen Frau schien überdimensional, ohne dabei hässlich zu wirken, im Gegenteil. Vielleicht war das auch nur die Wirkung des Fackellichts? Aber diese hohen Wangenknochen und die riesigen Augen! Oder das volle Haar, das ihr in schlangengleichen Wellen auf die Schultern fiel! All das verschmolz in Verbindung mit den vollen Lippen zu einem so anziehenden Antlitz, dass Didyme ihr hilflos in die blitzenden Augen starrte.

„Wolltest du unsere Pferde stehlen?“, fragte Thalestris mit tiefer, kehliger Stimme.

Didyme brachte keinen Ton heraus.

„Gehörst du zur Stadt der Verbannten?“, drängte die Königin.

Zur Stadt der Verbannten? Die Frage hallte in Didymes Kopf wie ein geheimnisvolles Echo. Was wusste diese Amazone von der Geschichte Branchidais?

„Stammst du aus dieser Stadt?“ Die Amazone gestikulierte mit der freien Hand so wütend zu den Mauern empor, dass Didyme es instinktiv vermied, sich in irgendeiner Weise zu Branchidai zu bekennen, auch wenn sie sich in ihrer Furcht recht erbärmlich vorkam.

„Oh nein“, stotterte sie, „Ich ..., ich musste nur dort arbeiten. Ich bin nur eine Dienerin ...“

„Eine Dienerin, eine Sklavin?“ Die Königin wartete die Antwort gar nicht erst ab. „Typisch für diesen verruchten Ort.“

Beifälliges Gemurmel lief durch die Runde, und Didyme fragte sich verzweifelt, wie diese Verachtung ihrer Heimat wohl zu erklären sei.

Erst jetzt realisierte Didyme, dass sie die ganze Unterhaltung auf Persisch geführt hatten. Zudem schien Thalestris immerhin etwas besänftigt, seit sie erkannt hatte, dass sie eine Frau vor sich hatte.

Während die riesige Amazone im unsteten Fackellicht ständig in Bewegung schien, lag Didymes Gesicht anfänglich im Dunkeln, doch bemerkte sie deutlich, wie die Amazone grübelnd die Augen zusammenkniff, als wühle sie vergeblich in ihrer Erinnerung.

Doch dann nahm sie sich die Fackel und leuchtete Didyme mitten ins

Antlitz, nur einen Augenblick, dann griff sie auch schon zu, zog Didyme dichter zu sich heran und fuhr ihr prüfend über das Gesicht.

„Ich erinnere mich an deine Haut! Augenblick! Du bist doch diese Sklavin aus Alexandria, oder wie dieser Alexander seine Stadt auch nennen mag."

Offenbar hatten ihre Gefährtinnen Didyme noch gar nicht erkannt, doch reagierten sie nun nicht etwa mitleidig, sondern mit ungeschminkter Verachtung. „Verdreckte Hure", zischte eine junge Frau mit verächtlichem Schlag gegen Didymes Brust.

Eine andere verdeckte gar die Augen. „Schande der Frauen!"

Didymes Blick glitt betreten in die Runde, war sie doch noch nie solch einer Phalanx von Ablehnung gegenübergestanden. Dabei hätten die Frauen selbst gar nicht unterschiedlicher sein können, das erkannte Didyme sogar im Fackellicht. Die Königin wirkte mit ihren hohen Wangenknochen und den riesigen Augen eher wie eine Perserin oder eine Einwohnerin von Didymes Branchidai. Eine andere Amazone, die direkt neben ihr stand und sogar ähnlich gekleidet war, reichte ihr kaum bis zur Schulter und besaß ein flaches Gesicht und Schlitzaugen. Das Aussehen der anderen war wieder verschieden, mal glichen sie mehr der Königin, mal mehr der anderen. Wie war es möglich, dass Menschen eines einzigen Volkes den Eindruck vermittelten, als stammten sie aus aller Herren Länder?

Was sie jetzt außer der Kleidung noch einte, war allerdings ihre zornige Geringschätzung.

Auch Thalestris ließ voller Abscheu die Hände sinken. Didyme erkannte sofort ihre Chance, mit weitem Satz brach sie durch den Kreis der Amazonen. Doch schon beim dritten Sprung erreichte sie eine Verfolgerin und riss sie im ersten Ansprung zu Boden. Ehe sie noch reagieren konnte, warf sich die wütende Frau auch schon über sie und setzte sich triumphierend auf ihren Rücken. „Ich warf sie nieder, sie ist mein!"

Zwar schlossen nun auch die anderen auf, doch hielten sie sämtlich inne, sogar Thalestris. „Es ist gut, Samura, sie gehört dir", bestätigte die Königin, und Didyme erkannte trotz ihrer überbordenden Angst den leicht ironischen Unterton in der vollen Stimme. So als wolle sie sagen: einmal Sklavin – immer Sklavin.

Da war sie also makedonischer Knechtschaft entronnen, um nun als Sklavin einer Amazone zu enden. Dennoch – wenigstens befand sie sich nicht in der Hand von Männern. Als man sie nun erneut auf die Füße zog und weitere Fackeln herbeibrachte, da war nicht ein einziger Mann zu erkennen.

Sie existierten also tatsächlich, diese kriegerischen Amazonen, von denen ihre Großmutter ihr einst erzählt hatte. Später hatte Didyme dann allerdings all die Legenden, die man in Branchidai und anderen Orts um Amazonen spann, stets als Märchen abgetan. Dabei war „Amazone“ ein Begriff, den Didyme nur aus Branchidai kannte, denn dort gehörten Amazonen zum Mythenschatz ihrer griechischen Heimat, schon beim legendären Kampf um Troja hatte eine Amazone auf Seiten der Trojaner in den Krieg eingegriffen. Alle anderen Orientalen sprachen von Massagetinnen.

Nachdem also die Eigentumsfrage geklärt war, kam Thalestris nach einem prüfenden Rundblick sofort zur Sache. „Wie kommst du hierher?“

Die Frage schien in der Tat berechtigt, denn der Steilhang hinter der provisorischen Pferdekoppel war wenigstens zehn Meter hoch, und darüber erhoben sich noch die beinahe zehn Ellen in den Nachthimmel ragenden Stadtmauern von Branchidai. Didyme kannte diesen Ort genau, als Kind hatte sie hier gespielt. Diesen Sprung hätte sie eigentlich unmöglich überleben können! Aber sie war am Leben und blickte nicht minder konsterniert um sich als Thalestris und ihre Gefährtinnen.

Didyme krächzte eine unverständliche Antwort und konnte es förmlich spüren, wie sich das Misstrauen wieder steigerte.

„Lüge nicht!“, zischte Samura und hob schon die Hand zum Schlag, doch schob Thalestris ihre Gefährtin ungeduldig zur Seite und strich der völlig verdreckten Didyme ein wenig angeekelt die Haare zurück. „Ich schätze, du bist dort oben deinem Herrn entwischt, diesem Makedonen. Kompliment, Kompliment!“

Damit wandte sie sich auch schon ab, als sie plötzlich innehielt und noch einmal zurückkehrte. „Du hast auf dem Markt diese Griechen angeschrien! Bist du bewandert in ihrer Sprache?“

Didyme war so eingeschüchtert, dass sie nur wortlos nickte. Die Augen der Fürstin verengten sich. „Und wieso sprichst du Griechisch? Wo hast du das gelernt? Alexander und seine Horden stammen doch gar nicht aus unserer Welt. Bist du etwa selbst eine Griechin? Gehörst du zu ihm?“

Allein der Verdacht genügte, dass sich so manche Hand an einen Dolch- oder Schwertgriff stahl. In dieser Situation kam nur Leugnen in Frage, waren doch Griechen hier in Sogdien im Augenblick die verhasstesten Menschen. Außerdem hatte Didyme keine Ahnung, wie sie den Amazonen die gewiss seltsame Geschichte von Branchidai glaubhaft machen sollte. Nein, hier galt es, jeden Anschein griechischer Herkunft zu vermeiden, und so rettete sie sich in eine Notlüge. „Ein griechischer Arzt namens Ktesias, der einst bei meiner Familie lebte, der lehrte mich seine Sprache. Ich kann sie sogar schreiben, glaube ich wenigstens“, schloss sie ein wenig unsicher, hatte sie doch Mühe gehabt, dieses Schwein von Alketas richtig zu verstehen. „Wen interessiert das?“, höhnte ihre neue Herrin. Doch Thalestris schürzte nachdenklich die Lippen und schien mit sich zurate zu gehen. Dann drehte sie sich entschlossen zu Samura herum und zog einen goldglänzenden Dolch aus dem Gürtel, den sie Didymes neuer Besitzerin auffordernd entgegenstreckte. „Lass es gut sein, Samura. Ich biete dir diesen Dolch im Tausch für deine Dienerin." Sie sagte dies nicht mehr auf Persisch, sondern auf Massagetisch.

Samura furchte die Stirn. „Du besitzt andere Spielzeuge, lass mir das meine!"

Thalestris trat noch näher und ihre Antwort war nurmehr ein Flüstern. „Es geht hier nicht um Spielzeuge. Hier, nimm meinen Dolch, wenn dir unsere Freundschaft noch etwas bedeutet."

Die so Bedrängte schien zwar alles andere als begeistert, doch Thalestris zog sie zur Seite und flüsterte ihr so nachdrücklich ins Ohr, dass sie schließlich zögernd einwilligte.

Und so absurd das in dieser Situation auch sein mochte, Didyme empfand plötzlich Stolz darüber, dass sie imstande war, dem massagetischen Wortwechsel zu folgen. In einem Moment absoluter Rechtlosigkeit ging ihr unversehens auf, dass ihre Sprachkenntnisse schon beinahe einer Lebensversicherung gleichkamen.

„So hör mir doch zu, Samura! Dieser Fang, der da so unverhofft zwischen unsere Pferde rollte, der könnte Gold wert sein, und zwar für uns alle."

Die so nachhaltig Genötigte zog sich missmutig zurück in den Kreis der anderen, während die Königin ihren Arm schwer auf Didymes Schulter legte. „Du bist jetzt meine Dienerin, also komm!"

Sie schritt voran und Didyme schloss sich gesenkten Kopfes an. Die anderen Amazonen tauschten sich leise aus, ja, man vernahm sogar hier und da ein leises Kichern, das jedoch schlagartig verstummte, als sich eine vermummte Gestalt durch die Menge drängte, die sich ihre hohe, spitze Skythenmütze tief ins Gesicht gezogen hatte.

Sogar Thalestris hielt abwartend inne. Didyme starrte wie gebannt auf die geschmeidigen Finger des Ankömmlings. Beinahe schien es, als besäßen die Hände ein eigenes Leben, knüpften und spannten sie doch in unablässigem Spiel Streifen dünnen Bastes zwischen den Fingern. Was die Finger an der einen Hand entwirrten, verknüpften sie an der anderen mit ungeheurer Virtuosität. Dabei hatte der Ankömmling selbst keinen Blick für seine Hände. In düsterer Haltung kam er Didyme immer näher, bis ihr die Augen geradezu hasserfüllt entgegenglühten. Im nächsten Augenblick fuhr der Vermummte auch schon wieder herum und streckte Thalestris in jäher Warnung die bastumsponnenen Finger entgegen. „Töte sie, falls wir alle leben wollen!", schrie sie mit fisteliger Frauenstimme, die ihre Worte nur noch schrecklicher machten. Es war eine Frau!

Bestürzung verbreitete sich in der Runde, und auch Didyme fühlte plötzlich ihren Herzschlag hoch bis zum Hals. Thalestris packte ihren Arm und umklammerte ihn mit eisernem Griff, zögerte aber mit einer Antwort, als habe sie auf keinen Fall mit einem derartigen Ausbruch gerechnet.

„Hör auf meinen Rat, oh Thalestris!", schrie die Anklägerin mit schauerlicher Stimme, doch da hatte die Königin ihre Fassung bereits zurückgewonnen und winkte begütigend.

„Dein Rat ist mir stets willkommen, Magierin. Und ich werde ihn berücksichtigen."

Ihr Ton machte indes unmissverständlich klar, dass sie nicht beabsichtigte, sofort gegen Didyme vorzugehen. Die Wahrsagerin taxierte Didyme mit funkelndem Blick, dann wandte sie sich so abrupt ab, wie sie ihre Anklage herausgeschleudert hatte und drängte sich aus dem Kreis der immer noch merklich bestürzten Amazonen. Thalestris musterte Didyme nun halb neugierig, halb nachdenklich.

Für einen Augenblick herrschte lähmende Stille, dann trat die mongolische Kriegerin mit ärgerlicher Geste an Thalestris' Seite. „Was tut meine königliche Schwester? Die Hure ist eine Sklavin, doch wir Skythen halten keine Sklaven, wir kennen nur Diener. Seit wann erwirbt eine Thalestris Sklavinnen und seit wann lässt sie sie leben, wenn sie für uns gefährlich sein könnten?"

Die Angegriffene runzelte die Stirn, und selbst Didyme konnte ungeachtet ihres Zustands unschwer erkennen, dass für die Königin jetzt eine Grenze überschritten war. Ihre Antwort klang scharf und war eindeutig: „Seit ich mich entschlossen habe, es zu tun! Aber ich freue mich, dass meine Schwester Phandake um mich besorgt ist."

Die Worte klangen versöhnlich, doch der Ton hätte eisiger nicht ausfallen können.

Die Fürstin hatte sich fraglos entschlossen, nicht nur die Wahrsagerin, sondern auch ihre Schwester zu ignorieren. Didyme registrierte es mit unendlicher Erleichterung, zumal sie sich nicht im Geringsten erklären konnte, was diesen hasserfüllten Ausbruch ausgelöst haben könnte.

Die Bast knüpfende Unbekannte war anscheinend so etwas wie eine Wahrsagerin, und da Didymes Vater selbst im Dienst Apolls so manches Mal die Zukunft vorhergesagt hatte, war Didyme zutiefst davon überzeugt, dass es Menschen gab, denen die Götter einen Blick in die Zukunft gestatteten. War sie tatsächlich eine Gefahr für die Gemeinschaft dieser Amazonen? Sie konnte nicht verhindern, dass ihr nun selbst ein Schauder über den Rücken lief. Den Amazonen erging es fraglos nicht besser, wagte doch Phandake einen erneuten Vorstoß. „Ist meine Schwester bereit, eine eindeutige Warnung der Linde zu ignorieren, selbst wenn ihr ganzes Volk davon betroffen ist?" Samura nickte beifällig.

Thalestris funkelte beide an. Ja, Didyme glaubte zu erkennen, wie sich das Gesicht der Fürstin dunkler färbte. Dann drehte sie sich abrupt, entfernte sich einige Schritte, bis sie mit dem Rücken zu den anderen verharrte, die Arme hinter dem Kopf verschränkt, das ganze Gewicht auf dem linken Fuß und das rechte Bein in heftiger Erregung weit zur Seite gesetzt. Der ganze Körper schien gespannt wie ein Bogen, als habe sie größte Mühe, ihren Grimm zu zügeln. Doch dann wirbelte sie mit einer heftigen, wenn auch unglaublich eleganten Bewegung herum und trat ihren Gefährtinnen hoch aufgerichtet und voller Entschlossenheit entgegen. Die Amazonen nahmen unwillkürlich Haltung an, und selbst Didyme ertappte sich dabei, wie sie sich beinahe ehrfurchtsvoll aufrichtete.

Im makellosen Gang der Fürstin, diesem geschmeidigen Wechsel zwischen der blitzschnellen Beweglichkeit eines jungen Mädchens und den langsamen, fast lasziv ausgekosteten Schritten einer erfahrenen Frau lag eine ungeheure sinnliche Spannung, die Didyme regelrecht überwältigte und wohl auch alle anderen schier mühelos in den Bann schlug. Ungeachtet ihrer machtvollen Körperformen atmete alles an dieser übergroßen Frau eine geradezu spielerische Eleganz.

Allein die Wahrsagerin hob noch zu einer letzten Mahnung an, doch unterbrach Thalestris höchst unwirsch ihren Redefluss. „Ich höre deine Warnung, aber du sagst mir nicht, worin die Gefahr eigentlich begründet liegt."

Erneut hielt die Magierin dagegen, dass man sich unter den Wahrsagern der Steppen seit Jahren über den rechten Weg streite.

„Ihr sollt nicht nur streiten", tadelte Thalestris finster. „Du und deine Gilde sollt uns den Weg weisen! Oder muss ich mich in Zukunft etwa an meine Dienerin halten?"

Didyme riss die Augen auf. Was für ein seltsamer Satz! Doch entging ihr keineswegs der eifersüchtige Blick der Schamanin. Und wieder hatte sie den Eindruck, dass sie im Grunde gar nicht begriff, was hier vor sich ging.

Thalestris hielt den Punkt anscheinend für ausdiskutiert. Sie drängte weiter, und Didyme stolperte neben ihr her, während die Königin mit wenigen Worten ihre Gefährtinnen anwies, Pferde und Lager genauestens zu überwachen. Dann führte sie Didyme einer reichen Jurte entgegen, deren Wandung aufwändig mit bunten, aus Filz geschnittenen Figuren geschmückt war und die sich nun mit jedem Schritt plastischer aus der Dunkelheit schälte.

Nackt

Thalestris winkte Didyme harsch ins Innere der Jurte und warf ihren persischen Mantel zur Seite. Didyme konnte ihre neue Herrin jetzt in Ruhe betrachten. Die Fürstin maß wahrscheinlich vier Ellen, überragte sie beinahe um anderthalb Köpfe. Doch trotz dieser majestätischen Erscheinung, ja, ungeachtet ihrer maskulinen Aura, die durch ihre kostbaren Waffen noch unterstrichen wurde, nahm sie durchaus Thalestris' weibliche Seite wahr. Eine feminine Ausstrahlung, die aufs schönste mit einer mächtigen, vergoldeten Kline harmonierte. Sie stand im Hintergrund der Jurte neben einem Kohlenbecken, auf dem die Glut zwischen bronzenen kleinen Tierfiguren langsam vor sich hin glühte.

Abgesehen von diesem Liegebett mit seinen gedrechselten Beinen und einigen Truhen bestand das Eigentum der Königin vor allem aus einer Sammlung erlesener, meist goldverzierter Waffen. Mit Gold geschmückt waren auch einige der Zaumzeuge, die an der gegenüberliegenden Seite des Zeltes prunkten.

Doch es war nicht das Gold, das Didyme förmlich elektrisierte. Eine prachtvolle Pferdemaske, die von dem mächtigen Geweih eines Hirsches bekrönt wurde, zog ihre ganze Aufmerksamkeit auf sich. Wie bei der Pferdehaube ihrer Großmutter glichen auch hier alle Geweihenden Vogelköpfen, auch wenn der Hirschkopf hier nicht im Schnabel eines Greifen dargestellt war. War diese Ähnlichkeit Zufall? Weshalb besaß Thalestris eine solche Maske?

Während sie sich wie gebannt umsah, verharrte die Königin mit verschränkten Armen, als müsse sie selbst erst einmal Klarheit gewinnen über ihre nächsten Schritte. Vielleicht fragte sie sich, ob sie sich mit Didyme eine Dienerin oder tatsächlich eine ernsthafte Gefahr in ihre Jurte geholt haben mochte. Als sie schließlich das Wort ergriff, da verriet die Schärfe ihres Tones, dass der Augenblick trügerischer Ruhe verstrichen war.

„Jetzt sind wir unter uns, und nun will ich wissen, wie es dir möglich war, unbeschadet diesen Abhang hinunterzuspringen?“

Didyme zog verunsichert die Schultern zusammen. „Ich ..., ich fürchte, ich erinnere mich selbst nicht so genau. Ich ...“

„Wahrscheinlich ist sie vor Angst über die Mauer geklettert!“, höhnte Samura in persischer Sprache ganz unerwartet vom Eingang aus. Sie und Phandake standen vor dem Zelt und fungierten offensichtlich als Leibwachen.

Didyme kroch noch etwas mehr in sich zusammen und Phandake setzte noch einmal nach. „Wahrscheinlich hatte meine königliche Schwester in

Alexandria recht daran getan, dich nicht zu kaufen. Du bist es einfach nicht wert, Frau genannt zu werden."

Didyme begriff nur allzu deutlich, dass weitere Passivität sie in diesem Kreis nur tiefer in die Krise trieb. Hier musste sie sich zeigen, selbst wenn sie innerlich vor Anspannung zitterte. Und so versuchte sie, ihrer Stimme einen halbwegs festen Klang zu verleihen. „Vielleicht bin ich mehr Frau als du!" Und ehe sie es noch verhindern konnte, sagte sie den Satz in massagetischer Sprache.

Überraschtes Schweigen folgte ihren Worten, doch dann schloss Thalestris mit schneller Bewegung das Zelt, und ehe Didyme noch etwas sagen konnte, wurde sie von der Königin gepackt und geschüttelt wie ein alter Mantel. „So sprichst du nicht mit meiner Schwester! Eine wahre Frau kauft man sich nicht, man erobert sie. Das lass dir gesagt sein."

Damit stellte sie Didyme ab wie ein Möbelstück. „Wieso sprichst du unsere Sprache?"

Irgendwie schien es Didyme angeraten, ihre Großmutter zu verschweigen, vorläufig jedenfalls. Und so erklärte sie, dass sie häufig als Teppichweberin mit Skythen Handel getrieben habe.

Thalestris gab keinen Kommentar. „Und wie heißt du überhaupt?", fragte sie langsam.

Didyme öffnete schon den Mund, um sich als Tochter des Priesters Branchidos vorzustellen, doch schloss sie in letzter Sekunde wohlweislich die Lippen. Der Name Branchidos hätte sie unweigerlich mit Branchidai in Verbindung gebracht, und so wählte sie einen unverfänglichen Frauennamen – Parysatis.

„Parysatis?", wiederholte Thalestris mit leichtem Spott. „Deine Eltern gaben dir zwar den Namen einer Prinzessin aus dem Hause der Achämeniden, doch eine Prinzessin bist du nicht geworden. Aber ungeachtet allen Drecks scheinst du durchaus süß zu sein."

Didyme errötete ob der Anspielung, bedeutete „Parysatis" doch „die sehr Süße".

Zum Glück musste sie nichts erwidern, denn die Königin reckte sich stolz. „Ich bin Thalestris, die Königin der Hirsche vom Volk der Massageten."

Didymes Blick schweifte unwillkürlich zu der Pferdemaske hinüber. „Die Königin der Hirsche?", wiederholte sie vorsichtig.

Doch Thalestris winkte ab. „Darüber sprechen wir später. Ich sah dich auf einem Sklavenmarkt. Bist du eine Hure oder hast du Besseres gelernt?"

„Ich ..., ich bin ..., ich bin Teppichweberin. Ich ..."

„Teppichweberin", wiederholte Thalestris verächtlich. „Das passt irgendwie zu dir, denn nur eine Sklavin webt Teppiche." Doch dann winkte sie ab und milderte ihre Worte, während sie erneut nachzudenken schien.

„Nun gut, ich dachte mir schon, dass du keine Kriegerin bist. Hattest du die Waffen eigentlich gestohlen, mit denen sie dich auf dem Markt ausstellten? Ich frage mich ..."

Bei diesen Worten bückte sie sich unverhofft, und riss Didyme mit jähem Griff ihr Lumpengewand vom Körper.

Didyme strauchelte, schaffte es aber nicht, sich aus dem Griff zu befreien. Es war ihr schrecklich, so entblößt zu werden, auch wenn sie einer Frau gegenüberstand. Doch so roh Thalestris auch zupackte, nach wenigen Griffen hielt sie inne, ja, sie schien beinahe ein wenig konsterniert, als sie sich eine Fackel griff und Didyme am ganzen Körper untersuchte. Sie riss ihr auch noch die letzten Fetzen vom Leib, bis Didyme splitternackt in der Jurte stand.

„Wie ist es möglich?", murmelte Thalestris und plötzlich lag beinahe so etwas wie Respekt in ihrer ungläubigen Stimme, doch hatte Didyme keine Ahnung, worauf sie eigentlich abzielte.

„Weshalb bist du unverletzt nach diesem Sturz?", setzte die Königin langsam hinzu.

Didyme starrte an sich hinunter. Tatsächlich, sie hatte kaum einen Kratzer, nicht einmal blaue Flecken. Thalestris hatte Recht. Das war eigentlich unglaublich.

„Was bist du?", murmelte die Amazone.

Didyme sah gebannt in ihre riesigen Augen, die sich jetzt so misstrauisch verengten, und begriff ganz instinktiv, das dies ein entscheidender Augenblick war, auch wenn sie selbst partout nicht wusste, was sie eigentlich erwidern sollte.

Doch dann wandte sich Thalestris um und verließ das Zelt. Gleich darauf erschien eine junge Amazone und warf Didyme ein einfaches Gewand vor die Füße, eine klare Aufforderung, sich anzuziehen. Sie schlüpfte eilig in Hose und Jacke. Zwar war sie immer noch dreckig, aber wenigstens wieder angezogen.

Kaum bekleidet, winkte Thalestris sie ungeduldig nach draußen und forderte sie finster auf, sich ihr anzuschließen. Vor der Jurte wurde Didyme sofort von weiteren Amazonen umringt, darunter Samura und Phandake, doch schenkten sie Didyme kaum einen Blick, tönte doch aus der Dunkelheit heftiger Hufschlag, bis eine Amazone ihr schäumendes Ross unmittelbar vor der kleinen Gruppe zügelte.

Augenblicke später sprang sie bereits vom dampfenden Pferd und trat selbstbewusst vor ihre Königin. „Die Armee Alexanders lagert immer noch vor der Stadt. Willst du tatsächlich einen Boten senden?"

Im Kreis der Amazonen wechselten vielsagende Blicke, Phandake runzelte die Stirn. Das angespannte Verhältnis der ungleichen Schwestern war unübersehbar.

Auch Samura räusperte sich. „Wir sollten nicht mit Alexander verhandeln, wir Massageten sollten ihn bekriegen, je eher desto besser."

Es war der erste Satz Samuras, dem Didyme aus ganzem Herzen beipflichtete, doch Thalestris winkte nur unwirsch. „Alexander ist ein Eroberer, doch bei uns Massageten gibt es nichts zu erobern. Unsere Welt besteht aus Wäldern und endlosen Ebenen, wir leben in Jurten und unter freiem Himmel ..."

Aber Phandake ließ sich nicht abweisen. „Ist das tatsächlich so, oh Thalestris? Und weshalb hat Alexander dann diese Stadt gegründet, dieses Alexandria, das uns im Nacken sitzen wird wie der Fuß des Siegers auf dem Hals des Besiegten?"

Die Angegriffene taxierte sie finster, bis Phandake schließlich mit beinahe verbindlicher Geste einen Schritt zurücktrat. „Ich wollte meine Königin nicht beleidigen."

„Und deine Schwester weiß das durchaus!" Thalestris straffte sich und drehte sich in ihrer blitzartigen Manier. „Und nun kommt, ich will endlich erfahren, wie meine Dienerin in unsere Pferdekoppel gelangte."

Spuren

Mitternacht war schon lange vorüber, als fünfzehn Amazonen, die Königin und ihre Magierin im Schein einiger Fackeln durch eine Mauerbresche nach Branchidai vordrangen. Der Gedanke, hier unter Umständen auf Alketas zu stoßen, war schauerlich, und so wagte Didyme draußen vor der Mauer einen letzten Versuch, die Amazonen zurückzuhalten. Allerdings hatte bereits vorhin eine erste Schilderung von Alketas niemanden sonderlich beeindruckt.

„Aber diese Makedonen tragen schwere Waffen", warnte Didyme, war sie sich doch keinesfalls sicher, ob die Amazonen sie nicht einfach diesem makedonischen Schinder ausliefern würden, um einem Kampf aus dem Wege zu gehen.

Doch Didyme hörte allseits nur verächtliches Kichern und sogar im Fackellicht gewahrte sie deutlich, wie Thalestris unternehmungslustig ihren persischen Akinakes zurechtrückte, als könne sie es im Grunde kaum erwarten, die Waffe aus der Scheide zu reißen.

Von Phandake erntete sie nur ein verächtliches Zischen. „Wir Massageten wurden noch niemals besiegt, und schon gar nicht von irgendwelchen Makedonen."

Die anderen pflichteten ihr bei, ja, Didyme gewann plötzlich den Eindruck, als hätten diese seltsamen Frauen im Grunde gar nichts gegen eine gewaltsame Konfrontation. Für eine Griechin aus Branchidai eine lästerliche Verwerflichkeit, mit der sie erst einmal klarkommen musste.

Amazone um Amazone zwängte sich durch die Bresche, und Didyme verharrte geraume Zeit reglos zwischen den Trümmern. Die Massageten waren unbesiegbar, davon war selbst ihr Vater überzeugt gewesen. Und dann schoss Didyme das erste Mal ein Gedanke durch den Kopf, der ihr zunächst so abstrus, so unwirklich erschien, sie aber nie mehr loslassen sollte – die Idee von einer Völkerschlacht. Skythen gegen Makedonen, das wäre die gerechte Strafe für die Makedonen, die Rache für Branchidai.

Zeit zu weiterer Grübelei blieb ihr allerdings nicht, zwang sie doch ein Schlag auf die Schulter recht unsanft vorwärts.

Als man sich schließlich durch verwinkelte Gassen den Trümmern ihres Hauses näherte, fiel ihr siedend heiß das hier zuvor Erlebte wieder ein. Wie war es ihr eigentlich gelungen, der Schlinge des Alketas zu entrinnen? Warum hatte der Strick nicht wenigstens tief in ihren Hals geschnitten? Als sie verstohlen ihre Haut untersuchte, da spürte sie nichts, keine Wunde, kein Blut!

Erst in dieser Sekunde wurde ihr so richtig bewusst, wie trefflich ihr Plan funktioniert hatte. Dennoch, sie hatte sich nicht selbst befreit, das Geweih hatte sie gerettet.

Das Geweih, wo war das überhaupt geblieben? Hatte Alketas es an sich genommen? Offensichtlich entfaltete es seine Kräfte nur bei ihr. Zumindest hatte sie weder bei den Makedonen, noch bei Atrobates und schon gar nicht bei dem unglücklichen Lykurgos die geringste Wirkung festgestellt.

Sie glaubte sich zu entsinnen, dass sie vorhin das Geweih zur Seite geschleudert hatte, doch war die Erinnerung allzu vage. Alles erschien so unwirklich wie ihr tierisches Rufen, und doch musste sie nur die Augen schließen, um diesen animalischen Laut aufs Neue zu hören.

Als sie die Ruine erreichten, da war Alketas mit seinen Leuten zum Glück längst verschwunden, auch nahm sie weder den Geruch von Skythes noch den von Atrobates wahr.

Zudem trieb Thalestris zur Eile an, die Ruinenstadt schien auch den anderen trotz der zur Schau getragenen Zuversicht alles andere als geheuer. Wahrscheinlich fühlten sich die Nomaden in den engen Städten nicht wohl, waren sie doch in der endlosen Weite asiatischer Ebenen zu Hause.

Thalestris untersuchte nur kurz die Räume, konzentrierte sich dann jedoch im Lichtschein der Fackeln auf die Spuren in der Gasse. Nun bewährten sich die besonderen Fähigkeiten der Amazonen, waren sie doch allesamt geübte Fährtenleserinnen, die kaum Probleme hatten, das nächtliche Drama zu rekonstruieren.

Vor allem Phandake eilte tief gebückt über den Schauplatz. „Seht Ihr das? Hier kam die kleine Hure aus dem Haus, weite Schritte ...! Sie ist gerannt wie ein Feigling, wie ein Mann."

Samura lachte kehlig. „Schicken wir sie doch zurück zu den Makedonen! Sie verdient nichts Besseres."

Die Frauen schlugen zustimmend gegen ihre kleinen, halbmondförmigen Schilde, die sämtlich aus Schilfrohr gearbeitet waren. Didymes Beklemmung erhöhte sich schlagartig. Ganz instinktiv hielt sie sich stets in Thalestris' Nähe, als sie den Fährten durch die Gasse folgten.

Schon bald erreichten sie die aus Lehmziegeln geschichtete Stadtmauer, doch brach Didymes Spur drei oder vier Meter vor dem Mauerfuß ab.

Die Amazonen untersuchten die Abdrücke und tauschten zum ersten Mal ratlose Blicke. Und wieder wähnte Didyme bei Thalestris so etwas wie Befangenheit, doch hatte sie selbst genug mit dieser verwirrenden Frage zu kämpfen. Was war hier eigentlich passiert?

Und ehe sie sich versah, packte Thalestris sie mit forderndem Griff. „Und jetzt sag mir, wie du das angestellt hast! Hier endet deine Spur. Wie kamst du über diese Mauer?"

Didyme breitete ratlos die Arme aus. Wie sollte sie sich erinnern, wenn es nicht einmal Spuren gab? Doch ehe sie etwas erwidern konnte, drückte Thalestris Didymes Kopf hinunter auf die Fährten.

„Verkauf mich nicht für dumm, Teppichweberin! Hier endet deine Spur. Man erkennt deutlich, wie deine Schritte immer größer werden. Am Ende bist du gesprungen wie ein Reh. Sieh, wie kurz die Schritte deiner Verfolger ausfallen und vergleiche die deinen! Und hier sind deine letzten Fußabdrücke, zwei, drei Mannslängen vor dem Mauerfuß. Ganz offensichtlich bist du gesprungen, und zwar direkt über diese Befestigung!"

Für einige Sekunden herrschte allseits verblüfftes Schweigen, offenbar kam den Amazonen erst in diesem Moment zu Bewusstsein, welche Konsequenz man aus solchen Spuren ziehen musste. Didyme sah in ungläubige Augen, und die Magierin schlang mit bösem Blick Baststreifen auf Baststreifen um die unablässig zuckenden Finger, ein Anblick, der die kleine Schar nicht eben beruhigte und der selbst auf Didyme seine Wirkung nicht verfehlte.

„Vielleicht ..., vielleicht ist die Spur nur verwischt", murmelte Phandake schließlich mit unmerklich schwankender Stimme.

Die Schwester musterte sie strafend und überging die unsinnige Erklärung mit einem Achselzucken, waren doch alle anderen Spuren selbst im Fackellicht bestens zu erkennen.

„Wie hast du diesen Sprung vollbracht?", wiederholte Thalestris, und Didyme begriff sehr wohl, dass sie irgendetwas antworten musste, auch wenn ihr dazu nichts einfiel.

„Es war dunkel, ich ..., ich bin einfach gesprungen ....“

„Tatsächlich?“, knurrte die Fürstin. „Weiter als jedes Pferd? Keiner von uns hätte die Mauerkrone erreicht oder den Sprung in den Abgrund lebend überstanden. Und du hast nicht einmal einen Kratzer!“

Didyme erinnerte sich für einen flüchtigen Moment an ihre Vision, an ihre Flucht über diese unheimliche Ebene und die Hügel, dann aber schüttelte sie die Königin, und das Traumgesicht war wie weggewischt.

„Warum antwortest du nicht?“, wiederholte Thalestris.

Didyme hatte nicht die geringste Ahnung, was Thalestris gefragt haben könnte. Ihre neue Herrin runzelte die Stirn, doch schien es ihr einstweilen wichtiger, die Mauer genauer in Augenschein zu nehmen. Auf ihren Wink konzentrierten sich zwei Amazonen auf Didymes Bewachung, als sie alle die Mauer erstiegen.

Dann kletterte die Königin mit Hilfe eines Seils über die Mauerkrone nach unten. Didyme konnte genau verfolgen, dass sich die Fürstin vor allem auf einen bestimmten Bereich konzentrierte, offensichtlich war dies die Stelle, an der Didymes Spuren am Steilhang aufs Neue einsetzten. Bald drang von unten ehrfürchtiges Gemurmel herauf.

Und dann war es plötzlich wieder ganz präsent, ihr visionäres Erlebnis, die Flucht auf diesen Hügel, ihr Sprung über diese Birken und der Sturz in eine Schlucht oder was das auch immer gewesen sein mochte.

Die Bilder drängten machtvoll in ihre Erinnerung. Didyme wusste plötzlich, dass die Vision ihrer Flucht und ihres Sprungs über die Mauer der realen Welt entsprach. Während sie in ihrem Albtraum wähnte, sie stürme über eine Ebene, war sie offensichtlich vor den Makedonen durch die Gasse geflohen. Und als sie in ihrem Wahn über die Birken setzte, hatte sie hier in der Realität ganz fraglos die Stadtmauer erreicht. Die erhob sich im Inneren von Branchidai zu einer Höhe von zwei Metern, fußte außen aber wesentlich tiefer auf, denn das Stadtareal war auf dem Schutt vieler Generationen errichtet und lag mittlerweile weit höher als seine Umgebung.

Was sie im Traum als Sprung über eine Birkengruppe erlebt hatte, war also in Wahrheit ein Sprung über diese Mauer gewesen, und der angebliche Sturz in die Schlucht ihr Satz in den Abgrund. Weshalb sie jedoch in Trance imstande gewesen sein sollte, die Mauer unverletzt zu überwinden, dafür hatte sie auch jetzt nicht die geringste Erklärung.

Ihr war unheimlich zumute.

Mit Erleichterung bemerkte sie allerdings, dass sie nunmehr von einigen Amazonen mit Respekt, ja, beinahe mit einer gewissen Ehrfurcht betrachtet wurde. Sie begriff mit einem Mal, welche Chance in ihren Visionen lag. Erst durch die Macht ihrer Träume wurde sie für diese

Frauen interessant, erst seit Thalestris das Geheimnis ihres Sprungs über die Mauer entschlüsselte, erhielt sie so etwas wie Anerkennung. Vorher war sie nichts als eine Teppichweberin, eine Sklavin oder Dienerin, ein Nichts, das man erwarb oder verkaufte wie Vieh.

Es war schon eine absurde Situation, in der sie sich so unversehens wiederfand. Ihre eigenen Landsleute hatten ihre Familie ermordet und Branchidai zerstört, obwohl sie doch angeblich diesen Krieg begonnen hatten, um alle Hellenen aus der Knechtschaft der Achämeniden zu befreien. Aber ausgerechnet dieses Hellenentum war ganz Branchidai zum Verhängnis geworden. Und nun schien ausgerechnet eine Horde von Massageten bereit, einer Sklavin – wenn auch widerwillig – Respekt zu zollen. Bei den Nomaden, den ewigen Feinden aller Stadtbewohner.

Zum ersten Mal in ihrem Leben fühlte sich Didyme wichtig.

Erst ein Ruf von Thalestris brach den unwirklichen Bann. „Kommt nach unten!"

Das Gold der Arimaspen

Sie stolperte müde in die königliche Jurte, während Thalestris stolz hinter ihr dreinschritt. Didyme war derart erschöpft, dass sie sich ohne Umschweife auf die bunten Teppiche sinken ließ, die den Boden des Zeltes bedeckten.

Thalestris schloss unterdessen den Eingang, zog dann jedoch Didyme mit einem einzigen Ruck vom Boden hoch, mit der linken Hand und anscheinend ohne jede Anstrengung. „Du hast uns nicht alles gesagt, mich täuschst du nicht!"

Didyme hing hilflos in der Hand der riesigen Frau. Angst und Ratlosigkeit verschlossen ihr die Kehle.

„Du bist eine Schamanin", zischte Thalestris. „Gehörst du zu den *Linden* oder zu den *Weiden*? War das der Grund, weshalb unsere *Linde* so eifersüchtig reagierte?"

Linden oder *Weiden*? Didyme wusste zwar von ihrer Großmutter, dass die Skythen mehrere Priestergeschlechter oder Gilden kannten, doch hatte sie keine Ahnung von *Weiden* oder *Linden*.

„Ich ..., ich bin keine Schamanin, ich ..."

Thalestris schüttelte sie unwillig. „Nur ein Magier ist imstande, über diese Mauer zu springen. Und allein ein Schamane hätte es gewagt, musste doch jeder normale Mensch davon ausgehen, dass er mit zerschmetterten Gliedern am Mauerfuß endet. Du siehst aus wie eine schwache Frau, aber bist du am Ende vielleicht doch ein Mann?"

Didymes Verwirrung stieg. Ein Mann? Noch nie hatte sie jemand mit einem Mann verwechselt! Sie wusste nicht, ob sie sich darüber ärgern sollte oder nicht. Vor allem begriff sie nicht, wie die Königin überhaupt auf so eine verrückte Idee kommen konnte.

Doch da stemmte Thalestris sie schon mühelos mit der linken Hand hoch über ihren Kopf und zerrte der konsternierten Didyme mit der Rechten die Hose herunter.

„Spreize deine Beine! Los!"

Didyme baumelte wie eine Puppe in der Hand der riesigen Frau. Als sie nicht gleich gehorchte, wurde sie so wütend geschüttelt, als sei sie nichts als ein nasser Hund, der sich daneben benommen hatte. Ihr blieb die Luft weg.

Im nächsten Moment stieß Thalestris sie bereits auf ihre goldene Kline, eine Liege persischer Machart. Dann riss sie ihr die mittlerweile nackten Beine auseinander. An Widerstand war nicht zu denken, zumal sich die Amazone mühelos zwischen ihre Beine zwängte, um dann zu Didymes Entsetzen in aller Ruhe ihre Scheide zu inspizieren, ehe sie einigermaßen verlegen von ihrem Opfer abließ.

„Du bist tatsächlich eine Frau und das bedeutet, du gehörst auf keinen Fall zu den *Weiden*, die wir auch die *Ruten* nennen. Aber auch zu den *Linden* scheinst du mir nicht wirklich zu passen."

Damit trat sie zurück und winkte ihr herrisch, sich wieder anzukleiden. Didyme war sichtlich erleichtert. Die Königin musterte sie nachdenklich. „Du weißt tatsächlich nicht, wovon ich rede, obwohl du unsere Sprache sprichst?"

Didyme schüttelte heftig den Kopf und hoffte inständig, dass ihre Geste nicht eine weitere Attacke nach sich ziehen würde. „Was sind die Weiden und was die Linden?", krächzte sie, noch immer Thalestris Griff spürend.

Thalestris schwieg, ging offenbar mit sich zurate, ob sie einer fremdländischen Dienerin dererlei Informationen zukommen lassen sollte. Aber dann nickte sie langsam, als gelte es, sich selbst in ihrem Entschluss zu bestärken.

„Nun gut, also höre! Unter uns Massageten leben zwei Priesterkasten. Die Weiden oder Ruten sowie die Linden, zu denen auch unsere Wahrsagerin gehört. Beide weissagen uns die Zukunft und beide konkurrieren miteinander. Die Weiden stellen ihre Orakel nach persischer Sitte, sie sind Magier, die ..."

Jetzt ging Didyme ein Licht auf und war darüber so froh, dass sie Thalestris ins Wort fiel. „Ah, sie schneiden Weidenruten und bündeln sie dann, um sie auf den Boden zu werfen. Aus der Lage der einzelnen Ruten entschlüsseln sie anschließend die Zukunft." Didyme kannte dies aus Erzählungen vom persischen Hof.

Thalestris nickte. „So ist es. Die Linden aber sind Hermaphroditen, halb Frauen, halb Männer. Viele besitzen Brüste wie wir Frauen und Genitalien wie die Männer. Sie weissagen mit Hilfe von Lindenbast, den sie von den Zweigen ziehen und um ihre Finger schlingen. Niemand begreift die Quelle ihrer Macht, noch weiß man, woher sie einst kamen, aber nahezu jeder fürchtet sie."

Didyme konnte erkennen, dass sogar dieser Heroine diese instinktive Ehrfurcht nicht gänzlich fremd war, und vermochte nun zu ermessen, was es bedeutete, dass sich die Königin vorhin gegen ihre Magierin gestellt hatte.

Thalestris schritt unterdessen grübelnd auf und ab. „Du gehörst zu keinem dieser Geschlechter, also sag mir, wieso du die Kräfte einer Schamanin besitzt?"

Didyme wusste beim besten Willen nicht, wie sie das erklären sollte. Schon wieder etwas ungehalten fragte Thalestris streng: „Was starrst du mich so an?"

Didyme räusperte sich, doch siegte ihre Neugier über ihre Müdigkeit und Vorsicht. „Bei ..., bei meinem Volk sind Frauen wie du Legende, doch hätte ich nie geglaubt, dass es tatsächlich Amazonen geben könnte."

Die Augen der Königin verengten sich zu schmalen Schlitzen. „Und was ist eine Amazone?"

Didyme bereitete es Schwierigkeiten, ihre Gedanken in Worte zu kleiden, ohne beleidigend zu klingen. „Nun, Amazonen sind Frauen, die ohne Männer leben. Ich meine, sie ..., sie sind nicht verheiratet und gehören zu den Völkerschaften der Massageten. Du bist doch eine Massagetin?"

Ärgerlich trat Thalestris auf sie zu. „Was für eine Frage! Ich bin keine Massagetin, ich bin ein Massagete! Massagetinnen sind die Frauen der anderen Massageten, die sich schändlicherweise ihren Männern unterwerfen, so wie das auch bei deinem Volk üblich sein dürfte."

Didyme nickte unwillkürlich und grub verzweifelt in ihren Erinnerungen aus Kindertagen, doch die Erzählungen ihrer Großmutter lagen so weit zurück, dass ihr nur noch weniges daraus einfiel.

„Und du gehörst zum Stamm der Hirsche? Dann benennt ihr sicher auch die anderen Skythenvölker nach Tieren?"

„So ist es. Die Völker der Massageten zerfallen in vier Stämme, die wir den vier Himmelsrichtungen zuweisen. Die Hirsche dem Westen, die Greifen dem Norden, die Böcke dem Süden und die Tiger dem Osten."

Vage Erinnerungen stiegen aus Didymes Unterbewusstsein. „Und die Hirsche leben tatsächlich ohne Männer?", versicherte sie sich vorsichtig.

Thalestris vermochte ein Schmunzeln nicht zu unterdrücken. „Nun, nicht so ganz. Zum Volk der Hirsche gehören natürlich auch Männer, doch handelt es sich meist um Diener. Freie Männer treffen wir eigentlich nur, wenn es darum geht, Kinder in die Welt zu setzen. Warum weißt du das nicht, wenn du doch sogar einen eigenen Namen für uns hast – Amazonen, das Wort gefällt mir irgendwie. Also sag an, was erzählt ihr euch noch über uns Amazonen?"

Das klang schon beinahe nach einem Plauderton und steigerte Didymes Zuversicht. „Wir haben sogar einen eigenen Namen für eure halbmondförmigen Schilde. Wir nennen sie Pelten."

Thalestris lachte und setzte den skythischen Namen dagegen, den Didyme noch nie vernommen hatte.

Zum ersten Mal lächelten sie gemeinsam, bis Didyme schließlich fortfuhr. „In unseren Legenden seid Ihr ein Volk weit im Osten ..., ich meine im Westen", verbesserte sie sich eilends, wollte sie doch besser vertuschen, dass sie jetzt auf eine griechische Legende anspielte. Aus der Sicht des alten Griechenlands lebten die Amazonen natürlich weit im Osten, doch aus dem Blickwinkel von Branchidai siedelten die Hirsche im Westen in Richtung des Kaspischen Meeres.

„In unseren Mythen sind die Amazonen ein stolzes Geschlecht, das dem Ratschluss der Götter trotzt. Sie ..." Didyme brach ab, doch war es schon zu spät, denn die Fürstin runzelte erneut die Stirn.

„Wieso trotzen wir dem Ratschluss der Götter?"

Didyme zögerte im vergeblichen Versuch, eine verfängliche Antwort zu vermeiden. „Bei ..., bei meinem Volk gehört das öffentliche Leben ausschließlich den Männern. Wir Frauen hüten das Haus und ..."

Thalestris winkte verächtlich ab. „So glaubst du allen Ernstes, dass die Götter uns Frauen bestimmt haben, allzeit von Männern beherrscht zu werden?"

„So lehren es unsere Priester", murmelte Didyme, auf seltsame Weise fasziniert von dieser bizarren Welt, die da unmittelbar vor ihren Augen aus der Sphäre der Legenden tauchte.

Thalestris lachte kehlig. „Dann ist das nur gut, dass die Götter der Massageten Tiergestalt besitzen. Die Götter unserer Welt entsprechen den Namen unserer Völker. Es sind Greifen, Widder, Hirsche und die Tiger, die unsere Welt aus dem Himmel regieren. Der stete Kampf der Tiergötter sichert den Frieden unter uns Menschen."

Didymes Magen verkrampfte sich. Kämpfende Tiere, wie in ihren Visionen! Die Erkenntnis war wie ein Schlag. Dass ihr das nicht schon früher aufgefallen war! Stockend erkundigte sie sich weiter. „Und die Greifen im Norden hüten das heilige Gold?"

Thalestris hob die Brauen. „In der Tat, für jemanden, der keine Ahnung von uns Massageten hat, weißt du wirklich eine Menge!"

Zeit für eine Erklärung, Didyme spürte es deutlich, auch wenn sie eine innere Stimme immer noch davor warnte, ihre Großmutter ins Spiel zu bringen. „Ein ..., ein Ahne von mir schrieb einst ein Epos, ein großes Gedicht, einen Heldengesang, vor vielen Generationen. Er nannte es Arimaspea. Er berichtete von den Arimaspen, einem Volk von Einäugigen, die von Greifen gejagt werden, weil sie weit im Norden in einer Welt beständigen Schnees deren heiliges Gold rauben wollen."

Die Königin fuhr ein wenig zurück. „Sprich diesen Namen nie wieder aus!"

„Welchen Namen?"

Thalestris winkte ärgerlich und setzte mehrfach an. Offensichtlich hatte sie beträchtliche Hemmungen, den ominösen Namen auszusprechen, überwand sich aber schließlich. „Arimaspen, sprich mir nie wieder von Arimaspen, denn es sind vor allem diese Einäugigen, die den Kampf der Tiergötter stets aufs Neue entfachen. Es bringt Unglück, ihren Namen in den Mund zu nehmen. Nur ein Schamane darf das Wort ungestraft aussprechen, und selbst ich habe jetzt schon zu viel gesagt."

Sie verbeugte sich beinahe demütig vor der Kappe mit dem großen Hirschgeweih, dann wechselte sie entschlossen das Thema. „Doch jetzt musst du dich waschen, sonst verpestest du mir die ganze Jurte. Bringt Wasser!"

Mit diesem Ruf trat sie unter den Eingang. Augenblicke später kamen zwei männliche Diener ins Zelt, die einen gewaltigen Wasserbottich schleppten. Didyme war verunsichert angesichts der beiden Männer, die sich beinahe devot verhielten. Thalestris bedeutete ihr ganz ungeniert, sich endlich auszuziehen, während die Männer noch im Zelt weilten, doch rührte Didyme keinen Finger, bis Thalestris die beiden lachend mit einer Reitpeitsche aus dem Zelt wies.

Didyme war das Ganze unendlich peinlich, und selbst als sie in den Bottich kletterte, da versuchte sie ganz beiläufig ein Tuch zwischen sich und die Königin zu halten, was ihr jedoch nur ein amüsiertes Lächeln eintrug.

Didyme blieb ohnehin keine Wahl, war sie doch froh, den Schmutz dieser qualvollen Tage endlich loszuwerden. Als sie im Bottich saß, da erkundigte sich Thalestris beinahe beiläufig. „Was hast du eigentlich empfunden, als du über diese Mauer sprangst?"

Didyme spuckte unwillkürlich Wasser von sich, doch dann entschloss sie sich spontan zu einer ehrlichen Antwort. „Also, ich ..., ich glaube, ich rannte über eine Ebene, ich meine, so schnell wie ein Hirsch. Irgendein monströses Wesen verfolgte mich, in einem verschneiten Tal mit mehreren Hügeln."

Die Augen der Fürstin weiteten sich voller Überraschung, und als sie langsam nachhakte, schwankte ihre Stimme. „Ein ... Ungeheuer?"

Didyme nickte heftig. „Ich erinnere mich an sein Fauchen. Ich ..., ich weiß nicht, wie ich es sonst beschreiben soll. Es ..."

„Ein Ungeheuer mit Flügeln?", forschte Thalestris heiser.

„Ja, ich denke, es war ein Greif! Ich ..."

Selbst Thalestris schauderte ein wenig. Der Blick, mit dem sie Didyme musterte, war jetzt schon beinahe angstvoll, wenn auch immer noch mit einem merklichen Anflug von Unglauben. Kein Wunder, schließlich erging es Didyme nicht viel besser.

„Und das passiert dir öfter?", drängte die Königin.

Didyme trocknete sich ab. Es war befreiend, sich mit einem Menschen über ihre Albträume zu unterhalten. „Sie setzten ein, als ich diesen Teppich webte."

„Einen Teppich?" Die Augen der Fürstin weiteten sich blitzartig, um sich dann aber gleich wieder zu verengen. Sie trat unter den Eingang der Jurte, fraglos um zu überprüfen, ob sie nicht am Ende einen unwillkommenen Zeugen hätten. Vom Bottich aus bemerkte Didyme nur einige Amazonen, die sich nahe dem Eingang um ein Feuer gelagert hatten, offenbar die Leibgarde der Fürstin.

„Was war das für ein Teppich?", drängte Thalestris nun mit merklich gedämpfter Stimme, als sie den Eingang wieder verschloss.

Didyme war froh, sich endlich einmal alles von der Seele reden zu können. Ja, sie sprudelte förmlich alles von sich. Als sie schließlich innehielt, herrschte tiefes Schweigen in der Jurte.

„Und wie sah er aus, dein Teppich?", forschte die Amazone nach einer Weile.

Didyme war inzwischen aus dem Bottich gestiegen und hatte sich wieder angekleidet. Trotz ihrer Müdigkeit fühlte sie sich unglaublich erquickt. Ihr fiel die Skizze ein, die ihr Alketas abgefordert hatte. Also griff sie sich einen der halbmondförmigen Peltenschilde, nahm ein Stück Holzkohle aus dem bronzenen Feuerbecken und entwarf mit schnellen Strichen das Teppichmuster. Dabei erfasste sie die Erinnerung an das bei Alketas Erlebte so übermächtig, dass ihr blanker Schweiß auf die Stirn trat und sie das Zeichnen einige Male unterbrechen musste, um ihren Schwindel zu bekämpfen.

Sie registrierte kaum die Bestürzung der Königin. „Wie ..., wie konntest du das wagen?" Sie deutete mit bebender Hand auf die Zeichnung. „Das ist ein Orakelteppich!"

Didyme fuhr herum. „Was ist ein Orakelteppich?"

Thalestris hob die Schultern, so tief schöpfte sie Atem. „Nun, falls deine Zeichnung tatsächlich korrekt ist, beschwört dieser Teppich das Orakel der Toten."

Didyme stand wie versteinert und dachte an Skythes, auch er hatte ihr vom Orakel der Toten berichtet. Diese Zufälle waren mehr als beunruhigend, ja, waren es überhaupt Zufälle?

Und dann geschah etwas Sonderbares. Beinahe weihevoll trat ihr die Königin entgegen. Ja, für einen Augenblick schien es Didyme sogar, als ob sich die Fürstin vor ihr knapp verbeugte. „Du bist tatsächlich eine Magierin! Deshalb hattest du auch keine Angst, nach den Arimaspen zu fragen. Nun, wir sprechen morgen. Einstweilen denke ich, dass du etwas Schlaf verdient hast.“

Und das war bei weitem der wundervollste Satz, den Didyme seit langem vernommen hatte.

Der Auftrag

Didyme lag schlafend auf einigen Teppichen und fuhr hastig empor, als sich Thalestris über sie beugte, um sie heftig zu schütteln. Draußen stand längst die Sonne am Himmel. „Wach auf, reib dir den Schlaf aus den Augen, rasch!“

Das klang so alarmierend, dass Didyme der Schreck in die Glieder fuhr, doch da zerrte die Fürstin sie bereits auf die Füße. „Dein makedonischer Besitzer kam vorhin ins Lager! Er fordert dich zurück. Offenbar hat er uns beobachtet, als wir die Spuren untersuchten.“

Didyme war so entsetzt, dass sie taumelte. Der Gedanke an Alketas schnürte ihr förmlich die Kehle zu. „Aus seiner Sicht bist du immer noch seine Sklavin, und er fordert dich zu Recht. Wir können das nicht allzu lange ignorieren, spielen wir doch hier in Feindesland, und das ist ihm wohl bewusst. Du hast nur eine Chance ...“

Im nächsten Moment eilten bereits zwei Diener herein. Sie trugen einen Webstuhl und einen großen Vorrat an Garn und Fäden in verschiedenen Farben. Sie stellten alles vor Didyme hin und taxierten sie mit unverhohlener Abneigung, als die Königin sie bereits wieder hinausscheuchte. „Fang an! Web mir diesen Teppich! Es genügt, wenn du damit begonnen hast.“

Didyme öffnete fassungslos den Mund, doch die Königin fuhr schon fort. „Orakelteppiche sind unseren Toten heilig, es ist ihr Weg, mit uns zu sprechen. Unsere Ahnen würden uns mit ihrer Rache verfolgen, wenn wir verhinderten, dass ein einmal in Auftrag gegebener Teppich vollendet wird.“

Didyme begann zu begreifen und spürte mit einem Male Dankbarkeit gegenüber Thalestris, die offenbar einen Weg gesucht hatte, um ihre sofortige Auslieferung zu hintertreiben.

„Solange du webst, bist du außer Gefahr“, betonte die Königin. Dann griff sie sich die Pelte, auf der Didyme vor Stunden das Aussehen des Teppichs skizziert hatte und war schon halb aus dem Zelt, als sie sich noch einmal zurückwandte. „Dein Griechisch ..., Alexander würde dich doch verstehen, oder?“

Didyme nickte beklommen. Allein der Gedanke an eine Unterhaltung mit Alexander jagte ihr eine Gänsehaut über den Rücken, doch da verschloss die Königin den Eingang auch schon hinter sich.

Von draußen drang Phandakes Stimme in die Jurte, sie war offensichtlich aufs höchste erregt. „Was denkt sich meine Schwester nur dabei? Hat sie die Warnung der Magierin vergessen? Wenn wir uns hier gegen die Makedonen stellen, bringst du uns alle in Gefahr, wir sind zu wenig an Bogen und nicht in der freien Steppe, um gut zu manövrieren! Warum tust du das?“

Didymes Frösteln verstärkte sich. Kein Zweifel, die vergangene Nacht mochte ihr unter den Amazonen Respekt eingetragen haben, aber gewiss keine Sympathie. Offenbar spukte der kleinen Schar die Warnung der Linde nur allzu deutlich in den Köpfen. Im Grunde stand allein Thalestris zwischen ihr und einer Auslieferung, und eine Auslieferung an Alketas bedeutete mit größter Sicherheit ein grausames Ende.

Hastig begann sie den Webstuhl zu bespannen. Doch als sie schließlich für einige Sekunden aus dem Zelt sah, da erkannte sie zu ihrem Schreck Alketas, der gerade mit großen Gesten auf eine Gruppe alter Amazonen einredete.

Wenn sie sich nicht täuschte, dann waren diese alten Frauen gerade dabei, ihre Pelte mit dem Design des Teppichs zu begutachten. Wahrscheinlich hatte Thalestris versucht, sie mit der Zeichnung zu überzeugen.

Wenn Didyme die Erzählungen ihrer Großmutter noch richtig im Ohr hatte, war dies wohl der kleine Ältestenrat des Lagers, ein Gremium, das sicherlich dem Stadtrat von Branchidai nahe kam. Sogar Thalestris stand abwartend zur Seite und schien beunruhigenderweise in diesem Kreis keine eigene Stimme zu besitzen.

Ehrenmänner

Als die Sonne sank, hatte Didyme auf dem einfachen Webstuhl längst alle senkrechten Fäden gespannt und die Muster festgelegt. Ja, sie hatte sogar begonnen, die ersten Kettfäden zu ziehen, so dass sich am unteren Rand bereits die ersten Ornamente abzeichneten.

Sie war zwar auch sonst gewöhnt, zügig zu arbeiten, doch jetzt trieb sie die Furcht vor Alketas noch schneller voran. Und wie real sich diese

Bedrohung ausnahm, das zeigte überdeutlich ein Besuch des kleinen Ältestenrates, der sich keineswegs nur auf das Wort von Thalestris verlassen hatte, im Gegenteil! Drei alte Amazonen hatten sie persönlich aufgesucht, um sich zu überzeugen, dass Didyme mit dem Design des Orakelteppichs tatsächlich aufs beste vertraut war.

Zum Glück fragte niemand, woher sie die Muster eigentlich kannte, und die alten Amazonen selbst sprachen ganz ehrfurchtsvoll von einer Vision.

Immerhin hatte sie den Ältestenrat bald überzeugt, vor allem, als sie für die Frauen mit leichter Hand detaillierte Kohlezeichnungen der einzelnen Figuren auf ein fein gegerbtes Hirschfell skizzierte. Was Didyme verblüffte, war ihre zustimmende Reaktion darauf. So wie sie Thalestris verstanden hatte, sollte dieser zweite Teppich für ein Skythenorakel genutzt werden, und deshalb hatte sie instinktiv vorausgesetzt, dass dafür auch der Bildschmuck ein anderer sein würde. Doch war die Königin schon seit Stunden nicht mehr in ihrem Zelt erschienen, so dass Didyme regelrecht in der Luft hing, weil sie keine Hinweise dafür von Thalestris bekam.

Als nun der Ältestenrat erschien, da blieb ihr nichts anderes übrig, als sich auf die von Atrobates geforderten Bildmotive zu verlassen und erlebte nun zu ihrer großen Überraschung, dass die Bildthemen des Persers anstandslos akzeptiert wurden. Didyme fiel ein Stein vom Herzen, zumal der Teppich als einziges skythisches Motiv jene seltsamen Hirsche tragen sollte.

Den Ältestenrat um irgendwelche Informationen zu bitten, das wagte sie nicht, um sich nicht durch Unkenntnis verdächtig zu machen. Allerdings vermochte sie sich beim besten Willen nicht zu erklären, weshalb ein skythischer Orakelteppich neben den Hirschen ausgerechnet Darstellungen persischer Reiter tragen sollte, und zwar gleich einen ganzen Fries solcher Kavalleristen.

Dass der Ältestenrat die Hirsche als Sinnbilder seines eigenen Volkes begriff, das lag klar auf der Hand. Doch weshalb akzeptierte man die Darstellung von Persern? Didyme spürte ganz instinktiv, dass sie hier ins Zentrum eines Rätsels zielte, dessen Lösung sich ihr bisher hartnäckig verschloss.

Wie dem auch war – der Besuch des Ältestenrates hatte höchst willkommene Konsequenzen, verwies man doch Alketas des Lagers und vertröstete ihn auf später. Wie Didyme dann feststellte, war der Makedone tatsächlich zähneknirschend abgezogen. Unglaublich, aber wahr.

Von draußen drangen den ganzen Tag die Stimmen der Amazonen herein, mittlerweile verbunden mit dem Geruch gebratenen Fleisches. Schon vor zwei Stunden hatte ein Diener Didyme Essen gebracht und einen neugierigen, wenn auch durchaus scheuen Blick auf den entstehenden Teppich geworfen. Dabei war er sichtlich enttäuscht, dass noch so wenig zu erkennen war.

Die Anwesenheit eines Mannes, der ihr noch dazu über die Schulter schielte, verwirrte sie enorm, doch bot sich hier die unerwartete Chance, mehr über Thalestris und ihre Welt zu erfahren und so nutzte sie ihre Skythischkenntnisse, um den Mann zum Reden zu bringen.

Der Diener war allem Anschein nach ein Skythe, zumindest schien er keiner anderen Sprache mächtig. Und er legte sehr großen Wert darauf, ein Diener und kein Sklave zu sein, auch wenn Didyme dieser Unterschied alles andere als klar war. Wie sie erfuhr, lebte er bereits seit zwei Jahren am Hofe von Thalestris, und zwar als eine Art von Sühne, hatte er doch einst das heilige Herdfeuer der Königin beleidigt, worauf sie ihn eigenhändig besiegt und in ihren Dienst genommen hatte.

Offenbar war in massagetischen Augen die Schmähung des königlichen Herdfeuers ein gewaltiges Sakrileg, denn der Diener erzählte ihr, dass die Massageten ihre Eide nicht etwa im Namen eines Gottes, sondern im Namen der heiligen Feuer ablegten. Dieser für sie als Griechin eher verblüffende Brauch erinnerte Didyme an die Perser, kannten doch auch sie den Begriff des heiligen Feuers.

Aus den Worten des Dieners entnahm sie alsbald, dass man sie im Lager tatsächlich als Magierin betrachtete, und das erklärte wohl auch seinen beinahe devoten Respekt. Leider hatte er schließlich begonnen, an den Waffen der Königin und anderen Ausrüstungsgegenständen herumzuputzen und Didyme damit derartig irritiert, dass sie ihn schließlich des Zeltes verwies.

Erst als er schon verschwunden war, kam ihr zu Bewusstsein, dass sie zum ersten Mal in ihrem Leben einem Mann eine Anweisung erteilt hatte, die dieser anstandslos, ja, beinahe ergeben ausführte. Dieser Skythe verhielt sich eigentlich genauso wie Didyme einst im Hause ihrer Eltern, sobald sie einen Befehl ihres Vaters erhalten hatte. Sie hatte über ihren Gehorsam niemals nachgedacht, alle Frauen hielten das so, als sei es eine Art Naturgesetz. Die Eltern und vor allem die Männer befahlen, und die Frauen folgten ihnen widerspruchslos.

Dass nun ein Mann ihren Befehl befolgte, das verwirrte sie, zumal der Skythe doch davon ausgehen musste, dass er in Didyme eine Dienerin vor sich hatte, also sozusagen eine Schicksalsgefährtin. Aber anscheinend war ihre Funktion als Schamanin bedeutender als alles andere.

Sie bedauerte schon wieder, ihn hinausgeschickt zu haben, war die Unterhaltung doch mehr als interessant gewesen. Aber vielleicht würde sich ja eine zweite Gelegenheit ergeben. Immerhin wusste sie nun weit mehr über die Gesellschaft der Amazonen und begriff, dass diese ganz im Gegensatz zu ihren griechischen Legenden keineswegs eine männerfreie Zone war – nur, dass viele Männer hier im Grunde Frauenrollen ausfüllten, eben als Diener. Allerdings – das hatte ihr Gesprächspartner auch angedeutet – kamen sie nicht als Erzeuger einer zukünftigen Amazonengeneration in Frage, da sie nicht als ebenbürtig betrachtet wurden. Vielmehr war es Brauch, sich fremdländische Partner zu suchen. Nun war Didyme auch klar, wieso die Amazonen so verschieden aussahen, stammten doch die Väter aus den unterschiedlichsten Völkern.

Didyme war so tief in ihren Gedanken, dass sie regelrecht zusammenfuhr, als sich Thalestris über sie beugte. Die Königin enthielt sich zwar jeden Kommentars, begutachtete jedoch ausführlich die Kohleskizzen, so dass sich Didyme schließlich doch zu einer Frage durchrang. „Wäre es nicht besser, anstelle der persischen Reiter Massagetinnen darzustellen? Es wäre nur eine kleine Veränderung, ich müsste nur den Reitern spitze Skythenmützen geben. Auch wäre es vielleicht angezeigt, die Pferde nicht nach persischer Manier aufzuzäumen. Ich ..."

Doch Thalestris wehrte heftig ab. „Alles bleibt, wie es ist. Ich glaube nicht, dass der Teppich und die Geister der Ahnen eine willkürliche Änderung goutieren würden, auch wenn ich zugebe, dass mir kein Magier erklären konnte, weshalb dein Entwurf Bilder von Persern beinhaltet. Doch stimmen wir alle darin überein, dass dies der Wille des Teppichs sein müsse."

Didyme hörte zum ersten Mal, dass ein Teppich Beifall oder Unwillen artikulieren könne. Trotz der unwilligen Geste der Königin wagte sie aber dennoch eine zweite Frage.

„Aber den Auftrag, persische Reiter darzustellen, der stammte doch von diesem Atrobates. Denkst du nicht, er wünschte die Darstellungen seiner Landsleute, weil der Teppich für einen Perser bestimmt war?"

Thalestris spitzte die Lippen. „Dein Atrobates glaubte vielleicht, dass er die Bildmotive des Teppichs bestimmt habe, doch bei der Anfertigung eines Orakelteppichs ist nichts zufällig. Nicht das Geringste!" Dabei lächelte sie ein wenig abschätzig, und Didyme fragte sich unwillkürlich, ob sie nicht im Grunde Atrobates mit seiner Unkenntnis genauso bemitleidete wie Didyme selbst. „Ein Orakelteppich ist die Manifestation einer höheren Macht. Er wird nicht einfach von einem Menschen in Auftrag gegeben, vielmehr sucht sich der Teppich den Auftraggeber, und selbst du bist nur ein Erfüllungsgehilfe seiner Magie."

Didyme spürte, wie sich Gänsehaut auf ihren Armen ausbreitete.

Es herrschte wieder Schweigen, und Thalestris grübelte anscheinend über den Kohleskizzen. Didyme hätte schwören können, dass die persischen Reiter der Königin mehr Kopfzerbrechen bereiteten, als sie zugeben wollte, nur war sie anscheinend nicht bereit, das Problem mit Didyme zu diskutieren.

Schließlich räusperte sich Didyme. „Und dieses Orakel, ich meine, wie ..., wie funktioniert dieser Teppich?“

Sie musste die Frage wiederholen, ehe Thalestris regelrecht hochschrak, als sei sie aus einem Traum erwacht. War die Fürstin vielleicht gerade Opfer einer Vision geworden? Doch sie verlor kein Wort darüber.

„Nun, es existiert ein Ort, an dem sich Himmel und Erde begegnen, an dem wir Menschen Zutritt erhalten zum Reich der Götter, die wir nur als Tiere begreifen können. Die toten Könige thronen dort und eröffnen dem Suchenden den Weg ins Geisterreich unserer heiligen Tiere. Dieser Ort liegt weit entfernt und nur dort vollzieht sich das Orakel der Toten in den geschändeten Gräbern der Massagetenkönige.“

Didyme glaubte sich verhört zu haben. „In ..., in geschändeten Gräbern?“

„In der Tat. Das Tal von Pazyryk liegt hoch in den Bergen, so dass selbst wir die Gräber nicht beschützen könnten und dies auch nicht anstreben. Dort liegen die Hügel an der Grenze zu einer Welt, in der ganz andere Menschen leben, Menschen mit gelben Gesichtern und schmalen Augen. Sobald nun ein König beschließt, seinen Leichnam zum Wohle seines Volkes dem Orakel zu opfern, bringt man ihn nach Pazyryk. Natürlich ist uns wohl bewusst, dass das Tal ständig von Plünderern beobachtet wird, von Einheimischen, die nur darauf warten die Leiber der Könige zu schänden ...“

„Aber ...?“

Thalestris lachte verächtlich. „Wahrscheinlich begreifen diese Barbaren gar nicht, weshalb wir wieder und wieder in diese eisigen Höhen pilgern, um ihnen unsere Könige und ihre Gefolgschaft auszuliefern. Doch für die Herolde des Orakels ist allein entscheidend, was die Plünderer zurücklassen. Aus diesen bescheidenen Resten erschließen unsere Magier die Zukunft der skythischen Völker.“

„Dann nehmt Ihr die Plünderungen billigend in Kauf?“, versicherte sich Didyme noch einmal.

Die Amazone nickte düster. „Natürlich liegen dort nicht all unsere Könige und nur wenige nehmen die Vernichtung ihres Leichnams auf sich, um dem Volk der Massageten den Weg in die Zukunft zu weisen. Deshalb finden sich in Pazyryk bisher nur drei große Hügel, umgeben von kleineren Gräbern in einem schütteren Hain von Birken.“

Didyme fiel beinahe der Faden aus der Hand. „Drei Hügel?“ Sie selbst hätte den Ort ihrer Visionen nicht besser beschreiben können. „Und ..., und kann man dieses Orakel jederzeit befragen?“

„Nur, wenn eine Person königlichen Ranges bestattet wird.“

„Und was geschieht, wenn kein König stirbt?"

„Dann entscheidet das Todesspiel unter den Kandidaten, wer als Herold nach Pazyryk gehen soll."

„Das Todesspiel?", forschte Didyme und fühlte wieder diesen unangenehmen Schauder.

Die Königin deutete auf den Webstuhl. „Wir spielen es auf einem Orakelteppich dieser Art. Es ist ein Spiel mit der Zukunft, und das Ziel ist der Tod."

Didyme holte tief Luft und war in diesem Augenblick doch sehr erleichtert, keine Königin zu sein. Thalestris betrachtete sie abwägend, als lägen ihre Gedanken offen zu Tage. Dann lachte sie beinahe heiter, doch als Didyme ihrem Blick begegnete, da sah sie ganz unverhofft in wachsame Augen.

Ja, die Amazone legte sogar ganz unauffällig einen Finger auf Didymes Lippen und lachte erneut. „Verdirb dir nicht die Augen, du brauchst sie morgen."

Gestik und Worte passten so gar nicht zueinander – Didyme starrte sie verwirrt an. Zugleich bemerkte sie, wie die Augen der Königin wachsam umherwanderten, so dass sie ihrerseits nun den Atem anhielt. Tatsächlich, jetzt vernahm auch sie ein leises, schabendes Geräusch, als zwänge sich jemand unter irgendwelchen Textilien hindurch. Zu erkennen vermochte sie nichts, war doch das flackernde Feuer in dem Kohlenbecken weitgehend heruntergebrannt und die Jurte in schummrigem Halbdunkel versunken.

Was ging hier vor?

Plötzlich registrierte sie, dass mittlerweile auch die Geräusche des Lagers verstummt waren. Augenblicke später warf Thalestris einen Kelim über die Glut des Kohlenbeckens, so dass die Jurte in tiefster Dunkelheit versank.

Didyme wartete gebannt, doch dann krallten sich die stählerne Finger der Königin in ihren Oberarm und zogen sie näher. Sie spürte den Atem der Amazone an ihrem Ohr. „Wir werden belauscht", flüsterte Thalestris. „Folge mir!"

Zugleich zog sie Didyme auf Zehenspitzen nicht etwa zum Zelteingang, sondern zu einem Nebeneingang, der das Hauptzelt mit einer kleineren Wirtschaftsjurte verband.

Das Nachbarzelt schien leer und lag ebenfalls in tiefer Finsternis. Als Didyme stolperte, bewahrte sie nur der eiserne Griff ihrer Begleiterin vor einem Sturz, dessen Geräusch sie unweigerlich verraten hätte. Didyme hatte keine Ahnung wohin sie treten sollte. Offenbar sah Thalestris das ein, nahm sie doch Didyme ganz unvermittelt wie ein Baby in die Arme und schob sich dann durch den mit einem Tuch verhängten Eingang ins Freie. Didyme fühlte sich wie ein Kleinkind in den Armen seiner Mutter.

Einmal im Freien, sank Thalestris blitzschnell zu Boden. Dabei ging die Fürstin keinerlei Risiko ein, presste sie doch Didyme mit dem ganzen Körper zu Boden. „Keinen Laut, vielleicht ist es ein Attentat!“

Didyme wurde ganz flau im Magen. Sollte es hier tatsächlich um einen Mordversuch gehen?

Thalestris wand sich geschmeidig zur Seite. Sowohl das Wirtschaftszelt wie die königliche Jurte waren kreisrund, so dass Thalestris nur wenige Meter kriechen musste, um einen Blick auf den Eingangsbereich ihres Gezelts zu werfen. Das Feuer, an dem ihre Leibwache Platz gefunden hatte, war heruntergebrannt, und als Didyme ihr über die Schulter lugte, gewahrte sie zwei vor sich hindämmernde Amazonen, die ihre Schilde auf den Boden gestemmt hatten, um nicht umzusinken. Thalestris schob sich weiter und weiter vor, doch war keine dritte Amazone zu erblicken.

„Bei den heiligen Tieren, wo ist Samura?“, zischte sie, eine Frage wohl mehr an sich selbst. Augenblicke später kroch sie bereits hinten um die Zelte herum, und Didyme schloss sich mit klopfendem Herzen an.

Befürchtete Thalestris tatsächlich einen Anschlag? So unvorstellbar erschien ihr das wiederum nicht, wenn sie sich etwa die Meinungsverschiedenheiten im Amazonenlager vergegenwärtigte.

Mit der Geschmeidigkeit eines Tieres entfernte sich die Amazone von den Zelten, und Didyme hatte anfangs alle Mühe, ihr zu folgen, obwohl Thalestris mehrfach innehielt, um zu verhindern, dass Didymes allzu schwerer Atem sie verriet.

Aus einiger Distanz war im Mondlicht unschwer zu erkennen, dass sich anscheinend niemand in der näheren Umgebung der Jurten aufhielt. Doch als Didyme wieder zu Atem gekommen war, da stieg ihr ein seltsamer Geruch in die Nase, der sie schlagartig an Skythes erinnerte.

Prüfend sog sie die Luft in die Lungen. Da war er wieder, dieser seltsame Geruchssinn, der sie so sehr beunruhigte.

„Hier lag vorhin ein Mann“, wisperte sie unwillkürlich. „Ich kann ihn noch riechen! Ich ...“ Aber dann hielt sie inne, sträubte sich in ihr doch alles, Skythes so einfach zu verraten.

Mittlerweile prüfte auch Thalestris die Gerüche der Nacht und flüsterte dann ein wenig zweifelnd: „Bist du sicher?“

Didyme antwortete nicht, tastete nur nach der Hand der Königin und deutete schließlich mit den verschränkten Händen über die Ebene, direkt in Richtung des Mondes, der sich gerade aus träge ziehenden Wolken löste.

Ohne diese Geste hätten sie es vielleicht gar nicht bemerkt, doch just in dieser Sekunde zeichnete sich vor dem tief stehenden Mond die Silhouette eines Menschen ab. Er stand offenbar auf einer Kette niedriger Hügel und war gleich darauf wieder verschwunden.

Augenblicke später waren die beiden Frauen auch schon unterwegs, und Didyme begriff erst jetzt, dass ihre Begleiterin vorhin im Zelt ein Schwert an sich gerissen hatte. Das war so selbstverständlich vonstattengegangen, dass Didyme es nicht bemerkt hatte.

Als sie den ersten Hügelkamm erreichten, dehnte sich vor ihnen die vom Mondlicht übergossene Steppe, auf der sich einige Trupps grasender Pferde abzeichneten. Ihre Vorderbeine waren offenbar zusammengebunden, um zu verhindern, dass sie sich bei der Futtersuche allzu weit entfernten. Außerdem war unschwer zu erkennen, dass in einiger Entfernung ein Pferdepulk schnaubend auseinandertrottete. Offenbar wichen die Tiere jemandem aus, und Thalestris setzte sich umgehend wieder in Bewegung.

Als sie sich den Pferden näherten, vernahm Didyme schon von weitem das Geflüster zweier Menschen, sie wusste selbst nicht, weshalb sie sich so sicher war. „Es sind drei!“, hauchte sie dennoch ins Ohr ihrer Begleiterin.

„Ich erkenne nur zwei!“, wisperte Thalestris zweifelnd.

„Aber ich kann sie riechen, dort drüben“, insistierte Didyme selbst ganz beklommen. Doch Thalestris enthielt sich jeden Kommentars, als sie Didyme die Führung überließ und sich anschloss.

Didyme hatte anscheinend die Richtung präzise eingepeilt, und bald waren auch die ersten Worte zu verstehen, auch wenn das Flüstern die Stimmen stark verfremdete.

„Ihr Tod wird uns nichts nützen!“, murrte jemand auf Persisch.

Didyme lag stocksteif und lauschte mit allen Sinnen. War dies tatsächlich die Stimme von Skythes? Und falls ja, worum ging es in dem Gespräch? Verhandelte man gar über Thalestris? Als Didyme den Arm der Königin berührte, schienen deren Muskeln wie zum Zerreißen gespannt.

„Lebend nützt sie uns noch weniger!“, kam es aus der Dunkelheit.

Didyme atmete tief aus, erkannte sie doch diesmal die Stimme von Atrobates. Aber der Perser und Skythes? Sie wollte es einfach nicht glauben, auch wenn sich ihr hier ganz unerwarteter Weise die perfekte Erklärung dafür bot, weshalb Atrobates sie vor der Erstürmung von Branchidai mitten in der Nacht aufgespürt hatte. Skythes hatte ihm den Treffpunkt verraten!

„Diese Thalestris, was ist das eigentlich für ein Mensch?“ Das war wieder Atrobates, kein Zweifel.

„Der Kampf geht ihr über alles“, knurrte sein Gegenüber, und Didyme weigerte sich immer noch, in dem Sprecher Skythes zu erkennen. „Es wäre ein Fehler sie zu unterschätzen. Sie ist eine verwegene Kämpferin, wenn auch selbstverständlich nicht mit den Fähigkeiten eines Mannes. Sie ..."

„Eine Kämpferin? Sie ist doch eine Frau! Wie viele Königinnen gibt es bei euch Massageten?"

Also war der Gesprächspartner des Persers eindeutig ein Skythe. Zudem schien ihm das Thema nicht sonderlich genehm, und so brummte er schließlich, dass nur bei den Hirschen Königinnen regierten.

„Auf jeden Fall hat sie den Fluss überschritten", fasste Atrobates zusammen. „Ich fürchte, sie will mit Alexander verhandeln!"

Sein Gegenüber unterdrückte einen skythischen Fluch. Dann entfernten sich beide in Richtung einiger Pferde, und ihre Worte wurden zunehmend unverständlich, bis die Gestalten von der Nacht verschlungen wurden.

Thalestris richtete sich auf, offenbar im Zweifel darüber, wohin sie sich wenden sollte. So übernahm Didyme erneut die Führung, die Hand der Königin fest in der ihren. Wieder war sie sich auf merkwürdige Weise sicher, dass sie die richtige Richtung eingeschlagen hatte, auch wenn von den Verfolgten nichts mehr zu erkennen war. Je sicherer sie ihre Füße setzte, desto ungestümer drang sie vorwärts.

Welche Strecke sie zurücklegten, das war in der Dunkelheit kaum auszumachen, doch wurden sie urplötzlich auseinandergerissen. Didyme stürzte zu Boden und konnte einen Aufschrei nicht unterdrücken.

Im nächsten Moment warf sich ein schwerer Schatten über sie, ein Schatten und ein unverkennbarer Geruch – Skythes.

Er presste sie ungestüm gegen den Boden, offenbar völlig ahnungslos, wen er da vor sich hatte. Dabei brachte sie keinen Laut über die Lippen, lag doch sein Unterarm quer über ihrer Kehle, so dass er sie beinahe erdrosselte. „Ich hab sie", keuchte er. „Hierher!"

Das galt ganz offenbar seinem Begleiter, der es jedoch viel schlechter getroffen hatte als Skythes selbst. Denn während sich Didyme hilflos unter ihrem Gegner wand, konnte sie im Licht des Mondes erkennen, wie Thalestris dem Perser die Lanze entwand, um ihn mit einem einzigen Rundschlag zu Boden zu strecken.

Atrobates schrie gellend auf, und hätten die Wolken nicht just in dieser Sekunde den Mond verdunkelt, die Amazone hätte ihn mühelos liquidiert, doch so vermochte sie ihr Opfer nicht mehr auszumachen.

Als das Mondlicht zurückkehrte, sprang der Perser gerade auf eines der Pferde, und gleich darauf verklang hektischer Hufschlag in der Nacht. Ein wahrer Held.

Die Königin fuhr herum. „Parysatis? Wo bist du?"

Skythes wusste anscheinend ganz genau, wie gefährlich diese Kontrahentin war, presste er doch Didyme so wild die Kehle zusammen, dass sie nur noch Sterne vor den Augen sah. Wenn sie jemals Todesangst empfunden hatte, dann jetzt in diesem Augenblick.

Was sie am Ende rettete, war nur das Mondlicht. Der schwache Schimmer genügte der Fürstin, das kämpfende Paar auszumachen. Dann stürmte sie mit geradezu pantherähnlichen Sätzen heran. Dabei kam kein Laut über die Lippen der hünenhaften Kämpferin.

Doch Skythes war auf der Hut. Er wälzte sich blitzartig von Didyme herunter und rollte zur Seite ins welke Steppengras, während Didyme immer noch Mühe hatte, mit ihrer geschundenen Kehle Atem zu holen.

Da setzte Thalestris bereits mit gewaltigem Sprung über sie hinweg. „Wer beim Greifen ...!", zischte es in der Dunkelheit.

Wie in Trance vernahm Didyme nun ein Röcheln und dann die stöhnenden Worte. „Halt ein! Ich bin's, Samura ..."

Atrobates, Skythes und nun Samura, ihr rätselhafter Geruchssinn hatte sie also nicht getrogen, es waren tatsächlich drei.

Didyme wälzte sich mühsam auf den Rücken und spürte mit einem Mal einen harten Gegenstand zwischen ihren Schulterblättern.

„Was treibst du hier draußen?", wisperte Thalestris wütend.

Samura antwortete mit einem Stöhnen. Offenbar hatte Thalestris ihre Leibwächterin fest an der Kehle. „Ich ..., ich verfolgte die Kerle", ächzte sie. „Sie wollten in dein Zelt, sie ..."

Die beiden Frauen erhoben sich, doch wo war eigentlich Skythes? Die Angst vor einer erneuten Attacke brachte Didyme schließlich ebenfalls auf die Beine, zumal das Funkeln vor ihren Augen langsam erlosch. Außerdem begriff sie plötzlich, was ihr die ganze Zeit so hart zwischen die Schulterblätter gedrückt hatte – es war das Geweih!

Didyme wickelte sich die Hand in den Saum ihrer Jacke und hob es auf, und zwar just in der Sekunde, in der hinter ihnen mit einem Mal heller Schein über die Hügelkuppe drang. Feuer!

Aber was mochte da brennen?

Thalestris stieß Samura vorwärts, und dann hasteten sie auch schon zurück zum Lager, nur um alsbald zu erkennen, dass die Königsjurte hell in Flammen stand. Von allen Seiten stürmten Amazonen herbei.

Als sie das Königszelt erreichten, wurde schnell klar, dass nichts mehr zu retten war. Die Jurte brannte bis auf ein Gerüst aus Stangen nieder, nur die Kline zeichnete sich als goldenes Gerippe unter der Asche ab.

Die Macht des Feuers erinnerte Didyme ganz unwillkürlich an den Brand des ersten Teppichs. Großer Apoll, auch dieser Orakelteppich war in Flammen aufgegangen! War auch das nur ein Werk des Zufalls?

Didyme hatte den bestürzenden Gedanken kaum formuliert, da taumelte auch schon die Magierin an die Brandstätte und stammelte schreckensbleich. „Ein schlimmes Omen. Der Orakelteppich ...!“

Didyme war bei weitem nicht die einzige, die zusammenfuhr, außer Thalestris, sie schien mit ihren Gedanken offensichtlich ganz woanders zu sein. Energisch fuhr sie zu Samura herum. „Wen hast du verfolgt? Nun rede schon!“

Die Angesprochene wand sich etwas. „Nun, ich entdeckte zwei Kerle, die um die Königsjurte schlichen. Ich folgte ihnen, und den Rest kennst du schon.“

Thalestris grub finster die Zähne in die volle Unterlippe. „Du hättest mich alarmieren müssen, du hast die Situation falsch eingeschätzt!“ Offenbar wollte sie nichts Schlimmeres unterstellen. Samura senkte betreten den Kopf.

Didyme bemerkte ganz deutlich das Funkeln in den Augen der Königin. „Du hast das Beste beabsichtigt“, konstatierte sie so gelassen als möglich. „Aber sieh zu, dass du dich beim nächsten Mal weiser verhältst!“

Samura trat verlegen zur Seite, und die Magierin drängte sich nun vor die Königin, die Finger wie immer bastumwunden. Dabei deutete sie abwechselnd auf das Gerippe der Jurte und auf Didyme. „Sagte ich es nicht? Du nährst eine Schlange an deinem Busen.“

Didyme spürte deutlich den Schweiß in ihrem Nacken, doch Thalestris winkte nur unwillig, und die Magierin zog sich beleidigt zurück. Die Fürstin trat mit Didyme zur Seite. Dabei murmelte sie mit grimmigem Lächeln: „Sieh dich vor, Teppichweberin! Du jagst meinen Leuten Angst ein, und Angst ist gefährlicher als Hass.“

„Angst und Hass?“, stammelte Didyme und drückte das Geweih unter der Achsel an ihrem Körper.

„Was sonst? Keiner hätte diesen Sprung über die Mauer vollführen können.“

Didyme blickte beklommen in die Runde und begegnete in der Tat nur ablehnenden Mienen. „Und deshalb hassen sie mich?“

„So sind die Menschen!“, raunte Thalestris mit Nachdruck und Didyme registrierte echte Sorge in ihrer Stimme. „Wenn du Königin wärst, wüsstest du das längst. Menschen hassen alles, was anders ist als sie selbst, doch sie fürchten es noch mehr als sie es hassen.“

Didyme spürte, wie sich die Zinken des Geweihs gegen ihren Körper pressten und war heilfroh, dass sie unter der Jacke noch eine skythische Bluse trug. Nur keinen Körperkontakt, nur kein Kontakt mit der blanken Haut ...!

„Hüte dich!“, wisperte Thalestris. „Sobald du dich von anderen unterscheidest, sobald du besser bist oder schlechter, stehen dir nur zwei Wege offen: Entweder bist du stärker als die anderen, dann blicken sie zu dir auf und beten dich an – oder du bist schwächer, dann bringen sie dich um."

Didyme wich unwillkürlich zurück.

„Falls du überleben willst, dann lernst du das flugs, oder du bist schneller unter der Erde, als dir lieb ist."

„Aber ich ..., ich bin eine Frau, ich dachte bei euch Amazonen wäre das anders!"

Die Königin lächelte schmal. „Wir sind auch nur Menschen, und mit den Männern haben wir uns nur eines Problems entledigt. Aber glaube nur nicht, dass Frauen untereinander gnädiger sind, eher im Gegenteil."

Mit diesen Worten blickte sich die Fürstin wachsam um und rief mit lauter Stimme in das Lager hinein. „Wo steckt eigentlich Phandake?"

Die Amazonen wechselten vielsagende Blicke, ehe sich wenigstens Samura zu einer Antwort durchrang. „Oh, Phandake ritt vorhin zum Jaxartes. Wie sie sagte, wollte sie dieses Alexandria beobachten."

Thalestris war offensichtlich alles andere als begeistert, und in Samuras Stimme schwang sogar unterschwellig ein wenig Spott. „Ich dachte, die Königin wüsste davon!"

Die Fürstin musterte sie durchdringend. „In der Tat, und nun kontrolliere die Wachen. Stell sicher, dass das Lager diesmal besser behütet wird!"

Samura entfernte sich eilends, während Didyme der Königin zuflüsterte: „Sie lügt! Sie ..."

Die Königin fasste sie ärgerlich. „So sprichst du nicht von einer Gefährtin!"

Didyme musste all ihren Mut zusammennehmen, um ihr einigermaßen furchtlos in die Augen zu blicken. Ja, sie schaffte es sogar, den Kopf trotzig in den Nacken zu werfen. „Aber sie sagt dir nicht die Wahrheit!"

Die Finger der Königin gruben sich wieder in ihren Oberarm, und Didyme hatte Mühe nicht aufzuschreien.

„Hör mich an, oh Thalestris. Dieser Atrobates und ein ..., ein Skythe, sie waren auf keinen Fall auf der Flucht, als wir sie belauschten. Also denke ich, dass sie mit jemandem verabredet gewesen sein könnten." Didyme hatte das Gefühl, als stecke ihr Arm in einem Schraubstock.

Zum Glück gab sie die Königin schließlich frei. „Du sprichst von diesem Perser, der den Teppich in Auftrag gab und dann noch von einem Massageten?", versicherte sie sich. „Vermagst du die beiden zu beschreiben?"

Didyme wand sich ein wenig. Mit Worten einen Menschen zu beschreiben, das war ihr noch nie so recht gelungen. „Ich könnte dir den Perser zeichnen!"

Thalestris nickte, und so glättete Didyme flugs den Boden zu ihren Füßen.

Dann skizzierte sie mit einem Stock und wenigen Strichen das Gesicht des Atrobates. Skythes zu zeichnen, das brachte sie einfach nicht über sich.

Es gab einfach Dinge, über die sie nicht reden wollte, auch nicht über das Geweih, warnte sie doch eine innere Stimme davor, dieses Geheimnis vorschnell preiszugeben. Und so verbarg sie die kostbare Beute auch weiterhin unter der Achsel. Irgendwie hatte sie das untrügliche Gefühl, dass sie die Macht dieser Schnitzereien bald aufs Neue erproben musste. Während ihre Gedanken flogen, vollendete sie mit kundiger Hand das Porträt des Atrobates. Die Königin hob die Brauen.

„Erkennst du ihn?“, forschte Didyme überrascht.

„Deine Hände sind wahrlich außerordentlich“, murmelte Thalestris langsam. „Also, ich bin mir nicht sicher, aber er erinnert mich an einen Perser, mit dem mein Volk den Seidenhandel abwickelt.“

Sie taxierte immer noch die Zeichnung und spitzte die Lippen zu einem anerkennenden Pfiff. „Du witterst nicht nur wie ein Tier, du bist auch noch überaus kunstfertig. Ich ...“ Sie blickte sich unauffällig um und löschte dann mit schneller Fußspitze die Skizze. „Einstweilen kein Wort, zu niemandem! Hörst du?“

Didyme nickte beklommen. „Und weshalb fackelte man dein Zelt ab? Wollte man dich tatsächlich umbringen?“

Die Königin nagte an ihrer Unterlippe. „Mich oder dich? Unter Umständen wollte man nur verhindern, dass du den Teppich vollendest.“

Didyme fröstelte, während sich Thalestris eine Fackel griff, um die Reste ihrer Jurte genauer in Augenschein zu nehmen. Zu ihrer Erleichterung stellte sich schnell heraus, dass die kostbare Perserkline mit ihren gedrechselten Beinen kaum gelitten hatte. Offenbar hing Thalestris sehr an diesem wahrhaft königlichen Möbelstück.

Didyme jedoch hatte kaum einen Blick für die goldene Liege, stand sie doch vor den Aschenresten ihres eigenen Lagers, das man ganz offensichtlich mit einer Lanze durchbohrt hatte. Der abgebrochene Schaft stak noch immer tief im Boden.

Didyme rauschte das Blut in den Ohren.

Thalestris zog schließlich die kaum beschädigte Waffe prüfend heraus. „Ziemlich viel Aufwand für eine Dienerin, aber wenig für eine Magierin.“

Didyme hatte das Gefühl, dass der Boden unter ihr schwankte. Thalestris griff ihr in letzter Sekunde unter die Achseln und winkte ihrem Gefolge. „Tummelt euch! Sorgt für ein neues Zelt und gebt meiner Dienerin Waffen, aus meinem eigenen Vorrat.“

Eine Anweisung, die auf ein seltsames Echo stieß, tauschten einige der Amazonen hinter dem Rücken ihrer Führerin doch spöttische Blicke, die

Didyme nicht zu deuten wusste. Zudem war sie noch viel zu aufgeregt. Großer Apoll, weshalb sollte ihr jemand nach dem Leben trachten?

Unwillkürlich entsann sie sich der belauschten Unterhaltung. „Ihr Tod wird uns nichts nützen.“ Das hatte fraglos Skythes geäußert. Nein, das ergab alles keinen Sinn, Skythes hätte sie niemals mit einer Lanze durchbohrt. Sein Angriff draußen auf der Ebene war sicherlich nur ein Versehen, schließlich konnte er nicht wissen, auf wen er sich da stürzte.

Da winkte Thalestris auch schon einer ihrer Leibwachen, sie solle sich Didymes annehmen, eine Aufgabe, die die junge Amazone offenkundig nur höchst widerstrebend übernahm. Offenbar wollte niemand etwas mit ihr zu tun haben. Aber dann führte sie Didyme schließlich doch zu einer kleinen Jurte unweit der verbrannten Zelte.

Der thronende König

In dieser Jurte, die anscheinend als Waffenkammer diente, erhielt Didyme von der Amazone einen persischen Spitzhelm, einen leichten Kettenpanzer und einen achämenidischen Akinakes, ein Kurzschwert, das eher einem übergroßen Dolch denn einem Schwert glich. Es unterschied sich deutlich von den Schwertern mit langen Klingen, die Didyme bei den Makedonen und Griechen gesehen hatte.

„Normalerweise erbeutet Thalestris ihre Frauen im Krieg und kauft sie nicht als Sklavinnen!“, murrte die Amazone. Nun, das klang so verächtlich wie eh und je, auch wenn die Stimme der jungen Frau ungeachtet allen Hohns doch merklich schwankte.

Sie schmiss ihr die Waffen förmlich in die Arme. „Thalestris wird schnell bemerken, dass ein schönes Gesicht noch keine Frau ausmacht.“

Didyme zog es vor, den Mund zu halten, zumal sie nicht so recht begriff, worauf ihr Gegenüber anspielte. Sie hatte jetzt wirklich anderes im Kopf.

Ihre Begleiterin schien irgendwie enttäuscht über den ausbleibenden Wortwechsel und wies Didyme alsbald zu einer leeren Jurte, in die man gerade die goldene Kline trug.

Als sie das Zelt betrat, wurde die Liege von zwei Dienern gesäubert, während Didyme damit betraut wurde, die Kline mit frischen Decken und Polstern auszustatten, eine Aufgabe, der sie sich umgehend widmete, nachdem sie die Waffen abgelegt und das Geweih darunter verborgen hatte. Sie war schon froh, dass es ihr gelungen war, das ominöse Ding unbeobachtet in die Jurte zu schmuggeln.

Augenblicke später betrat auch schon Thalestris ihr provisorisches Zuhause und streckte sich sogleich auf die Kline, wobei sie Didyme zurief, den Eingang mit Tüchern zu schließen.

Als Didyme sich ihr wieder zuwandte, schob die Fürstin gerade ihren goldenen Akinakes unter das Kopfkissen. Dann forderte sie Didyme auf, sich unter die Kline zu legen. Didyme war in der Tat so erschöpft und vor allem immer noch so im Bann all dieser chaotischen Ereignisse, dass sie ohne viel Federlesen gehorchte.

Schließlich verkündete die Königin beinahe etwas überlaut. „Dort unten bist du sicher. Mein Schwert wird über uns wachen.“ Irgendwie hatte Didyme den Eindruck, als seien die Worte gar nicht für sie, sondern eher für fremde Ohren bestimmt. Ihre Unsicherheit steigerte sich daraufhin noch mehr, hatte sie doch das beklemmende Gefühl, wieder einmal eine wichtige Information verpasst zu haben. Dies hier war einfach nicht ihre angestammte Welt, nicht im Geringsten!

Unterdessen versank das Lager wieder in tiefer Stille, als Thalestris lautlos vom Lager glitt und dabei Polster und Decken so zusammenschob, als läge sie immer noch auf ihrer Kline.

Didyme beobachtete sie nervös, bis sich die Königin neben sie legte. Nun musste sie ihr Flüstern nicht mehr erraten. „Ganz leise, hier gibt es viel zu viele Ohren!“

Mit diesem Satz zog sie Didyme zum entferntesten Punkt der Jurte, so dass sich Didyme eine leise Frage nicht verkneifen konnte. „Misstraust du deinen Gefährtinnen?“

Thalestris zischte grimmig. „Ohne die stillschweigende Unterstützung einiger Wachen würde mein Zelt gewiss noch stehen.“ Dabei zog sie Didyme näher, als fürchtete sie, das zitternde Mädchen könnte sie am Ende doch noch verraten, und sei es durch das Klappern ihrer Zähne.

„Erzähl mir genau, was du in deinen Visionen siehst“, forderte Thalestris. „Handelt es sich stets um Tiere?“

„Soweit ich mich erinnere ...“ Didyme stockte, schemenhaft sah sie ein Bild, das während der vergangenen Wochen mehrfach in ihrer Phantasie aufgetaucht war, ohne dass sie es mit dem Geweih und ihren Visionen in Zusammenhang gebracht hätte. Doch dann hatte Thalestris thronende Könige erwähnt, die den Zugang zum Reich der Geister hüteten. Didyme war sich absolut sicher, so etwas in irgendeiner Vision beobachtet zu haben. Mit einem Male ahnte sie, dass es zwischen ihren Erinnerungen und den Visionen eine Verbindung gab. Warum war sie darauf nicht schon früher gekommen? Vielleicht, weil sich die Tagträume stets um Tiere drehten?

„Also, was siehst du?“, drängte Thalestris.

„Ich erinnere mich an einen thronenden Herrscher. Wenn ..., wenn meine Visionen beginnen, dann weiß ich eigentlich nie, in welcher Welt ich erwache."

„Wie meinst du das?"

„Nun, da gibt es zwei Szenarien. In der Regel treffe ich nur auf Tiere, aber mittlerweile bin ich ziemlich sicher, dass mir auch Menschen begegneten. Zumindest erinnere ich mich an einen Thronenden mit Bart und einem gewaltigen Ast in der Hand."

Die Königin richtete sich ruckartig auf. „Tatsächlich? Erschien dir vielleicht auch ein Reiter?"

„Ja!" In ihrer Überraschung wurde Didyme beinahe zu laut. „Ein Massagete zu Pferd mit einem skythischen Goryt, einem eurer Köcher, der neben den Pfeilen auch den kurzen Bogen enthält."

Thalestris atmete tief durch, offenbar verband sie etwas mit diesem Bild. „Und du bist sicher, dass es sich bei dem Reiter um einen Mann und nicht um eine Frau handelte?"

„Er trug einen Schnurrbart."

Die Königin wirkte irgendwie enttäuscht, doch fasste sie sich schnell.

„Du weißt, um wen es sich handelt?", forschte Didyme gespannt.

Die Königin zögerte eine Weile, schien ihre Gedanken zu ordnen. „Nun, unter Umständen hast du tatsächlich einen der längst verstorbenen Könige erblickt, die das Orakel der Toten behüten. Den König und einen Prinzen. Sie allein entscheiden, wer würdig ist, die Tore der Geisterwelt zu durchqueren."

Damit erhob sie sich lautlos und trat ebenso leise zum Eingang der Jurte, um hinauszuspähen in das nächtliche Lager. „Ich wollte, ich könnte sehen, was du erlebt hast", murmelte Thalestris, als sie schließlich zurückkehrte.

„Ich ..., ich könnte ein Bild von dem Thronenden und von dem Reiter fertigen." Sie deutete im Halbdunkel auf einen der Wandbehänge mit seinen aus buntem Filz geschnittenen Tierfiguren. „Ein Teppich dauert zu lange und Klarheit ist schnell vonnöten. Ich könnte die Figuren aus Filz ausschneiden."

„Ein glücklicher Gedanke! Ich sorge für Unterstützung. Wenn sich Teile deiner Visionen herumsprechen, dann könnte das für dich unter Umständen den besten Schutz darstellen."

Didyme fröstelte erneut. „Aber warum sollte man mir nach dem Leben trachten? Das muss ein Irrtum sein, das ...!"

Die Königin schüttelte sie sanft. So etwa musste sich eine Puppe in der Hand eines Mädchens fühlen. „Es wäre dir zuträglicher, wenn du dich schnellstens mit der Realität anfreunden würdest, Teppichweberin! Und das gilt nicht nur für dich, sondern auch für mich! Man ist hinter uns beiden her, und die Feinde sitzen wahrscheinlich inmitten meines Volkes." Sie erhob sich entschlossen. „Hier in der Jurte sind wir zu gefährdet. Wir benötigen bessere Informationen, aber zunächst müssen wir hinaus! Nimm dir eine Decke oder zwei. Aber nicht zu viel, damit wir beweglich bleiben."

„Raus? Aber wohin?" Der Gedanke an eine Nacht im Freien war nicht gerade verführerisch.

Die Königin lachte beinahe lautlos. „Der erste Anschlag schlug noch fehl, willst du auf einen zweiten warten, gelähmt wie eine Maus vor der Schlange?"

„Und was ist mit den Waffen, die ich holen sollte?"

Thalestris winkte kurz angebunden. „Das erkläre ich dir später."

Didyme griff sich zwei warme Decken, und aus einem Impuls heraus schlug sie das Geweih in eine der Decken ein, was der Fürstin in der Dunkelheit völlig entging. Dabei stellte sie eine Frage, die ihr seit langem auf der Zunge brannte. „Du sagtest, wir seien beide gefährdet. Doch wie ist es bei dir? Warum du?"

„Hast du diesen Perser nicht verstanden? Mein Volk verdächtigt mich, mit Alexander zu verhandeln! Und weshalb, glaubst du, ist dieser Massagete aufgetaucht, der sich mit deinem Atrobates unterhielt? Ich schätze, er hat einen ganz eindeutigen Auftrag, und der gilt mir. Nun, wir werden sehen, wie gut der Bursche ist! Also komm! Wir suchen uns einen sicheren Platz für den Rest der Nacht. Moment, was hast du da in der Hand? Ist das ein Geweih? Woher stammt es?"

Didyme hätte sich am liebsten geohrfeigt ob ihrer Unvorsichtigkeit, aber im Grunde hatte sie nur den Tastsinn der Amazone unterschätzt.

„Der ..., das Geweih stammt von dem Massageten. Er ließ es bei seiner Flucht zurück."

Sie wollte sich wegdrehen, ihren Körper zwischen das Geweih und die Königin schieben, doch die Amazone drückte sie mit dem Rücken an sich und griff nach Geweih und Decke.

„Tatsächlich?" Damit zog sie das Geweih auch schon aus seiner Hülle.

Didymes schneller Griff kam viel zu spät und dabei berührte sie unglücklicherweise auch noch die Schnitzereien. Im nächsten Moment spürte sie, wie ihr ein mächtiger Körper auf den Rücken sprang und warf sich voller Entsetzen mit einem gewaltigen Satz nach vorne.

Der Geruch des Feindes

Didyme brach mit weitem Satz durch ein dichtes Gesträuch und hetzte wie von Furien gejagt über eine weite Ebene und den Hügeln entgegen. Schon auf den ersten Sprüngen spürte sie, wie der Angreifer von ihrem Rücken stürzte. Das einzige Gefühl, das all ihr Denken dominierte, war blanke Panik, auch wenn sie sich noch so sehr einhämmerte, dass dies nur eine Vision sei, nicht real!

Der Gedanke war so suggestiv, dass sie zum ersten Mal stehen blieb. Schnee stob ihr in die Augen, als sie ihre Hufe in den Boden stemmte. Offenbar war sie wieder ein Hirsch oder eine Hirschkuh.

Auch wenn sie darauf vorbereitet war, war es dennoch schrecklich. Sie verlor das Gleichgewicht und fand sich unversehens im Schnee wieder. Sie spürte den Schnee in ihren Nüstern. Und wenn es noch eines Beweises für ihre Tiergestalt bedurft hätte, so waren es ihre vergeblichen Versuche, sich die Schneekristalle aus den Augen zu reiben. Hilflos zappelte sie mit ihren behuften Beinen.

Für einen lähmenden Moment schloss sie die Augen und lauschte auf das auf- und abschwellende Singen des Windes, der in ihrem Fell spielte. Nun spürte sie auch, wie kalt es hier war.

Zum Glück war ihr Angreifer verschwunden, und so fand sie endlich Ruhe, sich genauer umzusehen. Die Mondnacht mit ihren langsam treibenden Wolken erlaubte keine Fernsicht, doch wohin sie auch blickte, überall standen kleine, lichte Baumgruppen aus Birken und Nadelgehölz, zwischen denen sich niedrige Kurgane erhoben. War das tatsächlich Pazyryk?

Didyme erkannte nun auch zum ersten Mal, dass die meisten Tumuli von einer ganzen Schar kleinerer Hügel umringt waren, ganz wie Thalestris es beschrieben hatte. Und auch wenn die Erinnerungen an frühere Visionen immer noch nebelhaft blieben, so gab es doch kaum einen Zweifel, dass eben diese Hügel Schauplatz vieler Visionen gewesen waren.

Und dann entdeckte sie die Hirsche. Sie ästen in einiger Entfernung zwischen den Birken, die Hirsche mit einem Geweih, das sie sofort an das geheimnisvolle Geweih erinnerte.

Natürlich hatte das magische Ding wieder alles ausgelöst, doch ihr Schreck mochte daher rühren, dass Thalestris sie vorhin von hinten umklammert hatte. In ihrer Verwirrung hatte ihr Instinkt die Fürstin wohl mit einem Angreifer verwechselt. Ja, so musste es gewesen sein. Nun galt es, endlich wieder aufzuwachen, um zu Thalestris zurückzukehren.

Der Traum konnte schließlich nicht ewig dauern. Ein wenig ungeduldig stakste sie durch den verharschten Schnee, durch den allerorts verdorrtes

Gras sichtbar wurde. Sie spürte sogar den winterlichen Nachtwind in ihrem Fell.

Ratlos stapfte sie durch den Schnee und entschloss sich schließlich, zu einem Hügelpaar hinüberzugehen, nein zu traben, korrigierte sie sich mit einem kleinen hysterischen Auflachen, doch alles, was sie tatsächlich hörte, war ein verwirrtes Blöken.

Und nun entsann sie sich auch dieses ähnlichen Schreis, mit dem sie über die Stadtmauer von Branchidai gesprungen war. Oder war es doch nur ein hohes Gebüsch? So sehr sie sich auch mühte, ihre Erinnerung wollte einfach nicht klarer werden. Langsam begriff sie, dass sich in ihrem Bewusstsein Traum und Realität ständig vermischten, aber gerade dieses Wissen trug dazu bei, ihre Panik aufs Neue zu steigern.

Warum geschah dies alles? Wieso brachte sie das Geweih immer wieder zurück zu den Hügeln von Pazyryk?

Unwillkürlich beschleunigte sie ihren Trab, bis sie in leichtem Galopp über die Ebene stob. Ja, sie spürte sogar das Beben des Bodens unter ihren trommelnden Hufen. Thalestris hatte von Pazyryk gesprochen, von den Gräbern der Könige und dem Orakel der Toten, das man mit Hilfe ihres Teppichs beschwören könne. Wie war das gleich mit dem Teppich? Didyme verlangsamte ihren Schritt und versuchte sich daran zu erinnern, doch irgendwie blieb das Bild verschwommen. Dabei war sie sich absolut sicher, dass der Teppich bei dem Orakel der Toten eine Rolle spielte, aber welche?

Wieder beschleunigte sie ihren Lauf. Die Erschütterung des gefrorenen Bodens steigerte sich mit jedem Sprung, und sie mäßigte ihren Schritt, um zumindest ihr fauchendes Stöhnen zu bändigen. Doch das Keuchen steigerte sich von Sekunde zu Sekunde. Verwirrt hielt sie den Atem an, dennoch wurde es lauter und lauter. Das war überhaupt nicht ihr eigenes Stöhnen, das war wieder das Fauchen eines Angreifers!

In jäher Erkenntnis wirbelte sie herum. Und dann sah sie ihn, ihren schattenhaften Gegner, der nun mit grässlichem Brüllen auf sie zuraste, so als wüsste er, dass sie ihn nun bemerkt hatte.

Nach einem lähmenden Moment galoppierte sie den Hügeln entgegen, um hinter ihnen Deckung zu suchen.

Jetzt erkannte sie zur Rechten einen weiteren Schatten, der Augenblicke später wieder verschwand, nur um auf der linken Seite erneut aufzutauchen, bis sie schließlich seine schrecklich weichen Sprünge unmittelbar hinter sich hörte.

Das waren nicht mehrere Verfolger, das Vieh umkreiste sie voller Hohn, als spiele es mit ihr und ihrer Angst. Sie holte alles aus ihrem Körper heraus, was er zu geben vermochte. Sie war nicht nur ein Tier, nein, sie war jetzt ein Beutetier! Und der Verfolger ein fleischfressendes Monster, das fühlte sie mit jedem Zug seines stinkenden Atems, den ihr der Nachtwind in die Nüstern trug. Ein Greif! Richtig, das hatte sie ja schon beim letzten Mal bemerkt. Vor Schreck strauchelte sie.

Gleich würde der Verfolger sie packen, sie zu Boden reißen, ihr die Zähne ins Fleisch schlagen, sie bei lebendigem Leib in Stücke zerfetzen ...

Unter Aufbietung aller Kräfte flog sie über die Ebene, schlug einen Haken nach links und einen zweiten nach rechts, bis sie sich beinahe überschlug und doch irgendwie auf den Beinen hielt. Doch so sehr sie auch kämpfte, jetzt hörte sie ihren Gegner in unmittelbarer Nähe, und ehe sie noch reagieren konnte, sprang der Greif ihr bereits mit gewaltigem Satz auf den Rücken. Nein, nicht auf ihren Rücken, sondern auf ihre Hinterhand!

Sie warf sich zur Seite und spürte mit übergroßer Erleichterung, wie der Verfolger den Halt verlor und zurück in den Schnee stürzte. Der Abstand zu dem unnachsichtigen Feind wurde größer, jetzt lag der erste Hügel schon zu ihrer Linken, und so warf sie sich mit blitzschnellem Sprung zur Seite und stürmte dem Hügel entgegen. Vielleicht konnte sie sich dort oben verteidigen?

Verteidigen ...?

Zum ersten Mal kam ihr die Idee zu kämpfen. Sie wollte nicht einfach nur Opfer sein! Mit wild rasendem Herzen wirbelte sie herum, spreizte die Beine und starrte ihrem Feind entgegen.

Er näherte sich inmitten einer Wolke stiebenden Schnees, die allzu deutlich seine Entschlossenheit signalisierte. Außerdem war er riesig, viel größer, als sie ihn in Erinnerung hatte.

Hier musste jeder Widerstand vergebens sein. Aber wenn es tatsächlich ein Traum war, schwebte sie dann wahrhaftig in Gefahr? Sie ertappte sich bei dem Gedanken, dass es vielleicht am klügsten sein mochte, sich fangen zu lassen. Unter Umständen würde sie dann erfahren, was das Ganze sollte? Vielleicht war das sogar der Sinn dieser Vision?

Sie schwebte überhaupt nicht in Gefahr – sie konnte einfach nicht in Gefahr sein! Doch dann war der Verfolger da, und ungeachtet des eben Gedachten zitterte sie doch am ganzen Körper. Für eine Flucht war es zu spät, sie konnte nur noch den Kopf senken, ohne richtig zu wissen, warum.

Im nächsten Moment prallte der Angreifer gegen ihr Gehörn, ja tatsächlich, sie besaß selbst ein Geweih, das fühlte sie deutlich! Der Aufprall des Feindes war übermächtig und schleuderte sie zurück auf die Hinterhand, doch das schmerzliche Fauchen des Angreifers war Balsam für ihre gepeinigten Nerven. Kein Zweifel, sie hatte ihn böse erwischt, sie hatte gekämpft, ihn getroffen ...!

Außerdem war sie den Hügel schon ein gutes Stück hinaufgaloppiert. Sie traf ihren Feind also von oben, und das verstärkte noch die Wucht ihrer Abwehr. Kein Wunder, dass er sich überschlug, als er jetzt den Abhang hinunterrollte.

Das war ihre Chance, sich abzusetzen! Wie der Blitz floh sie den Hügel hinauf. Doch der glatte, schneebedeckte Hang behinderte ihren Lauf, und als sie ausrutschte und auf den Rücken fiel, da hörte sie auch schon wieder ihren Gegner hinter sich.

Und dann erreichte sie ein seltsamer Geruch, ein Duft nach Rinde ...

Der Greif

Didyme lag auf dem Rücken, der vom Aufprall höllisch schmerzte und spürte, wie ein mächtiger Körper zwischen ihren Beinen lag. Er presste sie auf den Boden und umklammerte ihre Handgelenke. Der Verfolger, er lag auf ihr, er ...!

Wieder stieg ihr dieser Duft nach Rinde in die Nase, der so untrennbar mit Thalestris verbunden war. Thalestris!

Ihr Albtraum war zu Ende.

Didymes überbeanspruchte Muskeln entspannten sich übergangslos, als sie in unendlicher Erleichterung zurücksank ins Gras. Sogar der Schmerz in ihrem Rücken war plötzlich nebensächlich.

Thalestris schien indes höchst ungehalten, so zornig, wie sie Didyme ins Gesicht zischte. „Wie kannst du es wagen, mich derart zu treten?"

Auch der Atem der Königin schien ihr etwas heftiger, und sie umspannte Didymes Handgelenke mit solcher Macht, dass sie sich unter dem Gewicht der Fürstin kaum noch rühren konnte.

Im Mondlicht erkannte Didyme, wie ihr die Augen der Gebieterin hell entgegen leuchteten, als seien es die Lichter eines schrecklich-schönen Tieres. „Nun rede endlich, sprich! Warum hetzt du mit einem Geweih über die Ebene?"

Didyme hörte gar nicht richtig zu, weilte in Gedanken immer noch in Pazyryk. „Ich habe gekämpft", stieß Didyme triumphierend hervor.

Thalestris lachte unwillkürlich auf. „Gekämpft? Du? Was für ein absurder Gedanke, bist du doch schwach wie ein Kind. Was sage ich? Schwach wie ein Baby."

Didyme wusste auch nicht weshalb, aber sie schaffte es einfach nicht, ein nervöses Kichern zu unterdrücken. „Ich bin kein Baby, ich bin eine Frau!"

„Tatsächlich? Nun, falls du nichts anderes als eine Frau sein solltest, wie gelang es dir dann, den festen Filz meiner Jurte mit einem einzigen Sprung zu zerfetzten?"

„Das ..., das Zelttuch?“ Erst jetzt begriff sie so richtig, dass sie mit der Königin allein unter einem prächtigen Sternenhimmel lag. Von den Amazonen oder dem Lager war nichts zu erkennen.

Thalestris lockerte endlich ihren Griff und ließ Didymes Handgelenke los. Didyme konnte ein leises Aufseufzen nicht unterdrücken, hatte sie doch das Gefühl, aus zwei Schraubstöcken befreit zu werden. Noch immer ging die Königin kein Risiko ein, drückte Didyme weiterhin zu Boden, doch stemmte sie mittlerweile ihre Hände ins Gras, so dass nur ein geringer Teil ihres Gewichtes auf Didyme lastete.

„Du bist gerannt wie eine Wahnsinnige, und als ich dich stellte, hast du zugetreten, dass ich schon glaubte, mich habe einer meiner Hengste erwischt. Ich flog wenigstens drei oder vier Meter durch die Luft.“

Didyme starrte sie sprachlos an, und die Amazone schüttelte nicht minder fassungslos den Kopf. „Und jetzt hast du nicht mehr Kraft in den Armen als ein Baby. Sind in euren ach so zivilisierten Städten alle Frauen derart hilflos?“

Sie hatte keine Ahnung, was sie darauf erwidern sollte. Sie konnte sich beim besten Willen nicht vorstellen, dass sie eine Thalestris durch die Luft geschleudert haben sollte. Die Königin schob sich noch etwas weiter über sie, und Didyme spürte den Druck ihrer festen Brüste und ihren inzwischen wieder ruhigen Atem.

Sie selbst hingegen schnaufte immer noch heftig, als die Königin bereits fortfuhr. „Als ich dir das Geweih entwinden wollte, bist du regelrecht geflüchtet, und zwar zusammen mit diesem Gehörn. Was ist so wichtig an dem Ding?“

Dabei winkte sie mit dem Kopf nach links, und als Didyme den Kopf zur Seite wandte, lag das Geweih vor ihren Augen. Didyme atmete tief durch und vermochte einen Schauder nicht zu unterdrücken.

„Ich erinnere mich überhaupt nicht“, ächzte sie. „Aber das Geweih stammt von dem Skythen, der uns vorhin belauschte.“

Auch wenn sich ihr Verhältnis zu Thalestris merklich entspannt hatte, so verspürte sie doch eigentlich nicht die geringste Neigung, ihr die Bedeutung des Geweihs offenzulegen. Die letzten Tage hatten sie in grauenhaftester Weise gelehrt, niemandem zu vertrauen. Ihre neue Herrin aber war offenbar viel zu misstrauisch und bei weitem zu scharfsinnig, um sich mit solch einer Antwort abspeisen zu lassen. Didyme spürte deutlich einen heißen Atemzug mitten im Gesicht.

„Sagtest du das gerade ehrlich? Nun dann sage ich dir jetzt auch etwas, und zwar mindestens ebenso ehrlich. Menschen, die mich anlügen, haben bei mir keine Gnade zu erwarten. Einen Feind, den kann man bekämpfen. Doch ein Lügner ist in der Regel nur ein sogenannter Freund, der dir bedenkenlos einen Dolch in den Rücken stößt. Du zucktest zusammen wie ein waidwundes Tier, als ich das Geweih in der Jurte entdeckte, und als ich es dir entwinden wollte, bist du gelaufen wie ein Dämon der Steppe. Ich denke, mir ist jetzt einigermaßen klar geworden, wie du über eine Stadtmauer springen konntest und den Sturz in unsere Pferdekoppel überlebtest. Und was folgt daraus, meine kleine Magierin?"

Thalestris verstärkte den Druck ihres Körpers. „Es war dieses Geweih, dass dir die Macht verlieh, eine Mauer zu überwinden und mich mit der Kraft eines wilden Pferdes zur Seite zu werfen. Und das bedeutet, dass du dieses Geweih bereits in dieser Ruinenstadt besaßest, in diesem Branchidai, das die Götter zu Recht bestraft haben."

Didyme konnte ein Zusammenzucken gerade noch verhindern. Was hatte die Königin nur gegen ihre Heimatstadt? In dieser Sekunde beglückwünschte sie sich regelrecht dazu, ihr ihre Herkunft verschwiegen zu haben. „Was ..., was ist mit dieser Stadt?", stammelte sie, schaffte es einfach nicht, die Frage zu unterdrücken.

Die Königin lachte grimmig auf. „Vor zwei Generationen heiratete eine Fürstin der Massageten einen Mann aus diesem Branchidai. Beide lebten sie teils in der Stadt, teils in den Jurten der Nomaden, doch die Einwohner von Branchidai verfolgten sie mit ihrer Verachtung, und in ihrer Angst vor den Völkern der Steppe ermordeten sie schließlich ihren Mann. Als die Fürstin daraufhin zurückkehren wollte in die Welt der Massageten, verweigerte man ihr die Aufnahme und erklärte, sie habe mit ihrer Ehe ihr Volk verraten. So war es ihre Strafe, den Rest ihres Lebens unter dem Dach von Feinden und Verrätern zu verbringen. In Branchidai."

Ihre Großmutter! Thalestris sprach von ihrer Großmutter! Didyme riss fassungslos die Augen auf. „Woher weißt du das?"

„Woher? Meine Amme erzählte mir, dass meine Mutter seinerzeit versuchte, die Frau zu retten, doch dass die Fürstin ihre Rettung verweigerte, weil sie fürchtete, Zwietracht zu säen unter die Völker der Massageten. Um ihr Volk nicht zu entzweien, starb sie im Elend und zwang meiner Mutter sogar einen Eid beim heiligen Herdfeuer ab, die Stadt und ihre elenden Bewohner nicht zu bestrafen."

Didyme holte tief Luft, so hasserfüllt klang die Stimme der Amazone. „Wie auch immer!" Thalestris schüttelte sich. „Also sprich, weshalb brachte dich dieser Alketas in die Ruinenstadt?"

Didyme hatte Mühe, einen klaren Gedanken zu fassen. Falls sie jetzt einräumte, ein Kind jener Familie zu sein, die damals ihrer Großmutter so übel mitgespielt hatte – sie hatte keine Ahnung, wie sich Thalestris dann verhalten würde. Sie brauchte eine schnelle, logische Ausrede, die alles erklärte. „Ein Handelsherr aus Branchidai erwarb mich in Marakanda, weil ich so geschickt bin im Weben von Teppichen und anderen Textilien."

Die Augen der Königin verengten sich zu schmalen Schlitzen. „Er erwarb dich als Sklavin?"

„Nun ..., nun, ‚Dienerin' ist vielleicht die zutreffende Beschreibung."

Thalestris pfiff leise und verächtlich. „Gut, gut, wenn du dich damit besser fühlst. Aber mit Alketas hat das nichts zu tun, er wollte keine Textilproduktion aufziehen. Ich nehme an, er war hinter dem Orakelteppich her?"

Didyme antwortete nicht. Doch die Königin nickte, erst langsam und dann immer heftiger. „Langsam beginne ich zu begreifen. Atrobates gab den Orakelteppich in Branchidai bei deinem damaligen Herrn in Auftrag, und das Geweih hat etwas mit dem Teppich zu tun."

Didyme hatte nicht nur den Scharfsinn ihrer Herrin unterschätzt, sie war ihm schlicht nicht gewachsen. Und so entschloss sie sich zur Flucht nach vorne. „Das stimmt. Atrobates brachte mir das Geweih und wies mich an, Hirsche nach seinen Schnitzereien zu weben, doch kaum berührte ich die Figuren, da setzten auch schon die Visionen ein."

Unwillkürlich blickten beide zu dem Geweih hinüber, das kaum eine Elle entfernt im Mondlicht schimmerte. Beider Atem beschleunigte sich. „Und das Geweih verleiht dir diese Kräfte?", versicherte sich die Königin noch einmal.

Didyme nickte heftig. „Als mich der Makedone wegen des Teppichs befragte, da verschwieg ich Alketas, dass er bei der Erstürmung verbrannte und führte ihn nach Branchidai zu der Stelle, an der ich das Geweih vergraben hatte."

Thalestris lachte anerkennend. „Und du wusstest, dass dein makedonischer Peiniger der Macht des Geweihs nichts entgegensetzen konnte."

„Ich ..., ich hoffte es."

„Eine beeindruckende Kriegslist für ein Mädchen. Nun begreife ich, warum du das Geheimnis dieses Geweihs so eifersüchtig bewahren wolltest. Was geschieht eigentlich, wenn ich das Geweih jetzt berühren würde?"

Didyme zögerte, wollte Thalestris aber nicht beleidigen, doch die Königin erriet auch hier ihre Gedanken.

„Du vermutest, bei mir besäße es keine Macht? Hoffst du das oder weißt du es mit Sicherheit?"

Ehe Didyme noch reagieren konnte, griff Thalestris auch schon zu und zog das geheimnisvolle Ding an sich. Didyme verkrampfte sich instinktiv am ganzen Körper und spürte deutlich, dass es ihrer Herrin nicht besser erging. Doch so angespannt sie beide auch lauerten, es veränderte sich nichts, nur der hastige Atem der Königin mäßigte sich allmählich. „Wirkungslos", murmelte sie schließlich nicht ohne Enttäuschung.

Für eine Weile verfiel sie in Schweigen, bis sie abrupt das Thema wechselte und sich bei Didyme nach ihrem letzten Tagtraum erkundigte. Didyme wollte ihr schon antworten, dass sie sich leider an die Details ihrer Visionen nicht mehr erinnern könne, doch dann merkte sie zu ihrer eigenen Überraschung, dass sie weit mehr davon wusste als üblicherweise. Vielleicht steigerte sich ja auch ihr Erinnerungsvermögen, je häufiger sie die Visionen durchlebte.

Die Königin war geradezu gebannt von Didymes Worten. Und als sie sich schließlich nach weiteren Einzelheiten erkundigte, da bebte ihre Stimme vor atemloser Erregung. „Du warst also tatsächlich in Pazyryk?"

Didyme fühlte wieder ihren Atem im Gesicht „Ich ..., ich glaube schon."

„Und dein Verfolger, besaß er ebenfalls Hörner?"

Die Frage kam ganz unvermittelt, und Didyme antwortete instinktiv und ohne nachzudenken und staunte selbst am meisten über ihre unerwarteten Worte. „Seine Hörner waren viel kleiner, geschwungener und nach hinten gerichtet, mit einem verdickten Ende ..." Sie stockte, ein Schauder fuhr ihr durch die Glieder, als sie spürte, wie deutlich sie nun alles vor sich sah. Doch Thalestris fragte schon weiter. „Und trotz dieser Hörner war es ein Raubtier? Ich meine, hast du tatsächlich keinen Hufschlag vernommen?"

Didyme bestätigte und hatte Mühe ihre Gedanken zu ordnen, ja, sie war absolut sicher, mittlerweile den gleichen Verdacht zu hegen wie Thalestris. „Also ein Raubtier mit Hörnern. Besaß das Tier vielleicht Flügel?"

„Ja!", stieß Didyme hervor und wieder wurde ihre Erinnerung etwas klarer.

Ein gehörntes Tier mit Flügeln, das war es! Von Thalestris kam kein Laut, und so war es am Ende Didyme selbst, die zu ihrer Überraschung die entscheidende Frage aufwarf. „Dieses Pazyryk ist eure Geisterwelt. Aber dieses Monster, es kann nur ein persischer Löwengreif gewesen sein. Nur diese Dämonen besitzen neben Flügeln auch Hörner und den Körper eines Löwen oder Tigers. Ich meine, lebt in eurer Geisterwelt ein Wesen, das aussieht wie der persische Dämon Pazuzu?"

Thalestris holte tief und schnaubend Luft, und das war eigentlich schon Antwort genug. „Viele unserer Schamanen beschreiben diese Greifen in einer Weise, als handele es sich um persische Ungeheuer. Ich hatte deshalb immer meine Zweifel, denn was sucht schon ein persisches Ungeheuer unter den Tiergöttern der Massageten? Aber nun muss ich zugeben ..." Ihre Stimme verebbte in der Stille der Nacht.

Noch niemals im Leben war Didyme so unheimlich zumute gewesen. Selbst das Grauen von Branchidai verblasste in gewisser Weise angesichts dieser unwirklichen Erfahrung.

Die Amazone schien mittlerweile tief in Gedanken versunken, ihre ganze Aufmerksamkeit galt dem Geweih, das sie erneut untersuchte. Doch so sehr sie es auch drehte und schwenkte, es veränderte sich absolut nichts.

„Jetzt du!“, murmelte sie unvermittelt. Mit diesen Worten drückte sie Didyme auch schon das Geweih in die Hand, doch stieß es Didyme von sich, als sei es glühend. Dabei war sie schon halb vom Boden hoch, bereit, das Weite zu suchen, als die Amazone sie mühelos zurückriss. Ihre Angst aber war so elementar, dass sie sogar ihre Hand gegen Thalestris erhob, doch fing die Königin den Schlag wie den Hieb eines Kindes, und wie ein Kind zog sie sie näher.

„Hast du solche Angst? Du bist wirklich ein Baby.“ Doch was spöttisch klang, war offensichtlich ganz anders gemeint, schob Thalestris das Geweih doch weit zur Seite und drückte Didyme begütigend. „Nur ruhig, kleine Schamanin. Aber reizt es dich denn gar nicht, ein derart großes Geheimnis zu lüften?“

Didyme schluckte. Der Gedanke, einem persischen Dämon gegenüberzutreten, war abschreckend genug, auch wenn es vielleicht nur in einer Traumwelt sein mochte. Doch mittlerweile war sie sich da keineswegs mehr so sicher.

Thalestris nickte langsam und ließ sie los. „Hör zu, dieser Perser spielte dir das Geweih nicht versehentlich zu, ich wette, er wollte testen, was geschieht, sobald du es berührst. Hast du ihm von deinen Visionen berichtet?“

Didyme nickte mit trockener Kehle. „Aber nur einmal, unmittelbar vor dem Angriff!“

Thalestris atmete tief und pfeifend, stets ein Zeichen, dass sie intensiv nachdachte. „Normalerweise sind allein unsere Magier imstande, die göttliche Sphäre zu betreten. Wieso besitzt du diese Kraft, obwohl du so gar nichts weißt von meiner Welt?“

Didyme schauderte und gab doch ein weiteres Geheimnis preis: „Mein Vater, er gehörte zu einem Geschlecht von Priestern. Vielleicht ...“ um ein Haar hätte sie gesagt „zum Geschlecht der Branchiden“.

„Und was hat das mit unseren Göttern zu tun?“, drängte Thalestris.

„Vor zehn Generationen lebten wir an einem heiligen Ort weit im Westen, der einem Orakelgott geweiht war. In der Welt meiner Väter existiert kein Gott, der den Menschen die Zukunft bereitwilliger offenbart.“

Die Augen der Amazone leuchteten ihr entgegen. „Du entstammst einem Geschlecht von zukunftskundigen Schamanen?“

Überwältigt

Didyme fühlte sich unbehaglich. „Nun, so könnte man sagen. Aber ich weiß nicht, ob ...?“

Thalestris berührte sie ganz sanft, auch wenn sie sie immer noch umklammerte. Ja, sie drückte Didyme langsam zurück ins Gras, und Didyme hatte keine Chance sich zu widersetzen. Sie spürte, wie die Hand der Amazone ganz langsam von ihrer Schulter und über ihren Busen glitt, bis sie auf ihren Hüften zur Ruhe kam.

Didyme folgte dem Lauf der Hand mit höchster Anspannung, als eröffneten ihr die Finger der Königin eine gänzlich neue Sphäre, nicht minder unheimlich und vielleicht noch überwältigender als die Welt der Geister. Ihr ganzer Körper vibrierte, und das hörte auch nicht auf, als die warme Hand der Fürstin ihren Schoß liebkoste.

Es war etwas, was sie noch nie erlebt hatte, etwas wunderbar Fremdes, ein Gefühl, das sie regelrecht überwältigte. Sie spürte Thalestris’ Atem im Gesicht, und ohne es zu wissen, schloss sie die Augen, um sich auch nicht die kleinste Sekunde dieser zärtlichen und doch so unwiderstehlich besitzergreifenden Berührung entgehen zu lassen. Sie begriff nicht einmal, dass ihr wohliges Zittern einfach kein Ende nahm.

„Wer hätte gedacht“, flüsterte Thalestris, „dass mir je eine schwache Frau gefallen könnte?“

Gefallen? Didyme lag wie gelähmt, und alle ihre Sinne schienen konzentriert auf die Hand der Königin, die sich jetzt so unwiderstehlich sanft aufs Neue auf den Weg machte.

Didyme spürte, wie die fordernden Finger unter ihre Kleidung glitten und antwortete mit immer wohligerem Schauder.

Jetzt erreichten sie ihre Brust, erst links, dann rechts, ganz zart und unmissverständlich.

Sie fühlte, wie sich ihre Knospen verhärteten und wand sich unter dem sanften Zwang, der gleich darauf wich, als Thalestris die Knospen ein letztes Mal grüßte.

Didyme stöhnte auf vor Enttäuschung, als die Hand wieder nach unten glitt und fröstelte wie im Fieber, als sie das eigentliche Ziel erahnte. Sie wollte die Beine schließen und scheiterte doch an dem unwiderstehlichen Körper, der sich zwischen sie gedrängt hatte, von ihr Besitz ergriff, sie überwältigte.

Wieder kreiste die Hand sanft um ihren Bauchnabel und schmiegte sich gleich darauf zwischen ihre Beine. Mit einem Mal war sie wieder da, die Erinnerung an Alketas und seine schreckliche Berührung, so dass sie keiner Bewegung mehr fähig war. Didyme war wie paralysiert und wünschte sich nur noch weit, weit weg, irgendwohin ...

„Was haben sie mit dir gemacht?“ Der unverkennbare Abscheu in Thalestris' Stimme riss Didyme zurück in die Realität. Sie versuchte eine Antwort, doch war ihr die Kehle wie zugeschnürt.

„Wo war das?“, drängte Thalestris und gab auch gleich die Antwort. „Alketas!“ Es klang wie ein Fluch.

Und dann spürte Didyme mit unendlicher Erleichterung, wie sich die Hand ihrer Herrin zurückzog aus ihrem Schoß.

„Der Hund hat dich vergewaltigt?“ Thalestris sagte es nicht grimmig, sondern sanft und leise, während sie Didymes Gewand vorsichtig über den Hüften glättete. Dann griff sie Didymes Hände und vereinte sie sanft über ihrem Schoß.

Didyme war keines Wortes fähig, war zugleich dankbar und unendlich enttäuscht, dass nun alles vorüber sein sollte.

„Schmerzt es noch?“, fragte Thalestris leise und strich ihr zart über die kalten Hände. Sie spürte das Zittern der schlanken Mädchenfinger und zog sich umgehend zurück, als fürchtete sie, das Opfer erneut zu verletzen.

Didyme lag ganz still, verfolgte, wie Thalestris sie in die wärmenden Decken packte.

„Du konntest deine Verwundung nicht verhindern, nun sieh zu, dass deine Seele unberührt bleibt.“

Didyme atmete tief, tief durch. Dabei griff sie ganz impulsiv nach der warmen Hand, als giere sie nach all der animalischen Stärke in dieser herkulischen Gestalt.

Wieder verspürte sie die Wärme dieser sonst so unnachsichtigen Finger und drückte sie zitternd zurück auf ihren Schoß, fand endlich auch die Sprache wieder. „Es ..., es schmerzt nicht nur hier!“

Und dabei führte sie die warmen Finger der Fürstin hoch auf ihr Herz.

„Keine Gefahr“, raunte Thalestris, „keine Gefahr ...“

Beide verfielen sie in Schweigen, die Hände für lange Zeit auf Didymes Busen, bis sich Didymes Verspannung langsam löste. Ja, sie begann sogar, die warmen Finger ganz schüchtern zu streicheln und teilte voller Wonne das leichte Vibrieren, das vom Körper der Königin auf sie überging.

„Danke“, flüsterte Thalestris in ihr Ohr.

„Wo ..., wofür?“, stammelte Didyme.

„Du schenkst mir mehr, als du ahnst.“

„Ich? Was könnte ich dir ...?“

Thalestris lachte sanft. „Nun, da wären zunächst einmal deine sanften Finger.“ Und sie koste Didymes Hände. „Außerdem, wenn ich das vorhin nicht erlebt hätte, ich meine, wie du mit der Macht eines flüchtenden Tieres durch die berstende Filzwand sprangst, ich würde es niemals glauben. Irgendwie habe ich stets bezweifelt, dass dort oben über den Gipfeln der Berge, über den Wolken tatsächlich etwas existieren könnte."

Die Königin richtete den Blick nach oben zu den Sternen. „Ich dachte immer, dass dieser Himmel im Grunde leer sei."

„Und ..., und die Sterne?", erkundigte sich Didyme bestürzt.

Thalestris zuckte die Achseln. „Nichts als Lichter, als Trugbilder, so wie die Irrlichter im Moor, flackernde Flammen ohne Substanz und ohne Bedeutung."

Das klang so dumpf und hoffnungslos, dass es Didyme kalt über den Rücken lief.

„So glaubst du nicht an Götter?"

Die Königin bewegte sich unsicher, ja, beinahe befangen. „Sagen wir, mir ist noch niemals ein Gott begegnet. Aber dir ..." Sie ließ den Satz in der Nacht verklingen und schüttelte staunend den Kopf.

Didyme fiel es wie Schuppen von den Augen. „Und du willst mich zurückschicken, damit ich dir mehr berichten kann?"

Auch wenn Didyme es nach Kräften verhindern wollte, die Angst in ihrer Stimme war ganz unverkennbar. Ihr Herz schlug wieder wie wild, das konnte Thalestris unmöglich entgehen, und es entging ihr nicht.

„Nur ruhig, Teppichmädchen!" Der Zuspruch war wie ein Hauch, und Didyme fragte sich, ob sie das richtig verstanden hatte. Doch dann zog die Amazone ganz sanft ihre Hand aus Didymes bebenden Fingern, umfing die schlanke Hand ihres Schützlings mit zuversichtlichem Griff und drückte sie gegen ihre Brust.

„Es ist alles gut", wiederholte sie. „Hier droht dir keine Gefahr."

Didyme schloss seufzend die Augen und spürte plötzlich durch das Gewand der Königin diesen makellosen Körper, ja, ihr war, als ströme ein gut Teil dieser unbeugsamen Zuversicht in ihre eigenen Glieder, eine Wärme, die sie seit Tagen so schrecklich entbehrt hatte. Nie seit ihrer Kindheit in den Armen ihrer Großmutter hatte sie sich je so hilflos und doch so geborgen gefühlt. Oder narrte sie nur das Chaos ihrer so schwer verletzten Gefühle?

Auf jeden Fall war diese lange Berührung von aufwühlender Gewalt, und sie ertappte sich plötzlich dabei, wie ihre Finger ganz vorsichtig mit den barocken Formen der Amazone spielten. Der feste Busen überwältigte sie, Didyme konnte sich nicht entsinnen, je einen so faszinierenden Körper berührt zu haben, ein sinnlicher Reiz, der alles in den Schatten stellte, was sie je erlebt hatte. Und sie war nicht allein mit diesem Gefühl, spürte sie doch, wie sich die Knospen unter ihren Fingern wieder versteiften.

Sicher kannte sie das schon von ihrem eigenen Körper, doch jedes Mal, wenn ihre Mutter Derartiges bemerkt hatte, hatte sie ihr wild auf die Brüste geschlagen und ihr ins Gesicht geschrien, wie obszön das alles sei, bis Didyme sich schließlich ein weiches Tuch unter den Chiton zog, um ihren Busen besser zu verhüllen. Das alles hatte nur allzu bald dazu geführt, sich in Grund und Boden zu schämen. Und so löste sie auch jetzt ihre Finger, nein, sie riss sie förmlich zur Seite. Doch Thalestris fasste ihr Handgelenk und drückte Didymes Finger wieder gegen ihren Busen – ganz sanft, aber dennoch unwiderstehlich.

„Du machst das wunderbar, kleine Babyfrau."

„Aber das darf man doch nicht! Das ist nicht richtig ..."

„Und weshalb? Gefällt es dir nicht?"

Sie ignorierte Didymes verebbenden Widerstand und zog sie wie ein Kind ein wenig näher. Und ehe Didyme noch reagieren konnte, spürte sie schon die kundige Hand der Königin auf ihren kleinen Brüsten. So heftig sie auch zuckte, sie wagte nicht, sich wegzudrehen, und im Grunde wollte sie es auch gar nicht, von so einschmeichelnder Unwiderstehlichkeit waren diese sonst so eisernen Finger. Nein, nicht nur schmeichelnd, betörend in ihrer unverhohlenen Lust. Ja, das war es, man begehrte sie, und ihre Gier danach wuchs unermesslich.

Bestürzt über sich selber und doch unfähig zu jeder Kontrolle ergab sie sich willig dem Fingerspiel ihrer Partnerin. Ein warmer Strom sickerte durch ihre Glieder und sammelte sich erschreckend schön in ihrem Schoß, um alle Pein in Sanftheit zu ersticken. Das war so magisch, dass die tadelnde Stimme ihrer Mutter zunehmend verstummte und mit ihr auch jedes schlechte Gewissen. Jede Anfechtung verblasste vor diesem Sinnestaumel.

Sie erschrak nicht einmal vor ihren eigenen Seufzern, bis sie sich schließlich in wonniger Erfüllung an Thalestris schmiegte, gerade noch rechtzeitig, um ihr langsam abebbendes Zittern zu teilen. Ein Hochgefühl, wie sie es nie erlebt hatte. Vergeblich versuchte sie, all diese selige Erfüllung festzuhalten, sich an sie zu klammern wie an ein rettendes Schiff.

Als ihr Körper endlich zur Ruhe kam und ihre Gedanken wieder klarer wurden, da lag sie immer noch halb auf der Amazone, die sich wohlig im Grase streckte. Erst jetzt suchte sie ängstlich nach einer Antwort, nach einer Erklärung. Was war hier geschehen?

Doch dann spürte sie Lippen in ihrem Haar, fühlte in wonniger Angst, wie sie hinabwanderten zu ihrem Ohr und der Wange, bis sie sich sanft auf Didymes schüchterne Lippen schmiegten, erst ganz sacht, doch dann immer fester, bis sie sie schließlich ganz außer Atem freigeben mussten.

Die Zeit schien stillzustehen, und sogar der Nachtwind hielt seinen Atem an, bis Thalestris leise in ihr Ohr lachte. „War das wirklich so schlimm, kleine Zauberfrau?"

Didyme lauschte dem unglaublichen Wort, war ihr doch noch nie in solcher Weise gehuldigt worden. Zauberfrau, das wollte sie sich aufheben für die Nacht, wenn die Dämonen erwachten und die Erinnerung an Branchidai.

Tief holte sie Luft, halb erleichtert, halb überwältigt von den vergangenen Minuten. Ja, sie kuschelte sich gierig an den riesigen Frauenkörper, bis ihr die Amazone sanft über den Rücken streichelte. Didyme genoss den Lauf ihrer Finger vom Haar den Rücken hinab.

„Gefällt dir das nicht?", raunte es an ihrem Ohr, als sie leise zuckte.

Didyme konnte ein bitteres Auflachen nicht verhindern. „Wie auch immer, am Ende bin ich ohnehin nichts als eine Sklavin." Sie sagte es mehr zu sich selbst, doch ehe sie begriff, was sie getan hatte, packte sie Thalestris mit zorniger Kraft. „Eine Freundin von mir ist niemals eine Sklavin! Merk dir das, falls du mich nicht beleidigen willst. Wenn du dich gefangen fühlst in den Zelten der Massageten, steht es dir frei zu gehen, jederzeit. Du erhältst ein Pferd wann immer du willst. Du kannst selbst wählen zwischen der Steppe und der Stadt, zwischen Freiheit oder Knechtschaft, doch erwäge es wohl, denn schon meine Mutter machte mir klar, dass es keine Freiheit gibt in den Mauern eurer Städte."

Und mit den letzten Worten löste sie ihren Griff und kehrte zurück zu sanfter Berührung, als hätte sie nie ihre Kraft gegen die Freundin gewandt. „Jetzt sind wir zusammen, jetzt bist du meine Frau."

Didyme schmiegte sich an sie und dachte unwillkürlich an Skythes. Und vielleicht war es diese Erinnerung, die ihr den Mut gab zu einer kritischen Frage. „Und in der nächsten Nacht liebst du bereits eine neue. Das war doch der Grund, weshalb deine Gefährtinnen mich so höhnisch verlachten, oder nicht?"

Thalestris wehrte erst heftig ab, ehe sie schließlich mit verlegenen Lachen den Rückzug einleitete. „Nun ja, gelegentlich schon, ich will es nicht leugnen. Wie so ziemlich jede Frau sehne ich mich nach etwas, was Männer meist nicht zu bieten haben, nach Wärme und Zärtlichkeit."

Didyme saß ganz still. Mit einem Mal war dieses Gefühl verschwunden, und sie fragte sich, wo es geblieben sein mochte. Plötzlich mutete es sie seltsam an, dass diese heroische Gestalt von Zärtlichkeit sprach. Irgendwie schien alles verflogen, ja weggewischt. Beinahe erleichterte es sie, sich jetzt vom Hals der Königin zu lösen und sich frei und unabhängig neben sie zu setzen, ihr eine Frage zu stellen, als ginge es darum, neue Punkte des Misstrauens zu entdecken.

„Du wolltest mir doch erklären, weshalb ich mir diese Waffen holen musste."

Selbst aus der Distanz spürte Didyme ganz genau, wie sich Thalestris versteifte, als habe sie damit einen wunden Punkt berührt. Das weckte natürlich ihre Neugier, auch wenn sie die Frage umgehend abschwächte – sicherheitshalber. „Entschuldige, ich hätte nicht fragen ..."

Thalestris lachte rau. „In der Tat, Zauberfrau, vielleicht ist es besser, wenn du nicht alles erfährst. Zumindest nicht gleich. Aber wer weiß? Vielleicht lernst du es eines Tages und hast deinen Spaß dabei."

Spaß? Didyme erinnerte sich an Samura und all die hämischen Blicke. Thalestris spürte wohl instinktiv, dass Didymes Gedanken eine höchst unwillkommene Richtung einschlugen. Dass die Amazone jetzt befangen reagierte, trug auch nicht dazu bei, Didymes Verunsicherung zu mindern. Aber dann gab Thalestris überraschend doch noch eine Art Erklärung. „Waffen lassen sich nicht nur beim Kampf benutzen."

Didyme schüttelte unwillkürlich den Kopf, wusste sie damit nun absolut nichts anzufangen, auch nicht mit den folgenden Worten. „Viele meiner Gefährtinnen benutzen Gegenstände, doch mich fasziniert eher die Welt der Phantasie."

„Und nicht zuletzt deshalb bist du so angetan von meinen Visionen?" Sie spürte, wie Thalestris nickte, doch begriff sie noch immer nicht, wovon hier überhaupt die Rede war. Sie ahnte, dass es um Körperlichkeit und Liebe ging, oder um das, was Thalestris für Liebe hielt. Das war so ganz anders als die peinlichen Erläuterungen, die sie von ihrer Mutter gehört hatte. In den Augen ihrer Mutter war dies alles verbotenes Terrain, und ihren Vater brauchte sie erst gar nicht zu fragen ... Ihren Vater.

Die Erinnerung an die grausige Vergangenheit brach mit überwältigender Wucht in ihre elegische Stimmung, hatte sie doch tatsächlich zum ersten Mal seit Tagen den Mord an ihrer Familie vergessen. Sie spürte, wie eine erste Träne die Wange herunterlief, sie konnte es einfach nicht verhindern, so sehr sie auch dagegen ankämpfte. Die Gewissheit, ihre Familie nie wieder zu sehen, mit keinem je wieder zu sprechen, ließ ihre Tränen nun fließen ohne Unterlass, als sei sie erwacht aus einer Trance, als sei die Macht einer gnädigen Droge verblasst und habe sie zurückgestoßen in die banale Grausamkeit des Lebens.

Sie spürte kaum, wie Thalestris ihr die Augen trocknete und sie tröstend an sich zog, als der heiße Strom so gar nicht versiegen wollte. Didyme drängte sich schließlich an den schützenden Körper und wartete sehnlichst auf diesen erlösenden Moment, in dem ihre Pein vorbei sein würde.

In ihrem Schluchzen fühlte sie kaum die kosenden Finger, die sich unter ihre Jacke schlichen. Die erste Berührung jagte ihr gar einen kalten Schauder über den Rücken und die Faszination der letzten Stunde schien plötzlich wie weggefegt.

Aber sie wollte das alles auch nochmals erleben, ihre Scham überwinden, sich wieder öffnen, sich hingeben einer fremden Gier. Sie erbebte bis in die letzte Faser.

Schon Augenblicke später spürte sie, wie die sündige Flut aufs Neue stieg, so süß, so wundervoll lästerlich, dass sie schließlich sogar ihre Trauer tilgte, ihren Schmerz und auch dieses lähmende Gefühl der Minderwertigkeit.

Wie hypnotisiert bot sie ihren Körper schließlich dieser atemlosen Erfüllung, bis sie beide wieder erschöpft eng aneinandergeschmiegt in der lauen Nachtluft lagen.

Schließlich drehte sich Thalestris auf den Rücken und zog Didyme auf sich, ja, sie schob sie halb unter ihren weiten Kandys, den sie nach persischer Sitte auch jetzt noch um die Schultern trug. Didyme kuschelte sich unter das Gewand und auf den mächtigen Körper, bis keines ihrer Glieder den Boden berührte und bis sich ihre Lippen zu langem Kusse fanden.

Nur einmal zuckte sie noch, als sie ganz unverhofft eine zärtliche Zunge spürte, einen sanften Angriff, dem sie sich scheu und ängstlich ergab, bis sie ihn schließlich immer ungestümer erwiderte.

Und was als sanfter Kuss seinen Anfang genommen hatte, endete nur allzu bald im gierigen Spiel ihrer Zunge, mit der sie die Königin erst schüchtern begrüßte, um am Ende gierig in sie einzudringen.

Vielleicht war es dieser Kuss, der ihre Angst versiegen ließ, bis sie ihre Hände heftig in das volle Haar ihrer Partnerin krallte und sich immer wilder auf ihr bewegte, bis ihre Ekstase am Ende in schier endloser Pause die verdiente Ruhe fand.

Erst jetzt, in dieser magischen Elegie, da spürte sie ihren Schweiß, der langsam zwischen ihren Brüsten trocknete, so dass sie fröstelte.

Thalestris schien zu ahnen, was jetzt vonnöten war, zumindest fuhr sie mit einem weichen Zipfel ihres Mantels unter Didymes Skythenjacke.

„Tut mir leid, dass sie so klein sind“, murmelte Didyme.

„Klein? Dein Busen?“ Thalestris fasste ihre Nase und schüttelte sie sanft. „He, er ist wunderschön. Außerdem gab es Zeiten, da hätte ich eine Menge für einen kleinen Busen gegeben.“

„Du? Aber deiner ist so makellos, so ...!“

„Aber auf jeden Fall zu groß“, vollendete Thalestris trocken. „Oder sollte dir entgangen sein, dass so manche Amazone ihre Brüste verunstaltet?“

„Ich dachte das seien Kriegsverletzungen.“

Sie ließ den Satz verklingen, hatte sie doch seit jeher diese schreckliche Sitte der Amazonen in das Reich der Legende verwiesen, doch Thalestris nickte nur, als sei dies das normalste der Welt. „Nun, nicht Kriegsverletzungen, aber Verletzungen für den Krieg. Ein großer Busen behindert dich beim Bogenschießen und auch beim Lanzenwurf.“

Didyme hatte Mühe, ihr Entsetzen zu verbergen. „Was für ein Glück, dass du nicht verstümmelt wurdest!"

Thalestris räkelte sich wohlig. „Das finde ich auch! Als man meine Brust zerstören wollte, ich zählte damals fünfzehn Sommer, da packten mich zwei Gefährtinnen meiner Amme. Ich tötete die eine, und die andere entkam mit gebrochenen Knochen. Dann stellte ich allen die Frage, was mir ein zerstörter Busen bringen solle? Mehr Kraft oder mehr Zorn? Keiner hat mich jemals wieder zu einer Verstümmelung aufgefordert."

Didyme stimmte unwillkürlich ein in ihr Kichern, auch wenn sie das eigentlich überhaupt nicht komisch fand. Allein der Gedanke, dass sie diese wundervollen Brüste nur liebkosen konnte, weil Thalestris vor Jahren einen Menschen getötet hatte, um sich ihre Unversehrtheit zu erhalten, das schien ihr wahrhaft gruselig.

Das Kind

Vielleicht war es Dankbarkeit, die Didyme schließlich dazu brachte, nach dem Geweih zu suchen. Ihre Hand tastete durch das Gras, bis Thalestris ihre Finger fand und festhielt.

„Aber nur, wenn du deine Furcht überwinden kannst!", mahnte sie in beglückender Besorgnis. „Nur du allein vermagst abzuschätzen, was auf dich zukommen könnte."

Didyme drängte sich fester an ihre Beschützerin, der ihr unregelmäßiger Atem wohl kaum entging. Und so hatte es überhaupt keinen Sinn, ihre Beklemmung zu verheimlichen. „Ich ..., eigentlich habe ich scheußliche Angst – aber es ist auch einzigartig. Und ich bin durchaus neugierig, zumindest wenn du mich festhältst."

„Was ist das Schlimmste daran?", fragte Thalestris nach bedrückender Pause.

„Es ..., es ist einfach scheußlich, ein Tier zu sein."

Die Königin drückte sie fester, doch Didymes Beklemmung konnte sie dadurch nicht lindern. „Hör zu!", flüsterte Thalestris eindringlich. „Wem du auch immer begegnest, ich glaube nicht, dass es sich tatsächlich um Tiere handelt. Ich vermute, dass die Götter uns nur erlauben, sie als Tiere wahrzunehmen. Es könnte sein, dass die Gefahr also nicht ganz so groß ist, wie du denkst."

Didyme dachte an die wilde Verfolgung und fragte sich mit leisem Bangen, ob die Gefahr nicht noch weit realer war als sie beide vermuteten.

Thalestris drückte sie aufmunternd. „Keine Sorge! Vorhin kehrtest du zurück, als ich dir das Geweih aus den Fingern schlug. Solltest du weglaufen, so folge ich dir, und diesmal werde ich vorbereitet sein."

Didymes aufgerissene Augen spiegelten ihre Panik wider, aber sie wollte sich jetzt ihre Hasenfüßigkeit nicht eingestehen, vor allem nicht ihrer neuen Freundin. Sie war einfach zu viel geflüchtet in den letzten Tagen. Es musste ein Ende haben, hier und jetzt, und sei es nur, um sich zu beweisen, dass sie tatsächlich imstande war, selbst zu handeln, dass sie immer noch einen Willen besaß, einen eigenen Willen und ein Ziel.

„Nur Mut, schließlich will ich dich noch einmal lieben." Sie endete in einem halben Lachen, doch war Didyme hellhörig genug, um die vibrierende Spannung in ihrer dunklen Stimme wahrzunehmen.

Didyme wischte sich den Schweiß von der Stirn. „Dann ..., dann komme ich bestimmt zurück, auch wenn ich doch nun alles weiß!"

Die Amazone schmunzelte unwillkürlich. „Zauberfrau, Zauberfrau, aus dem Köcher der Lust hast du heute doch gerade mal den ersten Pfeil verschossen."

Didyme wollte in ihr Lachen einstimmen, doch brachte sie vor Verlegenheit und Angst kaum einen Ton heraus, als sie die zitternde Hand auf das Elchgeweih legte.

Sogar Thalestris hielt den Atem an, als sie das Geweih an sich zog. Die Amazone spürte das angstvolle Beben ihres Schützlings, doch plötzlich erstarb das nervöse Zittern in Thalestris' Armen und schien gespannter Ruhe Platz zu machen. Ja, Didyme stemmte sich ganz unvermittelt auf die Schultern der Fürstin und richtete sich etwas auf, als gelte es, einen besseren Rundblick zu gewinnen.

Thalestris folgte ihrem Blick ohne etwas zu bemerken, registrierte jedoch auch im Mondlicht, wie sich Didymes sonst so zierliche Nase regelrecht blähte, als sie prüfend die Nachtluft in die Lungen sog. Es war ein unheimlicher Moment.

Jetzt lag das Mädchen reglos und starrte nach rechts, in Richtung der Zelte, die in der Finsternis allerdings nicht auszumachen waren. Und so sehr Thalestris auch alle ihre Sinne mobilisierte, sie vermochte absolut nichts wahrzunehmen. Ihre Unrast stieg, und während sie die linke Hand sicherheitshalber hinter Didymes zierlichen Fingern um das Geweih legte, umklammerte sie mit der Rechten ihren Akinakes, den sie seit frühester Jugend als Handwaffe führte.

Und dann kam es doch, worauf Thalestris schon mit Bangen wartete. Sie spürte, wie die Freundin all ihre Muskeln anspannte und im nächsten Augenblick fuhr sie auch schon so mächtig empor, als wolle sie der Mädchenkörper tief in den Boden pressen. Wieder spürte sie diese animalische Kraft, die diesem sonst so zerbrechlichen Wesen in Sekundenschnelle erwuchs.

Didyme riss das Geweih schier mühelos aus der Hand der Königin. Die athletische Amazone war noch nicht einmal halbwegs auf den Füßen, da stürmte das Mädchen bereits mit den Schritten eines Riesen über die nächtliche Ebene.

Thalestris musste alles aus ihrem Körper herausholen, um dem zierlichen Mädchen auf den Fersen zu bleiben.

Doch diesmal beging sie nicht den Fehler, Didyme von hinten anzuspringen, es gelang ihr vielmehr unter Aufbietung aller Kräfte, sie zu überholen, um ihr von vorne in die Arme zu fallen. Der Anprall des schmächtigen Körpers war von so unmenschlicher Wucht, dass beide Frauen in hohem Bogen ins Gras taumelten, wobei das Geweih zum Glück aus Didymes Fingern rutschte.

Thalestris fand gerade noch die Zeit, Didyme mit aller Kraft an sich zu pressen, ganz in Erwartung eines mörderischen Tritts, doch war alles, was sie vernahm, ein ersticktes Ächzen. Didymes Kraft schien wie weggewischt, und ihr Stöhnen zeigte nur die Panik eines schmächtigen Geschöpfes angesichts dieser unmäßigen Umarmung. Thalestris lockerte hastig ihren Griff, und Didyme zitterte wie im Fieber.

Anfangs reagierte sie überhaupt nicht auf irgendwelche Fragen, bis Thalestris sie heftig schüttelte. „Hörst du mich? Ist alles in Ordnung?“

Didyme antwortete noch immer nicht und schien die Kontrolle über ihren Körper verloren zu haben. Wenigstens fand sie ihre Stimme wieder und stieß schnaubend die Luft aus ihren Lungen.

„Er ..., der Löwengreif stand direkt vor mir, mit aufgerissenem Rachen! Ich ..., ich rieche noch immer seinen stinkenden Atem, diesen Hauch von Aas und Verwesung. Ich fühlte mich so hilflos, wie ein Kind, wie ein Baby ...“

Ihr Zittern verstärkte sich erneut und Thalestris zog sie sanft unter ihren Mantel. „Nur ruhig Blut, immerhin bist du ein ziemlich mutiges Baby.“

Didyme lächelte mühsam. „Und ich glaubte immer, dass ihr Amazonen nichts von Babys verstündet.“

Thalestris lachte so hell auf, dass Didyme alarmiert um sich spähte, doch war zum Glück kein unwillkommener Zeuge auszumachen.

„Oh, ganz im Gegenteil“, amüsierte sich die Fürstin. „Ich möchte sogar selbst ein Baby, und das so schnell wie möglich!“

Didyme war überrascht ob dieser unerwarteten Eröffnung. „Du ..., du willst schwanger werden?“ Der Gedanke, ein Mann könnte sich über ihre neue Freundin hermachen, erschien ihr geradezu abstoßend. Plante Thalestris tatsächlich ...?

„Ich möchte ein Kind von diesem Alexander!“

Didyme war wie gelähmt, hatte im ersten Augenblick Mühe, das Gesagte zu verstehen. Doch dann sprang sie auf die Füße und schrie Thalestris voller Entsetzen an, nicht wissend, woher sie eigentlich den Mut dafür nahm.
„Aber ihr wolltet doch gegen ihn kämpfen, ihn vernichten!"

Die Königin lachte trocken. „Nur ruhig, Zauberfrau! Das eine schließt das andere nicht aus. Alles zu seiner Zeit. Aber zunächst will ich ein Kind von ihm."

Didyme starrte sie sprachlos an und fragte sich, ob sie hier nicht einem zynischen Scherz auf den Leim ging, doch die Freundin nickte mit unübersehbarem Nachdruck.

„Du ..., du willst tatsächlich ein Kind von ihm?", stotterte Didyme fassungslos. „Aber du kennst ihn doch gar nicht! Der Mann ist ein Barbar, ein Mörder, der in unserem Blute watet."

„Also ein geradezu idealer Vater!", schmunzelte die Amazone. Diese Heiterkeit empörte Didyme bis aufs Blut. Sie sprang Thalestris entgegen, doch ihr hünenhaftes Gegenüber hatte wenig Mühe, die geschwächte Angreiferin unter Kontrolle zu bringen. Ja, sie zog Didyme eng an sich heran und zwang sie geradezu, mit ihr durch das Gras zu tanzen. „Nur mit der Ruhe, Zauberfrau. Du bist mir doch nicht eifersüchtig, oder? Falls es dich beruhigt, ich will ja nicht den Mann, sondern nur sein Kind. Im Notfall schließe ich die Augen, sobald er in mich eindringt."

Was als Beruhigung gedacht war, steigerte nur noch Didymes Zorn. In sinnloser Weise kämpfte sie gegen diese eisernen Hände, obwohl sie wie ein Kleinkind in ihren Armen zappelte.

„Hey, ich mag wilde Mädchen!", spottete Thalestris und schüttelte die Freundin derart, dass Didyme den Widerstand abrupt aufgab. „Ist es jetzt gut?", erkundigte sich Thalestris, um vorsichtig zurückzutreten.

Didyme stand mit hängenden Schultern vor ihr, war jedoch immer noch fassungslos. „Aber wie kannst du dir von Alexander ein Kind wünschen?"

„Kein Kind, sondern eine Tochter. Ein Sohn wäre kein richtiges Kind, das würde nicht zählen."

Vielleicht war es diese Bemerkung, die Didyme die Fassung wenigstens halbwegs wiedergab. „Dann ist es also wahr, dass ihr alle Knaben nach der Geburt tötet?"

Der Gedanke, einen Sohn von Alexander umzubringen, schien ihr plötzlich geradezu faszinierend. Darüber sich jetzt Rechenschaft abzulegen, dazu war sie bei weitem zu verwirrt.

Die Amazone runzelte die Stirn. „Ist das dein Ernst? Erzählt man sich solche Gräuel von uns Amazonen? Nein, wir schicken die Knaben zurück zu ihren Vätern oder zu ihrem Volk, sind doch männliche Kinder ziemlich wertlose Geschöpfe."

„Aber ..., aber ist das nicht ziemlich barbarisch?"

Didyme spürt deutlich, wie sie Thalestris damit verärgerte. Offenbar war sie doch etwas weit gegangen, so kühl wie jetzt die Königin fortfuhr. „Was regst du dich auf? Berichte mir lieber, was du erlebt hast. Warst du wieder bei den Hügeln von Pazyryk?"

Didyme nickte mit trockener Kehle, irgendwie froh ob des Themenwechsels.

„Und? Wurdest du verfolgt und angegriffen?"

Didyme bestätigte nur kurz, stand sie doch immer noch unter dem Eindruck dieser ungeheuerlichen Eröffnung. Ein Kind von Alexander!

„Ich sah einen Babygreif", stieß sie dann aber unvermittelt hervor. „Ich fing ihn ein und ..."

Thalestris trat vor Überraschung einen Schritt zurück. „Du hast was gesehen?"

„Einen Babygreif." Didyme deutete die Größe des Tieres mit hektischen Bewegungen an. „Seine Flügelspannweite betrug kaum eine Elle, aber er attackierte mich tapfer wie ein großer. Er ..."

Die Fürstin hob beide Hände, um ihrem Redefluss Einhalt zu gebieten. „Nur langsam, alles der Reihe nach!"

„Also, als ich in Pazyryk die Augen öffnete, da bemerkte ich die Spuren zweier Greifen, die von einem Buschwerk wegführten. Ihnen zu folgen, das wagte ich nicht. Und so wandte ich mich den Büschen zu. Dort entdeckte ich den Babygreif, und ich glaube mich zu erinnern, dass ich ihm bereits vorher einmal begegnet bin, in einer früheren Vision."

„Ich hätte nie geglaubt, dass die heiligen Tiere Kinder hätten."

„Und was für welche! Er griff mich so ungestüm an, dass ich ihn mit dem Maul im Nacken packte."

„Gehörte er zu den Löwengreifen?", unterbrach sie die Freundin.

Didyme schüttelte heftig den Kopf. „Ein ..., ein griechischer Greif, ich meine ein Monster mit Löwenkörper, Vogelflügeln und Adlerkopf. Ich packte ihn mit dem Maul, weil er nicht still sein wollte, und zog mich aus dem Buschwerk zurück, als die Alten zurückkamen."

Thalestris musterte sie mit großen Augen. „Das war aber mutig, um nicht zu sagen tollkühn."

„Mir blieb keine Wahl, rannte er doch kreischend hinter mir her."

Doch Thalestris schien mit ihren Gedanken ganz woanders. „Ein griechischer Greif? Du meinst, ein Monster mit Adlerkopf, geraden Vogelflügeln und einem Zackenkamm auf dem gebogenen Hals, das sei ein griechischer Greif?"

Didyme begriff zu spät, dass sie auf dem besten Wege war sich zu verraten und erzählte hastig etwas über ihre Beobachtungen auf dem Weg zum Sklavenmarkt, doch war die Freundin ohnehin zu sehr in Gedanken, um groß über ihre Erklärung nachzudenken.

„Eine deiner Pferdemasken zeigt einen solchen Greifen", ergänzte Didyme, und Thalestris nickte nachdenklich. War es tatsächlich denkbar, dass die Königin keine Ahnung gehabt hatte, mit welcher Pferdezier sie durch die Gegend ritt?

„Und was geschah dann", forschte Thalestris weiter.

„Nun, ich rannte über die Ebene, den Babygreif im Maul und dann ..., dann war ich plötzlich wieder hier."

Thalestris packte ihre Hand. „Und die Tiere, haben sie miteinander gekämpft?"

Noch während dieser Worte wandte sie sich dem Lager zu.

„Ich beobachtete die in der Ferne jagenden Greifen, aber im Grunde hatte ich nur Augen für das Baby. Ist es denn so wichtig, ob die Tiere miteinander kämpfen?"

„Ob es wichtig ist?" Thalestris fuhr zu ihr herum. „Richtig! Ich vergesse immer, wie wenig du im Grunde weißt. Also höre: Sobald die heiligen Tiere ihren ewigen Kampf beenden, sind wir Menschen aufgerufen, an ihrer Stelle in den Krieg zu ziehen. Sind die Tiere friedlich, droht uns der Kampf. Kämpfen die Tiere, so können wir Menschen in Frieden leben."

Didyme benötigte noch einige Fragen, ehe ihr die Konsequenz aus diesem Mythos aufging. Sie fragte sich, ob dies tatsächlich bedeuten konnte, dass der Vernichtungsfeldzug Alexanders und seiner Makedonen nur deshalb über ihre Heimat hereingebrochen war, weil in einer seltsamen Phantasiewelt Greifen und andere Dämonen vorübergehend ihre Jagd auf Beutetiere eingestellt hatten. Und durfte man tatsächlich davon ausgehen, dass der Krieg in Baktrien und Sogdien vorüber war, sobald sich die Greifen im Jenseits erneut auf ihre Opfer stürzten?

Dies alles schien ihr absolut unglaublich. Thalestris indes war aufs höchste gebannt von Didymes letzter Vision. „Sogar die Greifen haben Kinder", murmelte sie mit leuchtenden Augen. „Ich bin sicher, dass dies ein Zeichen ist."

„Aber doch nicht von Alexander!", stammelte Didyme. „Alle hassen ihn, er ist bestimmt kein würdiger Vater! Er ist doch nur ein kleiner Mann mit wässrigen Augen, viel kleiner als du, ohne Bart und mit hellem Haar."

Didyme konnte nur erahnen, wie Thalestris ungläubig die Stirn runzelte. Vielleicht hatte sie jetzt endlich den richtigen Ton angeschlagen. „Er ist dir niemals ebenbürtig!" Sogar in Didymes eigenen Ohren klang das allerdings eher wie ein Aufschrei.

Die Königin winkte ärgerlich. „Unsinn! Der König ist auf dem besten Wege, die Welt zu erobern."

„Die Welt zu vernichten!", hielt Didyme dagegen.

„Wie auch immer, ich benötige einen starken Vater für meine Tochter." Doch diesmal klang sie nicht mehr ganz so enthusiastisch, und Didyme begriff instinktiv, dass die Idee, sich mit einem kleingewachsenen Mann zu vereinen, für die Fürstin nicht gerade verführerisch klang. So beeilte sie sich, noch etwas nachzulegen.

„Seine Armee ist tapfer, aber Alexander selbst ist gar nicht so stark! Oder glaubt ihr Amazonen nicht auch, dass ein schwacher Vater Söhne und ein starker Vater Töchter hervorbringt?"

Thalestris antwortete nicht und schien auch nicht bereit, das Thema zu vertiefen.

Aber Didyme ließ nicht locker. „Ich könnte dir eine Zeichnung von ihm fertigen, dann würdest du erkennen ..."

Die Königin blieb stehen, der Gedanke schien sie zu faszinieren. „Das gefällt mir, eine glückliche Idee. Kannst du eigentlich reiten?"

„Aber ja! Ich habe sogar ein Pferd, ich meine, ich hatte früher eines." Früher, das bedeutete im Grunde bis vor wenigen Tagen.

Die Freundin lachte amüsiert. „So, so, du hattest ein Pferd. Nun, morgen wirst du reiten müssen. Aber jetzt ist es höchste Zeit für einen Rest von Schlaf!"

Seltsam, Thalestris klang jetzt beinahe wie Didymes Mutter. Und so aufgewühlt Didyme auch sein mochte, dieser irgendwie vertraute Tonfall trug dazu bei, sie zu beruhigen.

„Und wie willst du Kontakt mit Alexander aufnehmen?", erkundigte sie sich vorsichtig.

Thalestris lachte leise. „Oh, ganz einfach! Ich schicke dich zu ihm."

Didyme zuckte zusammen. Nun wusste sie immerhin, weshalb die Königin sie unter den Mauern von Branchidai gefragt hatte, ob sie imstande sei, mit Alexander zu kommunizieren. Thalestris hatte sie erworben, um sie als Dolmetscherin zu nutzen, nur als Dolmetscherin für ein Kind von Alexander.

Der Freund

Die Amazonen waren tatsächlich am nächsten Morgen aufgebrochen und hatten nach eiligem Ritt am zweiten Tag gegen Abend den Jaxartes überschritten, wobei Didyme die meiste Zeit in einem vierrädrigen Planwagen zubrachte. Erst jenseits des Grenzflusses mäßigte Thalestris den Lauf ihrer Pferde. Ganz offensichtlich fühlten sich alle hier drüben bedeutend sicherer.

Während man den Amazonen so gut wie gar nichts anmerkte, fühlte sich Didyme vom langen Weg mehr als erschöpft, war sie doch keinesfalls gewöhnt, einen ganzen Tag auf einem holpernden Wagen auszuharren, und noch dazu in diesem Tempo und stets mit dem latenten Spott ihrer Begleitung im Nacken.

Kaum hatte man Lager geschlagen und die Jurten errichtet, war Thalestris weitergeritten, um mit irgendwelchen Skythenführern zu beraten. So blieb Didyme allein zurück im Königszelt, was niemand verwunderte. Wieso auch? Offenbar galt sie mittlerweile als lebendes Inventar des königlichen Haushalts.

Als nach Mitternacht alle in tiefem Schlummer versunken waren, fuhr Didyme mit einem Mal von ihrem Lager hoch, das sie sich in der Nähe des Herdfeuers gerichtet hatte. Was hatte sie geweckt? Auf jeden Fall war es keiner ihrer sich endlos wiederholenden Albträume von Branchidai, sonst wäre sie nass von Schweiß, so wie in der letzten Nacht. Doch diesmal war alles trocken.

Sie huschte zum Eingang des Zeltes und lauschte hinaus, aber so sehr sie sich auch konzentrierte, sie hörte nichts. Die Nacht blieb still, und so wickelte sie sich wieder in ihre Decke. Schon schloss sie die brennenden Augen, da vernahm sie einen seltsamen Vogelruf, einen Pfiff, den sie überall und jederzeit erkannt hätte. Der Signalpfiff, mit dem Skythes seinen Hengst zu rufen pflegte!

Mit einem Satz stand sie erneut auf den Füßen – Skythes! War dieser Pfiff ein Signal für sie? Die Vorstellung ließ sie hellwach werden. Sie zögerte keine Sekunde, sich aus dem Zelt und aus dem Lager zu schleichen.

Einmal unter freiem Himmel, musste sie allerdings höchste Vorsicht walten lassen, hatten die Amazonen doch sogar hier, in ihrer ureigensten Steppenheimat, überall Posten aufgestellt, allerdings fegte der Gedanke an Skythes alle Bedenken zur Seite.

Tatsächlich bemerkte es niemand, als sie die Wachen passierte, um hinaus in die Waldsteppe zu schleichen. Dabei orientierte sie sich in Richtung des Nordsterns, so wie sie es auch vor Branchidai gehalten hatte. Sie drang weiter und weiter voran, immer dem gelegentlich aufklingenden Vogelpfiff nach.

Während sie vorsichtig Fuß vor Fuß setzte, fragte sie sich, wie sie sich wohl entscheiden würde, wenn Skythes erschienen war, um sie mitzunehmen. Das Wort „befreien“ kam ihr nicht in den Sinn, was sollte sie dann tun? Sollte sie ihm folgen?

Falls sie sich als Sklavin sah, dann selbstverständlich. Aber war sie tatsächlich eine Sklavin? Thalestris hatte sich massiv dagegen verwahrt, und die Frage war nun, wie Didyme sich fühlte.

Dass die Amazonen stets darauf bestanden, keine Sklaven, sondern nur Diener zu beschäftigen, nun, dafür hatte sie zunächst nur ein resigniertes Lächeln übrig gehabt. Doch nach den letzten Tagen, und vor allem nach den letzten Nächten fühlte sie sich viel mehr als Gefährtin denn als Dienerin. Das kam ihr eigentlich erst in diesem Augenblick so richtig zu Bewusstsein. Schloss sie sich Skythes an, dann würde sie Thalestris mit Sicherheit zutiefst beleidigen. Und schlug sie Skythes' Hilfe aus, so musste sie mit seiner Erbitterung rechnen. Es gab einfach keine Lösung, außer sie zog sich jetzt sofort in das Zelt zurück und steckte den Kopf in den Sand.

Sie musste sich zusammennehmen, um überhaupt weiter vorzudringen. Der immer lauter werdende, unverkennbare Pfiff aber trieb sie weiter. Noch einige Schritte, dann schnaubte es vor ihr in der Finsternis – der alte Hengst! Und mit dem Schnauben empfing sie im sachten Nachtwind die beste Botschaft, die Skythes senden konnte, seinen Geruch.

Im nächsten Augenblick tauchte er auch schon aus der Dunkelheit auf und riss sie geradezu in seine Arme. „Beim heiligen Greifen, ich fürchtete schon, du würdest mich niemals hören!"

Er sagte es mit einem halben Lachen und doch auch mit all jener Sorge in der Stimme, die ihr Herz gleich höherschlagen ließ.

„Wie ..., wie hast du mich entdeckt? Ich meine, warst du tatsächlich auf dem Sklavenmarkt?", fragte sie reichlich zusammenhanglos.

Sie spürte sein Nicken und ganz unvermittelt fiel ihr auf, dass er deutlich kleiner war als Thalestris, wenigstens um einen Kopf. Sie wusste selbst nicht, weshalb ihr dieser alberne Gedanke ausgerechnet jetzt in den Sinn kam.

„Ich hatte einfach kein Gold zur Hand, um mitzusteigern. Es ..., es tut mir leid. Ich bin sicher, es war grauenvoll für dich, aber ich wusste einfach nicht, was ich in diesem Augenblick anstellen sollte. Ich versuchte, dich mit den Makedonen in Branchidai abzufangen, doch kam ich zu früh und ..., und konnte nur noch die Toten bestatten. Ich ..."

Er brach ab, für einen glücklichen Moment schien er ihr unglaublich nahe und ihre Lippen fanden sich zu langem Kuss, bis Didyme ihn beinahe heftig von sich schob. Beim großen Apoll, was trieb sie da eigentlich? Als sie verwirrt ihren Mund berührte, stieg ihr der Rindengeruch von Thalestris in die Nase, der mittlerweile an ihren Händen haftete als sei's ihr eigener.

Zum Glück schien er nicht minder verwirrt, so zusammenhanglos wie er weitersprach. „So verpasste ich leider deine Ankunft mit diesem widerlichen Hund.

Ich kam gerade dazu, als du dich von der Schlinge befreitest und die

Straße hinunterstürmtest. Die Makedonen rannten hinter dir her, und ich konnte nur noch das Geweih aufheben."

„Was wusstest du von dem Geweih?", forschte sie vorsichtig.

„Gar nichts, ehrlich gesagt. Aber als die Situation für dich immer gefährlicher wurde, da hieltest du es fest umklammert, und das erregte meine Neugier. Dann warst du plötzlich verschwunden und nur das Geweih lag mitten in der Gasse. In der Dunkelheit ist es den Makedonen offensichtlich entgangen. Es stammt fraglos von einem massagetischen Knochenschnitzer, war dir das eigentlich bewusst? Das Ding gehört eigentlich in die Hand eines Schamanen, es gehört in meine Welt. Ich vermute, du hast es von Atrobates?"

Didyme bestätigte tonlos.

Skythes räusperte sich. „Also, das verstehe ich nicht, ich meine, wie kam dieses kostbare Stück in die Hände eines Persers?"

Er sprach weiter und weiter und erwähnte mit keinem Wort, dass er erst unlängst mit Atrobates zusammen gewesen war. Machte es ihm so gar nichts aus, sie zu belügen? Hatte er ihr überhaupt jemals die Wahrheit gesagt? Sie fühlte sich so elend, alles in ihr krampfte sich zusammen.

„Hast du das Geweih hier bei dir?", fragte sie beiläufig.

„Leider nicht, ich verlor es in der Nacht."

Didyme antwortete nicht, schossen ihr doch tausend Gedanken durch den Sinn. Warum belog er sie?

„Kennst du eigentlich diesen Atrobates?", erkundigte sie sich so harmlos wie möglich.

Wieder dieses Zögern, das ihr signalisierte, wie intensiv er seine Antwort abwog, ehe er zu sprechen begann.

„Leider nein, ich wollte, ich wüsste, wie er dazu kam, einen solchen Teppich in Auftrag zu geben."

Seine Worte waren wie ein neuer Stich in eine Wunde. Offenbar wusste er nicht, wen er da vor einigen Nächten beinahe erwürgt hätte.

„Einen Teppich für das Orakel der Toten." Didyme sagte es leichthin und konnte förmlich spüren, wie der Freund zusammenzuckte. „Warum hast du mir verschwiegen, was auf meinem Webstuhl entstand?"

Skythes holte schnaubend Luft. „Weil ich nicht wusste, ob ich mit meinem Verdacht richtig lag. Ich wollte dich nicht ängstigen, doch erwähnte ich sicherheitshalber das Orakel der Toten ..."

„... um zu testen, ob mir der Hintergrund vertraut war?"

Skythes wand sich, ehe er sich zu einer Antwort durchrang. „So ähnlich", murmelte er lahm, und Didyme kämpfte vergeblich gegen die Kälte in ihrem Herzen, gab es doch so viele Fragen, die ihr auf der Seele brannten, und so viele Antworten, die sie gar nicht hören wollte. Da trat er ihr auch schon ganz impulsiv entgegen, und sie fasste in letzter Sekunde seine Hände, so dass er sie wenigstens nicht umarmen konnte.

„Du nimmst mir das übel mit dem Teppich?“, fragte er und machte sich unwillig frei.

Wenn es nur das gewesen wäre! Ihre Stimme klang ganz fremd, als sie fortfuhr. „Wie konnte ein Perser ausgerechnet bei mir einen solchen Teppich in Auftrag geben? Er besaß genaueste Informationen und dazu noch dieses Geweih ...“ Sie ließ den Satz verklingen, lag die Antwort doch klar auf der Hand – Informationen konnten nur von einem Massageten stammen, von ihm selbst. Er selbst musste diesen Atrobates vorgeschickt haben. Warum gab er das nicht zu? Es musste viel mehr dahinter stecken, als ihr selbst im Augenblick klar war.

Sie kam nicht weiter, denn er fasste erneut nach ihr, in einer jähen Aufwallung, und spürte sofort, wie sie sich bei seiner Berührung instinktiv versteifte. Für einen Moment herrschte ungute Stille, und als er sich nochmals näherte, wich sie einen Schritt zur Seite, so dass er sie in der Dunkelheit verfehlte.

„Du hast dich verändert!“, murmelte er geradezu böse, und es war eine Feststellung, keine Frage. Sie merkte, wie er sich nun seinerseits zurückzog.

„Du hast dich verändert“, wiederholte er dumpf. „Das spüre ich doch! Vor Branchidai wurde mir jeder Kuss verweigert, vor lauter Angst, doch jetzt ...“ Ungeschminkter Zorn färbte seine Stimme.

Didyme wusste nicht, was sie ihm antworten sollte. Und so wurde die Pause lang und länger, ehe er bitter hervorstieß. „Thalestris! Es ist Thalestris, nicht wahr? Sie verwandelt jeden, sie ist wie ein böser Wind.“

„Ein böser Wind? Was weißt du von Thalestris?“

„Das Volk der Hirsche zählt gerade nicht zu meinen Favoriten. Und damit stehe ich nicht allein unter uns Massageten.“ Das klang schon beinahe wie eine Drohung.

„Ich weiß nur wenig über euch Massageten. Zu welchem Volk gehörst du?“

„Zu den Tigern, wir wohnen weit im Osten.“ Er lachte böse. „Man erkennt es an meinen Augen. Es ist mein Gesicht, das dich abstößt, nicht wahr?“

Leider hatte er nur allzu recht, auch wenn sie es nicht zugeben wollte. Außerdem schien er zu ihrer Bestürzung genau Bescheid zu wissen über sie und Thalestris. Wie war das möglich, und wie sollte sie ihm das erklären? Wie konnte sie ihm eingestehen, dass sie seit zwei Nächten nahezu in jeder Stunde des Tages auf die Dämmerung wartete?

Sein bitteres Auflachen ersparte ihr die Antwort. „Wie fühlt man sich als Hure einer Königin? So, wie du mich vorhin küsstest, hast du eine

Menge gelernt. Wir beide, wir haben uns fünfmal getroffen – fünfmal! Und doch durfte ich dich niemals wirklich berühren. Doch kaum hat dich diese Thalestris in ihren Krallen, da sinkst du schon in ihre Arme. Weißt du überhaupt, wie viele Gespielinnen ...?"

Er wollte sie verletzen, weil er selbst verwundet war. Plötzlich wünschte sie sich weit, weit weg, zurück auf die Ebene von Branchidai, zurück zu ihrer Familie, zu all dem, was ihr Leben über Jahre hinweg bestimmt hatte und was so unwiederbringlich vernichtet war.

Sie besaß nicht einmal die Kraft zu einer Antwort, sie wandte sich nur ab und stolperte dem fernen Lager entgegen. Ihre Resignation schien ihn aufzurütteln. Zumindest schoss er eilends hinter ihr drein. „So warte doch! Wir müssen reden."

Didyme hörte, wie er sich in der Dunkelheit auf sie zutastete. Aber sie wollte nicht gefunden werden.

„Du musst uns helfen", drängte er. „Du kannst jetzt nicht einfach gehen!"

Sie sollte ihm helfen? „Dann ist es ja gut, dass du mich erst so richtig beschimpft hast!"

Skythes schnaubte verlegen und hatte offenbar ziemliche Mühe, sich zu einer Entschuldigung durchzuringen. „Ich wollte dich nicht kränken. Aber die Massageten fürchten, dass Thalestris hinter ihrem Rücken mit Alexander verhandeln könnte. Das kann auch nicht in deinem Interesse sein, denk nur an deine Familie. Wenn du so etwas erfahren solltest ..."

„Sie ist keine Verräterin!", murmelte sie schließlich, doch Skythes zischte nur wild in die Nacht. „Hat sie dich schon so weit eingewickelt?"

Vielleicht war es gar nicht so sehr seine Stimme, vielleicht war es dieser Geruch, der ihr so unmissverständlich das Ausmaß seines Zorns signalisierte. Zum ersten Mal nahm sie überdeutlich wahr, dass der Geruch eines Menschen nicht nur ein Erkennungszeichen, sondern auch ein Spiegel seiner Seele war. Die menschliche Ausdünstung war wie eine Sprache, die Didyme nicht einmal übersetzen musste, sie verstand sie einfach, und Skythes Geruch hatte sich völlig verändert. Das erschreckte sie so, dass sie so schnell sie konnte in die Nacht hinein hastete. Ihre Reaktion kam für ihn unerwartet, und ehe er reagieren konnte, war sie außer Hörweite, zumal sie nach kurzer Zeit innehielt, um ihm keine Orientierung zu geben. Augenblicke später schlich er vorsichtig ganz in ihrer Nähe vorüber, bis sich sein Geruch und seine Schritte in der Dunkelheit verloren.

Sie ließ geraume Zeit verstreichen, ehe sie sich dem Lager in weitem Bogen näherte, die Füße vorsichtig setzend, darauf erpicht, kein Geräusch zu verursachen. Dabei kreisten ihre Gedanken unaufhörlich um die eine

Frage. Weshalb verschwieg er ihr die Wahrheit und weshalb hatte er diesen Perser vorgeschoben? Doch wenn er sie tatsächlich hinterging, weshalb hatte er dann ihre Familie beerdigt und sich unter Lebensgefahr nach Branchidai hineingewagt? Sie fand keine Antwort.

In einem allerdings war sie sich absolut sicher: Um nichts in der Welt hätte sie es vorhin gewagt, ihm die Wahrheit zu sagen, und der Grund wurde ihr mit jeder Sekunde klarer – sein Geruch. Alles an Skythes hatte sich verändert und signalisierte eine unterschwellige Drohung. Sie hatte erneut einen Freund verloren, hatte wieder dieses Gefühl der Verlassenheit. Ihre Einsamkeit, sie war wie ein tiefer Schmerz, der sich nicht lindern ließ.

Streifen des Schicksals

Am nächsten Morgen war Didyme früh auf den Beinen und im Zelt der Königin schon bald eifrig dabei, aus riesigen Bahnen verschiedenfarbigen Filzes die Gestalten ihrer Visionen auszuschneiden. Sie konnte es kaum erwarten, ihren Traumgesichten Gestalt zu verleihen. Außerdem war Arbeit noch immer die beste Medizin gegen ihre Schwermut.

Thalestris hatte ihr Versprechen eingelöst und für Unterstützung gesorgt, doch bestand diese Hilfe ausgerechnet in jener Magierin, die schon bei Didymes Ankunft gegen sie Front gemacht hatte. Weshalb die Königin ausgerechnet auf diese Frau verfallen war, das blieb Didyme unerfindlich. Auch heute war das Misstrauen zwischen ihnen förmlich wie mit Händen zu greifen.

Immerhin hatte sie jetzt Gelegenheit, die Schamanin genauer in Augenschein zu nehmen. „Unheimlich", dieses Wort passte wohl am besten auf ihre Erscheinung. Handelte es sich überhaupt um eine Frau? Nun, der Busen war zwar nicht zu verkennen, doch hätte Didyme schwören können, dass sich die Linde gerade erst frisch rasiert hatte. Und zwar nicht nur auf der Oberlippe, sondern auch an Wangen und Kinn. So weich und feminin dieses Gesicht auch anmutete, der Bartwuchs war eindeutig der eines Mannes.

Didymes Blick wanderte unwillkürlich nach unten zu den Hüften. Und als sich die Magierin jetzt vor die Filzfiguren kauerte, da glaubte Didyme, dass sich für einen Moment ein männliches Genital durch die Skythenhose abzeichnete, aber wirklich nur für einen vagen Augenblick.

Didyme vermochte ein Frösteln nicht zu unterdrücken, dieses seltsame Geschöpf mit seiner hohen Fistelstimme ängstigte sie selbst am helllichten Tag im Zelt von Thalestris. Natürlich schalt sie sich selbst eine Närrin, die Königin hätte ihr doch niemals eine Bedrohung auf den Hals geschickt, doch alle Logik vermochte ihre Verunsicherung nicht zu lindern. Stumm und äußerst befangen schob sie der Linde schließlich die ersten der ausgeschnittenen Stoffteile hin und demonstrierte ihr ebenso wortlos, wie sich aus den Fragmenten allerlei Fabelwesen zusammenfügen ließen – Löwengreifen mit ihren persischen Hakenflügeln und grimmige Adlergreifen der griechischen Legende mit ihren eleganten Vogelschwingen.

Die Wahrsagerin runzelte nur die Stirn, enthielt sich aber jeden Kommentars, bis Didyme ihr den thronenden Fürsten mit seiner Zackenkrone und den vor ihm haltenden Reiter zeigte, von dem sie Thalestris erst jüngst berichtet hatte.

„Es ist ein Frevel“, murrte die Unheimliche, „Darstellungen von Menschen den göttlichen Tieren vorzuziehen! Die Welt der Massageten hat keinen Platz für solche Abartigkeit.“

So harsch das auch klang, es war wenigstens der Anfang einer Unterhaltung, auch wenn Didyme Mühe hatte, ihrer Stimme einen beiläufigen Klang zu geben. „So stellt ihr Massageten niemals Menschen dar?“

„Der Mensch ist unwichtig!“ Ihr Gegenüber winkte unwirsch. „Nur den Tiergeistern ist es zu danken, dass unsere Welt zusammenhält. Sie allein sind würdig, von uns verehrt zu werden.“

Didymes Erstaunen war durchaus echt, war doch die Nachbildung von Menschen in ihrer Kultur ganz gebräuchlich, und sei es in Gestalt winziger Tonfigürchen. Das galt nicht nur für Branchidai, sondern auch für Persien und für andere Völker der nördlichen Provinzen des einstigen Perserreiches.

„Nun, die Königin wird wissen, warum sie uns diesen Auftrag erteilte“, versuchte sie abzuwiegeln.

Die Linde kniff missbilligend die Augen zusammen. „Du hast einen Auftrag, du bist nur eine Dienerin, doch mir obliegt es, dich zu überwachen!“

An ihrer Feindseligkeit ließ sich nicht zweifeln, doch als Didyme nun den Thronenden und den Reiter auf einem größeren Wandbehang arrangierte, so wie sie beide in ihrer Vision beobachtet hatte, da unterschied sich die Reaktion der Magierin in keiner Weise von der der Königin. Sie war plötzlich wie elektrisiert. Für einen Augenblick erschien es gar, als werde die Schamanin auf die Füße springen. Bizarr wechselten Miene und Ausdruck im Gesicht der Wahrsagerin zwischen männlicher Härte und weiblicher Bestürzung.

„Was starrst du mich an?“, zischte die Unheimliche, „hast du noch nie eine Linde gesehen?“

„Verzeih“, stammelte Didyme hastig. „Ihr nennt euch tatsächlich nach einem Baum?“

Die Frau lachte spöttisch auf. „Natürlich nach einem Baum, weil wir mit dem Bast der Bäume weissagen. Unsere Kaste hält die Zukunft aller Massageten in den Händen.“

„Und was ist mit den Ruten?“ Didyme konnte sich die Frage nicht verkneifen.

„Schweig von diesen Unwürdigen! Sie entliehen ihre trügerische Kunst aus dem fernen Persien, damals, vor Generationen, als unsere Reiterheere alles Land beherrschten, von Persien bis ins ferne Ägypten.“

Didyme wusste von Konkurrenzen zwischen Orakelpriestern aus ihrer eigenen Heimatstadt, sogar ihr Vater war mehrfach das Ziel von Anfeindungen anderer Priester geworden.

„Aber wie ist es dir möglich mit dem Bast die Zukunft zu sehen?“ Die Frage drängte sich Didyme wie von selbst auf die Lippen.

Dabei mied sie jeden Blickkontakt und begann angelegentlich, weitere Fabelwesen aus rotem, blauem und schwarzem Filz zu schneiden. Die Linde brütete vor sich hin, und Didyme formte aus den Einzelteilen einen Löwengreifen, der gerade einen Steinbock riss.

Schließlich wischte die Schamanin die Filzstücke harsch zur Seite. „Lenke nicht ab! Im Grunde willst du doch nur wissen, wie es mir möglich war, deine Bösartigkeit zu durchschauen.“

Selten war Didyme so elementarer Feindschaft begegnet. Die Schamanin hatte sich ein Bild von ihr geformt, und dieses schien in jeder Hinsicht endgültig.

Doch wahrscheinlich war es gerade dieser unnachsichtige Hass, der Didymes Widerstandsgeister auf den Plan rief. Schließlich hatte sie in ihrem jungen Leben nichts getan, das ein derartiges Urteil rechtfertigen würde. Im Gegenteil, ein Mensch, der so über sie sprach, ohne ihr auch nur eine einzige Frage zu stellen, *der* war es, der wahrscheinlich jede Voraussetzung für einen zweifelhaften Charakter erfüllte. Mit so einer Kreatur wollte sie sich nicht auf eine Ebene stellen!

Ihre Entrüstung stand ihr wohl nur allzu deutlich ins Gesicht geschrieben, denn die Wahrsagerin taxierte sie nun unter tief gesenkten Lidern und kam dann einem Angriff Didymes zuvor: „Du willst mir erklären, du habest nie etwas verbrochen, weder gegen dein Volk noch gegen deine Familie. Aber ich sage dir, eine Frucht fault häufig von innen. Betrachtest du ihre Schale, so erscheint sie makellos, doch beißt du hinein, dann wirft dich die Fäulnis aufs Lager und vergiftet dein Inneres.“

Didyme hatte Mühe, ihre Bestürzung hinter einer selbstbewussten Miene zu verbergen. „Selbst wenn dem so sein sollte“, hielt sie dagegen, „dann weiß die Frucht nichts von ihrer Krankheit ...“

„Aber es ist an uns Linden, verderbte Früchte auszusondern!“

Vor Tagen hätte diese ungeschminkte Ablehnung Didyme nur deprimiert, doch jetzt spürte sie vor allem eines – Zorn. Noch vor wenigen Wochen hätte sie nie geahnt, dass in ihr ein solcher Hass schlummern könnte, ein riesiges stilles Meer, bei dem schon ein einziger Windhauch genügte, um turmhohe Wogen aufzupeitschen.

Und so fuchtelte sie grimmig mit ihrem Messer vor dem Gesicht der Wahrsagerin. „Du behauptest, meine Zukunft zu kennen? Mein Vater war selbst ein Interpret des Schicksals, glaube also nicht, mich betrügen zu können. Du hast mir erklärt, der Bast der Linde würde dir einen Blick in die Zukunft öffnen. Wohlan – dann enthülle die meine!" Und sie stieß es so heftig hervor, dass ihre eben noch so unangreifbar scheinende Opponentin unwillkürlich ein wenig zurückwich, weniger wohl vor der zuckenden Klinge, denn vor der unerwarteten Wucht dieser Herausforderung.

Die Linde schien für einen Augenblick zu zögern, als ginge sie mit sich zurate, ob es wohl weise sei, darauf einzugehen, doch dann zog sie tatsächlich ein Bündel blanker Baststreifen aus ihrer Jacke und glättete sie weihevoll zwischen den Fingern. „So sei es ...", und ihre schrille Stimme versank zu gespenstischem Gemurmel, die Augen so gut wie geschlossen, als gelte es, sich der realen Welt mit Nachdruck zu verschließen.

Didyme beobachtete sie scharf, und tatsächlich war sie sich schon bald absolut sicher, dass die Wahrsagerin ihre Hände nicht mehr im Blick hatte, dass sie gar nicht begriff, welche Knoten ihre Finger schlangen, als wären ihre Hände selbständige Wesen, geleitet von einer unsichtbaren Macht. Didyme war selbst aufgewachsen in einer Welt der Orakel, doch bei dieser Frau, da war es ganz anders als bei ihrem Vater mit seinen blutigen Tieropfern, war doch das Fingerspiel der Linde von geradezu hypnotischer Macht.

Es war gespenstisch, mit welcher Präzision diese knochigen Finger mit ihren zerklüfteten Nägeln die Baststreifen zu einem bizarren Netze formten. Erst hing es zwischen den Fingern wie das Netz einer Spinne, dann quoll es förmlich unter ihren Händen hervor, bis die Linde es sich schließlich mit angeekeltem Schrei von den Fingern riss.

Das bleiche Gespinst flatterte vor Didyme zu Boden, und daneben senkte sich ein einzelner Streifen Bastes, der wunderbarerweise von jeglichem Knoten verschont geblieben war.

„Da!", schrie die Linde mit schrecklicher Stimme in die lähmende Stille des Zeltes und stieß den einsamen Baststreifen noch weiter von sich. „Da liegst du und bist allein unter uns Menschen, weißt nicht, woran du dein Schicksal knüpfen sollst." Und dann beugte sie sich vor, immer weiter vor, bis sie schließlich mit drohend zitternder Hand auf Didymes Augen deutete. „Und deshalb wächst in dir der Hass, und er ist gänzlich ungezügelt, weil du keine Freunde kennst und keine Familie dein eigenen nennst. Eine Gefahr bist du für dich und für alle, die es wagen, dich selbstgefällig aufzunehmen.“ Vielsagend schweifte ihr Blick durch die Jurte.

Ehe Didyme auch nur einen einzigen Laut hervorbringen konnte, quollen bereits aufs Neue Baststreifen zwischen diesen magischen Fingern hervor, obwohl Didyme hätte schwören können, dass die Schamanin eben noch keinerlei Bast in den Händen gehalten hatte. Und wieder knüpfte sie Knoten um Knoten, spann Didymes Schicksal, bis sie schließlich das neue Netz mit tiefem Atemzug zu Boden gleiten ließ. Didyme war regelrecht erleichtert, dass sich diesmal kein neuer Baststreifen gelöst hatte, und auch die Miene der Wahrsagerin entspannte sich, als sie daranging, das neue Netz zu deuten. „Ich sehe eine Zukunft, die du einlösen oder verweigern kannst.“

Ein weiteres Mal senkte sich ihre Stimme zu ominösem Flüstern, bis sie mit jähem Griff beide Netze ergriff und sie im nächsten Moment in das heilige Herdfeuer schleuderte, wo sie in einem Funkenfeuerwerk vergingen.

„Wahrlich“, zischte die Linde, als sei sie selbst am meisten überrascht von ihrer eigenen Prophezeiung. „Dein Weg ist nicht ohne Hoffnung, doch öffnen sich dir nur wenige Pfade. Willst du leben, so trage Sorge, dir nicht in eitlem Wahn den leichtesten zu wählen.“

Sie stieß es schnell und immer schneller hervor, bis sich ihre fisteligen Worte am Ende kreischend überschlugen.

Kaum hatte sie geendet, da richtete sie sich ächzend auf, als glitte eine ungeheure Last von ihren Schultern. Und als sei gar nichts vorgefallen, widmete sie sich wieder Didymes bunten Figuren, die während der letzten Minuten unbeachtet zu ihren Füßen gelegen hatten.

Die Herrin der Lanze

Für Didyme war der Griff nach dem ausgeschnittenen Filz wie eine Erlösung, beinahe wie eine Flucht, und auch die Linde machte keinerlei Anstalten, auf ihre Prophezeiung zurückzukommen.

Didyme hatte Mühe, sich zu konzentrieren, zu unheimlich und zu präzise hatte die Schamanin ihre Ängste und ihren Hass beschrieben. Als sie nun ihre bunten Fragmente aufs Neue zu allerlei Tieren zusammenfügte und langsam deutlich wurde, dass es sich um die Bilder kämpfender Tiere handelte, da murmelte die Magierin unerwartet Beifall, deutete jedoch sehr schnell mit merklicher Missbilligung auf die bunten Muskelstränge der Tiere, die Didyme nach persischer Art in Form runder und geschwungener Ornamente akzentuiert hatte.

„Ich sehe“, knurrte die Linde, „dass du mit der verderbten Kunst der Perser wohl vertraut bist, und auch mit ihrer Art, die heilige Tierwelt darzustellen. Aber auch das scheint mir ein Frevel. Nur die Kunst der Massageten ist der Tiere würdig!“

„Und wie würdest du den Tieren Gestalt verleihen?“

„So!“, fistelte die Linde triumphierend, riss den Ärmel ihrer Jacke nach oben und öffnete Didymes konsternierten Augen den Blick auf ganze Herden tätowierter Tiere, die sich den Arm der Linde hinaufzogen. So zerbrochen die Fingernägel der Magierin auch sein mochten, so jung und fest schimmerte ihre tätowierte Haut. Tatsächlich zählte die Schamanin wohl wenig mehr als dreißig Jahre, auch wenn die düstere Glut ihrer Augen ein höheres Alter suggerierte.

Beinahe andächtig strich die Linde nun über die blauschwarzen Tiergestalten, als begrüße sie jede einzelne voller Freude und Freundschaft. Tatsächlich war kein einziges dieser Tierbilder in jenem persischen Stil gehalten, den Didyme ganz unwillkürlich für ihre Tierkampfgruppen gewählt hatte. Vor allem die für achämenidische Kunst so charakteristischen Muskelzeichnungen suchte man hier vergebens. Kein Zweifel, hier artikulierte sich eine Kunst, die jedem fremden Einfluss abhold war. Und dass es sich um wahre Meisterschaft handelte, das war angesichts der eleganten Kompositionen unübersehbar. Didyme war selbst Künstlerin genug, um die überlegene Könnerschaft uneingeschränkt zu bestaunen. Das war phantastisch, das war eine neue Welt! Zum ersten Mal begriff sie die tief verwurzelte Ablehnung, die die Linde ihren achämenidischen Tiergestalten entgegenbrachte.

Ihre Faszination war der Schamanin nicht entgangen, und so streckte ihr die Magierin geradezu herausfordernd den Arm entgegen, ja, sie erhob sich, um sich nun gleich noch die Jacke herunterzureißen. Das kam so unerwartet, dass Didyme unwillkürlich ein wenig auf Abstand ging, zumal dieser Anblick für ihr griechisches Auge doch allzu fremdartig wirkte, hatte sich doch die Linde nicht nur den Arm, sondern auch große Teile ihres Oberkörpers tätowieren lassen. Ein wandelndes Kompendium skythischen Tierstils!

Nach dem ersten Schreck überwand Didymes künstlerische Neugier schon bald ihre instinktive Zurückhaltung. Didyme selbst hatte ihre Tiere meist im Profil gezeichnet, streng von der Seite gesehen. Doch diese Tätowierungen fühlten sich ganz anderen Normen verpflichtet. Da krümmten und drehten sich Tiger wie richtige Katzen im Sprung, die Hinterbeine nach unten, die Vorderpranken jedoch von unten unter die Kehlen ihrer Beutetiere gestemmt. Und auch für die Opfer hatten die Tätowierer eine ähnliche Form gefunden – meisterlich. Es war, als bewegten sich die Kämpfenden frei im Raum, ohne jede Bindung an ihren Hintergrund.

Und während Didyme noch voller Faszination die Kompositionen bewunderte, dämmerte ihr plötzlich, dass sie Ähnliches schon einmal gesehen hatte. Nicht bei Skythes und seinem Sattelzeug, sondern in einem Augenblick höchster Erregung, als Alketas die Hinterlassenschaften ihrer Großmutter aus dem Boden grub.

Ihre Großmutter musste Meister dieses Stils gekannt haben und auch Künstler, die sich wie ihre Enkelin der persischen Reichskunst verpflichtet gefühlt hatten. Der Gedanke an ihre Großmutter währte jedoch nur kurz, denn schon im nächsten Augenblick nahm ihr Gegenüber wieder ihre ganze Aufmerksamkeit in Anspruch.

Fasziniert von den Figuren, hatte Didyme bisher den Körper der Schamanin kaum wahrgenommen, sah nun aber genauer hin. In der Tat war deren Brust weit entfernt von der eines Mannes, auch wenn die winzigen Hügel noch deutlich kleiner waren als Didymes Busen. Zudem waren ihre Brustwarzen winzig, ganz unähnlich Didymes Knospen, die sich sanft aus dunklen Höfen wölbten. Didyme fragte sich unwillkürlich, ob diese Brüste wohl ebenso viel an Lust zu bieten hatten, wie Didyme sie unter den Händen ihrer Freundin Nacht für Nacht genoss. Würde die Königin solch einen Körper überhaupt berühren, ein Wesen das so unübersehbar zwischen Mann und Frau stand?

„Das ist Religion und das ist nichts!“, riss sie die Linde aus ihren eher weltlichen Gedanken. Und damit stieß sie Didymes Arbeit verächtlich zur Seite. „Das ist widernatürlich, auch wenn sich immer mehr meines Volkes zu diesem Tand bekennen, um mit diesem Schund ihre Pferde zu schmücken.“

Die offene Feindschaft der Magierin gegenüber allem Fremden manifestierte sich auch hier geradezu überdeutlich, und Didyme war mehr als erleichtert, dass sie jetzt einem lauten Ruf von Thalestris Folge leisten durfte, die sie aus der Jurte rief.

Als sie aus dem Zelt eilte, da saß die Königin im Sattel, ein lediges Handpferd am Zügel. Beides waren Hengste, die einander unruhig beäugten.

Sowohl das Pferd der Königin wie auch ihr Handpferd waren kostbar aufgezäumt, nicht weniger als der Hengst von Skythes. Auch das überreiche Zaumzeug war aus Holz geschnitzt, goldplattiert und mit ledernen Riemen aneinandergeknüpft.

Die königlichen Pferde trugen phantastische Tiermasken, die ihre Köpfe weitgehend verdeckten. Thalestris hatte für ihren Hengst jenen Hirschkopfputz gewählt, den Didyme seit Tagen in der Jurte bewundert hatte. Der Hirschkopf mit seinem gewaltigen Geweih verzierte direkt oberhalb der Pferdeaugen die Stirn des Rosses und umhüllte seine Ohren.

Der Schmuck des Handpferdes war einfacher, obwohl auch dieses Tier höchst aufwändig gesattelt war.

Beide Hengste schienen Didyme riesig. Bisher hatte sie angenommen, dass nur Thalestris ein so stattliches Tier reite, doch nun war ihr klar, dass die Amazonen eine ganze Reihe solch gewaltiger Pferde züchteten. Im Vergleich zu diesem Pferdegiganten, deren Rückenlinie höher lag als Didymes Scheitel, waren die Pferde des Perserreiches eher Zwerge, die einem normal gewachsenen Manne unter dem angewinkelten Unterarm durchlaufen konnten, so wie Didyme es auch auf dem Orakelteppich dargestellt hatte.

Thalestris deutete auf das ledige Tier. „Du erzähltest mir, du könntest reiten. Also los!"

Sie warf ihr die Zügel zu und Didyme sank das Herz buchstäblich in die Skythenhose. Selbstverständlich konnte sie reiten, besser sogar als die meisten in ihrer einstigen Familie, aber sie war eben persische Pferde gewöhnt, nein, persische Pferdchen. Doch es gab keinen Ausweg. Endlich, beim dritten Versuch, gelang es ihr schließlich in den Sattel zu klettern, spöttisch beobachtet von einigen Amazonen, die ihre Heiterkeit ganz ungeniert zur Schau stellten, bis Thalestris sich ärgerlich umdrehte.

„Springt ihr erst über eine Stadtmauer, dann lacht weiter!"

Das Gekicher verstummte abrupt.

Schließlich war es Samura, die sich doch zu einer kritischen Bemerkung durchrang. „Wie kann die Königin ausgerechnet einer Dienerin ein Pferd ihrer Schwester anbieten?"

Die Königin streifte die Sprecherin mit unwilligem Blick. „Ob Phandake Einwände hätte, das vermag nur ich zu entscheiden. Deine Sache ist es ganz sicher nicht!"

Samura trat missmutig zurück in die Reihe der Gefährtinnen. Während die anderen eher amüsiert reagierten, schien sie aufs höchste erbittert. Didyme seufzte unwillkürlich. Anscheinend war es ihr Schicksal, sich hier im Amazonenlager stets und überall Feinde zu machen.

Einmal im Sattel, ließ sich die Angelegenheit glücklicherweise weit besser an, zumal der geradezu aberwitzig große Hengst bestens ausgebildet war. Die beiden ungleichen Reiterinnen strebten bald hinaus in die Ebene, passierten die letzten Wachen und hielten erst inne, als das Lager nicht mehr auszumachen war. Während des gesamten Rittes fühlte sich Didyme allerdings wie ein hässliches Entlein neben einem stolzen Schwan und fragte sich, ob Thalestris wohl ähnliche Gedanken hegte. Nach einem letzten Rundblick saß die Königin ab, zwei Lanzen in der Hand, und winkte Didyme, ein Gleiches zu tun.

Der Sprung vom Rücken ihres Pferdes war auch nicht gerade ohne, doch Didyme bewältigte ihn immerhin ohne Probleme und fühlte sich nun doch bemüßigt, eine Entschuldigung vorzutragen. „Es ..., es tut mir leid, dass ich nicht besser reite. Ich ...“

„Du reitest wie eine Städterin, also entschuldige dich nicht! Wahrscheinlich ist es schon ein Wunder, dass deine Mutter dich überhaupt reiten lehrte.“

Ihre Mutter und reiten? Didyme konnte einen kleinen Auflacher nicht unterdrücken. „Also, eigentlich war's mein Vater!“

Da spielte doch tatsächlich ein amüsierter Schimmer um die Augen der Fürstin. „Typisch Mann! Das erklärt allerdings deine bescheidenen Fertigkeiten. Wahrscheinlich konnte dein Vater selbst nicht reiten. Nun komm!“

Ehe Didyme reagieren konnte, zielte sie mit der Lanze auf Didyme und schleuderte ihr die Waffe entgegen. Didyme warf sich in letzter Sekunde zur Seite, doch als der Speer wenige Meter entfernt im Gras landete, da begriff sie schlagartig, dass die Freundin nicht etwa versucht hatte, sie zu treffen, sondern ihr nur eine Lanze zugeworfen hatte.

Didyme taumelte gerade auf ihre Füße, da stand die Königin auch schon vor ihr und drückte ihr beide Lanzen in die Hände. Didyme ließ sie fallen, als seien sie glühend. Die schrecklichen Bilder vom Sklavenmarkt drängten wie von selbst wieder in den Vordergrund, und sie hatte Mühe, das Zittern ihrer Finger zu unterdrücken.

Thalestris winkte tadelnd. „Sie beißen dich nicht, es sind nur Speere.“

Ein Glück, dass Thalestris nicht genauer nachfragte. Didyme beeilte sich, die beiden Wurfgeschosse aufzuheben und sie genau zu betrachten, auch wenn sie nicht die geringste Ahnung hatte, was sie damit anstellen sollte. Die Lanzen reichten Didyme bis zum Scheitel, waren überraschend leicht und trugen lange schlanke Spitzen aus blinkendem Metall. Tödliche Waffen, ganz ähnlich den Geschossen, die dem Leben ihres Vaters ein Ende gesetzt hatten. Bei einer war um die Schaftmitte eine Lederschlaufe geknüpft, die andere war blank. Didyme hatte Mühe, all die grässlichen Erinnerungen zu verdrängen und sich auf Thalestris zu konzentrieren.

„Die blanke Lanze schleuderst du, die zweite trägst du mit der Schlaufe am Handgelenk und verwendest sie zum Lanzenfechten, doch ist es auch möglich, sie mit Hilfe der Schlinge weiter zu werfen als ihre blanke Schwester. Bist du Rechtshänderin?“

Didyme starrte sie mit großen Augen an. Verstand sie das richtig? Ihre Herrin wollte ihr an diesem einsamen Ort eine Lektion im Lanzenfechten erteilen?

Thalestris taxierte sie mit nachdenklich verengten Augen, als frage sie sich mittlerweile, ob es nicht angeraten sei, ihr verrücktes Vorhaben aufzugeben. Währenddessen drehte Didyme die Geschosse verlegen hin und her.

Doch schließlich nickte die Königin, als sei sie zu einem Entschluss gekommen. „Ich sehe schon, Waffen sind dir nicht übermäßig sympathisch, aber wenn du wirklich frei sein willst, dann lernst du besser, mit Waffen umzugehen, sie dir zu eigen zu machen, sie als Freunde zu betrachten, denn sie, und nur sie, werden die Garanten deiner Freiheit sein. Freiheit bedeutet nicht, vor der Sklaverei zu fliehen, Freiheit heißt, für seine Unabhängigkeit zu kämpfen und auch zu sterben, falls es sich nicht vermeiden lässt. Denn jeder Tod ist ehrenvoller als der Sklavenmarkt. Wahre Freiheit bedeutet, frei zu sein aus eigener Kraft, ein Ziel zu besitzen. Freiheit und Flucht, das hat nichts miteinander gemein. Wir Amazonen sind nicht geflohen aus einer Männerwelt, wir haben uns entschieden anders zu leben – das ist unser Ziel und dafür würden wir jederzeit sterben."

Als sie endete, kam Didyme zu Bewusstsein, dass sie während dieser ganzen langen Rede den Atem angehalten hatte. Seit jenem überwältigenden Augenblick, in dem sie begriffen hatte, dass diese herkulische Kriegerin ihr ernsthaft die Freiheit anbot, falls sie bereit war, dafür zu kämpfen.

„Nun sieh her!", mahnte Thalestris, „so bewegt man die Lanze am Arm."

Die Waffe tanzte virtuos um ihr Handgelenk, ja, sie schien geradezu ein Teil der Amazone. In diesem Augenblicke hätte Didyme nicht einmal sagen können, wer lebendiger war, die Waffe oder die Frau.

„Du ..., du liebst diese Lanzen!" Didyme stieß es hervor, als könne sie es selbst kaum glauben. Ein Lächeln huschte über das Gesicht ihrer Herrin.

„Nun ja, mein Volk ist berühmt für seine Bogenschützen, wir sind bekannt für das Talent, in schnellem Galopp mit dem kurzen Skythenbogen nach hinten zu schießen, sobald wir den Feind dazu verführt haben, uns auf unserer scheinbaren Flucht zu verfolgen. Der Bogen ist eine wunderbare Waffe, aber ich lebe auf, sobald ich eine Lanze führe."

Der Speer wirbelte virtuos um ihren Körper. „Wenn ich einst sterbe, dann sehe ich mich immer mit der Lanze in der Hand. Ja, ich denke, das wäre würdig."

Dann zog sie einen mit Stroh gefüllten Tierbalg vom Pferd, um ihn in einiger Entfernung abzulegen. „Versuche einmal, diesen Balg zu treffen!"

Wohl zu beider Überraschung kam Didyme schon beim ersten Versuch dem Ziel durchaus nahe. Schließlich hatte sie bereits als Kind mit allerlei Steinen und Stöcken um sich geworfen.

„Versprich mir, dass du trainieren wirst!"

Didyme nickte reichlich verwirrt, und Thalestris zeigte ihr sogleich, wie man die Lanze mit der Schlaufe dirigierte und mit der Waffe grüßte. „Das sind nur die ersten Bewegungen, mit denen du einen Kampf eröffnest.

Sobald dich jemand angreifen will, zeigst du ihm auf diese Weise, dass du deine Lanze kontrollierst. Dann weiß er, dass ihm ein Kampf bevorsteht, und somit bietest du ihm die Gelegenheit, sich die Sache noch einmal zu überlegen. Wirkst du jedoch bei deiner Eröffnung schwerfällig oder gar ängstlich, dann erkennt dein Gegenspieler, dass er leichtes Spiel haben wird, und du bist so gut wie verloren. Also sind deine ersten Bewegungen auch die wichtigsten, vor allem, wenn es gilt, einen Kampf zu vermeiden. So, und nun versuche es selbst."

In der Tat war es gar nicht so schwierig, vor allem, da die Lederschlaufe die Waffe an ihrem Handgelenk fixierte. Didyme ließ die Lanze kreisen, wobei sie sich redlich bemühte, ihre Lehrerin zu imitieren, wenn auch mit höchst mäßigem Erfolg, zumal sie immer noch Mühe hatte, eine Lanze im Flug zu ergreifen.

„Phandake hat ihren Speer beim ersten Mal auch nicht gefangen", beruhigte die Königin mit halbem Lächeln, und Didyme lächelte schüchtern zurück: „Dieser Fehler ist dir sicher nie unterlaufen?"

Die Königin nickte mit funkelndem Blick. „Ich habe nie eine Lanze verpasst. Du fragst dich wahrscheinlich, warum wir Schwestern sind und dennoch so verschieden aussehen? Nun, wir stammen von verschiedenen Vätern, die wir jedoch nie getroffen haben."

„Und eure Mutter hat euch nie von euren Vätern erzählt?", erkundigte sich Didyme entgeistert.

Thalestris zuckte bedauernd die Achseln. „Wir haben unsere Mutter kaum gekannt. Aufgewachsen sind wir im Zelt unserer Amme, einer wunderbaren Frau, die uns alles beibrachte, was wir wissen mussten."

„Eine Amme, ein Vormund?"

„So halten wir es unter uns Hirschen. Der Vormund der künftigen Königin, das ist so ziemlich die ehrenvollste Aufgabe unter der Sonne. Zwar bleibt dieser Frau die Königswürde verwehrt, doch sonst gleicht ihr niemand an Rang und Ansehen. Solange sie die heranwachsende Königin beschützt, ist ihr Wort stets Gesetz. Sogar als sie damals Phandake überging und mir die Königswürde zuerkannte, wagte niemand den geringsten Widerspruch."

„Aber Phandake ist doch die ältere?"

„So ist es. Und dennoch hat ein jeder anstandslos akzeptiert, dass sie zurücktreten müsse, als unsere Amme auf dem Sterbebett ihre letzte Entscheidung traf."

Nun verstand Didyme die Abneigung zwischen den Schwestern. „Und wie wird man zum Vormund einer künftigen Königin?"

„Die sterbende Fürstin übergibt ihr Kind einer Amme, und diese wird zum Vormund. Wer auch immer mit dem blutigen Kind in den Kreis der

Hirsche tritt, er ist unantastbar. ... Aber vergiss deine Lanze nicht, versuch es noch einmal!“

Didyme tat ihr Bestes, und Thalestris nickte nicht ohne Anerkennung, auch wenn ihre zierliche Schülerin in keiner Weise an ihr Vorbild heranreichte. Dennoch demonstrierte sie ihr sogleich die nächste Übung, zeigte ihr, wie man einem Angreifer mit dem Lanzenschuh, dem hinteren, metallbewehrten Ende des Schaftes, zwischen die Beine schlug, um ihn zu Fall zu bringen.

Sie ließ nicht locker, bis ihre Schülerin wenigstens die ersten Grundlagen verinnerlicht hatte.

Tatsächlich ging alles schon bald weit geschmeidiger vonstatten, und die Königin spitzte für einen Augenblick die Lippen, wie es so ihre Art war, wenn etwas ihren Beifall fand. Zumindest glaubte Didyme, diese Eigenart mittlerweile richtig zu interpretieren – auch wenn Thalestris ein wenig mitleidig den Kopf schüttelte. „Du besitzt zwar nicht mehr Kraft als ein Baby, aber du bewegst dich zumindest wie eine Frau. Manchmal.“

Didyme fragte sich insgeheim, ob sie nicht eher ein Baby sein wollte, falls ihr das eine Trainingspause eintrug, bestand Thalestris doch unerbittlich auf einer steten Wiederholung aller Übungen.

„Weißt du eigentlich, dass man die Lanze als *die* Waffe Alexanders betrachtet?“, forschte die Königin unvermittelt mit funkelndem Blick.

Didyme riss die Augen auf, der Themenwechsel kam doch allzu unvermittelt.

„Ich denke, ich schicke dich bald zu ihm.“

Didyme war so bestürzt, dass ihr die Waffe trotz der Schlinge aus der Hand flog, und zwar zu allem Unglück direkt auf Thalestris zu, doch fing die Freundin das Unglücksgeschoss mit einem so blitzartigen Reflex, dass Didyme kaum mit den Augen folgen konnte.

Thalestris drehte den Speer, so dass er in Sekundenschnelle vor Didymes Nase wieder erstarrte. Sie fand kaum Zeit, zurückzuzucken.

Thalestris spitzte die vollen Lippen. „Ich bin eine Königin, ich kann mir Alexanders Zurückweisung nicht leisten. Du musst für mich vorfühlen.“

Sie schien nicht den geringsten Zweifel zu hegen, dass Didyme ihrer Anweisung Folge leisten würde. Diese absolute Zuversicht war beinahe noch einschüchternder als die physische Stärke dieser Heroine.

„Aber ..., aber, der Mann ist doch nur ein Schlächter, ein Massenmörder ...“, doch Thalestris winkte nur ab.

„Offenbar war er das nicht immer. Eine Abteilung meiner Amazonen traf ihn vor einiger Zeit im persischen Nisa, sie standen damals in Diensten eines persischen Satrapen. Um sich bei Alexander lieb Kind zu machen, diente der Schuft ihm meine Gefährtinnen an. Leicht zu durchschauen, worum es eigentlich ging.“ Plötzlich glitzerte unverhohlener Grimm in den großen Augen.

„Und Alexander?“, drängte Didyme.

„Nun, er sandte sie nach Hause, wahrscheinlich, weil er irrtümlich glaubte, er könne nicht für ihre Sicherheit garantieren.“ Sie lachte rau. „Seine Makedonen hätten sich samt und sonders gewundert! Aber dennoch werte ich dies als ein Zeichen von Respekt, und wir Amazonen erhalten nicht allzu viel davon.“

„Ihr ..., Ihr erhaltet keinen Respekt?“ Die Vorstellung, man könnte einer Thalestris die Achtung verweigern, schien Didyme unmöglich.

Doch die Freundin winkte nur nachlässig. „Männer fürchten uns, weil sie uns einerseits bewundern, und weil sie andererseits ganz tief in ihren lächerlichen Seelen ihre eigenen Frauen verachten, so wie du einen Hund verachtest, der sich demütig vor dir im Dreck wälzt, eine hündische Seele, die letztlich nur danach giert, gestreichelt oder gefüttert zu werden.“

„Aber dann müsste euch die Männerwelt doch geradezu verehren!“

Die Freundin lachte beinahe heiter. „Du hast kaum Ahnung von Männern, nicht wahr? Nun, ich gebe zu, auch mir fehlt da ein wenig die praktische Erfahrung, zumindest in einigen Bereichen. Wahrscheinlich hast du gar nicht Unrecht. Insgeheim beten sie uns an, aber wenn sich ihre Frauen so selbstständig wie Amazonen verhielten, dann hätten sie Mühe, sich mit ihnen zu messen. Und das würde ihren kleinen Männerseelen nicht gut tun.“

Nach diesem Satz packte Thalestris überraschend zu und riss Didyme förmlich zu sich heran. „Deshalb hassen sie uns, werfen uns vor, dass wir angeblich gegen eine göttliche Weltordnung verstoßen.“

Sie lachte bitter auf. Didyme fielen mit einem Mal die Reden ihres Vaters ein, über die sie nie wirklich nachgedacht hatte. „Das stimmt! Sogar mein Volk spricht von der Hybris der Amazonen.“

„Hybris? Was meinst du damit?“

„Die Hybris ..., das ist die Überheblichkeit eines Menschen, mit der er sich über göttliche Gebote hinwegsetzt.“

Die Fürstin funkelte sie an, wechselte dann aber selbst das Thema. „Sprechen wir von Alexander. Vor wenigen Jahren, vielleicht sogar vor wenigen Monaten, da war er noch vor allem ein Krieger, und wenn ich etwas verstehe, ganz tief hier drinnen“, sie drückte die Hand auf die Brust, „dann ist es die Seele eines Kriegers. Ich möchte, dass meine Tochter einen Krieger zum Vater hat, selbst wenn ich ihr später erklären muss, wie er zum Schlächter mutierte.“

Didyme senkte den Kopf, sah sie doch wieder die Bilder ihrer brennenden Heimat vor sich.

„Fang!“, schrie die Amazone in diesem Moment.

Im nächsten Augenblick flog Didyme die Waffe entgegen, und diesmal fing sie sie mit einer Geschicklichkeit, die sie selbst überraschte.

„Nicht schlecht!“, lobte Thalestris. „Also, was willst du sein, Sklavin oder Amazone?“ Sie winkte ab. „Du musst dich gar nicht erklären, ich stelle ohnehin fest, ob du mit der Lanze übst. Doch wie auch immer, in einer Woche brichst du auf.“

Der charmante Mörder

Als die skythische Delegation einige Tage später Alexanders Heerlager vor Alexandria Eschate erreichte, da war Didyme aufs Neue überwältigt von den schier endlosen Truppenmassen, die sie zu Pferd diesmal noch viel besser in Augenschein nehmen konnte.

Die Reiterinnen trabten durch die pöbelnde Menge, dicht aneinandergedrängt, wie eine Herde von Rotwild, stets bereit, die Flucht zu ergreifen. Obwohl sie niemand wirklich bedrohte, schienen die Amazonen doch stets nach allen Seiten zu sichern, als erwarteten sie jeden Augenblick den entscheidenden Angriff.

Vielleicht stellten sich auch ihre Begleiterinnen unwillkürlich die bange Frage, wer sich hier in Asien auf Dauer diesem waffenstarrenden Monster in den Weg werfen könnte. Allerdings hatten unter den Amazonen während der letzten Tage mancherlei Gerüchte die Runde gemacht, dass einige Abteilungen der Alexanderarmee sogdischen oder baktrischen Aufständischen zum Opfer gefallen sein sollten. Und es war ein offenes Geheimnis, dass diese Freiheitskämpfer massiv von massagetischen Verbänden unterstützt wurden. Es war also beileibe kein Wunder, dass der Amazonenschar, die aufgrund ihrer Kleidung unschwer als Massageten kenntlich war, hier im Lager finstere Blicke folgten, und dass sich so manche Hand in unmissverständlicher Geste um einen Schwertgriff legte, als Didyme unmittelbar hinter Phandake eine endlose Zeltgasse hinunterritt.

Didymes Begleiterinnen hatten anscheinend kaum einen Blick für all die blitzenden Panzer, Lanzen und Helmbüsche sowie die allerorts über den Einheiten in den Himmel ragenden Feldzeichen. Hier waren Völkerschaften versammelt, von denen Didyme noch niemals gehört hatte, und sie alle waren erschienen, um ihre Welt zu vernichten.

Angst und Hass drückten ihr beinahe das Herz ab, als sie sich klarmachte, in welchem Ausmaß sich die Götter gegen sie verschworen haben mussten. Und dabei war sie sich nur allzu sicher, dass man in Branchidai Apollon stets in hohen Ehren gehalten hatte, und dass man auch in all den anderen Städten der sogdischen oder baktrischen Provinzen es niemals an der nötigen Ehrfurcht vor den Göttern hatte fehlen lassen. Dennoch heftete sich das Glück allein an Alexanders Waffen, eine himmelschreiende Ungerechtigkeit angesichts der Leichenberge, die seine Armee im „Land der tausend Städte“ hinterlassen hatte.

Didyme begann sich zu fragen, ob die Zweifel an den Göttern, die ihre Freundin neulich recht unverhohlen artikuliert hatte, nicht doch berechtigt waren. Zumal es Didyme bisher auch nicht überzeugend gelungen war, ihre Tiervisionen mit einer Götterwelt in Verbindung zu bringen. Wenn die Götter nicht für Recht und Ordnung sorgten, wenn ihr Handeln rein willkürlich sein sollte, was nützte es dann, sie anzubeten? Und vor allem, welche sittlichen Normen vertraten sie eigentlich, wenn sie sich einem solchen Vernichtungsfeldzug gegenüber ganz gleichgültig verhielten? Stand diese Armee tatsächlich mehr in der Gunst eines Apolls als Branchidai?

Didyme spürte, dass ungeachtet all dieser gewaltigen Machtentfaltung eine nervöse Unrast über diesen Truppenmassen lag, eine Nervosität, die selbst sie als Fremde bemerkte. Dafür bedurfte es gar nicht all dieser feindseligen Blicke.

Hier und da registrierte Didyme auch eine obszöne Geste, doch war sie sich ziemlich sicher, dass die Ankömmlinge für die überwiegende Mehrzahl der hier versammelten Truppen nichts anderes waren als Skythen oder Massageten. Dass es sich um Frauen handelte, das begriffen wahrscheinlich nur die wenigsten.

Ob Phandake, Samura und all ihren Begleiterinnen ähnliche Gedanken durch den Kopf gingen, das entzog sich Didymes Beobachtung, zumal die Amazonen sichtlich darauf bedacht waren, sich nicht durch Emotionen zu verraten. Allerdings bemerkte Didyme hier und da durchaus eine Amazonenhand, die sich fester als nötig um einen Lanzenschaft krampfte. Dies tröstete sie, denn auch sie klammerte sich an ihre beiden Speere, allerdings ohne viel Hoffnung, sich im Ernstfall tatsächlich verteidigen zu können. Auch wenn sie während der letzten Tage jede freie Minute in der Jurte der Königin zum Lanzentraining genutzt hatte.

Dennoch löste der Gedanke an eine vielleicht notwendige Verteidigung bei Didyme nicht die größten Ängste aus. Vielmehr zitterte sie bereits jetzt angesichts der Vorstellung, dass sie gleich vor diesen Alexander treten sollte, der sich noch vor wenigen Tagen am Tode ihrer Eltern und an der Vernichtung ihrer Heimatstadt ergötzt hatte. Der Gedanke drückte ihr beinahe das Herz ab.

Schließlich öffnete sich die Lagergasse und entließ die Amazonen auf einen weiten Platz, der an der gegenüberliegenden Seite von hohen, goldglänzenden Zelten begrenzt wurde, während zur Linken wie zur Rechten makedonische Gardetruppen aufmarschiert waren, und zwar gleich zu Hunderten. Zur Linken paradierten Kämpfer mit silberglänzenden Rundschilden von beinahe zwei Ellen Durchmesser, während zur Rechten Truppen standen, deren abnorm hohe Lanzen Didymes ganze Aufmerksamkeit fesselten. Auch sie trugen Schilde, doch waren sie weit kleiner, weniger gewölbt und am Rande mit einer Serie von Halbkreisen geschmückt, in deren Zentrum kleine Sterne sichtbar wurden. Diese Speere waren sicher die Sarissen, mit denen die makedonischen Fußtruppen im Kampf in dichter Formation einen Lanzenwald vor sich her trugen, um im Anprall alles niederzuwalzen, was sich ihnen in den Weg stellte.

Die Silberschilde zur Linken gehörten fraglos zu den Agyraspiden, einer der Kerntruppen der makedonischen Infanterie. Das alles schien Didyme merkwürdigerweise bestens vertraut, obwohl sie doch von ihrem ersten Besuch in diesem Lager nicht mehr im Gedächtnis bewahrt hatte als das Bild einer wogenden, brüllenden See, deren Brecher unbarmherzig über ihr zusammenschlugen. Doch jetzt, in skythischer Tracht und in Begleitung der Amazonen, gelang es ihr durchaus, die Umgebung deutlich wahrzunehmen.

Kaum parierten sie ihre Pferde, da eilten bereits Pagen hinzu, um sich ihrer Rosse anzunehmen, auch wenn Phandake unmissverständlich klarmachte, dass die Tiere vor dem Zelt bleiben müssten. Die jungen Pagen, keiner älter als fünfzehn, zögerten sichtlich, doch näherte sich sofort ein hünenhafter Kämpfer mit blondem Haar, der respektvoll mit Ptolemaios angesprochen wurde. Der regelte die Angelegenheit mit kurzer Geste und zu allgemeiner Zufriedenheit – die Pferde durften bleiben.

Augenblicke später führte man Phandake, Samura und Didyme nebst zwei weiteren Amazonen in das weißgoldene Feldherrenzelt, das reich mit gestickten Tierfiguren in achämenidischem Stil geschmückt war – ein griechischer Herrscher, der in einem persisch anmutenden Königszelt residierte! Didyme war irritiert. Doch ehe sie darüber nachdenken konnte, winkte man sie auch schon ins Innere.

Didyme fühlte sich, als wage sie sich in die Höhle eines Ungeheuers, das sein Reich nur geöffnet hatte, um die Ankömmlinge besser verschlingen zu können.

Sie verbeugte sich unwillkürlich vor dem nach persischer Sitte thronenden König, der sie im Kreise seiner engsten Leibwächter empfing, der Somatophylakes. Wie ihr König waren auch sie schon zu Legenden geworden, sieben an der Zahl, darunter auch dieser Ptolemaios.

Erst in letzter Sekunde merkte Didyme, dass ihre Begleiterinnen unbewegt stehen blieben, und richtete sich wieder auf. Auch wenn alle ihre

Waffen am Eingang abgelegt hatten, so hefteten die Massagetinnen ihre Blicke dennoch stolz und furchtlos auf den Eroberer und seine Wachen.

Alexander machte einen überaus angegriffenen Eindruck, kein Wunder, war er doch offensichtlich am Hals verletzt und dick verbunden. Offenbar bereitete es ihm große Mühe, sich deutlich zu artikulieren, und so winkte er bereits nach einem ersten Versuch Ptolemaios. Dieser beugte sich über ihn, um Alexanders Worte laut zu wiederholen.

Didyme hatte immer noch etwas Schwierigkeiten, dieses für sie ungewohnte Griechisch zu verstehen. Wäre sie nicht so nervös gewesen, dann hätte sie sich natürlich innerlich längst darauf vorbereitet. Dass sich die Sprache in Hellas im Laufe vieler Generationen verändert haben musste, das hatte immerhin ihr Vater schon nach seinen Verhandlungen mit den Emissären Alexanders angedeutet.

Infolge der einigermaßen umständlichen Begrüßung erhielt Didyme ausreichend Zeit, Alexander etwas genauer in Augenschein zu nehmen. Tatsächlich wirkte er unglaublich jung, auch wenn die Entbehrungen der letzten Zeit in dem sicherlich sonst so frischen Antlitz unübersehbare Spuren hinterlassen hatten. Dennoch, jung und schmächtig, das war ihr erster Eindruck. Hätte sie es nicht besser gewusst, niemals hätte sie vermutet, dass dieser zierliche Blondschopf mit seinem harmlos rötlichen Antlitz an der Spitze seiner Truppen das Achämenidenreich zertrümmert hatte und sich jetzt anschickte, über die alten Grenzen der persischen Einflusssphäre nach Norden vorzustoßen.

Ungeachtet seines persischen Zeltes und seines achämenidischen Thrones war der König ganz griechisch gewandet, nur seine Füße ruhten nach orientalischer Sitte auf einer Fußbank.

Phandake entbot unterdessen einen Gruß in massagetischer Sprache, den Didyme ins Griechische übersetzte, wobei Phandake zunächst nur erläuterte, sie kämen mit einer sehr persönlichen Botschaft ihrer Königin, so dass sie um ein Gespräch unter vier Augen ersuche.

Alexander reagierte etwas überrascht. Allerdings konnte er trotz seiner offensichtlich elenden Verfassung eine gewisse Neugierde nicht verhehlen, zumal ihm natürlich bewusst war, dass hier keine Skythen, sondern Amazonen vor ihm standen. Vor allem schien ihn die griechisch sprechende Didyme in ihrer Skythentracht und ihrer spitzen Mütze zu interessieren. Offenbar bereitete es ihm auch keinerlei Probleme, ihrem Griechisch zu folgen, ja, Didyme gewann sogar den Eindruck, dass sich die Mienen der Leibwächter angesichts ihrer annähernd fließenden Übersetzung zunehmend aufhellten.

Und so winkte Alexander nach kurzer Überlegung und einigen missbilligenden Gesten seiner Leibwächter alle anderen aus dem Zelt, auch wenn durchaus klar wurde, dass die letzten Leibwächter dem Befehl erst Folge leisten würden, sobald auch alle Amazonen außer Phandake und Didyme das Zelt verlassen hätten.

Als Phandake unverwandt neben Didyme stehen blieb, da winkte sie der König näher, und fragte mit leiser, beinahe wispernder Stimme. „Sagtest du nicht unter vier Augen?"

Phandake nickte widerwillig, und Alexander konzentrierte sich auf Didyme. „Du sprichst die Sprache der Hellenen und kennst die Botschaft deiner Königin?"

Didyme musste zweimal ansetzen, ehe sie einen anständigen Satz über die Lippen brachte, doch Alexander nickte nur und winkte die verblüffte Phandake ebenfalls hinaus. Natürlich blieb er nicht völlig schutzlos zurück, postierten sich doch die sieben Somatophylakes direkt unter dem Eingang des Zeltes, während Alexander Didyme ganz arglos noch etwas näher winkte. Angst schien er nicht zu kennen.

Als Didyme schließlich zu ihm trat, fragte sie sich unwillkürlich, ob er in seinem Zustand überhaupt in der Lage war, sich zur Wehr zu setzen. Kein Zweifel, der harte hölzerne Thron musste eine Tortour für ihn sein, zudem schwitzte er stark und fieberte ganz offensichtlich.

Ungeachtet ihres Abscheus vermochte Didyme einen Anflug von Bewunderung nicht zu unterdrücken, war doch das Selbstvertrauen dieses Mannes selbst durch eine Verwundung nicht zu erschüttern. Und er war tatsächlich schwer verletzt, wie Didyme nun aus der Nähe erkannte. Also stimmten die Gerüchte, dass ihm erst jüngst ein Pfeilschuss den Hals durchbohrt hatte.

Zu ihrer Überraschung nickte ihr der König vertraulich zu, erhob sich dann ein wenig mühsam und zog sich zu einer Kline zurück, die schräg hinter dem Thron stand. Auch wenn es ihm merklich Mühe bereitete, sich auf den Beinen zu halten, so kam doch kein Schmerzenslaut über seine Lippen, auch nicht, als er sich unter leisem Aufatmen auf die Kline streckte. Die luxuriösen Polster waren für einen Verwundeten sicher weit bequemer als der vergoldete Thron.

Auch wenn sie sich innerlich dagegen wehrte, auf Didyme wirkte dieser junge Herrscher im Grunde alles andere als barbarisch. Im Gegenteil, sein Verhalten war beinahe heroisch, sie fand einfach kein besseres Wort.

„Komm näher", winkte Alexander, als sie befangen stehen blieb. „Meine Stimme lässt mich heute im Stich. Meinen Namen kennst du bereits, doch deine Gefährtinnen zogen es vor, mir den deinen zu verschweigen."

Sie wollte unter allen Umständen vermeiden, hier als Griechin erkannt zu werden und wählte wieder den Namen Parysatis, unter dem sie sich auch Thalestris vorgestellt hatte.

„Ein schöner Name", nickte er. „Und er passt zu dir, auch wenn du es vorziehst, dein Haar unter einer Mütze zu verbergen. Ich nehme an, ihr seid hier nicht allzu freundlich empfangen worden. Deine Königin ist sich doch bewusst, dass die ständige Präsenz massagetischer Kavallerie auf dem Nordufer des Jaxartes eine Provokation meiner Soldaten darstellt?“

Didyme wand sich etwas, ehe sie am Ende doch eine diplomatische Formulierung fand. „Ich werde die Worte des Königs weiterleiten, doch ist dies nicht das Anliegen meiner Fürstin.“

Zwar war sie auf diesen Augenblick vorbereitet, hatte aber immer noch allergrößte Hemmungen, ihr absurdes Anliegen vorzutragen.

Sie zögerte, woraufhin Alexander sie aufs schärfste taxierte. Offenbar interpretierte er ihr Verhalten ganz anders und witterte Gefahr. Er griff nach einem Dolch, der unter dem Kopfkissen seiner Kline hervorblitzte und öffnete auch schon die Lippen, um seine Wachen zu alarmieren. Doch endlich gelang es Didyme, einen halbwegs klaren Satz herauszubringen. „Meine Königin Thalestris lässt anfragen, ob ..., ob du dir eine Verbindung mit ihr vorstellen könntest.“ – Endlich war es heraus!

Didyme atmete tief durch, auch wenn sie bisher nur den kleinsten Teil des Weges zurückgelegt hatte. Alexander runzelte zwar noch immer die Stirn, doch entspannte er sich immerhin. Instinktiv erkannte er, dass ihm von diesem eher verschüchterten Mädchen keine unmittelbare Gefahr drohte. „Deine Fürstin bietet mir ein Bündnis an?“, fasste er nach.

Jetzt gab es kein Zurück mehr, jetzt galt es, Farbe zu bekennen. Doch wie?

In ihrer Verunsicherung, die sie leider keineswegs verlor, benahm sie sich noch immer höchst verdächtig, der König besaß aber offensichtlich genug Menschenkenntnis, um die ungewöhnliche Situation einzuordnen.

Alexander hob fragend die Brauen. Didyme räusperte sich unbehaglich. „Nun, nicht direkt ein Bündnis. Thalestris erwägt, obwohl sie noch sehr jung und schön ist, ihre ..., ihre Familie zu vergrößern.“

Anscheinend bereitete Alexander dieser umständliche Satz einige Mühe, oder er hatte doch größere Schwierigkeiten mit ihrem altertümlichen Griechisch.

„Ich bin nicht sicher, ob wir uns richtig verstehen. Woher stammt eigentlich dein Griechisch? Diesen Dialekt vernahm ich noch nie. Warst du überhaupt jemals in Griechenland oder in meiner Heimat Makedonien?“

Didyme atmete auf, betrat sie doch weniger peinliches Terrain. „Meine Familie kannte einen griechischen Arzt mit Namen Ktesias, der einst am Hof der Achämeniden weilte, vor zwei Generationen. Ich lernte Griechisch von einem seiner persischen Schüler. Ich ...“

Alexander zuckte hoch. Ptolemaios sprang sofort mit zwei Kameraden ins Zelt, doch hob der König begütigend die Hand. Ja, er entschärfte die

Situation, indem er Ptolemaios einige Erläuterungen zuflüsterte. „Hört euch das an“, krächzte er, „diese junge Massagetin hier, sie ist sozusagen eine Schülerin des Ktesias, des berühmten Arztes. Bring mir die Schriften des Ktesias.“

Während sich die Somatophylakes erleichtert entfernten und aufs Neue ihre Posten unter dem Eingang bezogen, reichte Alexander Didyme ein Stück ägyptischen Papyrus. „Schreib mir etwas in Griechisch, oder kannst du nicht schreiben?“

Allein das ungewöhnliche und teure Material hätte schon ihre Aufmerksamkeit verdient, doch in dieser Lage griff Didyme nur ungern nach Tinte und Rohrfeder. Auch wenn sie es nicht wusste, sie gebrauchte noch immer das alte, archaische Alphabet.

Er war so fasziniert, dass er sogar seine Hinfälligkeit vergaß.

Jetzt kehrte Ptolemaios mit einem ganzen Stapel von Schriftrollen zurück, fraglos die Schriften des Ktesias. Der Leibwächter wirkte sichtlich erleichtert, die beiden in so trautem Gespräch vorzufinden.

„Unglaublich“, staunte Alexander. „Ein Ktesias hätte eigentlich schon ein moderneres Griechisch sprechen müssen, zumindest schrieb er in modernerem Griechisch. Das Griechisch unserer jungen Botschafterin mutet hingegen schon beinahe homerisch an, wüsste ich es nicht besser. Ich hätte geschworen, dass sie aus Ionien stammt.“

Didyme hatte alle Mühe, ein Zusammenzucken zu verbergen, lag doch die mythische Vaterstadt ihrer Ahnen tatsächlich in dieser Landschaft. Der König wusste Gott sei Dank nicht, wie richtig seine Schlussfolgerung war.

Doch Alexander fuhr schon fort. „Ktesias berichtete damals von ganzen Amazonenarmeen, von Zehntausenden von Kämpferinnen. Ich habe das stets als Legende verworfen, doch jetzt steht eine Abgesandte der Amazonen vor mir, die noch dazu ihr Griechisch von Ktesias erlernte. Absolut unglaublich. Nimm dir einen Hocker und setz dich!“

Didyme griff sich verlegen einen silbernen, vierbeinigen Hocker, während der junge König schon eifrig in den Schriftrollen nach Amazonengeschichten suchte. Dabei fragte er schließlich ganz beiläufig und ohne auch nur eine Sekunde aufzublicken. „Trifft es eigentlich zu, dass ihr Amazonen alle männlichen Kinder aussetzt? Ich will dich nicht beleidigen, aber das ist ein Mythos, den in meiner Welt nahezu jedes Kind erlernt, doch weiß niemand zu sagen, ob dies auch tatsächlich wahr ist.“

Didyme hustete. „Es könnte durchaus sein, dass sich der König vom Gegenteil überzeugen kann. Meine Fürstin bietet dir an, ...“

Alexander lächelte geringschätzig. „Und das ist tatsächlich alles, was du vorzubringen hast?“ Der junge König wirkte mit einem Mal gelangweilt, ja ernstlich enttäuscht.

Didyme wusste nicht, wohin sie ihre Blicke richten sollte, gewann sie doch den Eindruck, dass sie nicht ernst genommen wurde, schien ihr Gastgeber doch mehr an ihren Griechischkenntnissen denn an ihrem Auftrag interessiert zu sein.

Eigentlich müsste ihr das gefallen, war doch auf diese Weise Thalestris mit ihrem absurden Ansinnen schon so gut wie gescheitert. Also galt es jetzt nur noch, das Gespräch angemessen zu beenden, dann konnte sie diesen Schlächter verlassen, einfach gehen.

Und dennoch fühlte sie, dass sie diesen Stich in ihr ohnehin stark geschwächtes Selbstvertrauen nicht einfach hinnehmen könne. Gab es überhaupt jemanden, der sie ernst nahm? Wieder spürte sie diese unterschwellige Wut, auch wenn sie nicht einmal im Traum daran denken konnte, sie auszuleben. Aber es nagte an ihr ...

Ihr Gastgeber winkte nachlässig, doch seine Stimme ließ an Sarkasmus nichts zu wünschen übrig. „Deine skythischen Landsleute haben mir erst neulich die Hand einer Massagetenprinzessin angeboten. Absurd, ich könnte Frauen sammeln wie andere Leute Jagdtrophäen. Sag deiner Königin, dass ich bereits diese Prinzessin zurückweisen musste. Ein Vertrag ist ein Vertrag, und eine Heirat eine Heirat, und beides weiß ich wohl zu trennen. Ich weiß nicht, warum alle Welt der Ansicht ist, durch die Abtretung einer Frau könne man politisch bei mir etwas erreichen. Man hat mir sogar Knaben angeboten, lächerlich, dieser Philoxenos ...!"

Didyme beobachtete ihn beklommen und unter demütig gesenkten Wimpern. Sein Ärger schien so echt, dass es sie kalt überlief, hatte sie ihn doch anscheinend mit ihrem Ansinnen zutiefst beleidigt.

„Kennst du eigentlich Philoxenos?", unterbrach er sich.

Er funkelte sie an, und aus seinen fieberglänzenden Augen erreichte sie plötzlich ein so stechender Blick, der zumindest erahnen ließ, welche Energien in diesem so geschwächten Körper schlummern mochten.

„Du kennst ihn nicht, natürlich nicht", beantwortete er selbst seine eigene Frage. „Der Kerl offerierte mir doch tatsächlich zwei Lustknaben, widerliche Geschöpfe! Kannst du verstehen, wie mir jemand einen derart beleidigenden Vorschlag unterbreiten kann?"

Didyme schüttelte wohlweislich den Kopf, unwillkürlich aber dachte sie an Branchidai und an einen jungen Mann, der im Grunde diesem Alexander gar nicht so unähnlich gewesen war, auch wenn er dunkle Haare besessen hatte. Dessen Vorliebe für Knaben war mit der Zeit so unerträglich geworden, dass man ihn der Stadt verwiesen hatte. Kein Wunder, dass jemand auf den Gedanken verfallen war, Alexander auf diese Weise zu bestechen.

„Einfach lächerlich!", zischte der König abschließend, und Didyme fuhr erneut die Furcht in die Glieder.

„Glaubt deine Königin tatsächlich, man könnte mich mit Aphrodites Hilfe bestechen? Ist sie eine Hure?“ Er fuchtelte ungehalten mit der Hand. „Falls ich eine Frau benötige, dann suche ich sie mir, und es wird definitiv niemand sein, der sich vor mir auf dem Boden wälzt. Ich habe noch nie aus politischen Gründen geheiratet. Wenn ich erobern will, dann siege ich in der Schlacht!“

Dies alles brach so heftig aus ihm heraus, dass die schockierte Didyme kaum einer Regung fähig war. Doch tief in ihrem Innern wuchs ihre Entrüstung. Wie konnte es jemand wagen, Thalestris als Hure zu beschimpfen? Sie hätte diesem Mörder an die Kehle springen sollen, ihn packen ...

Alexander winkte ärgerlich. „Also sag deiner Königin, auf diesem Wege würde sie bei mir nicht das Geringste erreichen und auch du hättest gut daran getan, mir einfach frank und frei das eigentliche Anliegen deiner Königin zu unterbreiten.“

Jedes Wort war ein Angriff auf Thalestris. Allein der Gedanke, dass jemand ihre Freundin mit einem Menschen verwechseln könnte, der Lust gegen Politik tauschte, allein dies war schon widerwärtig. Der Zorn begann ihre Angst zu überdecken, ja, sie war mittlerweile so aufgewühlt, dass ihr das Blut in den Kopf stieg. In ihrer Wut überwand sie jede Hemmung, doch war sie bereits so außer sich, dass sie anfangs kein Wort hervorbrachte, obwohl sie mehrfach ansetzte.

Alexander musterte sie verächtlich. „Du benimmst dich wie eine Frau und nicht wie eine Amazone! Ich wünschte, ich würde endlich eine richtige Amazone kennenlernen.“

Es war so niederschmetternd, dass sie ausgerechnet erst ein Alexander ermahnen musste. „Thalestris ..., Thalestris ist nicht so!“, würgte sie schließlich hervor. „Ich ..., ich ...!“ Wieder versiegelte ihr die Wut die Kehle.

Da weiteten sich die Augen ihres Gastgebers in jäher Erkenntnis.

„Gütiger Zeus! Deine Königin meint ihr Angebot ernst!“, und leichtes Erstaunen färbte seine Stimme. „Du hast gar kein anderes Anliegen vorzubringen, oder?“

Didyme setzte vergeblich zu einer Antwort an.

Er nickte erst langsam, dann immer heftiger. „Deine Königin ist eine Amazone, natürlich! Sie will nicht heiraten, sie möchte nur ein Kind von mir.“ Mit einem Mal war sein Zorn wie weggewischt, und Didyme fühlte sich immens erleichtert ob dieses unerwarteten Stimmungsumschwungs, auch wenn sie sich für ihre Hasenfüßigkeit schämte.

Alexander setzte aufs Neue an, doch eilte in diesem Moment ein verschwitzter Bote herein. Es musste dringend sein, wenn man es wagte, die Audienz so formlos zu stören. Der Mann beugte sich zu Alexanders Ohr, war aber offensichtlich so erregt, dass Didyme einige Sätze aufschnappte.

Offenbar hatten die Aufständischen unter Spitamenes mit Hilfe von massagetischen Kontingenten nicht weniger als zweitausend Makedonen vernichtet. Didyme bemühte sich nach Kräften um eine unbeteiligte Miene, auch wenn alles in ihr triumphierte. Zweitausend tote Makedonen – ein Geschenk der Götter!

Der König zuckte indes mit keiner Miene und winkte nur leicht mit der Hand, um den Boten zu entlassen. Augenblicke später waren sie schon wieder allein, und nun zeigte sich, dass Alexander den Gesprächsfaden keine Sekunde verloren hatte, ja, es schien, als habe Didymes Anliegen in seinen Augen plötzlich ein anderes Gewicht.

„Ihr Massageten kämpft tapfer", murmelte er in widerwilliger Anerkennung. „Deine Königin erstrebt also keinen politischen Vorteil, keinen Handel?"

Das klang immer noch ein wenig ungläubig, dass Didyme die Kraft fand, sich stolz aufzurichten. „Meine Königin wünscht nichts dergleichen. Wenn sie Vorteile suchen würde, hätte sie keine Mühe, sie auf dem Schlachtfeld durchzusetzen. Sie nähert sich dir von König zu König, nicht als Frau ..."

Erst während der letzten Worte mäßigte sie erschrocken ihren hochfahrenden Ton, doch zu ihrer Verblüffung musterte sie der König nun mit deutlicher Anerkennung.

„Ah, jetzt blitzt sie doch hervor, die echte Amazone! Und ich dachte schon, du hättest sie so gut versteckt, dass man sie gar nicht hervorlocken könne. Nun gut, ich fürchte, ich bin Frauen von der Art deiner Königin nicht gewöhnt. Es lag nicht in meiner Absicht, eine Kriegerin zu kränken. Wirst du ihr das ausrichten, von Krieger zu Krieger?"

Didyme nickte benommen, und ihr wurde überraschend klar, dass dieser Mann mutige Frauen schätzte, ja, sie als ebenbürtig anerkannte, wenn sie ihr Wesen nicht verleugneten. Vielleicht hatte Thalestris mit ihrer Wahl am Ende doch nicht so falsch gelegen, auch wenn er im Grunde nur ein Schlächter war.

Alexander spitzte die Lippen, seine Geste ähnelte in bestürzender Weise der Mimik ihrer Freundin. „Und du?", fuhr er scharfblickend fort, „du bist gar nicht begeistert vom Plan deiner Königin, nicht wahr?"

Didyme stand stocksteif.

„Ja, man kann in der Tat eine Menge dazu sagen und sich noch mehr denken, schließlich sind unsere Völker im Krieg, oder zumindest beinahe."

Er fuhr mit der Zunge über seine trockenen Lippen. Sie waren aufgesprungen und an einer Stelle sickerte gar Blut hervor. Keine Frage, ihr Gastgeber hatte hohes Fieber. Didyme bemerkte, wie sein Blick zu einer silbernen Wasserschale glitt, und sie eilte nach kurzem Zögern hinüber, um ihm ein feuchtes Tuch zu reichen.

Der König blickte auf ihre Hand und dann in ihre Augen. Fraglos spürte er ihre unterschwellige Furcht, auch wenn sie sich bemühte, seinem Blick nach Kräften standzuhalten.

„Du bist Teil einer Gesandtschaft", murmelte er und nahm das Tuch aus ihren Fingern. „Du bist sakrosankt, so wie deine Gefährtinnen. Ihr habt absolut nichts zu befürchten, mein Wort darauf."

Didyme hätte sich gerne entspannt, aber sie schaffte es einfach nicht.

Er wischte sich unterdessen über die Stirn und legte das Tuch neben sich auf die Kline. „Nun gut, kommen wir zurück zu deinem Auftrag."

Mittlerweile hatte er skurrilerweise alle Mühe, eine aufkommende Verlegenheit, wie auch eine gewisse Heiterkeit zu unterdrücken. „Nur dass wir uns richtig verstehen, du bist tatsächlich erschienen, um mir eine kurzzeitige Liaison anzutragen?" Er flüsterte seine Frage geradezu im Verschwörerton, und Didyme fragte sich, ob er seine Stimme nicht noch zusätzlich dämpfte.

Sie wusste nicht, wohin sie schauen sollte und meinte zu spüren, dass es ihrem Gegenüber ähnlich ging. Immerhin hatte er es leichter als sie, seine Verlegenheit zu verbergen, bei dieser ohnehin fiebrig-rötlichen Gesichtsfarbe.

Schließlich räusperte er sich. „Gesetzt den Fall, dass aus dieser Verbindung ein Sohn hervorginge, würde deine Königin ihn dann töten oder aussetzen?"

Didyme wehrte heftig ab. „Thalestris sichert dir zu, einen Knaben unversehrt zurückzusenden."

„Ah, ja. Und wenn wir eine Tochter hätten, dann würde sie Königin der Amazonen?"

Didyme nickte, brachte aber kein Wort heraus.

Wieder huschte dieses halbe Lächeln über sein erschöpftes Antlitz, und als er weitersprach, galten seine Worte wohl mehr ihm selbst. „Das hätte schon was ..." Dann räusperte er sich angelegentlich, ehe er ein wenig lauter fortfuhr. „Ich fürchte, ich bin im Augenblick nicht in der Verfassung ..."

Didyme atmete unwillkürlich auf. „Ich ..., ich werde meiner Fürstin übermitteln, dass ihr königlicher Vetter verwundet ist."

Doch Alexander hob die Hand, offenbar empfand er seinen eigenen Rückzug bereits als deplatziert. So schob er eine Erklärung nach. „Außerdem musst du verstehen, ich kenne deine Königin nicht. Dareios, mein Vorgänger auf dem Thron der Achämeniden, war mit der schönsten Frau Asiens verheiratet ..."

Der unterschwellige Zweifel, Thalestris könne eventuell nicht schön genug sein, brachte Didyme ganz wider Willen in Rage, was den König auf bemerkenswerte Weise von seiner Befangenheit erlöste. Zumindest schmunzelte er wesentlich befreiter, angesichts der Heftigkeit, mit der sie sich in die Schlacht stürzte.

„Ich hoffe, der König will nicht andeuten, dass meine Fürstin der Gattin des Dareios in irgendeiner Weise nachstehen könnte!"

Didymes überraschendes Aufbrausen erheiterte ihren Gastgeber, doch schaffte er es, einigermaßen ernst zu bleiben. „Das scheint mir wahrlich eine gewagte Antwort. Hast du Stateira, die Gattin des Dareios, je gesehen?"

„Und es ist auch leicht zu behaupten, da Thalestris nicht anwesend ist!" Didyme war direkt stolz auf das leichte Grollen ihrer Stimme.

Der König wurde plötzlich ernst. „Diesen Wettstreit wird es nicht mehr geben. Stateira starb bei der Geburt eines Kindes. Aber ich sehe mit Freude, dass selbst Amazonen stolz darauf sind, einer schönen Königin zu dienen. Ich gebe zu, das ist eine Variante der Amazonenlegende, auf die ich bisher wenig Aufmerksamkeit verschwendete."

Wieder überzog dieser Anflug von Ironie sein Gesicht, der Didyme das Blut in den Adern pochen ließ. „Wenn du sie sehen könntest ...?" Sie wusste selbst nicht, weshalb sie sich eigentlich so aufregte. Schließlich lief doch alles weit besser als erhofft, zumindest für sie. Dieser junge Massenmörder erwog doch gar nicht, sich um Thalestris zu bemühen. Ja, er war ein Schlächter! Didyme war geradezu bestürzt, dass sie sich dies gewaltsam in Erinnerung rufen musste, aber dieser Mann entsprach so gar nicht dem Bild, das sich in den letzten Wochen in ihre Seele gebrannt hatte.

Immerhin begriff der König, dass er offensichtlich auf dem besten Wege war, eine Fürstin zu beleidigen, und so bot er Didyme einen Kompromiss an, einen überaus diplomatischen noch dazu. „Ich bedanke mich für das überaus schmeichelhafte Angebot. Es ist deiner Königin allerdings nicht zuzumuten, dass sie ohne eine vorausgehende Absprache zwischen uns beiden den weiten Weg in mein Heerlager auf sich nimmt. Ich würde also vorschlagen, dass wir zunächst nur Bilder voneinander austauschen. Ich werde dir ein Porträt von mir übergeben, das einer meiner besten Künstler gestaltet hat, vielleicht ein Gemälde von Aetion ..."

In anderer Lage hätte Didyme wahrscheinlich schallend gelacht, war es doch ganz offensichtlich, dass der König beabsichtigte, sich auf diese Weise höchst elegant aus der Affäre zu ziehen. Schließlich musste er davon ausgehen, dass es einer Amazonenkönigin gänzlich unmöglich sein würde, sich ihrerseits ein Porträtgemälde anfertigen zu lassen. So hoffte er offenbar, einem diplomatischen Affront vorzubeugen. Didyme verstand ihn sehr wohl, war aber immer noch gefangen in diesem merkwürdigen Zwiespalt der Gefühle. Sie wusste selbst nicht warum, aber irgendwie war es ihr wichtig, diesen so sympathisch wirkenden Mörder auf seiner goldenen Kline zu verunsichern, ihn aus der Reserve zu locken.

Und als sie ihm jetzt antwortete, da lauschte sie ihren eigenen Worten, als stammten sie von einer Fremden. Unwillkürlich fragte sie sich, ob sie nicht am Ende gerade dabei war, den Verstand zu verlieren. Was sagte sie da gerade? „Thalestris hat es nicht nötig, sich ein Gemälde anfertigen zu lassen, dein Schild dort drüben und ein Stück Kreide genügen völlig."

Alexander musterte sie mit großen Augen. Didyme deutete auf einen griechischen Rundschild, der mit den anderen Waffen des Königs an einem Pfahle aufgehängt war. Der immer neugieriger werdende Alexander winkte jetzt tatsächlich seinen Wachen. „Ein Stück Kreide für unseren Gast."

Leider versagte seine Stimme ungeachtet seines Lächelns, und so eilte ein Page herein, der sich erst über seinen König beugen musste, um die Order aufzunehmen, doch dann war er schnell wie der Blitz mit einem Stück Kreide zurück.

Didyme nahm sie und skizzierte im Inneren des Schildes nun mit wenigen Strichen ein Porträt von Thalestris. Nur mit Mühe gelang es ihr dann, den schweren Schild mit einem beinahe düster blickenden Antlitz von Thalestris vor den liegenden König zu heben. Das Porträt war wohl gelungen, und Alexander hob unwillkürlich die Brauen. „Beim Zeus, eine wahre Gorgo!"

Didyme konnte ihre Überraschung nicht verhehlen. Seltsam, als sie Thalestris zum ersten Mal so richtig in die Augen blickte, da hatte sich ihr die gleiche Assoziation aufgedrängt, waren doch die Gorgonen in den Erzählungen ihrer Eltern ein Geschlecht schrecklicher Frauen, bei deren Anblick ein jeder schlagartig versteinerte. Dass sie Thalestris mit einer Gorgo in Verbindung brachte, das lag auf dem Sklavenmarkt vielleicht noch nahe, doch dass dieser junge König beim Anblick ihrer Herrin nun Ähnliches empfand, bestürzte sie geradezu.

Unterdessen näherte sich ein weiterer Page und brachte eine Holztafel von etwa anderthalb Ellen Höhe. Es war ein Bildnis des Königs, Aphrodite an seiner Seite. Die nahezu nackte Göttin war die erste lebenswirkliche Darstellung Aphrodites und zugleich auch der allererste Frauenakt, den Didyme je zu Gesicht bekam. Auch wenn sie unwillkürlich zurückschrak angesichts dieser moralischen Ungeheuerlichkeit, so bewunderte sie doch insgeheim die Meisterschaft der kleinen Pinax, konnte sich aber dennoch eine spitze Frage nicht ganz verkneifen. „Ist es in deinem Königreich üblich, den König mit nackten Frauen darzustellen?"

Jetzt errötete ihr Gastgeber doch ein wenig, blieb ihr aber keine Erklärung schuldig. „Die nackte Frau ist Aphrodite, die Göttin der Liebe, die von unsern Künstlern erst in diesen Tagen zum ersten Mal nackt dargestellt wurde und die ..."

„Auf jeden Fall ist sie nicht so schön wie Thalestris!“, platzte sie heraus. „Das Gemälde ist zwar fabelhaft, aber diese Aphrodite ...“ Sie wusste nicht, wie sie es erklären sollte, deshalb griff sie sich in ihrem Eifer einen zweiten Schild und warf mit wenigen Strichen eine Körperstudie ihrer Fürstin in das Rund, das Thalestris zumindest leicht bekleidet porträtierte, so, wie sie es auch auf dem Gemälde des Aetion gesehen hatte.

Dabei kauerte Didyme mit dem auf dem Boden liegenden Schild vor der Kline des Königs, der in seiner Neugier beinahe den Halt verloren hätte. Als Didyme schließlich den Schild in sein Gesichtsfeld schob, konnte er einen anerkennenden Pfiff nicht unterdrücken, der allerdings die Leibwächter am Eingang des Zeltes besorgt aufhorchen ließ.

Alexander winkte Ptolemaios hastig zurück, stand der Somatophylax doch schon halb im Zelt.

Doch dann nahm er sich Zeit, Didymes Skizze ausgiebig zu bewundern. „Mein Gott, Mädchen“, murmelte er. „Was verschwendest du dein Talent in einem Skythenzelt? Wahrlich, du scheinst mir bestens vertraut mit deiner Königin!“

Erst jetzt kam Didyme so richtig zu Bewusstsein, dass sie in ihrem Ärger ziemlich weit gegangen war. Immerhin, sie hatte den König nachdenklich gestimmt. Er wollte jetzt offenbar seine Berater rufen, erhob sich dann aber, nachdem er den Blick noch einmal auf die Zeichnungen gerichtet hatte, mit äußerster Mühe, um vor das Zelt zu treten. Didyme hörte sogar das Knirschen seiner Zähne, als er an ihr vorüber schritt. Er musste ungewöhnliche Schmerzen empfinden.

Wahrscheinlich legte er keinen Wert darauf, unbefugten Augen einen Blick auf die Schilde zu gestatten. Von draußen erreichten sie hektisches Flüstern und auch lautere Stimmen, ohne dass sie jedoch etwas verstehen konnte. Als sich Alexander schließlich wieder auf die Kline streckte, verkündete er seine Entscheidung. Didyme begriff schon nach seinen ersten Worten, dass sie mit ihren Zeichnungen so ziemlich das Gegenteil von dem erreicht hatte, was sie eigentlich beabsichtigte.

Der König räusperte sich nicht ohne einen Anflug von Selbstironie. „Wir werden hier noch einige Tage lagern, und ich denke, dass es sinnvoll wäre, wenn ich mit deiner Königin in Kontakt bliebe. Ich erwarte sie also hier im Lager und garantiere ihr und ihrem Gefolge sicheres Geleit. Meine Freunde werden Sorge tragen, dass auch du und deine Delegation morgen gesund und sicher den Heimweg finden.“

Damit winkte er verabschiedend und nickte dabei mit einer Leutseligkeit, für die Didyme ihn am liebsten erwürgt hätte.

Aristandros

Nach Einbruch der Dunkelheit lagerten Didyme und die anderen in der Nähe des Feldherrenzeltes. Das war wohl weit weniger als vertrauensbildende Maßnahme gedacht denn als Schutz, war sich ihr Gastgeber doch seiner Truppen offenkundig nicht so ganz sicher.

Zur allgemeinen Überraschung hatte man den Amazonen gestattet, ihre Waffen zu tragen, obwohl das Königszelt keine hundert Schritt entfernt lag. Allerdings wurde das prächtige Gezelt schwer bewacht, so dass ohnehin niemand eine realistische Chance besaß, bis zu Alexander vorzudringen. Zudem verbrachte der junge König trotz seiner Verletzung einen gut Teil der Nacht im Kreise seiner Freunde, vielleicht war er sogar nach dem so unerwarteten Angebot von Thalestris in solcher Hochstimmung, dass er seine körperlichen Gebrechen ignorierte.

Didyme spähte jedenfalls immer wieder zum Zelt hinüber und beobachtete den Lichtschein, der durch das kostbare Leinen schimmerte. Sie wusste beim besten Willen nicht, was sie denken und noch viel weniger, was sie fühlen sollte. Wenn sie ehrlich war, dann hatte sie sich einen Massenmörder völlig anders vorgestellt und auch seine hünenhaften Leibwächter machten im Grunde keinen barbarischen Eindruck. Von diesem Ptolemaios hatte sie vorhin sogar ein Lächeln geerntet, eine durchaus offene Anerkennung für eine Verhandlung, die er wohl als überaus gelungen bewertete. Didyme war sich allerdings sicher, dass Alexander über ihr tatsächliches Anliegen kein Wort verloren hatte. Der Somatophylax honorierte wahrscheinlich ihren Mut zu einem offenen Gespräch.

Hatte sie Grund sich selbst Vorwürfe zu machen? Zwar hatte sie mit ihren Kreidezeichnungen das Gegenteil von dem erreicht, was sie ursprünglich beabsichtigt hatte, doch Thalestris würde zweifelsohne aufs höchste befriedigt sein. Aus der Sicht ihrer Freundin, und Didyme gefiel sich immer mehr darin, die Königin insgeheim als Freundin zu titulieren, aus der Sicht von Thalestris war in dieser Unterredung weit mehr erreicht worden, als sie je erwartet hatte. Didyme warf sich grübelnd von einer Seite auf die andere und fand keinen Schlaf. Nicht zum ersten Mal fragte sie sich, wie eine Frau nur annähernd soviel Selbstvertrauen erwerben konnte wie Thalestris. Auch in Branchidai war so manche Frau Herrscherin über ihr Haus gewesen, doch in Wahrheit hielten stets die Männer das Zepter fest in der Hand. Das weibliche Selbstvertrauen endete in der Regel an der Türschwelle und erschöpfte sich darüber hinaus in endlosen Kuppeleien, in denen man versuchte, irgendwelche Töchter für möglichst wenig Mitgift an eine andere Familie zu verschachern. Von wirklichem Selbstwertgefühl konnte bei diesen Frauen schwerlich die Rede sein, auch nicht bei ihrer Mutter.

Ohne die Begegnung mit Thalestris hätte Didyme ein solches Dasein ihrer Geschlechtsgenossinnen allerdings niemals in Frage gestellt. Und nun hatte sie feststellen müssen, dass offenbar auch ein Alexander bei Frauen die eigene Leistung schätzte. War es denkbar, dass der König einen Handel mit Thalestris nur in Erwägung zog, weil Frauen in seiner Vorstellungswelt einen höheren Stellenwert besaßen? Nach allem, was Didyme über ihn gehört hatte, konnte sie das kaum glauben – aber der König entsprach ja auch sonst in keiner Weise ihren Erwartungen.

Sie war viel zu aufgeregt, um Ruhe zu finden, und obwohl ihr morgen ein anstrengender Ritt bevorstand, erhob sie sich schließlich, um sich an einem nahen Wasserbecken zu erfrischen. Da das Becken außer Sichtweite ihrer Begleitung lag, nahm sie sicherheitshalber eine ihrer Lanzen mit.

Kaum aber beugte sie sich über das Becken, da grölte es auch schon hinter ihr. „Skythischer Hund, was besudelst du unser Wasser?"

Bevor Didyme sich blitzschnell herumdrehte, wusste sie einen Makedonen hinter sich.

„Nomadenpack, was belästigst du unseren König?"

„Rache für unsere Freunde!" Der Sprecher war angetrunken, und aus seiner Stimme sprach blanker Hass – ein Gefühl, das Didyme mittlerweile bestens vertraut war. Der Mann drang regelrecht auf sie ein, auch wenn er keine Waffe zog. Andere schlossen sich an und schnitten ihr den Rückweg zu den Gefährtinnen ab.

Sie war wieder so allein wie in Branchidai.

Mit der Lanze in der Hand floh sie eine Lagergasse hinunter, doch schon nach kurzer Zeit wurde ihr allzu schmerzlich klar, dass sie hier nirgends auf Hilfe zählen konnte. Im Gegenteil, sie wurde von allen Seiten angepöbelt, und ihre Verfolger feuerte man lauthals an. Es war allein der Dunkelheit und ihren flinken Füßen zu danken, dass man sie nicht gleich auf den ersten Metern fasste.

Schließlich riss sie sich in Deckung eines Planwagens ihre spitze Skythenmütze und ihre skythische Jacke herunter, bis sie in ihrem Hemd wie mit einem griechischen Chiton im lauen Nachtwind stand.

Blitzschnell knüllte sie ihre Kleidung zusammen und schlenderte dann ihren Verfolgern äußerlich ruhig entgegen, innerlich jedoch vor Angst schlotternd. Ihre Lanze, die zu auffällig gewesen wäre, musste sie zurücklassen. Tatsächlich ignorierten die Makedonen zuerst das blonde Mädchen, und Didyme hatte sich bereits ein gutes Stück in Richtung ihrer Begleiterinnen abgesetzt, als die Kerle Lunte rochen und ihr doch wieder hinterdreinstürmten. Ihre Rufe machten ihr deutlich, dass sie inzwischen in Didyme auch eine Frau erkannt hatten. Eine Skythenfrau! Sie konnte sich ausmalen, was man mit ihr anstellen würde, sollte sie ihren Verfolgern tatsächlich in die Hände fallen.

Sie rannte so schnell sie nur konnte, doch die Schufte waren schon viel zu nah. Selbst in ihren Visionen auf der Ebene von Pazyryk war sie nicht annähernd so in Panik, doch war es ausgerechnet die Erinnerung an ihre letzten Visionen, die sie schließlich dazu brachte, sich in höchster Not ihren Verfolgern zu stellen.

Sie riss eine Lanze aus einem Stapel der überall bereitliegenden Waffen und sprang ihrem ärgsten Bedränger mit weitem Satze entgegen. Sie konnte nur hoffen, dass er ihre Angst nicht ebenso roch wie sie seinen widerwärtigen Schweiß. Kaum fasste sie wieder Fuß, ließ sie die Lanze um ihr Handgelenk wirbeln, so wie es Thalestris gelehrt hatte. Im Dunkel der Nacht und im Flackerlicht der Lagerfeuer mutete ihre Aktion wahrscheinlich weit professioneller an, als sie es letztlich war.

Auf jeden Fall stoppten die Makedonen abrupt und fixierten die Lanze, ja, sie zögerten instinktiv. In der Finsternis bemerkte anscheinend niemand, dass dem Opfer der blanke Schweiß auf der Stirn stand. Für einen vagen Moment wähnte Didyme sogar so etwas wie Respekt in einigen Gesichtern zu erkennen.

Dem Makedonen, der ihr am nächsten stand, war besonders unbehaglich zumute, und er wandte keinen Blick von ihrer Lanzenspitze. Im Grunde war es genauso, wie Thalestris es ihr erklärt hatte. Die Kerle fürchteten sich keineswegs, schließlich hatten sie den Orient erobert. Aber sich hier in der nächtlichen Lagergasse womöglich einen Stich einzufangen, das mochte bedeuten, dass man zusammen mit anderen Verwundeten in dieser neuen Stadt am Jaxartes zurückgelassen wurde, sobald die Armee ihren großen Marsch gen Osten wieder aufnahm. Und lebte man erst einmal in einer solchen Stadtgründung Alexanders, dann wurde von einem auch erwartet, dass man hier in Asien ansässig blieb und das implizierte unter Umständen, Hellas niemals wiederzusehen. Aber lag sie auch richtig? Erriet sie tatsächlich die Gedanken dieser angetrunkenen Soldateska? Auf jeden Fall glaubte Didyme so etwas wie aufkeimende Vorsicht zu wittern, keine wirkliche Angst, nur ein Abwägen. Vielleicht fürchtete man mittlerweile auch Alexanders Zorn.

Sogar das anfeuernde Johlen war längst verstummt. Der Spaß war vorbei, falls es sich überhaupt je um Spaß gehandelt haben sollte. Jetzt ging es um die Frage: Kampf odcr nicht Kampf.

Es herrschte angespannte Ruhe, und nur ihre schlanke Lanze stand noch zwischen ihr und einem schrecklichen Ende. Sie spürte kaum, wie ihr das dünne Gewand am Körper klebte und dass ihr längst der Rest ihrer Kleidung entglitten war. Alles, worauf sie sich jetzt noch konzentrierte, war der krampfhafte Versuch, nicht vor Angst mit den Zähnen zu klappern.

In diesem Moment erschien ein Offizier im makedonischen Mantel und wies die Soldaten heftig zurecht. Sie erkannte sofort, dass die Soldaten den Mann mit höchstem Respekt behandelten.

„Aristandros“, murmelte einer der Makedonen und sprach den Namen aus wie einen Fluch.

Als dieser Aristandros ins Licht eines Lagerfeuers trat, bemerkte Didyme, dass ihr neuer Verbündeter schon vom Alter gezeichnet war. Seine Stimme hatte indes nichts an Frische eingebüßt. Energisch streckte er den Arm aus. „Die Skythin ist ein Gast des Königs – habt ihr vergessen, dass Gäste in Makedonien heilig sind?“

„Aber sie ist eine Frau!“, protestierte jemand.

„Ah, tatsächlich? Und beraubt sie das ihres Gastrechts?“

Er fragte es spöttisch und voll Autorität. Die ersten Verfolger wandten sich ab, andere grummelten missmutig. Auf jeden Fall schien das Schlimmste überstanden. Ihr Retter bot sich freundlich an, Didyme auf dem Rest ihres Weges zu begleiten.

„Ich bin Aristandros aus Telmessos, der Orakelpriester“, stellte er sich vor, als er ganz zwanglos an ihre Seite trat. Er sagte es lächelnd und in einer Weise, als ginge er ganz selbstverständlich davon aus, dass eigentlich jedermann wissen müsse, wen er in diesem Aristandros eigentlich vor sich habe. Sie schritten langsam nebeneinander her, und er zögerte nicht, den Faden wieder aufzunehmen. „Du wirst es vielleicht nicht wissen, aber ich bin der Grund, weshalb du heute mit dem König sprechen durftest.“

Verwirrt musterte ihn Didyme aus den Augenwinkeln.

Aristandros lachte selbstgefällig. „Nun, mein Orakel hat den König jüngst daran gehindert, gegen dein Volk in die Schlacht zu ziehen. Um der Wahrheit die Ehre zu geben, deine Landsleute belästigen uns seit Tagen von der anderen Flussseite her. Kurz bevor eure Delegation erschien, hatte Alexander bereits Flöße bauen lassen, um das Heer zum Angriff überzusetzen.“

Didyme überlief es siedend heiß, war doch eine Schlacht zwischen Massageten und Makedonen so ziemlich der Gipfel ihrer Hoffnungen. „Was ..., was für ein Orakel?“ Sie hasste sich regelrecht für das Beben ihrer Stimme.

„Oh, ich befragte die Eingeweide eines Opfertieres nach dem Willen der Götter.“

„Und das Vorzeichen fiel unglücklich aus?“, erkundigte sie sich gebannt, „und deshalb ließ man unsere Delegation ins Lager?“

Aristandros nickte zustimmend und machte deutlich, dass die Skythen in einer ernsthaften Schlacht nur unterliegen konnten.

„Wir Massageten sind mächtig“, hielt Didyme finster dagegen, und plötzlich verspürte sie so etwas wie Stolz, einem so mächtigen Nomadenvolk anzugehören, und sei‘s auch nur als Dienerin einer Thalestris.

„Zweifellos“, er verbeugte sich verbindlich. „Aber bei allem Mut solltest du dennoch etwas mehr Vorsicht an den Tag legen. In den Köpfen dieses Heeres existieren zurzeit nur zwei Arten von Frauen: Zum einen die Huren und zum anderen die privilegierten Gattinnen der Offiziere sowie aus dem Umfeld des Königs. Alle anderen sind mehr oder weniger Freiwild, das solltest du in Zukunft bedenken.“

Mittlerweile hatten sie den Lagerplatz erreicht. Didyme holte sich aus dem Vorrat der Amazonen frische Kleidung. Sie streifte sich die spitze Skythenmütze übers Haar und fragte verächtlich über ihre Schulter: „Freiwild? In meiner Welt, bei uns Massageten, wäre das undenkbar!“

Das saß! Sie bemerkte überdeutlich, dass der Alte reichlich betreten schien. Zumindest räusperte er sich verlegen. „Darf ich deinen Namen erfahren?“

„Parysatis.“ Sie nannte auch hier ganz instinktiv den persischen Namen. Dann erkundigte sie sich vorsichtig. „Du sagtest vorhin, du seiest ein Orakelpriester. Sag an, was bringt uns die Zukunft, deinem König und uns Massageten?“

Aristandros zögerte, die Frage schien ihm höchst unwillkommen, doch rang er sich schließlich zu einer Antwort durch. „Der Wille der Götter ist nicht leicht zu entschlüsseln, doch fürchte ich, dass unseren Völkern große Mühsal bevorstehen könnte.“

Didyme kannte solche Formulierungen von ihrem Vater zur Genüge. Kein Zweifel, der Alte hatte Bedenken ob eines unglücklich ausgefallenen Orakels, das offensichtlich Alexander selbst betraf. Didymes Gedanken flogen – wenn dieser alte Mann Recht behielt, und falls er tatsächlich imstande sein sollte, in die Zukunft zu blicken, dann stand beiden Völkern tatsächlich ein Krieg ins Haus. Es hätte sich gar nicht glücklicher fügen können!

„Aber ich hoffe“, setzte Aristandros nichts ahnend hinzu, „dass alles ein gutes Ende findet.“

Also war er sich offensichtlich nicht ganz sicher. Auch ihres Vaters Orakel waren nicht immer eindeutig, signalisierten mitunter nur eine unbestimmte Gefahr. Die Götter schienen es nur allzu oft den Menschen zu überlassen, ob sie sich diesen Gefahren stellen wollten oder es vorzogen, sich ihnen zu entziehen.

Aber angenommen, es kam tatsächlich zum Krieg! Diese Möglichkeit ließ sie insgeheim beinahe jubeln, rühmten sich doch die Massageten, dass sie noch nie eine Schlacht verloren hätten, geschweige denn einen Krieg. Und Alexander war schwer verwundet. Vielleicht gab es keinen günstigeren Augenblick für die Skythen, seine Armee zu überfallen, um endlich die Schlächter von Branchidai zur Verantwortung zu ziehen. Vielleicht vollzog sich hier sogar der Wille der Götter?

All diese Gedanken schossen ihr durch den Kopf, während sie die Unterhaltung recht mechanisch fortführte. Ihre hektische Nervosität machte es ihr unmöglich, die Bedeutung seiner Worte erfasste.

Sie musste sich irgendwie ablenken, ihre zitternden Hände beruhigen, die ihre Erregung stets verrieten. Normalerweise hätte sie irgendetwas gezeichnet, eine Skizze im Staub, an einer Wand, ein Tier oder ein Gesicht ...

Ohne nachzudenken zog sie jene Kreide, die sie nach ihrer Audienz immer noch im Gürtel trug, und skizzierte auf einer der von den Amazonen auf einen Haufen abgelegten Pelten die Umrisse eines Gesichtes.

Dabei flogen ihre Gedanken förmlich. Sie musste einfach mehr über dieses Orakel erfahren und auch mehr über diesen Aristandros.

„Aber das ist ja Ptolemaios!" Der Alte war voll des Staunens, und Didyme fuhr regelrecht zusammen, war dies doch der erste Satz, dessen Bedeutung sie wieder voll erfasste. Tatsächlich, sie hatte das Gesicht dieses Leibwächters skizziert und lachte nun etwas verlegen.

„Ist die Ähnlichkeit Zufall?", forschte Aristandros überrascht, und noch während er sprach, huschte ein Lächeln über sein Gesicht. „Entschuldige, aber ich glaubte wahrhaftig, du habest Ptolemaios gezeichnet. Du erinnerst dich an ihn? Ein riesiger Mann mit blondem Haar und Hakennase. Aber nicht einmal Aetion wäre imstande, einen Menschen so genau zu treffen."

Nun, das war ein Spiel, das Didyme schon in Branchidai gespielt hatte und das immer wieder Verblüffung hervorrief. Didyme skizzierte ein weiteres Antlitz, und diesmal wählte sie die wettergegerbten Züge eines alten Makedonen, der in unmittelbarer Nähe in voller Rüstung Wache hielt.

Aristandros spitzte die Lippen zu einem lautlosen Pfiff. Das spornte Didyme zu weiteren Skizzen an, und erst während sie schon wieder zeichnete, ging ihr auf, wie sehr sie nach all den Demütigungen der letzten Wochen nach Lob und Anerkennung gierte.

„Beim Zeus, du bist ja noch besser als Apelles!"

„Wer ist dieser Apelles?"

„Oh, Apelles ist so ziemlich der bedeutendste Maler unserer Zeit und der erklärte Favorit Alexanders. Von ihm stammen einige der berühmtesten Porträts des Königs, darunter auch ein thronender Zeus mit dem Blitz in der Hand, der die Züge des Königs trägt." Kopfschüttelnd bewunderte er ihre Zeichnungen. „Also, ich muss deinem Volk Abbitte leisten – wer hätte je gedacht, dass die Skythen solche Künstler hervorbrächten?"

Noch ehe er endete, schlug er sich aber unvermittelt gegen die Stirn. „Aber nein! Jetzt erinnere ich mich. Vor vielen Generationen lebte in

Athen ein Maler, den sie Skythes nannten. Wir Griechen benennen Barbaren ..., entschuldige, ich meine Ausländer, oftmals nach dem Ort ihrer Herkunft. Dieser Skythes müsste also ebenfalls ein Mann deines Volkes gewesen sein. Zumindest stammte er aus Skythien. Finden sich unter deinen Landsleuten noch weitere Künstler wie du?"

„Ich weiß es nicht", wich Didyme aus und skizzierte das lachende Gesicht des kleinen Lykurgos, ehe sie es überhaupt begriff. Doch noch ehe sie seine Augen vollendete, tilgte sie hastig die Zeichnung. Die Erinnerung wollte einfach nicht weichen. Sie sah den Kleinen Nacht für Nacht, und das war noch quälender als der Gedanke an ihre Eltern.

Der Alte musterte sie nachdenklich, schien sich zu fragen, was den jähen Stimmungsumschwung ausgelöst haben mochte.

„Ich hörte", erkundigte sich Didyme beiläufig, „dass jüngst ganz in der Nähe eine Stadt vernichtet wurde, sie nannte sich Branchidai. Das hat mich verwundert, betrachteten sich doch meines Wissens die Einwohner als Hellenen, als Nachkommen von Griechen."

Aristandros fuhr sich verlegen durch den Bart. Ja, er schnappte regelrecht nach Luft, als fordere ihm die Antwort einiges an Anstrengungen ab. „Nicht alles, was ein König tun muss, vollbringt er voll Freude", sagte er schließlich. Didyme warf den Schild zur Seite. „Und was hat das mit Branchidai zu tun?"

Der Alte zuckte unbehaglich die Achseln. „Hattest du Freunde in der Stadt? Nun, das ist in der Tat eine recht traurige Geschichte, und sie geschah überhaupt nur, weil sich Alexander zwei Maximen verpflichtet fühlt, ob es ihm nun gefällt oder nicht. Zum einen: Er muss Rücksicht nehmen auf die Stimmung in seiner Armee. Zum anderen: Er hat sich vorgenommen, alle an Griechen begangenen Untaten zu bestrafen, sogar noch an den Nachkommen der Übeltäter."

„Aber dieses Branchidai ...!"

„Ja, für eine Skythin klingt das jetzt sicher absonderlich, und ich räume ein, es finden sich eine Menge hier im Heer, die für das Gemetzel noch weit schärfere Worte finden, doch man muss die Hintergründe kennen, um diese Katastrophe angemessen zu beurteilen."

Angemessen? Didyme musterte ihn finster. Der Alte befeuchtete sich die Lippen. „Wenn es sich im Falle von Branchidai tatsächlich um Griechen handelte, dann lebten ihre Ahnen vor sechs Generationen in Didyma, in der Nähe der großen ionischen Griechenstadt Milet. Dieses Didyma war ein berühmtes Heiligtum des Gottes Apollon. Als die Perser damals Milet unterwarfen, da verbündeten sich die Branchiden, das führende Priestergeschlecht Didymas, mit den Achämeniden. Deshalb wurden die Branchiden vom Perserkönig Xerxes nicht versklavt oder exekutiert, mussten sich aber hier in Asien ansiedeln. Die Milesier haben diesen Verrat allerdings nie vergessen, so dass die Branchiden ihre Todfeinde blieben. Als unsere milesischen Söldner von diesem Branchidai hörten, da drängten sie den König, die Stadt anzugreifen. Er willigte schließlich ein und überließ die Einwohner den Milesiern, zur Strafe für den Verrat der Ahnen und als Zeichen für die Gerechtigkeit der Götter."

Didyme hatte alle Mühe, ihre Tränen zu zügeln. „Aber dann ..., aber niemand in Branchidai hatte dieses Milet jemals erblickt und niemand war je in Griechenland!"

Aristandros nickte langsam. „Ich sehe, du hattest tatsächlich Freunde in dieser Stadt. Ich bin sicher, der König bedauert aufs heftigste, was geschehen ist."

Er erging er sich in weitläufigen Erläuterungen, erklärte, dass es für griechische Städte leider völlig normal sei, miteinander im Krieg zu liegen. So ginge das bereits seit Menschengedenken. Der Angriff auf dieses seltsame Branchidai schien ihm daher nicht weiter verwunderlich. Ganz unumwunden gab er zu, dass es Alexander und seinem Vater Philippos aufgrund solcher Feindschaften auch relativ leicht gefallen sei, das tief zerstrittene Griechenland zu überwältigen. Alexander selbst stamme aus einem griechischen Königreich im Norden.

Didyme hörte schließlich kaum noch hin, sah wieder den Kopf des kleinen Lykurgos über den Boden rollen. „Es wird die Toten freuen, das zu hören", murmelte sie.

Aristandros erhob sich mit sichtlichem Unbehagen. „Es ist schon spät, und, ehrlich gesagt, meine Augen brennen ziemlich vom Rauch der Fackeln. Wie wäre es, wenn wir den Tag beenden und ich dir morgen unsere neue Stadt zeige? Ich meine, falls ihr morgen noch hier im Lager verweilt."

Didyme schlug sofort ein, war das doch die beste Gelegenheit, mehr über Aristandros und seine Prophezeiung zu erfahren, auch wenn sie sich nicht sicher war, ob ihre Begleiterinnen einen weiteren Tag im Lager bleiben wollten.

Das Volk der Hirsche

Als Aristandros mit Didyme am nächsten Morgen die Stadtmauern von Alexandria Eschate erreichte, da passierten sie den mächtigen Altar, neben dem man jüngst den Sklavenmarkt abgehalten hatte. Noch immer stieg von dem Altar ein feiner Rauchfaden in den Himmel, ein untrügliches Zeichen für unablässige Brandopfer.

Didyme sah sich aufmerksam um und hatte Mühe, sich nicht anmerken zu lassen, dass sie schon einmal hier gewesen war. Wäre da nicht ihre Skythentracht und die Lanze in ihrer Hand gewesen, sie hätte es an diesem Ort wahrscheinlich gar nicht ausgehalten. Doch so gelang es ihr tatsächlich, sich mit ostentativem Staunen umzublicken, während Aristandros mit lebhaften Gesten von der Gründung und der nur drei Wochen währenden Bauzeit der neuen Stadt berichtete.

„Und hier an diesem Altar opferte Alexander nach der Einweihung dem großen Gott Dionysos."

„Aber weshalb? Dieser Dionysos ist doch der Gott des Weines, oder nicht? Ist es eigentlich wahr, dass der König so viel Wein zu sich nimmt?"

Der Alte räusperte sich, das Thema war ihm offenkundig unangenehm. „Nun, hier ging es nicht um Wein. Der Gott unternahm vor Hunderten von Generationen bereits einen legendären Feldzug nach Indien, Dionysos ist also ebenfalls ein Eroberer Asiens. Der König huldigte mit dem Opfer seinem göttlichen Vorgänger. Doch sag, woher wusstest du, dass Dionysos ein Gott des Weines ist?"

„Ich lernte es in Branchidai", murmelte Didyme, und Aristandros zog ein wenig die Schultern zusammen, um dann hastig das Thema zu wechseln. Ja, er drängte Didyme geradezu mit Feuereifer durch eines der aus Lehmziegeln errichteten Tore und deutete dabei auf das frische Mauerwerk. „Der König hatte zum Stadtbau sein Heer in mehrere Abteilungen aufgeteilt, die zur gleichen Zeit an verschiedenen Teilen der Mauern arbeiteten, so dass die Befestigungen sehr schnell wuchsen. De facto sind diese Mauern das einzige, was schon sehr weit gediehen ist."

Das Tor wurde schwer bewacht, doch ließ die Wachmannschaft sie nach einem respektvollen Gruß für Aristandros passieren. Dann standen sie auch schon im Inneren des noch weitgehend unbebauten Stadtareals.

Die sich rechtwinklig kreuzenden Straßenzüge waren noch höchst unfertig und häufig nur anhand der aufgespannten Schnüre zu erkennen. Es gab schnell hochgezogene Mauern, doch kaum komplette Gebäude.

Didyme war erleichtert, das Gelände des Sklavenmarktes hinter sich zu wissen und sah sich aufmerksam um. Dabei verglich sie unwillkürlich die Großzügigkeit der Stadtanlage mit der Enge von Branchidai. Der Alte musterte sie aus den Augenwinkeln, als müsse er erst einmal mit sich selbst ins Reine kommen, ehe er sich an eine Frage wagte, die ihm ganz unzweifelhaft auf der Seele brannte.

Aber schließlich brach es aus ihm heraus. „Dein Volk, die Amazonen, also, hier im Lager kursieren mittlerweile die wildesten Gerüchte. Viele Kampfgefährten Alexanders bezweifeln, dass ein solches Volk auch tatsächlich existiert." Das klang so verunsichert, dass Didyme beinahe hämisch aufgelacht hätte. Seine Befangenheit steigerte in gewissem Sinne ihr Selbstgefühl, machte es ihr leichter, Dinge zu erklären, die sie selbst erst seit wenigen Tagen aus den Erzählungen von Thalestris und anderer Amazonen wusste. Dabei bemühte sie sich unwillkürlich um einen tieferen Klang ihrer sonst so hellen Stimme. „Bin ich etwa nicht real?" Das klang geradezu herausfordernd, und sie war richtig stolz darauf. Als der alte Mann sich nur verlegen räusperte, setzte sie sogleich nach. „Wieso zweifelt ihr dann? Seid ihr nicht schon im persischen Nisa auf Amazonen getroffen?"

Aristandros blieb stehen und studierte angelegentlich das Stadtareal, schien jedoch mit seinen Gedanken weit entfernt, als konzentriere er sich darauf, seine Worte mit äußerster Bedachtsamkeit zu setzen. „Dennoch sind auch heute viele in Alexanders Umfeld der Ansicht, dass die Amazonen nichts als eine Legende sind." Er erhob eilends die Hand, um einer heftigen Erwiderung vorzubeugen. „Ich gebe zu, mir geht es nicht viel anders. Ich kann mir einfach nicht erklären, wie das Volk der Amazonen entstehen konnte. Ich meine, wir haben so viele Völker unterworfen und kennengelernt, doch nirgends gab es etwas Vergleichbares."

„Wir Amazonen verstehen uns zwar als Volk der Hirsche, doch zugleich gehören wir zu den Völkerschaften der Massageten, die die Steppen von einem Horizont zum anderen regieren."

Ganz fraglos hatte er nicht die geringste Ahnung von den Massageten und ihrer Gesellschaft. Unter Umständen hatte man ihn sogar beauftragt, mehr über diese merkwürdigen Besucher in Erfahrung zu bringen. Auch wenn Didyme mittlerweile dämmerte, dass sie wahrscheinlich ausgehorcht werden sollte, so war sie doch stolz auf dieses Wissen und auf ihre so selbstverständlich akzeptierte Rolle als Amazone. Das war schon beinahe erhebend, ja, ihr war, als schritte sie mit einem Male leichter und federnder neben ihm einher und drehte sich entschlossener, sobald sie sich ihm zuwandte.

„Das Volk der Hirsche", fasste er schließlich nachdenklich zusammen. „Ja, das passt. Das ist vorzüglich!"

Didyme musterte ihn verblüfft.

„Also ich will dich selbstverständlich nicht kränken, aber ist dir je aufgefallen, wie treffend diese Charakterisierung ist? Ihr habt viel gemein – deine Begleiterinnen und ein Rudel Rotwild. Du sagtest mir vorhin, Hirsche seien euer Wappentier, und ihr verhaltet euch auch so wie Hirsche oder Rehe. Immer auf der Hut, immer in Habachtstellung, zwar wehrhaft, aber auch stets bereit, den Rückzug anzutreten. Als deine Freundinnen vorhin in Gruppen beieinanderstanden, da erschienen sie mir in ihrer nervösen Spannung überaus graziös, so ganz anders als all die Männer. Mir fehlte diese polternde Aggressivität, diese ständige Bereitschaft, sich selbst zu beweisen. Und trotz aller Waffen scheint ihr mir halb Krieger, halb ..." Er brach ab, und das wohlweislich, hatte Didyme doch keine Mühe, seinen Satz zu vollenden: halb Krieger, halb Opfer.

„Ich hoffe, ich habe dich nicht beleidigt."

Didyme antwortete nicht, hatte sie doch im Grunde Gleiches beobachtet und teilte seine Einschätzung. Männer schienen stets bereit, gegeneinander anzutreten, sich zu bewähren, um sich selbst zu bestätigen. Doch sogar die kriegerischsten Amazonen vermochten mit so einer Lebenshaltung nur wenig anzufangen, spürten nicht den Zwang, ständig miteinander wetteifern zu müssen.

„Unsere Legenden", murmelte Aristandros, „also, unsere Legenden berichten, Männer würden unter euch nur geduldet, sobald es darum gehe, Nachwuchs zu zeugen."

Didyme bestätigte. „Und doch sind wir Amazonen kein selbstständiges Volk, sondern fühlen uns als Teil der massagetischen Völkerschaften."

„Und die Knaben werden tatsächlich getötet?", platzte er heraus.

„Unsinn! Männliche Kinder werden in aller Regel ihren Vätern oder den anderen Stämmen übergeben. Unsere Familien bestehen aus Schwestern, Tanten und Müttern, die Väter spielen dabei keine Rolle und sind ohnehin von ganz unterschiedlicher Herkunft." Unwillkürlich dachte sie an Phandake und Thalestris, als sie eifrig fortfuhr. „Und so kommt es durchaus vor, dass die eine Schwester einer Perserin gleicht, die nächste einer Griechin und die dritte jenen Völkerschaften aus dem Osten mit den schmalen Schlitzaugen. Die eine Schwester ist blond und die andere schwarz. Gerade diese Unterschiede machen uns stark, bringt doch eine jede das Beste aus der Welt ihres Vaters in unseren Verbund."

Der Alte blies staunend die Backen auf. Fraglos hatte er diesen Aspekt des Amazonenlebens nie ernsthaft überdacht. „Und seit wann gibt es euch Amazonen? Ich meine, existierten eigentlich unter euch Massageten immer schon Stämme, in denen ausschließlich Frauen lebten?"

Das war eine jener Fragen, die Didyme an die Linde gerichtet hatte, als sie mit ihr in endlosen Stunden Filzteppich um Filzteppich und Wandbehang um Wandbehang zusammengenäht hatte. Natürlich wusste Didyme, dass sie von dieser Schamanin überwacht worden war, wahrscheinlich im Auftrag von Thalestris. Und wenn sie ihr etwas über die Amazonen erzählt hatte, so doch nur, um im Gegenzug etwas über Didyme zu erfahren. Wie dem auch sei, ihre Kenntnisse über die Amazonen hatte Didyme in diesen Tagen ziemlich erweitern können, so dass sie sich jetzt sehr gut über ihre neue Welt unterhalten konnte. Hier hatte sie die Möglichkeit, ihr Wissen zu demonstrieren, auch wenn sie vielleicht mehr preisgab, als einer Thalestris lieb sein konnte.

„Bei den Massageten war es seit jeher üblich, Frauen größere Rechte zuzuerkennen." Beinahe hätte sie gesagt, ‚größere Rechte als bei euch Griechen', doch hielt sie im letzten Augenblick an sich, wusste sie doch angeblich so gar nichts über Griechenland. „Sobald ein massagetischer König im Kampfe fällt oder verstirbt, ist es durchaus möglich, dass seine Witwe zu einem Rachefeldzug aufbricht oder als regierende Fürstin die Macht in den Händen hält. Dies hängt ausschließlich davon ab, ob sie von ihren Stammesangehörigen akzeptiert wird."

„Die Herrschaft der Besten", erwiderte Aristandros beeindruckt.

„Oh, auch die Herrschaft nach Abstammung."

„So ist deine Thalestris eine geborene Fürstin?"

Didyme nickte stolz. „Aber auch sie muss ihre Führerschaft stets aufs Neue beweisen, und die anderen haben das Recht, über ihre Entscheidungen kritisch zu urteilen."

„Legitimation durch Erfolg!" Der alte Mann sagte es wie zu sich selbst und wandte unwillkürlich den Blick zurück zu den endlosen Massen des Heerlagers. „Wenn man es recht bedenkt, so ist es bei den Makedonen nicht viel anders. Der König reitet in jeder Schlacht voran, sein Körper ist bedeckt von Narben. Solange er die Kriege entscheidet, folgen seine Männer ihm blindlings, und sei es auch nach Osten über die schneebedeckten Berggipfel ins ferne Indien."

Didyme musterte ihn überrascht, wäre sie doch niemals auf einen solchen Vergleich gekommen. Dabei hatte der Alte absolut Recht. Im Grunde verhielten sich die Mitglieder dieses riesigen Völkerheeres nicht anders als die Stämme der Massageten, die mit ihren Herden unglaubliche Entfernungen zurücklegten, um neue Weidegründe zu erschließen oder Kriegszüge auszuführen. Der einzige Unterschied schien darin zu bestehen, dass das riesige Alexanderheer nur ein einziges Ziel kannte – die Eroberung immer größerer Gebiete. Doch eigentlich war es ein Wanderung der Völker, die sich mit unwiderstehlicher Kraft über den Orient ergossen hatte.

Ob Aristandros jetzt ganz ähnlichen Überlegungen nachhing? Anscheinend, warf er doch ganz unvermittelt eine Frage auf, die auch Didyme nicht fremd war. „Wenn es unter euch Massageten schon immer Königinnen gab, wieso existiert dann bei dem einen Skythenstamm eine völlig normale Ordnung zwischen Mann und Frau und bei den Hirschen eine so außergewöhnliche?"

„Nun, bei uns erzählt man sich, dass vor langer Zeit, als die Perser und Massageten um die Herrschaft am Jaxartes rangen, skythische Könige mit zahllosen Kriegern im Kampfe fielen, und so traten ihre Frauen zusammen, um mit den überlebenden Männern Rache zu üben und die Achämeniden zurückzuschlagen. Sie erhoben sich in Myriaden, und ihre Rosse verdunkelten die Steppe, als sie heranbrausten, um die Perser zu strafen. Und sie vernichteten sie mitsamt ihren größten Königen."

„Ah, dann entstand also der Stamm der Hirsche, weil einst zahllose Kämpfer von Feldzügen nicht mehr zurückkehrten?"

„So wird es berichtet. Und es hat sich gezeigt, dass es den Kriegerinnen leichter fällt, ihre Unabhängigkeit zu wahren, solange sie nicht ständig mit Männern zusammenleben. Aber die Hirsche haben keine Probleme mit den anderen Massageten, weder mit den Greifen, den Tigern noch dem Stamm der Böcke. Im Gegenteil, die Väter vieler Amazonen stammen aus dem Schoß skythischer Völkerschaften ..."

„ ... aber ohne je zu erfahren, welcher Skythe der Vater welcher Amazone ist!"

Wieder nickte Didyme.

„Faszinierend! Dann wäre es also eines Tages denkbar, dass die Hirsche zurückkehren in die normale Welt der skythischen Stämme?"

Didyme schüttelte sich angewidert. Allein der Gedanke, dass eine Thalestris oder Phandake als normale Ehefrauen in irgendeinem Skythenzelt Getreide mahlen oder Felle gerben könnten, um irgendwelchen Ehemännern Kleidung zu fertigen oder Essen zuzubereiten, erschien ihr beinahe frevlerisch.

„Aber es wäre denkbar", insistierte der Alte und hob zugleich entschuldigend die Hand, erkannte er doch überdeutlich, wie sehr diese These seine Begleiterin entrüstete. „Es ist nicht meine Absicht, dich herauszufordern", begütigte er. „Doch sag, weshalb wähltet ihr Amazonen euch ausgerechnet die Hirsche als ..., nun, als Symboltiere? Ich meine, warum nicht die Greifen oder die Tiger?"

„Die Hirsche sind weit mehr als Symbole, die heiligen Hirsche sind die Götter der Amazonen, sind sie nicht nur von wundervoller Schönheit, sondern auch wehrhaft. Sie sind die Seele unseres Stammes. Außerdem kennen wir keine Götter in Menschengestalt."

Während sie sprach, schritt sie federnd neben ihm her und ließ ganz unbewusst die Lanze um ihr Handgelenk zirkulieren.

„Wehrhaft, schön und von erlesener Eleganz." Er kraulte in seinem Bart und lächelte plötzlich verschmitzt. „Ja, das ist eine ziemlich treffende Beschreibung eurer Delegation. Ich vermute, gerade deshalb hätten es viele Makedonen begrüßt, wenn ihr eure dicken Jacken und Mützen abgelegt hättet. Nun, vielleicht war es ganz weise, dies den Männern zu verweigern, ist doch jedes Geheimnis umso faszinierender, je mehr an Rätseln es aufgibt."

Als sie den Kopf wandte, erkannte sie das ironische Funkeln in den alten Augen. Didyme hätte schwören können, dass er es bei seinen Orakeln nicht anders hielt, sobald ihn jemand allzu sehr bedrängte, seine Geheimnisse offenzulegen.

„Übrigens, eine Anregung, die mir doch ein wenig auf der Seele brennt." Er sagte es mit einem gütigen Lächeln, beinahe wie ein Großvater seiner Enkelin. „Glaubt nicht, dass die Provokationen der massagetischen Reiter dort drüben auf dem anderen Flussufer noch lange toleriert werden! Wenn ihr also eine Schlacht vermeiden wollt ..."

Didyme richtete sich hoch auf. „Wer sagt dir, dass wir Massageten eine Schlacht vermeiden wollen?"

Aristandros wirkte mehr als verblüfft und sein Ton änderte sich schlagartig. „Aber hast du denn nicht begriffen, Weib, was du hier gesehen hast? Ich meine, als ihr in unser Lager kamt. Das hier ist nicht irgendein Heer, das ist die beste Armee der Welt. Ihr Massageten brüstet euch, vor vielen Generationen die Könige der Perser besiegt zu haben, und doch regierte das Reich der Achämeniden danach den Orient über sieben Generationen hinweg. Erst das Heer Alexanders hat ihre Macht zerschmettert. Endgültig. Das war nicht das Werk von euch Skythen, das waren wir, die Makedonen Alexanders und seine Verbündeten!" Er beugte sich vor. „Und lass dir gesagt sein, auch Alexander hat nie eine Schlacht verloren. Der König muss nicht eine ferne Geschichte bemühen oder den Ruhm seiner Vorfahren, er selbst ist Weltgeschichte. Er reitet einfach voran – und er gewinnt."

Didyme wagte kaum zu atmen, so bedrohlich klangen seine Worte. Doch sie bemerkte noch etwas anderes, ein beinahe unmerkliches Flackern seiner Augen, und tief in ihrem Innersten spürte sie, dass er mehr wusste und vor allem mehr fürchtete, als er hier preisgab. Er schien ihr bei weitem nicht so siegessicher, wie er wahrscheinlich wirken wollte.

Und so war es nicht die Warnung des alten Mannes, die sie förmlich versteinern ließ. Es war eine Idee, die plötzlich in ihrem Kopf auftauchte und binnen Sekunden endgültige Gestalt gewann: Falls es ihr gelang, die Skythen auf Alexander zu hetzen, würde eine Niederlage des Königs auch Thalestris daran hindern, auf ihrem absurden Plan zu bestehen. In diesem fiebrigen Moment wurde ihr erst bewusst, wie entschlossen sie tatsächlich war, die beiden Völker aufeinander loszulassen. Und sie hatte auch bereits einen Plan, der sich immer konkreter abzeichnete.

Der Alte beugte sich ihr entgegen, ohne die geringste Ahnung, was ihr gerade durch den Kopf schoss. „Alexanders Absichten, und das sage ich dir als ein Zuschauer, der im großen Theater der Welt in der untersten Reihe sitzt, Alexanders Interessen konzentrieren sich nicht auf die Massageten. Sein Blick richtet sich bereits auf das ferne Indien, und falls ihr weise seid, dann bedenkt ihr wohl, was ihr mit einem Krieg anrichtet."

Thalestris hätte es wohl an seiner Stelle ganz ähnlich formuliert, dachte Didyme, doch der Alte drang schon weiter auf sie ein. „Alexander beabsichtigt nicht, den Jaxartes zu überschreiten und nach Europa vorzudringen."

„Nach Europa?" Didyme hätte nicht verwirrter reagieren können. „Aber Alexander stammt doch aus Europa!"

„Das ja, aber die Griechen sind schon seit langer Zeit der Ansicht, dass Europa im Norden weit über die Steppen reicht, und dass ihr Massageten im Grunde in Europa lebt, während hier südlich des Jaxartes Asien beginnt. Alexander will Asien beherrschen, die Skythen Europas interessieren ihn nicht. Deshalb hat er hier an seiner Grenze Alexandria Eschate errichtet, um euch und allen anderen kundzutun, dass hier die Grenze seines Reiches liegt, außer man provoziert ihn, sie zu überschreiten."

Aristandros' Drohung war unmissverständlich, auch wenn er Didyme geradezu herzlich anlächelte. Doch ungeachtet seines Redeflusses registrierte sie die Anspannung unter seiner heiteren Miene. Dieser Mann wollte keine Schlacht, da war sie sich absolut sicher, und wenn die Armee Alexanders nicht kämpfen sollte, dann gab es eigentlich nur einen einzigen Grund – Aristandros, der Wahrsager, hatte seinem König ein verhängnisvolles Orakel gestellt und fürchtete nun eine Niederlage.

Alexandria Eschate

„Ich nehme an", lächelte der Alte und wechselte geschmeidig zur Attitüde eines Stadtführers, „dein Volk lebt nahezu ausschließlich in Zelten? Nun, eine griechische Siedlung ist nur dann eine Stadt, ich meine eine wirkliche Polis, wenn sie einige zentrale Gebäude und Institutionen in ihren Mauern beherbergt. Dazu gehört bei uns vor allem der Marktplatz, die Agora. Nicht minder wichtig ist der Sitzungssaal des Stadtrates, das Bouleuterion. Zum Bouleuterion gehört auch das Archeion, in dem wir die Dokumente der Stadt verwahren."

Didyme deutete über das Areal und war doch in Gedanken immer noch bei diesem merkwürdigen Flackern in den Augen ihres Gesprächspartners. „Und was ist dieses große, halbrunde Gebäude mit den vielen Sitzreihen?"

„Oh, dort entsteht das Theater. In diesem Gebäude werden die griechischen Dramen, Tragödien und Lustspiele aufgeführt. Es ist ein Ort des Vergnügens und der Belehrung, ein Zentrum griechischer Kultur in jeder unserer Städte."

Didyme schüttelte den Kopf, konnte sie doch mit dem Begriff „Theater" nichts anfangen. „Und was ist ein Drama?", erkundigte sie sich.

Er spielte wieder mit seinem Bart und suchte nach einer passenden Erklärung. „Nun, ich bin sicher, dass man in kommenden Generationen den Kampf Alexanders mit Dareios in Form eines Dramas darstellen wird, auch hier in diesem Theater. Das wird dann den Menschen zeigen, was sich einst zutrug. Das Stück wird von den großen Taten des Königs berichten, von seinen Schwächen und seinen düsteren Seiten." Er brach ab und sah sich so misstrauisch um, als fürchte er instinktiv einen unwillkommenen Zeugen. Unter Umständen war ihm auch gerade aufgegangen, dass er mit seiner Erklärung vielleicht ein wenig weit gegangen war.

„Auch seine Schwächen?", wiederholte Didyme erstaunt.

Der Alte hob die Schultern. „Das griechische Theater ist erbarmungslos – es hält allen Menschen den Spiegel vor, zeigt ihnen, wie sie wirklich sind."

Didyme schüttelte unmerklich den Kopf. Das war ein Griechenland, von dem ihr Vater nie berichtet hatte. „Und seit wann gibt es solche Theaterstücke?"

„Oh, die große Zeit des griechischen Theaters begann vor etwa drei Generationen."

Dies erklärte ihre Unkenntnis, waren diese Theater in Griechenland doch offensichtlich erst in Mode gekommen, als ihre Vorfahren ihre Heimat schon längst verlassen hatten.

„Die Helden unserer Mythen werden im Theater von sogenannten Schauspielern verkörpert. Ein Schauspieler ist ein Künstler, der fähig ist, die Taten eines Achill oder auch die Verfehlungen eines Ödipus nachzuspielen."

„Wie ein Kind, das Erwachsene nachahmt?", fragte sie erstaunt.

Aristandros lachte ein wenig. „Nun, kein schlechter Vergleich. Der Schauspieler setzt sich eine Maske auf, so dass der Zuschauer nur noch den mythischen Helden oder den Sünder erkennt. Auf diese Weise kann ein Schauspieler sogar in die Rolle eines Gottes schlüpfen."

„Ohne eine Gotteslästerung zu begehen?"

Er nickte. „Du stellst wirklich kluge Fragen", murmelte er anerkennend. „Die Maske hebt den Schauspieler über jedes Menschenmaß hinaus."

„So wie die Pferde der Massageten in ihren Masken mehr sind als normale Pferde?"

„Eine treffliche Analogie. Ihr Amazonen verwandelt eure Pferde in Hirsche, und ein Schauspieler verwandelt sich mit einer Maske in einen Helden Homers aus den Tagen von Troja."

Sie schlenderten langsam weiter und erreichten schon bald einen abgeschlossenen Hof, der auf allen Seiten von einer hohen Mauer umgrenzt wurde. Das kleine Gebäude inmitten dieses Mauerrings befand sich noch im Rohzustand, doch stand an einer Langseite bereits eine Reihe hölzerner Tafeln, beschrieben mit griechischen Texten, die Didymes lebhaftes Interesse hervorriefen. „Und wo sind wir jetzt?", erkundigte sie sich, nachdem sie die erste Zeile entziffert hatte.

„Jede neue griechische Stadt beherbergt ein Heiligtum des Stadtgründers. Hier wird man in Zukunft Alexander verehren, der der Stadt ihren Namen gab. Alexandria Eschate, das entfernteste Alexandria, das er je gegründet hat. Nach unserer Vorstellung endet hier das Reich Alexanders."

„Und diese Tafeln?"

„Dein Griechisch klingt gut, aber lass sehen, ob du sie entziffern kannst! Sie beinhalten die Maximen von Delphi, die jedem Griechen als Richtschnur seines Lebens dienen."

„Dann handelt es sich um die Gesetze Griechenlands?"

„Oh nein, eher um eine Mahnung, um eine Aufforderung, dein Leben in der richtigen Form zu gestalten. Aber verantwortlich bist du dafür ganz allein."

Didyme blickte auf. „Aber woher soll man wissen, was zu tun ist? Ist es nicht allzu schwer, für alles selbst die Verantwortung zu tragen?"

Aristandros lachte beinahe ein wenig selbstgefällig. „In der Tat, und deshalb ist es so schwer, ein Grieche zu sein."

Didyme dachte an ihre brennende Heimatstadt und beugte sich wieder über die Tafeln, froh, sich jetzt irgendwie ablenken zu können. So fuhr sie mit dem Finger über die Inschriften. „Solange du ein Kind bist", las sie stockend, „möge man dich gut aufziehen, als junger Mann sei dein eigener Herr, auf der Höhe deines Lebens sei gerecht, im Alter weise und im Tod ohne Reue."

Beeindruckt richtete sie sich auf. Das also waren die Maximen von Delphi, was auch immer dieses Delphi sein mochte. Sie schwieg eine Weile, dann las sie den Text ein zweites und schließlich ein drittes Mal mit beinahe tonloser Stimme und setzte am Ende lauter hinzu. „Ich frage mich, wie lange man das hier noch lesen wird, wie lange diese Stadt noch existieren kann." Und sie vermochte den Grimm in ihrer Stimme nicht ganz zu unterdrücken.

Aristandros hob die Brauen. „Oh, unsere Städte leben ewig! Meistens jedenfalls."

„Aber zwischen den Stadtbewohnern und uns Massageten wird es niemals Frieden geben!"

„Tatsächlich? Sprichst du aus Erfahrung? Du hörst dich beinahe so an, als ob ihr Amazonen den Krieg herbeisehnen würdet, so wie die Milesier den Kampf mit Branchidai."

„Die Massageten hassen dieses Alexandria.“

„Und weshalb? Die Stadt nützt doch beiden Welten! Dies sollte ein Ort der Begegnung sein, ein Platz, um voneinander zu lernen, um die Güter der Steppe, die Pelze und das Fleisch eurer Herden gegen die Erzeugnisse unseres Reiches einzutauschen.“

„Ein Ort der Begegnung? Die Skythen glauben ..., wir glauben, die Stadt sei eine Fessel um unseren Nacken. Was ist eigentlich Delphi?“, wechselte sie spontan das Thema, und der Alte hatte nun sichtlich Mühe, sich auf den Themenwechsel einzustellen.

„Wie? Oh, Delphi ist das größte Heiligtum von Apollon, dem Gott des Orakels. In seinem Tempel kleidet seine Priesterin ihre Visionen in Worte und steuert die Geschicke Griechenlands.“

Didyme unterbrach ihn beinahe entrüstet. „Aber ich lernte einst in Branchidai, dass das Heiligtum von Didyma den berühmtesten Apollontempel beherbergt!“

Aristandros nickte bestätigend. „Das gilt nur für Ionien – du weißt tatsächlich eine Menge über uns. Aber Didyma liegt nicht direkt in Griechenland, und der Apollontempel von Didyma wurde bereits vor vielen Generationen von den Persern verbrannt. Tempel und Heiligtum sind noch heute als Ruine eine Erinnerung an vergangenen Frevel ...“

Er unterbrach sich bestürzt, tat Didyme doch einen wütenden Schritt auf ihn zu und fällte gar ihre Lanze. Der Alte wich unwillkürlich einen Schritt zurück. Didyme hielt in letzter Sekunde an sich.

„Beim Zeus, dem göttlichen Vater Alexanders“, lachte er unsicher. „Ich fürchtete schon, du würdest mich aufspießen! Vielleicht sollten wir ...“

Er kam nicht weiter, stürmte doch ein Mann, der die dreißig gerade hinter sich haben mochte, mit wehendem Chiton und Mantel auf sie zu. Er schien aufs höchste erregt und erhob schon von weitem seine Stimme. „Aristandros, das musst du dir einfach ansehen! Gerade entdeckte ich in Alexanders Zelt ein Kreidebildnis, in einem seiner Schilde. Eine wahre Gorgo, einfach unglaublich. Wer hat das gemalt?“

Aristandros zog nur eine seiner buschigen Brauen empor, schielte aber bei Erwähnung einer Kreidezeichnung unwillkürlich zu Didyme hinüber. Doch dann schien es ihm angemessen, erst einmal den Sprecher vorzustellen. „Aetion“, erläuterte er mit schwungvoller Geste, „einer der größten Maler unserer Zeit, ein wahrer Titan der Kunst. Und, was noch weit wichtiger ist, mein Freund. Außerdem ist er schnell entflammt, sobald er irgendwo die Witterung großer Kunst aufnimmt, und so, wie er sich jetzt aufführt, hat er große Kunst entdeckt. Also, mein treuer Freund, wie wäre es, wenn du jetzt unserem Gast erläutern würdest, worum es eigentlich geht und was dich am frühen Morgen in vollem Lauf in meine Arme treibt?“

Didyme staunte ihn mit großen Augen an und hatte etwas Mühe, seinen geschraubten Sätzen zu folgen. Glücklicherweise war der Ankömmling durchaus Ablenkung genug. Ein junger dunkelhaariger Mann, der sich, wie die meisten Griechen dieses Alters den Bart entfernt hatte, auch wenn die letzte Rasur schon wenigstens einen oder zwei Tage zurückliegen mochte.

Dabei wanderten seine neugierigen Blicke immer wieder über Didyme und ihre Kleidung. „Ihr Amazonen seid gar nicht so gekleidet, wie man sich das vorstellt!" Er lachte überlaut, als habe er etwas ungeheuer Witziges vorgebracht. Didyme bemerkte aus den Augenwinkeln, dass Aristandros dem Freund verstohlen signalisierte, besser das Thema zu wechseln. Was war so unverfänglich an der Kleidung der Amazonen und weshalb sollten sie falsch gekleidet sein? Überaus verwirrend, zumal der Künstler feuerrot wurde. Dabei trat er von einem Fuße auf den anderen, fraglos kaum in der Lage, seine Ungeduld zu zügeln. Mehrfach unterbrochen durch Fragen des Alten, sprudelte der Maler endlose Erklärungen hervor, bis sein Gesprächspartner endlich erfassen konnte, worum es ging.

„Du sprichst also von Kreidezeichnungen im Inneren von Alexanders Schild?", versicherte er sich noch einmal, ehe er mit der Spontanität eines jungen Mannes zu Didyme herumfuhr. „Tu meinem Freund den Gefallen, und zeichne ihm ein Porträt meines entschlossenen Gesichtes und meiner energischen Züge. Vielleicht genügt dir ja diese Hauswand aus Lehmziegeln."

Mit diesen Worten warf er sich in Positur und streckte herausfordernd sein Kinn in die Luft, so dass Didyme in der Tat kein Problem hatte, eine Porträtskizze anzufertigen. Aetion folgte jeder Bewegung ihrer Hand. Schließlich musste sie die Kreide absetzen, weil er ihr geradezu in den Arm fiel. „Fraglos von der gleichen Hand!", keuchte er und ließ seinen ungläubigen Blick von Didymes spitzer Skythenmütze hinab zu ihren Nomadenschuhen gleiten, ehe er sich auf ihr Gesicht und ihre weichen Züge konzentrierte. Sein größtes Problem aber war wohl die Tatsache, dass er unzweifelhaft eine Frau vor sich hatte. Er musterte sie derart durchdringend, dass Didyme sich unwillkürlich nach ihrer Lanze umsah, die sie unweit der Zeichnung an die Mauer gelehnt hatte.

„Außerordentlich!", sagte Aetion nun endlich, und der Alte kraulte mit bezeichnendem Lächeln in seinem Bart, während der Künstler mit knochiger Hand und überlangen Fingern jede Kreidelinie Didymes geradezu andächtig nachvollzog. „Dergleichen sah ich noch nie, absolut brillant. Doch sag, wenn du Gesichtern so unübertroffen Gestalt verleihst, wer ist dann diese Gorgo im Schild des Königs und weshalb hast du sie hineingezeichnet?"

Didyme zögerte einen Augenblick, wollte sie doch den zweiten Teil der Frage eigentlich nicht beantworten, und so rettete sie sich schließlich mit einer Gegenfrage. „Was ist eine Gorgo?“ Aetion breitete enthusiastisch die Arme aus. „Stimmt, das kann eine Barbarin ..., entschuldige, ich meine eine Massagetin unmöglich wissen. Nun, Gorgonen sind Wesen aus unserer Religion. Eine Gorgo versteinert jeden, der ihr ins Antlitz blickt.“

Wieder dieser Vergleich, der sie schon einmal so aufgewühlt hatte. „Aber handelt es sich bei einer Gorgo nicht um ein Monster mit riesigen Zähnen und bleckender Zunge?“

Der Maler riss die Augen auf. „In der Tat, in der Tat! So wurden sie tatsächlich in alter Zeit dargestellt. Woher weißt du das?“ Er wartete die Antwort gar nicht ab, sondern dozierte mit großen Gesten. „In unseren Tagen besitzt die Gorgo indes ein überwältigend schönes Antlitz. Ist die Gorgo in Alexanders Schild der Entwurf für ein Schildzeichen?“

Didyme wusste nicht so recht, was sie antworten sollte. „Aber wieso habt ihr Griechen das Bild der Gorgonen verändert?“

Aristandros hüstelte „Nun, ich vermute, unsere Künstler haben unterdessen eingesehen, dass Schönheit nicht minder tödlich sein kann.“

Didyme erkannte überrascht die Treffsicherheit dieser Worte, war es doch kaum möglich, Thalestris und ihre Wirkung besser zu charakterisieren – eine Frau von tödlicher Schönheit.

„Also“, raunte Aetion ungeduldig. „Wie ich sehe, liebst du es, lebende Menschen zu skizzieren. Ich frage dich jetzt im Namen der Kunst, wo man diese Schildfrau bewundern kann.“

Didyme sah verlegen von einem zum andern, ihr wurde klar, dass sie um eine Erklärung nicht herumkam. Und sie tat es im Grunde mit Stolz. „Es ist das Antlitz von Thalestris, unserer Königin.“

Aetions Blick schweifte von der Kreideskizze zu Didyme und wieder zurück zu der Zeichnung. „Tatsächlich? Ein lebender Mensch? Eine richtige Frau?“ Er stieß es so fassungslos hervor, dass Aristandros seine Heiterkeit kaum mehr zügeln konnte.

„Vielleicht führt sie dich zu ihr“, kicherte er. „Ich meine zu ihrer Königin, falls du nett zu ihr bist.“ Er bog sich vor Lachen.

Aetion starrte ihn entrüstet an, was die Heiterkeit seines Gegenübers allerdings nur noch steigerte. Didyme hatte indes genug Zeit, über das Gehörte nachzudenken. Sie verstand jetzt viel besser, weshalb ihr Thalestris schon bei ihrer ersten Begegnung so übernatürlich und zugleich so gefährlich erschienen war. Auch wenn sie mittlerweile ihre Freundin von einer ganz anderen Seite kennengelernt hatte, so vermochte sie doch einen Schauder nicht ganz zu unterdrücken.

Aristandros hatte mittlerweile seinen Lachanfall überwunden. „Wir langweilen unsere Besucherin. Doch gebe ich zu, dass du auch meine Neugier geweckt hast. Also sag, weshalb hast du ein Porträt deiner Königin in den Schild gemalt?"

Falls sie jetzt keine stimmige Erklärung abgab, würden die beiden unweigerlich ihre eigenen Schlussfolgerungen ziehen und damit fraglos im Lager hausieren gehen, daran hatte Didyme keinerlei Zweifel. So beschloss sie, ihnen eine Halbwahrheit anzubieten. „Euer König überreichte mir als Geschenk für Thalestris ein hölzernes Tafelbild, das ihn neben eurer Göttin Aphrodite zeigt, und so ergab es sich, dass ich ihm das Bildnis der Königin in seinen Schild zeichnete, weil die Königin sein Geschenk nicht anders erwidern konnte."

Aetions Miene verdüsterte sich. „Ein Bildnis Alexanders mit einer Aphrodite? Etwa so groß?" Er markierte die Maße mit seinen nervigen Händen. „Das ist ja eines meiner besten Gemälde!" Er schien nicht sonderlich begeistert, dass Alexander das Bild ausgerechnet einer Barbarenkönigin überreichen wollte, doch wahrte er immerhin Haltung, auch wenn er sich eine spitze Frage nicht verkneifen konnte. „Ist deine Königin tatsächlich so schön, wie die Gerüchte im Lager künden?"

Didyme hob alarmiert den Kopf. „Gerüchte? Wer erzählt denn von ihr? Alexander?"

Aristandros schmunzelte breit. „Also, ich glaube nicht, dass er sich ernsthaft für Amazonen interessiert, und ..."

Auch Aetion hob nun abwiegelnd die Hand. „Ich wollte dich wahrlich nicht kränken, aber die Gerüchte im Lager besagen, nach dem Tod von Stateira gäbe es jetzt eine neue Kandidatin im Wettstreit um den Titel der schönsten Frau in Asien." Didyme taxierte ihn grimmig. „Solange Thalestris lebt, ist gar kein Streit vonnöten!" Sie sagte es so spontan, und sie klang dabei so überzeugend, dass Aristandros die Lippen zu leisem Pfiffe spitzte. Doch als er Didymes Blick begegnete, wandte er sich schleunigst ab, während Aetion seine Verlegenheit mit hastigem Geplauder kaschierte.

„Ah, kein Wunder, dass Alexander von der Zeichnung schwärmte. Für schöne Frauen hatte er noch stets ein Faible. Apelles, ein berühmter Kollege, erhielt vor einigen Jahren von Alexander den Auftrag, eine traumhaft schöne Konkubine zu malen – als Aphrodite, als Göttin der Schönheit. Apelles verliebte sich in sein Modell und der König schenkte ihm die Frau. Wirklich nobel ..."

Didymes Blick wurde geradezu mörderisch. „Was ist nobel daran, eine Frau wie ein Tier zu verschenken?"

Der Künstler öffnete den Mund und schloss ihn wieder, offensichtlich unfähig, die rechte Antwort zu finden. Auch Aristandros blickte ein wenig einfältig drein, und Didyme hätte geschworen, dass beide diesen Aspekt der für sie offensichtlich amüsanten Angelegenheit noch nie überdacht hatten. Auf jeden Fall schien Aetion das Thema zunehmend peinlich, und so empfahl er sich mit hastigem Gemurmel und der Erwähnung dringender Angelegenheiten, die leider seine ungeteilte Aufmerksamkeit erforderlich machten.

Damit verschwand er beinahe so schnell wie erschienen, und die einigermaßen konsternierte Didyme war schließlich ganz erleichtert, dass sich Aristandros anschickte, das Heiligtum des Stadtgründers zu verlassen.

Kampf der Greifen

Schon bald näherten sie sich einem großen Platz, und der Alte stürzte sich aufs Neue in weitschweifige Erklärungen. „Hier stehen wir auf dem Markt oder in der Agora von Alexandria. Zumindest wird hier später einmal die Agora errichtet, bis jetzt sieht man nur erste Grundmauern."

Er dozierte und dozierte, bis Didyme ihn unterbrach und auf ein Gebäude zeigte. „Dort drüben, was ist das?" Es war ein schmaler, langgestreckter Hof, auf allen Seiten gerahmt von Säulen, hinter denen sich dicht an dicht kleine Räume öffneten. „Dort hat ein reicher Makedone ein Emporion gestiftet, eine Handelsstation, in der es viele kleine Geschäfte und Lagerräume geben wird. Das ist in griechischen Städten so üblich, ich meine, die Stadt und ihre Bewohner zu beschenken. Der Spender dieses Emporions ist Heereslieferant und für zahllose Versorgungsgüter verantwortlich, die uns aus der Heimat erreichen. Er ..." Aristandros deutete überrascht auf einen Mann, der in einiger Entfernung der Baustelle zustrebte.

Didyme wandte sich hastig ab, erkannte sie doch auf den ersten Blick keinen anderen als Alketas. Auch der Makedone hatte das ungleiche Paar natürlich längst bemerkt, schließlich zogen sie allerorts die Blicke auf sich, doch war Didymes Skythentracht glücklicherweise die perfekte Verkleidung. Alketas beachtete sie nicht weiter und verschwand im Gewirr unfertiger Mauern. Didyme wischte sich unauffällig den Schweiß von der Stirn. Der Schreck saß so tief, dass ihr die Knie weich wurden und sie sich an ihrer Lanze festhalten musste. Der Gedanke, dass Aristandros sie am Ende noch mit diesem Alketas bekannt gemacht hätte – unvorstellbar!

Der Alte indes plauderte munter weiter. „Dieser Alketas ist schon ein seltsamer Kerl, interessiert sich für die unmöglichsten Dinge. Neulich sollte Aetion für ihn orientalische Greifen malen, oder besser gesagt für einen alten Schamanen, einen Massageten. Aber irgendwie fand der Entwurf wohl keine Gnade, was Aetion bis aufs Blut empörte."

„Für einen Schamanen?“, vergewisserte sich Didyme. Die Vorstellung, dass dieser Alketas sich mit einem Massageten zusammengetan haben sollte, um ein Greifenbild in Auftrag zu geben, schien ihr doch mehr als seltsam.

Doch Aristandros nickte mit Nachdruck. „Ein Mann mit einer großen Narbe im Schnurrbart.“

„Eine Narbe?“ Didyme hatte Mühe, ein Zittern in der Stimme zu verhindern, dachte sie doch unwillkürlich an Skythes.

„Aber ja! Kanntest du den Mann?“

Didyme zwang sich zu einem nachlässigen Achselzucken, schließlich trügen viele Massageten Narben im Gesicht.

Aristandros setzte sich auf eine der Mauern, und seine Augen leuchteten auf. „Wir trafen den Schamanen in Nisa, oben in Persien. Er befand sich in Begleitung von zweihundert Amazonen, die seinerzeit sogar bereit waren, in Alexanders Dienste zu treten, doch lehnte der König leider ab. Höchst ärgerlich!“ Aristandros schnalzte mit der Zunge. „Mein Gott, waren die schön. Der Magier war todkrank, und als die Amazonen Nisa verließen, pflegten ihn Alketas und seine Leute. Seltsam, Alketas ist sonst gar nicht so menschenfreundlich. Na, wie auch immer. Es dauerte ohnehin nicht lange, der Magier verstarb schon bald. In seinen letzten Tagen verwirrte sich sein Geist, und er erzählte verrücktes Zeug.“

Didyme blickte ihn fragend an.

„Nun, angeblich war der Schamane auf der Suche nach einer Griechin, die die Weisheit der Alten in die Zukunft trage. So sagte er zumindest. Seltsamerweise bestand er ständig darauf, dass diese Griechin hier in Asien lebe. Dazu brabbelte er immerzu von einem Teppich.“

Didyme stockte der Atem. Nun war ihr klar, weshalb Alketas von dem Teppich wusste. „Und was ist mit dieser Griechin?“, drängte sie mit belegter Stimme. „Ist euch der Magier deshalb nach Nisa entgegengereist?“

„Ich schätze, er wollte zu Alexander, weil er hoffte, dort Griechinnen zu begegnen.“

Didymes Gedanken überschlugen sich förmlich. War die geheimnisvolle Griechin, von der hier die Rede ist, vielleicht sogar sie selbst? Doch angenommen, ihre Vermutung würde stimmen, wie konnte ein skythischer Magier überhaupt von ihr wissen? Ihre Großmutter – wahrscheinlich wusste der Mann vom Schicksal ihrer Großmutter und deshalb auch von Branchidai! Sie fröstelte. Mit einem Mal schien ihr dieser sonnige Tag ganz eisig kalt.

Sie fühlte sich plötzlich hilflos, wie in einem Spiel, von dem sie kaum Kenntnis hatte. „Und ..., und deshalb wollte er diese Griechin finden?“, drängte sie beklommen.

Aristandros lachte zynisch. „Nun, eigentlich wollte er weniger finden denn töten. Als er starb, da umklammerte er meine Hand und beschwor mich, die Griechin zum Wohle Asiens und seines Volkes aufzuspüren und zu enthaupten, so wie es die Skythen mit ihren Feinden zu tun pflegen. Dies sei notwendig, um die Zukunft zu retten."

„Und ..., und hast du diese Griechin gefunden?"

Aristandros winkte ab. „Wenn Menschen im Sterben liegen, erzählen sie die unmöglichsten Dinge. Hier im Heer wird dauernd gestorben, und jeder verspricht den armen Kerlen, was sie hören wollen." Er ließ den Satz verklingen und zuckte vielsagend die Achseln.

Didyme war wie gelähmt. Das alles konnte kein Zufall sein – Skythes mit der Narbe im Gesicht, seine Bekanntschaft mit ihr, einer Griechin aus Branchidai. Wie in Trance lauschte sie ihrer eigenen Frage. „Und was für Tiere sollte Aetion für den Magier malen?"

„Er wünschte sich zwei kämpfende Greifen, um sie zu verbrennen. Sie seien ein böses Omen."

Zwei kämpfende Greifen! Hatte sie dieses Bild nicht auf dem Sattelzeug ihrer Großmutter gesehen? „Zwei kämpfende Greifen", wiederholte sie. „Aber das ist gegen alle Regel! Wir Massageten kombinieren stets einen Greifen mit seinem Beutetier, ist doch der Greif das wilde Sinnbild der Natur und seine Beute die Summe aller Opfer." Sie sprudelte heraus, was sie von der Linde und Thalestris gelernt hatte.

Aristandros nickte freundlich. „Nun, vielleicht konnte Aetion deshalb seinen Erwartungen nicht entsprechen. Unter Umständen ..."

„Meinte er vielleicht ein solches Bild?", unterbrach sie ihn. Dann bückte sie sich und skizzierte mit hastigen Strichen im Staub zwei kämpfende Greifen. Einen griechischen Dämon mit griechischem Vogelkopf, Zackenkamm und langen Flügeln, wie er im wilden Galopp einen persischen Löwengreifen attackierte. Sein orientalischer Gegner trug hakenförmige Flügel, wie nahezu alle östlichen Dämonen, sowie die Hörner der Gazelle, die nach hinten geschwungen waren.

Aristandros beugte sich ganz fasziniert über die Skizze. „Das ist ein griechischer Greif! Kennt Ihr Massageten denn solche Tiere?"

Didyme lachte gezwungen. Und ob sie die kannte. „Unser Götterhimmel ist voll davon."

Aristandros studierte die Zeichnung. Mit seinem dabei schief gehaltenen Kopf wirkte er plötzlich wie ein weiser alter Vogel. „Ein beachtlicher Entwurf, eine beeindruckende Komposition. Ein Gleichnis auf unsere Welt. Beinahe wie eine Tierfabel des Äsop."

Didyme musterte ihn verwirrt.

Der Alte blinzelte ihr zu. „Sag nicht, dass du das nicht beabsichtigt hast! Sieh doch nur selbst! Der griechische Greif springt mächtig nach vorne und sein orientalischer Feind hetzt ihm entgegen. Obwohl der Anprall der Todfeinde unmittelbar bevorsteht, wendet das persische Monster bereits den Kopf, als suche es einen Ausweg aus der schier unausweichlichen Niederlage. Eine genialische Komposition! Mit deiner Erlaubnis würde ich sie gerne Alexander vorlegen, so etwas gefällt ihm, dafür hat er eine Ader. Auf Ehre, diese Zeichnung, sie gleicht schon beinahe einem Orakel, einer Offenbarung der Götter. Das ist überaus faszinierend! Du musst wissen, ich schreibe an einem Buch über Orakel. Ich frage mich allerdings, wer hier mit dem Orient gemeint sein könnte."

Es knetete nachdenklich seine Finger. Die Skizze schien ihm weit mehr zu erzählen, als Didyme zu sehen vermochte.

Jetzt befeuchtete er gar seine Unterlippe, eine Marotte, die sie bei ihm bis dahin noch nicht bemerkt hatte. „Wie jedes Orakel hat auch dieses mehr als ein Gesicht, hier sind es zwei. Welcher Orient sieht seine Niederlage vor sich? Handelt es sich um den persischen Orient, den wir gerade besiegt haben, oder meint der orientalische Greif die skythischen Völkerschaften ..." Seine Stimme versank in einem Gemurmel, als habe er völlig vergessen, wer da neben ihm stand.

Didyme spitzte die Ohren, um sich nach Möglichkeit keines seiner Worte entgehen zu lassen, doch schweiften ihre Gedanken schon wieder ab, als sie versuchte, das Gehörte wenigstens halbwegs einzuordnen.

Der Schamane hatte anscheinend ihre Großmutter gekannt und ihr Sattelzeug, doch was hatte das alles mit dem Schicksal Asiens zu tun? Andererseits bezweifelte sie mittlerweile nicht mehr, dass ihre Großmutter magische Fähigkeiten besessen hatte, die heute zu ihren Visionen führten. Wenn nun Aristandros mit seiner Deutung Recht behielt, dann hatte ihre Großmutter in Gestalt dieser beiden Tierdämonen tatsächlich die Geschichte zweier Welten vorweggenommen, und zwar lange, bevor Alexander auf der Bühne der Geschichte erschienen war. Doch weshalb war es diesem Magier dann so wichtig gewesen, jetzt eine Griechin wie Didyme umzubringen?

Wie aus weiter Ferne erreichte sie die Stimme ihres Gegenübers. „... der Greif ist das Sinnbild des Glücks ...", erläuterte Aristandros gerade.

Didyme atmete tief durch, bemüht, in die Realität zurückzukehren. „So ist es auch bei den Skythen", unterbrach sie ihn und rief sich in Erinnerung, was Thalestris ihr berichtet hatte. „Auch unsere Glücksgöttin wird häufig mit Greifenköpfen dargestellt."

Der Alte hob ruckartig den Kopf, und Didyme begriff, dass er im Grunde mehr mit sich denn mit ihr gesprochen hatte. Aber jetzt taxierte er sie überaus konzentriert. „Tatsächlich? Und bei uns ist der Vogelgreif ein Tier des Apoll, dessen Orakel die Zukunft der Menschen steuern. Darf ich fragen, welche Rolle diese Dämonen in der Welt der Massageten spielen?"

„Sie ..., sie sind die Götter unserer Welt." Und noch während sie sprach, entsann sie sich, dass Skythes ihr erklärt hatte, dass die Greifen das Schicksal der Welt in den Krallen hielten. Seltsam, dass ihr gerade jetzt dieser alte Hengst mit seiner Greifenmaske einfiel. „Der Krieg der Tiere entspricht dem Kampf der Menschen. Beenden die Tiergötter ihre Jagd, dann sind wir Menschen gezwungen, den Kampf der Götter fortzuführen."

Er zog seine Brauen in die Höhe, und sie bemerkte nicht den geringsten Spott in seiner Miene. Ja, beinahe schien es, als erlebe er gerade ein Gefühl der Erleuchtung. „Ah, dann sind die Kriege der Menschen nichts als Stellvertreterkriege für die Kämpfe der Götter? So etwas kennen wir auch – im Kampf um Troja. Es ist eine der ältesten Legenden meines Volkes."

„Der Kampf um Troja? Ging es da nicht um die Belagerung einer Stadt?"

„So ist es, genau so! Und weil sich die Götter nicht einigen konnten, verbluteten vor Trojas Mauern die besten Helden zweier Völker." Nach einer Zeit des Schweigens fuhr er schließlich beklommen fort. „Ich ahne, dass sich für uns die gleiche Frage stellt wie vor Troja: Wählen wir den Krieg oder wählen wir den Frieden?"

Didyme schwirrte der Kopf. „Aber im Kampf um Troja ging es doch um eine schöne Frau?"

Aristandros lachte auf. „Ja und nein. Angefangen hatte alles mit einem Streit von Göttinnen, die sich nicht entscheiden konnten, wer von ihnen die Schönste sei. Ein trojanischer Prinz sprach dann das Urteil und bekam als Belohnung von der Siegerin die Liebe der schönen Griechin Helena. Daraus entwickelte sich dann der Trojanische Krieg."

„Also entschieden diese Göttinnen über Krieg und Frieden? Warum sind in eurer Welt die Göttinnen so mächtig und die irdischen Frauen derart machtlos?"

Seine Augen flackerten, und er setzte mehrfach an. „Da spricht wahrlich die Amazone aus dir! Ich räume ein, das ist eine durchaus interessante Frage, über die ich noch niemals nachgedacht habe. Nun, solange sich unsere Frauen nicht beschweren ..."

Didyme musterte ihn finster, was ihn offensichtlich amüsierte, doch enthob ihn ein lauter Ruf jeglicher Antwort. Ein königlicher Page stürmte auf die beiden zu und winkte schon von weitem.

„Aristandros? Der König verlangt nach dir!"

Augenblicke später eilten sie bereits dem fernen Königszelt entgegen.

Die Leber

Ganz außer Atem erreichten sie das Feldherrenzelt, wo sich vor dem Eingang zahlreiche Offiziere in prächtiger Wehr drängten. Die Luft schien zu vibrieren vor deren Nervosität und Anspannung. Als man der beiden ansichtig wurde, verschwand Ptolemaios umgehend im Inneren und Aristandros nutzte die Gelegenheit, Didyme mit unterdrückter Stimme ins Bild zu setzen. „Die Somatophylakes sind schon da, und dort hinten kommen auch Hephaistion und Erigyios, zwei der besten Freunde Alexanders. Ich fürchte, das wird ein Kriegsrat."

Er kam nicht weiter, trat Ptolemaios doch bereits wieder heraus, um Aristandros vor den König zu zitieren. Didyme kam sich ein wenig verloren vor, zumal sie von allen Seiten mit finsteren Blicken bedacht wurde.

Sie ging hinüber zu den Amazonen, die sie mit besorgten Mienen empfingen. Auf ihre Frage zuckte Phandake allerdings nur die Achseln. Offenbar hatte man überhaupt keine Informationen erhalten.

Um Didyme schloss sich der Kreis der Amazonen immer enger. Auch wenn alle nach außen hin Zuversicht zur Schau stellten, so sprach doch der Schweißgeruch der eng gedrängten Schar eine gänzlich andere Sprache.

Und während die anderen das Feldherrenzelt im Auge behielten, versuchte Didyme Stein für Stein ihres Puzzles zusammenzufügen. Immerhin wusste sie nun, woher Alketas seine Kenntnisse hatte. Möglicherweise hielt er sie sogar für jene Griechin. Aber warum sollte ausgerechnet sie mit dem Schicksal Asiens etwas zu tun haben? Sie fand beim besten Willen keine Lösung. Der Schamane hatte zwar von einem Teppich gesprochen, aber auf ihrem Teppich fanden sich gar keine Greifen. Thalestris war allerdings der Ansicht, dass ein Orakelteppich selbst bestimme, welche Bilder auf ihm verewigt würden, bot die Bilderwelt doch einen Anhaltspunkt, welche Frage mit dem Teppich zu klären seien. Und ihr Teppich hatte etwas mit Thalestris und ihrem Volk zu tun, daran ließen die Hirsche keinen Zweifel. Da der zweite Fries Persern gewidmet war, ging es also auch um Persien und seltsamerweise nicht um Alexander und die Makedonen. War das der Grund, weshalb Atrobates diesen Teppich weben ließ? Weil er von Persern und Massageten erzählte? Besaß ein Atrobates überhaupt die Kenntnisse, um solch eine Komposition in Auftrag zu geben?

Und dann war da noch Aristandros. Warum enthüllte er ihr so freimütig Alexanders angebliche Absichten? War es vielleicht gar kein Zufall gewesen, als er ihr in der letzten Nacht so hilfreich zur Seite sprang? Vielleicht hatte er sie gar gesucht? Doch wie sollte ein Mann sie suchen, der sie nie zuvor getroffen hatte? Hatte ihm vielleicht der verstorbene

Schamane einen Fingerzeig hinterlassen? Sie spürte deutlich, wie sich ihre Nackenhaare aufrichteten.

Didyme wusste nicht, wie lange sie so gegrübelt hatte, plötzlich stürzte Aristandros aus dem Feldherrenzelt und hetzte mit angespannter Miene an ihr vorüber, ohne ihr auch nur die geringste Aufmerksamkeit zu gönnen. Standen ihm tatsächlich Schweißperlen auf der Stirn?

Er eilte zu einem nicht allzu weit entfernten Zelt hinüber, und Didyme schloss sich ihm unwillkürlich an, wurde jedoch sofort von einem wahrhaft riesigen Makedonen gepackt, einem der Leibwächter Alexanders. Aristandros vernahm ihren protestierenden Ruf und fuhr wie aufgeschreckt herum, als habe er bis zu diesem Moment seine Umgebung kaum wahrgenommen. Sie begegnete einem flackernden Blick, doch dann nickte er zu dem Makedonen hinüber, um gleich darauf weiter zu eilen.

Der Hüne ließ sie zögernd los. Auch wenn er in ihrer Nähe blieb, so verhinderte er nun nicht mehr, dass sie sich Aristandros an die Fersen heftete.

Was Didyme aus der Entfernung für ein Zelt gehalten hatte, erwies sich aus der Nähe als eine Umfriedung, die man mit einem hohen Zaun aus Leinentüchern vor zudringlichen Blicken geschützt hatte. Das seltsame Gehöft wurde zu allem Überfluss von Soldaten bewacht, musste somit von großer Wichtigkeit sein.

Als Didyme zögerte, da bedeutete ihr Aristandros beinahe unwirsch, sich ihm anzuschließen. Dabei schienen seine Augen nicht nur abwesend, sondern geradezu uferlos, als fixiere er eine gänzlich andere Welt. Welch ein Kontrast zu dem lächelnden Mann, der ihr noch vor kurzer Zeit den Stadtplan von Alexandria erläutert hatte. Als sie in die Umfriedung trat, blieben alle zurück. Didyme empfing sogar von den Leibwächtern einige irritierte, ja, verärgerte Blicke. In der Umfriedung stand zu Didymes Überraschung nichts als ein kleiner, blutiger Altar, reich mit grünen Girlanden bekränzt. Das war nicht irgendeine Umfriedung, es handelte sich um einen Temenos, um einen heiligen Bezirk, wie er Didyme auch aus ihrer Vaterstadt durchaus vertraut war.

Neben dem Altar hatte man einen durch den Geruch des Blutes völlig verängstigten Widder angepflockt. Das Tier zerrte an seinem Strick, und Didyme konnte nicht verhindern, dass sich einiges von seiner Panik auf sie übertrug. Früher hatte sie zu Tieren kein solch intensives Verhältnis gehabt, doch mit den Visionen hatte sich das grundlegend verändert. Jetzt lief ihr der Schweiß in Strömen über Brust und Rücken.

Ganz fraglos wollte Aristandros den Widder opfern, um mit Hilfe seiner Eingeweide einen Blick in die Zukunft zu wagen. Sie kannte die ekelhafte Prozedur von ihrem Vater, auch wenn sie sie niemals selbst vollzogen hatte. Seltsam, früher hatte sie diese Opfer nie derart anstößig gefunden.

Aristandros verlor indes keine Zeit und zog dem unglücklichen Tier ohne Umschweife ein Messer durch die Kehle, ehe er das Opfer an den Beinen aufhing, um es ausbluten zu lassen. All das vollzog sich in beängstigender Stille, und Didyme wartete schweigend. Viel zu früh brach der Alte das Opfertier auf, um Leber und Eingeweide zu untersuchen. Die Innereien waren noch viel zu blutig, ein klares Indiz, dass hier Eile vor Sorgfalt an den Tag gelegt wurde.

So konzentriert Aristandros auch arbeitete, er schickte immer wieder verstohlene Blicke durch die offene Umfriedung zum fernen Flussufer hinüber.

Auch wenn man es aus dieser Distanz nicht erkennen konnte, so war sich Didyme fast sicher, dass sich an dem anderen Flussufer massagetische Reiter tummelten.

Und während das Blut aus den Eingeweiden troff und Didyme ein Schauder nach dem andern durch die Glieder rann, da bemerkte sie, dass man eine lange Reihe mächtiger Katapulte durch die Lagergasse rollte, zum Flussufer hinunter. Didyme war mit der Konstruktion nicht weiter vertraut, doch offenbar handelte es sich um gewaltige Schleudern, die ihre Geschosse weit über jedes menschliche Maß in die Ferne tragen konnten. Das Quietschen der hölzernen Räder war plötzlich allgegenwärtig. Kein Zweifel, dies waren die Vorbereitungen auf eine Schlacht. Didyme fühlte das Blut in ihren Schläfen hämmern.

Im Gegensatz zu seiner Begleiterin verschwendete der Alte kaum einen Blick auf die militärischen Aktivitäten, so sorgenvoll, wie er die Eingeweide auseinander zog. Jetzt bettete er auch die Leber weihevoll auf den Altar, und Didyme genügte ein kurzer Blick. „Die Leber hat keinen Lappen“, murmelte sie unwillkürlich.

Zu spät biss sie sich auf die Lippen, ihre verräterische Aussage war nicht ungeschehen zu machen. Aber hatte Aristandros überhaupt zugehört? Sie hätte schwören können, dass ihm ihr Gemurmel nicht entgangen war, und das bedeutete eine mittlere Katastrophe, falls er sich in seinem aufgewühlten Gemütszustand überhaupt auf etwas anderes konzentrieren konnte als auf sein Opfertier. Denn wie sollte sie erklären, weshalb eine Amazone mit einem griechischen Leberorakel vertraut war? Plötzlich hatte sie das beklemmende Gefühl, in eine Falle geraten zu sein. Hatte er sie am Ende in diesen Temenos gelockt, um ihr Wissen zu testen?

„Kein Lappen“, murmelte er wie ein Echo zu Didymes Beobachtung. Von ihrem Vater her war Didyme durchaus mit einem Leberorakel vertraut, und sie wusste auch, dass der fehlende Lappen ein Zeichen des Unheils war. Doch um die Bedeutung der verunstalteten Leber abschätzen zu können, hätte sie wissen müssen, wie der Alte seine Orakelfrage formuliert hatte. Wofür erbat er sich göttlichen Rat? Krieg oder Frieden, Schlacht oder Waffenstillstand? Darum musste es gehen, da hatte sie keinen Zweifel.

Didyme wartete bangend auf eine erste Rückfrage, auf ein Zeichen aufflammenden Misstrauens, doch schien Aristandros zum Glück mit seinen Gedanken weit entfernt. Er wandte sich ruckartig ab und stürzte zurück zum Zelt seines Königs. Für Didyme hatte er erneut keinen Blick, und das war aus ihrer Sicht höchst alarmierend. Offensichtlich hatte er sie nicht mitgenommen, um mit ihr zu sprechen, nein, hier kam nur ein Test in Frage, und sie war ihm glatt in die Falle getappt. Der Alte hatte seine Antwort. Und wahrscheinlich war er bereits jetzt der Ansicht, dass sie unmöglich eine Amazone sein könne. Sie hatte sich verraten!

Schon vor dem Feldherrenzelt wurde der Alte von Erigyios abgefangen, den sein Panzer und der rote Mantel als engen Freund des Königs auswiesen. Erigyios redete heftig auf ihn ein. Nein, das war im Grunde noch viel zu wenig, er bedrängte ihn geradezu, und das im Angesicht zahlloser Soldaten, die nach dem Opfer dem Zelt Alexanders entgegenfluteten. Das Gedränge wurde schier unüberschaubar. Didyme bemerkte sogar zahllose Orientalen und andere Hilfstruppen, und so flüchtete sie sich erleichtert in den Kreis der Amazonen.

Aristandros und Erigyios debattierten immer noch in unmittelbarer Nähe. Der Makedone fragte offenbar nach dem Orakel. Doch so sehr Didyme auch die Ohren spitzte, ihre Stimmen verschmolzen mit dem Geraune des Heeres, so dass Didyme nur einige Bruchstücke mitbekam, die sie zudem eher erraten musste.

„ ...auf keinen Fall in die Schlacht ... Achill vor Troja ...“

Was meinte er mit Achill vor Troja? Didyme wusste nur, dass Achill im Kampf um die Stadt gefallen war, doch dann verstand sie plötzlich – Alexander sah sich selbst als der neue Achill! Hatte Aristandros ein Orakel erhalten, das mit dem Tod des Königs in Zusammenhang stand? Dann riss sich der Alte auch schon los und verschwand Augenblicke später im Zelt seines Königs. Erigyios folgte ihm.

Die Soldaten warteten in dichten Reihen, nur im Zaum gehalten von einer großen Zahl junger Pagen, die zumindest den Raum vor dem Königszelt weitgehend frei hielten.

Die Pagen waren es auch, die die Amazonen vor den immer lauter werdenden Unmutsbekundungen abschirmten, doch wurde die Lage dennoch kritisch und die Mienen in der kleinen Delegation immer besorgter, bis man die Amazonen hastig in einige Zelte nötigte, um sie wenigstens den Blicken der Soldaten zu entziehen. Dabei stießen sie Didyme so eilig hinein, dass sie unsanft zu Boden schlug.

Das Spiel der Greifen

Kaum im Zelt, drängten sie sich alle aneinander wie eine Herde Rotwild, nach allen Seiten auf der Hut, die Nerven zum Zerreißen gespannt. Der Pulk schien jede einzelne zu schützen, nur Didyme nicht, die direkt auf das Sattelzeug der Amazonen gestürzt war, das man tags zuvor hier untergebracht hatte.

Sie griff sich sofort ihren Sattel, um zu überprüfen, ob das Geweih noch vorhanden war.

Didyme hatte sich stets vor diesem Geweih gefürchtet, doch als es ihr jetzt unter die Augen kam, schien ihr es wie ein Wink des Schicksals. Sie schloss die Finger über den geschnitzten Tiergestalten. Das Zelt versank ihr vor den Augen, das Raunen des Lagers und die hellen Rufe der Amazonen fielen hinter ihr zurück, und alles was sie mit sich nahm, war ihre erwartungsvolle Angst.

Sie konnte nichts erkennen, sich nicht orientieren, spürte nur, dass sie auf dem Rücken lag und mit den Beinen herumruderte. Es war Nacht, und sie war zurück auf der Ebene von Pazyryk.

Auch wenn sie darauf gefasst gewesen war, so war doch der Blick auf ihre Hirschläufe aufs Neue erschreckend. Für einen Augenblick lag sie ganz still und starrte auf ihr schlankes Vorderbein und den gerundeten Huf – sie war wieder ein Beutetier.

Dann begriff sie endlich, weshalb sie den Kopf nicht bewegen konnte. Ihr Geweih hatte sich im Boden verkeilt und nagelte sie förmlich fest. Immerhin mäßigte sich jetzt ihr Atem, dann warf sie sich gewaltsam auf die Seite, schlug ihre Hufe in den Boden und stand schließlich mit angespannten Muskeln. Mit vibrierenden Ohren lauschte sie in die Runde. Zum Glück stand sie nicht schutzlos im Freien, sondern inmitten eines dieser schütteren Gehölze aus windgebeugten Birken, das sich unmittelbar an den Fuß eines kleinen Grabhügels heranschob.

Der Tumulus stand keineswegs allein, erhoben sich doch in seiner Nähe nicht nur eine Reihe gleich großer Verwandter, sondern auch ein deutlich mächtigerer Kurgan, um den sich die anderen reihten wie die Amazonen um Thalestris.

Als sie vorsichtig den Kopf aus den Zweigen schob, gewahrte sie nur in der Ferne eine äsende Herde, die den Schutz der Dunkelheit nutzte, um nach Nahrung zu suchen.

Während sie die Tiere beobachtete, streifte sie ganz unbewusst mit dem Maul einige Blätter von den Zweigen, um sie angewidert gleich wieder auszuspucken. Doch noch ehe sie ihren Mund wieder frei hatte, bedauerte sie bereits, das eigentlich doch ganz schmackhafte Laub verschmäht zu haben. Der Gedanke, ihren Hunger mit Gras und Laub zu stillen, schien ihr plötzlich gar nicht mehr so abwegig. Vielleicht konnte sie doch ... Wieder griff sie nach dem Laub und kaute bald voller Inbrunst und mit vollen Backen. Sie hätte nie gedacht, so hungrig zu sein.

Die frische Nahrung beruhigte sie zusehends, zumal nichts und niemand ihre Ruhe störte. Und so trat sie sachte nach vorne, doch nein, eigentlich stolzierte sie eher einen Schritt ins Freie und genoss für einen Augenblick die Eleganz ihrer eigenen Bewegung. In den von permanenter Flucht gefüllten Visionsnächten war ihr die nervige Leichtigkeit ihres Hirschkörpers gar nicht so richtig zu Bewusstsein gekommen.

Schon hatte sie das Gehölz hinter sich, da raschelte es in einem benachbarten Buschwerk, und als sie den Kopf herumriss, erspähte sie Adlerkopf und Vorderpranken eines Greifen, der die Ohren in den Wind drehte, um die ferne Herde zu beobachten.

Er hatte Didyme nicht bemerkt! Im nächsten Augenblick stand sie schon wieder hinter den Birken und lauschte auf ihren schweren Atem, während ihre Ohren unablässig wachsam kreisten.

Ihr Blick saugte sich förmlich fest an dem ahnungslosen Gegner, den sie durch das Gezweig noch leidlich gut erkennen konnte. Und dann stach ihr auch schon sein Geruch in die Nase, dieser widerliche Gestank nach Blut und Tod. Eigentlich nur ein vager Lufthauch, der kaum die Birkenblätter in Unruhe versetzte. Und dennoch war ihre Wahrnehmung geradezu körperlich, so präsent in ihrem Kopf wie eine reale Berührung.

Huf um Huf zog sie sich tiefer zurück zwischen die Birken und hinaus aus dem Blickfeld des erbarmungslosen Jägers. Dabei vermied sie äußerst geschickt auch das geringste Rascheln. Jetzt erreichte sie den rückwärtigen Rand des Gehölzes. Und gerade weil sie sich so lautlos bewegte, registrierte sie jetzt ein leises Klappern wie von einem Vogelschnabel. Das Geräusch erreichte sie von links.

Ein prüfender Atemzug, ein reflexartiges Spielen ihrer Ohren, dann hatte sie die Spur erfasst, die sich links von ihr durch das Gras zog, eine Fährte von acht Tatzen – zwei Greifen. Der Jäger, dem sie so knapp entronnen war, lauerte nicht allein. Doch wo war sein Gefährte? Oder handelte es sich am Ende gar um eine Gefährtin? Schließlich hatte sie in den Nächten zuvor einen Babygreif beobachtet. Richtig! Das war die Erklärung für das Klappern, es stammte von dem kleinen Schnabel des zukünftigen Jägers. Er musste hier irgendwo sein, hatte doch das verräterische Geräusch während der letzten Minuten mit jedem Schritt an Stärke zugenommen.

Sie spürte, wie die Nervosität in Wellen durch ihren Körper lief. Wieder überprüfte sie den Nachtwind, doch trug er auch diesmal keine warnende Botschaft.

Sie kam nicht weiter, drehte doch der Wind aufs Neue und fuhr ihr direkt in die weit geöffneten Nüstern, strich ihr über den Kopf und hinüber zu dem Greifen, der dort irgendwo in den Büschen lauerte und der jetzt in dieser Sekunde die verhängnisvolle Witterung aufnehmen würde.

Sie musste hier weg, doch jede Flucht würde sie in die deckungslose Ebene führen. Dort besaß sie nicht die geringste Chance, einen Angriff zu überleben. Ihre einzige Option war das Greifenkind und der Beschützerinstinkt der Eltern, und was ein realer Hirsch nie versucht hätte: Didyme peilte mit den Ohren das Klappern an und erreichte schon nach wenigen geschmeidigen Schritten eine kleine Kuhle, in die sich der winzige Babygreif hineindrückte. Der Winzling hatte schlechte Erfahrungen mit ihr gemacht und es diesmal wohl vorgezogen, sich zu verstecken. Seltsam, entsprach das Klappern des Schnabels vielleicht am Ende dem Geklapper von Zähnen?

Wieder drehte der Wind und trug den Geruch des Todes von hinten heran. Mit jähem Griff fuhr ihr Maul nach unten und packte das fauchende Tier im Nacken. Sie riss ihr kleines Opfer hoch, dann war sie auch schon aus der Kuhle heraus und floh mit riesigen Sätzen über die Ebene einem mächtigen Grabhügel entgegen. Immerhin besaß sie eine Geisel!

Sie musste sich nicht einmal umsehen, sie hörte ihre keuchenden Sätze, diesen gierigen Atem, den sie bei jedem Sprung aus den Lungen pressten. Es waren zwei ..., zwei Greifen!

Didyme war pfeilschnell, doch die Jäger näherten sich noch rascher; sie stob in eine Senke hinunter, die sie den Blicken der Verfolger entzog. Ohne nachzudenken, ließ sie sich einfach fallen, schmiegte sich ins hohe Gras, das schreckensstarre Jungtier unverwandt im Maul.

Im nächsten Moment schossen zwei schlanke Schatten über sie hinweg und zuckten förmlich über die Senke. Das war keine Rettung, das war nur ein winziger Vorsprung.

Blitzschnell war sie wieder auf den Hufen und raste dem Hügel entgegen. Dort oben war es ihr schon einmal gelungen, sich zu verteidigen. Der Babygreif hing immer noch reglos in ihrem Maul und schien sich tot zu stellen, falls sie ihm nicht versehentlich das Genick zermalmt hatte.

Noch zwei, drei Sprünge, dann erreichte sie die Hügelkuppe und den Trichter der Grabräuber, mit dem diese in die geschändete Grabstätte vorgedrungen waren.

Dann hörte sie schon wieder die Eltern hinter sich. Blitzschnell wirbelte sie herum, ließ das Jungtier zu Boden gleiten und senkte drohend ihr Geweih. Die Verfolger bremsten in vollem Lauf, prallten gegeneinander und schlichen dann mit der Geschmeidigkeit von Katzen um sie herum, wie Schatten des Schreckens auf der Suche nach einer Chance zum Angriff.

Ihre Augen leuchteten in der Nacht wie glühende Kohlen. Die Eltern zogen ihre Kreise enger und enger, schon hörte sie ihren fauchenden Atem selbst gegen den Wind, da packte sie blitzschnell ihr hilfloses Opfer und schleuderte das Greifenkind über ihren Rücken hinunter in den Trichter, den die Grabräuber in der Mitte des Hügels hinterlassen hatten. Fiepend stürzte der Kleine nach unten.

Ehe Didyme noch reagieren konnte, schossen die Eltern auch schon heran und wie die Blitze hinein in den Trichter, ohne ihr auch nur die geringste Aufmerksamkeit zu schenken.

Didyme verlor keine Zeit. Mit allem, was ihre Hufe hergaben, flog sie den Hügel hinab und hinein in die Ebene, einem rettenden Gehölz entgegen. Der Wind kam von hinten, unmöglich sie zu entdecken, sobald sie erst einmal die schutzlose Zone verlassen hatte.

Und dann hatte sie die Ebene hinter sich und warf sich herum, spürte die Zweige auf ihrem Fell.

Oben auf dem Hügel spielten die Greife – zwei große und ein kleiner Schatten. Die Eltern hatten ihre Jagd abgebrochen und sprangen mit flatternden Sätzen zärtlich umeinander herum. Ein seltsamer Anblick, dieses heitere Spiel dieser tödlichen Wesen, die so urplötzlich alles vergessen hatten, was sie eben noch so unheilig beseelte – ihre Gier nach Jagd und Beute, nach Kampf und Tod. Wie Scherenschnitte erschienen die drei im fahlen Licht des Mondes über dem Kamm des Hügels und entzogen sich im ausgelassenen Spiel ihrer Kräfte zusehends ihren Blicken.

Weit in der Ferne grasten Rehe und Böcke, ganz unberührt von jenem Drama, das Didyme in letzter Sekunde abgewendet hatte. Zumindest für diese Nacht schien Frieden eingekehrt in die sonst so dämonische Welt der Tiere.

Frieden!

Die Übersetzung

Als Didyme wieder zu sich kam, lag sie auf dem Rücken im Zelt, umringt von Amazonen, die sich auf ihre Arme und Beine gesetzt hatten. Dabei fassten sie derart unnachsichtig zu, dass Didyme kaum ein Glied mehr rühren konnte und unwillkürlich vor Schmerzen aufwimmerte, bis sich der Griff der Frauen lockerte.

Dann verstrich geraume Zeit, und die sich im Zelt drängenden Amazonen schienen ebenso gebannt zu lauschen wie Didyme selbst. Doch alles, was durch die dünne Zeltwandung hereindrang, das war ein auf- und abschwellendes Tosen, ein Raunen von Tausenden, die gleich ihnen auf eine Entscheidung oder zumindest auf einen Hinweis warteten. Didyme erschien es beinahe, als schwanke das Zelt auf schäumender See, als trage sie das Geraune mitunter hoch empor, um sie in nächster Sekunde wieder stürzen zu lassen. Ein ekelhaftes Gefühl absoluter Hilflosigkeit, mit dem sie beileibe nicht allein war.

Kein Zweifel, es war den Amazonen höchst unangenehm, hier im Lager auszuharren und nicht zu wissen, ob man ihnen in Zweifelsfall sicheres Geleit gewähren würde. Ihre Gefährtinnen waren angewiesen auf Didymes Sprachkenntnisse, im Grunde eine Genugtuung für sie, die allerdings nicht ausreichte, um Didymes Beklemmung zu überdecken.

Überaus erleichtert vernahm sie Aristandros' Stimme, die ganz unvermittelt im Zelteingang aufklang. „Wo ist sie? Sie soll sofort kommen!"

Die Amazonen tauschten finstere Blicke, doch dann war es Phandake, die die wortlose Kommunikation mit einem Kopfnicken beendete.

Nun drängte sich auch schon der Seher durch den dicht gepackten Ring der Leiber und prallte zurück, als er Didyme auf dem Boden vorfand. „Was ist mit ihr? Wurde sie verwundet?"

Didyme krächzte irgendetwas, was sich eher wie der Schrei eines Tieres anhörte, und hatte Mühe, überhaupt einen menschlichen Laut hervorzubringen.

Der Alte fragte noch irgendetwas, doch hatte sie nur ein Klingen in den Ohren. Ehe sie sich noch mitteilen konnte, zerrte man sie auch schon auf die Füße und schob sie ohne Umschweife nach draußen. „Nun komm schon!", drängte Aristandros.

Anscheinend wollte er noch etwas hinzufügen, doch führte gerade eine Eskorte von Makedonen einen Trupp von etwa zwanzig berittenen Massageten vor das Zelt des Königs, und diesmal handelte es sich eindeutig nicht um Amazonen.

Aristandros packte sie am Arm und zerrte sie zum Feldherrenzelt. „Schnell, man benötigt dich als Dolmetscherin."

Im Zelt fand sie den König auf seinem Thronsessel im Kreise seiner Freunde. Alexander wirkte immer noch merklich angegriffen, wenn auch nicht mehr ganz so hinfällig wie tags zuvor.

Dennoch war er bleich und hatte immer noch größte Mühe sich mitzuteilen, so dass Ptolemaios erneut als Sprachrohr fungierte, um seine Worte laut zu wiederholen.

Ihnen gegenüber stand eine Delegationen der Massageten, sämtlich Männer. Bei Didymes Eintritt drehten sich einige und musterten sie mit unverhohlener Abneigung. Nach den Insignien ihrer Tracht handelte es sich neben einigen Mitgliedern aus den Völkern der Greifen und Böcke vor allem um Vertreter der beiden Priesterkasten, der Ruten und der Linden.

Einer der Schamanen stand zwischen der Delegation und den Makedonen und hatte offenbar gerade versucht, die Begrüßung zu übersetzen.

Als der König nun Didymes ansichtig wurde, da raunte er Ptolemaios etwas ins Ohr, und der eilte spornstreichs zu Aristandros und Didyme hinüber. Auf diese Weise erhielt Didyme unmittelbare Kenntnis von den Worten des Königs, auch wenn sich der Leibwächter bemühte, den Seher etwas zur Seite zu ziehen. „Alexander wünscht, dass du erneut deine Orakel befragst. Für ihn privat und nur für ihn. Und diesmal keine fremden Zeugen!"

Der Alte zuckte ein wenig, spürte er doch den unterschwelligen Tadel, doch winkte der Somatophylax Didyme bereits nach vorne und so blieb ihr nichts anderes übrig, als der Weisung unter den missbilligenden Blicken der Massageten Folge zu leisten. Offenbar wussten sie genau, wen sie in Didyme vor sich hatten, konnten jedoch auf ihre Dolmetscherdienste nicht verzichten.

Als sie in die Mitte trat, da war sie zwar wie in Schweiß gebadet, doch fühlte sie sich wie auf einer hohen Woge, die sie schier unaufhaltsam ihrem Ziel entgegentrug. Zum ersten Mal empfand sie keine Furcht. Es war ein wahrhaft berauschendes Gefühl, als stünde sie unter dem Einfluss einer jener Drogen, die ihr Vater gelegentlich ohne Rücksicht auf Verluste an seiner Familie ausprobiert hatte.

Doch ungeachtet dieses Zustandes fühlte sie sich aufs äußerste konzentriert, lag doch ihr Weg ganz klar und offen vor ihr. Ja, ihr war, als führe sie eine unsichtbare Hand, ein göttlicher Begleiter. Seltsamerweise dachte sie ganz spontan nicht etwa an den Apoll der Branchiden, sondern an die Tierdämonen der Massageten. Es war ein faszinierender Moment, als könne sie den Anfang kaum erwarten, ohne wirklich zu wissen, was sie eigentlich tun sollte, so, als sei sie ein Werkzeug fremden Willens.

Der König flüsterte erneut.

„Wie ich höre", übersetzte Didyme, „will mir dein Volk erläutern, weshalb es gut für mich und meine Freunde sein sollte, einen Vertrag mit euch abzuschließen."

Einen Vertrag? Das durfte nicht sein, niemals!

Alexander winkte dem Sprecher der Abordnung, der nun seinerseits das Wort an Didyme richtete. „Die Völker der Skythen entbieten ihren Gruß dem König Alexander."

Allein der eher verbindliche Ton und die ersten Sätze genügten völlig, um Didyme davon zu überzeugen, dass diese Delegation tatsächlich erschienen war, um einer Eskalation vorzubeugen. Alexander antwortete jedoch höchst ausweichend, und so fuhr der Massagete mit Nachdruck fort. „Wir Massageten leben in einem riesigen Reich ohne Städte, König

Alexander herrscht jedoch über Asien mit seinen Völkern und Städten. Um unser Reich zu durchqueren, würde er Monate im Sattel verbringen. Erst dann erreicht man einen hohen Ort, an dem die Massageten ihren Göttern weit näher kommen, als dir deine versklavten Untertanen je sein werden. Also sollte keiner von uns begehren, was der andere besitzt, außer der König will Wälder, Steppen und Flüsse erobern. Wie ich hörte, spottet man sogar in euren griechischen Sprichwörtern über die Einöden der Massageten, doch wir ziehen in der Tat der einengenden Kultur der Städte grenzenlose Einöden vor."

Didyme übersetzte mit Bedacht und wartete voller Nervosität auf den Moment, an dem sie sich aktiv in das Spiel einschalten konnte.

Nun öffnete sich zunächst der Kreis der Delegation, und die Massageten präsentierten dem König einen Pflug, einen Pfeil, einen Speer und eine goldene Trinkschale.

„Dies sind die Geschenke unserer Götter an die Völker der Skythen und dies reichen wir dir, auf dass du mehr über uns erfahren mögest. Dieser vier Gegenstände bedienen wir uns, sowohl im Kreise unserer Freunde als auch gegen unsere Feinde. Die mit dem Pflug gewonnenen Feldfrüchte teilen wir mit unseren Freunden, mit ihnen zusammen spenden wir den Göttern Wein aus der Schale. Den Feind treffen wir aus der Ferne mit dem Pfeil, aus der Nähe mit dem Speer. So haben wir einst die Achämeniden, die Beherrscher der Syrer, der Perser und der Meder überwunden. Und so hat uns einst sogar der Weg nach Ägypten offen gestanden."

Alexander runzelte ärgerlich die Stirn. Die Tatsache, dass diese Massageten einen Orientsieg für sich reklamierten, der dem seinen in nichts nachstand, das überraschte ihn doch sichtlich, und ehe er noch reagieren konnte, setzte Didyme eigenmächtig hinzu.

„Du erkennst somit, oh König, wir haben bereits vor langer Zeit vollendet, was du gerade vollbracht hast."

Der Unwillen des Königs stieg und der massagetischer Sprecher beeilte sich fortzufahren – Didymes Eingriff nicht ahnend. „Die Vorteile einer Allianz liegen also klar auf der Hand – für beide Seiten. Du solltest dich fragen, ob es nicht besser ist, im Norden Freunde zu besitzen, die die Grenzen deines Reiches wahren und achten ..."

Der Massagete sprach weiter, und Didyme passte sich seinen Pausen und seinem Sprachrhythmus an, veränderte die Übersetzung jedoch durch eigene Passagen, die sich ihr wie von selbst auf die Lippen drängten, ohne dass sie letztlich begriff, wie es eigentlich dazu kam.

Dabei musste sie sich zusammennehmen, um nach Kräften Verlegenheit zu mimen, als sei sie über die Worte beider Seiten aufs höchste bestürzt. Selbst diese Heuchelei bereitete ihr keine Schwierigkeiten. Woher sie diese

Skrupellosigkeit nahm, darauf verschwendete sie in diesen Minuten keinen Gedanken, doch musste sie immer wieder an die Tiere denken – Frieden unter den Dämonen und Krieg mit den Skythen, Krieg mit den Skythen ...

So gewannen ihre Sätze immer mehr an Schärfe, Alexander dabei stets im Blick behaltend und beobachtend, wie sich seine Stimmung veränderte. „Hätte es dem Willen der Götter entsprochen, dass deine Körpergröße der Gier deiner Wünsche gleichkäme, so vermöchte der ganze Erdkreis König Alexander schwerlich zu fassen."

Ein Raunen lief durch die Reihe der Makedonen, selbst durch die an den Wänden des Zeltes aufgereihten Garden. Und Didyme legte immer aggressivere Formulierungen nach. „In deiner einen Hand hältst du den Aufgang, in der andern bereits den Niedergang, denn wenn du das ganze Menschengeschlecht überwunden hast, wirst du mit Wäldern, Schneegebirgen und wilden Tieren Krieg führen müssen. Aber auch der Löwe wird mitunter ein Fraß für die kleinsten Insekten. Was haben wir mit dir zu schaffen? Was kümmert es uns Massageten, welch ein Mann du bist, wir, die wir in endlosen Wäldern leben?"

Didyme übersetzte nicht wirklich falsch. Sie gab wieder, was die Massageten vorbrachten, aber sie fügte hier ein Wort in einen Satz, und ließ dort ein anderes weg, als schichte sie eine Mauer, die dem Plan des Architekten immer unähnlicher wurde, je höher sie Ziegel auf Ziegel türmte.

Ungeachtet seiner Schwäche hielt es Alexander bald nicht mehr auf seinem Thron.

Didyme fing betroffene Blicke der massagetischen Seite, konnte man sich doch die Eskalation nicht erklären.

Ehe der König noch zu einer Antwort ansetzte, erschien Aristandros aufs Neue und stürzte sofort zu ihm hinüber. In seiner Erregung sprach er lauter als beabsichtigt.

„ ... nie so Glück verheißende Eingeweide gesehen ..., ein Orakel ganz anders als die vorhergehenden, ein Wunder, wie ich es noch nie erlebte, als hätten die Götter ihre Meinung geändert. Um sicherzugehen, sollte man jedoch den Willen der Unsterblichen ein letztes Mal erforschen."

Das alles brach aus ihm heraus, doch legte ihm Alexander schließlich mit funkelndem Blick die Hand auf den Arm und zeigte nicht das geringste Interesse an einem neuen Orakel. In seiner Erregung gelang es dem König nun sogar, seine Antwort so laut und drohend hervorzustoßen, dass er keiner Wiederholung mehr bedurfte. „Ich denke, ich werde meinem Glück vertrauen und bin bereit, das eure zu testen!"

Damit wandte er sich ab, und die bestürzte Delegation sah sich entlassen, während Didyme noch schnell eine überspitzte Formulierung anbot, die nun ihrerseits den Grimm der Massageten und ihren Stolz entfachte, gab sie ihnen doch am Ende einen letzten Stich mit auf dem Weg. „Aber ich denke, Ihr werdet nicht den Mut aufbringen, gegen mich anzutreten."

Augenblicke später traten bereits die makedonischen Garden zwischen König und Besucher, und die Massageten sahen sich so schnell entlassen, wie man sie empfangen hatte.

Geburt eines Kriegers

Der Kreis der Somatophylakes schloss sich um den König und entzog ihn den Blicken der zutiefst entrüsteten Besucher. Nur Didyme konnte in einem kurzen Moment beobachten, wie Alexander mit geschlossenen Augen auf seinen Thronsessel sank. Offensichtlich hatte ihn bereits dieser kurze Ausbruch derart geschwächt, dass er sich kaum auf den Beinen halten konnte. Didyme triumphierte, würde doch dieser sieche Mann unmöglich in einer Schlacht bestehen können.

Hinter Didyme drängten die Skythen zum Eingang, sie jedoch blieb zurück in der Mitte des Zeltes. Ihre unnatürliche Selbstsicherheit fiel von ihr ab, etwas hilflos sah sie sich um. Wohin sollte sie sich wenden? Sollte sie hier ausharren, auf eine Anweisung warten, oder sich den Massageten anschließen? In ihrem Plan, in diesem spontanen Gespinst der Intrige, war dieser Moment gar nicht vorgesehen – so als reiche ihr Horizont nur bis zu jenem dramatischen Augenblick, in dem sie den Konflikt so erfolgreich gesät hatte. Nach dieser mörderischen Konzentration, in der sie das erhebende Gefühl der Macht bis zur Neige ausgekostet hatte, traf sie jetzt ihre alte Unentschlossenheit mit jäher Wucht. Aus dem schwerelosen Rausch wurde ein taumelnder Sturz zurück in die Realität, und so musste sie sich regelrecht mit den Händen abfangen, um nicht zu Boden zu sinken.

Ein wenig später taumelte sie verunsichert hinter den Massageten her. Keiner der Delegierten beachtete sie sonderlich, und doch fing sie manch funkelnden Blick unverhohlener Vorfreude, der nur allzu deutlich verriet, dass einige den Kampf kaum erwarten konnten. Mit ihrem Verrat hatte sie genau denen in die Hände gespielt, die eher heute als morgen den ersten Pfeil aus dem Köcher reißen wollten.

Doch während die Anstifterin des bevorstehenden Dramas jetzt wie Espenlaub zitterte und ängstlich nach ihren Amazonen Ausschau hielt, verrieten die Mienen der Massageten eine derart begeisterte Entschlossenheit, dass es Didyme schauderte. Wie war es nur möglich, dass Menschen Kampf und Tod so freudig begrüßten?

Didyme sah sich hektisch um, doch die Amazonen waren verschwunden, und mit ihnen auch ihre Pferde – man hatte sie im Feindesland zurückgelassen wie ein ausgesetztes Kind. Auch die Massagetendelegation saß gerade auf.

Als sie sich verzweifelt näherte, traf sie wieder ein kalter Blick aus Skythenaugen, gefolgt von einer verächtlichen Geste, die an Deutlichkeit nichts zu wünschen übrig ließ. „Die Orakel sind günstig", stammelte sie, „günstig für eine Schlacht, ich schwöre es euch beim heiligen Herd von Thalestris!"

Didyme starrte in düstere Augen, die sich misstrauisch verengten, hatte sie doch den heiligsten Eid gewählt, den ein Skythe nur leisten konnte.

Vielleicht würde man ihr doch erlauben, sich ihnen anzuschließen, das Lager mit ihnen zu verlassen, sich in Sicherheit zu bringen, doch da trieben die Massageten ihre Pferde bereits in die Lagergasse, und niemand schaute sich mehr um nach der unwillkommenen Dolmetscherin, am allerwenigsten die Magier, die nicht einmal reagierten, als Didyme wie ein herrenloser Hund einige Schritte hinter ihnen her stolperte.

Auch die Makedonen und all die anderen Soldaten, die sich in dichten Reihen vor dem Feldherrenzelt drängten, musterten sie mit solcher Feindseligkeit, dass sie am liebsten im Boden versunken wäre.

Ihr Pferd, vielleicht hatten die Amazonen hinter dem Zelt wenigstens ihr Pferd zurückgelassen. Schon hastete sie zurück, da erreichte sie der dröhnende Ruf eines Leibwächters. Durch den Eingang des Königszeltes war Alexanders unwirsche Geste deutlich auszumachen.

Im nächsten Augenblick stürmte einer der Leibwächter auf sie zu. „Greift mir die Amazone dort!", brüllte er zu den Pagen hinüber, die sich immer noch verzweifelt mühten, auf dem weiten Paradeplatz wenigstens einigermaßen auf Ordnung zu halten. Der Somatophylax wartete auch gar nicht auf die Erfüllung seines Befehls, sondern stürzte Didyme entgegen.

Sie stand wie versteinert. War sie entlarvt? Hatte man ihren doppelten Verrat entdeckt – ihren Verrat an den Skythen wie an den Makedonen? Jetzt stand der Hüne neben ihr, beinahe zwei Kopf größer und wenigstens so stattlich wie Thalestris. Es war Erigyios, falls sie seinen Namen vorhin richtig verstanden hatte.

„Der König will dich sprechen!" Er packte sie ohne Umschweife und schleppte sie zurück in das Zelt. Didyme sah sich bereits verurteilt, und als er sie unverhofft losließ, wäre sie vor Angst beinahe zu Boden gesunken, doch war es nur Aristandros, der sich in ihre Nähe drängte.

„Du bist nicht, was du vorgibst, wer also bist du? Ich schätze, du bekommst gerade, was du dir ersehnst!", zischte er ihr zornig entgegen. „Du wolltest doch eine Schlacht? Meine Orakel standen beständig dagegen, bis auf das letzte. Wie ist es dir gelungen, den Ratschluss der Götter in letzter Sekunde zu korrigieren?"

Sie bemerkte die Sorge in den Augen des Alten und auch einen Funken unerwarteten Hasses, als habe er weit mehr verstanden als jeder andere im Zelt des Königs.

Dann wandte er sich auch schon ab und sah sorgenvoll auf seinen König, dem es schon Mühe bereitete, sich nur vom Thron zu erheben. Seine Freunde trugen ihn förmlich nach hinten aus dem Zelt, ohne dass er Didyme auch nur die geringste Aufmerksamkeit geschenkt hätte. Sie atmete auf, vielleicht war ihre Sorge unbegründet, doch da packte sie Erigyios schon aufs Neue und schob sie unmissverständlich hinter dem König her.

Auch Aristandros schloss sich an, als wollte er sie keine Sekunde aus dem Auge lassen. In der Hand des Erigyios kam sie sich vor wie eine Puppe. Ihr Herz hämmerte wie wild, und das Gewand klebte ihr schweißnass am Körper.

Man trieb sie unablässig vorwärts, und nun zeigten sich erst die gewaltigen Abmessungen dieses Feldherrenzeltes, von dem der eigentliche Audienzbereich lediglich den vorderen Teil in Anspruch nahm. Dahinter erstreckte sich ein wahrer Zeltpalast mit weiteren Höfen, Arsenalen und Wirtschaftsräumen, der bis zum Steilufer des Jaxartes hinüberreichte.

Als man sie schließlich aus einem Hinterausgang dirigierte, lag vor ihr der träge dahinziehende Strom. Alexander stand nur wenig entfernt, gestützt auf den Arm eines Freundes, während andere damit beschäftigt waren, die in großer Zahl herbeistürmenden Ordonanzen zu empfangen, ihre Informationen zu sondieren, um dann zu entscheiden, wer dem König direkt berichten musste und wer gleich mit neuen Befehlen entsandt werden konnte.

Vom südlichen Ufer war mittlerweile aufgrund der ungeheuren Truppenansammlung so gut wie nichts mehr zu erkennen. Und so zahlreich die bereits aufmarschierten Einheiten auch sein mochten, noch weit mehr strömten nun aus den Lagergassen dem Jaxartes entgegen. Doch ungeachtet dieser gewaltigen Machtentfaltung lagerte eine unverkennbare Düsterkeit wie eine dunkle Wolke über dieser bisher unbesiegten Armee, eine bange Erwartung, die Didyme trotz ihrer Angst mit schaudernder Vorfreude registrierte. Sie war sich sicher, dass diese Tausenden Ähnliches empfanden, als spürten sie den von den Göttern vorbestimmten Untergang.

Didyme fröstelte. „Rache für Branchidai, Rache für Branchidai", sie flüsterte es unablässig vor sich hin.

Drüben auf dem Nordufer stoben ganze Schwärme skythischer Reiter auf und ab und erfüllten die Luft mit gellendem Geschrei, das Pfeilschüssen gleich gelegentlich sogar das Dröhnen des Aufmarsches übertönte.

Unten am Fluss fuhren unterdessen in endloser Reihe die Katapulte auf, vierrädrige Gefährte, auf die man gigantische Bogen montiert hatte, fraglos dazu bestimmt, Geschosse über den an dieser Stelle zwar breiten, jedoch auch flachen Strom zu senden. Didyme spähte nach drüben, ihr schien es unmöglich, auf diese Distanz ein bewegliches Ziel wie einen Reiter anzuvisieren.

Damit war der Aufmarsch jedoch keineswegs beendet, denn unablässig vergrößerte sich die Reihe der Katapulte, während bereits zahllose Flöße ins Wasser geschoben wurden, die zum Teil auf aufgeblasenen Tierhäuten schwammen. Offenbar wollte Alexander seine Truppen auf breiter Front über den Strom setzen.

Didymes banger Blick schweifte wieder ans andere Ufer, um die Zahl skythischer Reiter abzuschätzen. Würden sie imstande sein, die Landung abzuwehren? Oder würden sie den Feind erst in wolkenartiger Schar umkreisen, dann vor ihm fliehen, um die Verfolger dann während dieser nur vorgetäuschten Flucht mit Pfeilen zu überschütten? In dieser von ihren Gegnern gefürchteten Taktik hatten sie eine wahre Meisterschaft darin entwickelt, von einem galoppierenden Pferd mit dem Bogen nach hinten zu schießen.

Das ganze Szenario war derart fesselnd, dass Didyme den Rapphengst erst bemerkte, als er an der Hand eines Reitknechts unmittelbar vor ihr vorübertrabte. Das Tier war bereits ziemlich betagt, wenigstens so alt wie der Hengst des Skythes.

Dieser Rappe musste Bukephalos sein, das legendäre Schlachtross des Königs, das siegreich aus allen Kämpfen hervorgegangen war. Schon als Knabe hatte es Alexander von seinem Vater geschenkt bekommen.

Unwillkürlich dachte sie an Thalestris, und ihr Blick flog unwillkürlich zum massagetischen Ufer. Wartete die Königin jetzt dort drüben inmitten ihrer Landsleute? Und wo waren Phandake und ihre Delegation? Hatten sie sich unbehelligt über den Jaxartes absetzen können?

Inzwischen traten die Somatophylakes noch etwas enger um Alexander zusammen, um ihn nahezu vollständig abzuschirmen.

Zugleich eilten weitere Pagen herzu, brachten neben Beinschienen einen gewölbten, silberglänzenden Rundschild und einen nicht minder schimmernden Helm mit leuchtend weißem Federbusch, neben dem links und rechts an den Schläfen zwei überlange Federn in den Himmel ragten. Nur der Brustpanzer des Königs war erstaunlicherweise aus Leinen und gesteppter Baumwolle, so wie ihn Didyme aus dem persischen Heer kannte. Anscheinend setzte der junge König großes Vertrauen in den erbeuteten Panzer. Die Pagen wappneten ihren Herrn, legten ihm die Beinschienen an und streiften ihm den Panzer über. Um seinen Hals trug er einen kostbaren, mit Edelsteinen geschmückten Kragen, und jemand drückte ihm den Helm aufs Haupt. Ein edler Purpurmantel vervollständigte schließlich sein Ornat. Hinter dieser schimmernden Wehr schien die körperliche Hinfälligkeit Alexanders zunehmend zu verblassen.

Die Leibwächter standen derart dicht, dass Didyme im ersten Augenblick nicht bemerkte, dass Alexander auf seinen Hengst gehoben wurde. Doch so beeindruckend der trotzige Rapphengst auch wirkte, der Reiter schien Didyme nun wieder von beglückender Hilflosigkeit. Das war kein Krieger, der imstande war, eine Schlacht zu bestehen! Ja, sie gewann sogar den Eindruck, dass sich der König unter dem Druck seiner Waffen kaum auf dem Pferderücken halten konnte, zumal man ihm jetzt auch noch eine Schwertscheide umgürtete. Wenn er so einer Thalestris vor die Lanze kam ...

Als sie unverhofft Aristandros in die Augen sah, da senkte sie schnell ihren Blick, um ihren Hass zu verschleiern.

Mittlerweile ritt Alexander um seine Freunde herum, um die Truppen mit erhobener Hand zu grüßen.

Staunend beobachtete Didyme, wie sich die vorbeiziehenden Reihen der Makedonen strafften, als fege allein die Erscheinung ihres Königs alle Zweifel aus den Herzen seiner Krieger. Alle grüßten ihn mit lautem Zuruf und auf wunderbare Weise schien sich die allgemeine Zuversicht wie ein Lauffeuer auszubreiten.

Auch der noch gerade hinfällige König schien plötzlich wie verwandelt. Seine Augen lohten in einem tödlich weißen Antlitz, das die übliche Röte völlig verloren hatte. Und auch wenn sich die Haut über den Wangenknochen spannte, so hielt er sich doch eisern aufrecht auf dem Rücken seines Rappen, der sich mit grimmigem Wiehern auf die Schlacht einstimmte.

Der König hob bereits die Hand, um seinen vierbeinigen Freund nach vorne zu spornen, da griff er noch einmal in die Zügel und deutete zu Didyme hinüber. „Nehmt sie mit", schrie er seinen Leibwächtern zu. Und selbst in seine Stimme schien die alte Kraft zurückgekehrt. „Sobald wir gesiegt haben, benötigen wir einen Dolmetscher. Ihr schützt sie mit eurem Leben, aber wenn sie sich gegen euch stellt, dann schneidet ihr die Kehle durch. Und stellt sicher, dass sie keine Waffen trägt."

Ptolemaios trieb sein Ross neben sie und hob sie auf ein Pferd. Dabei riss er ihr beinahe die Jacke vom Leib, doch begriff er schnell, dass sie außer einem geschnitzten Geweih nichts am Körper trug. Als es zu Boden polterte, hob er es auf, zögerte einen Moment und reichte es ihr schließlich zurück, und Didyme bemühte sich peinlich, diesmal keine der Figuren zu berühren, als sie das unheimliche Stück unter der Jacke barg.

Dann griff ihr der riesige Mann bereits in den Zügel und galoppierte mit ihr dem Ufer entgegen. Als sie den König erreichten, streifte er sie nur kurz mit düsterem Blick, als ihm ganz unerwartet Aristandros in den Zügel fiel.

„Vorsicht!“, mahnte der Alte mit einem warnenden Blick auf Didyme. „Sie ist nicht, was sie vorgibt zu sein!“

Alexanders Blick zuckte kurz in ihre Richtung, Didyme aber war in diesem Augenblick einfach zu unwichtig für den jungen Eroberer.

Doch Aristandros ließ nicht locker. „Das ergibt alles keinen Sinn. Zweimal sprachen meine Orakel klar gegen die Schlacht, und doch ziehen wir jetzt in den Kampf. Es ist, als hätte sich der Ratschluss der Götter verändert, und das habe ich noch niemals erlebt. Das ist ein Frevel gegen das Schicksal!“

Alexander beugte sich ihm entgegen, dabei hielt sich Didyme auf ihrem Ross so nahe, dass sie die Worte Königs unschwer verstehen konnte. „Wie auch immer, mein Guter, im Grunde schätze ich nur jene Orakeldeuter, die mir Gutes prophezeien. Also, trage Sorge, dass du mich nicht aufs Neue erzürnst!“

Doch der Alte wirkte so außer sich, dass ihn die Drohung nicht wirklich erschütterte, ja, er schien ernstlich gekränkt. „Wenn mein König mit der Zukunft hadert, dann sollte er den Göttern zürnen, ich bin nur der Interpret ihrer Launen.“

Der König lachte beinahe lautlos auf. „Wahrlich gut gesprochen, doch heute ist ein Tag zum Kämpfen!“ Damit wandte er sich ab, und als an seiner Standarte ein rotes Tuch in den Himmel stieg, galt dies anscheinend als Signal, den Angriff zu eröffnen und über den Fluss vorzurücken.

Hass und Wut trieben die Massen dem Flussufer entgegen, das wogende Meer aus wehenden Helmbüschen und blinkendem Metall schien im Rhythmus des Zorns zu schäumen, als sich die Heerscharen zu einem monströsen Tier vereinten, das sich wie ein Mann ins Wasser wälzte.

Dann trieb auch der König seinen Bukephalos den Abhang hinunter, den Katapulten zu, die mittlerweile damit begonnen hatten, die auf der anderen Flussseite so provozierend auf- und abgaloppierenden Massageten mit wahren Pfeilwolken einzudecken. Didyme fuhr regelrecht zusammen, als eines der ersten Geschosse einen Reiter traf und ihn rücklings vom Pferd riss. Der Massagete war kaum gefallen, da wurden weitere Reiter Opfer des Pfeilhagels, so dass die skythische Kavallerie bestürzt vom Ufer zurückwich.

Mittlerweile erreichte Alexander mit seinem Gefolge, in das sich auch Didyme einreihen musste, das Südufer des Stromes. Vor und zwischen den Katapulten stürzten sich Tausende ins Wasser, um mit Hilfe der Flöße und mit aufgeblasenen Tierhäuten über den Fluss zu setzen. Schon bald war der Jaxartes schwarz vor Menschen, die sich wie eine Springflut dem feindlichen Ufer entgegenwälzte, während drüben knapp außerhalb des Feuerbereichs der Katapulte die Massageten gleich geschwaderweise aufritten, um die Angreifer nach der Landung mit einem Pfeilhagel zu begrüßen.

Der Schild

Alexander und seine Leibwächter ritten im Schutz ihrer silberglänzenden Schilde auf eines der größten Flöße, wobei man den König schützend umringte. Ptolemaios, der bisher Didymes Pferd am Zügel geführt hatte, schlug dem Tier mit der Lanze über die Hinterhand, so dass es in weitem Sprung über das sandige Ufer auf das Floß setzte. Es bestand aus zahlreichen miteinander vertäuten Tierhäuten mit einer massiven Standfläche aus Holzbohlen darauf und reichlich Platz für Ruderer und Reiter. Beim Aufsetzen des Pferdes schwankte es kurz, doch hielt es dem Gewicht ohne weiteres stand.

Augenblicke später löste die Mannschaft die Taue und trieb das klobige Gefährt ins offene Wasser. Unablässig zischten die Pfeile der Katapulte in hohem Bogen über sie hinweg, so dass Didyme ständig den Kopf zwischen die Schultern zog.

Alexander saß nun zusammengesunken auf seinem Rappen und wirkte plötzlich wieder klein und verwundbar, erinnerte nur noch entfernt an den dämonischen Krieger, der vor wenigen Minuten oben am Flussufer seine Männer vorwärts getrieben hatte. Der Gedanke, dass der Mörder ihrer Eltern diese Schlacht so schwerlich überstehen konnte, verschaffte Didyme ein Gefühl schicksalhafter Befriedigung.

Die Massageten, die Feinde aller Stadtbewohner, waren dazu ausersehen, ihre Eltern und Landsleute zu rächen, und als Didyme den Blick in den Himmel hob, da wähnte sie gar, die Gesichter Lykurgs und ihrer Eltern in den träge ziehenden Wolken auszumachen. Oder waren es gar Tiere, die sich weit oben im Himmel tummelten? Didyme fühlte sich wie im Rausch, und nur ganz langsam kam ihr wieder zu Bewusstsein, dass sie wohl nicht mehr Herrin ihrer Sinne war. Wie sollte sie überleben, wenn sie ihren eigenen Sinnen nicht mehr trauen durfte? Panische Angst nahm wieder von ihr Besitz.

Die Ruderer legten sich mächtig ins Zeug, während vor ihnen schon unzählige Kämpfer das skythische Ufer erreichten und im Schutz ihrer Schilde aus dem Wasser wateten. Und Schutz benötigten sie wahrhaftig, hatten sich doch die Massageten inzwischen zu dichten Scharen formiert, um den anlandenden Truppen mit einem Pfeilhagel den Weg zu verstellen, sobald sie von den Katapulten nicht mehr gedeckt werden konnten.

Mittlerweile erreichte auch das Königsfloß das nördliche Ufer, begleitet von leichter Kavallerie, die ähnlich den Skythen mit Bogen bewaffnet war und nun unter ungeheurem Gebrüll ans Ufer strebte, während sich das Fußvolk hinter ihren Standarten hastig zu dichten Reihen ordnete, um hinter seinen Schilden besser Schutz zu finden.

Die Leibwächter brüllten sich regelrecht die Kehle aus dem Hals, forderten einen Landungssteg für den König, doch war Alexander bei weitem zu ungeduldig, um auf irgendwelche Pioniere zu warten. Ehe sich noch jemand dazwischenwerfen konnte, setzte er bereits mit Bukephalos hinab in den Strom, der dem alten Hengst immer noch bis an den Bauch reichte.

Als der König den Rappen vorwärts spornte, da sah Didyme kurz die Innenseite seines Schilds. Es war eines jener Schilde, die sie erst vor zwei Tagen mit dem Bildnis von Thalestris geschmückt hatte. Wenn nun der König damit im Kampf auf Thalestris traf? Thalestris – nein, sie konnte hier gar nicht vor Ort sein, schließlich hatte sie ihr Lager doch vor Tagen in weiter Entfernung geschanzt. Oder sollte sie doch ihren Landsleuten zu Hilfe kommen? Didyme wurde speiübel bei dieser Vorstellung. Ihr Schuldbewusstsein wurde so übermächtig, dass sie sich beinahe übergeben musste.

Alexanders Mitstreiter hatten sämtlich das Floß verlassen und schirmten den jungen König in weiter Runde ab, während zur Linken wie zur Rechten immer bedeutendere Kavallerieverbände ans Ufer trabten. Didyme erkannte jetzt ganz unterschiedlich gewappnete Reiterei. Die einen waren schwer gepanzert wie der König selbst, dem gerade sein Waffenmeister eine überlange Lanze reichte. Es handelte sich fraglos um die legendäre Hetairenreiterei, die gegen Dareios kriegsentscheidend gewesen war.

Doch hatte Alexander anscheinend eine beträchtliche Zahl seiner Reiter nach skythischer Manier leicht bewaffnet und vor allem mit Pfeil und Bogen ausgestattet, offenbar Söldner, die man aus Hilfsvölkern rekrutiert hatte. Diese leichte Kavallerie nahm nun umgehend die skythischen Krieger unter Beschuss, die die vordersten Reihen der Alexanderarmee in lockerer Runde umschwärmten, um Pfeil auf Pfeil auf sie abzuschießen.

Unter dem Schutz ihrer Schilde drangen die Makedonen mit Reitern und Fußvolk schier unaufhaltsam vom Ufer weg und trieben die Massageten einem riesigen Pfluge gleich nach Norden in die Steppe. Die Nomaden wichen anfangs nur zögernd, zogen sich dann jedoch beinahe bereitwillig zurück, als habe sie bereits jeglicher Mut verlassen, so dass sich die ersten Lanzenreiter bereits zur Verfolgung aus den bisher so dicht geschlossenen Reihen lösten. Nur durch den gellenden Warnruf ihrer Offiziere konnten sie in den Verband zurückgetrieben werden.

Einer, der am lautesten brüllte, war ein ungeschlachter Makedone, in dem Didyme zu ihrem Entsetzen keinen anderen als Alketas erkannte. Sie senkte hastig den Kopf, doch war es schon zu spät, traf er sie doch mit einem geradezu sengenden Blick – keine Frage, er hatte sie erkannt!

Zu Didymes Glück konnte er seinen Posten unmöglich verlassen, und Sekunden später sah sie ihn schon nicht mehr. Zu ihrem Leidwesen wurde immer deutlicher, dass sich Alexander und seine Makedonen bestens auf die Taktik der Steppenvölker vorbereitet hatten. Anscheinend durchschaute man mühelos, dass es sich hier nur um eine Scheinflucht handelte, dazu bestimmt, die festen Truppenverbände des Feindes aufzulösen. Ungeachtet dieses massagetischen Rückzugs erreichte dennoch so mancher Pfeil die makedonischen Reihen und mehr als ein Geschoss fand sein Opfer unter Mensch und Tier.

Didyme schmiegte sich dicht auf ihr Pferd, fürchtete sie doch, jede Sekunde von einem Pfeil durchbohrt zu werden. Außer einem Geschoss, das zwischen den Vorderbeinen ihres Pferdes landete, kam aber kein einziger Pfeil in ihre Nähe. Das war vielleicht weniger dem Glück zu danken, als vielmehr einer heftigen Attacke der leichten Kavallerie, so dass den Massageten jede Möglichkeit zu weiteren Angriffen verwehrt blieb.

Die Taktik der Alexanderarmee mit ihren beweglichen Reiterverbänden traf die Skythen anscheinend gänzlich unvorbereitet, so dass Alexander nun mit seiner schweren Kavallerie auf breiter Front nach Norden vorrückte, während hinter ihnen buchstäblich seine ganze Armee aus dem Wasser quoll. Die Erde schien förmlich zu beben unter den Tausenden und Abertausenden von Füßen.

Im Kreis der Leibwächter und einer großen Schar von Hetairen hatte Didyme nicht die geringste Chance, zurückzubleiben oder sich gar abzusetzen. Schon bald erreichten sie die ersten jener Skythen, die vom Pfeilhagel der Katapulte zu Boden gestreckt worden war. So lagen sie nebeneinander, die Krieger und Kriegerinnen der Greifen und Böcke und nicht zuletzt auch einige der Hirsche, so dass Didyme förmlich das Blut in den Adern gefror.

Jetzt passierte sie wieder einen Gefallenen und erkannte zu ihrem Entsetzen Phandake. Ein Katapultpfeil hatte ihr Panzer und Brust durchschlagen. Didyme vergingen fast die Sinne, als die Sterbende just in dieser Sekunde unter dem Trampeln unzähliger Hufe noch einmal die Augen öffnete. Ihr schauerlich stierer Blick richtete sich zu Didyme empor, und als kehrten dadurch noch einmal die Kräfte in den geschundenen Körper zurück, streckte sie Didyme die geballte Faust entgegen. Dann erschlafften ihre Muskeln, und die Amazone sank tot zurück in ihr Blut.

Didyme war schon halb vom Pferd, da riss sie Ptolemaios mit mächtiger Hand wieder hoch und presste sie wieder auf den Pferdehals, ehe er beide Tiere vorwärts spornte. Didyme hing würgend über dem Hals ihres Pferdes und wagte keinen Blick zurück.

Wie seine Gefährten, so schenkte auch Alexander den Gefallenen keinerlei Aufmerksamkeit, sondern trieb seine Truppen unablässig zum Angriff. Die Massageten stürmten zwar noch einmal in dichten Wolken heran, doch wurden sie umgehend von nachgeführter Kavallerie mit Lanzen und Pfeilen attackiert und alsbald zurückgedrängt, so dass sie ihre vertraute Taktik schneller Vorstöße und ebenso behender Flucht nicht mehr ausspielen konnten.

Didyme war wie gelähmt, spürte kaum noch die geschorene Mähne des Pferdes unter ihren Fingern. Wie in Trance registrierte sie, dass nunmehr sogar Infanterie zur Verfolgung der immer schneller zurückweichenden Massageten ansetzte, bis sich die Reiter der Steppe plötzlich unter schweren Verlusten zur Flucht wandten.

Sieger und Besiegte drängten immer ungestümer nach Norden, bis das eben noch von Tausenden dicht bevölkerte Flussufer leer und verlassen hinter ihnen lag.

Die Verfolger rissen Didyme schier unaufhaltsam mit sich, als unten am Flussufer ganz unverhofft eine Schar von Amazonen in den Rücken der Alexanderarmee galoppierte. Die Hirschgeweihe auf den Köpfen der Pferde waren deutlich auszumachen, und ihr Ziel war ganz klar – die gefallene Phandake! Thalestris, das musste Thalestris sein! Wer sonst hätte sein Leben für eine Tote riskiert?

Der Vorstoß der Amazonen blieb nicht lange unbemerkt und fand auch Alexanders Aufmerksamkeit, stießen die Angreiferinnen doch schier mühelos durch die Reihen leichter Kavallerie, die als einzige noch das Flussufer abschirmten. Augenblicke später waren die mit Bogen und Pfeil bewaffneten Reiter unter dem wütenden Ansturm der Amazonen unter schweren Verlusten in die Flucht getrieben. Selbst aus der Entfernung war Thalestris aufgrund ihrer hünenhaften Erscheinung mit ihrem in der Sonne blitzenden persischen Spitzhelm unschwer auszumachen.

Gerade zügelte sie ihren Hengst, verzichtete auf eine weitere Verfolgung und sah sich erneut nach Phandake um. Offensichtlich wusste sie genau, wo die Schwester gefallen war.

Auch Alexander zügelte unter wütendem Ruf den schäumenden Bukephalos. Im nächsten Augenblick dirigierte er bereits einen Trupp schwerer Hetairenkavallerie zum Ufer zurück.

Didyme beobachtete voller Entsetzen, wie sich die ersten Makedonen auf die Königin konzentrierten, doch noch ehe sie Thalestris tatsächlich erreichten, fegte sie den ersten mit einem Lanzenwurf vom Pferd und attackierte den nächsten mit ihrem zweiten Speer. Ihr Streich war so heftig, dass die splitternde Waffe den Mann förmlich durchbohrte. Er stürzte schwer wie ein Stein, den zerbrochenen Speer noch immer im Leib. Gerettet, wenigstens für den Augenblick!

Da erklang ein wütender Schrei, und dann galoppierte auch schon Alexander vorüber, dicht gefolgt von weiteren Garden. Didymes Pferd schloss sich einfach der Herde an, sie konnte es nicht verhindern. Wie der Wind flogen sie ihrer Freundin entgegen, die noch immer wie eine Löwin mit ihren Gegnern rang, als seien die auf sie eindringenden Hetairen nichts als eine Meute lästiger Hunde. Noch ein stürzender Makedone, dann trieb sie die Angreifer regelrecht auseinander, um endlich, endlich die tote Phandake zu erreichen.

Schon senkte sich ihr Blick auf den Leichnam der Schwester, da drängte sich ein hünenhafter Makedone neben sie. Niemand achtete auf Didymes panischen Aufschrei, die sah, wie der Krieger bereits sein Schwert zum entscheidenden Schlag hob. Doch seine Gegnerin drehte sich wie ein Blitz, entwand ihm die Waffe und trennte dem Angreifer mit einem einzigen Hieb den Kopf vom Rumpf.

Dann stand sie mit einem Sprung auf der Erde, riss den Leichnam in die Arme und trug Phandake zu ihrem Hengst, während ihre Gefährtinnen sie in weitem Kreis vor den Makedonen abschirmten und sich Alexander und seinen heranbrausenden Somatophylakes entgegenstellten.

Thalestris erkannte den angreifenden König, verlangte mit weit ausholender Geste nach ihrem Hengst und warf sich hinauf. Auch sie schien mehr als begierig, sich auf den neuen Feind zu stürzen, so dass sie Alexander entgegengaloppierte, ohne daran zu denken, dass sie nur noch ihren persischen Akinakes im Gürtel hatte.

Erst Samura fiel ihr im letzten Moment in die Zügel. Die Pferde stiegen unter schrillem Wiehern, kaum fünfzig Rosslängen von Alexander und den Seinen entfernt.

Doch Thalestris war nicht zu halten. Sie riss die Zügel an sich. „Eine Lanze!“, schrie sie mit gellender Stimme über das Schlachtfeld. „Gebt mir eine Lanze!“

Im nächsten Moment preschten bereits zwei Amazonen an ihre Seite und reichten ihr die geliebte Waffe. Kaum bewaffnet, spornte sie auch schon ihr Pferd, das sie unmittelbar zu Alexander führen musste, da dieser den Seinen deutlich voran galoppierte – waren sie doch seit Jahren gewöhnt, in der Attacke nicht vor dem König zu reiten.

Schon flogen die ersten Geschosse, und eine Lanze riss Thalestris tatsächlich den Helm vom Kopf, sie bemerkte es nicht einmal. Mit wehendem Haar senkte sie den Speer zum Angriff, da zügelte Alexander urplötzlich seinen Hengst und zwang ihn zur Seite, ließ aber keinen Blick von der dämonischen Angreiferin.

Das geschah so unverhofft, dass die in der Gruppe eingekeilte Didyme beinahe auf den König prallte. Um sie herum parierte der ganze Pulk seine Pferde und Didyme wähnte gar Alexanders Ruf zu vernehmen. Schrie er tatsächlich „Penthesilea?“

Zu Didymes Überraschung schien auch Thalestris zu zögern, ja, die Könige funkelten sich einen Lidschlag lang direkt in die Augen, dann dirigierte die Fürstin ihre Amazonen bereits wieder zum Flussufer zurück und hinaus aus dem Zentrum der Gefahr, um weiter unten am Ufer eine neue Stellung zu beziehen.

Alexander hielt immer noch reglos auf seinem schäumenden Rappen und keiner der Hetairen wagte es, eine Verfolgung einzufordern. Lag das in seiner Absicht, bot er den Amazonen nur infolge seiner Schwäche diese Chance zum geordneten Rückzug?

Alexander starrte mit wilden Blicken hinter ihnen her, als Ptolemaios mit verhängten Zügeln herangaloppierte, auch er noch ganz im Rausch der Schlacht. „Worauf warten wir, Alexandros? Hätten wir frontal attackiert, der König wäre jetzt vieler Feinde ledig!“

Alexander wandte kaum den Kopf. „Manchmal ist es besser, später zu siegen.“

Hatte Didyme das richtig verstanden? Doch dann zog er zur allgemeinen Überraschung seinen Bukephalos herum und machte sich wieder an die Verfolgung der skythischen Hauptstreitmacht, die sich mittlerweile an allen Frontabschnitten in ungeregelter Flucht entfernte, auch wenn immer noch einzelne Reiterhaufen die nachstoßenden Makedonen mit einem Pfeilhagel begrüßten. Aufhalten konnten sie sie jedoch nicht mehr.

Die Hetairenreiterei flog vorwärts, ignorierte den immer schütterer werdenden Pfeilhagel, und niemand achtete auf Didyme, die sich nach den ersten Galoppsprüngen blitzartig vom Pferd gleiten ließ, als ihr Tier von einem Pfeil gestreift wurde. Sie schlug schwer auf den durchwühlten Boden und blieb reglos liegen, ohne dass der König oder seine Umgebung davon Notiz genommen hätte.

Doch kaum hatten sie sich alle ein Stück entfernt, da fuhr sie schon wieder empor, griff sich Helm und Schwert eines Gefallenen, eine der überall herumliegenden Lanzen und hastete zu Fuß dem Flussufer entgegen. Vielleicht gelang es ihr sogar, eines der herrenlosen Pferde zu greifen ... Da näherte sich plötzlich heftiger Hufschlag.

Als sie herumzuckte, war der Angreifer schon beinahe heran – Alketas!

„Hab ich dich!“, triumphierte der Makedone.

Der siegesgewisse Mann stürzte sich von seinem Pferd auf sie hinunter und riss sie mit einem Griff um. Sie war zwar schneller wieder auf den Beinen als ihr schwer bewaffneter Gegenspieler, doch hatte sie unglücklicherweise beim Sturz ihre Waffen verloren.

Sie bückte sich gerade nach einer herrenlosen Lanze, da hörte sie, wie Alketas wutschnaubend wieder vor ihr stand. In ihrer Panik stolperte sie, und er setzte bereits zum entscheidenden Angriff an. Schon traf sie sein widerlicher Atem, da fuhr ihm unversehens ein Pfeil in die Schulter. Das Geschoss drang zwar nicht tief, blockierte jedoch seine allzu ungestüme Attacke.

Ungeachtet ihrer lähmenden Angst nutzte Didyme diese letzte Chance. Sie riss die Lanze an sich und stürzte sich mit gefälltem Speer auf den Gegner, der sich vor Schmerz krümmte und ihren Angriff nicht kommen sah. Die Lanze fuhr ihm quer durch den Leib und Alketas fiel wie ein Baum, während sein Blut über Didyme spritzte.

Der Sterbende wand sich auf dem Boden, aufgespießt wie ein Insekt unter den grausamen Fingern eines Kindes. Doch Didyme sah nicht seine Qual, sie erinnerte sich nur an Lykurgos und an die Minuten im Zelt dieses Barbaren. Wieder hatte sie den ekelhaften Geschmack seiner Waffen auf der Zunge und wieder fühlte sie, wie er ihr die Kleider vom Leib riss.

Der Makedone starrte ungläubig zu ihr empor, mit einem Blick voller Schmerz und Hass, bis sich seine Augen jäh verdrehten und sein Röcheln erstarb. Dann lag der Hüne still. Nur ein einsamer Blutfaden sickerte ihm aus dem Mundwinkel hinab in den Bart.

Didyme bebte am ganzen Körper, als erreichte sie erst jetzt das volle Ausmaß ihrer Panik wie ihres Triumphs. Noch nie hatte sie Ähnliches erlebt, dieses machtvolle Hochgefühl, das in immer neuen Schauern durch ihre Glieder lief.

Instinktiv wollte sie die tödliche Waffe an sich bringen, als eine Trophäe, als ein Zeichen der Befreiung, doch selbst jetzt ekelte sie sich vor dem blutigen Schaft und wagte einfach nicht, die Waffe aus der Wunde zu lösen.

Erst als sie endlich den Blick von ihrem Peiniger hob, da begriff sie, dass sie allein unter Sterbenden und Toten stand. Didyme stolperte zur Seite und presste die Hände auf die Ohren, doch dieses grausige Stöhnen schien allgegenwärtig, und Flucht war ihr einziger Gedanke.

Schon war sie einige Schritte entfernt, da überwältigte sie aufs Neue ihr Grimm. Sie eilte zurück, trat wuchtig in den reglosen Körper und riss am Ende doch die Lanze aus dem toten Schinder. Zum ersten Mal war sie kein Opfer mehr, kein Beutetier.

In Alexanders Zelt, da hatte sie sich noch gefürchtet, doch jetzt, in diesem dramatischen Augenblick, da begann sie sich zu fragen, weshalb sie den König nicht einfach attackiert hatte, diesen kleinen, hinfälligen Mann. Jäh begriff sie aber auch, dass das noch vor wenigen Stunden über ihre Kräfte gegangen wäre. Erst der Tod des Alketas hatte etwas in ihr verändert, als hätte ausgerechnet dieser verblutende Makedone ihrem Leben eine neue Richtung gewiesen.

So noch in Gedanken, erkannte sie mit einem Mal den Pfeil in der Schulter des Toten als ein Geschoss von Thalestris! Rasch drehte sie sich um und sah, dass die Freundin sogar ein Stück auf sie zu geritten war, um ihren Angreifer treffen zu können. Von dort schwang sie jetzt grüßend den Bogen. Didymes Starre löste sich, und sie griff sich das herrenlose Tier des Toten, zog sich mit hämmerndem Herzen hinauf und galoppierte zu Thalestris hinüber.

Als sie die Fürstin erreichte, erntete sie ein anerkennendes Nicken, dann ritten sie mit den Amazonen in geordnetem Trupp das Ufer entlang. Als sie das Schlachtfeld hinter sich wussten, schwenkten sie umgehend nach Norden, um sich dem allgemeinen Rückzug anzuschließen.

Bald verdichtete sich das Buschwerk, und die zunächst vereinzelt stehenden Bäume traten nun zu kleineren Wäldchen zusammen. Dann passierten sie auch schon eine Gruppe hoher Felsen und wahrhaft gewaltiger Bäume, die zur Gänze von Efeu überwuchert waren. Ein überraschend bizarrer Anblick, der Didyme schlagartig an eine Legende ihres Vaters erinnerte. Darin war von einem Ort die Rede, an dem vor Urzeiten der griechische Gott Dionysos auf seinem Weg durch Asien umgekehrt sei, um sich nach Osten zu wenden.

Sie hatten die Landmarke schon ein gutes Stück hinter sich, als auch die erste Abteilung makedonischer Kavallerie diese einst von den Göttern gesetzte Grenze passierte.

Einmal aus dem offenen Gelände heraus, fiel den Siegern die Verfolgung zusehends schwerer. Und nachdem die Massageten über mehr als 15 Kilometer hinweg von ihren Jägern gehetzt worden waren, beobachteten die Amazonen aus guter Deckung, wie sich die Sieger schließlich um ihren König scharten, um zum Jaxartes zurückzukehren.

Didyme war inzwischen vor Erschöpfung kaum eines Wortes mehr fähig, und auch ihren Begleiterinnen ging es offensichtlich nicht so viel anders. Wie ein Geschenk erschien deshalb der Rückzug der Makedonen in diesem Moment, wer weiß, wie viele Opfer es unter den Besiegten sonst noch gegeben hätte.

Jetzt fand Thalestris endlich Zeit, sich Didyme zu nähern. „Du hast doch die Verhandlung übersetzt? Wer hat die verdammte Schlacht angezettelt?“ Zum Glück aber schien sie nun ins Grübeln zu versinken, ohne eine Antwort abzuwarten.

Kriegsrat

Die Sonne war längst unter dem Horizont, als die Amazonen in das Kernlager der Massageten einritten. Die Zahl der Jurten ging in die Hunderte, doch war so manches Zelt verwaist, die Feuerstelle erloschen. – Von überall drang dieses leidvolle Stöhnen zahlloser Verwundeter an Didymes Ohr, Gefallene wurden weggetragen und Verletzte gepflegt.

Erst jetzt begann Didyme zu begreifen, was sie mit ihrer Übersetzung ausgelöst hatte. Sie beugte sich noch etwas tiefer über den Hals ihres Pferdes und vergrub das Gesicht in der festen Mähne. Bestürzt nahm sie wahr, dass auch viele Amazonen Verwundungen davongetragen hatten, was ihr bisher im Rausch der Schlacht gar nicht aufgefallen war. Wie viele Amazonen jetzt draußen auf der Ebene lagen, sie wusste es nicht. Ein grässliches Gefühl, nicht minder schrecklich wie die Erinnerung an jenen Moment, in dem ihre Lanze in den Körper des Makedonen gedrungen war. Sie hätte Triumph empfinden müssen, aber sie spürte nur Abscheu.

Gefolgt von ihren Frauen galoppierte Thalestris wie eine Gewitterwolke in eine Zeltgasse, und als seien die vergangenen Stunden spurlos an ihr vorübergegangen, stand sie schließlich mit energischem Sprung vor einer riesigen Jurte. Skythische Wachen stürzten herbei und griffen die Zügel ihres Hengstes.

Thalestris beachtete sie kaum und stürmte schweißüberströmt in das weit geöffnete Feldherrenzelt, in dem die versammelte Schar der Skythenfürsten gerade Kriegsrat hielt. Die Königin sah finster in die schlagartig verstummende Runde. Zornig rammte sie beide Lanzen in den Boden. „Wir zählen über tausenddreihundert Tote, Männer und Amazonen. Das Treffen ist verloren, und Alexander lebt noch immer. Diese Schlacht, wie konnte es dazu kommen?"

Sie schleuderte ihre Worte den Männern derart wütend entgegen, dass geraume Zeit verstrich, bis sich ein alter, weißbärtiger Massagete zu einer Antwort durchrang. „Der Makedonenkönig selbst gierte nach einer Schlacht. Er hat uns gezielt beleidigt!"

Didyme entspannte sich etwas. Offensichtlich hatte niemand hinsichtlich ihrer Übersetzung Verdacht geschöpft. Thalestris musterte den Sprecher misstrauisch. „Seid Ihr sicher?"

„Deine Dolmetscherin hat alles übersetzt, sie kann es bezeugen!", kam da eine Antwort von der Seite. Es war eine scharfe Stimme, die selbst Thalestris herumfahren ließ, war der Sprecher doch niemand anderes als Skythes, der sich hier im Kreis der Fürsten niedergelassen hatte.

In dieser lähmenden Sekunde, da begriff Didyme, dass sie in Skythes keineswegs einen einfachen Massageten, sondern einen Fürsten, vielleicht sogar einen König vor sich hatte. Umso drängender erhob sich die Frage, weshalb er sich ausgerechnet um eine unbedeutende Griechin bemüht hatte. Es musste etwas mit dem Teppich und ihrer Großmutter zu tun haben, es gab einfach keine andere Antwort.

Thalestris funkelte ihn an – zwei Menschen, die sich nicht mochten. Didyme hielt unwillkürlich den Atem an. Doch dann entschied die Königin wohl, dass dies nicht der Ort für eine Privatfehde sein könne. Ihrer vor dem Zelt haltenden Freundin warf sie jetzt allerdings einen nachdenklichen, ja, beinahe misstrauischen Blick zu. Für einen Augenblick glaubte Didyme, eine eisige Hand an ihrer Kehle zu spüren.

Zum Glück lag den anderen Massageten eine Rückfrage fern, und der Weißbart ergriff bereits wieder das Wort. „Also lasst uns beraten, was jetzt zu tun ist. Das war nur ein kleines Gefecht, doch die Völker der Massageten sind so zahlreich wie die Sterne am Himmel. Steppen und Wälder sind voll von unseren Kriegern und Herden."

Thalestris zog die Brauen zusammen, entschloss sich dann jedoch zu einer verbindlichen Entgegnung. „Du sprichst aus, was wir alle denken. Aber wir Massageten sind verteilt auf ein Reich, das man nur in vielen Monden durchreiten kann. Das Heer Alexanders steht hingegen kampfbereit am Jaxartes. Wir können ihn jetzt nicht zum zweiten Mal stellen, wir benötigen Zeit, um zu einem richtigen Entschluss zu gelangen."

Skythes erhob sich grollend. „Was redet Thalestris von Zeit? Debattieren wir nicht seit zwei Jahren darüber, was gegen den Makedonenkönig zu unternehmen ist? Fragen wir uns nicht seit dem dunklen Tag von Gaugamela, ob es nicht unsere Pflicht wäre, jene zweitausend Massageten zu rächen, die Alexander damals bei der Vernichtung des persischen Heeres ermordete? Ich sage: Unser Ziel heißt Rache."

Thalestris winkte unwirsch. „Alexander will das Perserreich erobern und wird sich bald nach Indien wenden, hinüber über die Pässe des Hindukusch. Sein Ziel ist klar, doch das deine scheint mir ziemlich zweifelhaft. Rache und Zorn sind stets schlechte Ratgeber. Viele unserer Magier warnten vor übereilten Entscheidungen, doch bisher vermochte uns keiner den Willen der Götter zu deuten. Eine Warnung ist noch kein Plan. Diese zweitausend Massageten fielen im Kampf gegen die Makedonen, weil sie persisches Gold genommen hatten, um in achämenidischen Reihen gegen Alexander anzutreten, obwohl er uns nichts getan hatte."

Skythes riss wütend seinen Akinakes aus der Scheide, doch der alte Fürst winkte begütigend. „Beide habt ihr Recht und beide habt ihr heute eure Lanzen in makedonisches Blut getaucht. Doch Thalestris spricht weiser. Im Augenblick gilt es zu verhindern, dass wir zur Unzeit angegriffen werden. Ich stimme deshalb dafür, Alexander eine weitere Delegation zu senden, um ihm auszurichten, dass diese Schlacht nicht ein Krieg der Massageten war, sondern nur ein Raubzug einiger weniger."

Skythes' Gesicht färbte sich dunkelrot. „Einiger weniger? Und wer wird dann dem Vorwurf der Feigheit entgegentreten?"

Noch während er sprach, flog ein spöttisches Lächeln über Thalestris' Züge, das sofort wieder verschwand. Der greise Skythenfürst erhob sich mit finsterer Miene. „Sehe ich hier jemanden, der den Vorwurf der Feigheit offen aussprechen will, gegen mich oder einen anderen?" Er blickte herausfordernd in die Runde, und selbst Thalestris senkte unwillkürlich den Kopf.

„Nun denn", dröhnte der Massagete, „wer wird unsere Gesandtschaft führen? Ich stimme dafür, dass ..."

Schon richtete er den Blick auf einen jüngeren Skythenfürsten, als Thalestris ihm unerwartet zuvorkam. „Keiner von euch! Ich selbst werde gehen, ich mit meinen Amazonen."

Aller Augen richteten sich überrascht und auch mit unverhohlener Missbilligung auf die Fürstin. „Und was macht dich so sicher, dass du nicht hingerichtet wirst wie die Männer Sogdiens?", intervenierte Skythes nicht ohne Hohn.

Thalestris winkte nur herablassend, und Skythes musterte sie leichenblass. „Außerdem wäre die Schlacht jetzt nicht verloren, hättest du es nur gewagt, gegen Alexander anzutreten!"

Thalestris legte die Hand an ihren Akinakes. „Ist das eine Beschuldigung?"

Doch der alte Massagete winkte begütigend. „Tausende von Feinden stehen nur Stunden entfernt. Wir brauchen keinen Zwist in unseren Reihen. Wenn du einen Vorwurf hast, dann trage ihn vor, aber offen und ehrlich!"

Skythes hob die Schultern, ehe er zu Didymes Erleichterung schon weit gemäßigter fortfuhr. „Man berichtete mir, dass du Alexander zum Zweikampf gestellt hattest, dann jedoch ..."

Er kam nicht weiter, zuckte ihm doch Thalestris' Klinge pfeilschnell entgegen, so drohend wie ihre Stimme. „Willst du mich beleidigen? Der Makedonenkönig selbst brach den Anlauf ab und zog sich auf seine Leibwachen zurück. Ich stand allein gegen wenigstens zwanzig Männer. Ich hatte keine Chance, ihn zu töten oder eine Schlacht zu retten, die die Massageten bereits verloren hatten!"

Didyme warf einen vorsichtigen Blick in die Runde. Wer von den Gefährtinnen der Königin hatte diese Information verbreitet? Es konnte eigentlich nur Samura gewesen sein, die Thalestris vorhin als Botin vorausgesandt hatte. Doch warum sollte sie das getan haben? Didyme fragte sich unwillkürlich, ob Thalestris wohl jetzt die gleiche Schlussfolgerung zog.

„Alexander hat bereits eine Massagetendelegation beleidigt, doch meine Gesandtschaft wurde respektvoll aufgenommen. Ich werde gehen!"

Die Männer tauschten unschlüssige Blicke, dann nickte der Weißbart widerstrebend. „So ist es beschlossen."

Kaum hatte er geendet, riss Thalestris auch schon ihre Lanzen aus dem Boden, drehte sich rasch auf der Ferse herum und kehrte dem Kriegsrat den Rücken.

Als sie aus dem Zelt stürmte, da gewahrte sie eine persische Delegation mit Atrobates. Didyme folgte ihrem Blick und duckte sich wieder auf ihrem Pferd.

Thalestris musterte die Fremden finster und tauschte mit Didyme einen vielsagenden Blick. „Da müssen wir nicht lange fragen, wer an der Schlacht so brennend interessiert war."

Didyme nickte beklommen und war immer noch bemüht, Atrobates nach Möglichkeit den Rücken zuzukehren. Derweil schweifte der Blick der Freundin wieder hinein ins Zelt zu Skythes. „Waffenverrückter Narr", zischte sie und sprang in den Sattel.

Didyme hörte kaum mehr hin, schossen ihr beim Anblick der Perser doch ganz andere Assoziationen durch den Kopf. Die Kämpfe mit einem persischen Löwengreifen in ihren Visionen hatte sie bisher vor allem mit den skythischen Tierbildern ihrer Großmutter in Verbindung gebracht, aber seit dieser Schlacht, die durch ihre Worte ausgelöst worden war, beunruhigte sie die Frage, ob hinter diesen Träumen und ihren Symbolen nicht noch weit mehr stecken mochte. Sie hatte diese Traumwelt stets als Hirsch betreten. Weshalb? Weil sie sich den Hirschen angeschlossen hatte?

Wenn sie in diese Geisterwelt eintauchen konnte, vielleicht vermochten es dann andere auch? Vielleicht begegnete man dort all seinen Ängsten und all seinen Feinden? Kämpfte sie vielleicht mit einem persischen Greifen, weil sie sich vor Atrobates fürchtete? War der Greif am Ende Atrobates selbst?

Und dann dieses Sphingenmonster in ihrer letzten Vision, halb Mensch, halb Tier. Unwillkürlich begegnete sie dem Blick der Linde, bemerkte erst jetzt, wie die Schamanin sie anstarrte. Ein Wesen halb Frau, halb Mann. Wieder dachte sie an die Sphinx: halb Mensch, halb Tier – halb Mann, halb Frau. War die Sphinx am Ende ein Symbol für die Linde? Didyme fühlte den hasserfüllten Blick in ihrem Nacken und duckte sich tiefer über die Mähne ihres Pferdes.

Da winkte Thalestris ihrem Gefolge, und Augenblicke später galoppierten sie bereits aus dem Lager.

Gefesselt

Als die Amazonen in ihrem eigenen Zeltdorf absaßen, das in einiger Entfernung vom Hauptlager errichtet worden war, erreichte gerade ein weiterer Trupp das Lager der Hirsche. Die Kriegerinnen nahten schweigend mit einer Reihe von Pferden, als traurige Last gefallene Amazonen tragend, allen voran die tote Phandake. Didyme erkannte ihren Hengst an seinem charakteristischen Kopfputz.

Ihr Magen krampfte sich zusammen, als Thalestris die Gefährtinnen ernst zur Seite winkte, um die tote Schwester selbst vom Pferd zu heben. Erst dann überantwortete sie den Leichnam einigen betagten Amazonen. Didyme wollte nicht mehr hinsehen, sie konnte es einfach nicht. Doch so heftig sie auch die Augenlider zusammenpresste, sie hörte doch die Stimme der Freundin. „Ihr sorgt mir dafür, dass Phandakes Körper nicht zerfällt. Er soll behandelt werden wie der einer Königin."

Damit trat sie in eine Jurte, die man eilends für sie aufgeschlagen hatte, und winkte Didyme mit sich. Das Zelt barg bereits den Hausrat der Königin mit der Kline und ihre Waffensammlung.

Hier in der dunklen Jurte, die das vor sich hinglimmende Herdfeuer nur matt erleuchtete, zeigte Thalestris nun doch Anzeichen von Erschöpfung und akzeptierte dankend Didymes Beistand beim Ablegen des sperrigen Brustpanzers und der schweißverklebten Kleidung. Als die Königin nackt vor ihr stand, erkannte Didyme erleichtert, dass Thalestris wie durch ein Wunder unverletzt geblieben war, von kleineren Schrammen abgesehen.

Als die Königin mit nahezu unhörbarem Seufzer auf die Kline sank, vermochte Didyme denn doch eine Frage nicht mehr zurückzuhalten. „Wie ..., wie viele Kriegerinnen haben wir verloren?" Und ohne darüber nachzudenken sprach sie von „Wir".

„Sechzehn." Für einen Augenblick hörte Didyme das Knirschen ihrer Zähne. „Und das auch nur, weil wir besser kämpften als je zuvor, dich eingeschlossen. Das war großartig, wie du diesen Hund zu Boden strecktest."

Didyme brachte kein Wort heraus, und Thalestris schien zu ahnen, was in ihr vorging. „Ich weiß, ich weiß! Wir Frauen sind mitfühlender als Männer, aber wenn sich je ein Makedone diesen Lanzenstoß verdient hat, dann war es dieser Alketas. Es war doch Alketas, oder?"

Didyme nickte beklommen. Die Anerkennung in der Stimme der Freundin war ebenso unverkennbar wie ihr Zorn auf die eigenen Landsleute. „Hast du unsere Taktik verfolgt? Eine lächerliche Vorstellung, die beste Armee unserer Zeit mit losen Reiterverbänden anzugreifen, wie ein Schwarm von Bienen, der einen Bären umschwirrt."

„Wir ..., die Massageten kämpfen nicht schlechter als die Makedonen!" Didymes Stimme zitterte bei dem verhaltenen Protest.

Thalestris stand langsam auf und legte ihr beide Hände auf die Schultern. „Das stimmt, und du hast dir nichts vorzuwerfen."

Didyme fuhr zusammen. „Es ..., es tut mir leid wegen Phandake. Ich ..., ich weiß nicht was ich sagen soll." Didyme bemerkte deutlich, wie die Freundin die Augen schloss, ja, sie spürte sogar ein Zittern in den mächtigen Händen. Und Thalestris ließ sie auch nicht los, als sie schließlich tief Atem holte und zu ihr sagte: „Du hast deine Freunde verloren, also weißt du, wie sich das anfühlt. Unter meinem Volk gibt es nicht wenige, die jetzt glauben, ich sei meiner größten Feindin ledig, aber ich denke, ich habe meine beste Kritikerin verloren – auch wenn wir nahezu niemals aufeinander hörten."

Didyme wusste nicht, was sie erwidern sollte, und Thalestris wechselte abrupt das Thema, wobei ihre Stimme schlagartig wieder an Lebendigkeit gewann. „Du aber hast mehr getan, als ich in meinem kühnsten Traum erwartet hätte. Es war großartig, wie du den Makedonen attackiertest." Der Stolz auf die Freundin war unüberhörbar. Didyme wäre am liebsten im Boden versunken, wusste sie doch, dass alle Lob verdienten, nur sie selbst nicht.

„Er ..., er hatte schon deinen Pfeil in der Brust ...", stotterte sie.

Doch Thalestris berührte sie sanft. „Mach dich nicht kleiner als du bist, Zauberfrau! Soviel ich erkennen konnte, war der Schuft noch überaus beweglich." Sie lachte kehlig. „Verwundungen spürt man in der Regel erst am Tage nach der Schlacht. Auf jeden Fall hast du dich auf ihn gestürzt wie ein Greif auf die Beute. Aus der Ferne glaubten wir schon, dir seien Flügel gewachsen."

Und noch während sie sprach, zog sie Didyme die zerfetzte Kleidung vom Körper und schob die Freundin nackt in den Hintergrund der Jurte. Didymes schlechtes Gewissen ließ ihren Atem schneller werden, fürchtete sie doch eine Entlarvung, meinte ein Zeichen von Misstrauen zu spüren. Doch als Thalestris nun einen rückwärtigen Eingang öffnete, da schimmerte vor Didyme ein kleiner Weiher, dessen stilles Wasser sich unmittelbar hinter der Jurte im Mondlicht spiegelte. Das Königszelt schirmte den Teich nahezu vollkommen vom eigentlichen Lager ab.

Thalestris blickte sich vorsichtig um, doch erreichte die beiden hier nichts als das gelegentliche Ächzen der Verwundeten, und so stieg die Königin schließlich wortlos ins Wasser und zog Didyme mit sich.

Nach wenigen Schritten reichte ihnen das Wasser bereits bis zu den Hüften. Es war eisig und doch ein beinahe überirdisches Labsal, als Didyme die Finger der Freundin auf ihrer Haut spürte, mit leichtem Schauder verfolgte, wie sie sanft über ihre Arme nach oben glitten und schließlich ihren Körper umspielten. Anfangs zitterten die Finger der Fürstin noch in unterschwelliger Anspannung, doch als sie Didyme an sich zog und sacht mit dem Flaum zwischen ihren Beinen spielte, da schien sich auch Thalestris langsam zu entspannen, als löse das Wasser nicht nur den Schweiß, sondern auch das Grauen des Tages.

Als sie die Freundin noch etwas näher zog, spürte Didyme den Druck ihrer Brüste in ihrem Rücken. Erst jetzt wagte sie es, sich umzudrehen, und das sinnliche Fingerspiel erst sanft und dann mit wachsendem Feuer zu erwidern. Zum ersten Mal seit Stunden verschwand der Anblick Phandakes vor ihrem geistigen Auge, bis sie sich nur noch auf diesen magischen Körper konzentrierte, der sich trotz aller Erschöpfung ihren Liebkosungen ergab.

Lange standen sie eng geschmiegt im dunklen Wasser und lauschten den Klagegesängen, die dumpf aus dem Lager herüber tönten.

„War sie deine einzige Schwester?", flüsterte Didyme schließlich.

Thalestris schrak etwas zusammen, als sei sie in Gedanken weit, weit weg gewesen. „Wir waren immer nur zu zweit, meine Mutter starb bei der Geburt eines Knaben, als wir noch kleine Mädchen waren. Was für ein sinnloses Ende."

„Und dann wurdest du Königin?"

„Oh, nein. Phandake war damals elf und ich zählte neun Jahre. Die Geliebte meiner Mutter zog uns auf, sie wurde unsere Amme. So will es der Brauch bei uns Hirschen."

„Die ..., die Geliebte deiner Mutter? Hattet ihr denn keine anderen Verwandten?"

„Verwandtschaft ist bei uns nicht entscheidend. Es ist allein die Freundschaft, die den Menschen adelt, und niemand hätte es gewagt, die Wahl meiner Mutter in Zweifel zu ziehen, als sie die langjährige Freundin zum Vormund bestimmte. Als meine Mutter die Augen schloss, wurde aus ihr die Amme einer zukünftigen Fürstin. Als Geliebte noch von vielen beneidet und abgelehnt, wurde sie nun die Hüterin der Zukunft, die das Schicksal aller Hirsche in den Händen hielt."

„Und eure Amme hat tatsächlich ganz allein entschieden, dass du den Thron besteigen solltest?"

„Sie verkündete es auf dem Totenbett, und nicht einmal Phandake wagte ein Wort des Aufbegehrens, auch wenn sie und viele andere bis dahin überzeugt waren, dass ihr ganz selbstverständlich die Königswürde zustünde."

Thalestris brach ab, und es dauerte eine Weile, ehe sie nachdenklich fortfuhr. „Damals war Phandake meine beste Freundin. Doch dieser Tag veränderte alles. Bald waren wir nur noch wie Feuer und Wasser, und ich fürchte, dass Samura Recht hat mit der Behauptung, dass Phandake mich aus tiefster Seele hasste."

So grotesk ihr es selbst auch vorkam, die Geschichte vom Hass der Schwester erfüllte Didyme mit gewisser Erleichterung, hatte ihr Verrat die Freundin doch am Ende von einer Feindin befreit. „So wirst du sie nicht rächen?", stammelte sie unwillkürlich. „Ich meine an den Makedonen?"

Thalestris antwortete nicht, doch spürte Didyme die Schauder, die den Körper der Kriegerin einer Brandung gleich durchliefen, so dass sie schließlich eine weitere Frage nicht zurückhalten konnte. „Und was ist mit deinem Volk? Werden sich die Massageten für diese Niederlage rächen?"

Die Königin bewegte sich unbehaglich in ihren Armen. „Unter Umständen geht es weit weniger um Rache als um unsere Freiheit. Doch zunächst gilt es festzustellen, was dieser Alexander plant. Auf keinen Fall werden wir uns zu Sklaven erniedrigen wie die Untertanen des Perserreichs."

„Nun, im Grunde waren selbst die Einwohner von Branchidai niemals die Sklaven der Achämeniden!"

Thalestris schüttelte sie sanft. „Kleine Närrin. Gemessen an der Freiheit der Massageten wart ihr alle Sklaven. Oder bist du nicht selbst verkauft worden?"

„Aber das war die Tat von Griechen!"

Die Fürstin lachte rau. „Welchen Unterschied macht es, wenn dein Vater dich irgendeinem Mann zur Frau gegeben hätte? Hättest du dich seinem Befehl verweigern können?"

Didyme dachte unwillkürlich an den schmutzigen Hippias, den sie immer so furchtbar gefunden hatte.

„Wo ist der Unterschied zu einem Sklavenmarkt, wenn die Eltern ihre Tochter einem Wildfremden ins Bett werfen?"

„Warum schändest du das Andenken meines Vaters?" Sie war unglaublich erleichtert, ihre Eltern nie im Zusammenhang mit Branchidai erwähnt zu haben.

„Deines Vaters? Das Schicksal deiner Mutter rührt mich weit mehr, wurde sie doch hilflos zu einem Opfer des Krieges, ohne zu wissen, warum. Nach den Gesetzen deiner Welt wäre es doch die Aufgabe deines Vaters gewesen, sie zu beschützen, doch ließ er sich feige töten. Ein typischer Mann in einer lächerlichen Welt. Sag selbst, wo eine Frau die wahre Freiheit findet, hinter den gefängnisgleichen Mauern eurer Städte oder in der Weite der Steppe."

Das klang so unwiderlegbar, dass es Didyme anfangs die Lippen versiegelte. „Ich gebe zu", murmelte sie schließlich kleinlaut, „eure Steppe ist eine andere Welt."

„Eine neue Welt!“, knurrte Thalestris, und ihre Stimme bekam einen weichen Klang. „Sei froh, dass du diese neue Welt für dich entdecken durftest.“

„Warum ..., warum glaubst du, dass mich diese neue Welt auch aufnehmen wird?“

Die Königin drückte sie fester. „Das fragst du noch? Bist du nicht zurückgekommen in der Schlacht wie ein fliegender Greif?“

„Aber ..., aber deine Amazonen werden mich hassen!“

„So, wie einst die Geliebte meiner Mutter. Eifersucht ist die Seuche der Frauen.“ Und es klang kein bisschen amüsiert. Wieder verfielen sie in Schweigen. Auch das Lager war längst verstummt und nur ein gelegentlicher Seufzer zeugte hier und da von den Qualen der Schlacht.

Als Didyme schließlich heftiger fröstelte, hob Thalestris sie mühelos aus dem Wasser, um sie in das Zelt zurück zu tragen. In der Jurte war es beinahe vollkommen finster, die Glut nahezu heruntergebrannt. Plötzlich spürte Didyme, wie Thalestris ihr einen Helm aufsetzte. Zunächst bekam sie einen Schreck, stand dann aber ganz still und wartete gespannt, was als nächstes folgen sollte. Jetzt gürtete ihr die Freundin einen goldenen Akinakes um, schob ihr schließlich gar eine Lanze in die unsicheren Finger, ehe sie sie fest in die Arme schloss.

„Solche Krieger fange ich gern!“, flüsterte sie in Didymes Ohr, als sie die Freundin schier unwiderstehlich gegen die Kline drängte.

Didyme fühlte das goldene Holz an ihren Hüften und sank rücklings in die Polster, nahm wahr, wie die Freundin ihre Handgelenke an die Kline fesselte, erst die linke Hand und dann die rechte. Sie hatte Mühe, dieses seltsame Spiel zu begreifen, dachte zunächst sogar an ihren Verrat und an Phandake, doch schon in der nächsten Sekunde spürte sie ein erwartungsvolles Beben in ihren Gliedern, bis ihr aufging, dass dies kein Angriff sein sollte, zumindest keiner der üblichen Art.

Augenblicke später löste sich der überwältigende Druck dieses riesigen Frauenkörpers, als die Freundin nach hinten zwischen ihre Beine glitt, um nun auch Didymes Füße an das Holz zu fesseln.

Als sich Thalestris aufs Neue über Didyme beugte, hatte diese längst ihre Hände gelöst und setzte der Freundin in der Dunkelheit den Akinakes an die Kehle.

Didyme spürte deutlich, wie die Fürstin erstarrte, und sich im ersten Moment beinahe hilflos in die Polster drücken ließ, bis Didyme erst ihren linken und danach den zweiten Arm an die Kline schnürte. Und während Didyme unter ihrer nackten Haut spürte, wie Schauder auf Schauder diesen mächtigen Körper durchrannen, stieg ihr wieder dieser wundervolle Rindenduft in die Nase, der Thalestris nahezu stets umfing wie ein herbes Parfüm.

„Du wirst mir nicht zu diesem Alexander gehen", hauchte Didyme ins Ohr der Freundin und spürte nun ihrerseits den Hauch des Kicherns auf ihrer Haut. „Bist du etwa eifersüchtig, kleine Schamanin? Du vermagst doch Wunder zu wirken, also greif dir dein Geweih und mach mir ein Baby!"

Didymes Atem wurde stärker, als sie sich zwischen die athletischen Beine zwängte. Sie schmiegte sich gierig auf diesen so mächtigen und jetzt doch so wehrlosen Körper, bis sie beide im Gleichklang ihrer Lust erzitterten.

Didymes Helm schlug zu Boden und rollte dumpf durch die Dunkelheit, dann wurde es still.

„Große Aphrodite", hauchte Didyme. „Was machst du mit mir?"

„Und du mit mir?", antwortete Thalestris mit halbem Lachen, als Didyme aufs Neue mit ihren so empfänglichen Brüsten spielte. Die unterworfene Kriegerin wand sich wohlig auf der leise ächzenden Kline.

Das ekstatische Hochgefühl versickerte schließlich aus Didymes Gliedern wie ein Meer, das sich bei Ebbe sanft zurückzieht in die See und nichts zurücklässt außer feuchtem Strand und einem Gefühl des Verlustes.

Die Vorstellung, dass dieser Moment nun für immer verloren sein sollte, schien ihr mit einem Mal so peinigend, dass sie sich unwillkürlich selbst zwischen die Beine fuhr, als hoffte sie, diesen berauschenden Augenblick irgendwie zurückzuholen. Ungeachtet der Finsternis registrierte die Freundin jede ihrer Bewegungen und hüstelte amüsiert. Didyme versteinerte erst vor Scham, doch in der Dunkelheit verstärkte sich das Kichern ihrer Gefangenen. „Nur weiter, kleiner Greif, nur Mut! Du entfesselt das stärkste Gefühl, das deinem Körper eigen ist."

Didyme lag erst reglos auf dem ihr so lieb gewordenen Körper, bis sie schließlich ihre Finger wandern ließ, hoch von der Scheide der Freundin und ihrer schmiegsamen Haut bis zu den unnachsichtigen Muskeln des Leibes, die sich wie zwei Hügelketten über den Bauch spannten. So hatte sich Didyme in ihren Träumen Skythes vorgestellt, wenn sie sich in der Dunkelheit ihres Ateliers und ihres Lagers gefragt hatte, wie dieser unheimliche Mann wohl aussehen mochte, sobald man ihn seiner Steppengewänder entledigte.

Didymes Fingerspitzen ertasteten frisch verkrustete Schnitte, Spuren griechischer Waffen, deren Träger den Angriff nicht überlebt hatten. Doch sobald ihre Hand diese muskulösen Wölbungen verließ, traf sie erneut auf Rundungen, die unter ihren immer begierigeren Fingern sanft zur Seite glitten.

Thalestris spannte sich jäh, und ihr nun sanfter Atem spielte am Ende wie ein Hauch über Didymes Antlitz, als sich die Freundin voller Erlösung in ihren Fesseln dehnte.

„Und wer hat dich vor mir angefasst?", wisperte Didyme. „Phandake?"

„Niemals, obwohl wir uns als Kinder liebten."

„Und wer ...?"

„Nun, Samura und andere." Sie ließ den Satz verklingen, und Didyme spürte ganz unvermittelt den Stachel leiser Eifersucht.

Doch dann kuschelte sie sich fester auf ihren Körper, ein geradezu erhebendes Gefühl, jeden Kontakt zu der Kline oder gar zum Boden zu verlieren und sich nur diesen gewaltigen Muskeln anzuvertrauen. Und so wartete sie mit flirrender Spannung, welchen Punkt ihres Leibes die Freundin als nächsten entflammen würde. Es wurde ein magisches Spiel, bis sie sich wieder wohlig zwischen die mächtigen Brüste schmiegte.

„Hat dir das gefallen, Zauberfrau?", raunte Thalestris.

Didyme atmete tief, und nach einer langen Pause stellte sie eine mittlerweile für sie entscheidende Frage. „Was ist stärker, Liebe oder Hass?" Noch während sie sprach, dachte sie wieder an diesen Alexander und genoss beinahe die Vorstellung, wie seine ganze Armee langsam in der Steppe verblutete, wie sich der rote Strom ihrer Niederlage in den Jaxartes ergoss und nichts zurückließ außer verwesendem Aas, auf das sich Raben und Geier mit Wonne stürzten.

„Und?", forschte Thalestris ganz ahnungslos in der Dunkelheit. „Hast du den Tod dieses Makedonen am Ende doch genossen?"

Didyme spürte wieder diese schauerliche Befriedigung, die sie vor Stunden überwältigt hatte, als das Leben aus dem Blick ihres Vergewaltigers wich. „Und du? Empfindest du niemals Triumph?", erkundigte sie sich vorsichtig.

„Triumph? Die Schlacht ist verloren, ich habe zwar überlebt, doch Phandake ist tot und über tausend unserer Landsleute ebenfalls." Mit jähem Ruck machte sie sich frei, zerriss ihre Fesseln wie Spinnweben, ehe sie sich auf die Seite legte, Didyme sanft an sich zog und sie fürsorglich zudeckte.

„Warum willst du immer noch zu diesem Alexander?", murmelte Didyme und ergab sich willig diesem unwiderstehlichen Körper. „Hat er nicht deine Schwester ermordet?"

Thalestris bewegte sich unvermittelt. „Ermordet? Dieser König aus fernem Land, im Grunde ist er uns Massageten nicht ganz unähnlich, frei, gewalttätig, mächtig ..."

„Mächtiger als ihr?"

„Ich hoffe nicht." Und zum ersten Mal erahnte Didyme so etwas wie Zweifel in der kehligen Stimme.

„Falls du ihn tatsächlich aufsuchen solltest, bedeutet das nicht, dass du darauf verzichtest, Phandake zu rächen?"

Die Kriegerin zuckte unwillig in der Finsternis. „Verzichten? Die Rache ist ein Gesetz, und ich werde es befolgen, wen auch immer es trifft. Rache kann man zwar aufschieben, doch ist sie unsterblich, solange man sie nicht stillt."

Didyme lauschte bang dem Knirschen der Zähne und konnte nicht verhindern, dass sie selbst bis in die letzte Faser erbebte.

Dreizehn Tage

Als Didyme im Gefolge von Thalestris und tausend ihrer Reiterinnen Tage später Alexanders Zeltlager erreichte, da drückte es ihr beinahe das Herz ab. Dabei war es nicht einmal Angst um sich oder die Freundin, hatte doch der König ungeachtet der siegreichen Schlacht auf Didymes griechisch geschriebene Anfrage überraschend positiv reagiert. Er begrüße auch weiterhin die Idee einer Begegnung und bürge selbstverständlich für freies Geleit.

Thalestris hatte offensichtlich gar nichts anderes erwartet und war schon am nächsten Tage aufgebrochen. Auch wenn Didyme unter den Amazonen keine einzige mit lächelnder Miene ausmachen konnte, so war sie sich doch weitgehend sicher, dass niemand den wahren Hintergrund dieses Treffens ahnte. Wahrscheinlich war die Idee unter diesen Umständen so verwegen, dass zu deren Verwirklichung nur ein Charakter wie Thalestris in der Lage sein konnte.

Und so blieb Didyme allein mit ihren Beklemmungen und dieser kaum zu ertragenden Eifersucht. Bereits der Gedanke, dass Alexander in die Freundin eindringen würde, war so abscheulich, dass sie mitunter Mühe hatte, sich nicht zu übergeben. Der Hass auf den König, geboren als er ihre Heimat und ihre Familie einer Mörderbande überlassen hatte, stieg jetzt ins Unermessliche, da er drauf und dran war, ihre Welt aufs Neue zu zerstören.

Nach Erreichen der ersten Vorposten waren sie mit dreihundert Amazonen weitergezogen, während die anderen auf einer Hügelkette ein Lager schanzten, um dort die Rückkehr ihrer Fürstin zu erwarten.

Als sie nun durch endlose Lagergassen ritten und in all diese feindseligen und dazu triumphierenden Gesichter blickten, da erinnerte sie das Lager weit mehr an den Tag des Sklavenmarktes als an ihren letzten Besuch.

Am quälendsten war für sie die Frage, wie diese peinliche Begegnung überhaupt ablaufen sollte. Würde sie etwa die ganze Zeit zugegen sein, wenn Thalestris und dieser Mensch ...? Und wie sollte sie ihrer Freundin später in die Augen blicken?

Allein Thalestris demonstrierte wieder ihre bewundernswerte Selbstsicherheit, für Didyme allerdings nichts als eine Maske, nahm sie, mittlerweile vertraut mit jeder ihrer Regungen, doch sehr wohl die Nervosität ihrer Freundin wahr.

Dennoch ritt die Fürstin mit gewohnter Eleganz, und wie ihre Gefährtinnen erschien sie halb in skythischer, halb in persischer Männertracht. Sie trug enge persische Gamaschen mit angearbeitetem Stumpf, hatte jedoch halbhohe Skythenstiefel darübergezogen. Auf eine persische Ärmeljacke hatte sie verzichtet und das kürzere, skythische Gegenstück gewählt, das auch zu Pferd ihre Hüften nahezu unbedeckt ließ. Das reiche Haar verschwand hinter einer Königstiara achämenidischer Prägung, einer hoch stehenden Kappe mit angearbeitetem Schal, der auch ihr Kinn verhüllte. Auf den Schultern war ein persischer Mantel, ein Kandys, befestigt; nach orientalischer Sitte hatte sie darauf verzichtet, in die Ärmel hineinzuschlüpfen. Da viele ihrer Begleiterinnen ähnlich gewandet waren, glich die Ankunft der Delegation im Grunde dem Aufmarsch reicher Perser im Gefolge eines Fürsten aus dem alten, achämenidischen Königshaus.

Keine der Amazonen war bereit gewesen, auf ihre traditionelle Bewaffnung zu verzichten, und so funkelten überall goldbeschlagene Goryte mit den Tiergöttern der Massageten, persische Akinakai und natürlich auch die Reiterlanzen einer orientalischen Kavallerie. Allein die prachtvolle skythische Pferdezier und die goldglänzenden Zaumzeuge verrieten, dass es sich hier um eine massagetische Delegation handeln musste.

Als die Kavalkade das auf erhöhtem Grund errichtete Königszelt erreichte, erkannte Didyme, dass die Makedonen mittlerweile auch das Nordufer des Jaxartes besetzt hielten und sogar auf einer schmalen, sandigen Insel inmitten des Stromes ein prachtvolles Gezelt aufgeschlagen hatten.

Kaum parierte Thalestris vor dem Feldherrenzelt ihren prachtvoll aufgeputzten Hengst, da erschien bereits Alexander im Kreis seiner Leibwachen. Als die Fürstin Alexanders ansichtig wurde, da saß sie geschmeidig ab, zwei Lanzen in der Faust. Didyme entging nicht, dass die zierliche Gestalt des Bräutigams sie trotz Didymes Beschreibung nun doch etwas verunsicherte, wenn nicht sogar abstieß. Zudem hielt sich der König so krampfhaft aufrecht, dass gerade deshalb seine Hinfälligkeit unverkennbar wurde.

Anscheinend wollte er seinen Zustand nach Kräften verschleiern, warf er doch bei jedem Satz den Kopf in den Nacken und sprach mit unnötig lauter Stimme, als gelte es zu demonstrieren, dass er mittlerweile wenigstens seine Sprache wiedergefunden habe.

Verabredungsgemäß begann Didyme zu dolmetschen, doch richtete Thalestris schon nach Didymes ersten Sätzen ganz unerwartet einige persische Worte an den König. Überrascht schaute er auf, bediente sich dann jedoch derselben Sprache. Didyme hörte zwar sofort, dass sein Persisch bei weitem nicht an Thalestris' Kenntnisse heranreichte, doch schien eine Verständigung dennoch möglich. Anscheinend verstand Alexander weit mehr, als er in fremder Zunge auszudrücken vermochte.

Als Didyme dennoch mit ihrer Übersetzung fortfuhr, hob Thalestris nur die Hand, und Samura zog Didyme sofort mit unverkennbarer Befriedigung zurück in den Kreis der Amazonen. Ihre Dienste wurden jetzt nicht mehr benötigt. Das war wie ein Stich in ihr Herz, und der Hass hüllte sie so übermächtig ein, als habe sie einen dunklen Mantel übergeworfen.

Mit diesem Gefühl war Didyme keineswegs allein, funkelte doch in so manchem Amazonenauge unverhohlene Ablehnung. Dennoch wirkte die Unterhaltung des ungleichen Königspaares zunehmend deeskalierend auf seine Umgebung. Alexanders Leibwachen wurden zur Seite beordert, und bald unterbrach sogar ein tiefes Auflachen der Königin die erwartungsvolle Stille. Dann schritten beide zum Ufer, an dem bereits ein prächtiges Boot bereit lag, um das Paar zur Insel überzusetzen. Offenbar legte Alexander größten Wert darauf, diese Unterredung unter weitgehendem Ausschluss der Öffentlichkeit über die Bühne zu bringen. Kein Wunder!

Als sich das Inselzelt schloss, verliefen sich die Heeresmassen, und Didyme und ihre Begleiterinnen erhielten die unmissverständliche Weisung, sich auf die Hügelkette zurückzuziehen und dort bei den übrigen Amazonen alles Weitere abzuwarten.

Auf diesem Hügel verbrachten sie alle nicht weniger als dreizehn Tage in banger Erwartung, ohne dass man Thalestris auch nur ein einziges Mal zu Gesicht bekommen hätte. Lediglich kleinere Gesandtschaften wechselten zwischen der Alexanderarmee und den Amazonen hin und her.

Didyme erfuhr sogar von Lysimachos, einem der berühmtesten Somatophylakes, dass die Makedonen tatsächlich fest davon ausgingen, der König verhandele mit einem skythischen Sondergesandten, und zwar mit dem Ziel, sich einen weiteren Vormarsch in die Einöden nördlich des Jaxartes zu ersparen.

Während die Ruhe auf die Amazonen zunehmend entspannend wirkte, wurden Didymes Eifersuchtsphantasien von Tag zu Tag quälender. Um sich einigermaßen abzulenken, konzentrierte sie sich auf eine neue Version ihres Orakelteppichs, und diesmal schaffte sie es tatsächlich, ihn am zwölften Tag zu vollenden, ohne irgendwelche Katastrophen auszulösen.

Und damit ihn nicht irgendein misstrauisches Massagetenauge entdeckte, wob sie noch einen weiteren Wandbehang, der den Teppich vor unliebsamer Aufmerksamkeit bewahren sollte.

Dieser Wandbehang zeigte im steten Rapport orientalische Frauen mit Zackenkrone beim Opfer vor einem persischen Räuchergefäß, ein vertrautes Motiv, das Didyme schon verschiedentlich für orientalische Auftraggeber angefertigt hatte und das sich auf dem Wandbehang in kleinen, viereckigen Feldern mehrfach wiederholte. Der stets wachsamen Linde erklärte sie, es handele sich bei den Frauen um Thalestris und eine hinter ihr stehende Gefährtin, die deshalb auch merklich kleiner angelegt sei.

So vergrub sie sich vor den allgegenwärtigen Anzüglichkeiten der Hirsche im Zelt und in ihrer Arbeit, doch stieg zugleich die sie peinigende Nervosität.

Zum Glück konzentrierte sich das Interesse der Amazonen ohnehin nur allzu bald auf andere Dinge als auf eine Teppichknüpferin, galt es doch, Phandakes Leichnam angemessen auf seine Bestattung vorzubereiten.

Durch eine Ritze im Filz des Königszeltes beobachtete Didyme, wie man unweit eine weitere Jurte aufschlug. Didyme begriff nur zu bald, dass sie hier Zeuge einer skythischen Einbalsamierung wurde. Man öffnete den Leib der Toten, um alle Eingeweide einschließlich Herz und Lunge zu entfernen. Anschließend füllte man den Leichnam mit gestoßenem Safran, mit Räucherwerk, Eppich und Dillsamen, ehe man den Körper wieder zunähte, um ihn anschließend mit Wachs zu überziehen.

Tags darauf bettete man die Mumie auf einen Wagen. Nach der Rückkehr ihrer Schwester würde die Tote von Stamm zu Stamm gefahren, um ihr die gebührende Ehre zu erweisen.

Einige der Amazonen schnitten sich kleine Stücke aus ihren Ohren, ritzten sich mit Messern auf Stirn und Oberarm oder trieben sich sogar Pfeile durch die linke Hand. Diese blutigen Trauerzeremonien erschienen Didyme überaus fremd und widernatürlich, so dass sie selbst sich dazu nicht überwinden konnte. Jedes Mal, wenn sie das Zelt verließ, um Wasser zu holen, empfing sie deshalb abfällige Blicke, bis sie sich schließlich nur noch des Nachts aus dem Zelt wagte, um dem Druck aus dem Wege zu gehen.

Zugleich belauschte sie so manches Gespräch, das wie zufällig vor dem Zelt von Thalestris geführt wurde. So hatten sich die Massageten anscheinend einen Schamanen gegriffen, der ein glückliches Ende der Schlacht prophezeit hatte. Eine Amazone berichtete grimmig, man habe den Unseligen auf einen Wagen gefesselt und anschließend zusammen mit dem Gefährt bei lebendigem Leibe verbrannt. Ein Magier, der mit seiner Weissagung gescheitert war! Didyme erinnerte sich nur allzu deutlich an ihren Versuch, den Massageten einen glücklichen Verlauf der Schlacht zu suggerieren. Die blutrünstige Strafaktion war also in jeder Weise dazu angetan, Didymes Angstphantasien zu steigern, sah sie sich doch ebenfalls bei lebendigem Leibe brennen. Und die Vermutung, dass solche Unterhaltungen gezielt vor der königlichen Jurte inszeniert wurden, war nicht gerade dazu angetan, Didyme zu beruhigen.

Sie fragte sich, ob wohl einst die Amme von Thalestris und Phandake als Geliebte der Mutter vergleichbaren Angriffen ausgesetzt war. Und hatte sich dies alles tatsächlich geändert, nachdem sie zum Vormund der Prinzessinnen aufgestiegen war?

Nach dreizehn Nächten waren diese Schmähungen gegen Didyme vor der Zeltwand zur üblen Gewohnheit geworden, und so riss sie auch jetzt wieder die unverkennbare Stimme Samuras aus dem Halbschlaf. „Ich sage euch, sie kann sich nicht ewig hinter Thalestris verstecken, sie wird immer eine Fremde bleiben."

Didyme lauschte beklommen auf die Schritte, die sich unter bösartigem Gemurmel langsam entfernten. In ihrer Hilflosigkeit verkroch sie sich unter der goldenen Kline.

Diese letzte Bösartigkeit und vor allem die Ungewissheit, ob und wann Thalestris zurückkehren werde, ließen in ihr einen Entschluss reifen, über den sie schon länger nachgedacht hatte. Ohne die Königin hatte sie hier im Lager keine Zukunft – sie musste ihre Flucht zumindest vorbereiten. Bang lauschte sie auf die Geräusche des Lagers, und erst als sie verebbten, wagte sie sich unter der Kline hervor. Nervös und fröstelnd begann sie ihre wenigen Habseligkeiten zu schnüren. Doch als sie schließlich die bronzene Feuerschale mit der letzten Glut des heiligen Feuers zur Seite rückte, um das darunter in einer Hirschhaut vergrabene Geweih einzupacken, da hätte sie vor Bestürzung beinahe die kostbare Glut verschüttet. Das Geweih war verschwunden!

Als sie den Boden genauer untersuchte, da stieg ihr ein kaum mehr wahrnehmbarer, aber erschreckend vertrauter Geruch in die Nase. „Skythes", flüsterte sie. Nach ihrer ersten Wut fühlte sie aber sogar ein wenig Erleichterung, hatte sie doch zunächst befürchtet, dass die ihr feindlich gesonnene Linde das Geweih entdeckt und entwendet haben könnte. Skythes aber steckte schwerlich mit den Amazonen unter einer Decke, die Abneigung gegenüber Thalestris lag offen zu Tage. Falls Skythes also tatsächlich der Dieb sein sollte, dann hatte er sich in das Lager geschlichen. Doch weshalb hatte er dieses Risiko auf sich genommen? Schließlich hatte er ihr das Geweih doch erst vor wenigen Wochen zugespielt? Oder sollte dies am Ende gar kein Diebstahl sein? Vielleicht war es ein Versuch, ihr seine Anwesenheit mitzuteilen.

Hier im Zelt war keine Klarheit zu gewinnen. Draußen herrschte die Finsternis der Nacht, also bewaffnete sie sich mit Schwert, Lanze und Helm und kroch, die Nase über den unsichtbaren Spuren, hinaus aus der Jurte. Im Lager flackerten nur noch wenige Feuer, und von weit draußen erreichte sie nichts als ein gelegentlicher Kontrollruf der patrouillierenden Posten.

Didyme vermied, dem Leichnam Phandakes näherzukommen, neben dem auch jetzt einige Wachen dösten. Dadurch hatte sie Mühe, die Spur nicht zu verlieren. Hier unter freiem Himmel waren Skythes und sein Geruch nichts als eine Ahnung. Zumeist auf allen vieren schlich sie weiter.

Als sie das Lager endlich hinter sich hatte, wurde ihr nun doch unheimlich zumute, so dass sie daran dachte, umzukehren. In diesem Moment weckte ganz unerwartet ein zweiter Duft all ihre Aufmerksamkeit. Atrobates!

Jetzt war an Rückzug nicht mehr zu denken! Dass sich der Perser hier in unmittelbarer Nähe beider Lager herumtrieb, das konnte nur bedeuten, dass die Angelegenheit für ihn von außerordentlicher Wichtigkeit sein musste. Und Skythes war entweder mit ihm verabredet gewesen, oder der eine hatte den anderen verfolgt. Das alles schien äußerst mysteriös.

Im fahlen Mondlicht drang sie weiter und weiter in die Ebene vor, nicht nur weg vom Zeltlager der Hirsche, sondern auch weg von der Armee Alexanders, bis der Wind wieder einmal drehte und ihr unverhofft den Geruch eines Pferdes zutrug. Der Duft stieg ihr vertraut und doch auch fremd in die Nase, und so benötigte sie einige Sekunden, bis sie begriff, dass es sich um Skythes' alten Hengst handeln müsse, auch wenn sie seinen Geruch nicht besonders gut in Erinnerung hatte. Wieder kam ihr zu Bewusstsein, wie extrem sich ihr Geruchssinn in der letzten Zeit entwickelt hatte. Seit dem Brand von Branchidai war sie sogar imstande, viele Amazonenpferde dadurch auseinanderzuhalten. Ein jedes besaß seine ganz eigene Duftnote, beinahe wie eines jener persischen Parfüms.

Doch das war es nicht, was Didyme immer noch regungslos verharren ließ, signalisierte doch der Schweiß des Hengstes vor allem eines – Furcht. Und Angst war so ziemlich das Letzte, was sie mit diesem majestätischen Tier in Verbindung brachte. Kein Zweifel, dort vorne lauerte irgendeine Gefahr.

Da sie jedoch auch weiterhin vor allem den Pferdegeruch registrierte, pirschte sie sich vorsichtig weiter, als sie mit einem erneuten Drehen des Windes ein ängstliches Schnauben innehalten ließ. Augenblicke später erreichte sie bereits das Stampfen von Hufen, und dann schälte sich auch schon der Umriss eines Pferdes aus der Dunkelheit. Das Tier wich ihr ängstlich aus, dabei hatte es sie sonst stets voller Zuversicht, ja, beinahe mit Herablassung begrüßt. Bei diesem Übermaß an Furcht hätte der Hengst eigentlich längst davonstürmen müssen.

Didyme musste ihn so schnell wie möglich beruhigen, sonst würde er ihre Anwesenheit unweigerlich verraten, zumal sie immer noch unterschwellig den Geruch von Skythes wie von Atrobates registrierte. Und so trat sie auf Zehenspitzen näher und tastete nach dem Pferdekopf. Er war tatsächlich schweißnass, und nicht nur das, sie hatte auch Blut an den Fingern. Der Hengst war verletzt!

Außerdem entdeckte sie, weshalb der Hengst nicht einfach die Flucht ergriffen hatte. Man hatte ihm nach Skythenart die Vorderbeine zusammengebunden, so dass er zwar grasen, sich jedoch nicht entfernen konnte. Skythes hatte seinen Hengst doch niemals gefesselt! Ging das etwa auf das Konto von Atrobates?

Ihre Untersuchung verschreckte das Tier so sehr, dass es bei einem instinktiven Fluchtversuch über seine gefesselten Beine stürzte und versuchte, wieder hochzukommen. Didyme hatte alle Mühe, seinen Hufen auszuweichen. Erst als sie ihm die Hand auf die Nüstern legte, war das verängstigte Tier endlich in der Lage, sie überhaupt zu erkennen. Doch auch wenn der Hengst nun ruhiger lag, so lief doch ein ständiges Zittern durch seine Muskeln.

Didyme tastete sich nun vorsichtig am Kopf nach oben, um die Mähne über der Stirn zu kraulen. Die Ohren drehten sich in alle Richtungen, als erwartete das alte Tier jede Sekunde einen erneuten Angriff. Das war so beunruhigend, dass Didyme zunächst nicht klar wurde, dass dem Hengst die vertraute Kopfmaske fehlte. Auch die Verletzungen waren nun unverkennbar, sie entdeckte verkrustete Striemen auf der Hinterhand und auch an der Brust. Nicht ganz frisch, aber sicherlich noch immer schmerzhaft. Waren es etwa Misshandlungen?

Die Situation mutete immer seltsamer an, denn das Tier war gesattelt, wie sie mit einem Griff auf den Rücken feststellte. Auch die Pferdemaske war am Sattel befestigt, und noch etwas entdeckte sie bei ihrer hastigen Überprüfung – das Geweih. Es stak am Widerrist unter der sattelartigen Reitdecke.

Didyme zuckte regelrecht zurück, als sie es mit den Fingerspitzen berührte, doch dann verhüllte sie ihre Hand und nahm es vorsichtig an sich. Dabei löste sich die Pferdemaske, und als der Hengst ängstlich den Kopf drehte, drückte sie ihm die Maske eher versehentlich gegen die Nüstern – augenblicklich verstummte das Schnauben.

Vielleicht konnte sie das Tier mit der vertrauten Maske beruhigen! Sie schob ihm den prachtvollen Schmuck so gut es ging über die Ohren. Tastend gelang es ihr, die Ohren durch die Maske zu ziehen, so dass die geschwungenen Greifenhörner an der richtigen Stelle saßen, doch war es ihr in der Dunkelheit unmöglich, die steife Mähne in das Futteral zu packen. Offenbar schien das auch gar nicht vonnöten, denn als die Maske über den Pferdekopf glitt, da ging ein regelrechter Ruck durch den Körper des Hengstes, und auch das Zittern verebbte.

Für einen Moment lag das Tier noch reglos im Gras, dann wälzte es sich entschlossen herum und landete regelrecht auf den Knien, um im nächsten Moment mit energischem Sprung auf die Füße zu kommen.

Didyme warf sich instinktiv zur Seite, doch schien ihre Vorsicht unangebracht, packte der alte Hengst doch unversehens ihr Gewand an der Schulter, so wie damals vor Branchidai. Und dann grüßte er sie mit einem so selbstsicheren Schnauben, als sei ihm jeder Angstschweiß fremd.

Didyme war von diesem Wechsel überrascht, ja, geradezu bestürzt, und unwillkürlich fiel ihr ein, was ihr Aristandros von den Masken im Theater der Griechen erzählt hatte. Durch die Masken würden die Schauspieler auf der Bühne gleichsam zu einem anderen Wesen, ja, gelegentlich verwandelten sie sich gar in einen Gott. Vollzog sich in diesen Sekunden ganz ähnliches bei diesem alten Pferd? Zum ersten Mal sah sie diese Pferdemasken nicht nur als symbolischen Schmuck. Thalestris hatte nie darüber gesprochen, aber war es denkbar, dass sich der Stolz und die Angriffslust eines Greifen durch die Maske auf ein Pferd übertragen ließen? Als Didyme den festen Hals tätschelte, da tat sie es mit neu erwachtem Respekt, auch wenn ihr dabei ein wenig unheimlich zumute war.

Der Hengst stand jetzt ganz ruhig neben ihr, so dass sie auch wieder die anderen Gerüche wahrnehmen konnte. Natürlich mischte sich der Geruch von Skythes in die Aura des Pferdes, doch war sie überzeugt davon, dass Atrobates der letzte Besucher des Hengstes gewesen war. Wiederum war sie sich sicher, dass Skythes das Geweih aus dem Zelt gestohlen hatte. Also hatte Atrobates es entweder von Skythes erhalten, oder Atrobates war kurz vor ihr hier gewesen. Unwillkürlich richteten sich ihre Nackenhaare auf, denn eines war jetzt klar: Skythes und Atrobates arbeiteten zusammen, so wie damals vor Branchidai.

Das war nicht gerade beruhigend für Didyme – aber Skythes musste sicher lautere Motive haben, selbst wenn er ihr nicht immer die Wahrheit gesagt hatte. Bebend verharrte sie in der Finsternis, zumal sie ahnte, dass sie jetzt nur so positiv von Skythes dachte, weil sie sich so dringend einen Freund wünschte.

Ihre Gedanken wurden jäh unterbrochen, als sie unverhofft von einem schattenhaften Angreifer zu Boden gerissen wurde, der sich offenbar gegen den Wind angeschlichen hatte. In der Finsternis bekam er sie zum Glück nicht richtig zu fassen, und so gelang es ihr, den Akinakes herauszureißen und sich abzurollen. Als er sie erneut attackierte, lief er ihr regelrecht in die Klinge, doch fing sie sich in seinem Mantel. Sein Geruch war unverkennbar. „Skythes?“, hauchte sie entsetzt, ohne indes auch nur eine Sekunde daran zu denken, den Akinakes zu senken.

Einen Augenblick herrschte lähmende Stille, dann lachte Skythes plötzlich erleichtert auf, auch wenn er offenbar nicht wagte, sich zu rühren. „Ich dachte mir schon, dass du mich und das Geweih finden würdest.“

Didyme atmete tief durch, den Dolch noch immer in seinem Gewand.

Sie wusste selbst nicht, weshalb sie ihre Waffe nicht einfach zurückzog. „Als du mich vor Branchidai trafst, da wusstest du genau, wen du vor dir hattest“, keuchte sie vorwurfsvoll.

Er spürte den Druck ihrer Klinge und wagte noch immer nicht sich zu bewegen, unsicher, ob sie nicht am Ende doch noch zustoßen würde.

„Warum hast du mich damals aufgesucht?“, fragte sie ernst.

Er räusperte sich unbehaglich. „Meine Familie wusste seit langem, dass deine Großmutter nach Branchidai verbannt wurde und dort verstarb. Sie war eine berühmte Schamanin.“

„Und mein Großvater?“, drängte sie ahnungsvoll.

Er lachte auf. „Nun, der war ein Grieche. Du erbtest seine geschickten Hände und sein künstlerisches Talent. Er entwarf damals ein griechisches Greifenbild als Hochzeitsgeschenk, und die Wirkung des Dämons war ungeheuer, vor allem weil deine Großmutter so berühmt war. Seither ist der Griechengreif eingezogen in den Götterhimmel der Massageten, von hier bis zu den Höhen von Pazyryk. Unsere Schamanen entrüsten sich zwar noch heute, aber wer könnte einem Dämon mit Adlerkopf und Löwenpranken widerstehen? Der Greif ist ein so stolzes Tier und ein königliches dazu. Unsere Schamanen befürchteten allerdings, der Fluch der Götter würde über uns hereinbrechen, doch die heiligen Tiere nahmen den Griechengreif auf in ihre Reihen, und wir Massageten prosperierten ohne Ende.“

„Und dennoch wurde meine Großmutter verbannt?“

Skythes lachte böse. „Die Schamanen bestanden darauf, auch wenn deine Großmutter stets beschwor, dort oben hinter den Sternen einem Griechengreif begegnet zu sein.“ Ehrfürchtig hob er die Hand zum Himmel.

„Und was geschah mit meinem Großvater?“

„Er wurde getötet, von einer Linde. Und noch heute findest du keinen Magier, der die Bilder aus Branchidai nicht aus tiefster Seele hasste.“

„Und meine Großmutter beendete ihr Leben im Exil ...“

„ ... weil ihr die Wahrheit über die Götter wichtiger war als das eigene Leben. Sie gehörte zu den Erweckten.“

„Was sind die Erweckten?“

Er antwortete nicht, und sie spürte deutlich, wie er sich jäh versteifte.

„Und warum bist du gekommen?“, drängte sie. „Ich muss es ...“

Sie kam nicht weiter, wand er sich doch geschmeidig an ihrer Klinge vorbei und warf sich unversehens auf sie. Im nächsten Moment landeten sie auch schon im Gras. Gegen den übermächtigen Mann hatte sie keine Chance. Er begrub sie unter sich, zusammen mit dem Geweih.

Dann zischte seine Stimme auch schon in ihr Ohr. „Deine Großmutter wusste das Geweih zu kontrollieren. Ich muss wissen, ob du die gleichen Kräfte entfesseln kannst!“

Im nächsten Moment zwang er ihr das Geweih auch schon in die widerstrebenden Finger. Ehe sie begriff, was er im Schilde führte, drückte er ihre Hände auf die Schnitzereien. Als sie aufschrie, verschwamm ihr schon alles vor den Augen.

In der nächsten Sekunde umklammerten animalische Pranken ihre Beine und unmenschliche Hände packten ihren schlanken Hirschkörper. Sie war wieder ein Tier und diesmal begriff sie es von der ersten Sekunde an.

Zugleich roch sie das nach Aas stinkende Fell eines Angreifers, doch als sie voller Panik den Kopf nach hinten warf, da erkannte sie im Mondlicht nicht etwa das Haupt eines Greifen, sondern einen menschlichen Kopf, einen Mann mit hochfliegendem Haar und mächtigem Schnurrbart, dessen Augen unheimlich in der Dunkelheit glommen.

Die menschlichen Züge milderten ihr Entsetzen in keiner Weise, im Gegenteil! Der Schreck war so gewaltig, dass es ihr gelang ihren Gegenspieler abzuwerfen und auf ihre Hufe zu springen.

Der Angreifer stürzte neben ihr ins Gras. Erst jetzt erkannte sie, dass sie keinen Menschen, sondern ein geflügeltes Monster vor sich hatte, eine Art von Sphinx mit mächtigen Schwingen, den Pranken einer Raubkatze an den Hinterläufen und Menschenhände an den Schultern. Als sich dieser Dämon jetzt vom Boden erhob, da stieg er sogleich mit einem unmenschlichen Aufbrüllen direkt in den Nachthimmel und verdunkelte die Sterne über ihr.

Didyme preschte aus dem Stand davon. Erst nach einigen Sprüngen merkte sie, dass sie sich unmittelbar am Fuße eines Grabhügels befand. Sie stürmte den Abhang hinauf, ein ekelhaftes Rauschen in den Ohren, das mit jeder Sekunde grausiger wurde. Schon erreichte sie auch drohend rollendes Gelächter, das eher zur Kehle eines Tieres passte denn zu der eines Menschen.

Das Monster hätte sie unweigerlich gepackt, wäre sie nicht von einem zweiten Angreifer zu Boden geworfen worden, der ganz unverhofft aus der Dunkelheit neben ihr auftauchte. Im nächsten Moment spürte sie schon mächtige Pranken, die sie hilflos gegen den Boden pressten. Und dann hallte das Aufbrüllen eines Löwen über die nächtliche Landschaft. Doch als sie angstvoll nach oben starrte, da musste sie voller Entsetzen erkennen, dass sie nicht von einem normalen Löwen, sondern von einem persischen Löwengreifen attackiert worden war. Die Gazellenhörner und das mächtige Flügelpaar zeichneten sich ganz unverkennbar vor der hellen Mondscheibe ab, ein Greif, ganz wie sie ihn für Aristandros skizziert hatte.

Sogar der Erdboden schien zu zittern unter dem unwirklichen Grollen, das aus seiner Kehle stieg. Schon glaubte sie seine Krallen in ihrem Fleisch zu spüren, da sprang der Angreifer ganz unvermittelt von ihr herunter und raste mit flugähnlichen Sätzen über die Ebene, immer hinter dem Sphingendämon her, der schließlich in eiliger Flucht im Nachthimmel verschwand.

In ihrer Angst war Didyme keines Gedankens fähig, als sie auf die Beine sprang.

Doch schon nach wenigen Sprüngen verlor sie aufs Neue jeden Halt unter den Hufen und stürzte in einen steilen Trichter, der oben auf der Hügelkuppe senkrecht ins Innere des Grabmals führte. Im nächsten Moment schlug sie bereits auf vereiste Balken, die sich schmerzhaft in ihren Hirschkörper bohrten. Der Aufprall war so heftig, dass ihr die Sinne schwanden. Das letzte, was sie noch in Erinnerung behielt, war ihr blökender Angstschrei.

Als Didyme schließlich die Augen aufriss, hallte ihr immer noch dieser animalische Hilferuf im Ohr. Voller Panik tastete sie über ihren Körper, doch entdeckte sie nur ein verrutschtes Gewand und die leere Scheide ihres Akinakes. Dann lauschte sie gebannt, doch schienen zumindest die Monster und das Rauschen ihrer Flügel ebenso verschwunden zu sein wie der ekelhafte Gestank nach Aas. Der Persergreif hatte sie beschützt, daran bestand kein Zweifel! So merkwürdig ihr das auch erschien, fand sie dadurch doch schließlich die Ruhe, die Umgebung genauer in Augenschein zu nehmen. Alsbald stellte sie fest, dass sie in einem Erdloch steckte, das ein umgestürzter Baum beim Herausbrechen seines Wurzelwerks hinterlassen hatte.

Erst jetzt dachte sie endlich wieder an Skythes und arbeitete sich vorsichtig aus der Grube. Als sie endlich die mondscheinübergossene Waldsteppe vor sich hatte, bemerkte sie einen Schatten, der die Umgebung abzusuchen schien. Skythes!

Von dem alten Hengst war weit und breit nichts zu erkennen. Offenbar hatte sie in Trance ein beträchtliches Stück zurückgelegt. Zudem bemerkte sie jetzt, dass der umgestürzte Baum auf der Kuppe eines kleinen Hügels gestanden hatte, und es war beileibe nicht der einzige Hügel in ihrer Nähe. In einem ersten verwirrten Augenblick fürchtete sie bereits, immer noch in der Ebene von Pazyryk zu weilen, bis sie schließlich erkannte, dass dieser Hain hier viel dichter war. Offenbar war sie in einem sehr realen massagetischen Gräberfeld gelandet.

Den Gegenspieler immer im Blick, befreite sie sich mit äußerster Vorsicht aus der Grube, doch war alle Mühe vergeblich. Skythes entdeckte sie und schleuderte ihr mit grimmigem Lachen das Geweih entgegen. „Danke für den Beweis!"

Im nächsten Moment verschwand er auch schon in der Dunkelheit und lies Didyme ratlos zurück.

Beweis? Welchen Beweis?

Hatte er sich tatsächlich in das Lager gewagt, nur, um ihr hier draußen das Geweih in die Hände zu drücken? Das ergab alles keinen Sinn. Schließlich hüllte sie das unheimliche Ding in ihr zerfetztes Gewand. Als sie mit schmerzenden Gliedern zurückschlich in das Zelt, da spukte ihr noch das eben Erlebte in wildem Wirbel durch den Sinn. Skythes und sein rätselhaftes Verhalten, der persische Löwengreif, Aristandros und seine Geschichte von dem Magier im persischen Nisa und schließlich die Prophezeiung von der griechischen Frau, die angeblich das Schicksal Asiens in den Händen halten sollte. Auch wenn sie nicht begreifen konnte, worauf diese Prophezeiung anspielte, so war sie sich doch sicher, dass nur sie selbst mit dieser Frau gemeint sein konnte. Auch Skythes wusste von diesem Orakel, darauf hätte sie jeden Eid geleistet. Doch während der alte Schamane in Nisa einen Aristandros beschworen hatte, sie umgehend zu töten, war Skythes auf seine merkwürdige Weise immer noch bemüht, sie zu schützen, ganz so wie dieser Löwengreif. Zumindest glaubte sie, dass Skythes sie nicht töten wollte. Also hatte er aus der Prophezeiung eine andere Schlussfolgerung gezogen. Aber welche, und vor allem, weshalb?

Freundinnen unter sich

Obwohl Didyme todmüde war, hatte sie noch am Abend das Bild dieses schrecklichen Menschenmonsters in einer Kohlezeichnung festgehalten. Tatsächlich spürte sie am nächsten Morgen, wie das Bild des Dämons in ihrer Erinnerung zunehmend verblasste, ja, vielleicht nur noch vorhanden war, weil sie ihre Zeichnung wieder und wieder betrachtete. Deshalb begann sie damit, das schauerliche Wesen aus farbigem Filz auszuschneiden und auf einem Wandbehang zusammenzusetzen.

Am Abend dieses vierzehnten Tages erreichte endlich die Nachricht das Lager, dass die Königin ihre Rückkehr plane. So entsandte man eiligst eine Delegation von dreihundert Reiterinnen, um sie feierlich heimzuholen. Mit diesen Vorbereitungen erwachten leider auch Didymes Ängste. Zwar sehnte sie sich unendlich nach Thalestris, fürchtete aber zugleich, dass die Freundin bei Alexander verräterische Details über ihre Rolle bei der verhängnisvollen Verhandlung erfahren haben könnte.

Als Thalestris das Lager erreichte, gab es indes keine Gelegenheit zu einem Gespräch. Man brach umgehend Zelte und Jurten ab und überschritt alsbald den Jaxartes in Richtung Norden.

Thalestris wurde ständig von ihren Gefährtinnen umlagert, und so konnte Didyme die Freundin nur aufmerksam beobachten. Zunehmend wuchs ihre Sorge, malte sie sich in ihrer Phantasie immer schrecklichere

Szenarien aus. Ihre Unruhe verstärkte sich noch mehr, als sie sah, wie mehrere Boten anderer Massagetenvölker während des Ritts erschienen. Dieser Austausch von Gesandtschaften war eigentlich das normalste der Welt – schließlich hatte Thalestris im Auftrag der Skythenkönige Alexander aufgesucht – doch löste jeder noch so flüchtige Blick in ihre Richtung bei Didyme ein neues Alarmsignal aus. Endlich, als die Nacht hereinbrach, hielten die Amazonen inne.

Als Thalestris schließlich in ihre wieder rasch aufgestellte Jurte trat, wartete Didyme schon bangend im Inneren. Die Freundinnen grüßten sich schweigend, ja, die Königin wirkte beinahe distanziert, auch wenn ihre blitzenden Augen nicht so recht dazu passen wollten. Sofort verlangte sie nach einem frischen Gewand und nach Wasser, um sich zu reinigen.

Als sie sich entkleidete, und Didyme sich ihr endlich unbefangen nähern konnte, meinte sie wieder diese unsichtbare Mauer zu spüren, die sie geradezu in Panik versetzte. Was mochte die Freundin von Alexander erfahren haben?

Oder hatte die Zurückhaltung am Ende ganz andere Ursachen? Unter Umständen war der Grund zwar Alexander, doch in anderer Hinsicht als Didyme vermutete. Vielleicht war die Königin nur verlegen und wusste nicht, was sie der Freundin nun eigentlich erzählen sollte. Immerhin hatte sie gerade zum ersten Mal längere Zeit mit einem Mann verbracht, und noch dazu mit einem König. Vielleicht betrachtete sie das Verhältnis zu einer Frau bescheidener Abstammung plötzlich mit ganz anderen Augen und relativierte am Ende ihre Beziehung zu Didyme und anderen Frauen. Vielleicht existierte gar kein Grund zu übertriebener Panik, wohl jedoch ein Anlass zur Eifersucht?

Jetzt brachte man heißes Wasser, und Thalestris warf schließlich als letztes ihren verschwitzten Kandys von sich. Didyme hatte alle Mühe, ihren Blick von den Hüften der Freundin zu lösen, von der sie immer noch nicht wusste, ob es sich nicht längst um eine Feindin handelte. Reifte in diesen Hüften bereits in dieser Sekunde Alexanders Brut? Der Gedanke schien ihr widerwärtig und faszinierend zugleich, was das Chaos ihrer Gefühle nur noch verstärkte. So war es für sie direkt erleichternd, sich um die schmutzigen Gewänder kümmern zu dürfen. Bei dem Mantel fiel ihr noch nichts Besonderes auf, doch als sie das Untergewand in die Hände nahm, stieg ihr ein seltsamer Geruch in die Nase, der sich deutlich von dem rindigen Flair der Königin abhob. Kein unangenehmer Geruch und dennoch eine unverkennbare Duftmarke. Es bedurfte all ihrer Selbstbeherrschung, um in einer Aufwallung von Eifersucht das Gewand nicht mit den Füßen zu treten.

Der Freundin schien das alles völlig zu entgehen, ja, das Wasser löste anscheinend ihre Zunge. Plötzlich begann sie ganz unbefangen zu plaudern. Offenbar hatte Alexander tatsächlich nicht die Absicht, tiefer in massagetisches Territorium vorzudringen. Thalestris erzählte es beiläufig und eher als Einleitung, vermied allerdings immer noch jeden persönlichen Kommentar zum Ablauf der letzten Tage, während Didyme angestrengt auf jede Silbe hörte.

Bald dehnte sich die Freundin entspannt, und ihre Ruhe ging nun endlich auch ein wenig auf Didyme über. Unwillkürlich erinnerte sie sich an die Stunden nach der großen Schlacht. Schließlich vermochte sie jedoch ihre angstvolle Neugier nicht mehr zu zügeln. „Der König war doch verwundet, oder?“ Didyme räusperte sich ob des heiklen Themas. „Ich meine, wie konntet ihr überhaupt ...?“ Sie verstummte errötend und wusste beim besten Willen nicht, wie sie ihre Frage formulieren sollte. Zu ihrer Erleichterung lachte Thalestris beinahe kindlich auf, ein ganz neuer Ton in der sonst so tiefen Stimme ihrer Freundin.

„Er war nicht nur verwundet, er war vollkommen am Ende. Der kurze Weg von seinem Zelt auf diese Insel war schon beinahe zu viel für ihn. Um ehrlich zu sein, ich habe ihn in den ersten Tagen gepflegt wie ...“ Sie brach ab und suchte kichernd nach einem passenden Vergleich. „ ...wie eine Amme“, ergänzte sie schließlich. „Im Grunde war er kaum wach zu halten. Außerdem hatte er sich in der Schlacht aufs Neue verletzt. Seine Schmerzen aber ließ er sich zu keiner Sekunde anmerken – eben ein Krieger. Ich gestehe, dass ich eine gewisse Bewunderung nicht unterdrücken konnte, außerdem hatten wir ja auch später noch hinreichend Möglichkeit, uns ausführlich auszutauschen.“

„Dann ..., dann konntet ihr euch gut verständigen?“, forschte Didyme bang.

„Mit der Zeit immer besser.“

„Und ..., und worüber habt ihr gesprochen?“

Thalestris trocknete sich ab und schien durch den Filz der Jurte in die Ferne zu blicken, als habe sie Didymes Frage gar nicht vollständig erfasst. „Kaum im Zelt, eröffnete er mir, dass ich jetzt die wichtigste Person in seiner Umgebung sei, zumindest, solange wir zusammenblieben. Wenn ich einen Wunsch hätte, so solle ich ihn äußern, gleichgültig, worum es sich auch immer handele. Als er mir förmlich unter den Händen einschlief, murmelte er nur, ich solle mich um alles Nötige kümmern. Ich habe dem Tod mit der Waffe in der Hand oft ins Auge gesehen, aber diese Art von Mut ist mir nie begegnet. Das war schon nicht mehr tollkühn, und ich hatte keine Ahnung ob ich dieses Vertrauen überhaupt verdiente.

Am zweiten Tag erschien ein gewisser Peukestas, ein Makedone aus Alexanders engstem Zirkel, der sich darin gefällt, orientalische Kleidung zu tragen und der in der Tat vorzüglich Persisch gelernt hat. Er berichtete mir, Alexander habe angeordnet, dass alle persischen Prinzessinnen und auch andere Angehörige des achämenidischen Hauses die griechische Sprache erlernen sollten. Es ist schon verrückt, da will dieser Mann ganz Asien beherrschen und hat doch selbst nie wirklich daran gedacht, fundierte Kenntnisse der Landessprache zu erwerben, um mit seinen Untertanen sprechen zu können."

Didyme lachte unsicher. „Vielleicht glaubt er, Schwerter und Sklavenmärkte seien eine allgemeinverständliche Sprache."

Thalestris Blick irrte in ihre Richtung und dann wieder zur Seite. „Ich schätze, für den Orient wäre es dringend erforderlich, mit diesem Mann auf Augenhöhe zu verhandeln – von König zu König. Ich denke, es ist die einzige Art, um sich gegenseitig näher zu kommen."

„Und du warst die ganze Zeit bei ihm, er hat dir tatsächlich vertraut?", drängte Didyme ungläubig.

Thalestris räusperte sich beinahe verlegen. „Also, ich gebe zu, seine Selbstsicherheit hat entscheidend dazu beigetragen, meine anfänglichen Bedenken ob seiner geringen Körpergröße zu relativieren. Dieser selbstverständliche Mut und zugleich diese Menschenkenntnis, diese klaren Überzeugungen, das alles war absolut beeindruckend. Ich weiß nicht, ob ich mich in seiner Lage einem fremden Menschen derart vorbehaltlos anvertrauen würde."

Sie stand auf und trocknete aufs Neue ihren makellosen Körper, obwohl das eigentlich überflüssig war. Die Berührung mit dem weichen Tuch schien sie zu beruhigen, auch wenn sie immer noch ein wenig wirkte, als sei sie unschlüssig, ob sie derlei Details wirklich preisgeben solle.

„Als es ihm am dritten Tag zunehmend besser ging, da berichtete er mir von dieser griechischen Amazonenlegende. Du hast diesen Mythos ebenfalls erwähnt. Aus seiner Sicht sind wir Hirsche mit diesen Amazonen identisch. Wer hätte je gedacht, dass sich im fernen Griechenland derart viele Legenden um das Volk der Hirsche ranken? Ich wünschte, ich erführe mehr davon, doch setzte die Sprachbarriere seinen Worten enge Grenzen."

Sie stockte, fuhr dann aber fort. „Doch als wir uns ... also, als wir uns schließlich liebten, da nannte er mich plötzlich Penthesilea. Er versuchte zwar, den Namen zu erläutern, es hat irgendetwas mit einer Amazonenkönigin und einer berühmten Stadt zu tun, aber ich habe nicht ganz begriffen, worauf er hinauswollte. Weißt du vielleicht, wer diese Penthesilea sein könnte?" Sie schien derart gespannt, als könne sie die Antwort kaum erwarten.

Didyme hüstelte verlegen und war doch irgendwie erleichtert, dass die Unterhaltung eine so unverfängliche Richtung nahm. „Ich weiß nicht genau. Aber wir ..., ich meine, die Griechen haben anscheinend ein berühmtes Epos, ein gigantisches Heldengedicht, in dem eine Schar von Kriegern über Jahre hinweg die goldene Stadt Troja belagert."

„Ja, ja!", fiel Thalestris mit blitzenden Augen ein. „So etwas muss es sein."

„Helden aus nah und fern strömten vor der Stadt zusammen, um für Troja oder für die Griechen in den Kampf zu ziehen. Der berühmteste aller griechischen Heroen hieß Achill, ein Halbgott, der Sohn der Meeresgöttin Thetis. Eines Tages erschien die Amazonenkönigin Penthesilea vor Trojas Mauern, um für Troja das Schwert zu ziehen, und fiel im Kampf mit Achill. Der Heros verliebte sich in die Sterbende, und ihr tragischer Kampf gilt seither als Sinnbild für den generationenlangen Krieg zwischen Europa und Asien, zumindest hat mir Aristandros das so berichtet."

Thalestris lachte zwar hell auf, konnte aber ein Erröten nicht unterdrücken. „Ah, jetzt verstehe ich! Alexander betrachtet sich als eine Wiedergeburt dieses Achill. Nach einigen Tagen ließ er sogar einen Künstler kommen, einen gewissen Aetion. Offenbar beschäftigt er im Tross seines Heeres eine ganze Gruppe von Bildhauern, Architekten, Malern und Musikern.

Nun, diesen Aetion beauftragte er mit dem Entwurf einer Darstellung von Achill und Penthesilea für Alexanders Elfenbeinschnitzer. Sie sollten einen kostbaren Rundschild schmücken, den er mir zum Geschenk machen wollte. Doch wurde er leider nicht rechtzeitig fertig, was ich aufrichtig bedauere und was ihm offenkundig mehr als peinlich war. Und so schwor er mir, ich würde ihn eines Tages erhalten. Spätestens, wenn ich ihm ..." Verlegen brach sie ab, drückte das Handtuch an die Hüften und sah an sich hinunter.

Als sie den Blick hob, lächelten beide etwas gezwungen und selbst Didyme wurde feuerrot, so dass sie hastig fortfuhr: „Also, das ..., das ist ja schon beinahe ein Liebesgeschenk. Ich weiß, dass die Griechen ..."

Thalestris schüttelte verwundert den Kopf. „Du weißt wirklich eine Menge über dieses Griechenland, nicht wahr?" Zum Glück überging sie selbst die eigene Frage, war sie doch in Gedanken schon wieder ganz woanders, so spitzbübisch, wie sie die Lippen schürzte. „Also, Männer sind schon seltsam. So bereitete es ihm offenkundig ziemliches Vergnügen, mich in Waffen und allerlei Kostümen zu bewundern, in griechischen Waffen und in griechischer Tracht. Ich gebe zu, dass es mich irgendwie ..."

Sie wollte das Wort nicht aussprechen und Didyme ergänzte im Stillen ‚animierte'. Wieder fühlte sie diesen Stich heimlicher Eifersucht, während Thalestris heiter auflachte.

„Deshalb schenkte er mir auch einen seiner Helme und wir liebten uns, als ich ihn aufsetzte. Aber das kennst du ja selbst!“ Sie blinzelte der Freundin zu. „Dieser so rationale Mann lebt im Grunde in einem Spinnennetz religiöser Phantasien und sieht sich ganz selbstverständlich als gottgesandter Eroberer der Welt und als Sohn des ägyptischen Gottes Amun, falls ich den Namen richtig verstanden habe. Schon verrückt, ein griechischer König als Sohn eines ägyptischen Gottes. Nun, auf jeden Fall darf sich dieser neue Achill wahrhaft glücklich schätzen, dass ihm nicht in den Sinn kam, mich zu töten wie weiland Achill diese Penthesilea – sonst wäre unser Alexander jetzt nicht mehr am Leben!“ Und plötzlich klang ihre Stimme so wie früher, ernst und grimmig.

Didyme antwortete nicht, was hätte sie auch erwidern sollen? Doch da spitzte die Freundin schon wieder die Lippen, und das Funkeln kehrte zurück in ihre großen Augen. „Aber ansonsten sind die griechischen Amazonen gewiss nicht ohne Reiz, besonders diese Amazonentracht. Sieh her!“

Thalestris warf das feuchte Handtuch zur Seite, griff sich einen dünnen Wandbehang und warf ihn so um ihre Schultern, dass er ihr gerade bis zu den Knien reichte. Dann drapierte sie das provisorische Gewand, bis es nur die linke Schulter verhüllte, die rechte Brust und die rechte Schulter hingegen völlig bloß ließ.

„Alexander meinte, alle Amazonen seien so gekleidet!“, kicherte sie und tanzte vor Didyme auf und ab wie ein junges Mädchen.

Didyme wusste nicht, ob sie lachen oder weinen sollte. Die Vorstellung, dass dieser Alexander die Freundin derart herausgeputzt hatte, trieb ihr förmlich das Blut ins Gesicht. Nie hätte sie vermutet, dass die Amazonen in den Geschichten ihres Vaters so lasterhaft gekleidet sein könnten. Das war ja geradezu obszön!

Thalestris drehte sich immer noch geschmeidig. „Zwar ziemlich unpraktisch, aber durchaus nicht ohne Reiz.“ Damit zückte sie eine runde Silberdose, deren Deckel an einem Scharnier mit dem flachen, handtellergroßen Döschen verbunden war. Als sie den Deckel aufklappte, da entpuppte sich das Behältnis im Inneren als glänzend polierter Silberspiegel, in dem sich die Königin nicht ohne Eitelkeit bewunderte. Ja, sie tippte sich sogar spielerisch auf die entblößte Brust und schien hochzufrieden mit ihren sich alsbald aufrichtenden Knospen. Kein Wunder, wenn es etwas gab, wofür sie Didyme glühend beneidete, dann waren es diese wundervollen stets leicht nach oben gerichteten Brüste.

Didyme schluckte, spürte, wie sie bleich wurde.

„Ein Geschenk“, schmunzelte Thalestris unbefangen und schwenkte den Spiegel, als sie Didymes Blick bemerkte. „Ein griechischer Klappspiegel.“ Damit reichte sie der Freundin das Kleinod. Offensichtlich war die kaum fingerhohe Dose nur dazu bestimmt, den polierten Metallspiegel zu schützen. Verziert war allein die Rückseite des Deckels – sie trug das reliefierte Bildnis von Ares und Aphrodite, den Göttern des Krieges und der Liebe.

Thalestris tippte auf das Bildnis. „Der Mann wirkt beinahe so wie Alexander, mit seiner Haarwelle über der Stirn." Sie nahm Didyme das Spiegelchen aus der Hand und wirbelte wieder durch das Zelt. „Männer sind so leicht zu durchschauen, ich hätte das nie gedacht. Du stellst dich nur vor sie hin, zeigst ihnen etwas von deinem Körper und plötzlich sind sie wie Wachs in deinen Händen. Es ist wirklich ein amüsantes Spiel – für einige Tage."

Das Funkeln ihrer Augen verstärkte sich. „Und weißt du, was das Komischste ist? Alexander kannte sogar die Geschichte von den verbrannten Brüsten der Amazonen, doch erzählte er mir mit hochrotem Kopf, dass die griechischen Künstler diese Verunstaltung niemals dargestellt hätten. Männer!" Sie prustete förmlich vor Lachen. „Ja, ja, der König hat durchaus Humor, du wirst es nicht glauben."

Didyme wusste nicht, wo sie hinsehen sollte. „Und wie war er so ...?"

Ihr Blick richtete sich unwillkürlich auf die Kline und brach verlegen ab, während die Freundin höchst inspiriert auf die Liege sank. „Oh, wir hatten eine Menge Spaß, auch wenn ich mich anfangs fragte, ob er es wohl wagen würde, mich zu berühren."

Didyme zwang sich ebenfalls zu einem Auflachen. „Unter Umständen fürchtete er, du seiest wie eine dieser Spinnen, die ihre Männchen nach der Vereinigung zu verspeisen pflegen."

Thalestris bog sich vor Lachen. „Ich gebe zu, der Gedanke kam mir durchaus, vor allem wegen Phandake." Sie verstummte abrupt und ein dunkler Schleier schien über ihr Antlitz zu sinken.

Didyme hatte Mühe, ihre Kehle freizubekommen. „Und ..., und du hattest keine Waffe zur Hand, um Phandake zu rächen?"

Die Freundin hob die Schultern. „Ich hätte gar keine Waffe benötigt, der Mann war so erschöpft, aber irgendwie umgibt ihn eine Aura von Macht und Zuversicht, als könne nichts, aber auch gar nichts, sein Selbstvertrauen erschüttern. Wahrscheinlich ist es ein Segen, dass er so klein ist, sonst wäre er sicher absolut einschüchternd." Sie verstummte, als sei sie bestürzt über ihre eigene Erkenntnis.

Auch Didyme brachte kein Wort über die Lippen. Schließlich nahm Thalestris den Faden wieder auf. „Ich weiß, ich weiß, dieser Mann ist nur ein Mörder." Sie winkte beinahe ärgerlich, als sei sie im Grunde wütend über sich selber. „Natürlich ist er nichts als ein Schlächter, soweit man in einem Krieg dem Kämpfer vorwerfen kann, dass er andere zu Tode bringt. Aber er ist wenigstens kein Heimtücker. Er artikuliert klar, was er fordert, und er benennt die Konsequenzen bei etwaigem Widerstand. Du kannst erfüllen, was er verlangt, oder es lassen", schloss sie düster und strich sich ganz unbewusst über Hüften und Oberschenkel.

Didyme folgte wie hypnotisiert dem Spiel ihrer Hand. „Aber er bleibt ein Mörder ...!"

„... der noch in jeder Schlacht siegte. Ein Mann, der stets an der Spitze seiner Männer reitet. Er erklärte mir, wie er seine Schlachten gewinnt und räumte sogar ein, dass er im entscheidenden Treffen gegen Dareios bei Gaugamela für einen Augenblick eher einen ruhmreichen Tod im Sinn hatte, ein Ende auf dem Schlachtfeld, das Schwert in der Hand."

„Dann stimmen die Berichte, dass die Schlacht für Dareios schon so gut wie gewonnen war?"

Thalestris nickte geistesabwesend. „Anscheinend beging der Perserkönig einen taktischen Fehler und öffnete für Alexanders Reiterei eine Gasse zum Angriff, und das war das Ende der Achämeniden."

Die Augen der Königin waren überweit geöffnet, und sie zuckte auf ihrer goldenen Kline, als säße sie selbst auf dem Rücken ihres Hengstes. „Ob Alexander damals schon ahnte, dass er mit dieser Attacke in die Weltgeschichte ritt?"

Es war dieser unverhohlene, ja beinahe neidvolle Respekt, der Didymes Eifersucht auf neue Höhen trieb.

„Ich denke, du hast recht gehandelt", murmelte sie mit belegter Stimme, „ein Angriff auf Alexander hätte dein Leben gekostet." Und sie hatte alle Mühe, einen bösartigen Unterton zu vermeiden.

Thalestris winkte ärgerlich. „Glaubst du etwa, das hätte mich gestört? Immerhin hätte ich einen Dämon vernichtet und wahrscheinlich einen Krieg beendet. Das ist schon grotesk! Weißt du, wer mir wahrscheinlich am dankbarsten dafür wäre?"

„Die Achämeniden?"

„Die Griechen!" Thalestris lachte lauthals.

Didyme hob die Brauen. „Dann ..., dann stimmt, was ich in seinem Lager hörte? Der König ist gar kein Grieche?"

Die Freundin wiegte den Kopf hin und her. „Nun, das scheint mir eine Frage des Standpunkts. Alexander würde dir wahrscheinlich antworten, dass er sich selbstverständlich als Hellene fühle, wie er das nennt. Doch im Grunde betrachtet er sich eher als Makedone. Konsequenterweise sieht er sich vor allem als König der Makedonen und nicht etwa als König Griechenlands. Und da liegt wohl auch das Problem, kennen doch die im Süden lebenden Griechen angeblich keine Könige und verachten jede Monarchie."

„Aber er spricht doch Griechisch!"

Thalestris nickte. „In der Tat. Sein heimatliches Makedonisch ist ein Dialekt des Griechischen. Hellenen und Makedonen können einander verstehen, so wie sich bei uns die meisten Völkerschaften der Massageten verständigen können, auch wenn man unsere Sprachen klar unterscheiden kann."

Didyme nickte nachdenklich, in der Tat hatte sie bereits nach wenigen Wochen im Amazonenlager ein Ohr dafür entwickelt, ob jemand aus dem Volk der Hirsche stammte, oder zu einem anderen Volk gehörte.

Thalestris spitzte die Lippen zu leisem Pfiff. „Für mich klingt das ziemlich kurios. Diese Makedonen sehen sich selbst als Hellenen, doch die eigentlichen Griechen sprechen ihnen ihr Hellenentum ab. Alexander ist deshalb ständig bemüht, den Griechen in seinem Heer und ihrer griechischen Heimat zu beweisen, dass er als echter Hellene fühlt, als ein Mann, der die griechischen Traditionen in Ehren hält. Dies ist umso notwendiger, da er und sein Vater Griechenland in blutigen Kriegen unterwarfen. Auch wenn er jetzt ganz offiziell als Feldherr aller Griechen agiert, so muss er doch stets bedenken, dass ihn wahrscheinlich die meisten Griechen als Todfeind betrachten."

Didyme fröstelte, nannte die Freundin doch ohne es zu wissen den Grund, weshalb der König Branchidai überfallen hatte. „Hat er deshalb in Persepolis den Palast der Achämeniden verbrannt? Nur um den Griechen zu demonstrieren, dass er einer der ihren sei?"

„Offenbar. Als Rache für den Brand einer berühmten griechischen Stadt, die die Perser vor vielen Generationen in Schutt und Asche gelegt hatten. Ich glaube, Alexander nannte sie Athen oder so ähnlich." Die Königin erhob sich, als sei sie in Wahrheit mit ihren Gedanken ganz woanders.

„Erwähnte er vielleicht auch Branchidai?", drängte Didyme unwillkürlich.

Thalestris stand ganz still, aber ihre Stimme vibrierte vor innerer Spannung. „Warum fragst du immer nach diesem Branchidai?"

Und ehe Didyme zurückweichen konnte, packte sie die Freundin, riss sie zu sich heran und hinunter auf die Knie. „Dich verbindet mit diesem Branchidai weit mehr, als du zugeben willst, und das ist bei weitem noch nicht alles." Dabei schüttelte sie Didyme in jähem Zorn. „Du arbeitetest nicht als Sklavin in diesem Branchidai, die Stadt ist deine Heimat und du wolltest sie rächen, die Stadt und ihre jämmerlichen Bewohner! Und deshalb wolltest du auch diese Schlacht zwischen uns und Alexander, nicht wahr? Und nun zählen wir unsere Toten nach Hunderten, und Alexander ist immer noch höchst lebendig. Bist du jetzt zufrieden? Sag an, war es das wert, dieser ganze ungeheuerliche Verrat?"

Didyme brachte keinen Laut hervor, weil die Freundin schier außer sich ihre Kehle umklammerte.

„Du kannst mich nicht länger betrügen, ich durchschaue dich! Du hast die Verhandlungen manipuliert und meine Schwester in den Tod getrieben. Und das alles, nachdem ich dich aufgenommen hatte in mein Zelt und mein Bett. Sag mir, warum?“

Sie schleuderte Didyme so heftig von sich, dass sie wie ein Hund auf dem Boden landete. „Alexander ...“, stammelte sie. „Seine Soldaten überfielen Branchidai, töteten meine Familie, meine Freunde, jeden Menschen, den ich in diesem Leben kannte.“

Die Augen der Freundin schlossen sich zu schmalen Schlitzen. „Und deshalb hast du die Verhandlungen manipuliert, um zwei Völker aufeinanderzuhetzen?“

„Lykurgos ...!“ Didyme zeigte hilflos mit den Händen die Größe des Kleinen. „Mein kleiner Neffe. Er ..., er zählte erst fünf Jahre, zu jung für den Sklavenmarkt. Sie ..., sie schlugen ihm den Kopf ab. Ich träume jede Nacht davon.“

Doch Thalestris hörte kaum hin, ihre Zähne knirschten. „Und ich werde in Zukunft jede Nacht von Phandake träumen, und von den Toten unserer Völker. Aber das ist bei weitem nicht das Schlimmste deiner Verbrechen, denn du hast nicht nur Phandake auf dem Gewissen, du gefährdest mein Leben, du bringst mich um mit deinem Verrat. Mich, deine Freundin, und ich rede nicht etwa von der Gefahr in der Schlacht!“

Didymes starrte zu ihr auf, unfähig einen klaren Gedanken zu fassen. Thalestris stieß verächtlich mit dem Fuß nach ihr. „Du hast dich verhalten wie eine Frau, gekämpft mit Lügen und Intrigen, schwach und verachtenswert. Wärst du eine wahre Amazone, dann hättest du dich aufgemacht, um diesen Alexander eigenhändig zu töten. Aber du bist keine Kriegerin, denn ganz tief in deiner Seele bist du nichts als eine Sklavin, ein Nichts aus Branchidai. Und jetzt bist du dabei, mein Leben zu zerstören!“

„Dein ..., dein Leben?“

„Natürlich mein Leben! Als Amazonenkönigin lebst du wie ein Löwe in einem Rudel von Löwinnen. Du hast sie alle in der Gewalt, doch wehe, es naht der Augenblick, in dem du irgendeine Schwäche zeigst. Du bist schneller tot, als du denken kannst.“

Didyme war fassungslos vor Entsetzen. Zum ersten Mal begriff sie, dass durch ihren Verrat auch Thalestris' Leben auf dem Spiel stand. Eine glücklose Königin hatte im Denken der Amazonen keinen Platz, und schon gar keine Königin, die nicht wusste, wer ihre Freundin war und wer nicht.

„Und warum das alles?“, zischte Thalestris wütend. „Warum ging euer Branchidai unter? Nicht, weil euch Alexander vernichten ließ, ihr selbst pflanztet den Keim für euer Ende.“

Didyme sah protestierend zu ihr auf, doch die Königin winkte nur verächtlich.

„Wie lange lebtet ihr bereits im Herzen Asiens? Seit sechs Generationen, seit sieben? Und doch wolltet ihr immer noch Hellenen sein und keine Orientalen! Ihr hieltet euch für etwas Besseres! Wenn Ihr euch hier im Orient eingelebt hättet, wenn ihr Orientalen geworden wäret, dann hätte Alexander euch wahrscheinlich nichts getan, und eure orientalischen Landsleute hätten euch unter Umständen sogar verteidigt, doch so bliebt ihr auch nach Jahrhunderten nichts als Fremde in der Fremde, dem Verderben preisgegeben.

Ihr könnt euch nicht in einer fremden Welt ansiedeln und doch Hellenen bleiben wollen. Wenn ihr auswandert, weshalb auch immer, dann seid ihr Teil dieser neuen Welt, müsst sie euch zu eigen machen, sonst vernichtet sie euch früher oder später. Ihr habt das Unheil selbst heraufbeschworen. Als Auswanderer bist du kein hochgeschätzter Gast, kein willkommener Freund, man erwartet, dass du deine neue Heimat annimmst, nicht die Heimat dich, sondern du deine neue Heimat. Doch du bist wie alle in Branchidai, du glaubst, du stündest über allen, und so hast du deine eigene Freundin betrogen, nur um einer griechischen Rache willen. Heimtückisch, wie eine Schlange im Gras."

Die Königin schüttelte sie wie eine Puppe. „Man kann nicht in der Fremde über Generationen hinweg Außenseiter spielen und sich dann wundern, dass man von beiden Seiten als Kollaborateur verachtet wird."

Thalestris atmete schwer. „Und so bringst du Unheil über alle und jeden. Und dabei sandten wir Massageten nicht einen einzigen Pfeil über Branchidais verfluchte Mauern, obwohl es die Stadt mehr als verdient hatte. Dennoch ist meine Schwester jetzt tot, sie existiert nur noch als aufgeschnittene Hülle, gefüllt mit Gewürzen! Auch fiel sie nicht etwa im Heldenkampf, sie stürzte unter dem Pfeil einer Maschine. Welches Lied soll ich jetzt auf sie ausbringen? Wahrlich, die Linde hat mich zu Recht gewarnt. Ich nähre tatsächlich eine Schlange am Busen, und als ich dich in mein Lager zog, da ermordete ich die eigene Schwester. Dieser Fehler wird sich nicht wiederholen!"

„Aber ..., aber Phandake ritt doch aus eigenem Antrieb zum Fluss", stammelte Didyme, „lange, bevor ich Alexanders Lager erreichte. Ich ..."

„Aber du allein bist dafür verantwortlich, dass es überhaupt zur Schlacht kommen konnte. Du hast gespielt mit zwei Völkern, und alles um deiner Rache willen. Du wusstest sehr wohl, dass wir Massageten noch nie eine Schlacht verloren haben, und so gingst du davon aus, dass dieser so geschwächte Eroberer die Schlacht unmöglich überleben konnte. Aber du hast keine Ahnung vom Krieg und von Menschen wie diesem Alexander. Dir war überhaupt nicht bewusst, dass wir Massageten im Augenblick am Jaxartes viel zu schwach aufgestellt waren, um der besten Armee Europas und Asiens entgegenzutreten. Du wusstest nur, dass wir Skythen sogar die größten Perserkönige bezwungen haben, und nun sollten wir für dich deinen Todfeind töten. Ich werde dir Gelegenheit geben, deinen Fehler für Phandake wieder gutzumachen – in einer anderen Welt!"

Und mit diesen Worten stieß sie Didyme auf den Bauch, fesselte ihr die Hände auf den Rücken und knebelte die Freundin geradezu hasserfüllt, ehe sie die Hilflose aus dem Zelt schleuderte.

„Wachen!", schrie Thalestris den heranstürzenden Amazonen entgegen. „Ihr haftet mit eurem Leben für alles, was aus meiner Jurte fliegt."

Und die Amazonen stürzten sich auf Didyme wie ein Schwarm gieriger Raubvögel.

Totenfolge

Didyme landete gefesselt und geknebelt in einem nahe gelegenen Zelt und verbrachte eine qualvolle Nacht voll von Ängsten und Selbstvorwürfen, wusste sie doch nicht einmal, wen sie mehr hassen sollte, ihre Freundin oder sich selbst.

Auch wenn sie so stramm gefesselt war, dass ihr das Blut in den Gliedern stockte, wurde sie dennoch scharf bewacht.

Aufgewühlt, wie sie innerlich war, nahm sie die Stimmen ihrer Wächterinnen zunächst nur unterschwellig wahr, doch schließlich beruhigte sie sich etwas und konnte dem leise gesprochenen Disput lauschen.

„Ich kannte Phandake seit den Tagen ihrer Kindheit", beschwerte sich eine ihr unbekannte Amazone. „Folglich steht mir auch die Ehre zu, sie ins Jenseits zu begleiten!"

Wahrscheinlich war es letztlich die Absurdität dieser Forderung, die Didyme veranlasste, sich nun ganz auf die Unterhaltung zu konzentrieren.

„Aber ich habe an Phandakes Seite gefochten ...!", protestierte eine andere Frauenstimme, fraglos Samura.

„Und mir hat sie das Leben gerettet", warf eine dritte dazwischen. „Also kommt mir allein die Ehre zu, sie im Jenseits zu beschützen. Ich werde ihre Leibwächterin sein."

Didyme begann zu ahnen, was man mit ihr im Sinn hatte. Ganz fraglos wetteiferten diese Amazonen um die Ehre, Phandake in eine andere Welt begleiten zu dürfen. Offenbar ging es hier um das geheimnisvolle Ritual der Totenfolge hochgestellter Massageten, das seit Generationen als Horrormärchen in persischen Provinzen die Runde machte. Anscheinend stritten gleich mehrere Amazonen um die höchst zweifelhafte Ehre, sich für Phandake umbringen zu lassen, um in ihrem Grab beigesetzt zu werden.

Noch ehe der Morgen graute, wurde aus dem Gespräch eine heftige Auseinandersetzung, aus der offenbar neben Samura noch zwei weitere Amazonen als Siegerinnen hervorgingen, denen es nun allem Anschein nach um die zweifelhafte Ehre ging, bei Phandakes Bestattung als erste erwürgt zu werden.

„Ich bin die Herrin der Pferde, mir gebührt dieser Platz!" Wahrscheinlich beanspruchte Samura jetzt den besten Platz im Grab.

„Nein", intervenierte die nächste. „Die Pferde gehören mir! Du bist die Waffenmeisterin und du die Herrin des heiligen Herdes."

„Aber ich möchte als erste ins Jenseits treten!"

In ihrem Eifer schienen sie ihren Tod kaum noch erwarten zu können. Keine Frage, dass Thalestris für Didyme das gleiche Ende vorherbestimmt hatte, wahrscheinlich als Dienstmagd und Sklavin. Auch die Todesart ging klar und unmissverständlich aus dem Disput hervor – erwürgen. Die Erkenntnis, hier hilflos darauf warten zu müssen, trieb Didyme beinahe in den Wahnsinn.

Unterdessen einigten sich ihre sterbewütigen Wächterinnen über die endgültige Reihenfolge.

„Dann fehlt uns nur eine Dienstmagd", hohnlachte es draußen.

Das Grab

Endlich bereiteten die Strahlen der Sonne dieser entsetzlichen Nacht ein Ende – um einen noch viel grausigeren Tag einzuläuten. Man zerrte Didyme aus dem Zelt, dabei machte man sich nicht einmal die Mühe, Fesseln oder Knebel zu lösen.

Andere Amazonen schoben bereits den vierrädrigen Leichenwagen mit Phandakes Mumie aus seinem Unterstand, und dann schlossen sich nahezu alle Hirsche an, um der Toten feierlich das Geleit aus dem Lager zu geben. Thalestris ritt an der Spitze des Zuges und gönnte der Freundin keinen einzigen Blick, ja, sie vermied es, auch nur einmal in Didymes Richtung zu sehen.

Hinter dem Wagen mit der reich geschmückten Leiche fuhr und trug man zahlreiche Beigaben hinaus an die Begräbnisstätte, die man offensichtlich über Nacht ausgehoben hatte. Unmittelbar hinter dem Wagen folgten nicht nur die drei für die Totenfolge ausersehenen Amazonen, man löste nun auch Didymes Fußfesseln und zwang die vor Angst fast hysterisch Gewordene, sich dem Zug an den Händen gefesselt anzuschließen, falls sie nicht an Ort und Stelle geopfert werden wolle.

Als sie eine Gruppe kleinerer und größerer Schutthügel erreichten, erkannte Didyme, dass es sich gar nicht um Grabhügel handelte. Vielmehr bestand das eigentliche Hauptgrab aus einem tiefen Schacht, der senkrecht in den Steppenboden führte. Nach den Erdmassen zu schließen, die man selbst jetzt noch aus dem Schacht förderte, konnte man davon ausgehen, dass sich die Anlage an der Sohle des Schachtes beträchtlich erweiterte, vielleicht hatte man dort unten sogar mehrere Kammern angelegt. Eine nunmehr sinnlose Erkenntnis, denn Didymes Ende würde dadurch in keiner Weise erleichtert. Am entsetzlichsten aber waren nicht der Anblick des Schachtes, sondern der von flachen Gruben im Umfeld, wo in einer bereits der Kadaver eines Pferdes lag, während man andere Rosse gerade zur Opferung hinzu führte. Just als Didyme den Bestattungsplatz erreichte, fesselte man einem der Pferde mit langem Seil die Vorderbeine und riss es von hinten mit dem Strick zu Boden. Dann schlang man dem verzweifelt um sich schlagenden Hengst einen Riemen um den Hals, schob einen kurzen Stock hindurch und drehte so lange an dem Holz, bis dem Pferd die Zunge aus dem Maul trat. Dennoch ließ das qualvolle Ende lange auf sich warten. Dann lag das Tier mit einem Mal reglos und still. Ein wahrhaft grausiger Anblick.

Didyme spürte, wie ihr die Beine den Dienst versagten, dann legte man auch ihr einen Lederriemen um den Hals. Alles um sie herum begann zu verschwimmen, trotzdem versuchte sie zu schreien, doch reichte es nur zu einem verzweifelten Quieken, das eher den Entsetzenslauten eines Tieres, denn denen eines Menschen glich. Von Widerstand konnte gar keine Rede sein. Wie durch Schleier gewahrte sie, dass eine jener Amazonen, die Phandake in den Tod begleiten durfte, herbeistürzte. Entrüstet hatte die Frau erst jetzt registriert, dass Didyme mit ihr in die Bestattung sollte. Nun gestikulierte sie schier außer sich zu Thalestris hinüber. „Diese ..., diese Hure hat nichts im Grab zu suchen, nicht mit mir! Verscharrt sie im Boden, verfüttert sie an die Hunde, aber besudelt nicht unser aller Grab."

„Und auch nicht mit uns!", meldete sich Samura grimmig.

Während Didyme von zahlreichen Fäusten niedergehalten wurde, und man ihr bereits den tödlichen Stock durch den Halsriemen schob, trat Thalestris den Protestierenden wütend entgegen. „Was empört ihr euch? Es ist eine Ehre für euch alle!"

„Für deine Freundin sicherlich", protestierte Samura mit vor Abscheu schwankender Stimme. „Aber nicht für uns, nicht unter diesen Umständen."

Die Amazonen scharten sich immer dichter um die erzürnte Gruppe. Die Ablehnung, die Didyme seit Wochen spürte, stand nun wie eine imaginäre Mauer zwischen Thalestris und ihrem Volk, und die Königin hatte sichtlich Mühe, die Situation unter Kontrolle zu bringen. Jede der Amazonen aber wartete auf ihre Entscheidung.

Das Schweigen wurde immer unerträglicher, als urplötzlich eine Männerstimme die lastende Stille brach: „Ich bin kein Mitglied deines Volkes, Fürstin, und wir Tiger wohnen weit entfernt gen Sonnenaufgang, aber wir teilen dieselbe Welt und dieselben Götter."

Didyme bekam kaum noch Luft, und hatte zudem ein unerträgliches Rauschen in den Ohren, so dass sie den grausigen Disput zuvor nur noch ansatzweise mitbekommen hatte. Deshalb brauchte es jetzt auch eine geraume Zeit, bis sie wenigstens den Sprecher erkannte – Skythes. Sie wollte sich zu ihm herum drehen, um Hilfe flehen, ihre Peiniger aber waren gnadenlos und gewährten ihr auch nicht die kleinste Bewegung. Sie vermochte nicht einmal den Kopf zu wenden, um wenigstens einen Blick auf den Freund zu werfen – falls es sich tatsächlich je um einen Freund gehandelt haben sollte.

„Wie jedem Massageten", dröhnte Skythes, „so liegt auch mir daran, unsere Traditionen zu wahren. Und so interessiert mich, oh Königin, weshalb ausgerechnet deine eigene Dienerin geknebelt und nicht jubelnd in den Tod gehen soll. Jeder, dem die Ehre zuteil wird, Phandake zu begleiten, muss der Heldin vorher seine Ehrerbietung erweisen. Wie kann ein geknebeltes Nichts diesem Anspruch gerecht werden?"

Zustimmende Rufe erschallten aus der Runde, zögernd noch und nur vereinzelt, aber unüberhörbar. Thalestris fuhr zu dem Sprecher herum, und auch Didymes Bewacher drehten sich zusammen mit ihrem hilflosen Opfer, schließlich wollte sich niemand den neuen Höhepunkt der Tragödie entgehen lassen.

Als Didyme Skythes' ansichtig wurde, verbeugte er sich gerade respektvoll vor ihrer Freundin und begegnete dem Zorn der Fürstin mit mokantem Blick. „Gruß dir, Thalestris, du Königin der Hirsche."

Selbst Didyme erkannte deutlich, wie Thalestris für eine Sekunde die Augen schloss, ehe sie den Gruß widerstrebend erwiderte. „Willkommen auch dir, Skythes, vom Stamm der Tiger, doch ist es nicht an dir, die Totenehren für Phandake einzufordern."

Erst jetzt bemerkte Didyme, dass sie sich vorhin in ihrer Angst übergeben hatte und jetzt wegen des Knebels nicht einmal ausspucken konnte. Es blieb ihr nichts anderes übrig, als ihr Erbrochenes hinabzuwürgen.

Das war so schauderhaft, dass sie den Streit kaum mehr mitbekam. Plötzlich stand Thalestris neben ihr und packte bereits den tödlichen Stab in Didymes Halsband mit beiden Händen, als Skythes im letzten Augenblick dazwischenging.

In dieser schrecklichen Sekunde waren Didymes Sinne bis aufs Äußerste gereizt, und sie begriff jetzt überdeutlich, weshalb die Freundin sie unter allen Umständen am Reden hindern wollte. Sie hätte wohl nicht einmal Didymes Verrat in der Verhandlung offenlegen müssen, wahrscheinlich hätte schon das Bekanntwerden der Verbindung von Thalestris mit Alexander vollständig ausgereicht, um ihre Herrschaft infrage zu stellen. Würden die Massageten darüber hinaus auch noch erfahren, dass die verhängnisvolle Schlacht nur durch eine persönliche Freundin ihrer Königin entfacht worden war, wäre der Ruf der Fürstin so gut wie vernichtet gewesen.

Nichts würde wieder so sein wie vorher.

An Didymes aussichtsloser Lage könnte auch Skythes' Intervention nichts ändern. Didyme schwanden wieder die Sinne, doch nun riss der Massagete seinen Akinakes heraus und zertrennte im letzten Augenblick das tödliche Halsband. Dabei stieß er rücksichtslos die anderen Amazonen beiseite, die Didyme bisher wie eine Puppe gehalten hatten, und so strauchelte sie schließlich haltlos ins Gras.

Didyme hatte kaum den Boden berührt, da umklammerte Thalestris ihren Gegenspieler bereits mit eisernem Griff. Doch diesmal war es Samura, die die Kontrahenten trennte und finster dazwischen trat. „Der Tiger ist im Recht! Falls die Hure mit uns anderen Phandake begleiten soll, muss sie vorher ihre Bereitschaft und ihre Freude bekunden."

„Und falls sie nicht reden darf", ergänzte Skythes mit unüberhörbarem Spott, „dann haben wir alle ein Recht zu erfahren, weshalb sie eigentlich sterben soll, kennen doch die Massageten keine Sklavinnen, sondern nur Dienerinnen, die nicht getötet werden dürfen, ohne vorher gehört zu werden."

Und herausfordernd schweifte sein Blick in die Runde. Er setzte schon an zu erneuter Rede, als ihm erneut jemand das Wort abschnitt.

„Wir stehen vor einer toten Heldin!" Die Linde drängte sich würdevoll durch die Menge, die Finger wie immer umsponnen von Bast. „Thalestris hat mehrfach betont, ihre Freundin besäße die Kraft des Orakels. Wohlan, lasst uns diese Kräfte testen!"

Wieder lief zustimmendes Gemurmel durch den Kreis, der sich noch etwas enger zog. Zum ersten Mal bemerkte Didyme so etwas wie Gehetztheit in den Augen ihrer Freundin, doch schob sich nun Skythes in ihr Blickfeld und beugte sich anzüglich über die immer noch würgende Didyme. „Könnte es sein, dass sich hinter diesem Knebel ein Geheimnis verbirgt?", fragte er anzüglich und erntete erneut so manchen Ruf.

„Ja! Ein Geheimnis", tönte es von allen Seiten, und schon griff sogar die Linde nach Didymes Knebel, als sich Thalestris endlich ermannte und alle anderen unwirsch zur Seite schob. Doch die Schamanin ließ sich nicht so leicht abschütteln und erkannte jetzt offensichtlich eine Gelegenheit, sich für die Zurücksetzung der letzten Wochen zu revanchieren.

„Du bist zwar die Königin der Hirsche, aber das Urteil über eine Magierin obliegt allein den Kasten der Schamanen. An der Königin ist es, das Urteil am Ende zu vollstrecken."

Die Stimmung in der Menge ließ keinen Zweifel aufkommen, wo im Augenblick die Sympathien lagen, und sie wandten sich unaufhaltsam gegen Thalestris. Als Skythes schließlich Didyme emporriss, da erhob allein Thalestris die Hand zum Widerstand.

Die durch ihre Fesseln nahezu steif gewordene Didyme war für die Kontrahenten nicht mehr als ein Spielball. Beide umklammerten sie bereits ihre Schwerter, als die Linde erneut dazwischen trat. „Ich fordere ein Urteil der Magier, es ist mein Recht!"

Das klang so resolut und endgültig, dass Didyme sich ungeachtet ihrer Verzweiflung des Eindrucks nicht erwehren konnte, dass die Linde vielleicht am Ende mit Skythes unter einer Decke steckte, zumal sie sich im Grunde nicht vorstellen konnte, dass ausgerechnet die Schamanin sich für sie einsetzen sollte.

Thalestris' Blick schweifte düster in die Runde, dann reckte sie sich empor. „Du forderst ein Urteil über eine falsche Prophetin? Wohlan. Ich gewähre dir Zeit bis zum Untergang der Sonne, um eine hinreichende Zahl deiner Zunft vor meinem Zelt zu versammeln."

Und mit diesen Worten packte sie die hilflose Freundin, warf sie wie einen nassen Sack auf eines der ledigen Pferde und schwang sich hinter ihr in den Sattel. Dann rief sie mit großer Geste und hallender Stimme in den Kreis der Hirsche. „Bringt meine Schwester zurück in ihr Zelt und sorgt für ihren Schutz, dann sehen wir uns wieder!"

Ehe sich noch irgendein Einwand erhob, riss sie das Pferd bereits herum und trabte mit Didyme ins Lager zurück, während Skythes ihnen halb triumphierend, halb sorgenvoll hinterherblickte.

Die Magier

Thalestris stieß Didyme in ihre Königsjurte und ließ den Vorhang des Eingangs fallen, ohne die linke Hand von Didymes Knebel zu nehmen. Didyme vermochte nur noch zu röcheln, so dass der Freundin nichts anderes übrig blieb, als ihr nun doch den Knebel aus dem Munde zu ziehen.

„Es ..., es tut mir leid, aber ehe ich den Makedonen tötete, ahnte ich nicht einmal, dass ich kämpfen könne. Ich wusste es einfach nicht!" Ihre Augen füllten sich mit Tränen und sie sank vor Erschöpfung in die Knie. „Wenn ich getötet werde, dann vollbringe es selbst, damit ..., damit du das Letzte bist, was ich im Leben erblicke."

Thalestris starrte ihr in die Augen, hinüber zu der Kline und zurück zu der Freundin. Für einen Augenblick milderte sich ihr eisiger Blick, doch da näherte sich draußen Samura mit ihren beiden Schicksalsgefährtinnen. Thalestris packte blitzschnell zu, umklammerte Didymes Hals mit würgendem Griff, und als die Freundin hilflos nach Atem rang, schob sie ihr aufs Neue den Knebel zwischen die Lippen.

Dann ging sie den Ankömmlingen kühl entgegen, fraglos, um ihnen jeglichen Zutritt zu verweigern.

Samura bemühte sich hörbar um einen festen Tonfall. „Der Rat der Hirsche hat beschlossen, die falsche Schamanin umgehend zu befragen."

Sie kam nicht weiter, wies Thalestris sie doch heftig zur Seite. „Sie ist meine Dienerin und über meinen Hausstand verfüge nur ich persönlich, und nur ich!"

Samura räusperte sich provozierend. „Dann wird die Königin mit Beifall begrüßen, dass wir ausersehen sind, ihr Zelt zu bewachen, um eine Flucht der Gefangenen zu verhindern! Das Vorrecht der Königin wird niemand antasten."

Thalestris zögerte, doch entschied sie offensichtlich, die Situation nicht weiter eskalieren zu lassen. Als sie sich umwandte, war ihr Blick eher sorgenvoll, und trotz ihrer Panik begriff Didyme in diesem Augenblick, dass sie im Grunde von Thalestris nichts zu fürchten hatte, es sei denn, man verurteilte sie, der toten Phandake zu folgen. Befand man sie jedoch für unwürdig, so würden sie sich gegenseitig decken müssen, gezwungenermaßen. Didyme konnte ihren Verrat nicht offen legen und Thalestris nicht ihre Beziehung zu Alexander.

Während Thalestris ruhelos auf und ab schritt, kreisten Didymes Gedanken um die vergangenen Stunden. Die Anklage der Schamanin bezog sich fraglos auf ihre irrige Prophezeiung vor der Schlacht, doch was sie überhaupt nicht begriff, waren Skythes und sein Motiv. Ging es ihm am Ende nur darum, Didyme zum Reden zu bringen, sie vielleicht sogar zum Verrat zu zwingen, um sich selbst zu retten? Falls Didyme ihr Wissen preisgab, würde das mit Sicherheit Thalestris' Ende einläuten. Wahrscheinlich ahnte der scharfsinnige Massagete mehr, als der Freundin lieb sein konnte.

Didyme fragte sich, ob sie in ihrem eigenen Interesse nicht alles tun sollte, um Thalestris zu decken – eine Freundin, die sie erdrosseln wollte, eine Thalestris, deren Schwester sie auf dem Gewissen hatte! Ein auswegloses Dilemma.

Sie grübelte und grübelte, Thalestris kam und ging. Mittlerweile schimmerten Lagerfeuer durch den Eingang der Jurte herein, erregtes Stimmengewirr war zu hören, das von Zeit zu Zeit durch lauten Zuruf unterbrochen wurde, mit dem man die ankommenden Schamanen begrüßte.

Thalestris schien zu überlegen, ob sie es riskieren könne, Didyme Wasser zu reichen, doch fürchtete sie offensichtlich Samura. Didyme war unterdessen so erschöpft, dass sie nur noch stöhnen konnte. Als Thalestris die Jurte schließlich wieder verließ, da senkte sie draußen die Stimme, offenbar auf der Suche nach einem Vorwand, ihre unwillkommene Garde loszuwerden. Didyme mobilisierte all ihre Sinne, ohne indes ein einziges Wort zu verstehen. Es war zum Verzweifeln. Plötzlich berührte sie jemand an der Schulter. Dann flüsterte auch schon Skythes von hinten in ihr Ohr. „Keinen Laut!"

Im nächsten Moment zog er ihr den Knebel aus dem Mund, und Didyme atmete stöhnend durch. Allerdings machte er keinerlei Anstalten, ihre peinigenden Fesseln zu lösen. Er lauschte dem Geflüster draußen vor dem Zelt, bis er erneut in Didymes Ohr hauchte. „Uns bleibt nicht viel Zeit. Gib mir einen Anhaltspunkt! Weshalb fürchtet Thalestris, du könntest etwas verraten?"

Er kauerte immer noch hinter ihr, sie vermochte nicht einmal in seine Augen zu blicken. Wollte er ihr tatsächlich helfen oder sie nur aushorchen?

„Ich ..., ich glaubte, die Schlacht sei sicher ...", keuchte sie.

„Das kann es nicht sein", zischte er zurück. „Es gibt etwas, das Thalestris in Gefahr bringen würde. So denke doch nach, es geht um dein Leben!"

Wenigstens reichte er ihr etwas Wasser aus einem Flaschenkürbis, und sie trank voller Gier. Zwar hatte er ihr vorhin am Grab von Phandake das Leben gerettet, doch war ihr Misstrauen einfach zu groß. Sie wusste beim besten Willen nicht, was sie von ihm halten sollte.

„Binde mich los!", drängte sie.

Fraglos spürte er ihren Argwohn. „Das ist leider unmöglich. Hinter dem Königszelt stehen weitere Wachen, du könntest ohnehin nicht entkommen. Eine der Hirsche kennt mich von früher, sie ließ mich passieren, aber ich musste ihr schwören, dich nicht zu befreien."

Didyme schwieg trotzig, und Skythes beugte sich über ihre Schulter. Sein Flüstern wurde geradezu beschwörend. „Begreifst du deine Lage nicht oder hängst du immer noch an Thalestris? Erkennst du denn nicht, dass sie nur mit dir spielt? Lass dir gesagt sein, deine Königin hat im Umgang mit ihren Gespielinnen einige höchst unangenehme Vorlieben entwickelt, die die wenigsten ihrer Gefährtinnen unbeschadet überstanden. Hat sie dich nicht auch mit Waffen ins Bett gezerrt?"

Didyme fuhr unwillkürlich zusammen, und er redete grimmig weiter auf sie ein. „Das mag ja noch ganz witzig sein in einer schwülen Nacht, aber glaube mir, was später daraus erwächst, das ist alles andere als belustigend. Ihre Stellung gab Thalestris bisher die Möglichkeit, die düstere Seite ihrer Seele zu verschleiern. Phandake kam damals dahinter, doch starb die alte

Amme, ehe sie Thalestris die Königswürde aberkennen konnte. Also, bei allem was mir heilig ist, lass mich dir helfen! Wir müssen die Anklage der Magier widerlegen und dich aus der Schusslinie bringen, und das kann nur gelingen, wenn sich das allgemeine Interesse auf Thalestris konzentriert."

Didyme verschluckte sich beinahe an dem letzten Wasser. Ihr sogenannter Freund wollte sie gar nicht befreien, er wollte nur Thalestris zur Strecke bringen, und dies erklärte wahrscheinlich auch seine Allianz mit der Schamanin.

„Was hast du gegen die Königin?", forschte sie argwöhnisch.

„Nun, wir sind alte Feinde", murmelte er ausweichend. Didyme schwieg. Sein Atem ging schneller, sah er doch seine Felle davonschwimmen. „Bei allen Göttern, warum vertraust du mir nicht? Erkennst du nicht, was man mit dir anstellen wird? Falls dich die Magier schuldig sprechen, stecken sie dich mit Reisig in einen Wagen, den sie mit Ochsen bespannen. Dann entzünden sie das Reisig und jagen das Gespann über die Ebene. Manchmal verbrennt nur der Wagen, manchmal das ganze Gespann, das Opfer jedoch in jedem Fall."

Didyme zitterte, aber ihr blieb nur die Wahl zwischen Skylla und Charybdis. Falls sie redete, starb sie ohnehin, und vielleicht sogar Thalestris.

„Bring mir das Geweih!", ächzte sie schließlich. „Ich vergrub es unter Thalestris' Kleidungsstücken – die drei Truhen, die dort drüben nebeneinanderstehen. Unter der rechten."

Skythes schwieg eine Weile und schien mit sich zurate zu gehen. Das Misstrauen stand zwischen ihnen wie eine Wand. „Also gut", murrte er schließlich. In diesem Augenblick nahten draußen eilige Schritte. Skythes fand kaum noch Zeit, sich zurückzuziehen, da erstrahlte die Jurte bereits im Fackellicht.

Im nächsten Moment beugte sich Samura über die hilflose Didyme und erkannte sofort, dass sie nicht mehr geknebelt war. „Wolltest du fliehen, du Tochter einer Hündin?"

Sie setzte Didyme einen Dolch an die Kehle und verschloss ihr sekundenschnell wieder den Mund. Durch den offenen Eingang konnte Didyme beobachten, dass sich die Amazonen unterdessen in weiten Halbkreisen aufstellten, einem riesigen Skythenbogen gleich. Und im Zentrum der Bogensehne stand die Jurte mit ihr, der gefesselten Didyme.

Nun geleitete man eine große Zahl von Schamanen in den Kreis. Didyme erkannte Linden wie auch Ruten. Die Ruten trugen ihre charakteristischen Barsombündel persischer Prägung, während sich die Linden reichlich mit Lindenbast gewappnet hatten.

Dann trat auch schon Thalestris vor die versammelten Magier und sprach mit weithin hallender Stimme. „Ich grüße euch. Thalestris vom

Volk der Hirsche sucht das Urteil der Magier, denn eine Schlacht hat großes Unheil über die Völker der Massageten gebracht. Es ist denkbar, dass ein falscher Eid beim heiligen Herdfeuer das Unheil auslöste. Meine Frage lautet also – ist vor der Schlacht falsches Zeugnis abgelegt worden, und falls ja, wer ist dieser falsche Prophet?"

Die Anklage war nun klar, und die Ruten sandten zunächst drei Magier mit ihren Barsombündeln in den Ring. Die persisch gekleideten Schamanen hoben feierlich ihre etwa siebzig Zentimeter langen Ruten und ließen sie dann wie überdimensionierte Mikadobündel zu Boden fallen, drei Haufen übereinanderliegender Ruten.

Samura beugte sich triumphierend über Didyme. „Jetzt werden wir sehen, wie schnell die Götter dein falsches Zeugnis entlarven."

Die Schamanen beugten sich über ihre Bündel, Didyme sickerte blanker Schweiß in die Augen. Die Magier bemühten sich nun, die übereinander liegenden Ruten vorsichtig abzutragen. Didyme kannte das Ritual von persischen Priestern. Es zielte darauf ab, möglichst viele Ruten zu entfernen, ehe sich eine der darunter liegenden bewegte. Sobald beim Wegnehmen eine zweite zuckte, galt der Haufen als versiegelt, und der Schamane musste nun aufgrund dieses Befundes seine Orakelkraft unter Beweis stellen.

Bald traten die drei Ruten eng zusammen, um sich leise zu besprechen. Anschließend kündeten sie flüsternd Thalestris von ihrem Urteil, und traten dann zur Seite, um das Diktum der nächsten Gruppe abzuwarten.

Der Schweiß brannte in Didymes Augen und Samura zischte ihr ins Ohr, es war wie eine zusätzliche Folter. „Siehst du? Du bist schon halb tot. Jetzt noch das Urteil der Linden, dann werde ich mir das Privileg ausbitten, dir eigenhändig den Kopf abzuschlagen, um ihn Thalestris vor die Füße zu legen. Ob sie ihn dann immer noch so anziehend findet?"

Didyme war so erschöpft, dass sie nicht einmal reagierte, was ihr noch einen wütenden Stoß eintrug. Schließlich wollte man sein Opfer auch angemessen leiden sehen.

Unterdessen wickelten sich draußen drei der Linden lange Streifen um die Finger, zogen sie wieder auseinander und wickelten sie erneut, bis ihre Finger so fest miteinander verknüpft waren, dass die Streifen mit der freien Hand nicht mehr zu lösen waren. Nachdem sie die Schlingen und Knoten begutachtet hatten, trat auch diese Gruppe vor Thalestris und zog sich anschließend auf die andere Seite der Königin zurück.

Didyme konnte Thalestris nicht sehen, und so fuhr sie heftig zusammen, als die Freundin schließlich das Wort ergriff. „Ruten wie Linden haben übereinstimmend erkannt, dass jemand in meinem Zelt falsches Zeugnis abgelegt hat. Bringt die falsche Prophetin hier in unseren Kreis!"

Samura zischte triumphierend und riss Didyme förmlich auf die Füße und hinaus aus dem Zelt.

Das Urteil

Vor dem Zelt wurde Didyme von den Amazonen in den Kreis geschleppt. Mit angstvollen Augen suchte sie instinktiv die Freundin, doch die Königin wandte sich ab, als gäbe es nichts Wichtigeres, als sich mit den Magiern auszutauschen, die nach Kasten getrennt links und rechts neben ihr Position bezogen hatten.

Wenigstens zerschnitt man Didyme jetzt die Fußfesseln, doch hatte sie Mühe zu stehen, da ihr die Füße eingeschlafen waren. Zudem legte man ihr einen Strick um den Hals, um jeglichen Fluchtversuch zu unterbinden. Und während sie mühsam um Halt auf ihren tauben Füßen kämpfte, suchte sie angstvoll nach Skythes, doch war er nirgends zu entdecken.

Dann trat die Linde erneut in den Kreis und verkündete mit fisteliger Stimme. „Unser Urteil ist gefällt! Diese Frau hat die Königin betrogen, um den Stamm der Hirsche und die Völker der Massageten in eine ungerechte und von den Göttern verfluchte Schlacht zu treiben, was viele von uns mit dem Leben bezahlten. Ich behaupte, dass sie sich zu Unrecht die Würde einer Schamanin anmaßte. Hat die Überführte noch etwas zu sagen?"

Das war der Kernsatz, der einzige, auf den Didyme jetzt noch bauen konnte. Sobald sie die Chance erhielt zu reden, musste sich Thalestris aus purem Eigennutz für sie einsetzen.

Auch Thalestris begriff sehr wohl, was hier gespielt wurde und trat der Schamanin nun heftig entgegen. „Eine Aussage der Verräterin ist unnötig! Ihre Tat ist durch euer Zeugnis belegt und durch das Urteil bestätigt ..."

Sie kam nicht weiter, flog doch in diesem Augenblick das Geweih in weitem Bogen hinein in den Kreis, direkt vor die Füße der Königin. Ein Raunen lief durch die Menge, als Skythes sich durch die dichten Reihen drängte. Er hatte seine vertraute Skythentracht abgelegt, war nun persisch gewandet und hielt ein Barsombündel in der Hand, als er gemessenen Schrittes vor Geweih und Königin trat.

„Ich sage, es ist noch kein abschließendes Urteil ergangen, denn ich, Skythes, vom Volk der Tiger, ich bestreite das Zeugnis dieser Magier, die nicht würdig sind, sich Schamanen zu nennen."

Die Linde bückte sich wütend und streckte Skythes anklagend das Geweih entgegen. „Dann sag uns zunächst, in welchem Namen du hier auftrittst!"

Skythes wies auf das Geweih. „Ich spreche im Namen des heiligen Hirschs, eures eigenen Zeichens."

Und als habe die unheimliche Schnitzerei die Amazonen hypnotisiert, so rückten sie in ihren Reihen ringsum einen Schritt näher. Nur Thalestris regte kein Glied und sah in die Ferne.

Die Linde musterte ihn grimmig. „Du bist dir bewusst, was du hier gegen uns vorbringst?“

„Bei meiner Ehre, dem Heldentum meines Volkes und meiner Familie.“

„Wohlan!“, kreischte die Linde, dann zeige deine Kunst, und falls du deine Anklage beweisen kannst, verlieren diese Magier ihre Köpfe, doch falls du scheiterst, dann rollt noch heute der deine.“

Thalestris starrte unverwandt über alle hinweg, als habe sie das Geschehen gänzlich ausgeblendet.

Skythes trat nun vor Didyme hin, und die Schamanen drängten näher heran. Zahlreiche Fackeln wurden herbeigebracht, ehe er feierlich sein Bündel warf. Als die Ruten vor seinen Füßen zur Ruhe kamen, da herrschte atemlose Stille.

Die Linde räusperte sich höhnisch. „Die beste Zahl steht bisher bei elf entfernten Ruten und kaum je ist eine höhere Zahl erzielt worden. Falls es dir gelingt, dein Bündel weiter abzutragen, dann besteht dein Einspruch zu Recht.“

„So lautet der Brauch der Steppe“, bestätigte Skythes düster. Dann bückte er sich feierlich und begann mit spitzen Fingern Rute für Rute zu entfernen. Dabei verfuhr er mit solch faszinierender Geschicklichkeit, dass sich niemals eine zweite Rute bewegte. Didyme zählte im Geiste mit, bis ihr der Schweiß so vehement in die Augen sickerte, dass sie kaum noch etwas erkennen konnte. Das Herz schlug ihr so wild, als wolle es ihr aus der Brust springen. Als schließlich ein Aufstöhnen durch die weiten Reihen lief, da ahnte sie, dass er gerade die elfte, vielleicht sogar schon die zwölfte gehoben hatte.

Zu sehen vermochte sie nichts, und so blieb nicht viel mehr, als dem Raunen und Ächzen der Menge zu lauschen, das sich mit jeder Rute noch zu steigern schien.

„Vierzehn“, hörte sie von irgendwo aus der Finsternis, „siebzehn ...“ Didyme hatte Mühe, sich auf den Beinen zu halten, durch eine kaum zu beschreibende Erleichterung schienen sie nun sämtliche Kräfte zu verlassen.

Dann reckte Skythes seine letzte Rute mit triumphierendem Schrei in den Nachthimmel, ein Schrei, der Thalestris und den Magiern wie ein Menetekel in den Ohren hallen musste. Und auch wenn sie ihre Umgebung noch immer nur schemenhaft wahrnahm, so wusste Didyme doch, dass Thalestris just in dieser Sekunde für einen Augenblick die Augen schließen würde.

Langsam klärte sich Didymes Blick, und nun erkannte sie, wie Skythes der Königin herausfordernd den Arm entgegenstreckte. „Deine Dienerin ist mein und ich fordere, dass du mein Recht hier vor allen anerkennst." Zum ersten Mal sah sie Thalestris völlig fassungslos.

Zum Glück richtete sich alle Aufmerksamkeit nicht etwa auf sie, sondern auf die sechs Magier, die jetzt wie von der Tarantel gestochen die Flucht ergriffen. Zweien gelang es tatsächlich, den dichten Kreis der Amazonen zu sprengen, doch hatten sie sofort zahllose Verfolgerinnen hinter sich.

Die übrigen vier rang man umgehend zu Boden, und kaum eine Minute später waren die grausig Aufbrüllenden bereits enthauptet, und ihre Köpfe prangten auf langen Lanzen, die man vor Skythes in den Boden rammte. Es war ein schauerlicher Anblick, diese verzerrten und für immer versteinerten Gesichter mit den heraushängenden Zungen, doch schien es außer Didyme niemanden zu stören. Im Gegenteil: Skythes selbst harrte mit gespreizten Beinen und verschränkten Armen in martialischer Pose im Zentrum des Trubels aus. Allein die anderen Magier beteiligten sich in keiner Weise an dem grausigen Aufruhr, sie drängten noch enger zusammen und schienen hastig zu beraten, welche Maßnahmen jetzt zu ergreifen seien.

Schließlich schleppte man noch die von ihren Verfolgerinnen übel zugerichteten entflohenen Schamanen herbei. Sie stürzten vor Skythes zu Boden, Amazonen knieten auf ihren Gliedern, während sich andere bereits anschickten, die Unglücklichen ungeachtet aller Flüche und trotz allen Flehens auf der Stelle zu enthaupten.

Augenblicke später gesellten sich ihre Köpfe mit den im Tode verzerrten Gesichtern zu den Häuptern ihrer Leidensgenossen und überragten nun hoch auf ihren Lanzen die unheilvoll brodelnde Menge. Selbst Thalestris, die doch die allermeisten um Haupteslänge überragte, wirkte plötzlich klein und verloren.

Mit einer großartigen Geste wies Skythes hinauf zu den Köpfen. „Diese Magier wurden zu Recht bestraft, aber in der Vergangenheit haben sie treffliche Dienste geleistet und nur allzu oft die Geheimnisse der Zukunft offenbart. Wie war es möglich, dass sie diesmal so tragisch irrten?"

Aller Augen richteten sich schlagartig auf Thalestris, die immer noch um ihre Fassung kämpfte. Doch Skythes ließ ihr keine Zeit zu einer angemessenen Entgegnung. „Wenn die Magier nicht völlig irrten, dann muss die Königin etwas in ihrer Jurte verbergen, was Unheil stiftet für sie und für alle Hirsche!"

Er brüllte es triumphierend, und die Menge antwortete wie ein Echo.

Thalestris straffte sich ruckartig, als sei ihr alter Kampfgeist endlich erwacht und ihr Selbstvertrauen zurückgekehrt.

„Und was sollte das sein?“, erkundigte sich die Königin finster und gefasst.

Skythes deutete auf Didyme. „Das wird sich zeigen, doch erst bindet sie los!“

Da zögerten die Amazonen nun doch, aber dann trat keine andere als Samura totenbleich näher, trennte Didymes Armfesseln und befreite sie widerstrebend vom Knebel. Didyme war so erleichtert, dass sie zu Boden sank.

Sie wusste aber natürlich, dass, auch wenn Skythes ihr Leben gerettet hatte, sie nicht nur von den Amazonen, sondern vor allem auch von den Schamanen höchst feindselig betrachtet wurde. Zum ersten Mal begegnete Didyme dem finsteren Blick ihrer Freundin, die sich nun wieder ihrer Sache irgendwie sicher schien – ein verwirrender, ja, ein gefährlicher Eindruck.

Mit einem Mal hörte Didyme in ihrer Erinnerung wieder die drohende Stimme der Fürstin klar und deutlich, diese Stimme, die ihr vor Stunden so hasserfüllt ins Ohr gezischt hatte. „Du bringst mich um! Du zerstörst mein Leben“

Didyme spürte, dass Thalestris mittlerweile einen Plan verfolgte, und sie hatte keine Ahnung, wie dieser aussehen mochte. Nur dass er gefährlich war, das war so sicher wie weiland das Gebet ihres Vaters im Tempel. Eine Thalestris würde auf keinen Fall freiwillig kapitulieren, und so begann sich Didyme zu fragen, ob sie mit ihrer Befreiung nicht im Grunde Skylla gegen Charybdis eingetauscht hatte.

Erleichtert nahm sie wahr, dass sie niemand beachtete, nicht einmal Skythes, der nun mit Samura und anderen Hirschen in die königliche Jurte trat, während Thalestris vor dem Eingang zurückblieb.

Die Menge wartete voller Spannung, und als sie schließlich zurückkehrten, da lief ein erwartungsvolles Raunen durch die dicht gedrängten Reihen. Augenblicke später warf Skythes den Orakelteppich mit großer Geste ins Flackerlicht der Fackeln.

Das Rumoren verstummte schlagartig.

Skythes streckte der Königin herausfordernd die Faust entgegen. „Dieser Teppich ist ein Schlüssel für das Orakel der toten Könige, und nur deshalb darf er gewebt werden. Zugleich ist der Teppich eine Gefahr für uns alle, denn er kennt keine Gnade, ehe er nicht seine Botschaft übermittelt hat. Also, sag an, Königin der Hirsche, weshalb rufst du nach dem Orakel der Toten?“

Der Teppich, Skythes war es die ganze Zeit nur um den Teppich gegangen! Didyme kam taumelnd auf die Füße und spürte sofort den Atem der Menge im schweißverklebten Nacken. Thalestris blickte ihrem Gegenspieler finster in die Augen. Von Ergebung in ihr Schicksal keine Spur.

„Welche Botschaft ich mir erhoffe? Fragst du das im Ernst? Stehen wir nicht vor der Frage aller Fragen – Krieg oder Frieden?"

Skythes winkte verächtlich. „An dieser Schwelle standen wir Massageten schon immer, und wir haben noch immer gesiegt!"

„So wie in der letzten Schlacht?" Thalestris maß ihn mit verächtlichem Blick. „Hast du bereits vergessen, dass wir diesmal einem Verwundeten unterlagen, einem Mann, den man für die Schlacht auf sein Pferd heben musste? Habt ihr euch je gefragt, wie er kämpfen wird, sobald er wieder genesen ist?"

Unwilliges Gemurmel hob an und verstarb auf ihren Wink, ein mehr als deutliches Signal, dass Thalestris ihre Autorität langsam zurückgewann. Der Teppich war der Beweis, wie sehr sie sich sorgte um ihr Volk, und das blieb nicht ohne Wirkung. Thalestris setzte auch sogleich nach. „Ich bin die Königin der Hirsche, ich benötige keine verlorene Schlacht, um zu erkennen, wann mein Volk in Gefahr schwebt."

Die Menge schwieg respektvoll, und Thalestris nutzte ihre Chance. „Alexander und seine Makedonen sind die mächtigsten Feinde, die uns jemals entgegentraten. Und wenn die Völker der Massageten jemals eine Frage von epochaler Bedeutung dem Orakel der Toten vorlegten, dann diese: Sollen wir gegen Alexander kämpfen, und müssen wir gegen ihn kämpfen?"

Skythes grub die Zähne in die Unterlippe. Von den Hunderten, die immer dichter heranrückten, kam kein einziger Laut, als habe der Teppich sie sämtlich mit einem Bann belegt.

In diesem atemlosen Augenblick, da erkannte Didyme jäh, dass sie bisher die Macht des Teppichs bei weitem unterschätzt, ja nicht einmal in Ansätzen verstanden hatte. Selbst ein Skythes war totenbleich und bemühte sich tunlichst, dem Teppich nicht zu nahe zu kommen.

„Gut", sagte er schließlich. „Dann lasst uns die Botschaft des Teppichs enträtseln." Noch immer hatte er keinen Blick für Didyme.

Die Linde und die anderen Magier bedurften dieser Aufforderung nicht, sie beugten sich ohnehin schon über das Gewebe. Und es war die Linde, die sich voller Verwirrung aufrichtete und den Blick vorwurfsvoll auf Thalestris heftete. „Wie kann das sein? Der Teppich zeigt nur Perser und Hirsche. Wo bleiben die andern Völkerschaften der Massageten? Schließlich stehen wir alle vor der gleichen Frage!"

Thalestris richtete sich hoch auf, und die Frauen ihres Volkes strafften sich unwillkürlich in ihren Reihen, als habe man niemals die Autorität der Fürstin in Zweifel gezogen. „Ich bin die Königin der Hirsche. Es ist mein Teppich und meine Frage an die toten Könige – Krieg oder Frieden. Gehen wir mit den Persern ein Bündnis ein, obwohl wir sie über Generationen hinweg bekriegten, oder sollen wir alleine kämpfen? Die anderen Könige der Massageten mögen ihre Stämme schützen, doch dies hier ist mein Volk. Ich bin Thalestris, und nur ich spreche im Namen der Hirsche.“ Ihr Arm deutete mit großer Geste in die Runde, und es erhob sich nicht eine einzige Stimme gegen sie.

Im Gegenteil, ihre Amazonen drängten näher, als erneuerten sie den Bund zwischen sich und ihrer Fürstin, der sich während der letzten Stunden so unheilvoll gelockert hatte.

Während die vorn stehenden Amazonen den Teppich voller Respekt, ja beinahe voller Angst betrachteten, stieß das Gewebe bei den Schamanen auf allergrößten Widerwillen. Mit sich überschlagender Stimme schrie die Linde: „Weder die Weiden noch die Ruten benötigen einen Orakelteppich, um der Zukunft ihre Geheimnisse zu entreißen. Der Teppich sät nur Zwietracht unter unseren Völkern, er sollte vernichtet werden, und das auf der Stelle!“

Und ehe auch nur jemand einen Finger rühren konnte, griff sie bereits nach einer Fackel. Sie handelte überaus entschlossen, und Didyme erinnerte sich unwillkürlich an den Brandanschlag auf das Königszelt. Hatten damals gleiche Gründe dazu geführt? Hatte der Anschlag tatsächlich nur dem Teppich und seiner Weberin gegolten? In ihrer Aufregung verflogen diese Gedanken jedoch so schnell, wie sie gekommen waren.

Schon senkte die Linde die Fackel auf das Gewebe, da öffnete Thalestris ihren Mantel, riss das Geweih hervor und schleuderte es so wuchtig auf den Teppich, dass sogar die Schamanin zurückzuckte.

„Halt!“, schrie Thalestris mit schrecklicher Stimme. „Prüfen wir erst, ob der Teppich bereits am Leben ist!“

Das Geweih! Didyme hatte es völlig vergessen, obwohl Skythes es doch erst vorhin so dramatisch in den Kreis geworfen hatte. Thalestris hatte es offensichtlich an sich gebracht, als Skythes und all die anderen sich auf das Rutenorakel konzentrierten, und auf jenen Moment gewartet, in dem Skythes und die Schamanen sie auffordern würden, ihnen Zutritt zu ihrem Zelt zu gewähren.

Natürlich war ihr viel früher als Didyme klar gewesen, wie sehr die Magierkasten die Orakelteppiche fürchteten. Und auch wenn Didyme vom Leben der Massageten und ihren Gesetzen noch immer wenig wusste, so lag doch die Begründung für sie diesmal klar auf der Hand – die Schamanen fürchteten die Konkurrenz des Totenorakels von Pazyryk, fungierten doch die Geister der toten Könige als letzte, alles entscheidende Instanz.

„Lasst sehen, ob der Teppich lebt“, wiederholte Thalestris, und zum ersten Mal seit langer Zeit färbte wieder so etwas wie Spott ihre volle Stimme. Dann winkte sie Didyme mit der freien Hand, forderte sie zu ihrer Bestürzung auf, vor den Teppich zu treten.

Didyme zögerte, aber die Amazonen zwangen sie unaufhaltsam vorwärts. Als man sie an Skythes vorüberdrängte, da erreichte sie sein hastiges Zischen. „Nimm das Geweih, halte es ...!"

Mehr verstand sie nicht, dann war sie bereits an ihm vorüber, zu mächtig waren die Hände in ihrem Rücken. Das Geweih lag ganz ruhig auf dem Gewebe, doch als sie sich zögernd bückte, sorgfältig darauf bedacht, keine der Schnitzereien zu berühren, da wellte sich der Teppich, als strebe er danach, das Geweih zu umschließen.

Didyme fuhr auf, und um sie herum lief ein tiefes Stöhnen durch die atemlose Schar. Doch da hob schon Thalestris beide Hände in den Nachthimmel. „Der Teppich hat gesprochen, und ihr alle seid seine Zeugen. Er lebt und er fordert Gehör!"

„Er fordert Gehör", wiederholten die Hirsche hingerissen, und Didyme hätte schwören können, dass hinter ihr jemand mit den Zähnen knirschte.

Thalestris ließ sich jetzt die Macht nicht mehr aus den Händen reißen, sie bestimmte den Ablauf des Geschehens „Wohlan, dann lasst uns sehen, wer für den Teppich als Herold antritt, wer über das Schicksal unserer Welt entscheiden wird. Wir ..."

Sie kam nicht weiter, trat doch Skythes entschlossen nach vorne. „Ich selbst werde spielen!"

Doch Thalestris winkte nur herablassend. „Du sprichst vergeblich, der Teppich hat seine Spielerin längst erwählt. Oder habt ihr nicht gesehen, wer den Teppich zum Leben erweckte? Meine Dienerin wird spielen."

Didyme überlief es heiß und kalt, hatte sie doch nicht die geringste Vorstellung vom Ablauf dieses Spiels. War dies am Ende der Plan ihrer Freundin? War sie sich sicher, dass Didyme in jedem Fall verlieren würde? Und wie sähe die Konsequenz einer Niederlage aus? Hatte ihr nicht Skythes vor Wochen erzählt, dass es bei dem Totenorakel um Leben und Tod gehe?

„Das ist ein Frevel!", schrie die Linde mit ihrer grausigsten Fistelstimme. „Wie könnte eine Dienerin über das Schicksal der Hirsche ..."

Schon trat sie Didyme entgegen, um sie zurückzureißen, da zog Thalestris gedankenschnell ihren goldgeschäfteten Akinakes und schleuderte die blitzende Klinge der Linde vor die Füße, wo sie tief in den Boden fuhr.

„Und ich sage, meine Dienerin wird spielen, doch falls ein anderer Geweih und Teppich zu kontrollieren vermag, so trete er vor!" Und herausfordernd schweifte ihr Blick in die Runde. Überall antworteten ihr zustimmende Rufe, und Skythes trat mit zusammengebissenen Zähnen zurück in die Menge.

Die Königin winkte den Magiern. „Was ist? Habt ihr über einen eigenen Spieler entschieden?"

Das also war es! Im Grunde kämpfte der Teppich, vertreten durch seinen Spieler, gegen die Magierkasten – das Orakel der Toten gegen das jahrhundertealte Wissen der Schamanen. Dies erklärte auch die wiederholten Versuche, diesen Teppich und auch die zuvor von ihr gewebten zu vernichten. Doch diese Erkenntnis half Didyme verzweifelt wenig, jetzt gab es nur noch eines, woran sie sich klammern konnte. Es war ihr gelungen mit dem Geweih den Teppich zu bewegen. Falls das kein Zufall gewesen war, würde das Geweih ihr vielleicht auch später helfen, schließlich hatte sie schon mehrfach auf die Macht der Schnitzereien vertraut, oder besser, auf das magische Erbe ihrer Großmutter.

All diese Gedanken zuckte ihr blitzartig durch den Kopf, doch da hatten sich die Schamanen auch schon auf einen Kandidaten geeinigt. Ein junger, sehniger Skythe, dem der trainierte Kämpfer schon von weitem anzusehen war und der Didyme nun mit überlegenem Lächeln entgegentrat.

Skythes senkte sorgenvoll den Blick, die Königin hingegen nickte zu Didymes Bestürzung überaus zufrieden. In ihrer gewaltigen Angst spürte Didyme gegenüber Thalestris auf einmal nur noch Hass – ein Gefühl, das sie ihrer Freundin bisher so noch nie entgegengebracht hatte.

Thalestris winkte feierlich. „Das Spiel hat nur ein einziges Ziel: töten oder getötet werden."

Didyme schien es, als schlage eine heiße Welle über ihr zusammen. Panisch wollte sie um sich schlagen, doch als sie den Blick auf den Teppich richtete, da überkam sie ganz unerwartet eine seltsame Ruhe. Der Teppich hatte Kontakt aufgenommen. Verstohlen musterte Didyme ihren Kontrahenten aus den Augenwinkeln – ohne Zweifel, er empfand nichts dergleichen, nicht das Geringste.

Hinter ihr räusperte sich Skythes. „Am Anfang wird das Spielfeld bereitet." Mit diesen Worten zog er den Teppich zurecht, während Thalestris vier Fackelträger an seinen Ecken platzierte, auf dass alles bestens ausgeleuchtet werde. Dann sah sie auffordernd in die Runde, und ein zustimmendes Murmeln lief durch die Reihen ihres Volkes.

Didymes Gegner hob seine Arme: „Der Sieger hat das Recht, sein Opfer zu töten." Dabei blickte er Didyme fest in die Augen und registrierte voller Genugtuung den Schock, den seine Worte auslösten. Und während sich Didyme regelrecht verkrampfte, nickte Thalestris in eisiger Zustimmung.

Dann senkte sich erwartungsvolle Stille über die riesige Versammlung, und es dauerte einige Sekunden, bis Didyme begriff, dass man auf einige Worte von ihr wartete. Aber was sollte sie sagen? Sie hatte nur die eine Frage, die ihr unablässig durch den Kopf ging. „Und wie ..., und wie wird das Spiel gespielt?"

Sie hatte kaum geendet, da wandte sich der junge Magier mit verächtlicher Geste an seine Landsleute. „Hört Ihr das? Sie hat keine Ahnung von den Geheimnissen des Teppichs. Die Entscheidung ist bereits gefallen!“

Ein Wink von Thalestris ließ ihn verstummen. „Wissen ist nicht erforderlich! Denn am Ende sind es nicht wir Menschen, die die Spielsteine über das Feld bewegen, sondern die Tiergötter selbst. Die Spieler sind nichts als Werkzeuge ihres Willens. – Was tust du da?“

Die unwirsche Frage richtete sie an Skythes, war dieser doch neben die vor Aufregung zitternde Didyme getreten, um ihr flüsternd die Grundlagen des Spiels zu erläutern.

„Wissen mag nicht erforderlich sein“, kommentierte Skythes trocken. „Aber schaden kann es dennoch nicht. Und die Götter wird es nicht kümmern.“

Ohne eine Antwort abzuwarten, dirigierte er Didyme näher an den Teppich heran. „Du siehst im Zentrum die Quadrate, vier auf sechs an der Zahl. Gespielt wird mit diesen Kieselsteinen. Am Anfang werden die Steine abwechselnd an der Schmalseite aufgesetzt, so dass ein jeder zwei Steine setzt. Ist das geschehen, dann würfelt ein jeder mit Würfeln, die nur zwei Zahlen tragen, eins und zwei. Jeder Würfel gehört zu einem Stein und bestimmt die Züge, ein Feld oder zwei. Sobald du einen Stein hinter oder neben einen Stein deines Gegners ziehst und wenn sich zugleich hinter dem Stein deines Gegners ein freies Feld eröffnet, dann darfst du seinen Stein überspringen. Der übersprungene Stein wird aus dem Spiel genommen. Du kannst jedoch auch deinen eigenen Stein überspringen und auf diese Weise entfernen. Nach jedem übersprungenen Stein kann der Inhaber des siegreichen Steins den Verlierer herausfordern. Der Sieger ist ermittelt, sobald nur noch ein einziger Stein auf dem Teppich verblieben ist.“ Didyme schwirrte es im Kopf. Wie sollte aus diesem schlichten Spiel ein Orakel entstehen? Darüber hatte noch niemand ein Sterbenswort verloren. Außerdem hatte sie nicht einmal die Hälfte von Skythes' Erklärung verstanden. Doch forderte man sie bereits ungeduldig auf, mit dem Spiel zu beginnen.

Sie platzierte mit zitternder Hand ihren ersten Stein in der linken Ecke, was sofort ein abfälliges Murmeln nach sich zog, ohne dass sie wusste, weshalb. Sogar Skythes verdrehte unwillkürlich die Augen. In ihrer Angst verspürte sie einen unbändigen Zorn und hätte Thalestris am liebsten erwürgt. Eine ferne Stimme aber holte sie zurück in die Wirklichkeit, als sie ihr immer wieder zuzurufen schien, dass es nur darum ginge, sich zu konzentrieren. Sie hatte diese Stimme zuvor niemals vernommen, hörte sie jetzt aber immer klarer. Eine brüchige Stimme aus alter Zeit ...

Sie schrak regelrecht hoch und sah, wie der junge Magier seinen ersten

Stein direkt neben ihren setzte. Die Umstehenden bedachten diesen Zug mit Beifall, und Didyme entnahm den Kommentaren der Umstehenden, dass es ihr nun nicht mehr möglich sei, zwei eigene Steine nebeneinander auf das Spielfeld zu legen, die sich gegenseitig deckten.

Tatsächlich wurden nur noch die zwei verbleibenden Steine im Wechsel aufgesetzt, dann kauerte sich ihr junger Gegner an der Schmalseite des Spielfeldes nieder und Didyme folgte mit wild pochendem Herzen seinem Beispiel.

Mit fliegenden Fingern und ohne wirklich zu begreifen, was sie tun sollte, würfelte sie und zog, würfelte und zog aufs Neue und konnte doch nicht verhindern, dass ihr Gegner ihren ersten Stein übersprang und eliminierte. Dabei attackierte er diagonal, was sie gar nicht einkalkuliert hatte.

Im nächsten Moment war ihr Gegner auch schon auf den Füßen. Seine Magierkollegen warfen ihm mit triumphierendem Ruf eine Lanze zu, die er sofort gegen Didyme richtete. Sie konnte sich gerade noch zur Seite werfen, sonst hätte er sie glatt durchbohrt.

Ein Spiel auf Leben und Tod, so, wie Thalestris es gesagt hatte.

Die Angst verlieh ihr förmlich Flügel. Wie der Blitz war sie wieder auf den Beinen, ohne zu wissen, woher sie eigentlich ihre Kraft bezog. Und kaum hatte sie ihr Gleichgewicht gefunden, da flog auch ihr eine Lanze entgegen, und sie fing sie instinktiv, ehe sie begriff dass es eine Lanze der verhassten Freundin war.

Doch dann war ihr Gegner auch schon heran!

Zu Ihrem Glück nahm der junge Magier seine Gegenspielerin nicht sonderlich ernst, und das war ihre Rettung, sprang er ihr doch mit triumphierendem Schrei und nahezu ohne Deckung entgegen.

Er wusste, dass er nur eine Dienerin vor sich hatte, und fraglos spekulierte er auf ihre Angst, doch Didyme war viel zu aufgewühlt, um sich jetzt noch zu fürchten. Sie reagierte ganz instinktiv, so wie in den endlosen Stunden ihres Trainings auf dem Feld und in der Jurte von Thalestris. Mit weitem Satz warf sie sich ihrem Kontrahenten entgegen, so dass es ihr bereits im ersten Ansprung gelang, neben seiner Lanze zu landen. Und ehe er seine Waffe zurückreißen konnte, stellte sie ihm bereits das hintere Ende ihres Speeres zwischen die Beine.

Der Schamane stürzte mit lautem Fluch, und die Lanze flog ihm aus der Hand. Ehe er sich noch aufrichten konnte, trat ihm Didyme mit voller Wucht in den Rücken und setzte ihm die Spitze ihrer Waffe zwischen die Schulterblätter.

In der Runde herrschte eisiges Schweigen. Alle waren fassungslos. Selbst Skythes verharrte mit aufgerissenen Augen und offenem Munde.

Allein um die Lippen ihrer Freundin spielte ein unmerkliches Lächeln, das so schnell verflog, dass Didyme bereits Sekunden später nicht mehr mit Sicherheit sagen konnte, ob sie einer Sinnestäuschung zum Opfer gefallen war.

Und als Didyme noch verunsichert in die Runde blickte und sich siedend heiß fragte, ob man jetzt tatsächlich von ihr eine Exekution erwartete, da trat die Linde leichenblass hinein in den Kreis und hob beide Hände. In ihrem Zorn vermochte sie sich allerdings kaum zu artikulieren und musste mehrfach ansetzen, bis Didyme überhaupt verstand, was die Schamanin ihr zufistelte.

„Du hast deinen Gegner ausgeschaltet, doch nun versuch dein Glück und spiel zu Ende." Mit diesen Worten stieß sie ihr mit dem Fuß alle Würfel entgegen. Offenkundig sollte sie jetzt für alle Steine gemeinsam würfeln.

Erleichtert, dass man wenigstens keinen Mord von ihr einforderte, beugte sich Didyme nun über den Teppich, und da war sie wieder, die Stimme im Kopf. Sie begriff mit einem Mal, dass sie gar nicht mehr würfeln musste. Die Steine lagen überaus günstig, und ehe sie darüber nachdenken konnte, griff sie sich schon ihren Stein und übersprang die beiden anderen in einer einzigen Kette.

Ein allgemeiner Aufschrei begleitete diesen finalen Zug.

Alles ging unter im Chor der Amazonen. „Orakel, Orakel ...!"

Sie schlugen gegen ihre Waffen, und selbst Thalestris schloss sich an. Ratlos blickte Didyme in die Runde, und während sie noch um Fassung rang, näherte sich plötzlich eine jener Amazonen, die sich für Phandake erwürgen lassen wollte. Didyme wich instinktiv zurück, als die junge Frau ihren Goryt vom Gürtel zog.

Didyme wappnete sich instinktiv gegen einen Angriff, doch die Amazone lächelte nur anerkennend. „Das war herausragend. Es wäre mir eine Ehre, wenn mein Bogen der deine würde."

Didyme riss weit die Augen auf, da stand bereits die nächste vor ihr und streckte ihr einen Akinakes entgegen. „Willkommen in unserem Kreis. Mit dieser Klinge wirst du jeden Mann bezwingen." Didyme nahm konsterniert die Waffen entgegen, denen noch so manche aus dem Kreis der Gefährtinnen folgte.

„Und ..., und was geschieht jetzt?", stammelte Didyme und richtete ihren fragenden Blick unwillkürlich auf Thalestris, die sie ernst, jedoch keineswegs feindselig musterte. „Du bist ausersehen, das Orakel zu befragen und als sein Herold zu antworten."

Verrat?

„Gut gekämpft", lobte Thalestris, als sie zusammen mit Didyme in ihre Jurte trat. „Ich sehe, dieser Makedone war kein Zufall. Du hast in meiner Abwesenheit viel trainiert." Mit diesen Worten löste sie den Vorhang, und der Eingang schloss sich. Beide standen sie für einen Augenblick stumm im Dämmerlicht des Herdfeuers, während sich die Menge vor dem Königszelt langsam verlief und das Murmeln verebbte.

Doch Didyme lauschte nicht auf die Menge, es war das Orakel, das all ihr Denken bestimmte. Der Teppich hatte sie zum Herold erhoben, um eine einzige Frage zu klären – sollten die Massageten den Krieg nach Asien tragen, so wie einst ihre Väter vor vielen Generationen, oder sollten sie im Frieden ihre Herden weiden? So überbordend ihr Hass auf die Makedonen auch loderte, die Last der Verantwortung drückte ihr beinahe das Herz ab.

Didyme starrte bang in die düsteren Augen ihrer Freundin, oder war es doch ihre Feindin?

„Es hat sich nichts geändert", Thalestris taxierte sie finster, gänzlich unerreicht vom Chaos in den Gedanken der geschundenen Freundin. „Aber ich kann dich nicht tadeln", ergänzte sie unwillig und es klang beinahe wie eine halbe Entschuldigung, „dass du deine Stadt und deine Welt rächen wolltest, aber ich kann mich auch nicht dafür verurteilen, dass Phandakes Tod nicht ungesühnt bleiben kann."

Didymes Schweiß bahnte sich seinen Weg ihren Rücken hinunter. Sie war so erschöpft wie noch nie in ihrem Leben. Im Grunde war ihr alles gleichgültig, doch als sie nun dem Blick der Freundin begegnete, da fiel es ihr wie Schuppen von den Augen. Thalestris und der Teppich – die Königin und die Geschichten von ihrer Großmutter, Thalestris auf dem Sklavenmarkt und vor Branchidai, das alles war beileibe kein Zufall! „Du ..., du hast mich belogen", stammelte sie bestürzt, „Du hast mich benutzt, von Anfang an!" Und obwohl sie es aussprach, vermochte sie es noch immer nicht wirklich zu glauben, auch wenn ihr mit jedem Wort klarer wurde, wie Recht sie hatte.

Die Königin taxierte sie unbewegt, grub jedoch die Finger so heftig in das Fleisch, dass ihre Knöchel weiß hervortraten.

„Es ging dir von Anfang an nur um den Teppich und um das Orakel der Toten!", stieß Didyme anklagend hervor. „Deshalb suchtest du nach mir, und deshalb hast du mich bereitwillig aufgenommen."

Ein beinahe melancholisches Lächeln huschte über die Züge der Fürstin und erlosch ebenso schnell wie erschienen. „Ich suchte nicht nach dir", korrigierte sie grimmig. „Ich glaubte damals vor Branchidai, es handele sich um einen alten Orakelteppich aus dem Besitz deiner Großmutter und hatte keine Ahnung, dass der Teppich erst gewebt werden musste. Das begriff ich erst, als du deine Geschichte erzähltest. Und ja, ich habe dir nicht die volle Wahrheit gesagt, genauso wenig wie du mir."

„Dann wusstest du schon lange, dass ich aus Branchidai stamme! Es musste dir klar sein, dass ich versuchen würde, meine Heimat zu rächen."

Die Königin warf den Teppich unwirsch zu Boden. „In meiner Welt ist das Weben von Teppichen ein Zeichen minderen Ranges. Deshalb glaubte ich dir, als du mir erklärtest, du habest in Branchidai als Sklavin gelebt. Erst als mir deine Fähigkeiten deutlich wurden, begriff ich, dass dies nicht die volle Wahrheit sein konnte."

Didyme sank auf die Kline. „Aber warum das alles? Warum ...?"

„Krieg oder Frieden, das ist die Frage unserer Zeit. Krieg gegen die Makedonen oder Neutralität. Sollte sich die Steppe gegen Alexander erheben, werden unsere Heere die Ebenen verdunkeln und Asien überfluten. Dann gibt es nur noch Sieg oder Tod. Die Kasten der Magier raten seit langem zum Krieg."

„Aber du bist dagegen", folgerte Didyme.

„Und beileibe nicht als einzige." Thalestris musterte sie abwägend, schien sich zu fragen, ob es ratsam sei, weiterzusprechen, so dass Didyme schließlich selbst den Faden weiterspann. „Atrobates also wollte den Teppich benutzen, um sich bei deinem Volk einzuschmeicheln."

„Er wollte sich einkaufen! Er wusste, dass wir uns dem Orakel des Teppichs nie verweigern würden und deshalb beauftragte er dich, einen zu knüpfen, in der Hoffnung, dass das Orakel in seinem Sinne manipulierbar sei. Er hatte keine Ahnung, welche Mächte er da rief, er wusste nichts von unserer Welt und unseren Göttern!"

„Aber wie kam er überhaupt auf diese Idee?" Und noch während sie sprach, erriet sie die Antwort. „Skythes!"

Die Königin senkte bestätigend die Lider.

„Skythes und du, ihr kennt euch schon lange, nicht wahr?"

Thalestris lachte trocken. „Und wir hassen uns. Doch einst erwogen wir sogar eine Heirat."

Didyme sah erstaunt auf Thalestris, die beinahe entschuldigend fortfuhr. „Ich war sechzehn und fand ihn großartig, ein Gefühl, das dir wahrscheinlich nicht ganz fremd ist." Didyme wusste beim besten Willen nicht, was sie in der Stimme ihrer Freundin lesen sollte, Spott oder Eifersucht.

Thalestris winkte nachlässig. „Wie auch immer, ich begriff nur allzu bald, dass er ganz selbstverständlich davon ausging, dass ich an seiner Seite das Leben einer normalen Skythenfrau führen würde."

Didyme hob die Brauen. „Du lehntest ab, und dafür hasst er dich jetzt?"

Thalestris antwortete nicht, aber ihr Schweigen besagte mehr als viele Worte.

„Und als Skythes sich auf die Spur des Teppichs setzte, da befürchtetest du, dass Skythes die Massageten mit Hilfe des Orakelteppichs in den Krieg treiben würde? Warum hat er sich diesen Teppich nicht einfach von einer Skythin weben lassen?"

Thalestris lachte dunkel. „Teppich ist nicht gleich Teppich. Die Weberin spielt eine entscheidende Rolle. Nur wenn die Teppichweberin imstande ist, mit einem heiligen Gegenstand den Teppich zu erwecken, ist es möglich, das Orakel anzurufen. Ich bin dazu ebenso wenig in der Lage wie Skythes. Es ist ein Zufall, wenn sich alle Kräfte zu einem Dreiklang vereinen."

„Aber meiner Großmutter wäre es möglich gewesen?"

„Ja, wir wussten, dass sie in Branchidai im Exil gelebt hatte. Also vermutete ich von Anfang an, dass dieser Atrobates seine Informationen von Skythes erhalten hatte, auch wenn ich bezweifle, dass Skythes ihm mehr verriet als unbedingt notwendig. Mir blieb also keine Wahl. Ich musste dich und den Teppich an mich bringen, ehe Skythes und seine Partei euch missbrauchen konnten. Als ich dann auch noch deine Kräfte erkannte, hoffte ich, dass du als Herold dem Frieden eine Chance geben würdest." Sie lachte bitter. „Ich hatte keine Ahnung, dass du eine Griechin bist."

„Aber als du mich entlarvtest, warst du dir sicher, dass ich für den Krieg sprechen würde?"

Thalestris hob die Schultern. „Bei der Anrufung des Orakels ist die Person des Herolds ganz entscheidend. Und du hast uns schon einmal in die Schlacht gehetzt."

Didyme senkte den Kopf. So langsam begann sie zu begreifen, dass der Hass und der Abscheu ihrer Freundin nicht nur durch den Tod Phandakes ausgelöst worden war."

„Frauen sind normalerweise gegen den Krieg", murrte Thalestris dunkel. „Es war mein Fehler, dich falsch einzuschätzen. Doch ist das jetzt alles bedeutungslos."

Didyme fröstelte. „Und um mein Orakel zu verhindern, plantest du, den Teppich zusammen mit mir in Phandakes Grab zu bestatten?"

Die Königin hob nur die Schultern, und Didyme lachte bitter. „Du wolltest den Teppich vernichten, und doch hat er dich heute gerettet."

„Und dich nicht minder", korrigierte die Fürstin düster. „Mir blieb keine Wahl, ich musste das Geweih auf den Teppich werfen und ihn erwecken. Es war deine einzige Chance, um zu überleben."

„Das gilt auch für dich! Im Falle meiner Niederlage hätte mein Gegenspieler mich getötet und meine Lippen für immer versiegelt. Doch im Falle meines Sieges wäre ich außer Gefahr und hätte keinen Anlass gehabt, den wahren Grund für dein Treffen mit Alexander preiszugeben."

„So ungefähr.“ Thalestris rang sich tatsächlich ein Lächeln ab.

Draußen grollte der Donner und übertönte das Rumoren der Menge. Als Thalestris kurz das Tuch des Eingangs lüftete, sah man, dass sich mittlerweile tief hängende Wolken über dem Lager zusammenballten. Die Fürstin ließ das Zelttuch fallen und kam wortlos auf Didyme zu. In ihren Bewegungen lag etwas Bedrohliches, und Didyme wich immer tiefer zurück in das Königszelt, bis sie unvermittelt mit dem Rücken gegen die goldene Kline stieß.

In ihrer Angst tastete sie unter dem Kopfkissen nach dem Akinakes der Freundin, den die Königin dort immer bereithielt. Als die Klinge hervorblitzte, blieb Thalestris ruckartig stehen, und ihre Miene verdüsterte sich womöglich noch etwas mehr.

„Hör zu“, krächzte Didyme und kämpfte vergeblich gegen die Panik in ihrer Stimme. „Wenn du mich umbringst, verurteilst du dich selbst. Sie werden dir vorwerfen, dass du nur das Orakel verhindern willst!“

Die Freundin zuckte mit keiner Miene, sah sie nur an.

„Du fürchtest, dass ich dich verraten könnte, aber ich würde dir niemals schaden. Wenn ich gewusst hätte, dass Phandake zu Tode kommen würde, dann hätte ich diese Schlacht niemals angezettelt. Ich weiß nicht, ob du mich überhaupt verstehen kannst. Auf dieser Welt kenne ich niemanden mehr, meine Familie, meine Heimat, alles vernichtet. Als du mich aufnahmst in dein Zelt, war alles in mir leer und tot, bis ich dir begegnete. Und doch habe ich damals nichts begriffen.“ Sie hob hilflos die Hände. „Ich weiß nicht, wie ich es erklären soll. Du warst die Erste, der ich mich je anvertraute, und doch bist du der Mensch, den ich am scheußlichsten hinterging. Im Grunde habe ich den Tod verdient.“

Die Königin antwortete noch immer nicht.

Didyme nahm gar nicht wahr, dass sie wild mit dem Akinakes umherfuchtelte. „Als ich in der Verhandlung mit Alexander die Worte in meinem Sinne verfälschte, da dachte ich in keiner Sekunde an einzelne Menschen und schon gar nicht an euch Amazonen. Ich sah nur meine tote Familie, meinen enthaupteten Neffen und wollte diesen Alexander nur noch tot sehen, ihn und sein ganzes verfluchtes Heer. Ich ..., ich begriff doch gar nicht, was dieser Krieg für alle anderen bedeutete, ich sah immer nur mein Branchidai. Ich wollte Alexander leiden sehen, ihn und seine ganze verwünschte Brut. Und als du dann auch noch ein Kind von ihm wolltest ...“

Die Königin legte ganz unbewusst ihre Hand auf den Schoß.

„Du kannst noch gar nicht wissen, ob du schwanger bist“, platzte Didyme hinaus.

„Ich weiß es“, setzte Thalestris ruhig dagegen. „Das war in meiner Familie schon immer so. Ich wusste es schon in der ersten Nacht.“

Didyme wusste beim besten Willen nicht, ob sie das Kind nun verabscheute oder nicht.

„Du ..., du hoffst auf ein Mädchen?"

„Auf eine Königin", korrigierte Thalestris.

Ein erstes Lächeln spielte über das Gesicht von Thalestris, ein stilles Einverständnis, das sofort wieder erlosch, doch fühlte sich Didyme wenigstens soweit ermutigt, dass sie endlich die Waffe sinken ließ. „Ich gebe es zu, es gab Augenblicke, in denen ich dich sogar hasste, weil du Alexander nicht getötet hattest, nicht in der Schlacht und nicht in seinem Zelt, als es dir ein Leichtes gewesen wäre."

Thalestris nickte grimmig. „Und deshalb hast du dich mit Skythes eingelassen, gegen mich intrigiert, mich vor meinem Volk herabgewürdigt ..."

„Das ist nicht wahr!", unterbrach Didyme mit erstickter Stimme. „Du ..., du hast mich doch aufgehoben, als ich auf dem Boden lag. Du hast mir ein Heim gegeben und ein Ziel. Du warst der erste Mensch, der mir Respekt entgegenbrachte. Selbst wenn ich dir wegen Alexander grollte, glaubst du wirklich, ich könnte dich hintergehen, um dich zusammen mit Skythes umzubringen?"

Thalestris war totenbleich, das erkannte Didyme selbst im flackernden Licht des Herdfeuers. In einer Aufwallung alter Herzlichkeit streckte Didyme ihr die Hände entgegen. „Nach meiner Großmutter warst du der erste Mensch, von dem ich mich geliebt fühlte. Und den ich geliebt habe", setzte sie schwach hinzu. „Auch wenn du wahrscheinlich gar nicht weißt, was Liebe ist, und ich wohl auch nicht. Deshalb habe ich mich nach dem Brand von Branchidai nie wirklich für Skythes interessiert. Er war ein Mann, aber Männer haben alles vernichtet, was mir jemals teuer war. Jedes Mal, wenn ich das Wort Mann auch nur denke, wird mir schon übel."

Ein leises Lächeln spielte um die Mundwinkel der Freundin, wenn auch nur für einen vagen Augenblick.

„Es ..., es tut mir so leid", flüsterte Didyme und tastete unwillkürlich über die Verletzungen, die der Knebel an ihren Lippen hinterlassen hatte. Thalestris schloss die Augen und auch Didyme senkte den Blick.

Ihre Mundwinkel brannten scheußlich, und so suchte sie beklommen nach dem kleinen Klappspiegel mit dem Bildnis von Aphrodite und Ares, den Thalestris von Alexander erhalten hatte. Sie wollte ihre Verletzungen begutachten, doch der Beutel, in dem sie Alexanders Geschenke verwahrt hatten, war leer, sogar der Helm war verschwunden.

Didyme blickte sich suchend um. „Wo ist der Helm?"

Thalestris fuhr zusammen und kehrte schlagartig zurück in die Gegenwart. Hastig durchsuchten sie die Jurte, doch die Geschenke blieben verschwunden.

„Sie müssen sie entdeckt haben, als sie den Teppich holten“, zischte die Fürstin alarmiert. Von draußen drang das Gemurmel ihres Volkes herein, man hörte die ersten Rufer, die die Fortsetzung des Orakels einforderten.

Die beiden Frauen sahen sich in die Augen, so nah wie schon lange nicht mehr. „Aber weshalb sollte jemand einen Spiegel entwenden?“, raunte Didyme und ahnte doch bereits die Antwort.

Thalestris warf erneut einen verstohlenen Blick nach draußen und kehrte dann eilig zu Didyme zurück. Sie bewegte sich so schnell, dass die Freundin erneut nach dem Akinakes griff, doch Thalestris packte ihre Unterarme, ehe sie die Waffe von der Kline reißen konnte. „Hör zu!“, zischte sie eindringlich. „Jemand hat diese Dinge entfernt, weil er um ihre Bedeutung wusste. Man wird uns verdächtigen mit Alexander zu konspirieren.“ Sie sprach aus, was Didyme dachte. Und in ihren Worten schwang wieder die unausgesprochene Sorge, Didyme würde unter Druck am Ende doch ihre Beziehung zu Alexander offen legen, um sich zu verteidigen.

Draußen steigerten sich die Rufe nach den beiden Frauen. „Orakel ..., Orakel ...!“

„Dann will man die Gegenstände gegen dich verwenden?“

Thalestris wehrte heftig ab. „Nein, gegen dich!“

„Gegen mich?“ Didyme zuckte zusammen. „Aber ich bin nicht wichtig genug für solch eine Intrige! Ich ...“

Thalestris schüttelte sie mit wieder erwachender Wildheit. „Wach auf, Teppichweberin! Wir können nur zusammen überleben, nicht alleine und schon gar nicht als Feindinnen. Sie werden eine von uns benutzen, um die andere zu Fall zu bringen. Und sobald sich die eine in Verrat übt, stürzen wir beide!“

In Didymes Augen flackerte die Angst, Thalestris zog sie noch etwas näher. „Wir müssen herausfinden, wer unsere Gegner sind, wer Königin werden will.“

Draußen schlugen die Amazonen mit ihren Waffen gegen ihre Schilde, um ihre Königin aus dem Zelt zu zwingen.

„Königin? Du meinst das ist eine Revolte? Aber wer würde sich das erdreisten?“

Zum ersten Mal bemerkte Didyme so etwas wie Angst in den Augen der Freundin, doch ihre Stimme verriet vor allem Bitterkeit. „Oh, wahrscheinlich jede! Sicherlich Samura, und unter Umständen auch ...“

Thalestris spitzte nachdenklich die Lippen. Sie sagte irgendetwas, doch vermochte Didyme sie angesichts des immer fordernder werdenden Gebrülls nicht zu verstehen, und so trat sie nun ganz freiwillig dicht an die Freundin heran. Sie erschrak nicht einmal, als Thalestris grimmig auflachte. „Ist es nicht grotesk? Da schreien sie alle nach Krieg, Tod und Rache, doch sobald sie herausfinden, dass du bereits eine Schlacht herbeigeführt hast, werden sie dich lebendig verbrennen und mich als Rädelsführerin umbringen. Das nenne ich zwei Beutetiere mit einem einzigen Pfeil erlegen."

Didyme fröstelte. Draußen ließ sich die Menge kaum noch zurückhalten. Die ersten schlugen bereits gegen den Filz der Jurte.

„Was wird jetzt geschehen?", keuchte Didyme, und Thalestris musste schreien, um sich überhaupt noch verständlich zu machen.

„Das Spiel wird fortgesetzt, die Magier werden dir Fragen stellen. Wir müssen ..."

„Und ..., und woher wollen sie wissen, ob ich die Wahrheit spreche?"

Thalestris schüttelte sie. „Mach dir nichts vor! Dir bleibt nur die Wahrheit. Du würfelst und spielst, und die Magier deuten deine Züge. Es sind nicht deine Erkenntnisse, es sind die ihren."

„Und was wird geschehen, wenn ihnen meine Orakel nicht zusagen?"

Draußen mischten sich längst Drohungen in die auffordernden Rufe. Didyme spürte den Atem der Freundin an ihrem Ohr. „Alle fordern den Krieg. Wenn du einen Rachekrieg verhinderst, wird man dich als falsche Prophetin ächten."

Didyme zitterte wie Espenlaub, hatte sie doch ständig die ermordeten Magier vor Augen. „Und dann ..., und dann bringen sie mich um?", krächzte sie und benötigte gar keine Antwort.

„Aber ..., aber ich kann doch gar nichts dafür", stammelte sie am Ende ihrer Kräfte.

„Das können meine Gefährtinnen nicht wissen." Thalestris war kaum mehr zu verstehen.

In anderer Lage hätte Didyme zynisch aufgelacht. Die Antwort hätte auch von Alexander stammen können, der ebenfalls nur jene Magier achtete, die in seinem Sinne prophezeiten. „Was ...?"

Thalestris packte sie so wild, dass sich ihre Finger tief in Didymes Arme gruben. „Zeig ihnen keine Furcht, wenn du leben willst! Sobald du deine Handlungen verleugnest, erschlagen sie dich. Beweis deinen Mut und nimm auf mich keine Rücksicht."

Didyme starrte sie an. „Aber wenn sie erfahren, dass du mit Alexander ..."

„Sie ahnen es ohnehin, zumindest jene, die mich nach Branchidai begleiteten. Natürlich habe ich stets von Verhandlungen gesprochen, aber sie wissen genau, wie man als Amazone fühlt. Sie halten sich zurück, weil sie fürchten, man werde sie der Mitwisserschaft bezichtigen. Also nimm keine Rücksicht auf meine Sicherheit, so wenig wie ich mich um dein

Leben gekümmert habe." Ihre Stimme zitterte und die langen Wimpern senkten sich. „Verzeih mir, ich ..."

Sie kam nicht weiter, wurden doch schon die Tücher am Eingang zur Seite gefetzt, und zahlreiche Magier und Amazonen drängten herein. Die beiden Frauen wurden binnen Sekunden getrennt und Didyme nach draußen genötigt. Unter dem grauen Wolkenhimmel war es schon beinahe Nacht, das ganze Lager wurde von Fackeln magisch erleuchtet. Immer wieder blitzte und grollte es in der Ferne. Erste Sturmböen zerrten an Zelten und Gewändern.

Das zweite Orakel

Man drängte Didyme durch die brodelnde Menge zu ihrem Teppich, um den sich in engem Zirkel erst die Magier und dann in weiterem Kreis die Amazonen scharten.

Verzweifelt suchte sie nach Skythes oder Thalestris, konnte sie aber nirgends entdecken. Auch das Geweih war verschwunden und der unheimliche Orakelteppich bis auf die Spielsteine leer. Kein Signal von Skythes, allein sein Hengst stand wie ein Zuschauer einige Meter entfernt, als wollte sich das alte Tier nicht das Geringste entgehen lassen.

Didyme glaubte jetzt für einen Moment Thalestris zu erkennen, doch war die Königin im nächsten Moment schon wieder in der Menschenmasse untergetaucht.

Wenn die Amazonen sie auch bedrängten, so wurde Didyme doch respektvoll behandelt, ganz im Gegensatz zu den letzten Stunden. Man holte sogar jene Waffen aus der Jurte herbei, die ihr zuvor überreicht worden waren. Und während man ihr den Goryt umgürtete und einen Akinakes in den Gürtel schob, platzierten die Magier bereits die Spielsteine an einer der schmalen Seiten des Spielfeldes in der Mitte des Teppichs.

Wenn Didyme die Augen schloss, so meinte sie jeden Faden einzeln vor sich zu sehen. Vier auf sechs Felder schmückten das Zentrum, vierundzwanzig Quadrate, auf denen sich angeblich das Schicksal der Welt entscheiden sollte, oder zumindest das ihre und das der Massageten.

„Das Spiel beginnt aufs Neue", fistelte die Linde und breitete Stille heischend die Arme aus. Alle versanken in erwartungsvolles Schweigen. „Der Teppich hat das Wort. Nennt eure erste Frage!"

Kaum hatte sie geendet, entlud sich der Chor der Menge in einem wahren Aufschrei. „Krieg oder Schmach, Krieg oder Schmach ...?"

Kein Zweifel, dass man nach Kampf und Krieg förmlich gierte und Frieden als Schmach empfand. Die Linde hielt ihr die Würfel entgegen und deutete herrisch auf das erste Paar der Spielsteine zur Linken des Schachbretts. Didyme würfelte notgedrungen. Wieder waren es Würfel, die nur zwei Werte zeigten – eins und zwei. Die Würfel fielen, und Didyme zog mit den Steinen, während sich die Schamanen noch etwas dichter um den Teppich drängten. Nur an Fuß- und Kopfende des Teppichs ließen sie zwei schmale Gassen, so dass wenigstens einige der Amazonen den Fortgang des Spiels beobachten konnten. Didyme selbst hatte nicht die geringste Vorstellung, welche Folgerungen man aus ihrem Wirken ziehen würde.

Als Didyme erneut nach den Würfeln griff, zitterte sie so heftig, dass sie sie nicht einmal schütteln musste, so heftig klapperten sie in ihrer Hand.

Jetzt schob sich die Linde näher, bis sie mit höhnischem Unterton in ihr Ohr fisteln konnte. „Die ersten beiden Steine geben die Antwort, das zweite Paar dient der Kontrolle deiner Ehrlichkeit." Dabei lachte sie so widerwärtig, dass es Didyme kalt über den Rücken lief, zumal einer der Ruten mit dröhnender Stimme über den Teppich brüllte: „Dein linker Stein steht für Ruhm und Ehre, dein rechter für Schmach und Angst."

„Ruhm und Ehre", skandierte die Menge und schlug mit den Schwertern so rhythmisch gegen ihre Pelten, dass sie selbst den fernen Donner übertönten. Didyme blieb keine Wahl, sie würfelte und würfelte und rückte über die linken Bahnen nach vorne. Sie verstand nur so viel, dass der rechte Stein anscheinend dem Krieg und der linke dem Frieden gewidmet war. Das Begehren der Magier wie der Amazonen war eindeutig, doch trotz allen Bangens würfelte sie für den Krieg stets nur eine Eins, während sie auf der Bahn des Friedens weit schneller vorrückte. So dauerte es nicht lange, bis sich die enttäuschten Seufzer in lautem Ärger entluden, zumal die Magier jeden Wurf mit zornigem Hohn kommentierten.

Unter den Amazonen wurden erste Schmährufe laut, und Didymes Nervosität stieg, als sie ein letztes Mal die Würfel schwang. Die Bahn des Friedens gewann und ein wütendes Aufstöhnen lief durch die Schar der Hirsche. „Schmach, Schmach ...!"

In dem ohrenbetäubenden Lärm drängte sich die Amazone, die Didyme ihre Waffen geschenkt hatte, von hinten heran und drückte ihr zwei neue Würfel in die Hand. „Schnell, würfle besser." War das nun Spott oder eine Warnung?

Die Frau schien so ziemlich die Einzige zu sein, die sie auch jetzt noch mit einer gewissen Sympathie betrachtete. Eine Magierin fegte unterdessen die ersten beiden Spielsteine vom Teppich, obwohl sie das andere Paar auf den rechten Bahnen eigentlich nicht behinderten.

Der Lärm erstarb schlagartig, als Didyme mit angehaltenem Atem ihre neuen Würfel über den Teppich rollte. Augenblicke später eröffnete sie damit ein neues Spiel, aber kein neues Glück, entwickelte sich doch das Spiel nicht anders als im ersten Durchlauf.

Didyme würfelte verzweifelt, und in ihrer Aufregung kam es ihr vor, als schließe sich der Kreis um den Teppich immer enger, so wie ein Meer bei steigender Flut.

Zu ihrer Bestürzung eilte auch jetzt der Stein des Friedens weit zügiger voran als der Stein des Krieges. Die Amazonen schlugen bei jedem unglücklichen Wurf ihre Waffen zusammen und schrien auf vor Wut, je weiter der Stein der Schande vorrückte.

Bald war der Stein des Krieges auf der rechten Bahn noch drei Felder von seinem Ziel entfernt, während der Stein des Friedens nur noch zwei leere Felder vor sich hatte. Als sie die Würfel mit der Hand umschloss, streckten sich ihr zum ersten Mal Lanzen und Schwerter entgegen, und die Magier hatten alle Mühe, den Fortgang des Spiels zu garantieren.

Didyme schüttelte die Würfel, bis sie ihr aus den verschwitzten Händen glitten und zwischen ihre Füße fielen, ein Fehlwurf, wie man sie wütend belehrte. Das Gewand klebte ihr förmlich am Körper, als sie die Würfel aufhob und über den Teppich rollen ließ – der Würfel des Friedens zeigte eine Zwei, der Würfel des Krieges jedoch nur eine Eins. Während des ganzen Spiels hatte sie für den Krieg nur Einsen erzielt! Die verfluchten Würfel erschienen ihr wie ein Sinnbild ihres Untergangs, hatte sie doch längst begriffen, dass sie hier nicht um Krieg und Frieden, sondern um ihr Leben würfelte.

Wenn sie jetzt die Spielsteine bewegte, würde der Stein des Friedens seine Bahn bereits vollendet haben, während der Stein des Krieges mit einer Eins ohnehin nicht mehr gewinnen konnte. Schon spürte sie erste Lanzenspitzen im Rücken, da bückte sie sich jäh, griff zuerst den zurückliegenden Stein des Krieges und sprang mit ihm diagonal nach links über den Friedensstein hinweg. Noch ehe jemand reagieren konnte, trat sie den geschlagenen Friedensstein auch schon mit der Fußspitze zur Seite. Er flog hoch empor und verschwand über den Köpfen der Zuschauer.

Für einen Augenblick herrschte verblüffende, ja, atemlose Stille, doch dann brandete eine Beifallswoge durch die dicht gedrängte Menge, war doch nun jedem klar, dass nur noch der Kriegsstein als Sieger hervorgehen konnte. Es war geradezu unheimlich, wie sich die Stimmung veränderte und die Perspektive des Krieges das ganze Volk in enthusiastischen Überschwang versetzte. Das Dröhnen und Klirren der Waffen wurde so ohrenbetäubend, dass niemand auch nur sein eigenes Wort verstehen konnte.

Didyme atmete tief durch, schien doch eine gewaltige Last von ihren Schultern zu fallen. In ihrer übergroßen Erleichterung empfand sie nicht das geringste Bedauern, auch wenn ihre Finte womöglich Tausende das Leben kosten würde. Die Zeit der Scham war noch meilenweit entfernt.

„Krieg", jubelte die Menge, „Krieg!" Sie schwenkten die Fackeln über ihren Köpfen und tauchten Didyme und den verfluchten Teppich in einen magischen Schimmer.

Als sie zum letzten Mal nach den Würfeln griff, da musste sie sich erst den Schweiß aus den Augen wischen, es brannte wie Feuer. Doch noch ehe sie die Werte erkennen konnte, setzte die Linde ihren Fuß auf die Würfel.

„Krieg und Frieden sollten nie zusammengehören!", fistelte sie drohend. „Doch hier sind sie dennoch zusammengekommen."

Wirklich verstehen konnte sie niemand, selbst Didyme erahnte ihre Worte nur. Doch die Geste war so eindeutig, dass die Umstehenden verstummten und hastig andere zum Schweigen mahnten, bis der tobende Beifall wie von Zauberhand getilgt war. Jetzt hörte man auch wieder das Donnern ferner Gewitter.

Die Magier drängten enger auf dem Teppich zusammen, um sich zu beraten. Nachdem sie wieder auseinandertraten, streckte die Linde zu Didymes Entsetzen ihr anklagend die Faust entgegen. Nie hätte Didyme gedacht, dass sich diese widerliche Stimme so mächtig erheben könnte.

„Wer will den Krieg?", heulte sie mit einem sich schier überschlagenden Ton in die Menge.

„Wir Massageten, wir Massageten!", tobte es zurück, doch die Schamanin wehrte ab.

„Nicht unter unseren Völkern, unter unseren Feinden!"

„Alexander ..., Alexander ...!", skandierten die Hirsche.

„Und wer hat in erster Runde für den Frieden gewürfelt?"

Feindseliges Schweigen breitete sich aus, und Didyme fühlte sich, als durchbohrten sie viele hundert Augen. Die Ruten schwenkten Didyme ihre Bündel wie Peitschen entgegen, und die Linden spannen unaufhaltsam Bast zwischen den Fingern, bis die Linde in der atemlosen Stille Didymes Arm ergriff. „Lassen wir uns nicht täuschen! Sie ist für den Frieden. Allein ihre Angst hat sie gezwungen, die Regeln des Teppichs zu brechen und sich zu verraten."

Die Menge schwieg noch immer, schien sich zu fragen, worauf die Anklage wirklich hinauslief und weshalb nun ausgerechnet die Schamanin den so glücklichen Ausgang das Orakelspiels infrage stellte. Niemand kümmerte sich um das sich nähernde Gewitter, das seine ersten Lichtschauer über das Lager sandte.

„Krieg und Frieden haben sich gegen uns verbündet", schrillte die Schamanin. „Hier habt ihr den Beweis!"

Und mit ihrem Ruf zog sie den Klappspiegel und den silberglänzenden

Alexanderhelm mit dem weißen Helmbusch unter ihrem weiten Persermantel hervor. „Seht ihr diese griechischen Geschenke?“ Sie schwenkte ihre Beute wild über dem Kopf. „Die Sklavin von Thalestris hat sich von Alexander nicht nur bestechen lassen, sie ist selbst eine Griechin, ganz wie dieser König. Sie stammt aus dem griechischen Branchidai ...“

Der Rest des Satzes ging in einem infernalischen Wutschrei unter. Im nächsten Moment drückte ihr die Schamanin wie zum Beleg ihrer Worte den Helm auf den Kopf. Er war ihr viel zu weit und schlotterte auf Didymes Schultern, doch verschwendete niemand einen Gedanken darauf.

„Sie hat den Teppich geschändet und unsere Götter gelästert!“, heulte die Linde, und auch wenn niemand außer den unmittelbar Umstehenden ihre Worte verstand, so war ihr Sinn doch unmissverständlich.

„Ins Feuer mit ihr!“, gellte es allenthalben. „Tötet sie!“

Didyme sah sich im Nu von vielen Fäusten gepackt und hoch über die Menge emporgerissen. Sie fühlte sich wie ein zerbrechliches Ruderboot, das ein Orkan aus den Wogen katapultiert hatte, um im nächsten Moment zurückzustürzen in mörderische Brecher. Voller Entsetzen erkannte sie, dass die Amazonen überall Pfeile aus ihren Goryten zogen und die Bogen spannten. Sie prügelte ein auf die Hände, die sie umklammerten, doch wurde sie nur umso höher gehoben. Fäuste umfassten mitleidlos ihre Unter- und Oberschenkel und präsentierten den Amazonen ein wohlfeiles Ziel, dass sie einfach nicht verfehlen konnten. Und während sich ein ganzes Heer wie ein Mann zum Schuss bereit machte, konnte Didyme nur hoffen, dass es wenigstens schnell zu Ende gehen möge.

Doch während ihr vorhin noch die Angst die Kehle zugeschnürt hatte, so schrie sie nun ihre Verteidigung und ihre Anklage gegen Alexander mit schriller Stimme über die Köpfe der Menge. „Ich gab euch euren Krieg, aber die Magierin will ihn euch rauben! Alexander hat meine Heimat vernichtet, meine Familie getötet ...“ Sie brüllte und brüllte und hatte doch so gut wie keine Chance, bei irgendjemand Gehör zu finden.

Zwar zögerten die meisten mit dem tödlichen Schuss, aber das hätte ihr Ende wohl nur unwesentlich hinausgeschoben – doch nun schwang sich Skythes im Fackellicht auf den Rücken seines Hengstes. Er hatte den Teppich an sich gerissen und schwenkte mit der freien Hand drohend eine Fackel, bis eine Ecke des Teppichs Feuer fing. Die Flammen loderten vor dem dräuenden Gewitterhimmel, und auch das letzte Toben der Menge wich bestürzter Stille.

„Seit wann ist es üblich“, brüllte er, „den Herold zu töten, ehe das Spiel vorüber ist?“

Nach einer überraschenden Pause erklangen zustimmende Rufe, und so nutzte Didyme diesen Moment, um erneut ihre Verteidigung hinauszuschreien, dass sie Alexander hasse, und dass er ihre Heimat vernichtet habe. Sie war sich im schwankenden Fackellicht zwar nicht sicher, doch glaubte sie zu sehen, dass Skythes ihr insgeheim aufmunternd zuwinkte, und so brüllte sie weiter, ihre ganze Geschichte, ihren richtigen Namen, ihren Hass auf das eigene Volk und die eigene Herkunft.

In ihrer Hysterie bemerkte sie gar nicht, dass Skythes längst den brennenden Teppich gelöscht hatte und dass die Menge mittlerweile voller Anteilnahme ihren Worten lauschte. Wenn es etwas gab, was man hier ohne Erklärungen verstand, dann war es Hass auf Alexander und seine Makedonen. Und kaum hatte sie geendet, da forderten auch schon die ersten Ruferinnen, man solle sie gefälligst zu Ende würfeln lassen oder das Spiel aufs Neue in Angriff nehmen, doch niemand ließ Didyme los oder setzte sie gar zurück auf die Erde.

Am Ende war es Skythes' mächtige Stimme, die wieder alles übertönte. „Die Linde erzählte euch etwas von Beweisen! Doch was nützt einem Mädchen aus Branchidai ein Helm, geschmiedet für einen Helden? Seht ihr nicht, dass sie ihn nicht tragen kann? Aber zeigt ihr den Spiegel, auf dass sie uns die Bilder deute!"

Er brüllte es fordernd und schließlich tauchte die Hand der Linde aus der Menge wie der Arm eines Ertrinkenden aus wogender See und streckte ihr den Klappspiegel Alexanders entgegen.

„Ares und Aphrodite", schrie Didyme und schwenkte den Spiegel hoch über dem Kopf. „Die Götter des Krieges und der Liebe." Ihre Stimme hallte über die Menge, untermalt von dem sich nun unaufhaltsam nähernden Gewitter.

„Ist das so?", schäumte Skythes und schwenkte den Teppich wie eine Standarte über den Amazonen. „Dann ist der Spiegel ein Zeichen der Liebe und kein Verräterlohn! Lasst uns überprüfen, ob Didyme schwanger ist, lasst sehen, ob das Mädchen aus Branchidai Alexanders Hure ist."

Nach einer atemlosen Pause wurde Didyme von vielen Fäusten nach unten gezerrt und tauchte ein in das brodelnde Heer. Wie eine Puppe wurde sie weitergereicht von Hand zu Hand und von Faust zu Faust, bis man sie förmlich in die königliche Jurte schleuderte. Sie stürzte vor der Kline zu Boden, als hinter ihr bereits die Magier in das Königszelt stürmten und sie rücklings auf die Liege warfen. Man riss ihre Hosen herunter und ihre Beine auseinander, während man ihre Arme hinten über die Liege zwang. Sie war wie gelähmt, bemerkte nicht einmal, wie man ihren Kopf vom Helm befreite. Alles ging unter in einem geifernden Gebrüll wilder Erwartung, das die Linde schließlich mit wilden Gesten besänftigte.

„Sie ist noch ein Mädchen!" Fassungsloses Erstaunen färbte ihre Stimme, schien sie doch mit allem gerechnet zu haben nur nicht mit diesem Befund.

„Also ist sie keine Hure!“, dröhnte Skythes, der es irgendwie bis in die Jurte geschafft hatte. „Lasst sie los! Sie hat keine Unehre über das heilige Herdfeuer gebracht.“

Zustimmende Rufe füllten das Zelt, bis Samura ganz unerwartet hinter Didyme zornig die Stimme erhob und schier außer sich den Silberhelm schüttelte. „Er hat Recht! Dies ist kein Helm für eine kleine Griechin, das ist ein Helm für Thalestris, und die Königin verbrachte dreizehn Tage mit Alexander!“

Lähmendes Schweigen folgte dieser Anklage, ehe das Mobiliar im Zelt förmlich auseinander gerissen wurde – von Thalestris war weit und breit nichts zu sehen, und auch draußen konnte niemand sagen, wohin sie verschwunden war. Thalestris war geflohen, hatte ihr Volk im Stich gelassen. Didyme wusste im ersten Augenblick nicht, ob sie erleichtert oder wütend sein sollte.

„Wahrscheinlich ist sie schwanger“, fistelte die Linde. „Sie erwartet ein Kind von Alexander.“

Wieder pflanzte sich ein Wutschrei wie eine Woge aus der Jurte nach draußen fort, bis der Aufschrei eines ganzen Volkes im Grollen eines dämonischen Donnerschlages unterging, dem das Peitschen des nächsten Blitzes auf dem Fuße folgte. Das Gewitter stand nun direkt über dem Lager, und die ersten Regentropfen prasselten auf die Jurte herunter.

Mit einem Mal schien sich niemand mehr für Didyme zu interessieren. Alle, selbst Skythes, Samura und die Linde drängten aus dem Zelt, Augenblicke später lag Didyme einsam und verlassen auf der Kline.

Der Regen strömte immer heftiger, als sie sich benommen aufrichtete, um ihre zerrissene Kleidung in Ordnung zu bringen. Doch alles hing ihr nur noch in Fetzen um die Glieder. Das Innere der Jurte war völlig verwüstet und nur das Becken mit dem heiligen Feuer unangetastet. Waffen, Nahrungsvorräte, Kleidung und anderer Hausrat lagen in wildem Chaos durcheinander.

Und während Didyme noch verzweifelt nach Kleidung suchte, wandelte sich das Prasseln des Regens zum tosenden Wasserfall eines Unwetters, der das Lager binnen Minuten unter Wasser setzte. Regenschauer schossen jetzt in wahren Kaskaden durch den Eingang, und als Didyme hinüberstürzte, um die Jurte zu verschließen, lag das Lager bereits wie leergefegt unter den unheimlich zuckenden Blitzen. Die Amazonen hatten sich in ihre Zelte geflüchtet, und die königliche Jurte stand einsam im Toben der Elemente. Hätte man sie nicht auf einer kleinen Anhöhe errichtet, dann wäre sie jetzt bereits genauso überflutet gewesen wie die meisten der Zelte, die mittlerweile zumeist eine Hand hoch unter Wasser stehen mussten. Noch nie hatte Didyme ein vergleichbares Unwetter erlebt. Ihr war, als hätten sich sämtliche Elemente gegen die Hybris der Menschen verschworen.

Didyme schloss den Eingang so gut es ging und beugte sich demütig zum Gebet. Und ehe sie es selbst so richtig begriff, erkannte sie schaudernd, dass sie ihre Worte eher an die heiligen Tiere der Massageten denn an die verräterischen Götter ihrer alten Heimat richtete, zumindest drängten sich bei ihren weihevollen Worten nicht die Bilder Apolls, sondern die jagenden Greifen und die Ebenen von Pazyryk in ihr Bewusstsein.

„Helft mir", wisperte sie ohne große Hoffnung. „Helft mir, wenn ihr könnt."

Erleichtert stellte sie fest, dass sich die Gewalt der Wassermassen ein wenig zu lindern schien, auch wenn der Regen nach wie vor ohne Unterlass strömte.

Da die Jurte tatsächlich dicht zu halten schien, was in dem Ansturm des Gewitters geradezu unglaublich anmutete, konnte Didyme endlich in frische, trockene Kleider schlüpfen.

Anscheinend waren auch zahlreiche Waffen der Königin verschwunden, offenbar hatte Thalestris die Aufregung während des Orakelspiels genutzt, um sich in Sicherheit zu bringen. Ihre Freundin hatte sie einfach im Stich zu lassen – Didyme war verwirrt. Was sollte sie davon halten?

Plötzlich entdeckte sie einen blutigen Akinakes, der nicht ins Zelt der Königin gehörte. Mit einem Mal erschien ihr die Flucht von Thalestris in einem anderen Licht. Offenbar hatte man bereits versucht, der Königin habhaft zu werden, ehe ihre Verbindung mit Alexander ruchbar wurde. Ihr war also gar nichts anderes übrig geblieben, als sich überstürzt zurückzuziehen. Das aufkommende Unwetter hatte wahrscheinlich ihre Spuren getilgt, sonst wären ihr bestimmt schon jetzt zahlreiche Hirsche auf den Fersen. Didyme erinnerte sich an die Worte ihrer Freundin, dass eine Amazonenkönigin unweigerlich verloren sei, sobald sie die Kontrolle über ihre Gefährtinnen verlöre. Offenbar hatten sich Thalestris' schlimmste Befürchtungen bestätigt, so dass sie von ihrer Freundin keine Hilfe mehr erwarten konnte.

Unter diesen Umständen konnte Didyme ihr die Flucht wohl kaum vorwerfen. Es wäre schlicht Wahnsinn gewesen, im Zelt auszuharren. Zugleich unterstrich der Rückzug der Königin aber auch das Ausmaß der Gefahr. Wahrscheinlich würde man auch mit Didyme keineswegs pfleglich umgehen, sobald sich die ersten Wogen geglättet hatten.

Sie musste das Unwetter nutzen, um das Weite zu suchen, auch wenn der Regen immer noch herunterprasselte, als hätten sich alle Schleusen des Himmels auf einmal geöffnet. Hier mochte ein prachtvolles Fellcape von Thalestris von Nutzen sein.

So nahm sie zunächst einige Waffen an sich und packte schließlich auch alle Nahrungsmittel, derer sie habhaft werden konnte. Dann öffnete sie den Eingang und wollte eben aus dem Zelt huschen, als unmittelbar vor ihr eine schattenhafte Gestalt aus dem Regen stürmte. Abwehrend stieß Didyme in letzter Sekunde die Lanze nach vorne und begriff erst beim Anprall, dass sie versehentlich mit dem stumpfen Ende zugestoßen hatte. Dennoch verschwand der Eindringling mit hellem Frauenschrei, nur um im nächsten Moment einer anderen Angreiferin Platz zu machen, die mit weitem Satz an Didymes Lanze vorbei in die Jurte sprang.

Es war eben jene Amazone, die ihr als erste ihre Waffen geschenkt hatte. Als Didyme jedoch ihre eigenen Waffen auf sie richtete, zögerte sie unwillkürlich, und Didyme nahm all ihren Mut zusammen, um ihrer Stimme Festigkeit zu verleihen. „Ihr alle begehrt auf gegen den Willen der Götter, denen wir folgen müssen, auch wenn wir sie nicht immer begreifen. Willst du diese Sünde auf dich nehmen und mich aufhalten?“

Die Augen der Amazone glitten unstet zur Seite. „Du verweigerst uns ein zweites Orakel?“

Didyme richtete sich so hoch auf wie möglich. „Ich schenkte euch beim ersten Mal den Krieg, seid zufrieden damit, denn das Schicksal wird sich kein zweites Mal täuschen lassen.“

Wieder dieser flackernde Blick „Du bist sicher, dass es friedlich ausfallen würde?“

Didyme antwortete nicht.

„Und du wärst nicht glücklich mit einem friedlichen Orakel?“, versicherte sich die Amazone schließlich.

„Alexander und seine Leute haben meine Familie vernichtet, meine Heimatstadt, alles, was ich besaß.“

„Branchidai“, murmelte die Amazone, als begriff sie erst jetzt die wahren Hintergründe. Dann deutete sie auf den Akinakes, den Didyme ihr immer noch warnend entgegenstreckte. „Behalte die Waffen, und führe sie in Ehren. Du wirst sie brauchen, falls du überleben willst.“ Ehe Didyme sich noch zu einer Antwort durchrang, war sie bereits wieder verschwunden.

Didyme spähte hinaus, doch war im Augenblick nichts Verdächtiges zu bemerken. Kein Zweifel, dass man sie dennoch beobachtete. Und so verschnürte sie hastig den Eingang, um wenigstens nicht überrascht zu werden. Draußen grollte der Donner, und der Regen schien noch einmal an Heftigkeit zuzunehmen. Wenn sie auch nur die Hälfte jener Zuversicht besessen hätte, die sie gerade der Amazone demonstriert hatte, dann wäre sie schon froh und glücklich gewesen. Was, beim treulosen Apoll, sollte sie jetzt beginnen?

Sie stand noch schwer atmend mitten im Zelt, als sie plötzlich meinte, ein Insekt zu hören, das an ihr vorbeisummte, ein leises Geräusch, kaum wahrnehmbar im Toben des Gewitters. Doch dann ertönte ein dumpfer Schlag, den sie anfangs gar nicht lokalisieren konnte, bis sich das Summen wiederholte, und ein Pfeil mit hellem Klang in das Feuerbecken schlug. Die scharfe, dreiflügelige Spitze eines Massagetenpfeils schimmerte bedrohlich im Restlicht des Kohlenbeckens.

Das waren keine Insekten – das waren Pfeile, die man von allen Seiten durch die Wände schoss! Blitzschnell warf sie sich zu Boden. Sie wurde nicht nur beobachtet, sie saß wie ein Tier in der Falle! Didyme schluchzte verzweifelt. Für die Angreifer schien sie mittlerweile gänzlich nutzlos, oder man wollte schlicht ein zweites, friedliches Orakel verhindern. Möglicherweise hatte sie eben mit ihrer Mitteilsamkeit der Amazone gegenüber ihr eigenes Todesurteil unterzeichnet. Jetzt erlegte man sie einfach durch die Wände des Zeltes. Der Filz der Jurte rettete sie nicht vor solchen Attacken, verliehen die kurzen Reflexbogen den Pfeilen der Massageten doch eine wahrhaft mörderische Wucht. Didyme hatte beobachtet, wie solche Geschosse die Körper von Jagdwild glatt durchschlugen, so wie es ihr jetzt unweigerlich ergehen würde. Ihr ganzer Körper verkrampfte sich in Erwartung des ersten Treffers.

Vielleicht sollte sie sich nach hinten hinausschieben und einfach in den Regen ...

Sie kam nicht weiter, zuckte doch ein skythischer Akinakes durch die Wand der Jurte und schlitzte den Filz vom Dach bis zum Boden auf. Erste Regentropfen sprühten herein und mit ihnen kam ein höhnisches Kichern, als bereite sich der Eindringling mit diebischer Freude auf eine Attacke vor.

Didyme lag immer noch wie gelähmt auf dem Boden, den Pfeil in den Fingern. Erst jetzt erkannte sie das Geschoss an seiner charakteristischen Fiederung – es stammte von Skythes. Von Skythes! Die entsetzliche Erkenntnis drückte ihr beinahe das Herz ab. In diesem schrecklichen Augenblick begriff sie endgültig, was sie schon immer geahnt hatte. Dass er sie im Grunde nur benutzte, um ein Orakel zu erhalten und vor allem, um Thalestris zu Fall zu bringen. Die Königin hatte ihn einst zurückgewiesen, und so, wie sie ihn kennengelernt hatte, würde er das niemals verzeihen. Vielleicht ging es ihm noch weit mehr um seine Rache als um den Krieg.

Jetzt, nachdem er die Königin bloßgestellt hatte, da war sie für ihn nur noch eine unwillkommene Zeugin, die man beseitigte wie ein Tier in der Falle. Menschlicher Abfall. Die Tränen sickerten ihr über die Finger, und sie schluchzte vor Angst und Verzweiflung, als sie mit zitternder Hand ihre Waffen an sich zog. Was wollte sie eigentlich? Die Massageten zahlten ihr schließlich nur heim, was Didyme selbst über sie gebracht hatte – Verrat und Tod.

Noch verfolgte sie hilflos die stetig durch das Zelt zischenden Pfeile, als der Beschuss urplötzlich eingestellt wurde. Die unerwartete Pause konnte nur eins bedeuten – der eigentliche Angriff stand unmittelbar bevor. Vor Angst halb wahnsinnig, umklammerte sie ihre Waffen, da klaffte plötzlich die Filzwand der Jurte über Meter hinweg auf, und Regen schlug kaskadengleich in das Zelt.

Ehe sie noch auf die Knie kam, versiegte auch schon der gischtende Schwall, und ein riesiger Angreifer trat mit majestätischem Schritt ins Licht des Herdfeuers. Es war der Hengst von Skythes, und er war gesattelt – wenn auch ledig. Die Greifenmaske mit ihren elegant zurückgeschwungenen Hörnern zwischen den Ohren machte seinen blutunterlaufenen Blick nur umso schrecklicher. Ehe sich Didyme von ihrer Bestürzung erholen konnte, schnaubte das alte Tier bereits tief und auffordernd. Inmitten dieses Unwetters atmete alles an ihm Würde und Erhabenheit.

Noch immer blieben weitere Pfeile aus. Vielleicht zögerten die Attentäter, wollten den Hengst nicht verletzen, und das deutete unweigerlich auf Skythes hin. Didyme erhob sich bangend. Das alte Pferd blies ihr den Atem ins Gesicht und legte so aggressiv die Ohren an, dass Didyme ihm instinktiv zwischen den Ohren in die Mähne griff. Das Wasser sickerte ihr von den geschwungenen Hörnern über die Finger, doch das Tier selbst schien völlig trocken. Wie war das möglich in diesem Toben der Elemente?

Inzwischen richtete der Hengst einen wahrhaft sezierenden Blick auf seine Umgebung, als beabsichtige er, alles im Zelt mit einem einzigen Blick zu erfassen. Und er hatte einen fast menschlichen Ausdruck, als er nun schnaubend mit dem Kopfe winkte, als fordere er sie auf, schleunigst in den Sattel zu klettern.

In dieser gespenstischen Situation zögerte sie keine Sekunde, griff sich das kostbare Fellcape der Freundin und kletterte mit vor Angst eiskalten Händen in den Sattel des riesigen Tieres. Alles in ihr krampfte sich zusammen in Erwartung des nächsten Pfeils, doch da warf sich das alte Tier bereits auf der Hinterhand herum und setzte in gewaltigem Sprung durch die zerschlissene Wand der Jurte.

Spuren

Kaum prasselte der Regen auf sie herunter, da erblickte sie neben dem Zelt im Widerschein eines Blitzes eine reglose Amazone im Schlamm, den Akinakes noch neben der Hand. Didyme erkannte zu ihrer Bestürzung Samura. Sie blutete aus einer schweren Kopfwunde. Offenbar war sie die Angreiferin gewesen, die vorhin die Filzwand aufgeschnitten hatte.

Noch als Didyme auf sie hinuntersah, erlosch das Himmelsfeuer, und sie konnte nicht mehr erkennen, ob die Amazone tot war oder nicht. Eines aber war aufgrund des tief zerwühlten Bodens sicher, Samura war nicht von einem Menschen, sondern von dem Hengst angegriffen worden, denn beim Aufbäumen hatten seine Hinterhufe tiefe Spuren in dem schlammigen Geläuf hinterlassen. Hatte er seine Kontrahentin mit einem Vorderhuf am Kopf erwischt? Didyme fröstelte und kroch noch etwas mehr in sich zusammen. Auf jeden Fall hatte die Amazone kaum Gelegenheit zur Gegenwehr gehabt. Wahrscheinlich war das grimmige Tier aus dem Unwetter aufgetaucht wie ein Wesen der Sage.

Beinahe ohne ihr Zutun setzte sich das Pferd in Bewegung, ohne dass sich ihnen in diesem Unwetter jemand entgegenstellte. Im Widerschein eines Blitzes erkannte sie schließlich, dass sie den Kreis der Zelte hinter sich ließ, die meisten waren von den Wassermassen schwer in Mitleidenschaft gezogen worden. Dann strebte der Hengst ohne Unterlass in die Ebene hinein, und Didyme konnte nur erraten, dass er sie nach Westen trug. Warum das Tier diese Richtung einschlug, blieb für sie unerfindlich, doch schien im Augenblick jeder Weg aus dem Lager der richtige.

Schließlich hielten sie in absoluter Dunkelheit, die nur noch in großen Abständen durch Blitze aufgehellt wurde. Das Cape war derart lang, dass es Didyme vollständig bedeckte und durch seinen gefetteten Pelz bisher auch dem ständigen Regen widerstand. So fand Didyme endlich ein wenig Ruhe, ihre Lage zu überdenken.

Ihr war klar, dass nicht nur sie, sondern auch die Freundin verfolgt wurde, und auch wenn alles in ihr danach drängte, sich in Sicherheit zu bringen, so konnte sie Thalestris einfach nicht im Stich lassen. Die Königin hatte ihr ein Heim geboten, ja sogar Freundschaft, Gefühle, wie sie sie nie zuvor erlebt hatte. Und Didyme hatte sie verraten wie ein waldwundes Tier, das in der Not jedes Mittel einsetzt. Nicht etwa nur beim Tod von Phandake, nein, auch vorhin bei dem Orakel hatte sie die Botschaft des Klappspiegels bedenkenlos preisgegeben.

Kein Wunder, dass Thalestris sie als Verräterin gefürchtet hatte. Und doch hatte die Freundin sie verschont, ja sogar ihre Hemmungen offenbart, selbst Hand an Didyme zu legen. Didyme schauderte unter ihrem Fell und fühlte sich plötzlich ihrer Freundin auf beklemmende Weise nahe. Vielleicht empfand Thalestris eben in diesen Sekunde ganz ähnlich wie sie? Vielleicht konnte auch sie die gemeinsame Zeit nicht vergessen?

Wohin mochte sich die Freundin gewandt haben? Sicherlich nicht nach Westen, weil man das von ihr am ehesten erwartete, schließlich lagen die Weidegründe der Hirsche in Choresmien in Richtung Kaspisches Meer. Auch der Norden schien Didyme höchst unwahrscheinlich, dieser Fluchtweg würde sie nur immer tiefer in die massagetischen Steppen führen, und dort war sie den Verfolgern weitgehend schutzlos ausgeliefert.

Nach einigem Zögern dirigierte sie deshalb ihren Hengst nach Süden in Richtung Oxos, auch wenn dieser parallele Fluss zum Jaxartes noch unendlich weit entfernt schien. Das alte Pferd folgte ihr willig, doch schon nach wenigen Schritten drehte es erneut nach Westen. Zu erkennen war so gut wie nichts, Didyme spürte es nur an dem Regen, der ihr nun wieder ins Gesicht schlug. Ärgerlich zog sie den Hengst herum, doch diesmal reagierte er nicht im mindesten. Als sie immer heftiger an den Zügeln zerrte, riss er ihr das glitschige Leder schlicht aus den Fingern und strebte weiter unverwandt nach Westen.

Didymes Unrast stieg. Sie legte sich auf den Hals des Pferdes und tastete mit den Armen unterhalb der Maske nach seinem Maul. Keine Chance, ihre Arme reichten einfach nicht weit genug, und so klammerte sie sich reichlich hilflos an das Schnitzwerk des Sattelrahmens. Was, bei allen Göttern, sollte sie jetzt anstellen? Dem Hengst einfach den Willen lassen und nur darauf hoffen, dass er sie soweit wie möglich vom Lager wegtrage? Doch was wurde dann aus Thalestris?

Endlich flammte wieder ein Blitz durch die Regenschauer, und als sie sich hektisch umblickte, bemerkte sie unmittelbar zu ihrer Linken in der schlammigen Steppe eine einsame Fährte, die sich zunehmend mit Wasser füllte. Thalestris? Didymes Herz schien vor Aufregung zu springen. Doch wie hatte das alte Tier in dunkelster Nacht diese Spur entdeckt? Folgte der Hengst vielleicht seinem Geruchssinn? Didyme sog prüfend die Luft in die Lungen, doch registriert sie nichts als die Feuchtigkeit des Unwetters.

Augenblicke später trabte sie schon wieder durch tiefe Finsternis und rauschenden Regen. Sogar das Schnauben des Hengstes erreichte sie wie ein Echo aus einer anderen Welt.

Weshalb war der Hengst in dem Königszelt erschienen wie ein Dämon der Sage? Vielleicht beruhte am Ende alles auf einem Missverständnis? Unter Umständen hatte das Tier seinen Herrn in der Jurte vermutet. Aber der Hengst hatte sie nicht zurückgewiesen, im Gegenteil, er hatte sie geradezu zum Aufsitzen aufgefordert. Didyme duckte sich tiefer hinter die Mähne und auf den Hals. Bei allen Göttern! Das Fell war jetzt völlig durchnässt, während es vorhin im Zelt gänzlich trocken gewesen war, auch wenn sie im ersten Augenblick an eine Sinnestäuschung gedacht hatte.

Merkwürdig, die unheimliche Beobachtung ließ in Didyme Zuversicht aufkommen, zumindest entschloss sie sich, sie als himmlisches Zeichen zu begreifen. Bestimmt hätte ihr Vater eine ganz ähnliche Schlussfolgerung gezogen, und auch diese Erkenntnis vermittelte ihr ein beruhigendes Gefühl.

Mit wieder aufkeimenden Mut tätschelte sie den unter ihr völlig unsichtbaren Hengst und entsann sich unwillkürlich eines alten Märchens ihrer Großmutter, die ihr einst erzählt hatte, wie sich eine edle Fürstin auf einen riesigen Felsen flüchtete, um sich oben ihren Feinden zu einem letzten Kampf zu stellen. Als dem Flüchtling dort oben nur noch der Wind ins Gesicht blies, habe sie ausgerufen, jetzt sei sie sich selbst ihr letzter Freund und aller Welt Feind. Auch diese Fürstin war damals ungebrochenen Mutes, denn solange sie noch auf ihrer Stute saß, solange sei sie nicht verlassen und habe ein Volk. Seltsam, dass sie ausgerechnet jetzt an diese Legende denken musste.

Didyme fühlte sich so einsam wie noch nie in ihrem Leben. Sie schmiegte sich fest auf den Hals des Pferdes und ihre Tränen rannen über das nasse Fell.

„Wir sind ein Volk", flüsterte sie wieder und wieder, doch selbst in ihren Ohren klang es aber leider schon bald wie ein flehender Hilferuf.

Als sie der Hengst durch das Unwetter trug, roch sie unmittelbar die Feuchtigkeit, doch nahm sie jetzt noch etwas anderes wahr. Ein Geruch von nassem Fell, und diesmal kam er direkt von hinten. Didyme bemerkte es nur durch Zufall, als sie ihr Cape wieder einmal fester zog. Doch dann drehte sich der Wind ein weiteres Mal, und der Regen peitschte ihr aufs Neue ins Gesicht, außerdem kroch ihr eine lähmende Kälte durch sämtliche Glieder. Kein Zweifel, die Temperatur sank ständig. Doch das war im Augenblick zweitrangig.

Man war hinter ihr her! Sie musste sofort die Richtung wechseln. Wieder tastete sie nach den Zügeln und zog ihm im Dunkeln schließlich die Maske ab, um überhaupt an die Zügel heranzukommen.

Doch als sie dann tatsächlich den Riemen fasste, drängte der alte Hengst weiterhin stur geradeaus und trotzte spielend all ihren Bemühungen. Das Pferd ignorierte sie einfach wie ein ungehöriges Kind und strebte unverwandt nach Westen, einem imaginären Ziel entgegen. Dafür gab es eigentlich nur eine Erklärung, er folgte der Spur seines Herrn!

Didyme saß wie versteinert. Also befand sich Thalestris gar nicht vor ihr! Erneut versuchte sie Witterung aufzunehmen, und wieder erreichte sie mit dem drehenden Wind dieser widerwärtige Gestank nach nassem Pelz, doch hatte sie nicht die geringste Ahnung, ob man ihr nun näher kam oder nicht. Doch das Unheimlichste war die Tatsache, dass man sie in dieser Finsternis überhaupt verfolgen konnte. Ihre einzige Chance war eine Richtungsänderung, und die konnte sie nur erzwingen, wenn sie endlich auch den anderen Zügel erwischte. Wieder schmiegte sie sich an den Hals, und griff mit der Hand in die Dunkelheit, als das Pferd von selbst abrupt nach Süden abbog, als habe es mitten in der Regennacht ein geheimnisvoller Ruf erreicht, eine Aufforderung, der es nicht widerstehen konnte.

Leider war das Gewitter mittlerweile vorbei, und ohne Blitze hatte sie keine Möglichkeit, nach Spuren Ausschau zu halten. Zudem wurde es immer kälter, je weiter sie vordrangen. Schließlich ging der Regen in Schnee über. Sie konnte die Flocken eigentlich nur fühlen und wusste nicht einmal, ob sie noch irgendwelchen Spuren folgten oder ob das alte Tier ziellos über die Ebene irrte.

Außerdem versagte bei diesen Temperaturen auch ihr sonst so empfindlicher Geruchssinn. Bald schlotterten ihr vor Kälte die Glieder, sie spürte sie kaum mehr. Sie wusste auch nicht mehr, ob man immer noch hinter ihr her war oder sie längst verloren hatte, sicher war sie sich nur noch, dass das Gelände beständig anstieg, wenngleich sie längst jede Orientierung verloren hatte.

Als sich schließlich der erste fahle Schimmer des erwachenden Tages seinen Weg durch den Flockenwirbel bahnte, da sah sie links von ihr eine kaum noch kenntliche Hufspur durch den immer tiefer werdenden Neuschnee. Das konnte einfach nicht Thalestris sein, diese Verbissenheit des alten Pferdes deutete unbedingt auf Skythes. Dem in die Arme zu laufen, das war so ziemlich das letzte, wonach ihr der Sinn stand. Aber vielleicht war Skythes Thalestris auf den Fersen? Weshalb sonst sollte der Massagete bei Wind und Wetter über die Ebenen reiten?

Didyme schlug sich die Arme um den Körper, um sich so gut es ging aufzuwärmen. Die Flocken wirbelten immer noch dicht und füllten unaufhaltsam alle Spuren, nicht nur jene vor ihr, sondern auch ihre eigenen. Bald würde niemand mehr imstande sein, sich auf ihrer Fährte zu halten. Das zumindest war beruhigend.

Das Wetter jedoch irritierte sie immer mehr. Ihre Großmutter hatte ihr zwar von vergleichbarem Wetterunbill berichtet, doch zu Didymes Lebzeiten hatte sich dergleichen nie ereignet. Seit Alexanders Erscheinen schien sogar die Natur in Aufruhr.

Der Felsen

Mit der steigenden Sonne verebbte zuerst der Schneefall, und schließlich strich Didyme sogar ein köstlich warmer Südwind entgegen. Er tilgte gierig den Schnee, fegte die Wolken zur Seite und öffnete ihr mit einem Mal den Blick auf einen riesigen Felsenberg, der sich unmittelbar vor ihr aus der Ebene erhob. Unwillkürlich zog sie die Zügel an, sogar ihr Hengst schien betroffen, so abrupt wie er innehielt.

Didyme musste den Kopf in den Nacken legen, um das Felsmassiv überblicken zu können. Ein wahrhaft gigantischer Klotz von wenigstens fünfzig Metern Höhe, den man in einer Stunde nicht umreiten konnte. Und nun ahnte sie auch, wo sie sich befand – das war einer jener sogdischen Felsen, die sich als monolithe Ausläufer der Bergketten aus der Ebene erhoben. Dies musste einer jener legendenumwobenen Orte sein, die in der Vergangenheit so manche Entscheidungsschlacht gesehen hatten, wenn sich Menschen nach schweren Niederlagen in ihrer Verzweiflung auf diese Gipfel flüchteten. So wie heute Thalestris? Ja, das ergab nun alles Sinn.

Unwillkürlich erinnerte sie sich wieder an die flüchtende Fürstin aus dem Märchen ihrer Großmutter, doch so sehr sie auch grübelte, sie entsann sich einfach nicht mehr, wie die Legende endete.

Leider hatte der Schnee alle Spuren gelöscht und auch wenn jetzt Tauwetter einsetzte, so würde es eine Weile dauern, bis der Boden freigelegt war. So blieb ihr nichts anderes übrig, als selbst nach einem Aufstieg zu suchen. Leider erschienen die zerklüfteten Wände unerklimmbar, zumindest mit einem Pferd. Und doch hatten sich Skythes und wohl auch Thalestris zielsicher hierher gewandt, also musste es eine Möglichkeit geben, nach oben zu kommen. Doch wo?

Vorsichtig begann sie den unheimlichen Felsen zu umrunden. Nun endlich konnte sie auch etwas essen, die getrockneten Früchte und das getrocknete Fleisch würden ihr sicher neue Kräfte verleihen.

In dem allseits tiefen Geläuf versank der Hengst teilweise bis zu den Fesseln, doch strebte er unaufhaltsam die Felswand entlang, auch wenn er den Kopf immer wieder in merklicher Ermüdung senkte. Kein Wunder, hatte dieser Ritt doch nicht nur seiner Reiterin das Letzte abgefordert.

So weit sie auch vordrangen, sie entdeckten nirgends einen zu Pferd passierbaren Aufstieg. Die Kante des Plateaus konnte sie hier vom Fuß des Felsenberges nicht mehr erkennen, umzog doch ein Felsenband den Berg dicht unterhalb der Gipfelfläche wie eine Terrasse.

Endlich erreichte Didyme einen schmalen Spalt, der den gigantischen Felsenberg wie eine Narbe vom Fuß bis zum Plateau durchzog. Es war eine schmale Klamm, ein beinahe kaminartiger Aufstieg, der jedoch nicht einfach durchlief, sondern mehrfach von Felsleisten unterbrochen wurde. Kein Gedanke, dort je ein Pferd hinaufzubringen. Didyme erinnerte sich unwillkürlich an die Worte ihres Vaters, der ihr erklärt hatte, dass diese sogdischen Felsen als Burgen schier uneinnehmbar seien und dass jeder Angreifer fliegen müsse, falls er ihre Plateaus gegen den Widerstand der Verteidiger erreichen wolle. Die meisten dieser Felsen seien eben aus diesem Grund unbewohnt, da es viel zu schwierig sei, für eine ständige Besatzung Nahrungsmittel und Vorräte nach oben zu schaffen.

Nun begriff Didyme, weshalb sich Thalestris zu diesem Felsmassiv geflüchtet hatte. Falls es der Königin gelungen war, das Plateau zu ersteigen, dann vermochte sie hier unter Umständen einer ganzen Armee entgegenzutreten, mussten die Verfolger doch Mann für Mann durch diese Klamm nach oben.

Didyme stieg ab, um den Boden genauer zu untersuchen. Kaum stand sie neben dem Hengst, senkte er müde den Kopf und begann dann im tauenden Schnee nach Nahrung zu scharren. Als sie sich genauer umsah, machte sie eine Entdeckung, die ihren Puls schlagartig beschleunigte. Dort lag ein Steigeisen mit abgerissenem Lederriemen, beides bis vor kurzem noch unter dem Schnee verborgen. Am Riemen war getrocknetes Blut. Sie dachte an das Blut im Zelt – Thalestris!

Unter Umständen lag die Freundin jetzt dort oben auf den Felsen, vielleicht sogar schwer verwundet. Didyme musste unbedingt hinauf.

Als sie bereits in der Klamm stand, traf sie ein Blick aus alten Hengstaugen, die sie geradezu vorwurfsvoll zu mustern schienen, als gräme sich ihr nächtlicher Begleiter, hier so grußlos zurückgelassen zu werden. Tatsächlich empfand sie so etwas wie Bedauern, als müsse sie sich bei ihrem Führer entschuldigen, der sie so trefflich an die rechte Stelle gebracht hatte.

Im ersten Impuls kehrte sie noch einmal zurück und setzte dem Hengst seine Greifenmaske auf. Sie wusste selbst nicht, weshalb. Und wie damals in der Nacht, so ging auch jetzt ein Ruck durch die alten Muskeln. Sogar sein Kopf flog zu ihr herum, schnell wie die Reaktion eines Raubtiers, und der eben noch so müde Blick gewann wieder an stechender Schärfe.

Didyme musste sich regelrecht zusammennehmen, um sich loszureißen. Doch dann schnürte sie sich ihre Lanze auf den Rücken, stellte sicher, dass ihre anderen Waffen fest steckten, und nahm entschlossen, wenn auch mit jagendem Puls, den Aufstieg in Angriff.

Nach den ersten Metern blickte sie unwillkürlich zurück. Das alte Tier folgt ihr mit den Augen, als sie sich Fuß um Fuß nach oben arbeitete. Sie vermeinte seine Blicke regelrecht zu fühlen, und ihr war, als ließe sie einen Freund im Stich. Ein seltsam verwirrender Eindruck, der einfach nicht schwinden wollte.

Der Aufstieg erwies sich glücklicherweise als gangbares Unterfangen, auch wenn sie mit ihren ausgekühlten Gliedern zunächst nur schwer vorankam. Zudem zerrte der laue Wind an ihrem Gewand und behinderte sie, auch wenn sie in dem warmen Hauch zum Glück bald nicht mehr so schauerlich fröstelte. Vor lauter Anstrengung brach ihr allerdings auch bald der Schweiß aus allen Poren.

So kämpfte sie sich höher und höher, und jedes Mal, sobald sie einen neuen Felsabsatz erreicht hatte, offenbarte ihr ein Blick nach oben die nächste Herausforderung. Dennoch kannte sie nach der Entdeckung des blutigen Steigeisens kein Halten mehr.

Mit jedem Meter stieg jedoch auch ihre Beklemmung, hatte sie doch keine Ahnung, was sie dort oben erwartete. Nur Thalestris? Skythes? Oder erwies sich der Felsen am Ende als leere Sackgasse? Wie sie es auch drehte, sie konnte diese widerliche Angst einfach nicht bannen, die ihr mit jedem Meter Fels mehr und mehr die Kehle zuschnürte.

Schon näherte sie sich der nächsten Felskanzel, da fand sie keinen Halt für ihre Finger. Schließlich löste sie den Speer von ihrem Rücken, um ihn hoch über dem Kopf zwischen zwei Felsen als Halterung einzuklemmen. Ja, das war eine Hilfe!

Sie hatte die Arme bereits auf dem Absatz und wollte sich weiter nach oben stemmen, da stieß sie so unglücklich gegen ihre Waffe, dass die Lanze über ihre Finger rollte und nach unten stürzte. Augenblicke später verschwand sie bereits auf Nimmerwiedersehen. Didyme schloss die Augen und versuchte, ihren Atem zu beruhigen. Der Speer war die einzige Waffe, mit der sie halbwegs umgehen konnte. Jetzt blieben ihr nur noch das kurze Skythenschwert und der Goryt mit dem Bogen, der ihr im Ernstfall wenig nutzen würde, weil ihre Fertigkeiten im Bogenschießen so lächerlich gering waren. Immerhin hatte sie den Ausstieg aus dem Felskamin beinahe erreicht, da ließ sie ein wütender Frauenruf den Blick nach oben richten. Thalestris stand über ihr, nur wenige Meter entfernt, und starrte ihr mit einem Ausdruck von Bestürzung und Entrüstung entgegen. „Was willst du hier, warum verrätst du mich?“, brüllte sie ihr entgegen.

Weiter kam sie nicht, im nächsten Moment schrie die Königin gellend auf und taumelte unvermittelt gegen die Felsen. Um ein Haar wäre sie gar in die Klamm gestürzt. Dann riss sie sich zu Didymes Entsetzen einen Pfeil aus der rechten Schulter, ein Geschoss, dass sie in diesem Augenblick von der Seite erreicht hatte.

Zusammen mit dem Pfeil und Thalestris’ Aufschrei gellte wie aus dem Nichts das triumphierende Fistelgelächter der Linde über die einsame

Landschaft. Didyme riss den Kopf nach hinten und gewahrte zu ihrer Linken und ebenfalls schräg über sich die Magierin, die gerade über die Felsen heranstürmte, um gleich darauf ihren Bogen zu erneutem Schuss zu spannen. Offenbar hatte sie das Massiv schon vorher in aller Heimlichkeit erstiegen und nützte nun die Unachtsamkeit der Königin zu ihrem verhängnisvollen Angriff.

Didyme war gekommen, um die Freundin zu retten und hatte der Linde doch nur die Gelegenheit zu einer tödlichen Attacke verschafft! Schuldgefühle bemächtigten sich ihr aufs Neue, sie kam sich vor wie ein böser Wind, der jedem schadet, der ihm zu nahe kommt.

Die Linde! Diese Erkenntnis traf Didyme wie ein Schock. Als sie gestern in der Jurte mit Thalestris über die Drahtzieher spekulierte, da hatte sie nicht einen Gedanken an die Linde verschwendet. Dabei konnte es aufgrund ihrer Kenntnisse nur die Schamanin sein! Sie stand in höchstem Ansehen unter den Hirschen und war auch mehrfach Zeuge der Verhandlungen mit Alexander gewesen. Kein Zweifel, dass sie schon sehr früh Verdacht geschöpft und wahrscheinlich nur darauf gewartet hatte, ihren widerlichen Plan in die Tat umzusetzen. Nicht nur Thalestris selbst, sondern auch Didyme hatte ihr trefflich in die Hände gespielt.

Die Magierin verharrte jetzt unmittelbar auf der Felsleiste und konnte Didyme von dort aus offenbar nicht erkennen. Das war ihre Rettung. Sie selbst vermochte von der Schamanin gerade noch die Stiefel auszumachen, während sie einen halbwegs freien Blick auf Thalestris hatte, die rechts von ihr gerade wieder auf die Beine kam.

Die Königin schleuderte den blutigen Pfeil von sich, stieß sich mit dem Rücken ab und riss den eigenen Reflexbogen aus dem Goryt. Ein Griff, und ein Pfeil fuhr aus dem Köcher. Doch als sie den kurzen omegaförmigen Bogen spannte, versagte die verletzte Schulter, und der Pfeil landete wirkungslos vor ihren Füßen. Jetzt war sie ihrer kaum zehn Meter entfernten Gegnerin hilflos ausgeliefert.

Eigentlich hatte Thalestris unter diesen Umständen keine Chance gegen einen geübten Bogenschützen wie die Linde. Die aber war zu abgelenkt, ahnte sie doch Didymes Gegenwart. Ihr Blick zuckte wild umher, und so verfehlte sie die Königin mit dem nächsten Schuss. Vielleicht zögerte sie auch nur, welche Gegnerin sie als erste ausschalten sollte, und dieser Moment des Zauderns brachte Thalestris zurück ins Spiel. Die verletzte Fürstin stürzte förmlich über die Felsen heran. Ihr rechter Arm mochte verwundet sein, doch ihre Füße waren es nicht. Didyme konnte sie zwar nicht mehr sehen, vernahm jedoch das Geräusch ihrer Schritte.

Dennoch, was wollte sie mit einer Hand gegen die Magierin ausrichten, die wahrscheinlich eine ebenso geübte Kämpferin war wie die Königin selbst! Immerhin raubte ihr Ansturm der Linde die Chance zu einem erneuten Bogenschuss. So schleuderte sie die nun nutzlose Waffe von sich und riss Schild und Lanze zum Nahkampf nach vorne. Didyme hörte, wie der Bogen auf die Felsen prallte und erriet die Fußstellung der Linde, mehr vermochte sie nicht auszumachen.

Einen solchen Kampf konnte Thalestris unmöglich überleben, Didyme musste einfach nach oben, ihr blieb keine Wahl. Voller Verzweiflung kämpfte sie sich die letzten Meter empor und konnte endlich einen ersten Blick auf den Felsabsatz werfen, auch wenn sie nur so eben über die Kante sehen konnte. Sie nahm wahr, dass der Aufstieg hier keineswegs ein Ende hatte, wartete doch oberhalb des Absatzes, auf dem die Königin Stellung bezogen hatte, ein letzter Abschnitt der Klamm, der weitere zehn Meter bis zum Plateau nach oben führte.

Im Grunde stand die Königin hier sehr sicher, bot sich ihr doch nach unten ein vorzügliches Schussfeld. Wahrscheinlich hatte sie Didymes Anstieg bereits eine ganze Weile verfolgt, ohne zu bemerken, dass ihre eigentliche Feindin den Felsen längst erklommen hatte.

Didymes ganze Aufmerksamkeit galt jetzt dem Kampf der verwundeten Freundin, die just in dieser Sekunde über eine Felsleiste stolperte und nur im letzten Moment einen Sturz in den Abgrund vermeiden konnte.

Kaum erkannte die Linde die Hilflosigkeit ihrer Gegnerin, da riss sie ihren Bogen auch schon aufs Neue an sich und spannte ihn zum finalen Schuss, um ihr blutiges Werk aus sicherer Distanz zu vollenden. Sie konnte Thalestris gar nicht verfehlen – und Didyme wäre danach ebenfalls so gut wie verloren.

Die unmittelbare Gefahr ließ Didyme jede Angst vergessen. Sie presste den Rücken gegen die eine Wand der Klamm und stemmte sich mit den Füßen mit aller Macht gegen die andere. Nun zerrte sie den kurzen Skythenbogen aus ihrem Goryt und einen Pfeil hinterher. Die Magierin war nur wenige Meter entfernt und beide legten sie beinahe synchron ihre Pfeile auf die Sehnen. Als die Linde bereits zielte, hob auch Didyme die Waffe. Sie atmete aus, wie Thalestris es sie gelehrt hatte, dann peitschte das Geschoss über die Felsen, doch war sie einfach eine grauenvolle Schützin. Der Pfeil verfehlte sein Ziel und zischte zwischen den Beinen der Schamanin hindurch, streifte nur ihren linken Oberschenkel.

Zu einem zweiten Schuss kam Didyme nicht mehr, und ihre Gegenspielerin zum Glück auch nicht. Die wenigen Sekunden hatten genügt, und nun war Thalestris heran und attackierte die Magierin mit wildem Schrei. Zwar vermochte sie ihre Lanze nur mit der linken Hand zu führen, doch schien diese nicht minder geübt als die verletzte rechte. Im Gegenteil, der Speer wirbelte blitzschnell um ihr Handgelenk, bei weitem zu schnell für die Augen der Linde. Selbst Didyme vermochte kaum der Lanzenspitze zu folgen. Dabei taxierte Thalestris den Raum auf der schmalen Felsleiste so meisterlich, dass ihre Waffe nirgends kollidierte.

Im nächsten Moment drängte sie die zur Abwehr vorgestreckte Lanze ihrer Gegnerin zur Seite, unterlief einen Stoß mit dem kleinen Amazonenschild und rammte ihr die eigene Waffe tief in den Körper. Ihr triumphierender Ruf mischte sich in das erstickte Stöhnen der Linde und Didymes Aufschrei. Dann taumelte die Schamanin rücklings auf die Felsen, ohne dass Thalestris die Lanze aus dem Körper der Sterbenden gerissen hätte. Noch ein krampfhaftes Spiel der Füße, ein letztes Zucken, dann lag sie still.

Didyme hing wie gebannt in den Felsen, bis Thalestris ihre Waffe aus der Gegnerin riss und sich schwer atmend auf ihre Lanze stützte. Im nächsten Moment stemmte sich Didyme endgültig über die Kante und stürzte zu der Freundin hinüber.

Verwundet

„Kein guter Schuss“, empfing sie die Königin mit erschöpftem Lächeln, das nur allzu schnell erstarb. „Dennoch, du hättest zu keinem besseren Zeitpunkt kommen können. Wie hast du mich gefunden?“ Plötzlich konnte sie nicht mehr stehen und setzte sich in letzter Sekunde auf einem Felsen.

„Habe ich nicht“, stotterte Didyme. „Die Linde war schon vor uns da, und mich hat nur der alte Hengst zu dem Felsen geführt.“

Thalestris furchte die Stirn. „Welcher Hengst?“

„Das Pferd von Skythes.“

„Skythes?“ Der Name brachte sie nun doch auf die Füße. „Er ist hier, ist er dir gefolgt?“ Wachsam spähte sie um sich, erst den Felsen hinab und dann den Kamin nach oben.

Didyme schüttelte benommen den Kopf, ehe ihr urplötzlich aufging, dass sie die Situation seit Stunden gänzlich falsch eingeschätzt hatte. Sie hatte nicht die Spur von Skythes entdeckt, sondern die Fährte der Linde, die die Königin hier wahrscheinlich in aller Ruhe erwartet hatte. Auf ihrer Flucht war Thalestris ihr eigenes Ablenkungsmanöver zum Verhängnis geworden, hatte sie doch allzu viel Zeit darauf verwandt, ihren Verfolgern zuerst eine Flucht nach Westen vorzugaukeln, ehe sie nach Süden abgebogen war.

Die Magierin hatte sich jedoch nicht täuschen lassen und den direkten Weg genommen, so dass sie das Felsmassiv lange vor ihrer Gegenspielerin erreicht haben musste. Aber war die Linde allein hier oben oder gab es noch jemanden?

So hektisch sie ihre eigenen Gedanken auch verfolgte, hielt sie doch immer mit leisem Grauen Abstand vom blutigen Leichnam.

„Noch immer Angst vor Blut und Tod?“, murmelte Thalestris, während Didyme bereits fürsorglich die zerfetzte Jacke zur Seite zog, um die Wunde zu inspizieren.

„Ich fürchte, ich gewöhne mich nie daran.“ Unwillkürlich legte sie sich die Hand auf die Brust. „Es schmerzt so tief hier drin, sobald ich eine Waffe auf einen Menschen richte.“ Sie wollte noch eine Erklärung anfügen, doch die Freundin drückte ihr nur beruhigend die Hand.

Als Didyme sich tiefer über die Wunde beugte, glitten sanfte Finger durch ihr Haar, ehe Thalestris sie sachte an sich zog, eine erste Aufwallung alter Freundschaft. Das war beinahe wie früher, nein, nicht nur beinahe. Und dann schwiegen sie beide, um den Augenblick zu genießen, den Didyme so schmerzlich entbehrt hatte.

„Kind, Kind“, murmelte die Königin schließlich, und Didyme spürte den Atem in ihrem Haar. „Warum konntest du mich nicht einfach verlassen? Ich hatte dir doch eingeschärft, keine Rücksicht zu nehmen.“ Ihre Finger glitten sanft hinter Didymes Ohr und hinab zum Hals. Eine Frage, auf die sie keine Antwort erwartete.

„Phandake hatte ganz recht“, murmelte Thalestris, als spräche sie mit sich selbst. Dabei schweifte ihr Blick über die weite Ebene, auf der die letzten Reste des Nebels im Windhauch schwanden. „Sie betonte stets, ich sei nur mit der Waffe vortrefflich und schlecht im Leben.“

Didyme schmiegte sich einen Moment gegen diesen mächtigen Körper, ehe sie sich ein wenig schuldbewusst auf die Verletzung konzentrierte. Schließlich drückte sie einen provisorischen Verband so sachte als möglich auf die Wunde, doch zuckte die Freundin ohnehin mit keiner Wimper. „Hast du gar keine Schmerzen?“, fragte sie unwillkürlich.

Thalestris sah auf Didymes Finger, die sich so sanft und vorsichtig um sie bemühten. „Schmerzen? Wie war das bei Alexander? Er war imstande, schwer verletzt eine Schlacht zu entscheiden. Schmerzen zeigt man nicht, so habe ich es gelernt, von Kindheit an.“ Und so, wie sie das sagte, schien es die normalste Sache der Welt. Aber dann legte sie ihre Hand auf ihren Schoß, und ein Ausdruck der Erleichterung flog über ihre Züge, als sie sich noch einmal überzeugte, dass ihr Unterleib keinen Kratzer abbekommen hatte.

Kein Zweifel, was der Freundin durch den Sinn schoss, und sicher kein Zufall, dass sie sich ausgerechnet jetzt an Alexander erinnert hatte. Als Didyme ihrem Blick begegnete, lächelten sie beide, Didyme allerdings etwas verlegen. „Ich ..., ich weiß nicht ob ich solche Schmerzen aushalten könnte.“

Die Königin fuhr ihr sanft durch das Haar. „Dafür kannst du andere Dinge.“ Sorgsam richtete sie Didymes Fellkapuze, und ihre Augen funkelten wie Sterne. „Unglaublich, noch vor wenigen Tagen hätte ich anderen Fähigkeiten niemals Bedeutung zugemessen. Ich kannte nur meine Amazonenwelt und alles andere schien minderwertig. Nun schau nicht so betreten!“

Damit deutete sie die Klamm hinauf und erhob sich entschlossen, obwohl ihr die Verletzung doch merklich zu schaffen machte. „Klettern wir das letzte Stück nach oben, dort finden wir Schutz und Wasser.“

Der Flug des Greifen

Sie hatten beinahe die Hälfte des letzten Aufstiegs hinter sich, nur vier oder fünf Meter warteten noch auf sie, da zersplitterte schier aus dem Nichts ein Pfeil kaum eine Hand breit neben Thalestris auf einem der Felsen.

„Willkommen“, brüllte Skythes mit sich überschlagender Stimme von oben herab und sandte bereits seinen nächsten Pfeil auf die Freundinnen.

Didyme presste sich in letzter Sekunde gegen die Felsen, das Geschoss verfehlte sie um Haaresbreite. Doch so eng wie sie sich auch gegen die Felswände schmiegten, ihre Lage schien aussichtslos. Wagten sie sich nach unten auf die Felsleiste, dann waren sie den Pfeilen schutzlos ausgesetzt. Hielten sie indes in den Felsen aus, dann war es nur eine Frage der Zeit, bis ihre Kräfte erlahmten. Gefährden konnten sie Skythes in keinem Fall, da Thalestris ihren Bogen unmöglich benutzen konnte.

„Wie gefällt dir das, große Königin?“ Seine Stimme war heiser vor Triumph. „Das ist dein Lohn für die Zurückweisung der letzten Jahre.“

Wieder flogen ihnen Splitter um den Kopf. Skythes hatte wahrlich den besten Moment für seine Attacke gewählt, auch wenn seine nächsten Pfeile nicht in ihre Nähe kamen.

„Wir müssen springen“, zischte Thalestris unvermittelt. Didyme fuhr zusammen und hätte beinahe den Halt verloren, lag doch der Absatz mit seinem blanken Fels wenigstens sechs Meter unter ihr. „Du bist unverletzt“, insistierte die Freundin. „Du hast eine Chance, den Sprung zu überstehen. Ich werde Skythes ablenken.“

Didyme starrte nach unten und dann in das Gesicht der Freundin. „Großer Apoll, das ..., das schaffe ich nicht!“

Der Blick der Amazone flackerte, und nie hatte Didyme die Freundin derart bleich gesehen. Doch im nächsten Moment glühte in ihren Augen schon wieder dieses vertrauter Feuer, und ihre Stimme hatte nichts von ihrer Entschlossenheit eingebüßt. „Hör zu!“

Didyme schmiegte sich unwillkürlich dichter an die Felsen.

„Hör mir zu“, wisperte Thalestris beschwörend. „Falls wir hier ausharren, tötet er uns beide. Meine Überlebenschancen sind in jedem Fall äußerst gering, aber falls du den Sprung heil überstehst und dich nach unten über die Kante rettest, kann er dich von seiner Position aus nicht mehr erreichen. Dann muss er hinunter, und das bedeutet, er muss an mir vorbei. Das ist nicht nur deine, sondern auch meine einzige Möglichkeit, doch noch zu entkommen. Je länger du zögerst, desto mehr kühlst du aus, und desto geringer wird deine Beweglichkeit. Geschmeidige Schnelligkeit ist das einzige, was dich vor seinen Pfeilen bewahren kann. Glaub mir, kämpfen ist das Einzige, was ich wirklich beherrsche.“

Didyme schluckte. Ihr schwindelte schon bei dem Blick nach unten. In ihrer Angst schien der Sprung noch um vieles höher. Doch es war nicht nur die Höhe, unter ihr war die Felsleiste kaum zwei Meter breit. Wenn es ihr nicht gelang, sich nach dem Aufprall auf dem Absatz zu halten, würde sie unweigerlich über die Kante schlittern und im freien Fall wenigstens fünfzig Meter nach unten stürzen. Allein der Gedanke sandte schon einen Schauder durch ihre Glieder. Doch so entsetzt sie auch war, ganz tief in ihrem Inneren wusste sie, dass die Königin den einzigen Ausweg aufgezeigt hatte.

Ihr war speiübel vor Angst, doch die Freundin ließ ihr keine Zeit. Sie beugte sich noch etwas näher, und Didyme spürte ihren heftigen Atem im Gesicht, so wild, wie sie ihre Worte hinauszischte. „Sieh mich an, wenn ich mit dir spreche!“ Sie musste die Aufforderung mehrfach wiederholen, ehe es Didyme überhaupt gelang, den flackernden Blick vom Abgrund zu lösen.

„Gut! Und nun hör mir gut zu. Sobald du den Boden berührt, kennst du nur ein einziges Ziel. Du musst über die Kante aus seiner Schusslinie klettern. Du wirst nicht nach oben blicken, nicht einen einzigen Lidschlag lang, und versuche, nicht an ihn zu denken! Die Felskante ist alles, worauf du dich konzentrierst. Hast du verstanden? Solltest du getroffen werden, so sieh nicht auf die Wunde, klettere weiter, einfach weiter. Ist dir das klar? Solange du dich bewegst, wird der Schmerz erträglich bleiben. Erst wenn du erstarrst, überwältigt dich der Schock. Also nur Mut, kleine Teppichweberin, nur Mut.“

„Aber ..., aber vielleicht könnte ich ihn doch mit einem Pfeil erreichen!“ Didyme spürte selbst, wie sinnlos sich das anhörte, aber sie konnte einfach nicht hinunter, niemals!

„Spring!“, zischte Thalestris, und ehe Didyme ihre Absicht noch so richtig begriff, krallte sich die Freundin bereits mit den Beinen fest in den Fels und packte sie mit der unverletzten Hand jäh an der Schulter.

Ein wilder Ruck, und Didyme verlor den Halt in der Klamm. Für einen grausigen Moment kämpfte sie um ihr Gleichgewicht, da versetzte ihr Thalestris einen blitzschnellen Tritt gegen den rechten Fuß, und nun gab es kein Halten mehr. Mit schrillem Angstschrei schoss sie hinunter.

In der nächsten Sekunde schlug sie auch schon auf. Der Aufprall übertraf jede Befürchtung und trieb ihr förmlich die Luft aus den Lungen. Dann spürte sie auch schon eine scharfe Felskante im Rücken und den Abgrund unter sich. Panisch krallte sie sich fest und starrte zu Skythes hinauf.

Er stand beinahe über ihr, direkt an der Kante des Plateaus, den Bogen schussbereit. Sie wollte sich aufraffen, sich zur Seite werfen, war jedoch keiner Bewegung fähig – wie eine Maus vor dem Blick einer Schlange. Und wie der Stoß einer Schlange würde der Pfeil in ihren Körper zucken. Sie hörte nicht den verzweifelten Warnruf der Freundin, sie starrte nur hilflos nach oben.

„Fahr in deinen Hades!", lachte Skythes höhnisch. Schon riss er die Sehne hinter sein Ohr, da verdunkelte sich der Himmel über ihm und ein grimmiges Wiehern schallte zu den Freundinnen herunter.

Skythes zuckte herum, erschien doch hinter ihm wie aus dem Nichts ein riesiger Schatten. Im nächsten Moment peitschten bereits die Vorderbeine seines alten Hengstes durch die Luft und schlugen ihm die Waffe mühelos aus den Händen.

Skythes prallte zurück. Sein Bogen flog in weitem Schwung zu Tal, der grimmige Angreifer bäumte sich noch etwas wilder. Das Kreischen des kämpfenden Hengstes gellte böse wie der Schrei eines Greifen durch die steile Klamm.

Skythes riss die Arme nach oben, doch die schlagenden Hufe waren gnadenlos. Er verlor den Halt an der Kante des Plateaus. Noch einen letzten Moment ruderten seine Arme in verzweifeltem Versuch, das Gleichgewicht zu wahren, dann stürzte er hinab, seinem Ende entgegen. Als er den Halt verlor, löste sich das Geweih aus seinem Gürtel und flog mit ihm in die Tiefe.

Der erbarmungslose Adlerblick, mit dem der Hengst den Sturz verfolgte, hatte kaum noch etwas gemein mit dem Blick eines Pferdes.

Didyme starrte wie gelähmt nach oben. Für einen entsetzlichen Moment blitzte ihre nächtliche Vision durch ihre Erinnerung. Wieder sah sie dieses Sphingenmonster, das mit rauschenden Schwingen auf sie herunterschoss. Sein Beuteschrei gellte ihr in den Ohren und mischte sich jäh mit dem röhrenden Löwenschrei des Greifen. Für einen Augenblick erkannte sie sogar ein wildes Massagetengesicht mit hochgekämmtem Haar und energischem Schnurrbart, ganz wie Skythes'.

Skythes! Das Sphingenmonster war Skythes gewesen.

Da krachten das Geweih und sein Träger unmittelbar neben ihr auf die Felsen. Einen Lidschlag lang glaubte sie, dem alten Freund in die Augen zu blicken, dann verlor er erneut den Halt und stürzte über die Kante, der Ebene entgegen. Didyme sah ihn nicht fallen, sie lauschte nur seinem langen Schrei, der einfach kein Ende nehmen wollte, bis er abrupt verstummte.

Der alte Hengst

Und so war es schließlich Thalestris, die das Schweigen brach. „Bist du in Ordnung?"

Ihr lauter Ruf brach Didymes Starre. Sie taumelte auf die Füße und zu der Stelle, an der das Geweih in einer kleinen Schneewehe versunken war, die bisher im Schatten vom Sonnenlicht verschont geblieben war. Doch so sehr Didyme auch suchte, die Schnitzerei blieb verschwunden.

„Es ist nicht da!", schrie sie fassungslos. Thalestris spähte wortlos zu ihr hinunter und machte Anstalten, hinabzuklettern.

„Warte", protestierte Didyme, „ich komme hoch!"

Ihr wuchsen förmlich Flügel. Wie der Wind erreichte sie die Freundin und klomm dann weiter bis zum Rand des Plateaus, wo sie der Hengst mit blutunterlaufenem Blick erwartete.

Das alte Tier machte einen so unheimlichen Eindruck auf sie, dass sie im ersten Augenblick zögerte, sich ihm zu nähern. Doch dann löste sie mit ihren vom Klettern blutigen Fingern alle Leinen und Riemen von Sattel und Zaum, um sie aneinanderzuknüpfen.

Als sie die Leinen löste, die den Mähnenkamm der Maske auf dem Hals fixierten, da schlug der Hengst heftig mit dem Kopf und musterte sie ungehalten aus blutrotem Auge. Und mit diesem Blick stieg ihr ein seltsamer Geruch in die Nase, eine Ahnung von Aas, nur ein Hauch ...

„Schaffst du es?", schrie Thalestris und riss sie heraus aus ihrem Traum. Im nächsten Moment war der Geruch auch schon verflogen.

Eilends vollendete sie die Leine und ließ sie zu Thalestris hinunter. Die Fürstin schnürte sich das provisorische Seil unter den Achseln hindurch. Als Didyme den Hengst dann mit zitternder Hand von der Kante zurückdrängte, zog er die Freundin ohne große Mühe hinauf auf das Plateau.

Erst hier oben wurde klar, wie erschöpft Thalestris tatsächlich war, hatte sie doch viel Blut verloren. Mühsam nur hielt sie sich auf den Beinen. „Die Legende besagt, dass man den Felsen nur zu Pferd besteigen könne, wenn einem Flügel wüchsen", keuchte sie und taxierte auch schon die Lage mit scharfem Rundblick, ehe sie sich ungläubig dem Hengst näherte. „Die Maske eines persischen Löwengreifen", murmelte sie beinahe mehr zu sich selbst. „Wie kommt das Pferd auf den Felsen?"

Der Hengst scharrte mit den Vorderhufen. Mit einem Mal wirkte er unglaublich überlegen, ja majestätisch. Nicht einen Anflug von Müdigkeit, trotz der endlosen Nacht. Dann warf er den Kopf zurück und wieherte trompetend, ehe er die Königin beinahe höhnisch aus einem Augenwinkel heraus beobachtete.

„Wahrscheinlich gibt es einen verborgenen Weg."

„Ich habe hier alles abgesucht. Außerdem, kennst du nicht die Legende von der flüchtenden Königin, die sich hier oben gegen ein ganzes Heer verteidigte? Hier findest du keinen zweiten Zugang."

„Vielleicht ist es nur ein Märchen?"

Wieder dieser skeptische Blick. „Eine Legende? Deine Großmutter hätte es besser gewusst." Sie kehrte langsam zu Didyme zurück, ohne den Hengst aus den Augen zu lassen. „Und warum hat er seinen Herrn angegriffen? Das riecht nach Pferdewahn."

„Er gehorchte sofort, als es galt, dich hochzuziehen."

Die Freundin nickte nachdenklich, und wieder schweiften ihre Blicke über das leere Plateau und hinab in die menschenleere Ebene. Der laue Wind zerrte an ihrem mächtigen Haar, das jetzt von der Anstrengung des Kampfes verklebt war.

„Er hat mich beschützt", stammelte Didyme und konnte selbst nicht so recht glauben, was sie da sagte.

Thalestris wandte sich ruckartig. „Beschützt?"

Didyme berichtete ihr hastig von ihrer Vision und ihrem Tagtraum, von dem Sphingenmonster mit dem Massagetenkopf, das auf sie herunterstürzte aus dem Himmel.

Thalestris schürzte nachdenklich die Lippen, ehe sie abrupt das Thema wechselte. „Hast du das Geweih gefunden?"

Didyme hob zögernd die Hände.

„Ich habe nichts bemerkt, ich sah nur den Aufprall im Schnee. Merkwürdig ist es schon."

Da wieherte es hinter ihnen, und es klang wie Trompetenschall. Als sie herumfuhren, stand das alte Tier am Rande des Plateaus und spähte mit einem Auge grimmig hinunter in die Klamm. Tatsächlich konnte man von seiner Position aus den Leichnam des Skythes gerade noch erkennen. Der Hengst schlenkerte mit dem Kopf, die Ohren wütend angelegt – ein Sinnbild des Zorns. Für einen vagen Moment hätte Didyme geschworen, in das grimmige Antlitz eines Greifen zu blicken, doch dann schnaubte das Pferd nur abfällig und scharrte mit den Hufen.

Der bestürzende Tagtraum verschwand wie weggewischt, und Didyme atmete tief durch. „Ich hätte nie gedacht, dass der Hengst ihn angreifen würde."

Thalestris antwortete nicht und zog die Freundin fester an sich. Beide versanken sie in Schweigen, bis Thalestris den Faden an einer ganz anderen Stelle wieder aufnahm. „Dein Teppichorakel, wie ging es eigentlich aus? Ich musste mich schon vorher zurückziehen." Wieder legte sie einen Augenblick die Hand auf die Hüften.

„Weder gut noch schlecht, weder Krieg noch Frieden. Nach Meinung der Schamanen blieb das Spiel unvollendet."

Thalestris hob die Brauen, und Didyme berichtete von dem ersten und dem zweiten Durchgang. „Und der Teppich?"

„Ich weiß es nicht."

Die Freundin nickte langsam.

„Und was werden eure Magier jetzt unternehmen?", drängte Didyme.

„Nun, das Orakel ruht."

„Werden sie nicht einen neuen Teppich in Auftrag geben?"

„Unmöglich, das wäre lästerlich. Nur die Vollendung des alten Orakels erlaubt das Weben eines neuen Teppichs. Also bleibt die Frage nach Krieg und Frieden weiterhin offen. Die eine Hälfte meines Volkes wird sich für den Krieg entscheiden, die andere für den Frieden. So werden sie sich gegenseitig neutralisieren. Die Steppe wird sich nicht erheben, zumindest nicht, solange Alexander so weise ist, sich südlich des Jaxartes zu halten." Plötzlich lachte sie auf. „Ist es nicht merkwürdig? So bekomme ich doch noch meinen Willen, während du dich selbst um einen Rachekrieg betrogen hast."

Didyme senkte den Kopf, und Thalestris schüttelte sie sanft. „He, das war nur ein Scherz. Nun lächle schon, das ist schließlich das Beste an dir." Didyme versuchte es nach Kräften, auch wenn es ihr nicht so recht gelingen wollte.

Thalestris schien ohnehin mit ihren Gedanken schon wieder ganz woanders, so misstrauisch, wie sie die Ebene beobachtete. „Meine Hirsche kennen die Legenden dieses Felsens. Sie werden nicht allzu lange auf sich warten lassen. Hier oben kannst du auf keinen Fall bleiben, aber keine Angst, ich werde die Verfolger auf eine falsche Fährte lenken."

„Du ..., du willst weg?", stammelte Didyme und hatte das Gefühl, dass ihr der Himmel auf die Schultern stürzte. „Allein?"

Thalestris schüttelte düster den Kopf. „Falls du mit mir gefunden wirst, wäre dies dein Ende. Diese Schuld will ich nicht auf mich laden." Plötzlich wirkte sie ganz bleich, als blicke sie zurück in eine unfassbare Vergangenheit.

Schließlich räusperte sie sich. „Für mein Volk bin ich jetzt eine Verräterin."

„Aber hier kannst du deine Verfolger doch nicht erwarten! Du ..."

Wieder dieses finstere Lächeln. Didyme stockte: „Ich werde dich nicht verlassen!" Trotzig hob sie ihr Kinn. Thalestris trat in jäher Aufwallung auf sie zu und fuhr ihr sanft durch das Haar. Didyme schloss die Augen. Für einen vagen Moment blitzen die Erinnerungen durch ihr Bewusstsein, die Momente voller Zärtlichkeit und Nähe, doch da trat ihre Freundin auch schon zurück und wandte schnell den Kopf, als wolle sie selbst eine Träne verbergen. „Wenn du nicht gehen willst, muss ich den Felsen als erste verlassen."

Die Königin sah auf die kleinen Hände, die sich so verzweifelt in ihre Jacke krallten, dann löste sie vorsichtig Didymes Finger, umschloss sie mit ihren Händen und blies so sanft hinein, als wolle sie sie trösten.

Ganz tief in ihrem Inneren wusste Didyme, dass die Freundin Recht hatte, aber sie wollte das nicht einmal denken. Sie werden sie ermorden, der Gedanke tickte unaufhörlich in ihrer Phantasie. Irgendwo würden die Amazonen ihre Königin stellen, irgendwo auf einem Felsen, auf einer Ebene, und dann würde man sie töten. Sie konnte nicht einmal richtig kämpfen mit ihrem verwundeten Arm.

„Das Märchen mit der Königin, wie ging es aus?", flüsterte Didyme.

Sie erhielt keine Antwort, es war auch gar nicht notwendig. Eine Frau gegen ein ganzes Heer.

Thalestris straffte sich, als habe sie Didymes Gedanken gelesen. „Aber sie hat bis zum Ende gekämpft."

Für einen Moment glaubte Didyme, sie wolle noch etwas hinzufügen, doch dann zog die Amazone die Schultern hoch und wandte sich entschlossen ab.

Didyme brachte kein Wort heraus. Ihr ganzer Körper schien wie ein einziger Schmerz, verbraucht und am Ende. Alles war auf eine so verzweifelte Art und Weise sinnlos, das Orakel, der Ritt durch die Nacht, ja sogar ihr Überleben. Beinahe Hilfe suchend klammerte sich an den Hengst und konnte ihr Schluchzen nicht mehr unterdrücken. Das alte Tier fuhr ihr tröstend mit dem Maul durchs Haar und sein Schweif wehte spielerisch um ihre Schultern.

Thalestris zögerte einen Augenblick, ging dann aber weiter zur Kante des Felsens. Didymes Herz krampfte sich zusammen, doch als die Freundin den Hengst passierte, da packte er ihr Gewand mit schnellem Griff oben an der Schulter. Dabei blähte er die Nüstern, als wolle er sich keine Einzelheit ihres Geruchs entgehen lassen, nicht das Blut, den Schweiß und auch nicht ihren unverwechselbaren Duft nach Rinde. Schließlich schnaubte das alte Tier, und der Blick der Amazone wurde zusehends weicher.

„Du kannst nicht alleine gehen", murmelte Didyme verloren. „Du bist verwundet ..."

Die Königin wehrte noch einmal ab, doch das Pferd fasste nur umso entschlossener zu und legte grimmig die Ohren an, als wolle es jeden Widerspruch zurückweisen.

Plötzlich glitzerte eine Träne im Auge der Königin. „Wir Hirsche kennen ein Sprichwort: Eine Kriegerin allein ist einsam, doch zu Pferd ist sie ein ganzes Heer. Du könntest keinen besseren Freund finden."

„Ich habe ihn gar nicht gesucht, er hat mich gefunden."

„Ihr zwei gehört wirklich zusammen." Sie sagte es beinahe zärtlich.

Didyme vergrub die Hände in der Mähne. „Wir sind nur ein kleines Volk." Sie kämpfte vergeblich mit den Tränen.

Da tätschelte Thalestris die Oberlippe des Hengstes und nickte ihm zu, als sei sie zu einem Entschluss gekommen. Tatsächlich gab er sie umgehend frei, als sie sich Didyme zuwandte.

„Als kleines Volk werdet ihr zwei Heimatlose nicht zurückweisen."

Didyme schluchzte auf, als Thalestris auf sie zukam. „Du bist in Lebensgefahr, wenn wir zusammenbleiben", mahnte sie ein letztes Mal und schloss sie sanft in die Arme.

„Ich kann es nicht ändern", flüsterte Didyme. „Aber dann bist du unter diesem Himmel das letzte, was ich sehen werde."

Thalestris beugte sich tiefer und küsste sanft die wunden Stellen an Didymes Lippen, die der Knebel hinterlassen hatte. Eine wortlose Bitte um Verzeihung, doch antwortete ihr nur eine neue Tränenflut, bis sich die Freundin vor ihr auf die Knie ließ und den Kopf gegen ihre Hüften drückte.

Didyme vergrub die Finger in dem vollen Haar, und die Tränen sickerten über ihre Hände, als die Sonne aus langsam ziehenden Wolken brach.

„Vier sind ein ganzes Volk, Zauberfrau", flüsterte Thalestris tröstend. „Oder muss ich dir erklären, dass der Himmel niemals leer ist?"

Ende

Nachwort des Autors

Dies ist ein Buch über ein blutiges Kapitel des Ost-West-Konflikts, über den Asienfeldzug Alexanders des Großen und über eine bizarre Episode aus der Geschichte der Emanzipation. Auch wenn diese in den Tagen des großen Königs eigentlich noch gar nicht stattfand, reichte man Frauen doch nur allzu häufig als Wesen minderen Rechts herum. Und natürlich geschah all dies mit göttlicher Billigung.

Der Flug des Greifen führt uns in das Jahr 329 v.Chr. und zeichnet einen Krieg aus der Sicht von Betroffenen, Gequälten und von der Weltgeschichte Überrollten.

Der Kampf des Orients gegen das Abendland hat viele Gesichter und tobte schon, als Begriffe wie Christentum oder Islam noch gänzlich unbekannt waren. In der Zeit unseres Romans standen sich das persische Großreich und Griechenland gegenüber, die gerade einen über zweihundertjährigen Krieg ausfochten. Beendet wurde dieses Duell schließlich von Alexander dem Großen, der mit der Ilias Homers unter dem Kopfkissen schlief und sich selbst als Wiedergeburt Achills begriff. Und so entspricht Alexanders Leben dem eines gewalttätigen jungen Mannes, so wie es Homer in der legendären Einleitungspassage zur Ilias formulierte:

„Den Zorn des Peliden Achill besinge, oh Göttin…"

Vom heutigen Griechenland aus stürmte der König bis nach Ägypten und dann an die Grenzen Indiens; doch in Zentralasien, im heutigen Afghanistan und den nördlich angrenzenden Staaten, wurde aus dem kühnen Schlachtenlenker ein Massenmörder, der den einheimischen Widerstand nur durch brutale Unterdrückung eindämmen konnte. Beendet hat diesen blutigen Kampf am Ende eine Heirat, als er mit Roxane seine Traumfrau traf und ganz langsam aus einem tiefen Tal voller Barbarei erwachte.

Alexander wähnte damals, in den Jahren zwischen 334 und 323 v.Chr., er habe die Ost-West-Auseinandersetzung für immer beendet, doch dieser Krieg scheint endlos und lodert im östlichen Mittelmeer und Vorderasien in heißer und kalter Form bis heute, obwohl die Exponenten längst andere Namen tragen – ein beredtes Beispiel für die Erfolglosigkeit militärischer Interventionen.

Alexander ist in Antike wie Moderne nicht zu Unrecht höchst umstritten. Sein Abgleiten in die Barbarei manifestierte sich aus antiker Sicht vor allem in der Zerstörung einer kleinen zentralasiatischen Stadt, die angeblich von den Nachfahren griechischer Exilanten bewohnt wurde und deren Ahnen mit dem Perserreich kollaboriert haben sollen. In unserem Roman heißt diese Stadt Branchidai. Wie antike Autoren berichten, wurden ihre Einwohner ausgelöscht, obwohl der Perserkrieg doch angeblich nicht nur ein Rachekrieg gegen den Orient sein sollte, er wurde auch damit begründet, dass es gelte, die in Asien siedelnden Griechen vom orientalischen Joch zu befreien.

Für einen jungen König, der mit sechzehn seine erste Schlacht gewann und mit zweiunddreißig als Herr eines Weltreiches aufwachte, für den gab es nur noch wenige Ziele, und eines davon war die Suche nach dem Ende der Welt. Und nun stieß Alexander mitten in den Steppen Zentralasiens, am Jaxartes, dem heutigen Syr-Darja, unversehens auf Reitervölker, die die Antike als Skythen, Saken oder Massageten kannte. Bei ihnen fand er zwar nicht die Grenzen der Welt, doch stand er unversehens vor einem fleischgewordenen Mythos, der aus der Sicht der Antike in der Tat höchst grenzwertig war.

Der König begegnete Völkerschaften, die das patriarchalische Weltenmodell von der Herrschaft der Männer zwar nicht ablehnten, jedoch auch nicht exklusiv auslebten.

Aus der Kenntnis solcher Kulturen hatte bereits Homer das antizivilisatorische Zerrbild der Amazone geschaffen, einer Frau, die gegen die Herrschaft der Männer rebelliert, keinerlei Ehen eingeht und Männer nur kurzzeitig zum Zweck der Fortpflanzung toleriert. Angeblich war den Amazonen die Männerwelt derart verhasst, dass sie sogar männliche Babys aussetzten oder töteten. Und so wurden die Amazonen zu einem gotteslästerlichen Exempel für ein verfehltes Gesellschaftsmodell.

Die Amazonen galten zudem als typische Vertreterinnen des Orients, und so eilte in der Ilias ihre Königin Penthesilea ganz konsequent den Trojanern zu Hilfe, um sie gegen die griechischen Belagerer zu unterstützen. In einem legendären Kampf wurde sie von Achill getötet, ein Sinnbild des ewigen Duells zwischen Ost und West, ein Kampf, aus dem aus griechischer Sicht natürlich nur die Hellenen als Sieger hervorgehen konnten. Schließlich waren die Griechen vom Schicksal ausersehen, die Orientalen zu beherrschen. Zumindest war dies die Ansicht von Aristoteles, dem legendären Lehrer Alexanders, der dem König somit eine durchaus rassistische Weltanschauung mitgegeben hatte.

In den Reitervölkern Asiens traf der junge Eroberer darüberhinaus auf eine Kultur, die sich ebenfalls für unbesiegbar hielt, und so war eine Konfrontation schier unausweichlich. So unterschiedlich die Kontrahenten auch sein mochten, so vereinte sie doch in bizarrer Weise der Glaube an die Kraft der Magie und der Wunsch, die Zukunft vorherzusagen. So berichtete der große griechische Historiker Herodot bereits zwei Jahrhunderte früher von den Wahrsagern der Steppenvölker, und Alexander selbst war stets von Wahrsagern umringt.

Mit seiner Orakelmanie stand Alexander in seiner Zeit keineswegs alleine. Man muss nur an Delphi erinnern, eines der berühmtesten Heiligtümer der griechischen Welt, das nahezu ausschließlich für Orakel zuständig war. Und so ist trotz aller Philosophie und aller Wissenschaft die Antike alles andere als eine vortechnische Moderne, auch wenn sie sich, anders als das europäische Mittelalter, eher auf die Zukunftsdeutung konzentrierte und weit weniger auf die Furcht vor Geistern und Dämonen.

Der historische Rahmen unseres Romans und zahlreiche seiner Charaktere fußen auf antiken Schriftzeugnissen, angefangen von der Skythenschlacht Alexanders bis hin zur Vernichtung von Branchidai. Nicht historisch ist allerdings die junge Erzählerin Didyme, die gleichsam exemplarisch die hingeschlachtete Bevölkerung Branchidais vertritt.

Alexander selbst sah sich als eine Wiedergeburt Achills. Und so, wie der homerische Achill einer Amazonenkönigin begegnet, mit ihr kämpft, sie tötet und sich in die Sterbende verliebt, so trifft auch Alexander angeblich seine Penthesilea in Gestalt der Massagetenfürstin Thalestris.

Allerdings lernte Alexander im Laufe seines Lebens, dass Krieg nicht immer die einzige Problemlösung darstellt, und so wandelt sich in seiner Person der homerische Amazonenkonflikt zu einer friedlichen Begegnung, tritt ihm die Königin doch nicht im Kampf entgegen, sondern mit dem Wunsch, von ihm ein Kind zu empfangen. Sie erscheint auch keineswegs als homerische Barbarin, ist sie doch durchaus bereit, einen etwaigen Sohn zu ihm zurückzuschicken.

In diesem politischen Amazonenmythos gehen die Steppenvölker und das Epos Homers eine seltsame Synthese ein. Und so spiegelt sich in dieser Legende die Wandlung in der Mentalität eines brutalen Eroberers, der wohl nicht zuletzt aufgrund einiger Frauen am Ende doch noch zu einem zivilisierteren Verhalten findet.

Der Mythos von Thalestris steht nicht nur im Zentrum dieses Romans, er steht auch am Anfang einer allmählichen Veränderung eines brutalen Machtmenschen. Ihre Krönung fand dieser Wandel Jahre später in der politischen Vision eines Ausgleichs zwischen Ost und West, ein revolutionärer Gedanke, der jedoch den frühen Tod des Eroberers im Jahre 323 v.Chr. nicht überlebte. Man trug Alexanders größten Traum zu Grabe, so wie manch andere Vision von einer friedlicheren Welt.

Glossar

Achill
Der berühmteste aller griechischen Helden aus den Tagen des Kampfes um Troja, der in Homers Epos über den Trojanischen Krieg eine entscheidende Rolle spielt. Alexander der Große sah sich als Wiedergeburt dieses Helden.

Aetion
Berühmter griechischer Maler aus dem Umfeld Alexanders des Großen.

Akinakes
Die persische Bezeichnung für ein Kurzschwert, das eher einem langen Dolch entsprach. Es war die Handwaffe des Achämenidenreiches wie der Steppenvölker.

Alexander der Große
Makedonischer König aus dem Norden Griechenlands (356–323 v.Chr.). Als legendärer Eroberer unterwarf er zwischen 334 und 323 v.Chr. in einem Feldzug, der ihn von Griechenland bis nach Ägypten und danach an die Grenzen Indiens führte, das Weltreich der Achämeniden und beendete damit einen über 200jährigen Krieg zwischen Griechenland und dem Orient. Mit Alexander und seinen Nachfolgern erlangte die griechische Kultur größten Einfluss auf den Vorderen Orient.

Alexandria Eschate
Alexander der Große gründete zahlreiche Städte, die meist den Namen Alexandria führten. In ihnen wurden die Veteranen seiner Armee angesiedelt. Alexandria Eschate (das entfernteste Alexandria) wurde 329 v.Chr. gegründet, liegt in Tadschikistan am Jaxartes, dem heutigen Syr-Darja, und führte in der Moderne die Namen Chodschent bzw. Leninabad.

Amazonen
Die Amazonen waren in der Antike ein Mythos, von dem bereits Homer in der Ilias und später auch Herodot berichten. Im Gegensatz zu allen andern antiken Gesellschaftssystemen lebten sie angeblich ohne Männer in einer matriarchalischen Gesellschaft, während alle anderen Völkerschaften von Männern dominiert wurden. Das Gesellschaftsmodell der Amazonen galt in der Antike als Aufstand gegen die göttliche Weltordnung. Ihre Siedlungsgebiete lokalisierte man teilweise östlich des Kaspischen Meeres und sah in ihnen zugleich ein Sinnbild des Orients. Den historischen Kern der griechischen Amazonenlegende bilden zentralasiatische Reitervölker, in denen Frauen offensichtlich eine weit politischere Rolle spielen konnten als bei Griechen oder Persern.

Aristandros
Berühmtester Wahrsager am Hofe Alexanders des Großen. Er stammte aus Telmessos in der heutigen Südwesttürkei.

Dareios III. und das Achämenidenreich
Persischer Großkönig aus dem Hause der Achämeniden (336–330 v.Chr.). Das Achämenidenreich kontrollierte vom späten 6. Jh. v.Chr. bis in die Tage des Dareios hinein ein Weltreich, das von Ägypten bis nach Zentralasien und von der Westküste der heutigen Türkei bis an die Grenzen Indiens reichte. Nach den entscheidenden Niederlagen gegen Alexander bei Issos und Gaugamela wurde der „König der Könige" von seinen eigenen Landsleuten ermordet.

Dionysos als Indiensieger und Alexander
Der griechische Gott Dionysos war nicht nur ein Gott des Weines und des Wohllebens. Er galt in der Antike auch als Eroberer Asiens und Indiens und somit als mythischer Vorläufer Alexanders des Großen. Alexander hingegen wurden später mitunter Züge des Dionysos zugeordnet.

Eismumien
In den Hochlagen Zentralasiens und Südsibiriens finden sich immer wieder Mumien, die kurz nach ihrer Beisetzung im Permafrostboden eingefroren wurden und seit der Antike nie wieder auftauten. Des-

halb finden sich in diesen Gräbern oftmals organische Beigaben wie etwa Textilien, die sonst in der Regel längst zerfallen sind. Besonders berühmt sind die Gräber von Pazyryk im Altai.

Gaugamela
Die entscheidende Schlacht Alexanders des Großen gegen Dareios III. in Nordsyrien im Jahre 331 v.Chr.

Goryte (Gorytos)
Sowohl die Steppenvölker Russlands und Asiens wie auch die Perser benutzten eine besondere Köchervariante, in der nicht nur die Pfeile, sondern auch der kurze Bogen Platz fand. Besonders charakteristisch ist der Goryt für die Skythen und Massageten.

Greifen
Ein antikes Fabelwesen, das aus den Körperformen verschiedener Tiere zusammengesetzt war. So besaß der griechische Greif den Kopf eines Raubvogels, Vogelschwingen und den Körper einer Raubkatze. Der persische Löwengreif trug anstelle des Vogelkopfes ein Löwenhaupt und zum Teil auch Vogelkrallen an den Hinterläufen. Die Griechen verbanden den Greif mit Dionysos und Apoll, die orientalischen Völker sahen in ihm zum Teil Personifikationen der Elemente, während die Steppenvölker diese Fabelwesen als die Hüter des heiligen Goldes begriffen.

Herodot
Ein berühmter antiker Historiker aus Halikarnassos in Kleinasien (ca. 484–430 v.Chr.). Im ersten Buch seiner Historien finden wir die detailreichsten Schilderungen antiker Steppenvölker.

Hetairenreiterei
Die berühmteste Kavallerie der Alexanderzeit, der in den entscheidenden Treffen gegen das Perserreich schlachtentscheidende Bedeutung zukam.

Ktesias
Ein griechischer Arzt, der zwischen 405–397 v.Chr. als Leibarzt des Achämenidenkönigs Artaxerxes' II. am persischen Hofe lebte. Er hinterließ 23 Bücher über das Perserreich, die allerdings größtenteils verloren sind.

Massageten
Die Reitervölker Zentralasiens, deren Siedlungsgebiete vom Kaspischen Meer bis zum Altai reichen. Sie werden in der antiken Literatur auch als Skythen oder Saken bezeichnet.

Milet
Bedeutende griechische Stadt in Kleinasien (an der Westküste der Türkei) und Gründerin zahlreicher griechischer Kolonien. In Ihrer Nähe liegt das berühmte Apollonheiligtum von Didyma.

Nisa
Das Gestüt der achämenidischen Könige im Iran.

Pazyryk
In den legendären Grabhügeln von Pazyryk aus dem 4. und frühen 3. Jh. v.Chr. fanden sich einige der berühmtesten Eismumien und einige der ältesten erhaltenen orientalischen Textilien, darunter der bekannte Teppich von Pazyryk.

Pelte
Ein in etwa halbmondförmiger Schild, der in der Antike als charakteristische Waffe der Amazonen galt.

Penthesilea
Berühmte Amazonenkönigin aus den Tagen des Kampfes um Troja. Sie wird von dem griechischen Helden Achill getötet, der sich in die Sterbende verliebt.

Pferdemaske
Die Reitervölker Zentralasiens schmückten ihre Pferde zum Teil mit komplexen Masken, um sie im Sinne ihrer Tierreligion in Greifen oder Hirsche umzustilisieren. Erhalten sind diese Masken vor allem in den Gräbern von Pazyryk.

Schamanen, Linden und Ruten (Weiden)
Herodot überliefert uns, dass die sky-

thischen Völkerschaften zwei Kasten von Magiern kannten. Die Ruten weissagten nach persischem Ritus, während die hermaphroditischen Linden mit Hilfe von Bast die Zukunft voraussagten.

Skythen und Saken
Bezeichnungen für die massagetischen Reitervölker Zentralasiens. Die Skythen Herodots lebten vor allem in den Steppen nördlich des Schwarzen Meeres.

Skythischer Tierstil
Die Kunst der Steppenvölker konzentrierte sich vor allem auf die Darstellung von Tieren und Tierkämpfen, was auf eine totemistische oder schamanische Religion schließen lässt, in der die Götter Tiergestalt annahmen.

Somatophylakes
Die sieben Leibwächter Alexanders des Großen.

Spitamenes
Führer des persischen Aufstandes gegen Alexander den Großen in Zentralasien.

Stadt der Branchiden – Branchidai
In der Antike oftmals erwähnte griechische Stadt in Zentralasien, die im frühen 5. Jh. v.Chr. von Emigranten aus dem Apollonheiligtum von Didyma bei Milet gegründet wurde. Ihr tatsächlicher Name ist nicht überliefert, so dass sie hier als Branchidai bezeichnet wird, also als Stadt des Priestergeschlechtes der Branchiden, die einst das Heiligtum von Didyma kontrollierten. Alexander ließ die Stadt von seinen milesischen Bundesgenossen vernichten, da er die Bürger als Nachkommen von Verrätern betrachtete, weil sie einst mit dem Perserkönig Xerxes kollaboriert hatten. Ob diese Stadt tatsächlich existierte, ist in der modernen Forschung heftig umstritten. Man vergleiche etwa: W. W. Tarn, Alexander der Große (Darmstadt 1968) 559ff. – S. Lauffer, Alexander der Große (München 1993) 124.

Teppich von Pazyryk
Der Teppich von Pazyryk (Kurgan 5), ein Kelim in der Eremitage von St. Petersburg, ist bis heute der älteste erhaltene orientalische Teppich und stammt aus dem 4. Jahrhundert v.Chr.

Thalestris
In der Antike legendäre Königin der Amazonen, die vor allem durch ihren angeblichen Kontakt mit Alexander dem Großen berühmt wurde. Sie gilt als Gegenstück zu der homerischen Penthesilea, da sich Alexander als Wiedergeburt des Achill betrachtete. Man vergleiche etwa den antiken Autor Curtius Rufus, Geschichte Alexanders des Großen, 6. Buch, 5, 24–32.

Totenfolge
Die Steppenvölker Zentralasiens bestatteten hochgestellte Persönlichkeiten häufig zusammen mit ausgewählten Ehepartnern und Dienstpersonal, die nach dem Ableben des Fürsten getötet wurden. Diese Sitte wird in der modernen Altertumswissenschaft als Totenfolge bezeichnet.

Troja und Homer
Legendäre griechische Stadt in der Nordwesttürkei, deren tatsächliche Lage der Archäologe Heinrich Schliemann aufgrund von Homers Ilias rekonstruieren konnte. Die Ilias war die Lieblingslektüre Alexanders des Großen und der Kampf um Troja galt den Griechen als frühe Phase der epischen Auseinandersetzung zwischen dem Orient und dem Griechentum.